Simon X. Rost, geb. 1972, arbeitet als Regisseur und Drehbuchautor sowohl für Lübbe Audio (*Mitschnitt*, *Die Playmos*) als auch für Theater, Film und Fernsehen. Simon X. Rost wohnt in Stuttgart.
Besuchen Sie auch die Internetseite des Autors:
www.simonxrost.de

Weitere Titel des Autors:

Der fliegende Mönch

Titel in der Regel auch als E-Book erhältlich

Simon X. Rost

Wie ein Falke im Sturm

Historischer Roman

BASTEI LÜBBE
TASCHENBUCH

BASTEI LÜBBE TASCHENBUCH
Band 16067

1. Auflage: August 2011

Bastei Lübbe Taschenbuch in der Bastei Lübbe GmbH & Co. KG

Originalausgabe

Dieses Werk wurde vermittelt durch die
Literarische Agentur Thomas Schlück GmbH, 30827 Garbsen.

Lektorat: Dr. Stefanie Heinen
Textredaktion: Monika Hofko, München
Titelillustration: Sophonisbe Receives the Poison Cup
by Simon Vouet (1590–1649), Gemäldegalerie Alte Meister, Kassel, Germany/
© Museumslandschaft Hessen Kassel/The Bridgeman Art Library
Umschlaggestaltung: Kirstin Osenau
Autorenfoto: Simon X. Rost
Satz: hanseatenSatz-bremen, Bremen
Gesetzt aus der Stempel Garamond
Druck und Verarbeitung: GGP Media GmbH, Pößneck
Printed in Germany
ISBN 978-3-404-16067-9

Für meine Eltern

I. Teil

Dunkelheit

»Der Blitz raubt ihnen beinahe das Augenlicht. Sooft er ihnen Licht gibt, gehen sie darin voran, und wenn es dunkel um sie wird, so bleiben sie stehen. Und wenn Allah wollte, hätte Er ihnen gewiss Gehör und Augenlicht genommen. Wahrlich, Allah ist über alle Dinge mächtig.«

Koran, zweite Sure, Vers 20

13. Februar 1152, Wangen

Das Lachen des hünenhaften Mannes mit der dunklen Haut dröhnte über den Marktplatz, und die Händler und Kaufleute wandten den Kopf, um den merkwürdigen Fremden besser sehen zu können. Sein ausgestreckter Finger deutete auf einen kleinwüchsigen Mann, der ihm gegenüber an einem der aufgereihten Schanktische saß. »Dem Zwerg ist Dummbeutel. Er versteht dem einfach nicht! Er hört dem nicht zu!«

Jasmo verschluckte sich an dem letzten Rest Bier aus seinem Krug. Erst hustete er, dann schlug er mit der flachen Hand auf den Tisch. »Selber Dummbeutel, Muselmann! Einer muss es ihm doch sagen, und wenn du nicht Manns genug bist, tu ich's eben! Besorg uns lieber noch was von der wässrigen Plörre, die sie hier Bier nennen, bevor ich dich einen Kopf kürzer mache!«

Jasmo schob seinen leeren Krug über das grobe Holz. Der Hüne, der ihm gegenübersaß, lachte so laut auf, dass die umstehenden Besucher des Marktages noch neugieriger auf die beiden Streitenden starrten. Die Menschen traten näher, um nichts davon zu verpassen, was ein unterhaltsames Schauspiel an einem kalten Februartag zu werden versprach.

»Und wie willst du dem machen, Zwerg? Steigst du auf dem Tisch und stellst Stuhl obendrauf?«

»Ich heiße Jasmo, falls es dir entgangen sein sollte, Holzkopf, und ich bin schneller, als ein Heide wie du auf drei zählen kann, auf deine Schulter geklettert und hab dir eine Kerbe in den Hals gehauen!«

»Versuch dem doch, kleiner Mann, versuch dem! Wenn ich dir am Hals packe, kommst du mit Armen nicht bis zu mein Kopf, und Füße hängen in Luft!« Wieder lachte er schallend.

Jasmo war rot angelaufen, und die umstehenden Bauern, Handwerker, Wirte, vereinzelte Ritter und Mönche umringten sie jetzt, als wären die beiden eine bestellte Gauklertruppe. Fassungslos starrten sie auf den flachsblonden Kleinwüchsigen in der bunten Narrenkluft und auf den baumlangen Muselmanen, dessen dunkle Haut in der Wintersonne glänzte und an dessen fremdartigem Waffenrock ein reich verzierter Dolch und zwei Krummsäbel hingen.

Jasmo stieg tatsächlich auf den Tisch und presste seine kleine, spitze Nase an die dicke, wulstige des Sarazenen. »Ach ja? Ach ja? Langsam krieg ich richtig schlechte Laune, Hasan Ölauge, und ich warne dich: Wenn ich schlechte Laune habe, wirst du dir wünschen, deine Mutter hätte deinen fetten Arsch niemals auf diese Welt gepresst!«

Hasan presste die Kiefer aufeinander, und sein Hals schwoll an. Er richtete sich zu seiner vollen Größe auf, sodass er den Narren um mindestens drei Köpfe überragte, obwohl dieser auf dem Tisch stand. Die Gaffer um sie herum hielten den Atem an. Hasan spie seine nächsten Worte förmlich aus. »Pass auf, was du dem von meinem Mutter redest, Zwerg, sonst siehst du heute noch deinem Gott!«

»Ach ja? Dann nimm den ›Dummbeutel‹ zurück, aber schnell!«

»Niemals.«

»Sofort! Oder ich …«

»SCHLUSS JETZT!«

Der Schrei ließ alle auf dem Marktplatz zusammenfahren. Keiner hatte dem dritten Mann am Tisch des Hünen und des Zwerges bislang Beachtung geschenkt, weil er das Gesicht in den Händen vergraben hatte, als seine Tischnachbarn zu streiten anfingen. Doch jetzt ruhten aller Augen auf ihm.

Der Mann war noch jung, doch graue Schläfen ließen ahnen, dass er bereits einiges erlebt hatte. Vor allem die lederne Augenklappe über dem linken Auge und die Narbe, die sich von der Stirn bis zu seinem rechten Jochbein zog, legten nahe, dass er kein Grünschnabel mehr war. Er trug einen schwarzen Mantel über einem ebenso schwarzen Rock, und ein Kettenhemd spannte sich über seiner breiten Brust. Doch an seiner Seite hing kein Schwert, keine Axt, ja nicht einmal ein Dolch, was vor allem den umstehenden Rittern befremdlich vorkam.

Der Mann schüttelte entnervt den Kopf, wobei sein schulterlanges schwarzes Haar aus dem Gesicht fiel und seine scharf geschnittenen Züge zeigte. Er sah aus wie ein Prinz. Ein Prinz mit einer Augenklappe.

Der Ritter stand auf, legte jedem der beiden Streithähne eine Hand auf die Schulter und drückte sie zurück auf ihren Platz. »Ihr haltet jetzt den Mund! Beide! Verstanden?«

Sein eines Auge funkelte in eisigem Blau, und der Hüne und der Zwerg schluckten, als der Blick sie traf. Schweigend setzten sie sich hin, und die Schaulustigen zerstreuten sich langsam und traten in den schmatzenden Matsch zwischen den Marktständen.

Es herrschte Tauwetter, und die Eiszapfen an den Dächern tropften auf die aufgespannten Leinenbahnen über den Auslagen der Tuchhändler und Fleischer. Vogelhändler standen vor gestapelten Käfigen und boten Finken, Dompfaffen und Nester mit Eiern an. Mit ihrem Geschrei versuchten sie die Seiler nebenan zu übertönen, die lautstark Hanf und Flachs, Bindfäden und Zeltplanen anpriesen. Der Geruch von Zwiebeln, Knoblauch, gebratenem Schwein und gekochtem Fisch, gemischt mit dem Duft von Honigkuchen und Bier, hing in einer dichten Wolke über dem Platz.

»Weißt schon, hab's nicht so gemeint …« Jasmos Murmeln war zwar für ihn selbst kaum zu hören, aber der Sarazene wusste die zerknirschte Miene des Narren zu deuten, und auch seine Züge entspannten sich.

»Ich bitte um dem Verzeihung. Ich vergesse dem Manieren.« Hasan neigte das Haupt zu einer kleinen Verbeugung, und der Zwerg tat es ihm nach.

Wieder trat Schweigen ein. Bis Jasmo aus tiefer Seele seufzte. »Und doch ist es eine Schande, Ditho, eine gottvergessene Schande, was du tust!«

»Und warum?«

»Weil du ein Ritter bist, zur Hölle!«

Einige Bauern und Handwerker merkten auf, als der kleine Mann von der Hölle sprach, und bekreuzigten sich.

Jasmo senkte die Stimme. »Du kannst nicht im Ernst ein Unfreier werden. Warum zum Henker solltest du das wollen?«

»Das habe ich dir schon gesagt. Weil ich ein Ministeriale werden will. Ich ziehe nicht mehr in den Kampf. Ich werde lesen und schreiben lernen und meine Dienste König Konrad anbieten. Er will nach Rom und Kaiser werden. Er wird lange weg sein und braucht Leute, die sein Reich verwalten.«

»Er braucht vor allem Krieger, und du bist ein Krieger, Ditho von Ravensburg! Dein Vater ist noch keine Woche unter der Erde, und er dreht sich schon jetzt im Grabe um, wenn er dich reden hört!«

»Red keinen Unsinn, Jasmo. Ich habe einen Boten mit einem Brief an einen alten Freund geschickt, der sich für mich beim König verwenden soll.«

Jasmos Augen weiteten sich in Entsetzen. »Das hast du nicht!«

Hasan schmatzte ärgerlich. »Dem Zwerg ist Dummbeutel. Hört nicht zu, was du dem sagen, Ditho.«

Augenblicklich schwoll Jasmos Schlagader wieder an, und sein ohnehin gerötetes Gesicht nahm die Farbe eines gekochten Flusskrebses an. »Du wagst es, Heide? Du willst es wirklich wissen, oder?«

Jasmo sprang auf die Bank, und Hasan richtete sich wieder auf, als Dithos Hände blitzschnell nach vorne schossen und beide an den Ohren packten, worauf der Sarazene und der Narr schmerzhaft das Gesicht verzogen. Ditho sprach sehr leise, ohne die Ohren seiner Tischnachbarn loszulassen. »Ruhig, Männer. Ganz ruhig. Jasmo: Der Herr dir gegenüber heißt Hasan ibn Saud al Umara, aber ich denke, er wird sich mit Hasan begnügen. Und Hasan: Der Mann zu meiner Rechten heißt Jasmo. Nicht mehr und nicht weniger. Einfach Jasmo, und ich kenne und schätze ihn als Freund, seit wir als Kinder zusammen in der Burg meines Vaters gespielt haben. Ich bin mir sicher, ihr werdet beide bald genauso gute Freunde werden, und ich rate euch, es von ganzem Herzen zu versuchen. Sonst setzt's was, verstanden?«

Als der Zwerg und der Hüne etwas murmelten, das Ditho mit viel gutem Willen als Zustimmung deuten konnte, ließ er sie los.

Hasan versenkte sich verschämt in seinen Humpen Milch, und Jasmo stand grunzend auf, um sich ein neues Bier zu holen.

Der Mann mit der Augenklappe ließ den Blick über die zahlreichen Marktstände schweifen, die man in Wangen aufgebaut hatte. Um das Kloster der Mönche aus dem fernen Sankt Gallen herum war im Laufe der Jahre ein Marktflecken mit Kaufmannshäusern und Handwerkerhütten entstanden. Über dem Ort thronte eine wehrhafte Schutzvogtei, von der aus man mit dem Bau einer Mauer begonnen hatte, die das Dorf schon bald umfassen würde. Viel hatte sich verändert in Wangen, seit er vor fünf Jahren zum letzten Mal hier gewesen war. Nicht einmal mehr den Turm der Neuravensburg konnte man jenseits der Hügel im Südwesten sehen, weil neue Häuser den Blick darauf verstellten.

Die Burg, auf der er seine Kindheit verbracht hatte, verfiel seit Jahren. Ditho war zutiefst erschrocken, als er sie nach seiner langen Abwesenheit zum ersten Mal wiedergesehen hatte. Das Dach war undicht, Steine brachen aus der Mauer des Palas, und die Deckenbalken im Rittersaal waren morsch. Nach der Beerdigung seines Vaters hatte er die Burg abgeschritten, hatte sich die Schäden angesehen und beschlossen, sie wieder aufzubauen, soweit seine Mittel es erlaubten. Deswegen war er mit seinen Freunden nach Wangen auf den Markt geritten und hatte mit Handwerkern gesprochen. Wangen, weil es sehr viel näher lag als Ravensburg, die Stadt seiner Vorfahren. Doch Wangen war nicht ungefährlich.

Wangen gehörte den anderen.

Ditho erinnerte sich, wie sein Vater ihn als Knaben zum ersten Mal mitgenommen hatte, als der mit dem staufischen Vogt der Stadt wegen der Flurgrenzen gestritten hatte. »Verhandeln« hatte sein Vater es genannt. Die Flurgrenzen zwischen Welfen und Staufern waren stets ein willkommener Anlass gewesen, den Händel, den die beiden Fürstengeschlechter im ganzen Reich blutig austrugen, auch noch in den letzten Winkel zu tragen. Dass Wangen und Ravensburg die letzten Winkel der Welt waren, daran hatte Ditho nie gezweifelt. Er wollte schon weg aus dieser Gegend, als er gerade einmal gehen konnte.

»Was ist hinter dem Hügel, Vater?«, hatte er gefragt, als er mit acht Jahren zum ersten Mal mit seinem Vater auf die staufische Besitzung zugeritten war.

Sein Vater hatte den Kopf schräg gelegt, überlegt und dann ausgespuckt. »Da sind Staufer. Dann kommt der See.«

»Und hinter dem See?«

»Kommen die Berge. Und dann Italien.«

»Und dahinter?«

»Das Meer.«

»Und was kommt hinter dem Meer?«

»Hinter dem Meer kommt das Heilige Land, und jetzt halt den Mund, Herrgott noch mal!«

Das Heilige Land. Ditho hatte es gesehen. Und mit einem Auge dafür bezahlt. Er wischte den Gedanken beiseite, als er sah, wie Jasmo zurückkam. Der übellaunige Hofnarr seines Vaters war zusammen mit der baufälligen Burg, mit Magda, der betagten Köchin, und mit Walther, dem stämmigen Schmied, seine einzige Erbschaft gewesen.

»Er ist da. Wir sollten verschwinden, bevor es Ärger gibt.«

Jasmo war sichtlich aufgeregt. Er wies mit dem Kinn in Richtung der Marktstände.

Ein feister Ritter schritt in Begleitung einiger bewaffneter Büttel über den Platz und machte dabei einen weiten Bogen um die großen Haufen Schweinekot, die allenthalben herumlagen. Über einem roten Rock, der von einer kostbaren goldenen Tassel zusammengehalten wurde, trug er ein Kettenhemd, und ein Schwert baumelte an seinem Gürtel. Er war kahlgeschoren, und sein massiger Kopf schien direkt in den muskulösen Körper überzugehen. Der Ritter führte die kleine Truppe an, ging von Stand zu Stand und griff in die Auslagen der Händler, bediente sich nach Belieben an Geräuchertem und Pasteten, während er einem ihn begleitenden hohlwangigen Mönch etwas in dessen Wachstafel diktierte.

Die junge Marktfrau, bei der er stehen geblieben war, sah ihm mit versteinerter Miene zu, als der Ritter, ohne zu zahlen, nach ihren Waren griff. Er sagte etwas zu ihr, und sie lief rot an, genauso wie der Mönch. Die Büttel lachten.

Dithos Auge verengte sich zu einem schmalen Schlitz. »Wir gehen. Wir können das Baumaterial auch ein anderes Mal besorgen.«

Hasan war den Blicken seiner Begleiter gefolgt. »Wer ist dem Ritter?«

»Gernot von Wangen, er ist der staufische Schutzvogt hier. Dithos Vater lag mit ihm in Fehde, seit ich denken kann. Er ist streitsüchtig, unberechenbar und ein Hundsfott sondergleichen. Gehen wir.« Im Gegensatz zu seiner heißblütigen Streitlust von eben war Jasmo nun die Ruhe selbst.

Hasan entging dennoch nicht, dass der kleine Hofnarr Angst hatte. »Und dem Vater ist von Armbrustpfeil von Feigling aus Gebüsch angeschossen worden. Hat diesem Mann geschossen?« Hasan nickte fragend zu Gernot von Wangen, schloss die Faust über dem Knauf seines Schwertes und erhob sich.

Ditho legte seine Hand über die von Hasan und drückte

das Schwert zurück in die Scheide. »Wir wissen es nicht. Niemand weiß es. Wir gehen jetzt zu den Pferden. Ich will keinen Ärger. Die Zeit ist noch nicht reif dafür.«

Hasan schmatzte, dann nahm er die Hand vom Schwertknauf und nickte schweren Herzens. Die drei Männer wandten sich zum Gehen, nachdem Ditho einige Münzen auf den Tisch hatte fallen lassen. Sie drückten sich durch die Bankreihen vor der Marktschänke, wo zahlreiche Viehhändler ein gutes Geschäft mit lautstarkem Gezeche feierten.

Ditho sah aus den Augenwinkeln, wie der Vogt die junge Marktfrau gepackt hatte und sie an sich drückte. Er hatte seine fleischigen Lippen dicht an ihre Wange gepresst, als würde er ihr etwas ins Ohr flüstern, während er gleichzeitig an ihrer Haut zu riechen schien. Die junge Frau versuchte sich von Gernot loszureißen, aber dessen Griff war eisern.

Ditho blieb stehen.

»Was machst du, um Himmels willen? Lass uns gehen, Ditho!«

Ditho antwortete nicht. Er starrte weiter auf den Vogt, der seine Hand inzwischen auf das Mieder der Marktfrau gelegt hatte. Ein Bauer war zu ihr getreten, offensichtlich ihr Mann. Der schmächtige Rotschopf im rissigen Leinenhemd trat forsch auf den Vogt zu, doch er wurde von den Bütteln gepackt und zu Boden geworfen. Die Frau brach in Tränen aus, und der Vogt schnaubte höhnisch.

»Ditho! Wir gehen! Das ist nicht unsere Sache!« Jasmo griff nach Dithos Mantel und wollte ihn weiterziehen.

Ditho nickte, blieb aber dennoch stehen. Er verschränkte die Arme vor der Brust. Hasan stellte sich neben Ditho, verschränkte ebenfalls die Arme und blickte in die gleiche Richtung. Jasmo seufzte, dann stellte er sich vor den riesigen Sarazenen und seinen jungen Herrn und verschränkte gleichfalls die Arme vor der Brust.

Die Kaufleute an den Schanktischen verstummten, als sie die drei schweigenden Männer in der seltsamen Pose wahrnahmen. Alle blickten zum Vogt, zu Ditho, Hasan und Jasmo und wieder zum Vogt.

Gernot von Wangen lachte laut, während die junge Frau seine breite Brust mit hilflosen Schlägen traktierte. Als Gernot die Blicke der Menge auf sich spürte, drehte er sich hastig um. »Was glotzt ihr so?«, schrie er.

Die Menschen auf dem Markt wichen seinem Blick aus, und die Kaufleute an den Tischen beugten sich über ihre Bierkrüge.

Gernot entdeckte das seltsame Dreiergespann mit den verschränkten Armen. Er ließ die Marktfrau los und schritt langsam, die Daumen in den Gürtel gehakt, auf die drei Männer zu. Die Büttel und der Mönch folgten ihm, während die Marktfrau zu ihrem am Boden liegenden Mann rannte und ihm aufhalf. Gernot blieb drei Schritte vor Ditho stehen und stemmte die Hände in die Hüften. Er wiegte den Kopf und starrte in das eine Auge seines Gegenübers. »Ditho? Ditho von Ravensburg?«

Ditho schwieg.

In Gernots Gesicht erschien ein breites Grinsen, das seine kleinen, stumpfen Zähne entblößte. »Gott, siehst du heruntergekommen aus! Sieh dich nur an! Kaum zu glauben, dass du mal ein ganz ansehnlicher Knabe warst. Was hat dich hierher verschlagen? Wir haben schon alle gehofft, du wärst im Heiligen Land verreckt!«

Gernot stieß ein meckerndes Lachen aus, doch Ditho blieb ganz ruhig. »Tut mir leid, wenn ich Euch enttäuschen muss, Vogt, aber ich lebe noch. Ich habe meinen Vater zu Grabe getragen. Irgendein Feigling hat ihn aus dem Hinterhalt erschossen, wie Ihr bestimmt wisst.«

»Jaja, dein Vater …« Gernot senkte den Blick zu Boden und nickte. Das höhnische Grinsen verschwand nicht aus seinem Gesicht.

»Sind wir mal ehrlich, Ditho. Dein Vater war ein Streithammel, niemand konnte ihn leiden, und am Ende hat er dafür bezahlt. Bis zuletzt hat er behauptet, der Wald zwischen der Argen und dem Schuppenberg gehöre ihm und nicht mir.« Gernot blickte auf. »Er war ein Lügner, Ditho, aber sein Tod hat ihm wenigstens erspart, seinen Sohn als einäugigen Bettler zurückkehren zu sehen, mit nichts als einem hässlichen Zwerg und einem ebenso hässlichen Heiden als trauriger Gefolgschaft.«

In einer flüssigen Bewegung zog Hasan seine beiden Schwerter und trat drohend einen Schritt vor. »Wen nennst du dem hässlich, Franke?«

Die Menge auf dem Marktplatz stöhnte auf, die Büttel wichen erschrocken zurück, doch Gernot blieb reglos stehen.

Ditho griff rasch nach Hasans Arm und hielt ihn zurück. »Das ist mein Streit«, sagte er leise auf Arabisch, »nicht deiner, mein Freund.«

Hasans Kiefer mahlten aufeinander, aber er blieb stehen. »Sag mir wann, und ich bringe ihn mit Freuden um.«

Ditho nickte, auch Hasan hatte in seiner Sprache geantwortet.

Die Umstehenden steckten die Köpfe zusammen, flüsterten und bekreuzigten sich. Gernot grinste noch immer. »Was hat der Heide gesagt, Ditho? Schämt er sich, weil du kein Schwert hast und kneifen willst?«

Auf Dithos Gesicht erschien nun ebenfalls ein Lächeln. »Mein Vater war kein Lügner, Vogt«, sagte er fest. »Der Wald zwischen der Argen und dem Schuppenberg gehört uns und wird immer uns gehören. Und ich habe kein Schwert dabei, denn ich bin nicht hergekommen, um mich mit Euch zu schlagen. Ich habe genug Männer getötet, und es waren weit bessere darunter, als Ihr einer seid, glaubt mir.« Er wandte sich an Hasan und Jasmo. »Wir gehen.«

Jasmo nickte eifrig und drückte sich durch die Menge hinüber zu dem Brunnen, wo Hasan und Ditho ihre Pferde und er selber sein Pony festgemacht hatten, als Ditho noch einmal die Stimme erhob.

»Und wenn Ihr es genau wissen wollt, Vogt: Hasan hat aus

dem Koran zitiert, dem heiligen Buch der Sarazenen. Dort sagt der Prophet in der einunddreißigsten Sure: ›Schreite gemessenen Schrittes und dämpfe deine Stimme, denn wahrlich, die widerwärtigste der Stimmen ist die Stimme des Esels‹, was für einen Dorftrottel wie Euch übersetzt so viel bedeutet wie: ›Was kümmert es die Eiche, wenn sich eine staufische Sau an ihr reibt!‹ Gott zum Gruße, die Herren.«

Ditho und Hasan wandten sich um und begaben sich durch die Menge zu ihren Pferden.

Gernot war aschfahl geworden. Seine Lippen bebten, als er sein Schwert zog. Er nahm die blitzende Klinge im Rennen hoch, hob sie weit über seinen Kopf und ließ sie auf den Nacken des Einäugigen niedersausen.

* * *

Ditho sah Jasmos weit aufgerissene Augen und sprang zur Seite, einen Lidschlag bevor das Schwert ihm den Kopf von den Schultern getrennt hätte. Er spürte den Luftzug der vorbeisausenden Klinge.

Gernot wurde von der Wucht des eigenen Schlages mitgerissen, und die Spitze des Schwertes fuhr tief in den matschigen Boden. Die Menge stob auseinander und bildete einen Kreis um den Vogt und Ditho.

Hasan zog seine Schwerter, doch Ditho warf ihm nur einen kurzen Blick zu. »Mein Streit, nicht deiner«, zischte er auf Arabisch. Dann sah er, wie sich die Büttel um Gernot von Wangen aufbauten. »Sorg dafür, dass seine Männer sich nicht einmischen.«

Auf Hasans Gesicht erschien ein Lächeln der Vorfreude, während sich auf Jasmos Zügen Bestürzung breitmachte. »Er hat kein Schwert, Sarazene! Das wird eine Hinrichtung! Mach etwas, du musst ihm helfen!«, kreischte er und drückte sich neben den Hünen, während er gleichzeitig nach einem kurzen Dolch an seinem Gürtel nestelte.

»Muss ich nicht helfen, Zwerg. Ditho will dem nicht.«

Verständnislos starrte Jasmo zu Hasan hinauf und dann zu seinem Herrn.

Gernot umkreiste Ditho, während Ditho regungslos im Matsch des von der johlenden Menge gebildeten Kampfringes stand. Der Vogt atmete schwer, als er das Schwert wieder erhob. Ditho schien völlig unbeeindruckt. »Ich will nicht mit Euch kämpfen, Vogt. Geht nach Hause, bevor Ihr nicht mehr gehen könnt.«

Gernot schnaubte und spie aus. »Du hast einmal Glück gehabt, Ravensburger, du wirst es nicht noch einmal haben. Auf meinem Grund und Boden beleidigt mich niemand ungestraft. Vor allem kein welfischer Feigling!« Er schlug zu, diesmal von der Seite, er zielte auf Dithos Arm.

Ditho blieb stehen, wo er war, doch er bog den Oberkörper blitzschnell zurück, sodass Gernots Klinge haarscharf über ihn hinwegzuckte. Der Körper des Vogts folgte wieder dem Schwung der schweren Klinge, und diesmal setzte Ditho nach. Er trat dem Vogt mit voller Wucht den Absatz seines Stiefels in die Wade.

Ein gellender Schrei tönte über den Marktplatz, Gernot ging in die Knie, sein Gesicht vor Schmerz verzerrt. Der Menge entfuhr ein Laut des Staunens. Gernot stützte sich auf sein Schwert und zog sich langsam daran hoch.

»Beim Schweiße Goliaths!« Jasmos Augen weiteten sich ungläubig. Ditho hatte keinen Schlag hinterhergeschickt, obwohl er die Zeit dazu gehabt hätte. Er stand einfach ruhig da, als würde er auf den anderen warten.

Die Büttel hoben die Pike, wollten sich schützend vor ihren Herrn stellen, doch Hasan trat einen Schritt vor. »Mann gegen Mann.« Hasan bleckte die strahlend weißen Zähne. »Nicht vier Mann gegen ein Mann!«

Dann dröhnte ein Schrei über den Marktplatz. Gernot warf sich mit blinder Wut auf Ditho, stieß die Klinge vor, um den Gegner in den Bauch zu treffen.

Ditho drehte sich in einem eleganten Schwung um die eigene Achse, und das Schwert fuhr ins Leere. Der Mann mit der Augenklappe packte pfeilschnell das Handgelenk des Vogts, drückte es hinunter und stieß gleichzeitig mit dem Knie von unten dagegen. Es knackte vernehmlich, und der Vogt schrie auf. Ditho hielt ihn weiter an dem gebrochenen Handgelenk fest, rammte ihm das Knie in die Seite, senkte das Bein und ließ es wieder hochschnellen, um dem Kopf seines Gegners mit dem Stiefel einen heftigen Tritt zu verpassen. Die drei Schläge hatten keinen Atemzug lang gedauert. Der Vogt schwankte. Die Menge hielt den Atem an.

Jasmo schüttelte den Kopf und blickte hilfesuchend zu Hasan. »Was macht er da? Wo zur Hölle hat er das gelernt?«

»Pankration«, der Sarazene grinste, »dem Ditho braucht kein Schwert für dummen Franken.«

»Pankar-was?« Jasmo starrte noch immer ungläubig auf den wie betäubt an Dithos ausgestrecktem Arm taumelnden Vogt.

»Pankration. Ditho hat dem in Byzanz gelernt. Alte Kampfkunst von Griechen. Haben die schon bei Olympischen Wettkampf gemacht.«

»Was für ein Wettkampf?«

Hasan stöhnte. Franken waren im Allgemeinen schon barbarisch ungebildet, wenn nicht schlicht strohdumm, aber dieser Zwerg schien besonders wenig von der Welt zu wissen, in der er lebte. Er hob das Kinn in Richtung der beiden Kämpfenden. »Vergiss dem, Jasmo, und guckst du zu.«

Der Vogt schwitzte. In seinen Augen mischten sich Verwirrung und blanker Zorn. Er hatte eine Platzwunde am Kopf, dort, wo Dithos Stiefel ihn getroffen hatte. Dennoch war Gernot nicht am Ende. Blitzartig ließ er seine gesunde Linke nach vorn schnellen.

Ditho duckte sich unter dem Schlag weg und warf sich zugleich mit der Schulter gegen die Hüfte des anderen. Er hielt das Handgelenk des Vogtes umklammert, dann richtete er sich auf und hob den Vogt mit der Schulter von den Beinen. Der massige Körper schlug mit dem Kopf voraus in den Schlamm. Gernot stöhnte auf, schloss die Augen und blieb reglos liegen. Winzige Schneeflocken flogen vom Wind getragen durch die Luft und legten sich auf seine erschlafften Züge. Erschrocken schrie die Menge auf, dann wurde es still.

Ditho ging in die Hocke und kniete neben Gernot nieder. Er fasste ihm an den Hals und tastete nach dem Puls, wie man es ihn vor Jahren in Akkon gelehrt hatte. Dann nickte er und wandte sich an die verschreckten Büttel. »Er lebt. Aber er hätte nach Hause gehen sollen, als er es noch konnte.«

* * *

Ditho wandte sich in Richtung der einsetzenden Dunkelheit über den bewaldeten Hügeln, hinter denen sich der große See erstreckte. Die Handflächen zum Himmel geöffnet, verneigte er sich, richtete sich wieder auf, kniete nieder, führte die Stirn zum Boden und richtete sich wieder auf. *»Bismillahi-r-Rahmani-r-Raheem Laa ilaaha il-Allahul-haleemul-Kareem. Laa ilaaha il-Allahul-'aliyul-'adheem ...«*

Die Worte schwebten über die schneebedeckten Baumwipfel, die sich endlos bis zum Horizont ausbreiteten, während in seinem Rücken die Sonne hinter den Zinnen der Burg unterging. *»Al-'afwa«*, flüsterte er immer wieder, »vergib mir.«

Vor dem Gebet hatte er die Augenklappe abgelegt, das gesunde Auge geschlossen und mit dem anderen direkt in die Abendsonne geblickt.

Und er hatte gesehen.

Trüb und nicht so gut wie zuvor, aber Ditho hatte das Licht immer noch deutlich wahrgenommen und auch den dunklen Fleck davor, die Neuravensburg. Es wurde nicht besser, es würde nie wieder werden wie zuvor.

Als er nach seiner Verwundung in Damaskus von Hasans Leuten gepflegt worden war und der Heiler in Akkon ihm nach Wochen der Dunkelheit den Verband abgenommen hatte, glaubte Ditho, es würde alles wieder so werden wie früher. Nicht nur das Dunkel in seinem linken Auge, auch das in seinem Herzen. Er hoffte, die Erinnerung an das, was in Damaskus geschehen war, würde zurückkehren. Doch obgleich das Auge wiederhergestellt schien, blieb ein Teil seines Herzens in tiefer Dunkelheit.

Etwas war da, etwas Unaussprechliches, das er nicht sagen, von dem er nicht erzählen konnte, nicht einmal sich selbst. Und die Finsternis im Herzen hatte einen Weg gefunden, zu ihm zurückzukehren.

Das verheilte Auge ließ ihn wieder im Stich.

Ganz langsam.

Vor ein paar Wochen hatte er die ersten Schlieren bemerkt und noch geglaubt, sie wegblinzeln zu können. Als er Kopfschmerzen bekam und sein Blick immer öfter verschwamm, hatte er die Augenklappe wieder angelegt, die er eigentlich nur noch als Erinnerungsstück in seiner Satteltasche mit sich führte. Hasan hatte davon gehört. Auch andere Veteranen mit einer verheilten Augenverletzung litten darunter. Man nannte es Star.

Ditho ließ seinen Freund in dem Glauben, es handele sich um eine normale Krankheit und nicht um das Ergebnis der Finsternis in seinem Herzen oder um eine Strafe Gottes. *»Al-'afwa«*, flüsterte Ditho wieder, dann legte er die Augenklappe an und verknotete die ledernen Schnüre hinter dem Kopf.

Vergib mir.

»Er wird dir nie vergeben, wenn du ihn zwar anbetest, aber den Namen des Propheten dabei nicht rühmst, geschweige denn aussprichst!«

Ditho wandte sich um und lächelte. Hasan hatte ihn auf Arabisch angesprochen, wie er es immer tat, wenn sie unter sich waren. Sein Freund hatte sein Gebet ebenfalls beendet und saß nun auf einem großen Felsen hinter ihm. Er hielt eines seiner Schwerter ins Licht der untergehenden Sonne und ließ einen prüfenden Blick über die Klinge gleiten.

Hasan war der Sohn eines Stammesfürsten, eines *Sheikhs*, der mit seinen Kriegern dem Heer Nur ad-Dins gefolgt war, um Damaskus vor dem Ansturm der Kreuzfahrer zu retten. Es war jedoch nie zu einer Schlacht zwischen Nur ad-Din und den Kreuzrittern gekommen. Das Kreuzfahrerheer hatte zwar eine Bresche in die Stadtmauer geschlagen, war aber am verzweifelten Widerstand der Damaszener unter der Führung ihres Statthalters Unur gescheitert. Die christlichen Könige waren unverrichteter Dinge abgezogen, bevor Nur ad-Dins Entsatzheer in Damaskus eintraf.

Hasan hatte Ditho im verwaisten Heerlager der Kreuzfahrer gefunden, zurückgelassen von den eigenen Leuten, weil sie glaubten, er sei tot. Hasan hatte sich Dithos angenommen, ihn pflegen lassen und ihm nach seiner Gesundung das Arabische beigebracht. Im Gegenzug hatte er Dithos Sprache gelernt. Die Männer waren Freunde geworden, und als für Ditho die Zeit gekommen war, in die Heimat zurückzukehren, hatte Hasan sich ihm angeschlossen. Er wollte mehr lernen über die Menschen, die sein Land mit Hass und Krieg im Namen ihres Gottes überzogen hatten.

Ditho setzte sich neben den Hünen auf den kalten Fels. Ein Schwarm Krähen flog krächzend vorüber und verlor sich in der einsetzenden Dunkelheit zwischen den sanft wogenden Baumkronen. Ihre Pferde standen stumm und dampfend neben einem kahlen Strauch, an dem sie angeleint waren, und kauten auf welken Blättern, die noch vereinzelt an den Ästen hingen. »Warum sollte ich in meinem Gebet von Muhammad reden?«, fragte er in tadellosem Arabisch. »Ich dachte, das sei *Schirk*, der Anbetung von Allah dem Einzigen noch jemanden beizugesellen?«

Hasan schüttelte ungehalten den Kopf. »Da sieht man einmal, wie wenig du erst weißt, *Dhimmi.* Ihr Christen sagt, ihr glaubt an nur *einen* Gott, und doch verehrt ihr dazu *Îsâ* und *Maryam* und *Ruuh-ul-Qudus* wie gleichwertige Götter, obwohl sie nur Schöpfungen des Einzigen sind!«

»Und der Prophet? Ist der keine Schöpfung?«

Hasan seufzte. Sein Atem kam als Dampfwolke aus dem Mund. »Doch. Aber durch Muhammad hat Allah direkt zu uns gesprochen, verstehst du? Nicht wie bei anderen Propheten, nicht wie bei *Îsâ*, der mit Gleichnissen und Geschichten von Gott *erzählt* hat. Sondern mit seiner Stimme! Der Koran ist das gesprochene Wort Allahs! Deswegen hat Muhammad eine Sonderstellung!«

»Also muss ich ihn doch anbeten? Und nicht Allah allein?«

Hasan wurde wütend, als Ditho grinste. »Du treibst deinen Spott mit mir. Du nimmst es nicht ernst! Das ist eine Sünde!«

»Oh doch, mein Freund. Ich nehme es sehr ernst. So ernst, dass ich in zwei Sprachen zu Allah bete. In deiner und in meiner.«

Hasan rieb sich über die Nasenwurzel, als verursachten Dithos Aussagen genau dort einen brennenden Schmerz. »Ich habe dir doch gerade erklärt, dass der Koran das gesprochene Wort Allahs ist! Man kann seine Verse nicht in einer anderen Sprache sagen, ohne den Sinn zu verfälschen. Und die ganze Schönheit von Allahs Worten ist dahin, wenn du sie in eure stumpfe, glanzlose Sprache zu übertragen versuchst!«

Dithos Belustigung hielt an. Er liebte den kehligen und doch melodiösen Klang des Arabischen, aber es schöner als Deutsch oder Latein oder irgendeine andere Sprache zu empfinden fiel ihm schwer. Er legte dem Sarazenen eine Hand auf die Schulter und lächelte. »Ich glaube, du unterschätzt Allah, wenn du denkst, er würde nur eine einzige Sprache verstehen, Hasan. Ich glaube, der Schöpfer der Welt spricht alle Sprachen.«

Hasan seufzte und wandte sich ab. Ditho war mutig, schlau, ein geschickter Kämpfer und ein heller Kopf dazu. Aber die Feinheiten des Islam würden die *Ahl al-kitah,* die »Leute des Buchs«, wie man Christen und Juden nannte, die wie die Muslime ebenfalls im Besitz eines Teils der göttlichen Offenbarung waren, nie verstehen. Selbst wenn sie beten konnten wie ein Muslim. Aber Allah hatte ihn an die Seite Dithos gestellt, und er würde nicht weichen, bis er seine Pflicht erfüllt hatte. »Du hättest ihn töten sollen«, sagte er unvermittelt.

»Wen? Gernot?« Ditho blickte forschend in das Gesicht seines Freundes. »›Du sollst nicht töten!‹ Steht so in der Bibel und im Koran auch, wenn ich nicht irre. Und ich will nicht töten.«

»Manchmal muss es sein. Um ihn wäre es nicht schade gewesen. Du wolltest nicht töten? Jetzt hast du einen Todfeind. Er wird nichts unversucht lassen, diese Demütigung von sich abzuwaschen.«

»Ein Feind meiner Familie war Gernot schon, als ich noch ein Kind war, Hasan. Ich habe nichts daran geändert, und es ist auch nicht meine Schuld.«

Hasan nickte und rieb sich die kalten Finger. Dieses Land war grausam. Bei seiner Ankunft hatte ihn der Schnee fasziniert; wie ein Kind war er durch das weiße Pulver gerannt und hatte sich hineinfallen lassen. Jetzt empfand er nur noch Mitleid für die Menschen, die in dieser fühllosen Kälte leben mussten. Kein Wunder, dachte er, dass sie so sind, wie sie sind. »Dennoch. Hüte dich vor seiner Rache. Sie wird kommen. Du hättest ihn töten sollen oder zumindest zulassen, dass ich ihn töte.«

Ditho nahm Hasans Schwert, das dieser neben sich gelegt hatte, und ließ den Daumen prüfend über die Klinge gleiten. »Jasmo hätte mir nie verziehen, wenn ich dir den Vortritt gelassen hätte, meinst du nicht?« Ditho grinste und reichte Hasan das Schwert.

Doch Hasan nahm es nicht entgegen. Seine Augen verengten sich.

»Was ist los, Hasan?«

Hasan hob den Arm und deutete mit dem Finger auf etwas hinter Dithos Rücken. »Behalte das Schwert«, murmelte er, »du wirst es brauchen.«

Ditho wandte sich um. Erst hörte er ein Knistern, dann sah

er den Rauch. Aus dem Dach des Palas schlugen Flammen in das Rotblau des dämmernden Himmels. Die Neuravensburg brannte.

* * *

Die Pferde preschten über den engen Pfad durch das Unterholz. Ihre Hufe ließen Schnee, Erde und Blätter zur Seite stieben, während die Reiter ihre Zügel auf die verschwitzten Flanken der Tiere klatschten. Dichte Rauchwolken waberten zwischen den verschneiten Bäumen wie zäher Nebel.

Hasan hatte Mühe, mit Ditho mitzuhalten. Die ausladenden Äste der großen Bäume hingen tief, die Männer mussten sich über den Rücken ihrer Pferde ducken, um sich den Kopf nicht anzuschlagen. Es ging bergauf, dann teilten sich die Bäume und gaben den Blick frei auf eine verschneite Ebene, auf der die Neuravensburg thronte.

Ditho griff in die Zügel, und das Pferd bäumte sich wiehernd auf. Das Dach des Palas stand lichterloh in Flammen, schwarze Rauchschwaden krochen aus den schmalen Fenstern die zerklüftete Burgmauer hinab. Jemand schrie. Die Hitze des Feuers war bis auf das verschneite Feld vor der Burg zu spüren. Als Hasan zu ihm aufschloss, gab Ditho seinem schwarzen Hengst wieder die Sporen. Die Hufe trommelten über die Zugbrücke; im Tor unter der wuchtigen Schildmauer standen zwei Soldaten mit Lanzen und versperrten den Weg. Staufer, Männer von Gernot.

»Halt! Stehen bleiben!«, schrie der eine ihn an und reckte das kantige Kinn vor. Ditho preschte an den mächtigen schwarzen Gliedern der Zugketten vorbei und ritt beide Söldner nieder. Er zog den Kopf ein, um von den Spitzen des Fallgitters nicht aufgespießt zu werden, und riss die Zügel seines Pferdes herum.

Der Burghof glich einer apokalyptischen Vision. Brennende Dachbalken und Fensterläden stürzten zusammen mit

Ziegeln krachend auf das Pflaster vor dem Palas. Pferde, Kühe und Hühner rannten in wilder Angst über den Hof, während die Luft von Schreien, von dickem Qualm und Myriaden von Funken erfüllt war, die wie teuflische Glühwürmchen auf die Dächer der Ställe und der Schmiede schwebten.

Die Söldner, gut ein Dutzend schwerbewaffnete Männer, traten Türen ein, hielten Fackeln an das Stroh und schleppten Truhen und Teppiche die Treppe vom Palas herunter. Sie hatten Magda, die Köchin, und Walther gepackt und in den Hof geschleppt. Gefesselt knieten sie vor ihren Bewachern, die ihnen ein Schwert in den Nacken drückten. Jasmo lag reglos im Schmutz.

»Jasmo!« Ditho schrie auf und sprang vom Pferd. Hasan kam hinter ihm durch das Tor gesprengt und zügelte seinen laut wiehernden Gaul. Grimmig schritt Ditho auf seine gefesselte Dienerschaft zu, als zwei der Söldner sich ihm in den Weg stellten und das Schwert erhoben.

»Ergib dich! Leg das Schwert weg!«

Ditho beschleunigte seinen Schritt, ließ sich mit einer Rolle vorwärts fallen und trat dem Linken der beiden die Beine weg. Der Soldat schrie auf, klappte nach vorn und schlug mit dem Gesicht auf das Pflaster. Bevor der andere sich noch umgedreht hatte, war Ditho wieder auf den Beinen und ließ seine Faust gegen dessen Kehlkopf krachen. Der Mann kippte leblos nach hinten.

Hasan packte einen Eimer und schleuderte ihn einem Söldner, der mit gezücktem Schwert von den Stufen zum Palas auf ihn zustürmte, ins Gesicht. Der Staufer wurde von der Wucht des Aufpralls von den Füßen gerissen und ging zu Boden. Ditho wandte sich blitzschnell um, und die Bewacher von Magda und Walther warfen sich ängstliche Blicke zu.

»Bleib stehen, oder sie sind tot. Alle!«

Ditho erstarrte. Gernot war zu den Gefesselten getreten. Er zog ein Bein nach, seine rechte Hand steckte in einer Holzschiene, die mit grobem Hanf am Arm befestigt war. Über dem geschwollenen Auge prangte ein tiefroter Bluterguss. Der Vogt atmete schwer, und seine kleinen, dunklen Augen funkelten Ditho hasserfüllt an. »Wirf das Schwert weg! Sofort!«

Gernot packte Jasmo am blonden Schopf und riss ihm den Kopf nach hinten, während er seine Klinge an den Hals des Hofnarren presste.

Immerhin: Jasmo lebte. Blut lief ihm über die Stirn, er öffnete benommen die Augen und stöhnte. Ditho blickte sich um. Hasan war von vier Staufern eingekreist. Sie hielten ihn mit ihren Piken auf Abstand.

Der Mann mit der Augenklappe ließ das Schwert sinken. »Was willst du, Gernot?«

Gernot legte den Kopf in den Nacken und schloss die Augen. Funken tanzten über seinem kahlgeschorenen Schädel, aber er schien es nicht wahrzunehmen. Er sog die rauchgeschwängerte Luft tief in die Lungen. Als Gernot die Augen öffnete, glaubte Ditho etwas von dem Blutdurst und dem Wahn darin zu erkennen, den er im Heiligen Land so oft vor dem Sturmritt in die Schlacht gesehen hatte. »Ich will dich, Ditho. Nur dich, dann lass ich die anderen gehen.«

Ditho blickte in die vor Furcht geweiteten Augen Jasmos. Sie waren in der Unterzahl, selbst zwei so erfahrene Kämpfer wie er und Hasan konnten es nicht mit zwölf Mann aufnehmen. Ditho ließ das Schwert fallen, und scheppernd ging die kunstvoll geschmiedete Waffe zu Boden.

Gernots Grinsen wurde eine Spur breiter. »Gut. Das war schlau von dir, Ditho.« Gernot nahm das Schwert von Jasmos Hals und ließ den Hofnarren los, sodass der zu Boden sank. Dann trat er vor, langsam und hinkend. Zwei Fuß breit vor dem Mann mit der Augenklappe blieb er stehen.

Ditho wusste, was kommen würde, er spürte es an der Körperspannung des anderen, sah es an den Sehnen an dessen Hals, an der Haltung der Schultern, bevor sein Gegner überhaupt zu einem Schlag ansetzte. Man hatte ihm beigebracht, auf diese Zeichen zu achten. Das konnte man lernen.

Was man nie lernte, war, den Schmerz nicht zu spüren.

Gernot hieb den Knauf seines Schwertes mit Wucht gegen Dithos Schläfe. Ditho sackte zu Boden, und die Dunkelheit umfing ihn wie der vertraute Freund einer fernen, fast vergessenen Vergangenheit.

13. Februar 1152, Bamberg

Wie ein langsam krabbelnder Käfer schoben sich ihre Finger nach vorn. Sie streckte den Arm so weit, dass es in der Schulter schmerzte, aber es reichte noch nicht. Das kleine, bunt schimmernde Ding aus Holz war noch gut eine Handbreit von ihren Fingerspitzen entfernt. Adela atmete erschöpft aus, entspannte den Arm und zog die Hand zurück.

»Noch mal! Du schaffst es! Gleich hast du ihn!« Neben ihr auf dem Fußboden erschien das Gesicht eines hellhaarigen sechsjährigen Jungen. Er hatte sich neben sie gelegt und verfolgte ihre Bemühungen mit inbrünstigem Eifer.

Von irgendwoher drang Lautenspiel an ihr Ohr.

»Da! Er ist weiter da drüben!« Seine blauen Augen strahlten.

Adela lächelte ihn zuversichtlich an, dann schob sie ihre reich bestickten Flügelärmel zurück, legte ihre Wange an die kalten, staubigen Steinfliesen und streckte sich wieder zu ganzer Länge. Gleich! Sie war fast dran, sie spürte es schon an den Fingerspitzen, als sie im Flur Schritte hörte.

»Himmel, Adela! Ist dir etwas … was in drei Gottes Namen machst du da?«

Es war seine Stimme, und sie war voller Tadel. Adela wusste, dass sie eine groteske Figur abgeben musste, hingestreckt vor einem Schrank auf dem Boden eines langen Flures von Castrum Babenberg, der königlichen Pfalz von Bamberg.

»Steh sofort auf, Adela! Was denkst du dir nur?«

Der Junge neben ihr blickte sie mit großen Augen an. Sie sah seine Furcht, sie könnte ihn im Stich lassen.

Kurz zuvor hatte sie ihren Mann und sein Gefolge im angrenzenden Vorraum zum großen Saal verlassen, weil aus einem der Flure das Schluchzen eines Kindes an ihr Ohr gedrungen war. Der Dreikäsehoch stand mit verheulten Augen vor einem wuchtigen Schrank. In seiner Linken hing schlaff ein Stock mit angeknoteter Schnur. Adela hatte ihm über das Haar gestrichen und versprochen, ihm zu helfen. Sie hatte noch immer vor, dieses Versprechen zu halten. Friedrichs Stiefel tauchten neben ihr auf, und sie konnte sich seine in die Seiten gestemmten Fäuste dazu lebhaft vorstellen. Doch Adela spannte sich noch ein wenig mehr und griff zu. Sie zog den bunten Holzkreisel unter dem Schrank hervor und lächelte den Jungen an, als sie ihm das Spielzeug zurückgab. »Hier. Und pass das nächste Mal besser auf, ja?«

Der Junge strahlte über das ganze Gesicht. Seine Hände schlossen sich fest um den Kreisel. »Mmhm, mach ich. Hab Dank!« Der Knabe drehte sich um und rannte den Flur hinunter. Als er hinter einer Biegung des Ganges verschwunden war, zog Friedrich sie unsanft hoch. Inzwischen waren der Truchsess der Pfalz und ein Diener zu ihm getreten. Bestürzt über die am Boden liegende Herzogin waren sie hinzugeeilt, und der Truchsess hatte sich bekreuzigt. Die Männer wandten sich jäh ab, als sie Friedrichs schlechte Laune bemerkten.

Friedrich zog Adela grob hinter sich her, zurück in den Vorraum, in dem sie eben noch gestanden hatten. »Kaum lässt man dich aus den Augen, stellst du die nächste Eselei an! Du bist und bleibst ein Bauernweib!«

»Da du mich wie ein Bauer behandelst, passen wir ja gut zusammen!«, presste sie gedämpft hervor, als sie die kleine Halle mit den Säulen erreichten, und bereute es im gleichen Augenblick.

Friedrich riss sie herum, gleichgültig gegenüber dem halben Dutzend Männern seines Gefolges, die vor den kostbar bestickten Teppichen mit Jagdmotiven an der Wand aufgereiht standen und sie ungeduldig erwarteten. »Ich warne dich, Adela! Benimm dich, wenn wir gleich vor dem König stehen, sonst vergesse ich mich!«

Adela biss sich auf die Zunge und strich mit den Händen über ihr Kleid, um den Staub wegzuwischen und die Falten zu glätten. Ihre vollen Lippen waren schmal geworden, die sonst so anmutigen und weichen Züge voller Anspannung. Würde er sie später bestrafen? Nur Wiltrud wusste um die blauen Flecken und die Blutergüsse auf ihrer Haut, dort, wo die Kleider den Körper verdeckten. Sie schluckte ihre Angst hinunter, und sie schmeckte bitter auf der Zunge. »Es tut mir leid. Ich werde mich benehmen. Du kannst dich auf mich verlassen.«

Seine durchdringenden hellblauen Augen blickten auf sie herab, lauernd, ob da eine Spur von Spott oder Lüge in ihrer Stimme war. Friedrich überragte sie um Haupteslänge, kurze rotblonde Locken bedeckten seinen Kopf mit den edlen Zügen und der herrischen Nase. Ein Bart in der gleichen leuchtend hellen Farbe hatte ihm bereits in jungen Jahren diesen italienischen Necknamen eingebracht, den er so hasste: *Barbarossa.* Rotbart.

Wiltrud lief hastig herbei, ihre blonden Zöpfe wippten auf dem Rücken auf und ab. Offensichtlich war sie ebenfalls auf der Suche nach ihrer Herrin gewesen. Aus den Augenwinkeln warf sie einen Blick auf den Herzog und trat vorsichtig hinter Adela. Man nahm wieder Aufstellung, um in den Saal zu treten. Die Zofe versuchte, das kostbare blaue Kleid ihrer Herrin und deren lange Haare, die über den Samt fielen wie schwarzes Wasser, wieder in Ordnung zu bringen, bevor die breiten Flügeltüren von den Lakaien geöffnet wurden und man sie einließ.

»Antworte kurz und nur wenn man dich direkt anspricht«, zischte Friedrich und schob Adelas Arm unter den seinen.

Adela schwieg, ihre Augen füllten sich mit Tränen des Zorns, und sie hasste sich dafür, weil er es sehen konnte.

Eine Fanfare erklang aus dem Saal, und die reich mit Schnitzereien und schweren Metallbeschlägen verzierten Türen schwangen auf. Die Musik der Spielleute aus dem Saal erfüllte den Vorraum. Ein schmales Lächeln lag um Friedrichs Mund, und er brachte seine Lippen nah an ihr Ohr, eine Geste, die für die Umstehenden nach einem zärtlichen Kuss und nach der tiefen Zuneigung eines glücklichen Ehemannes aussehen musste. »Dieser Bengel im Flur war Konrads Sohn. Ich weiß ja, dass du vernarrt in Kinder bist. Wenn du nicht so eine vertrocknete Ziege wärst, hättest du schon längst eines …«

Der Geruch der auf dem Boden verstreuten Binsen und milchiges Licht aus den Fenstern des Rittersaales drangen zu ihnen. Vor die Öffnungen in der Wand war Pergament gespannt worden, um wenigstens einen Teil der Wärme aus dem Feuer des großen Kamins im Saal zu halten. Der Februar in Bamberg war kalt, und die trübe Nachmittagssonne tat wenig, um dem abzuhelfen. Adela schluckte, als Friedrich in den vollbesetzten Saal voranschritt, die Lippen an ihrer Wange.

»Und jetzt hör auf zu flennen«, flüsterte er, »und lächle, wie man es von der glücklichen Frau an meiner Seite erwartet.« Er setzte ein Lächeln auf und zog sie mit sich in den Saal.

Adelas Herz fühlte sich an wie ein Eisblock, doch sie zog die Mundwinkel nach oben und entblößte ihre strahlend weißen Zähne, als der Truchsess ihre Namen verkündete und die Gäste König Konrads sie mit gefälligem Applaus bedachten. Adela lächelte, wie man es von der glücklichen Frau an seiner Seite erwartete.

* * *

»Gefällt es Euch und Friedrich in Bamberg, Herzogin?«

Adela merkte auf, als König Konrad sie ansprach, und wandte den Blick langsam von ihrem Gemahl ab. Barbarossa stand in einer Ecke des weitläufigen Saales und nestelte an der silbernen Tassel herum, die den wallenden fliederfarbenen Umhang einer üppigen blonden Hofdame zusammenhielt. Er beugte sich vor und flüsterte der Blonden etwas zu, worauf diese lachend ihr Haar zurückwarf. Ihr Gelächter mischte sich mit dem angeregten Geplauder im Saal und mit der Musik der Lautenspieler.

Adela saß neben König Konrad an der langen Tafel, Barbarossas leerer, mit Blattgold verzierter Faltsessel auf ihrer anderen Seite. Von Beginn des Festmahls an hatte der König sich angeregt mit ihr unterhalten.

Konrad III. zählte bald sechzig Jahre, und man sah den müden Augen unter dem stumpf schimmernden Goldreif auf der Stirn an, wie sehr die verzehrenden Kämpfe mit den Welfen und mit der Kirche den Stauferkönig im Lauf der Jahrzehnte aufgerieben hatten. Seine Augenbrauen waren dicht, doch sein graues Haar wurde dünner, und der kurz gestutzte Bart verbarg tiefe Falten um die Mundwinkel. Konrad nippte an seinem Kelch mit dem gepfefferten Wein, während er noch auf Adelas Antwort wartete. Seine braunen Augen gingen dabei zu der Ecke, in der Friedrich mit der Blonden stand.

Der König mochte einem alt erscheinen, dachte Adela, aber ihm entging nichts. Sie lächelte und besann sich auf seine Frage. »Mein Gemahl genießt die Schönheiten Eurer Pfalz sehr …«, sagte sie und tunkte ein Stück Brot in köstliche braune Soße, die ein Diener soeben abgestellt hatte. Nach Neunaugen und Eberbraten hatte man Schwan, Pfau und Taube serviert.

Konrad zupfte sich ein Stück Fleisch von der gebratenen Taube auf seinem Zinnteller und schmunzelte über die Doppeldeutigkeit, während Adela fortfuhr. »Und ich staune über die prächtigen Bauten, den Dom und die Pfalz. Die sieben Hügel der Stadt haben fast etwas von Rom. Eine schöne Stadt, um von hier zur Kaiserkrönung aufzubrechen.«

»Wohl gesprochen, Herzogin. Lasst uns hoffen, dass der Herr unser Gott es ebenso sieht.«

»Dessen bin ich mir sicher, Majestät.«

Konrad nickte. Die Frau seines Neffen schien zwar nicht belustigt über die Eskapaden ihres Gemahls zu sein, aber sie ertrug sie. Was sollte sie auch sonst tun? Der König ließ seinen Blick durch den holzvertäfelten Saal mit dem großen Kamin schweifen und musterte die Männer seines Gefolges. Conradus Colbo, sein Mundschenk, bediente Graf Ulrich von Lenzburg, der ihn im Zwist mit den italienischen Städten beriet. Der Graf plauderte mit Enno, Friedrichs Stallmeister, und mit Gisbert von Papenheim, den sein Neffe als Leibgardisten einsetzte. Anselm von Wittlingen, der dürre Hofkaplan, tauschte sich mit Arnold von Selenhofen, seinem Kanzler, aus. Die Männer saßen auf langen Bänken zwischen Herzögen, Grafen, Bischöfen und niederem Adel des Landes.

Konrad hatte die Fürsten nach Bamberg gerufen, um mit ihnen über den Zug nach Rom zu verhandeln. Für den Weg über die Alpen brauchte er eine ansehnliche Streitmacht. Die lombardischen Städte würden wie immer Schwierigkeiten machen, und seine eigene Hausmacht war nach den Bürgerkriegen und den endlosen Scharmützeln im Reich zu klein, als dass er unbeschadet, geschweige denn kraftvoll nach Rom marschieren und mit breiter Brust aus der Hand des Papstes die Kaiserkrone empfangen könnte.

Zähe Verhandlungen mit dem Heiligen Stuhl waren diesem Zug vorausgegangen, und zähe Verhandlungen mit den deutschen Fürsten standen ihm noch bevor. Wenn er die Ritter seiner Vasallen haben wollte, musste er ihnen etwas dafür geben, selbst wenn sie ihm einen Eid geleistet hatten. Eide waren brüchig und mussten ständig mit kleinen Gefälligkeiten geflickt werden. Jedem würde er etwas in die Hand drücken müssen. Ein paar Münzen hier, ein kleines Lehen da, und dort noch eine Vergünstigung oder ein Privileg. Es war wie auf dem Schweinemarkt, nur nicht so lustig. Aber das Feld war bestellt, und für seine Nachfolge hatte Konrad auch gesorgt, falls ihm in Italien etwas zustoßen sollte: Sein sechsjähriger Sohn Friedrich, der den ganzen Tag durch die Flure der Pfalz rannte und seinen Kreisel vor sich hertrieb, würde ihm auf den Thron folgen, falls er selbst nicht zurückkehren würde.

Konrads Frau und sein ältester Sohn waren vor Jahren gestorben, und so war Konrad allein – allein bis auf seinen Sohn und seinen Neffen, den Herzog von Schwaben, den er fast liebte wie einen Sohn.

Der König zupfte das letzte Fleisch von der gebratenen Taube, als er einen Stich in der Brust fühlte. Was war das? Trauer um die geliebten Menschen, die er verloren hatte? Angst vor dem Zug nach Rom? Was es auch war, er konnte sich nicht darum kümmern. Für Friedrich, den Älteren, und für den kleinen Friedrich. Nur für diese beiden nahm er den Zug nach Rom auf sich. Er hatte ein Leben lang gekämpft, und er war müde. Auf die Kaiserwürde und vor allem auf die beschwerliche Reise konnte er gut verzichten. Aber er wollte der Dynastie der Staufer die Macht erhalten, und das ging nur, wenn dem schwindsüchtigen Titel eines deutschen Königs der des römischen Kaisers hinzugefügt wurde.

Wieder dieser Schmerz. Zur Hölle, was war das? Konrad griff sich an die Brust, das Gesicht verzerrt.

»Ist Euch nicht gut, mein Herr?« Adela sah, wie dem König Schweiß auf die Stirn trat, seine Wangen wurden fahl.

»Nein, nein … Es ist …« Konrads Augen verdrehten sich, die Pupillen verschwanden unter den Lidern. Adela schrie auf, als der König zu ihr hinsank. Sie fing seinen massigen Körper in ihrem Schoß auf.

Die Musik brach ab, einige Hofdamen ließen Laute des Entsetzens hören, die Männer sprangen auf. Barbarossa ließ die Blonde stehen und stürmte auf Konrad und Adela zu, drängte den Truchsess und hilflos herumstehende Diener beiseite und richtete den reglosen König aus Adelas Armen in seinem Thron wieder auf. »Was ist mit ihm?«

»Ich … Ich weiß es nicht, eben haben wir noch gesprochen, dann wurde er blass und …«

Konrad schlug die Augen auf. Er blinzelte. Sein Atem ging schwer. »Was … wo …?« Er hustete, und gelber Speichel rann ihm aus dem Mundwinkel. Der König blickte in Barbarossas

Augen und sah die tiefe Besorgnis darin. Er blinzelte erneut. »Haben wir getanzt, Friedrich? Oder warum hältst du mich in den Armen?«

Ein Aufstöhnen der Erleichterung ging durch die Menge im Saal. Der Herzog von Schwaben lächelte. »Ihr wart ohnmächtig, mein König. Ich hoffe, Adela hat Euch nichts zugeflüstert, was Euch die Sinne geraubt hat?«

Der König lächelte schwach und richtete sich auf, während Adela rot anlief. Konrad legte für einen Moment seine Hand auf die ihre. »Sorgt Euch nicht, Friedrich, Eure Gemahlin trifft keine Schuld. Möglicherweise könnten die sechs Becher Rotwein vor dem Essen eine Rolle spielen, aber ich bin mir da nicht sicher!«

Im Saal wurde gelacht, Adela blickte verwirrt auf den einen halbvollen Kelch, der vor Konrad auf der Tafel stand, und an dem der König den ganzen Abend nur genippt hatte.

Konrad erhob sich schwankend und griff nach Friedrichs Schulter. Er hielt sich fest, aber dann klopfte er dem Schwabenherzog auf die Schulter, damit es aussah wie eine freundschaftliche Geste. »Ich denke, ich lege mich ein wenig hin. Aber gnade Euch Gott, wenn ihr nicht weiterfeiert! Macht Musik! Tanzt und esst!«

Jubel erklang, die Lautenspieler griffen in die Saiten, und man wandte sich wieder dem Essen und dem Wein zu, während Friedrich sich anschickte, den König aus dem Saal zu begleiten.

»Ich bleibe noch ein wenig bei ihm«, flüsterte der Herzog Adela im Gehen zu, »warte nicht auf mich.«

Adela bemerkte den Blick, den er der blonden Hofdame im fliederfarbenen Kleid zuwarf, als er mit dem König durch die Flügeltür schritt und das inzwischen wieder lautstarke Gelage im Saal verließ. Die Blonde nickte unmerklich, leerte ihren Becher, wartete einen kurzen Augenblick und folgte Barbarossa und dem König dann auf den Flur.

Adela wusste, was das bedeutete. Sie wusste, dass sie handeln musste. Friedrich wartete auf einen Sohn. Er würde nicht mehr lange warten, und er würde es so aussehen lassen können, als sei es ihre Schuld. Adela griff zu ihrem Fürspan und zog den Tasselmantel am Kragen enger. Sie stand auf, um Wiltrud zu suchen. Ihre Zofe kannte vielleicht Leute in der Bamberger Pfalz, die weiterhelfen konnten.

* * *

Als die Herzogin durch die Flügeltür schritt, folgte ihr ein Augenpaar im Saal, das sie seit ihrer Unterredung mit dem König beobachtet hatte.

Kalte Augen. Sie hatten gesehen, wie der silberne Teller mit der gebratenen Taube vor dem König abgestellt wurde. Sie hatten aufmerksam beobachtet, wie Konrad das Fleisch von den Knochen der Taube gepult hatte und es in den Mund schob.

Die Augen hatten gewartet, hatten einen beunruhigten Glanz bekommen, als die Reaktion so lange ausblieb. Doch als das Gesicht des Königs sich endlich vor Schmerzen verzerrte, war der Hauch eines Lächelns in den kalten Augen erschienen wie Sonnenstrahlen, die einen zugefrorenen Teich schimmern ließen.

Wie die der anderen im Saal hatten sich die kalten Augen zunächst entsetzt geweitet, und wie die der anderen hatten sie sich für einen Moment der Erleichterung geschlossen, als der König aus der Ohnmacht erwacht war und wieder Späße mit dem Schwabenherzog trieb.

Doch das Entsetzen und die Erleichterung in diesen Augen waren nur gespielt, wohl berechnet und fein dosiert. Der Mann wollte nicht auffallen, und er fiel nicht auf. Auch nicht, als er aufstand und scheinbar angetrunken seinen noblen Tischnachbarn mitteilte, er müsse kurz nach draußen gehen, um wenigstens einen Teil des fettigen Mahles mitsamt dem Wein in seinem Magen über die Mauern der Pfalz zu schicken, damit er weitermachen könne.

Man lachte und hatte sein Versprechen, bald an die Tafel zurückzukehren, schon in dem Augenblick vergessen, als er den Saal verließ.

Er würde nicht zurückkehren.

Er hatte Wichtigeres vor.

* * *

Friedrich roch nach der anderen.

Ein penetranter Duft nach Rosenblättern, aber dazu süßlich, wie mit Karamell vermischt. Adela hatte den Geruch bemerkt, kaum dass er die Tür zu ihrer Kemenate im oberen Stock der Pfalz wieder geschlossen hatte.

Friedrich hatte versucht, möglichst leise einzutreten. Wollte er sie nicht wecken? Das war gut und auch schlecht. Gut, weil die andere ihm genug gegeben hatte. Schlecht, weil es nichts an ihrer schwierigen Lage änderte. Es war eine unlösbare Zwickmühle. Sie ertrug ihn und seine Grausamkeit nicht, aber ihr Schicksal und das ihrer Familie lagen in seiner Hand.

Der Herzog stand keuchend mit dem Rücken zur Tür, offensichtlich hatte er sich total verausgabt. Adela bekam Mitleid mit der fülligen blonden Hofdame. Sie hatte nicht gewusst, worauf sie sich einließ, als sie mit dem Herzog von Schwaben anbändelte. Adela selbst hatte nicht geahnt, was ihr bevorstand, als man sie vor fünf Jahren hastig mit dem jungen Erben des Herzogtums vermählt hatte. Sie hatte nach der ersten Nacht mit ihm den ganzen folgenden Tag geweint, und der Hof hatte es für Abschiedsschmerz gehalten, weil Friedrich noch am selben Abend mit seinem König nach Jerusalem aufgebrochen war. Aber es waren keine Tränen der Liebe gewesen.

Furcht und Scham hatten sie weinen lassen.

Und Schmerz.

Zu Beginn ihrer ersten Nacht war er sehr zärtlich gewesen, und mit klopfendem Herzen hatte Adela ihn machen lassen und seine Berührungen und Küsse erwidert, obwohl sie ihn kaum kannte. Das war ganz normal, wie die alten Frauen bei Hofe ihr zuvor versichert hatten. Niemand kannte seinen Gemahl wirklich vor der ersten Nacht. Also hatte sie ihn empfangen und trotz des kleinen Schmerzes auch Freude dabei empfunden.

Aber das hatte ihm nicht gereicht.

»Du hast bekommen, was du brauchst«, hatte er ihr ins Ohr geflüstert, als sie danach verschwitzt in den Laken lagen, »jetzt bin ich dran.« Er hatte sie gepackt, grob auf den Bauch geworfen und ihr die Arme hinter dem Rücken festgehalten. Sie hatte geschrien, aber er hatte ihren Kopf in das Kissen gedrückt und ihre Schreie so erstickt.

»Es wird dir gefallen«, hatte er gesagt.

Dann kam der Schmerz.

Als er am nächsten Tag vom Hof ritt, hatte sie ihre Tränen weggewischt und drei Jahre insgeheim gehofft, er würde nie wiederkehren. Zu Anfang hatte sie gedacht, das alles sei ganz normal. Er sei wie jeder andere Mann. Aber sie hatte mit den alten Frauen bei Hofe gesprochen, heimlich und in Umschreibungen, versteht sich. Und sie hatte erfahren, dass er nicht war wie die anderen, sondern grob, gemein und rücksichtslos.

Friedrich hatte noch vor seinem Aufbruch ins Heilige Land einen Erben zeugen wollen, und er war voller Enttäuschung, als er vom Kreuzzug heimkehrte und sah, dass da kein dreijähriger Knabe im Hof der Burg auf ihn wartete und mit Stöcken und Steinen Ritter spielte. Die Enttäuschung hatte angehalten, aber Friedrich war niemand, der schnell aufgab.

Adela empfand jedes Mal unaussprechlichen Ekel, wenn er auf ihr lag. Und sie hatte begonnen, sich zu wehren. Zunächst war er überrascht gewesen und hatte von ihr abgelassen, doch dann hatte ihr Widerstand ihn herausgefordert. Friedrich liebte Herausforderungen.

Sie hatte es dadurch nur schlimmer gemacht. Ihr Bitten und Betteln hatte ihn aufgestachelt. Und manchmal konnte sie tagelang nicht gehen. Der heiß ersehnte Erbe ließ dennoch auf sich warten.

Als ihre regelmäßige Blutung ein paar Tage ausblieb, atmete sie auf und sandte ein Dankgebet zum Himmel. Doch die frohe Botschaft, dass der Herrgott ihr gemeinsames Beten um ein Kind erhört hatte, stimmte ihn nicht milder. Friedrich kam zu ihr, um sie zu »belohnen«.

Sie wusste sich nicht anders zu helfen, sie hatte an das Kind gedacht, das in ihr wuchs, und ihm das Gesicht zerkratzt. Als er aufschrie und die Hände zu den Augen führte, hatte sie ihm das Knie zwischen die Beine gerammt und war weggelaufen. Zusammengekauert hatte sie neben dem erloschenen Herdfeuer in der Küche ihrer eigenen Burg übernachtet.

Friedrich war außer sich gewesen. Aber er hatte von ihr abgelassen, sich ihr nicht mehr genähert. Adela war ein paar Tage voll des Glückes gewesen, begann sich als Mutter zu fühlen und frei von einer Last und von Friedrichs erdrückender Gewalt. Ein paar Tage.

Aber dann blieb das Kind aus.

Es kam nicht.

Es wollte nicht kommen.

Oder sie wollte nicht, dass es kam, obwohl es sie vor ihm beschützt hätte. Wenn sie das Kind hätte, würde er sie endlich in Ruhe lassen und sich Konkubinen nehmen. Aber wenn das Kind nicht käme, wäre ihre Lage umso schwieriger. Seitdem war eine weitere Furcht hinzugekommen.

Was, wenn sie keine Kinder bekommen konnte?

Was, wenn tatsächlich *sie* schuld daran war?

Vertrocknete Ziege.

Friedrich stand noch immer keuchend an der Tür. Der Mond schickte einen schmalen Streifen fahles Licht durch die Ritzen des Fensterladens, und ein Luftzug brachte die Glut im Kamin zum Lodern. Im rötlichen Schimmer sah sie, dass er schwitzte; er wirkte verwirrt und – ein Ausdruck, den sie auf seinem Gesicht noch nie gesehen hatte – ängstlich.

War es ein guter Moment? Weil er schon erschöpft war? Adela wusste, dass sie das Kind brauchte, aber sie konnte ihren Ekel nicht überwinden, obwohl sie nur die Leinendecke über dem Bett zurückschlagen müsste.

»Du bist wach?« Er hatte sie gehört, oder er hatte gespürt, dass sie nicht schlief.

»Ja. Es ist kalt.«

»Kalt? Du bist kalt. Ich schwitze.«

Adela ignorierte den Vorwurf. »Wie geht es ihm?«

»Konrad?« Friedrich sah sie mit glasigen Augen an. Er wirkte wie trunken, und Adela konnte sich keinen Reim darauf machen, wer oder was Barbarossa in diesen Zustand versetzt hatte. Er trank selten, und man merkte es ihm kaum an, selbst wenn er zu viel hatte. »Konrad«, sagte er leise, fast unhörbar und stierte in die Glut, als gäbe es außer ihm und dem sterbenden Feuer nichts in diesem Raum. »Es geht ihm besser. Viel besser. Morgen ist er wieder der Alte.«

Dann löste er sich vom Kamin, trat ans Bett und nahm sich von ihr mit aller Härte, wovon er glaubte, dass es ihm zustand.

27. Juli 1148, Damaskus

Ich stolpere die Stufen aus dem Keller hinauf, und die lodernde Sonne brennt in meinem Auge wie Säure. In dem einen Auge, auf dem ich noch etwas sehe, wenn ich blinzle. Das andere Auge wage ich nicht zu berühren, der Schmerz ist überall in meinem Kopf und in meinem Körper. Eine dickflüssige Masse rinnt an meiner linken Wange hinunter, und ich bete, dass es nicht das Auge ist. Blut und Schweiß verkleben mir die Lider, ich mache einen Schritt vorwärts, aber dann wirft der Schmerz mich zu Boden. Der Länge nach stürze ich auf die staubige Erde, verliere mein Schwert, schreie auf. Aber es ist egal.

Alle schreien, niemand schenkt mir Beachtung.

Ziegen rennen durch den Staub, irgendwo hinter mir schlägt ein Felsbrocken aus einem unserer Katapulte in das mit Stroh gedeckte Dach eines Hauses ein und reißt Balken und Mauern krachend mit sich. Zerborstene Ziegel regnen auf mich herab. Wieder Schreie. Diesmal Kampfgebrüll. Ein Trupp Damaszener stürmt vorbei, sie haben ihr Schwert über den Kopf erhoben. Die Bewohner dieser von Gott und allen Engeln verfluchten Stadt rennen in entgegengesetzter Richtung, alte Männer, Frauen, Kinder. Sie versuchen, so schnell wie möglich von der Bresche in der Außenmauer in die Stadt hereinzukommen; sie trampeln alles nieder, was ihnen im Weg ist.

Ich komme auf die Knie, mein Kettenhemd schleift im Staub. Mit der Rechten greife ich nach dem Schwert, die Linke hält immer noch das hölzerne Kästchen umklammert.

Das Kästchen!

Es muss zum Herzog, es ist für ihn und den König bestimmt, und ich werde es ihnen bringen, denn das ist meine Aufgabe.

Die Damaszener werfen sich unseren Rittern entgegen, großen, stämmigen Kerlen in eisernem Panzer, gegen die die Muselmanen schwach und klein wirken. Aber die Kerle sind verflucht schnell. Und sie fürchten den Tod nicht. Keiner von ihnen fürchtet den Tod, weil sie glauben, dass das Leben im Jenseits ungeahnte Freuden für sie bereithält. Sie stürmen den Hügel aus den zertrümmerten Steinen der Stadtmauer hinauf und schlagen und stechen auf alles ein, was sich ihnen entgegenstellt.

Ich ziehe mich an einer Hauswand hoch. Das Brennen in meinem Kopf, dort, wo der Schwerthieb mich getroffen hatte, ist zu einem Höllenfeuer geworden. Die Schreie um mich herum in dieser fremden Sprache, in diesem teuflischen, kehligen Krächzen rauben mir die Sinne, genau wie die sengende Hitze und der stechende Gestank von Rauch, Ziegendreck und verbranntem Fleisch. Aber ich muss nach draußen, ich muss durch die Bresche!

In immer neuen Wellen werfen sich die Verteidiger der Stadt gegen die Schwerter und Lanzen der Unsrigen. Verschwommen erkenne ich die roten Kreuze der Templer zwischen deutschen Adlern, den Fahnen der Fürsten des Heiligen Landes und den Wappen der Franzosen, alles getränkt vom Blut der eigenen und der fremden Kämpfer. Gliedmaßen fallen ab, Leiber sinken zu Boden, der helle Sandstein der Stadtmauer ist rot gesprenkelt.

Ich schleppe mich auf die Bresche zu, hinter mir höre ich eine hohe Stimme in der Sprache, die ich nicht verstehe, dann tritt mich etwas, und ich bekomme Schläge auf den Rücken. Ein Junge, vielleicht sechs Jahre alt, schwarze Augen, seine Haare sehen vom Staub so aus, als wären sie mit Mehl überzogen. In seinem Gesicht steht der blanke Hass. Als ich mich umwende, hebt er den Blick, und der Hass in seinen Augen weicht einer tiefen, namenlosen Furcht.

Er sieht etwas Entsetzliches.

Er sieht mich.

Der Junge wendet sich schreiend ab und rennt davon.

Ich atme tief durch, dann straffe ich mich für meinen letzten Kampf. Die Bresche ist der einzige Weg aus dieser Hölle, die Damaskus heißt. Neben mir beugt sich eine Frau über einen am Boden liegenden Haufen aus Kleiderfetzen und Blut, ich erkenne eine Kinderhand. Die Mutter hebt wehklagend die Arme zum Himmel, aber auch sie verstummt, als sie mich sieht.

Ich erklimme den Hügel zu der Bresche.

Ich hebe mein Schwert, es geht ganz leicht, die ersten Damaszener sehen mich nicht, ich komme von hinten, was unwürdig und feige ist, aber das ist mir gleich. Ich fälle etliche von Unurs Männern mit je einem einzigen Streich, ziele und treffe die ungeschützte Stelle im Nacken. Die anderen merken es nicht; der Lärm der Schreie und das metallische Klirren der Klingen sind ohrenbetäubend. Die Reihen vor mir lichten sich, ich bin schon fast oben an der Bresche angelangt, doch dann dreht sich einer von ihnen um und hebt die Axt. Ich bin schneller, ich steche zu, und er sackt zu Boden. Sein Schrei hallt über die Bresche. Die Sarazenen haben mich entdeckt. Schwerter und Äxte werden zum Himmel gereckt.

Ich umklammere das Kästchen noch fester, spüre, wie mir die Kräfte schwinden. Die Schwerthiebe prasseln auf mich hernieder. Mit Mühe pariere ich einzelne Schläge, andere kann ich nicht abwehren, sie schneiden mir in den Rücken und in den Oberschenkel. Blut quillt hervor, und die kleinen Ringe des Kettenhemdes sind wie in dickflüssiges Rot getaucht. Ich kann sie riechen, ich rieche ihren Schweiß, und ich rieche auch den nahenden Tod.

Doch auch auf der anderen Seite hat man mich gesehen.

Die Männer, die unter dem Kreuz marschieren, brechen in Jubel aus, als sie mich mitten in den Reihen der fremden Teufel entdecken, und verdoppeln ihre Anstrengung. Ich wehre einen weiteren Schlag ab, doch die Axt meines Feindes rutscht von meiner Parierstange ab und bohrt sich in meine Hüfte.

Ich sacke auf die Knie, falle auf den Rücken und weiß, dass ich versagt habe und dass ich nun den Preis dafür bezahle.

Der Damaszener hebt die Axt, seine dunkel glimmenden Augen sind beseelt von der Gewissheit, einen weiteren Franken zu seinem grausamen Gott zu schicken. Es ist vorbei. Die Erkenntnis, dass ich mein Leben verwirkt habe, trifft mich härter noch als der Axthieb zuvor.

Noch einmal die sanften grünen Hügel der Heimat sehen.

Noch einmal von der Burg aus den Blick über das Tal schweifen lassen.

Verzeih mir, Mutter, denn ich habe eine unaussprechliche Sünde begangen. Verzeih mir, Vater, denn ich habe Schande über unseren Namen gebracht.

Betet für mich.

Die Axt des Damaszeners verharrt einen Moment in der Luft über seinem Kopf, er wird sie gleich nach unten schwingen, um mir den Schädel zu spalten, als auf einmal die Welt in ihrem Lauf angehalten wird.

Die Axt bleibt wie erstarrt in der Luft. Sie bewegt sich nicht. Der Damaszener bewegt sich nicht. Auf dem grünen Leinenüberwurf über seinem Kettenhemd breitet sich ein dunkelroter Kreis aus. Der Sarazene hat die Augen weit aufgerissen, er röchelt, sein krauser Kinnbart zittert. Das Schwert wird aus seinem Rücken gezogen, und der Krieger sackt ganz langsam zusammen.

Er fällt auf mich, sein im Tode erstarrtes Gesicht nur eine Handbreit von meinem entfernt. Hinter ihm erscheint, grimmig lächelnd, ein Ritter. Einer von uns. Ein Mann ohne Helm, mit langen blonden Haaren, dessen Gesicht von zahlreichen Wunden entstellt ist. Er kniet sich neben mich. Ein lebender Toter kniet sich neben einen toten Lebenden.

Er nähert sein hageres Gesicht meinem Ohr. »Danke dem mächtigen Gott des Himmels und der Erde, mein Sohn«, flüstert er, »du bist gerettet.«

Das Letzte, was ich durch das eine Auge sehe, bevor auch

dieses von bleierner Dunkelheit umfangen wird, ist ein Falke, der sich hoch über die Mauerzinnen der bis in Ewigkeit von Gott und allen Engeln verfluchten Stadt Damaskus aufschwingt. Sein edler, feingliedriger Körper wird von der warmen Luft getragen, vollkommen mühelos schwebt er zum Himmel, wird zu einem kleinen schwarzen Punkt vor dem wolkenlosen Blau über mir.

Ich weiß, dass der Falke meine Seele ist, die zu ihrem Schöpfer aufsteigt, und schließe die Augen in der Gewissheit, dass ich sterben werde und dass ich ein furchtbares Verbrechen begangen habe. Dann spüre ich plötzlich schmerzhaft eiskaltes Wasser in meinem Gesicht.

* * *

»Wach auf, welf'scher Bastard!«

Das Wasser war ein Schock und riss ihn aus ohnmächtigem Schlaf. Es klatschte Ditho über Kopf und Oberkörper. Mit einem Schnauben sog er die Luft ein und setzte sich kerzengerade auf der Pritsche auf. Sein Kopf schmerzte, es war dunkel, und es roch nach Urin. Wo war er? Er sah zwei hässliche, eng beieinanderstehende schwarze Augen, die ihn durch die Gitterstäbe anfunkelten.

»Du bist im Kerker, in meinem Kerker, wo wir gemeinhin nur Säufer und Randalierer zu Gast haben. So wie den da!«

Ditho schüttelte sich. Hatte er gesprochen, ohne es zu bemerken? Sein Blick ging zur Seite, wo ein bärtiger, knochendürrer Mann in einem grellgelben Umhang im Stroh am Boden der Zelle schlief. Seine fleckige Kutte war mit einer breiigen Masse verschmiert, und der Geruch von Branntwein schlug ihm entgegen.

»Aber jetzt haben wir richtig hohen Besuch hier, was, Ditho? Einen Ritter! Einen Veteranen der Kreuzzüge! Einen einäugigen welf'schen Lügner, der endlich bekommen hat, was ihm zusteht!«

Ditho blickte zu den vergitterten Fenstern in der vier Fuß dicken Außenmauer der staufischen Feste, durch den vereinzelte Schneeflocken hereinwehten. Er trat vor die Öffnung. Unter ihm lag der Markt von Wangen, und weit dahinter am Horizont entdeckte er eine hohe Rauchsäule, die über dem Wald aufstieg und sich im milchigen Weiß des Himmels verlor.

Die Neuravensburg. Das Feuer. Jasmo. Gernots Schlag gegen seinen Kopf. Ditho betastete die offene Wunde an seiner Stirn und zuckte zurück. Seine Wange und die Kopfhaut spannten von angetrocknetem Blut. Das Wasser auf der Haut ließ ihn frösteln, bald würde sein Überwurf steif gefroren sein. Ditho wandte sich zum Gitter. »Was hast du mit meinen Leuten gemacht, Gernot?«

»Deinen *Leuten*? Den Heiden und den armseligen Zwerg nennst du *deine Leute*?« Gernots meckerndes Lachen dröhnte durch den Kerker. »Na, was wohl? Ich hab sie an den Zinnen deiner Burg aufgeknüpft!«

Ditho sprang auf und wollte einen Satz machen zum Gitter, wollte seine Fäuste durch die schmalen Zwischenräume der Eisenstäbe hämmern, hinter denen Gernots Augen funkelten. Doch die Kette um sein Fußgelenk riss ihn von den Beinen. Er schlug der Länge nach auf den nackten Boden.

Gernot ließ den leeren Wassereimer zu Boden fallen und lachte erneut.

Der Hass ließ Ditho seine Schmerzen fast vergessen. »Dafür wirst du in der Hölle schmoren!«

»Nein, mit Verlaub, das werde ich nicht. Das wirst du. Und zwar schon bald. Du hast mich auf unserer Gemarkung beleidigt und den Landfrieden gebrochen. Das haben alle gesehen und können es bezeugen.«

»Du hast mich angegriffen«, presste Ditho hervor und richtete sich mühsam auf. Der säuerliche Geruch von Seife aus Hammelfett und Rebenasche, der Gernot anhaftete, drang ihm in die Nase.

Der Vogt kratzte sich am Augenlid. »Ja. Mag sein. Aber just das hat leider keiner gesehen und kann niemand bezeugen. Und wer es doch kann …«, Gernot blickte versonnen zur Kerkerdecke über sich, an der sich Findlinge in einem Tonnengewölbe spannten, »dem werd ich den Arsch genauso weit aufreißen wie dir.«

»Du kannst mich nicht einfach so töten, der König wird dich –«

»Der König?«, unterbrach ihn Gernot, »Konrad ist Staufer, vergiss das nicht, Ditho. Und er ist auf dem Weg nach Rom. Morgen knüpf ich dich auf, ich schick dich deinem Vater hinterher, Ditho, dann könnt ihr euch in der Hölle gegenseitig die Wunden lecken! Und deine Burg … die gehört jetzt mir!«

* * *

»Was du vorhast, ist hirnverbrannter Irrsinn, Sarazene!«

»Hast du anderem Idee? Dann sag dem!«

»Nein, hab ich nicht. Aber es besteht kein Grund für diese viehische Hatz, vor morgen früh passiert eh nichts!«

»Soll ich dich tragen, Jasmo? Brauchst nur sagen, ich mach!«

»So weit kommt's noch! Pass lieber auf, dass man deinen Quadratschädel nicht sieht, du bist ungefähr so unauffällig wie ein Pfingstochse in einem Nonnenstift!«

Hasan lachte, schritt zügig voran, und Jasmo trottete heftig atmend hinter dem Hünen her, den Blick starr auf das Seil gerichtet, das über den Rücken des Sarazenen hing und vor seinen Augen hin- und herschwang wie ein Pendel. Was zum Henker hatte der Hüne damit wieder vor?

Und warum hatte er es nur so verdammt eilig?

Seit zwei Stunden marschierten sie. Von einem durchziehenden Tuchhändler hatten sie erfahren, dass der Vogt von Wangen Ditho erst morgen richten wollte, ihnen blieben also noch ein halber Tag und eine Nacht, um nach Wangen zu kommen, die staufische Schutzburg auszuspähen und sich zu überlegen, wie sie Ditho aus dem Kerker herausholen konnten. Sie waren um Wangen herumgegangen und nahmen nun den steilen Weg zur Burg, die über dem Weiler thronte.

Immerhin gibt es hier Büsche, Felsen und Bäume, die den Blick von den Zinnen herab auf uns verstellen, dachte Jasmo, aber unsere Spuren im Neuschnee wären selbst für einen halbblinden Greis deutlich zu erkennen.

Jasmo blieb stehen und atmete durch. Das ganze war eine Schnapsidee.

Nachdem Gernot den ohnmächtigen Ditho wie einen Sack verschnürt und auf den Rücken eines Pferdes geworfen hatte, war er mit fast allen Männern vom Hof der brennenden Neuravensburg geritten. Sie hatten Hasan überwältigt und gefesselt, und Gernot ließ zwei Männer zurück, um den Henkersdienst zu versehen. Während die zwei Schergen schon die Schlingen für Jasmo, Walther und Magda knüpften, lag Hasan etwas abseits.

Der Sarazene hatte, ohne dass die beiden Staufer es bemerkten, seine Fesseln so lange hinter seinem Rücken in einen schwelenden Dachbalken gehalten, bis der Strick Feuer fing und er ihn zerreißen konnte. Zwar hatte er sich dabei die Handgelenke verbrannt, aber der Orientale klagte nicht.

Diese Heiden sind einfach nicht wie wir, dachte Jasmo, als er weiterging. Zum Glück sind sie nicht wie wir.

Hasan hatte sich an die Wachen herangeschlichen, hatte dem einen die Faust auf den Kopf gehauen, und bevor der andere noch sein Schwert gezogen hatte, schnappte sich Hasan das Henkersseil und ließ den dicken Knoten in das Gesicht des Staufers klatschen. Wenig später hatte er die Soldaten gefesselt und Jasmo, Walther und Magda befreit. Zuerst hatten sie die Tiere eingefangen. Dann versuchten sie, das Feuer in der Burg zu löschen.

Der Palas mit dem Saal und den Kemenaten war nicht mehr zu retten. Die halbe Nacht hatten sie Eimer für Eimer aus dem Brunnen im Hof hochgezogen und dafür gesorgt, dass nicht auch noch der angrenzende Stall und die Schmiede Feuer fingen. Als die Zwischendecken im Palas mit einem gewaltigen Krachen zusammenstürzten und Millionen von Funken in den Himmel stoben, war das Schlimmste bereits vorüber.

Halb tot waren sie in das Stroh neben die Pferde gesunken, niemand hatte bemerkt, wann und wie die beiden Männer aus Wangen sich davongestohlen hatten. Als Jasmo an diesem Morgen in klammen und nach kaltem Rauch stinkenden Kleidern erwacht war, weil die Kühe im Stall schrien und gemolken werden wollten, war er durch die Stalltür gehumpelt und hatte den Blick zum Wohnturm gehoben. Der Anblick war furchtbar.

Die ersten Sonnenstrahlen leckten über die Zinnen der Burg, und ihm war das ganze Ausmaß der Zerstörung bewusst geworden. Die Rauchfahne über dem Palas musste bis nach Wangen zu sehen sein. Was vorher eine baufällige Burg gewesen war, war nun eine Ruine. Sein Zuhause seit bald fünfzehn Jahren war in Rauch aufgegangen.

Jasmo hatte geweint und hatte sich nicht geschämt, als der Sarazene neben ihn getreten war und seine Tränen sah. Als Hasan ihm jedoch tröstend eine Hand auf die Schulter gelegt hatte, war der Heide damit eindeutig zu weit gegangen. Jasmo hatte ihn zornig angefaucht und sich darangemacht, in der Ruine nach noch brauchbaren Dingen zu suchen. Doch da war nichts, selbst Eisen und Kupfer waren in den Flammen zu bizarren Metallpfützen geschmolzen, und die immer noch schwelende Hitze im Erdgeschoss des Palas trieb Jasmo den Schweiß auf die Stirn. Er hatte aus ganzem Herzen geseufzt, war dann zum Stall gegangen und hatte sich bei Hasan für seine Rettung bedankt.

Der Hüne hatte nur genickt, obwohl Jasmo felsenfest davon überzeugt war, dass er hinter seinem Rücken über ihn gelächelt hatte, und das konnte Jasmo auf den Tod nicht ausstehen. Schlimm genug, wenn ihn ein Christ belächelte, bei einem Heiden war das, als würde man ihn anspucken. Dennoch: Er konnte ihm heute schlecht böse sein. Nicht heute.

Morgen sehen wir weiter, dachte Jasmo und wäre um ein Haar direkt in Hasans Hinterteil gelaufen. »Warum zum Henker bleibst du stehen, Sarazene? Du weißt doch, dass ich hinter dir gehe!«

Hasan drehte sich um und legte den Finger auf die Lippen. Er flüsterte. »Ich bin stehen bleiben wegen Mauer!« Hasan deutete vor sich, wo sich unbestreitbar die schroffe Außenmauer der staufischen Schutzburg erhob.

Jasmo legte den Kopf in den Nacken. Die Mauer war unüberwindlich hoch. Wie sollten sie da jemals … »He! Was soll –?«

»Psst!« Hasan hatte ihn geschnappt und an die Mauer gepresst und hielt ihm den Mund zu.

Jasmo schmeckte einen salzigen Geschmack auf der Zunge und wollte ausspucken, um gleich danach einen Fluch hinterherzuschicken, als er Hasans konzentrierten Blick bemerkte. Oben auf der Mauer patrouillierten Wachen auf dem Wehrgang, der um die ganze Burg herumlief. Die Männer sprachen laut und lachten, und Jasmo hielt den Atem an und bewegte sich nicht. Er drückte sich an die Mauer, wie auch Hasan es jetzt tat.

Als die Stimmen der Wachen langsam verebbten, atmete Jasmo auf. Gerade wollte er den Heiden schelten, als er erneut Hasans starren Blick bemerkte. Der Sarazene sah in die Kronen der uralten Eichen, die sich neben der Burgmauer in den Himmel reckten. Ihre ausladenden Äste schoben sich bis an die Mauer heran, und manche ragten sogar darüber in den Burghof hinein.

Jasmo schüttelte den Kopf. »Nein. Das willst du nicht wirklich. Sag, dass du nicht vorhast, da hinaufzuklettern?«

Hasans weiße Zähne blitzten auf. »Soll ich dich hochtragen, Jasmo? Brauchst nur sagen, ich –«

»Halt die Klappe, und komm mit!«, zischte Jasmo und löste sich von der Mauer. »Ich such den Baum aus, ich klettere hoch, und wehe, du versuchst mir auch nur ein einziges Mal zu helfen, Muselmann, kapiert?!«

»Los! Setz dich dorthin, und mach die Beine auseinander!« Das eine Auge der Alten war trüb, das andere zuckte wie ein Vogel auf der Suche nach einem Wurm.

Adela blickte in der engen, düsteren Hütte unsicher zu ihrer Begleiterin. In Wiltruds Zügen lag Angst. Doch Adela war nicht gekommen, um unverrichteter Dinge wieder zu gehen. Sie setzte sich auf den Tisch aus groben Holzplanken und ließ sich nach hinten sinken, gestützt auf ihre Ellenbogen. Ihr langes dichtes Haar breitete sich auf dem groben Holztisch aus wie ein schwarzer Fächer. Adela sog zischend die Luft ein, als die Alte ihre Beine packte, den Tasselmantel hochschob und den Kopf unter ihren Rock steckte.

Wiltruds braune Augen verengten sich, sie trat einen Schritt vor und griff an ihren Gürtel, wo sie in einem Futteral ein kleines Messer verbarg. Sie war sehr jung, aber mutig genug, alles zu tun, um ihre Herrin zu beschützen, das wusste Adela. Rasch hob sie die Hand. »Lass Sie! Sie muss das machen!«

Die Alte tauchte noch einmal auf, ließ ihren Blick prüfend von Wiltrud zu Adela schweifen, zog die Nase hoch und verschwand dann wieder unter Adelas Rocksäumen. Das alte Weib roch nicht gut, Adela hob den Blick zur Decke und versuchte, ihre Aufmerksamkeit auf die zum Trocknen aufgehängten Kräuter an den Dachbalken der windschiefen Hütte zu richten. Salbei, Lavendel, Minze, Beifuß. Als sie spürte, wie die Alte ihre Bruche beiseiteschob und sie unten betastete, zuckte sie zurück.

»Sei still, und beweg dich nicht!« Die Stimme der alten Birga wurde durch den dicken Rock gedämpft.

Adela sah zu Wiltrud; der stoßweise gehende Atem des

Mädchens bildete kleine Wölkchen in der kalten Luft der Hütte. War es falsch gewesen, herzukommen? Adela hatte Wiltrud angewiesen, Erkundigungen einzuholen, und von einer grauhaarigen Küchenmagd in der Bamberger Residenz hatten sie erfahren, dass Birga, die im Wald vor der Stadt wohnte, eine war, die sich auskannte.

Früh am Morgen, als die Pfalz noch im Schlummer lag, hatten sie sich von Enno, dem Stallmeister ihres Gemahls, Pferde geben lassen und ihm gesagt, sie würden in den Wald reiten. Enno wollte ihnen Männer zum Schutz mitgeben, doch Adela hatte abgelehnt. Niemand durfte wissen, zu wem sie ging. Enno hatte ihnen nur widerstrebend die Zügel in die Hand gedrückt. Adela wusste aber, dass er froh war, keinen Mann entbehren zu müssen, da eine Küchenmagd der Pfalz verschwunden war und Enno und seine Leute bei der Suche helfen sollten.

Adela unterdrückte Furcht, Ekel und Scham, als sie spürte, wie die Finger der alten Frau immer tiefer in sie hineinglitten. Die andere Hand des Kräuterweibs erschien unter dem Rock und tastete auf dem Tisch nach der Talgkerze, die in einer flachen Schale vor sich hin flackerte. Birga nahm die Kerze mit unter den Rock, und Adela spürte die Wärme der kleinen Flamme an ihrem Schoß. Es wurde immer heißer. Was tat die Alte da? Wollte sie sie verbrennen?

Adela öffnete den Mund zu einem Schrei, als der schlohweiße Schopf des Kräuterweibes wieder auftauchte und ein grimmiges, lückenhaftes Lächeln Birgas Mundwinkel umspielte. »Bei dir, scheint's, ist alles in Ordnung, Mädchen. Riecht alles, wie's riechen muss. Sieht alles aus, wie's aussehen muss, etwas trocken vielleicht!« Birga lachte kehlig und hob den knorrigen Zeigefinger, mit dem sie Adela eben noch untersucht hatte.

»Aber dagegen kann man ja etwas tun, nicht wahr? Dagegen kann man durchaus etwas tun!«

Birga steckte den Zeigefinger in den Mund und leckte ihn ab.

Wiltrud verzog angewidert das Gesicht. Sie hatte die Hand immer noch in der Nähe des Futterals am Gürtel, als wolle sie jeden Moment auf die Alte losgehen, falls die ihrer Herrin etwas zuleide tun sollte. Birga schmatzte und blickte zur Decke.

»Dagegen tun wir was, nicht wahr? Das tun wir doch, oder?«

Wiltrud beugte sich zu Adela hinunter. »Wir müssen gehen«, flüsterte sie. »Sie werden nach uns suchen, wenn wir länger bleiben.«

Adela nickte und setzte sich auf. Das Kräuterweib griff über sich und zupfte aus den trockenen Kräuterbüscheln Blätter ab, während sie Adela mit ihrem klaren Auge musterte und den Blick über ihr mit gestickten Blumen verziertes blaues Samtkleid wandern ließ. »Du bist schmal. Aber deine Hüfte ist breit und dein Busen ist gut. Du wirst sie schon satt kriegen, wenn sie mal kommen!«

Das kehlige Lachen der Alten jagte Adela einen Schauer über den Rücken. Sie erhob sich von dem Tisch und strich ihren Rock glatt. Sie fröstelte, aber der Alten schien der Wind, der durch die Ritzen der Holzwand blies und Schneeflocken hereinwehte, nichts auszumachen.

Aus dem Wald, der die Hütte umgab, drang der Ruf eines Käuzchens zu ihnen, und Birga merkte kurz auf, bevor sie sich wieder den Kräutern an der Decke zuwandte. »Kommt jemand. Wollen uns beeilen, bevor jemand kommt, den wir nicht hier haben wollen.«

Birga packte die Kräuter rasch in ein Ledersäckchen und drückte es Adela in die Hand. Um den faltigen Hals der Alten wand sich eine blaue Tätowierung wie eine verblichene Kette. Birga fixierte Adela mit dem sonst so unruhig zuckenden Auge. Sie deutete auf den Beutel. »Hier. Du musst einen Wein daraus bereiten. Du nimmst zwei Handvoll von dem Storchschnabelkraut, zerkleinerst es, tust es in einen Topf und gibst einen Krug weißen Wein darüber. Das andere sind Himbeerblätter, von denen gibst du eine Handvoll dazu. Du musst es kurze Zeit kochen lassen, und dann lass es zugedeckt abkühlen. Wenn es lauwarm ist, gieß es durch ein Tuch, damit die Blätter nicht drinbleiben. Gib noch einen Löffel Honig dazu, und bewahre es kühl auf. Du trinkst morgens und abends einen kleinen Becher davon. Hast du verstanden?«

»Ja, das habe ich.« Adela wandte sich um. Wiltrud stand am Fenster und schob das Fell zur Seite.

Adela wollte zu ihr gehen, doch die Alte packte sie beim Kinn und drehte Adelas Gesicht wieder zu sich. »Vielleicht ist es aber auch dein Mann. Vielleicht kann er die Kinder nicht machen. Gib ihm Kürbissamen zum Kauen, und mach ihm Suppe aus Pastinakenwurzel und Brennnesselsamen.«

Adela nickte. Vor der Hütte waren Hufgetrappel und ein Wiehern zu hören, und Adela entwand ihr Kinn dem Griff der Alten. »Du weißt, wer ich bin?«

Birga zögerte, dann nickte sie. Ihre Augen begannen zu leuchten, als Adela eine Münze aus einem Beutel an ihrem Gürtel zog. Es schien lange her, dass sie ein Geldstück für ihre Dienste bekommen hatte und nicht nur etwas zu essen, eine abgewetzte Schüssel oder ein paar abgetragene Kleider. Sie griff nach dem Silberling, doch Adela umschloss den Taler fest in ihrer Faust, bevor die Alte ihn zu fassen bekam. »Dann weißt du auch, dass ich nicht hätte herkommen dürfen. Man darf es nicht erfahren.«

Das grimmige Lächeln erschien wieder auf dem Gesicht der Alten. »Auch wenn du nur eine einfache Bauersfrau wärst, erginge es mir schlecht, wenn jemand davon erfahren würde, Herzogin.«

Adela nickte erneut und öffnete ihre Faust. Birga war nicht so wirr, wie sie auf den ersten Blick zu sein schien. Die spinnengleichen Finger der Alten schnappten nach dem Silberstück, und sie machte eine ungelenke Bewegung, die wohl eine Verbeugung darstellen sollte. Adela legte ihr eine Hand auf die Schulter. »Ich danke dir, Birga. Bete für mich … zu beiden.« Sie deutete in die Ecke der Hütte, in der auf einem kleinen Altar vor zahllosen Kerzenstummeln ein Kruzifix neben einer kleinen Tonfigur mit Hörnern aus Weidenzweigen stand.

Birga senkte ergeben den Kopf, als kräftige Schläge an die Tür die drei Frauen zusammenzucken ließen.

»Macht auf!«

Adela blickte zu Wiltrud, die an die Wand gepresst stand und durch einen Schlitz am Fell vorbei aus dem Fenster spähte. »Wer ist es?«

Die Zofe zuckte mit den Schultern. »Der Schnee fällt immer dichter, ich kann nicht …« Sie verstummte, als wieder an die Tür geschlagen wurde.

»Aufmachen! Sofort!«

Adela steckte den Beutel mit den Kräutern ein und ging forsch auf die Tür zu. Sie schob den Riegel hoch und öffnete den Verschlag aus groben Brettern. Der Mann, der vor ihr stand, atmete keuchend und stützte sich am Türstock ab. Aus den Nüstern seines Pferdes kamen dichte Wolken. Das Tier schwitzte trotz der Kälte.

»Gottlob, Ihr seid hier und gesund, Herrin.« Enno neigte tief den Kopf mit den dunklen Locken, sodass sein Bart mit den vereinzelten grauen Fäden seine Brust berührte und das Kettenhemd leise klirrte.

Als er aufblickte, sah Adela das tiefe Entsetzen in seinen wässrigen blauen Augen. »Was ist, Enno? Warum bist du uns nachgeritten? Wie hast du uns überhaupt gefunden?«

Enno schluckte. Sein Blick ging an der Herzogin vorbei zu Wiltrud und zu der alten Birga, die sich in einen dunklen Winkel der Hütte zurückgezogen hatte und ihren kleinen Altar mit dem Körper verbarg. Enno öffnete den Mund, doch kein Laut drang hervor. Staunend betrachtete Adela den völlig aufgelöst erscheinenden muskulösen Mann. »Was ist los mit dir, Enno? Rede!«

Der Stallmeister senkte den Blick. »Ich bin Euren Spuren

im Schnee gefolgt. Ihr ... Ihr müsst kommen, Herrin. Euer Gemahl schickt nach Euch. Er war bei König Konrad und ... Konrad ...«

Der Wind trieb dicke Schneeflocken über den schwarzen Boden der Hütte. Ein Schauer lief Adela über den Rücken. Enno schlug die Lider hoch. Er war kalkweiß, und sein Blick ging durch die Frau seines Herrn hindurch.

Er flüsterte.

»Der König ist tot.«

* * *

»Seid Ihr Euch ganz sicher, Eminenz?«

»Ja, Kanzler! Ich war dabei, oder zweifelt Ihr an meinem Wort?« Eberhard von Bamberg war rot angelaufen, und seine Stimme hallte durch das Kirchenschiff.

Der Angesprochene, ein hagerer dunkelhaariger Mann mit wachen Augen, blieb ruhig. Als Dompropst von Mainz stand Arnold von Selenhofen in der Hierarchie eigentlich unter dem Bischof von Bamberg, einem in Würde ergrauten, massigen Mann mit tief hängenden Tränensäcken. Doch im vergangenen Jahr hatte sich Arnolds Treue zu König Konrad bewährt. Er war Kanzler des Königs geworden und hatte damit viel Macht übertragen bekommen. Aber sein König war nicht mehr, Konrad war tot, und das änderte alles.

Der Wind trug die Choräle und Gebete der Menschenmenge vor dem Dom zu ihnen herein. Die Handvoll Männer stand um den mitten im Dom Sankt Peter und Sankt Georg aufgebahrten Leichnam des Königs, um die Totenwache zu halten, wie man es von ihnen erwartete.

Fahl brach sich das Licht der Mittagssonne auf den bleichen Zügen des einstigen Herrschers. Konrads Züge wirkten friedlich, seine Haut hatte die Farbe von verblichenem Pergament angenommen, und das Licht aus den bunten Fenstern des Domes malte rote und blaue Sprenkel auf sein weißes Totengewand. Die mit Stuck verzierten Säulen des prächtigen Gotteshauses warfen lange Schatten auf den erst kürzlich erneuerten Fußboden und zerteilten das Kirchenschiff in Korridore aus Licht und Dunkel. Der in kleinen Kupferschalen auf dem Altar glimmende Weihrauch überlagerte den einsetzenden Leichengeruch.

»Niemand zweifelt an Euren Worten, Eminenz. Auch nicht an denen des Herzogs …« Arnold schritt würdevoll zum Altar, auf dem ein Schwert mit goldener Scheide, die prächtige, mit Edelsteinen verzierte achteckige Krone, der Krönungsmantel und das Kreuz lagen. Darüber gebeugt stand ein großer, breitschultriger Mann in einem scharlachroten Umhang und betrachtete die Reichsinsignien versonnen.

»Aber warum hat er seine Meinung geändert, Herzog?«, fragte Arnold leise, »er hatte schon alles vorbereitet für die Krönung seines Sohnes Friedrich. Konrad wollte ihn als Nachfolger sehen, bevor er nach Rom aufbrach, das wissen doch alle, oder nicht?«

Barbarossa drehte sich gemessen um und blickte in die Runde. Neben dem Bischof von Bamberg und Arnold, dem Kanzler, war noch der greise Abt Wibald von Corvey zugegen. Anselm von Wittlingen, der hagere Hofkaplan, schlich auf Zehenspitzen umher, zog das Leintuch unter dem toten König glatt und entzündete die Kerzen des Kandelabers aus Goldfiligran auf dem Altar, während er sich gleichzeitig verstohlen Tränen von der unrasierten Wange wischte. Er bereitete die Trauerfeier vor, und er schien der Einzige zu sein, dem der Tod Konrads wirklich naheging.

»So, wissen das alle, hm?«

»Ja, Herzog. Er hat es oft genug gesagt. Von Euch war da nie die Rede.« Arnold verzog den Mund zu einem schiefen Lächeln.

Barbarossa wusste nicht, ob er dem Kanzler trauen konnte. Arnold war Dompropst in Mainz, und sein direkter Oberer, Heinrich Felix von Harburg, Erzbischof in Mainz, war ein erklärter Gegner der Staufer. Der Schwabenherzog wusste, dass Heinrich den sechsjährigen Sohn Konrads auf dem Thron sehen wollte und nicht den Neffen. Der Junge würde in Heinrichs Obhut kommen, bis er alt genug war, die Königswürde zu tragen, und der Erzbischof von Mainz würde als *procurator regni* faktisch das Reich lenken. Stand Arnold von Selenhofen nun auf der Seite seines Erzbischofs oder auf der Seite der Staufer, denen er immerhin treu gedient hatte?

Barbarossa wusste es nicht, und er konnte sich nicht auf die Beantwortung dieser Frage konzentrieren, weil ihn die Dinge, die er in Konrads Kemenate nach dessen Tod gefunden hatte, zu sehr verwirrten. Aber er war am Zug, man erwartete Führung und Stärke von ihm, wenn er den Anspruch auf Konrads Nachfolge erhob. Die Augen der anderen Männer im Kirchenschiff ruhten aufmerksam auf ihm.

Barbarossa packte das Reichsschwert, zog es aus der Scheide und ging mit der gezückten Klinge langsam auf Arnold zu. »Ich weiß es nicht, Kanzler. Aber genau so, wie der Bischof von Bamberg es erzählt, hat es sich zugetragen. Konrad hat mich kurz vor seinem Tod rufen lassen. Er hat mir die Führung der Fürsten und des Reiches anvertraut. Er hat mir die Reichsinsignien am Sterbebett übergeben. Bischof Eberhard war dabei, aber auch er wird Euch die Gründe dafür nicht nennen können, weil Konrads Röcheln am Ende kaum noch zu verstehen war. Vielleicht hat er es getan, weil ich sein Neffe bin. Vielleicht, weil ich im Heiligen Land Seite an Seite mit ihm gekämpft habe. Vielleicht weil er seinen Sohn nicht als Spielball des Heiligen Stuhls in Rom sehen wollte und auch nicht als Spielball der Fürsten. Vielleicht weil durch meine Adern staufisches und welfisches Blut fließt und ich diese von Gott verfluchte Fehde, die seit Jahrzehnten unser Reich zerreißt, beenden kann. Vielleicht auch einfach nur, weil ich ein starker Mann bin und weil man einen starken Mann braucht, um dieses Reich zu führen, und keine Hasenfüße, Schandmäuler und Besserwisser …«

Die Männer in der Kirche hielten den Atem an. Wibald von Corvey bekreuzigte sich. Barbarossa stand keinen Fußbreit von Arnold entfernt, die Klinge erhoben.

Der Kanzler wich erschrocken zurück, bis er mit dem Rücken gegen den Altar stieß. »Herzog Friedrich, Ihr seid in einem Gotteshaus ...«, brachte er gepresst hervor.

Barbarossa lächelte grimmig. »Niemand weiß das besser als ich, Kanzler. In dieser Kirche hat sich mein Vater vor fast zwanzig Jahren auf die Knie geworfen, um König Lothar die Treue zu schwören und um Vergebung für seinen Aufstand gegen ihn zu bitten. Ich hingegen habe nicht vor, um Vergebung zu bitten, dass Konrad mich zu seinem Nachfolger bestimmt hat. Ich habe vor, seinem letzten Wunsche zu entsprechen und dieses Reich zu führen, und ich möchte sehr bald wissen, wer für mich ist und wer gegen mich, versteht Ihr?«

Arnold brachte ein eingeschüchtertes Nicken zuwege. »Sicher, Herzog. Konrad hat sich für Euch ausgesprochen. Aber ob Ihr König werdet, entscheiden, mit Verlaub, immer noch die Kurfürsten.«

»Die lasst nur meine Sorge sein, Kanzler.« Blitzschnell stieß Barbarossa die Klinge des Reichsschwertes in die Scheide zurück. Das laute metallische Klirren ließ Arnold von Selenhofen zusammenzucken. Barbarossa musterte ihn forschend und wandte sich dann an die umstehenden Männer.

Ein Bischof, ein Dompropst, ein Abt, ein Hofkaplan. Lauter Pfaffen, ging es Barbarossa durch den Kopf. Konrad hatte sich von Beginn an von Pfaffen einwickeln lassen. *Er* würde es anders machen.

Er wies auf das mächtige Kirchenportal. »Sie stehen da draußen und warten auf uns. Die Bürger Bambergs, die Gesandten des Reichstages, die Fürsten und die Ritter. Sie wollen den toten König sehen, und sie wollen wissen, wie es jetzt weitergeht. Und ich werde es ihnen sagen.« Der Herzog gürtete sich das Reichsschwert um, nahm den Krönungsmantel, legte das Kreuz und die Krone darauf und schritt langsam auf das Kirchenportal zu.

Die Männer erstarrten; lediglich Eberhard von Bamberg raffte die Rockschöße seiner Soutane, löste sich von den anderen und schloss zu Barbarossa auf. Er senkte die Stimme, denn der Hall in der Kirche trug weit. »Es bleibt dabei, Herzog? Ich kann mich auf Euch verlassen? Wir bestatten ihn hier bei uns?«

Barbarossa flüsterte ebenfalls. »Hier bei Euch in Bamberg. Was kümmert es uns, dass er in Lorch beerdigt werden wollte? Es tut ihm nicht mehr weh. Schickt sofort einen Boten zum Bischof von Würzburg, ich will mich noch morgen mit ihm besprechen. Ich breche übermorgen nach Köln auf, wenn Konrad beerdigt ist. Schickt auch Boten nach Köln zum Erzbischof und zu Rainald von Dassel nach Hildesheim. Er soll seiner Schwester Gepa, der Äbtissin vom Kloster der heiligen Ursula in Köln, sagen, dass ich mich mit den Fürsten bei ihr treffen werde, bevor es zur Wahl nach Frankfurt geht. Schickt Boten zu den Welfenfürsten und zu meinen Leuten, sie sollen nach Köln kommen. Sagt ihnen, sie werden es nicht bereuen.«

»Ja, Herzog. Aber was ist mit den Zeichen, die wir in der Kemenate gefunden haben? Die Inschrift auf dem Brett? Was machen wir damit?«

In den Augen des Bischofs sah der Schwabenherzog die Angst, die auch ihn ergriffen hatte, als er die blutige Inschrift zum ersten Mal sah. »Ich habe mich darum gekümmert. Ein Bote ist bereits unterwegs.«

Barbarossa dachte an den Brief, den er vor ein paar Tagen erhalten hatte. Das Siegel zeigte einen Bären, der auf den Zinnen einer Burg zu tanzen schien. Vier Jahre hatte er dieses Wappen nicht mehr gesehen.

Auch das war ein Zeichen, dachte er.

Der Bischof überholte Barbarossa und griff nach der Klinke des mächtigen Kirchenportals. »Zu wem ist er unterwegs, Herzog?«

»Zu jemandem, der uns helfen wird, den Mörder Konrads zu finden. Er soll nach Köln kommen. Umgehend. Entfernt das Brett mit der Inschrift aus Konrads Kemenate, und nehmt es mit nach Köln. Er muss es sich ansehen. Er wird den Mörder aufspüren, bevor der weiteres Unheil anrichten kann.«

»Wer ist dieser Mann?«

»Er heißt Ditho von Ravensburg, und ich dachte lange, er sei tot. Unser Glück, dass er noch lebt. Und nun öffnet die Tür.«

Eberhard nickte, rückte seinen Pileolus auf dem Scheitel gerade und zog das Kirchenportal auf. Das gleißende Licht der hereinströmenden Februarsonne ließ den Bischof blinzeln, doch Barbarossa verzog keine Miene. Er schritt, wie von himmlischen Mächten geführt, vor das Kirchenhaus, in seinen Händen die Reichsinsignien.

Der Platz vor dem Dom war voller Menschen. Sie standen vor der großen Treppe, die zum Portal führte, manche betend, andere laut wehklagend. Als der Herzog von Schwaben mit dem Reichsschwert gegürtet und mit dem Kreuz und der Krone auf dem Krönungsmantel in Händen vor sie trat, verstummte die Menge jedoch schlagartig.

Es klang wie das Rauschen eines Waldes, durch den der Wind fuhr, als die Bürger der Stadt, die Ritter, Bauern und Mönche, die sich auf dem Platz drängten, niederknieten, um den Insignien der Macht ihre Huldigung zu erweisen. Friedrich hob das Bündel auf seinen Händen leicht an, schwenkte es nach links, dann nach rechts, um sie dem Volk zu zeigen, um allen zu zeigen, auf wen diese Heiligtümer übergegangen waren.

Am Ende des Platzes gab eine Gasse den Blick auf die Pfalz frei. Drei Reiter kamen dort gerade an. Ein Mann und zwei Frauen. Barbarossa erkannte seine Gemahlin. Wo war sie gewesen? Sie würde Königin werden, wenn er König war. Adela, die gestern wie ein Bauernlümmel auf dem Boden der Pfalz gelegen hatte, um einem anderen Bauernlümmel sein Spielzeug zu holen.

Er musste andere Saiten aufziehen, damit sie ihrer zukünftigen Rolle gerecht werden könnte. Er selbst würde in seiner zukünftigen Rolle aufgehen wie geschmolzenes Gold in einer Gussform, dessen war sich Barbarossa aus tiefster Seele gewiss. Er, Friedrich von Schwaben, würde ein König sein, ein Kaiser, wie ihn die Welt seit Karl dem Großen nicht mehr gesehen hatte.

Prachtvoll und stark.

Barbarossa sog die Luft und die ehrfürchtige Stille auf dem Domplatz tief in seine Lungen und badete in der Gewissheit göttlicher Fügung und in der kurzen Vorausschau auf seine kommende Macht.

Er würde König sein.

Wenn er der Hand des Mörders entging.

* * *

Der Mann mit den kalten Augen schlug das fein gewobene grüne Leinentuch zurück und lächelte, als er sah, was darin eingeschlagen lag. Es war ein Lächeln, in dem Überraschung darüber mitschwang, dass der Herzog schon jetzt mitspielte in dem Spiel, das der Mann mit den kalten Augen zu führen und zu gewinnen gedachte. Aber es lag auch ein Hauch von Anerkennung darin, dass er so schnell Maßnahmen ergriff. Barbarossa zögerte nicht lange, er schien ein würdiger Gegner zu werden.

Dennoch war der Mann in erster Linie belustigt, dass man ausgerechnet ihn gebeten hatte, das Brett mit der Inschrift, die er selbst hinterlassen hatte, nach Köln zu bringen und es der Äbtissin des Klosters der heiligen Ursula zu übergeben.

Dort sollte der andere Mann es abholen. Es hieß, der Herzog wolle jemanden hinzuziehen, der sich die Sache einmal ansehen solle, jemand, der sich mit so etwas auskannte. Was meinten sie? Einen Schriftgelehrten? Einen Mönch? Jemanden, der Erfahrung mit Mördern hatte? Dass es um Mord ging, hätten sie wohl kaum offen ausgesprochen, Barbarossa hatte nur Bischof Eberhard eingeweiht, und der war recht unbestimmt geblieben.

Da der Mann mit den kalten Augen schon am nächsten Tag aufbrechen würde, hatte der Bischof ihn gebeten, es der Äbtissin zu übergeben. Falls derjenige, der sich das Brett ansehen sollte, früher eintreffen würde, wäre somit kostbare Zeit gewonnen. Der Mann mit den kalten Augen hatte sich verbeugt und bemerkt, es sei ihm eine Freude, dem Herzog diesen kleinen Dienst zu erweisen.

Er zog seinen Handschuh aus und ließ die Finger über das Brett gleiten. Er hätte das Brett, das ein zum Schweigen verpflichteter Zimmermann säuberlich aus der Wandvertäfelung entfernt hatte, ganz einfach verschwinden lassen können. Er hätte in einer Burg oder in einem Wirtshaus, das auf dem Weg nach Köln lag, ein Feuer legen und später behaupten können, er habe nur sein nacktes Leben, nicht aber das Brett retten können. Aber das wäre zu banal, zu langweilig, es entsprach nicht seiner Vorstellung des Spiels und wurde seinem Willen nicht gerecht, ein Zeichen zu setzen, das das Reich und die Christenheit niemals vergessen würden. Ein Zeichen wider die Heuchler und gottlosen Verräter.

Im schräg durch das Fenster einfallenden Licht der Abendsonne schimmerten die Buchstaben auf dem Holz in dunklem, fast schwarzem Rot. Der Mann hatte die Buchstaben mit seinem Blut auf das Brett geschrieben, Blut, das aus der Wunde an seiner Seite tropfte, wenn er den Schorf aufkratzte. Er hatte den Finger in seine Wunde gelegt und die Worte an das Brett der Wandvertäfelung geschmiert, als der Hofkaplan die Kemenate des Königs verlassen hatte und Konrad nur noch wenige Atemzüge vom Tod entfernt war. Als er die letzten Buchstaben vollendet hatte, waren die Schritte vor der Kemenate bereits zu hören gewesen.

Er konnte nicht mehr aus dem Zimmer entschwinden, bevor der andere eintrat, und drückte sich in eine mit einem

Tuch verhängte Nische, in der ein Waschzuber stand. Sein Herz schlug dabei kein bisschen schneller als gewöhnlich. Barbarossa war es, der die Tür öffnete und sofort erkannte, wie es um den König stand. Der Herzog hatte auf dem Absatz kehrtgemacht, war in den Flur zu den Lakaien gelaufen, hatte den Bischof und einen Medicus rufen lassen.

In der kurzen Spanne, bis Barbarossa wieder an das Bett des todgeweihten Königs getreten war, hatte der Mann sich aus der Nische gelöst und war durch das Fenster geklettert. Er hatte den Fensterladen von außen wieder zugeklappt, war vorsichtig über die Ziegel bis zur Dachkante nach unten gerutscht und hatte gewartet, bis zwei Frauen auf dem Pferd durch die enge Seitengasse neben der Pfalz geritten waren. Er hatte in ihnen die Herzogin von Schwaben und ihre Zofe erkannt und sich flach auf das Dach gedrückt, damit sie ihn nicht sahen. Was machten sie zu so früher Stunde außerhalb der Pfalz?

Als die Frauen seinem Blickfeld entschwunden waren, war er gesprungen. Wenig später hatte er durch das Eingangstor wieder die Pfalz betreten und wie alle anderen mit Bestürzung reagiert, als er erfuhr, dass der König verstorben war. Ein plötzlicher und heftiger Schub des Sumpffiebers, das er sich im Heiligen Land zugezogen hatte, hörte man den Medicus sagen. Über die Botschaft, die er ihnen an der Wandvertäfelung hinterlassen hatte, sagte niemand etwas. Das hatte Barbarossa zu verhindern gewusst.

Der Mann mit den kalten Augen wusste nicht, ob der König noch in der Lage gewesen war, Barbarossa etwas mitzuteilen, bevor er das Zeitliche segnete. Und es war ihm auch gleichgültig. Es würde nichts ändern an seiner Mission.

Der Mann fuhr zusammen, als er das Klopfen an seiner Tür vernahm. Er schlug das Brett rasch wieder in das Tuch ein und erhob sich. Dann nahm er seine Handschuhe und schlüpfte hinein, um das Mal auf seinem Handrücken zu verbergen. Er ging zur Tür und öffnete sie. In dem weitläufigen

Flur der Pfalz, der sich links und rechts seiner Kammer erstreckte, stand Wiltrud, die Zofe der Herzogin von Schwaben. Die hübsche blonde Frau trug ein einfaches weißes Unterkleid mit einem sandfarbenen Überwurf zu einer weißen Haube. Sie musterte ihn aufmerksam, ihre Augen zuckten unruhig von ihm zum Flur, wo zwei Bedienstete Binsen zusammenkehrten. Ahnte sie etwas? Hatte sie ihn am Morgen auf dem Dach vor dem Fenster des Königs gesehen?

»Jungfer Wiltrud? Was verschafft mir die Ehre Eures Besuches?« Der Mann mit den kalten Augen verschränkte die Hände hinter dem Rücken, als sie ihn begrüßte, dann griff er langsam in ein kleines Futteral, das in den ledernen Prunkgürtel eingelassen war, der seinen Überwurf umschloss. Das Messer mit der dünnen Klinge machte kein Geräusch, als er es herauszog.

»Es tut mir leid, Euch zu stören«, sagte sie, »Ihr seid sicher mit den Vorbereitungen für Eure Reise beschäftigt?« Sie spähte an ihm vorbei in den Raum hinein, wo seine Truhen und Taschen bereits aufeinandergestapelt standen, damit man sie morgen früh auf den Karren verladen konnte. Ihr Blick ruhte für einen Moment auf dem in grünes Tuch eingeschlagenen länglichen Gegenstand auf dem Tisch.

»So ist es«, sagte er, »aber kommt doch bitte und erzählt mir Euer Anliegen.« Er wechselte das Messer in die andere Hand und bat sie mit einladender Geste herein.

Nach einem kurzen prüfenden Blick zu den Bediensteten im Flur betrat sie seine Kemenate. Der Mann mit den kalten Augen schloss die Tür hinter ihr und lehnte sich mit dem Rücken dagegen. »Nun? Was gibt es?«

Sie biss sich auf die Lippen. »Es … Es geht um die Herzogin.«

»Adela von Vohburg?«

»Ja«, sagte sie und knetete ihre Hände. Sie war aufgeregt, es war nicht zu übersehen.

Er umschloss den Griff des Messers fester, löste sich von

der Tür und ging auf sie zu. Die Pfalz war nahezu verwaist, der Hofstaat befand sich im Dom, um der ersten von unzähligen Totenmessen für den König beizuwohnen. Niemand würde einen Schrei hören. »Was ist mit ihr? Was ist mit der Herzogin? Geht es ihr nicht gut?«

»Sie ist in der Messe. Mindestens bis zur Komplet.« Wiltrud biss sich noch einmal auf die Lippen, dann erschien ein breites Lächeln auf ihrem Gesicht. »Wir haben viel Zeit. Ich dachte, wir sollten sie nicht ungenutzt verstreichen lassen, bevor du morgen aufbrichst und ich meinen Liebsten für eine halbe Ewigkeit nicht mehr sehe!« Sie breitete die Arme aus und schlang sie um seinen Hals.

Sie ahnt nichts, ging es ihm durch den Kopf. Genau wie die Küchenmagd, die ihm nichts ahnend den Weg zu den Tellern, Schüsseln und dem Kelch des Königs gewiesen hatte, weil sie in ihn vernarrt war und glaubte, ihm ginge es genauso. Die Küchenmagd lag jetzt in einer Abortgrube.

Niemand würde sie finden.

Er steckte das Messer hinter seinem Rücken vorsichtig in das Futteral zurück und erwiderte den Druck ihrer Lippen auf die seinen. Wiltrud würde der Küchenmagd folgen, wenn sie ihre Aufgabe für ihn erfüllt hätte.

Aber erst dann.

15. Februar 1152, Wangen

Es war weit nach Mitternacht, aber Ditho konnte nicht schlafen. Er blickte an den Gitterstäben vorbei nach draußen und sog die kühle Nachtluft in die Lungen. Er erkannte das Sternbild des Jägers am Himmel, der seinen Bogen in die Unendlichkeit spannte. Sein Vater hatte ihm und seinem älteren Bruder Sieghard die Sternbilder erklärt, als sie noch kleine Jungen waren. Oft schien der alte Mann mit den rauen Manieren ein ungehobelter Klotz zu sein, kaum mehr als ein adeliger Bauer unter den nichtadeligen Bauern um ihn herum. Aber damit tat man dem letzten Grafen der Neuravensburg unrecht.

Dass er einen Hofnarren besessen hatte, war nicht Ausdruck von Eitelkeit oder Großmannssucht gewesen. Es war eine tiefe Sehnsucht nach etwas mehr als Erde, Weizen und Pferden, Schwertern, Pacht und Zinsen in seinem Leben. Dithos Vater liebte Musik, obwohl er nicht singen konnte, und er liebte Bücher, obwohl er nicht zu lesen vermochte. Er hatte viel gelacht.

Bis zu dem Tag, als Sieghard starb.

Dithos Bruder Sieghard war seinem Vater sehr ähnlich gewesen: blond, groß und kräftig. Er strahlte etwas zutiefst Gütiges und Rechtschaffenes aus, und sein Vater liebte den Älteren dafür. Ditho kam dem nicht gleich, und er versuchte es auch gar nicht. Je älter er wurde, desto mehr gönnte er dem Bruder die Liebe des Vaters, während er selbst die Vorteile nutzte, die man genoss, wenn man nicht im Mittelpunkt der Aufmerksamkeit stand. Sieghard kümmerte sich um die Burg und um die Bauern, Ditho ging ins Dorf, raufte mit den Bauernsöhnen, stahl Hostien aus der Burgkapelle, jagte Hühner, die ihm nicht gehörten, und küsste Bauernmädchen unter der Linde beim Dorfteich.

Sieghard wäre ein guter Nachfolger als Burgherr geworden, wenn er nicht bei der Jagd vom Pferd gestürzt wäre und sich den Hals gebrochen hätte.

Ditho hatte, am ganzen Leibe zitternd, den sterbenden Bruder nach Hause gebracht. Als Sieghard seinen letzten Atemzug tat und sein Vater ihm aus nassen Augen einen vernichtenden Blick zuwarf, wusste Ditho, dass sein Vater ihn verantwortlich machte und ihn dafür hasste, dass nicht er, sondern Sieghard vom Pferd gestürzt und gestorben war. Er und sein Vater waren in der Zeit danach wegen jeder Nichtigkeit aneinandergeraten, seine Mutter hatte sich in die Trauer ergeben, ohne die Kraft, den Streit zwischen Vater und Sohn zu schlichten. Ditho hatte darum gebeten, als Knappe in den Dienst eines Ritters gehen zu dürfen, und sein Vater hatte ihn mit einer ungnädigen Handbewegung entlassen, wie man eine lästige Fliege verscheucht, offensichtlich froh, Ditho nicht mehr sehen zu müssen.

Seine Mutter war wenig später verstorben. Es hieß, es sei ein Unfall gewesen, als man sie zerschmettert am Fuße des Wohnturms gefunden hatte. Aber Ditho glaubte, dass sie gesprungen war, unfähig, das Leid eines toten und eines verstoßenen Sohnes und die sprachlose Wut des Gatten zu ertragen.

Das war nun fast zehn Jahre her. Ditho war damals wenig mehr als ein großer Junge. Ein Mann war er auf der Fahrt ins Heilige Land geworden, und manchmal kam es ihm vor, er sei als Greis zurückgekehrt. Es war dieser dunkle Fleck in ihm, die schwarze Stelle, die er nicht ergründen konnte, sosehr er sich auch bemühte. Die verlorene Erinnerung an das, was geschehen war, direkt bevor er aus einem dreckigen Keller in Damaskus gewankt war und die Bresche der Stadt erklommen hatte. Ditho bekam es einfach nicht zu fassen. Das Gefühl, etwas unerledigt hinterlassen zu haben, quälte ihn, ohne dass er auch nur eine leise Ahnung verspürte, woher es rührte.

Es war in diesem Pfuhl aus Finsternis in seiner Brust, der ihm wohl bis zum letzten Atemzug verschlossen bleiben würde.

Ditho schrak herum, als er ein Geräusch hörte. Der Säufer lag auf dem Stroh und schlief. Auch die Ratten, mit denen sie die Zelle teilten, ließen sich nicht blicken. Da war etwas anderes. Jemand anderes?

Schlurfende Schritte näherten sich seiner Zelle zusammen mit einem infernalischen Gestank. Ditho erschrak bis ins Mark, als eine kleine röchelnde Gestalt jenseits des Gitters auftauchte, die eine im Mondlicht glänzende, schmierige Spur der Verwesung hinter sich herzog und so aussah, als wäre sie von Kopf bis Fuß aus Schlamm oder aus Kot gemacht.

Was war das? Ein Abgesandter der Hölle?

Plötzlich blitzten schneeweiße Zähne im Gesicht der gnomenhaften Schlammgestalt auf, und eine ungehaltene Stimme fragte ihn: »Was glotzt du so? Noch nie einen Scheißhofnarren gesehen?«

»Jasmo! Was zur Hölle …?«

»Frag nicht! An alldem ist nur der verfluchte Heide schuld! Ich hätte ihn gestern auf dem Markt einen Kopf kürzer machen sollen, dann wäre uns das alles bestimmt erspart geblieben!«

»Du lebst! Ihr beide lebt?« Ditho bewegte sich zum Gitter hin, soweit die Kette um seinen Fuß es zuließ. Er wollte durch die Stäbe fassen und Jasmo in die Arme schließen, prallte aber an einer Wand aus Gestank zurück.

»Ja, ich lebe, der Heide leider auch. Und ja, es ist Scheiße, die an mir klebt und nach der ich so ekelerregend stinke. Ich hoffe, du zeigst dich eines Tages erkenntlich für das, was ich hier tue!« Jasmo zog einen Schlüsselbund hervor. An einem Ring hingen drei lange schwere Eisenschlüssel.

Jasmo stocherte mit dem ersten ungeschickt im Schloss herum. »Der Heide hatte die glorreiche Idee, über einen Baum an der Burgmauer hineinzuklettern. Und das haben wir auch gemacht, obwohl es verdammt mühsam und gefährlich war, kann ich dir sagen. Keiner hat uns gesehen, und schließlich waren wir drin. Na toll! Dann hatte dieser verfluchte Sarazene nämlich keine Idee mehr, wie es weiterging. Vor dem Tor zum Palas standen die Wachen und dachten im Traum nicht daran, sich schlafen zu legen, was ich im Übrigen auch gern mal wieder tun würde, Herrgott noch mal, dieses Mistding!«

Der Schlüssel ließ sich nicht im Schloss drehen, Jasmo zerrte ihn heraus und schob den nächsten hinein.

Hinter Ditho regte sich etwas. Der Säufer hob schlaftrunken den Kopf. »Machten ihr fürn Lärm?«

»Psst!« Ditho legte den Finger an die Lippen. Der Mann im Stroh blinzelte, dann sank er wieder zurück.

»Und dann?«, flüsterte Ditho, während Jasmo gleichzeitig mit dem Schlüssel im Schloss rührte und immer wieder über die Schulter blickte, um sich zu vergewissern, dass niemand die Wendeltreppe herunterkam.

»Dann sind wir an der Mauer entlanggeschlichen und haben schließlich hinter dem Palas den Aborterker gefunden ...« Jasmo machte eine bedeutungsschwangere Pause und blickte aus rot geäderten Augen auf.

»Scheiße!«, entfuhr es Ditho.

Jasmo nickte, sein Flüstern wurde heiser. »Du sagst es, mein Freund! Am Fuße des Palas war die Klappe, durch die die arme Sau, die das Ding ausschöpfen muss, die Schaufel reinsteckt. Und jetzt rate, welche andere arme Sau klein genug ist, um durch die Klappe zu kriechen?«

»Du bist durch den Abortkamin hochgeklettert?«

Jasmo zog den Rotz hoch, aber dann schien er festzustellen, dass es kein Rotz war, und schnäuzte sich angewidert die Nase. »Zwei Stockwerke hoch. Dunkel, glitschig, und alles roch wie ich jetzt, nur schlimmer, wenn du dir das vorstellen kannst! Verdammtes Hurengelump!«

Jasmo nahm den dritten Schlüssel und probierte es damit. »Das es immer der letzte sein muss, zum Henker noch mal!«

»Pssst! Du weckst noch die ganze Burg auf!« Jemand tippte Ditho auf die Schulter.

Er fuhr herum. Der Betrunkene stand hinter ihm, in dem fast völlig vom Bart zugewachsenen Gesicht glühte eine selbst bei trübem Mondschein sichtbare rote Nase über wässrigen Augen. Der beißende Geruch von Urin und Branntwein schlug Ditho entgegen. Der Mann hatte einen Beutel in der Hand, aus dem etwas Weißes, Schimmeliges hervorquoll.

»Was ist?«

»Ich bin aus Versehen hier, Ihro Gnaden! Ich hab wohl bei der Arbeit zu viel getrunken, muss eingeschlafen sein, und sie haben mich hier vergessen! Ich bin ein ehrbarer Alchemist und will mit raus, Ihro Gnaden! Also ... wenn es keine Umstände macht?«

Ditho seufzte. Er nickte, drehte sich um und sah zu, wie Jasmo den dritten Schlüssel im Schloss verbog.

»Vermaledeiter Scheißdreck! Und dafür klettere ich durch die Hölle und klau dem schlafenden Fettwanst da oben seinen Schlüsselbund!« Zornig zog der Hofnarr den Schlüssel heraus, bog erst den Draht auf, der die Schlüssel zusammenhielt, und bog ein Ende des Drahtes dann zu einem Haken. Er steckte den Haken ins Schloss und stocherte wieder darin herum. »Hätte ich gleich machen sollen, ich Idiot!«

Ditho schwitze. Waren das Schritte, die da zu hören waren? Auf der Treppe von oben?

Wieder zupfte der Säufer ihn am Ärmel. »Habt Ihr was zu essen? Für einen hungrigen Veteranen der Kreuzzüge?«

»Woher denn?«, zischte Ditho, zunehmend aus der Fassung gebracht. »Wenn du mitkommen willst, musst du vor allem das Maul halten, kapiert?«

Der Säufer nickte ergeben, ließ sich auf das Stroh fallen und verschränkte die Hände hinter dem Kopf. Er sah Jasmo bei seinen hektischen Bemühungen zu, als würde hier im Kerker eine besonders knifflige Jonglage zum Besten gegeben.

»Na los, du Miststück, geh auf! Geh auf!«

Die Schritte von oben kamen näher, während Jasmo das Schloss beschwor und beschimpfte. Der Hofnarr rüttelte am

Gitter, dann sprang das Schloss mit einem Ächzen auf, und in Jasmos kotverschmiertem Gesicht erschien ein irres Grinsen. »Na also! Und jetzt raus hier!«, flüsterte er.

»Warte«, sagte Ditho, schob die Gittertür einen Spalt breit auf, zog Jasmo zu sich herein, zog die Gittertür zu, drückte Jasmo zu Boden und scharrte hastig etwas Stroh über ihn. »Bleib so!«, zischte er, bevor Jasmo protestieren konnte. Ditho blickte sich hastig zu dem Säufer um, doch sein Zellengenosse hatte sich umgedreht, und ein Schnarchen kam aus der Ecke.

Ditho schnappte sich den Schlüsselbund, und der erste Schlüssel öffnete die Kette um seinen Fuß.

Der Wächter kam gerade am Ende des Gangs von der Treppe. Der dürre Mann im Kettenhemd, in dessen fettigen blonden Haaren noch der Abdruck des Helms zu sehen war, hob eine Talglampe in die Höhe und schnupperte angewidert in der Luft. Er hielt sein Schwert angriffsbereit in der Rechten. »Hast du dich eingeschissen? Du stinkst, wie alle Welfen stinken: nach Scheiße!« Misstrauisch kam er näher.

Ditho wusste, das er nur eine Gelegenheit bekommen würde. Er hielt die Gitterstäbe der Kerkertür umklammert, als der andere ein paar Schritte vor der Tür stehen blieb.

»Ist jemand außer dir und dem Säufer hier unten?«

»Ja, du.« Ditho grinste, und der andere funkelte ihn feindselig an. »Und was du riechst, ist deine widerwärtige Seele, Staufer.«

Der Wachmann trat näher und zog geräuschvoll den Rotz hoch. Er wollte Ditho anspucken, und genau darauf hatte es Ditho angelegt. Bevor der Wachmann wusste, wie ihm geschah, stieß Ditho die schwere Gittertür auf und dem Wachmann ins gerötete Gesicht. Blut schoss aus der Nase des Mannes. Er stöhnte, ließ die Talglampe und das Schwert fallen und griff sich ins Gesicht. Doch bevor der Wächter schreien konnte, war Ditho schon bei ihm und schickte ihn mit einem Faustschlag zu Boden.

Ditho hob das Schwert des Wachmanns auf. Es fühlte

sich leicht und angenehm an in seiner Hand. Die lähmende Kälte und die Schwermut, die Ditho vor wenigen Augenblicken noch im Griff gehabt hatten, fielen von ihm ab wie ein Schleier. Ihm war warm, und er fühlte das Blut durch seine Adern pulsieren. Er würde nicht sterben. Noch nicht.

Jasmo wälzte sich aus dem Stroh, das nun überall an seiner verschmierten Kleidung haftete. Mit den abstehenden Strohhalmen sah er aus wie ein Igel des Satans. »Können wir endlich?«, zischte er und spuckte einen Halm aus.

* * *

Die Treppe mündete oben in einen langen, verwaisten Gang. In der ganzen Burg war kein Laut zu hören. Mondlicht drang durch die Ritzen der mit Brettern vernagelten Fenster. Ditho und Jasmo schlichen über den Gang und gelangten in einen kleinen Vorraum, an dessen Wänden Teppiche und erloschene Fackeln hingen. Eine zweiflügelige Tür führte auf den Burghof.

»Außen an der Tür steht eine Wache«, flüsterte Jasmo, der neben Ditho getreten war. »Wie kommen wir an der vorbei?«

Ditho spähte ins Dunkel und lauschte angestrengt. Nichts. Niemand sprach, und auch Schritte waren nicht zu hören. »Vielleicht ist er eingeschlafen, vielleicht dreht er eine Runde«, flüsterte er und blickte über seine Schulter. Vom Vorraum aus führte eine weitere Treppe nach oben und ein Durchlass in den Rittersaal. Ditho griff nach der Klinke zur Außentür, dann hörte er eine Bewegung und hielt inne.

Jemand war dort! Vor der Tür!

Ditho legte den Finger auf die Lippen und bedeutete Jasmo, keinen Laut von sich zu geben. Der Hofnarr nickte und zog ein Messer aus seinem verdreckten Gewand.

»Auf drei!«, formte Ditho stumm mit den Lippen. Er hob das Schwert, dann fing er an, mit der freien Hand für Jasmo zu zählen. Er reckte den Daumen: eins. Er streckte den Zeigefinger: zwei!

Jasmo hielt den Atem an.

Als Ditho den Mittelfinger streckte, gellte aus dem Treppenhaus ein gellender Schrei, jemand brüllte: »Alaaarm!« Es war die Stimme des Wachmanns.

Dann hörten sie schnelle Schritte auf der Treppe und sahen einen wirren Haarkranz die Treppe hinaufwanken, gleich darauf die weit aufgerissenen Augen des Säufers. »Nehmt mich mit, Ihro Gnaden, lasst mich nicht allein!«, schrie er und rannte auf Ditho und Jasmo zu.

Ditho verfluchte sich, dass er ihn und die Wache nicht geknebelt hatte. Im Nu würde die ganze Burg wach sein, und sie wären eingeschlossen. Er griff nach der Klinke, doch in diesem Augenblick schwang die Tür auf. Ditho hob das Schwert, als er den staufischen Umhang und den Helm erblickte, und wusste, dass er zu langsam war. Der andere hielt einen gespannten Bogen in der Hand, der Pfeil war genau auf Ditho gerichtet.

»Runter!«, bellte der Mann mit dem Bogen, und Ditho gehorchte und ging blitzschnell auf die Knie, noch bevor ihm bewusst wurde, dass der Befehl auf Arabisch gebrüllt worden war.

Der Pfeil verließ die Sehne mit einem Surren und durchbohrte einen Wimpernschlag später den Brustkorb eines Soldaten, der die Treppe von oben heruntergestürmt kam. Die Wucht des Pfeils riss den Mann von den Füßen, er spuckte Blut, ließ sein Schwert fallen und brach auf der Treppe zusammen. Im ganzen Palas waren nun laute Rufe und Schritte zu hören.

Ditho blickte auf und sah Hasans grimmiges Lächeln. Der staufische Helm war dem Hünen viel zu klein, und der Umhang wirkte auf seinen breiten Schultern eher wie ein Schal, doch auf den ersten Blick sah die Maskerade täuschend echt aus.

»Dem sind wach, schnell!«

Ditho sprang auf und zog Jasmo hinter sich her. Ein Burgwächter ohne Helm und ohne Umhang lag ohnmächtig auf dem kleinen Söller vor dem Eingang zum Palas. Eine steile Holztreppe führte in den Burghof, und Jasmo stolperte hinunter, sich gleichzeitig nach ihren Verfolgern umblickend und lauthals fluchend. »Du hattest verdammtes Glück, Heide, dass Ditho vor mir stand. Wenn ich an der Tür gewesen wäre, hätte ich dir mein Messer in den Bauch gerammt, weil du den falschen Helm trägst!«

»Du stinkst, Jasmo. Hab ich dir schon von draußen gerochen!«

»Das nächste Mal –«

»Wenn ihr nicht das Maul haltet, wird es kein nächstes Mal geben!«, zischte Ditho. Auf dem Wehrgang wurden Fackeln entzündet, Befehle wurden gebrüllt, und Wachen rannten zu den Türmen. Ditho, Jasmo und Hasan waren am Fuß der Holztreppe angekommen, und Hasan rannte voraus in eine dunkle Ecke des Burghofs. Pfeile schwirrten durch die Luft und trafen dicht neben ihnen auf.

»Wohin rennen wir?«, schrie Ditho Hasan an, und der Sarazene deutete auf einen niedrigen Unterstand an der Burgmauer. Zwei Pferde standen darunter und hatten das Maul im Stroh, das vor ihnen auf dem Boden lag.

»Wo ist mein Pferd?«, rief Jasmo und bemühte sich, mit den hochgewachsenen Männern Schritt zu halten.

»Gab nix Pony. Pony auch zu langsam.«

»Pony? Bist du noch bei Trost? Seit wann brauch ich ein Pony? Ich will nur nicht so einen Riesengaul, Heide!«

Hasan machte die Zügel der Tiere von einem Balken los, während Ditho von hinten auf das Pferd sprang und sich im Sprung von dessen Hintern abdrückte, um auf dem Sattel zu landen.

Jasmo stand zeternd zwischen den Flanken der Tiere. »Ich mach die ganze Drecksarbeit, kletter durch die Scheiße und befreie Ditho, und du? Du schaffst es noch nicht mal, mir ein anständiges Pferd zu besorgen, du … Hei–«

Ditho hatte Jasmo am Kragen gepackt und hinter sich auf

das Pferd gesetzt, worauf der Hofnarr verstummte. Hasan bestieg den Schimmel und deutete zum Palas. Eine Handvoll Männer stürmte heraus. Auf den Wehrgängen hatten sich Bogenschützen in Stellung gebracht. Sie schickten Pfeile zu ihnen, die jedoch weit vor ihnen im Burghof stecken blieben.

Ditho sah, wie Gernot von Wangen auf den schmalen Söller vor dem Palas trat, und er glaubte sogar, die Zornesröte im Gesicht des stiernackigen Staufers zu erkennen. Der Vogt bellte Befehle und wies auf die Zugbrücke und den Graben.

»Wir mussen beeilen. Die machen Zugbrücke hoch.«

»Du hast die Zugbrücke runtergelassen?« Jasmos Staunen ließ Hasan schmunzeln. »Wie hast du das geschafft?«

»Hab ich an dem Kurbel für des gedreht, wie sonst?«

»Ja, aber da waren doch –«, stammelte Jasmo.

»Hab dem schlafen gemacht.«

Ditho gab seinem Gaul die Sporen. Stroh und Dreck spritzten unter den Hufen auf. Bis zur Zugbrücke waren es nur wenige Augenblicke im gestreckten Galopp, doch vor der Brücke bezogen Wachen Stellung, das stumpfe Ende ihrer Piken in den Boden gerammt, und zwei weitere drehten hastig an dem Rad, das die Kette der Zugbrücke aufrollte.

Der Säufer aus dem Verließ irrte über den Burghof, suchte verzweifelt nach einer Deckung vor den durch die Luft schwirrenden Pfeilen. Hinter ihnen stürmte Gernot mit Wachen zu den Ställen, um die Verfolgung aufzunehmen, falls die Bogenschützen auf den Wehrgängen ihr Ziel verfehlen sollten. Um sie herum prasselten Pfeile nieder, einer blieb in Hasans Umhang stecken, ohne den Sarazenen zu verletzen. Ditho trieb das Pferd genau auf die Männer mit den Piken zu.

Jasmo blickte mit vor Angst geweiteten Augen hinter Dithos Rücken hervor auf die unüberwindliche Barriere vor ihnen. Die Zugbrücke war bereits mehrere Fuß hochgezogen worden. »Was zur Hölle hast du vor?«

Ditho kniff sein eines Auge zusammen und nahm Maß. Ein Pfeil durchschlug Dithos Mantel und blieb in seinem Arm stecken. Er stöhnte, biss die Zähne aufeinander, presste seine Schenkel in die Flanken des Tieres und ließ es abspringen. Der Sprung über die Männer schien eine Ewigkeit zu dauern. Die Soldaten stachen mit der Pike nach dem Pferd und zogen gleichzeitig den Kopf ein. Aber der Sprung war gut, und Dithos Pferd wurde nur leicht von einer Pike an der Seite geritzt. Krachend schlugen die Vorderläufe auf der Zugbrücke auf.

Ditho wurde tief in den Sattel gedrückt, Jasmo verlor den Halt. Er rutschte vom Rücken des Pferdes und griff nach Dithos Mantel. »Hilf–!«

Ditho packte Jasmos Kragen und schob den Freund zurück, während ihr Pferd weiter die Zugbrücke hinaufstürmte und schließlich über die Kante sprang.

Hasan war keine fünf Schritte hinter ihm, ein Pfeil steckte in seinem Oberschenkel. Die Wachen versuchten, die Piken wieder in Anschlag zu bringen, aber sie waren zu langsam. Hasan trieb sein Pferd zwischen ihnen hindurch, und die Männer sprangen schreiend auseinander. Er zog den Kopf ein, da die Zugbrücke schon bedenklich steil nach oben ragte, gab dem Pferd nochmals die Sporen und ließ es über die Kante springen. Das Tier ging in die Knie, als es aufkam und Hasans massigen Körper abfangen musste. Jetzt prasselten Pfeile auf dieser Seite der Mauer herab, doch sie verfehlten ihr Ziel, und schon einen Atemzug später waren die Flüchtenden außerhalb ihrer Reichweite.

Ditho blickte sich um. Ein lauter Aufschrei, fast ein Heulen war zu hören, als Gernot seine Männer brüllend anwies, die Zugbrücke wieder herunterzulassen. Sie waren frei. Aber sie waren noch nicht in Sicherheit.

* * *

Sie preschten den breiten, felsigen Weg nach Wangen hinunter. Vor ihnen lag das verschlossene Stadttor und dahinter die schlafende Stadt. Ditho trieb sein schwitzendes Pferd hinter einer Brücke über einen kleinen zugefrorenen Bach, dann linker Hand an der Stadtmauer entlang. Am Horizont war der erste Schimmer der Morgenröte zu erkennen, und im Westen, dort, wo es noch dunkel war, lagen die Überreste der Neuravensburg. Sie ritten um Wangen herum und hielten, an den brachliegenden Feldern vorbei, auf den Wald zu. Von den hohen Tannen rieselte Schnee herab und verwischte ihre Spuren, als sie in der einsetzenden Dämmerung in den Wald hineinritten.

»Ditho! Dem Pferd!« Hasan schloss zu ihm auf. Er hatte den Pfeil in der Hand, den er sich offenbar unter dem Reiten aus dem Oberschenkel gezogen hatte, und wies damit auf die Flanke seines Schimmels. Blut lief über das weiße Fell, das Pferd war ebenfalls von einem Pfeil getroffen worden.

Ditho nickte zu Jasmo. »Und wir sind zu zweit auf einem Pferd. Das wird nicht lange gutgehen.«

Die Tiere dampften, und Ditho zügelte sein Pferd. Im ersten Morgenlicht konnte er eine Gruppe Berittener ausmachen, die von der Staufischen Schutzburg oberhalb der Stadt in Richtung Wangen ritten und schnell aufholten. »Wir können nicht zu meiner Burg«, sagte er. »Wir müssen nach Ravensburg und uns Verstärkung holen.«

Jasmo schüttelte den Kopf. »Das ist zu weit, das schaffen wir nie!«

»Dann müssen wir die Pferde zurücklassen und uns im Wald verstecken, bis wir uns nach Ravensburg durchschlagen können. Wir reiten zur Brücke; dahinter beginnt mein Land, und sie kennen sich dort nicht so gut aus wie wir. Los!« Ditho riss das Pferd herum und gab ihm die Sporen. Ächzend setzte es sich in Bewegung und suchte den Weg zwischen den verschneiten Bäumen. Das Tier würde dieses Tempo nicht mehr lange durchhalten, aber der Fluss, der die Gebiete von Wangen und Ravensburg trennte, lag nur noch einen kurzen Ritt entfernt.

Der Weg schlängelte sich durch den Wald bergab. Frost

und Schnee hatten die Bäume in einen weißen Irrgarten verwandelt, der Boden war vereist, und die Pferde mussten traben, um nicht zu stürzen.

Ditho biss die Zähne zusammen und zog sich den Pfeil aus dem Arm. Sofort breitete sich der blutrote Fleck auf seinem Obergewand weiter aus. Die Schmerzen waren erträglich, aber die Wunde musste verbunden werden. Ein dumpfer Druck breitete sich von der Stelle, wo Gernot ihn am Kopf getroffen hatte, in seinem ganzen Körper aus.

Wenig später flachte das Gelände ab, und der Pfad führte aus dem Wald hinaus auf eine freie Fläche. Vor ihnen lag die Argen, der Fluss, der an Wangen vorbeifloss. Über die Brücke würden sie in seine Ländereien gelangen. Hier auf der Ebene konnten sie wieder Boden gutmachen. Ditho drückte dem Tier die Stiefel in die Flanken, doch kurz bevor sie den Fluss erreichten, griff er mit Macht in die Zügel. Er rang nach Atem, als er sah, dass es die Brücke nicht mehr gab.

Die eisbedeckten hölzernen Pfeiler ragten aus dem Flussbett wie Knochenstümpfe, die Bohlen lagen verstreut am Ufer, einige hingen an Findlingen im Fluss fest.

Jasmo schnaubte ungläubig. »Gestern war das Mistding noch da!«

»Gernots Werk«, flüsterte Ditho. Der Vogt von Wangen hatte buchstäblich alle Brücken zwischen ihnen abgebrochen. Früher hatte Ditho diese Brücke jedes Jahr im Frühling mit seinem Vater und mit seinem Bruder wiederhergerichtet. So schlecht die Beziehung zu den Staufern auch gewesen war, niemand hatte ein Interesse daran, den Handel auf der Straße, die Wangen mit Ravensburg verband, zu erschweren oder auf den Wegezoll zu verzichten. Nicht einmal darauf schien Gernot noch Rücksicht zu nehmen.

Hasan fuhr herum. Hinter ihnen im Wald waren Stimmen und die vom Schnee gedämpften Laute der Pferdehufe zu hören. »Wir müssen rüber. Lasst die Pferde stehen.«

Die drei Männer saßen ab, und Hasan gab den Tieren einen

Klaps, um sie wegzujagen. Jasmo war als Erster am Fluss. Das Ufer war vereist, nur in der Mitte sah man das Wasser über die großen Steine fließen. Das Eis brach unter Jasmos Füßen, und das Wasser reichte ihm bis über die Knie. Hasan und Ditho folgten hastig.

Jasmo war schon bis zur Hüfte im reißenden Fluss, als er ausglitt und ins eiskalte Wasser fiel. Er tauchte für einen Augenblick unter, dann packte ihn Hasans grobe Pranke am Kragen und zog ihn heraus. Jasmo spuckte Wasser und schlug um sich. »Wirst du mich wohl …?«

Hasan beachtete ihn nicht, schob seinen massigen Körper durch das tiefe Wasser und zog Jasmo mit sich. Als Hasan bemerkte, dass Ditho ihm nicht folgte, drehte er sich um. Ditho stand neben einem geborstenen Brückenpfeiler, die Augen in die Ferne gerichtet. Hasan wandte den Blick wieder nach vorn, über das Ufer den sanften Hügel hinauf. Im Sonnenaufgang waren die rußgeschwärzten Zinnen der Neuravensburg zu sehen.

Auf der Ebene vor der Burg machten sie vier Männer auf Pferden aus. Sie kamen von der Burg und ritten in Richtung Fluss. Die Männer trugen staufische Farben. Sie verschwanden im Wald, der die Ebene vor der Burg vom Fluss trennte. Gernot hatte einen zweiten Trupp auf einem anderen Weg zur Neuravensburg gesandt, um ihnen den Weg abzuschneiden.

»Wir müssen aus dem Fluss und in den Wald!« Ditho zog sein Schwert und war mit drei Schritten am anderen Ufer. Er streckte Hasan, der Jasmo inzwischen wie einen Teppich unter den Arm geklemmt hatte, die Hand hin und zog ihn ans Ufer. Hasan setzte Jasmo behutsam auf dem Boden ab.

Das Gesicht des Hofnarren war krebsrot. Erbost drohte er dem Hünen mit dem Zeigefinger. »Das! Das war ein wirklich schwerer Fehler, Muselmann! Das wirst du –«

»Dem Zwerg ist Dummbeutel, Ditho. Sag dem, dass besser so ist, wenn ich dem durch Fluss trage!«

Ditho antwortete nicht. Am anderen Ufer ritt Gernot an

der Spitze seiner Männer aus dem Wald. Die Pferde wirkten frisch und kraftvoll. Ditho spürte, wie seine nasse Kleidung allmählich gefror.

»Da!«, schrie Gernot und wies mit dem Schwert in der Hand über den Fluss.

Ditho schob Hasan und Jasmo weiter. Sie mussten ein kurzes baumloses Gelände durchqueren, dann wären sie im Schutz des Waldes.

»Bleib stehen, Ditho! Wir kriegen euch sowieso!« Der Vogt sprang ab und zog sein Pferd an den Zügeln ins Wasser. Bogenschützen legten Pfeile an die Sehnen und schickten sie über den Fluss. Jasmo keuchte, und Hasan hinkte mit dem Bein, in das der Pfeil ihn getroffen hatte. Die Pfeile schlugen in den gefrorenen Boden, die Bäume waren nur noch zwanzig Schritt entfernt.

Ditho blickte sich um. Der Vogt war mitten im Fluss stehen geblieben. Er grinste, Ditho verstand nicht, warum, dann drehte er sich um und wäre um ein Haar in ein auf ihn zugaloppierendes Pferd gelaufen. Der Reiter zügelte sein Tier im letzten Augenblick. Hasan riss seine Schwerter aus der Scheide und stellte sich vor Ditho. Auch Jasmo nestelte sein Messer hervor, als die drei anderen staufischen Reiter aus dem Wald geschossen kamen und mit ihren Pferden die Freunde einkreisten.

»Gut gemacht!«, brüllte Gernot und stapfte ans Ufer. »Haltet sie fest!«

Ditho blickte dem Anführer der staufischen Reiter in die Augen. Der Mann war groß und breitschultrig, eine lange rote Mähne loderte wie Flammen unter seinem Helm hervor. Frost rieselte wie ein silbriges Pulver von seinem Kettenhemd, als er das Schwert zog. »Ditho? Ditho von Ravensburg?«

»Und wer seid Ihr, Staufer?«

Der andere antwortete nicht. Ditho stemmte die Beine in den Boden und stand nun Rücken an Rücken mit Hasan, halb dem Reiter, halb dem Vogt zugewandt, der mit schnellen Schritten zu ihnen trat. Jasmo stellte sich mit dem Messer vor seinen Herrn. Der rothaarige Reiter lächelte bei diesem Anblick. Er nickte dem Vogt zu und stieg vom Pferd.

Gernot keuchte. Als er bei Ditho angekommen war, stützte er sich für einen Moment auf sein Schwert, dann hob er es hoch. »Jetzt, Ditho, jetzt ist es so weit.«

Der Rothaarige trat zwischen Ditho und den Vogt. Er schien ganz ruhig zu sein. »Nein. Wer immer Ihr seid, und was immer Ihr vorhabt, es muss warten.«

Gernot von Wangen schüttelte sich und musterte den hochgewachsenen Mann. »Und wer zur Hölle seid Ihr, dass Ihr staufische Farben tragt und es wagt, Euch dem Vogt von Wangen in den Weg zu stellen, wenn er einen Welfen seinem gerechten Schicksal zuführen will?«

Der Rothaarige zog eine Pergamentrolle aus den Tiefen seines Umhangs. Ein blutrotes Siegel verschloss das Dokument. »Ich bin Johannes Graf von Arnstein, und ich bin hier auf Geheiß meines und Eures Lehnsherrn, des Herzogs von Schwaben. Konrad von Staufen ist tot, und Friedrich, so viel kann ich Euch sagen, wird aller Voraussicht nach unser neuer König werden. Der Herzog möchte diesen Mann ...«, der Rothaarige wies mit dem Daumen über die Schulter auf Ditho, »... bei sich in Köln haben. So schnell es geht.« Er drückte Gernot die Pergamentrolle in die Hände und schubste ihn ein Stück zurück. »Und jetzt geht mir aus den Augen, Vogt.«

22. FEBRUAR 1152, KÖLN

Adela blickte sich nach ihren Verfolgern um und schluckte ihre Tränen hinunter. Verfluchte Tränen! Sie schob sich tiefer in das Gewühl aus Menschen hinein. In ein Meer aus Farben, Gerüchen und Gesichtern aus aller Herren Länder. Zwanzigtausend Einwohner hatte diese Stadt angeblich, und Adela hatte das Gefühl, als wären sie in diesem Augenblick alle auf dem Platz vor dem Hildebold-Dom versammelt, Kölns größtem Gotteshaus mit Chören und mächtigen Querhäusern im Osten und Westen. Ein ohrenbetäubendes Geschrei erklang aus den Kehlen unzähliger fliegender Händler, Pilger, Prediger, Kinder und einiger Stadtbüttel, die verzweifelt versuchten, Ordnung in die Menge zu bringen.

Adela duckte sich unter dem ausgestreckten Arm einer Marktfrau hindurch, die ein wild flatterndes Huhn festhielt. Die füllige Matrone pries mit lautem Geschrei ihre Ware an. Adela schob sich an einem Jungen vorbei, der Brunnenkresse aus einem Fass verkaufte, vorbei an einem Klingenhändler, der Beile schärfte, und lief dann durch die Gassen zwischen den Gemüseständen in Richtung Westen über den Domplatz. Dort lag der Berlich, eine verruchte Gegend mit allerlei Gesindel und Huren auf den Straßen, aber es war ihr gleich.

Nur weg von hier, ging es ihr durch den Kopf. Der Saum ihres Kleides war bereits mit Hühnerdreck und mit Schlamm verschmiert. Dennoch fiel ihr kostbares blaues Gewand auf; die Leute auf dem Markt drehten sich nach ihr um. Adela warf noch einen Blick über die Schulter, und ihr Herz schlug schneller.

Enno, der Stallmeister ihres Mannes, saß auf einem Rotfuchs und suchte die Menge vor dem Dom mit den Augen ab.

Neben ihm, auf einem zweiten Pferd, erkannte sie das hagere, gerötete Gesicht von Gisbert von Papenheim, dem Kommandanten der Leibgarde ihres Mannes und dessen verlängerter Arm, wenn es um schmutzige Aufträge ging. Und das war sie: ein schmutziger Auftrag.

Adela wusste, dass es töricht gewesen war, einfach wegzulaufen, aber sie hatte es nicht länger ertragen. Die Demütigung. Die Drohung. Denn dass es eine Drohung gewesen war, daran hatte sie keinen Zweifel.

Gepa, die Äbtissin der Klosterkirche zu den heiligen Jungfrauen, hatte sie nach ihrer Ankunft am Morgen im Kloster herumgeführt. Aber es war keine Führung, um einem Gast das Kloster zu zeigen. Es war ein Ausblick auf ihre Zukunft, den ihr Friedrich geben wollte, für den Fall, dass sie ihm nicht bald einen Erben schenken würde.

Adela hatte beobachtet, wie Friedrich, der während der ganzen Reise von Bamberg nach Köln schmallippig gewesen war, nach seiner Ankunft im Kloster sofort mit Rainald von Dassel gesprochen hatte. Die beiden Männer hatten Gepa, Rainalds Schwester, hinzugezogen, und die Frau, nur wenig älter als Adela, hatte verständig genickt. Als sie sich erbot, Adela das Kloster und die Räume zu zeigen, in denen Adela während ihres Aufenthalts schlafen sollte, hatte sie sich noch bereitwillig in Gepas Hände begeben. Doch die tief sitzenden Augen der verhärmten Äbtissin hatten sie prüfend gemustert, als sie über die düsteren Flure des Klosters schritten. Sie hatte Adela von den Segnungen des Klosterlebens erzählt, von der anheimelnden Gemeinschaft der Schwestern, dem guten Werk, das sie an ihren Nächsten verrichteten, und von der Inbrunst der gemeinsamen Gebete. Sie zeigte ihr nicht nur den engen, trotz der gekalkten Wände dunklen Raum, den sie in den kommenden Tagen bewohnen sollte. Sie zeigte ihr das gesamte Kloster, als solle Adela sich schon einmal auf ihr zukünftiges Zuhause vorbereiten.

Das war Friedrichs Werk, hatte Adela schlagartig erkannt.

Er wollte sie ins Kloster abschieben, wenn sie sich nicht änderte und wenn ihre Ehe weiter kinderlos blieb. Ein kalter Schauer war Adela über den Rücken gekrochen, als es ihr bewusst wurde.

Als Gepa sie durch den Kreuzgang führte, um ihr das Refektorium zu zeigen, sah Adela Barbarossa im Klostergarten, immer noch im Gespräch mit Rainald von Dassel. Die Männer standen dicht beieinander, so als flüsterten sie. Friedrich hatte Adela entdeckt und ihr einen kalten Blick und ein dünnes Lächeln geschickt, während er inmitten von kahlen Apfelbäumen und Rosenhecken weiter auf Rainald einredete, so als wolle er sie fragen: »Und? Wie gefällt es dir hier?«

Um sie herum trugen Bedienstete Gepäck hinein, Boten rannten über das Klostergelände, und ständig trafen neue Ministerialen und Adelige ein. Sie strömten mit Kisten und mit Bergen von Büchern und Schriftrollen durch die schmale Klosterpforte, um aus dem Gotteshaus einen angemessenen Ort für die Gespräche und Verhandlungen Friedrichs mit den anderen Fürsten zu machen, bevor in zwei Wochen die Wahl in Frankfurt beginnen sollte.

»Ist es nicht wahrhaft schön hier, Herzogin? Viele adelige Damen kommen zu uns. Auch schon in jungen Jahren. Wir haben für jede einen Platz«, hatte die Äbtissin mit zweideutigem Lächeln bemerkt.

Adela hatte sie nur angestarrt und kein Wort herausgebracht. Sie hatte ihre Röcke gerafft und war weggelaufen. Einfach weggelaufen. Es war ihr gleichgültig gewesen, ob sie dabei von einem der Bediensteten oder Ministerialen gesehen wurde; sie musste einfach raus aus diesen engen, kalten Mauern, die ihr die Luft zum Atmen nahmen. Friedrich hatte es gesehen und ihr hinterhergerufen, als sie durch die Klosterpforte gestürmt war. Sie hatte sich nicht umgedreht.

Schon als sie die Marzellenstraße hinuntergerannt war und sich Tränen des Zorns aus den Augen wischte, hatte sie das Hufgetrappel der Pferde ihrer Verfolger gehört. Sie war einfach weitergelaufen, bis sie auf dem Platz vor dem Hildebold-Dom stand, wo sie nun versuchte, den aufmerksamen Augen von Enno und Gisbert von Papenheim zu entgehen.

Adela schob sich an den Fleischbänken der Schlachter vorbei und hastete zwischen zwei Patrizierhäusern in eine schmale Gasse. Die Pracht der Straßen in der Umgebung des Doms war hier schnell vergessen. Baufällige Fachwerkhäuser mit überkragenden Stockwerken drückten sich eng aneinander. Der Rauch aus unzähligen Torffeuern wurde vom Wind in die Gasse gedrückt, und der einsetzende Nieselregen milderte kaum den Gestank der Unrathaufen.

Adela hörte das Grölen aus den Kaschemmen im Erdgeschoss und Schreie und Laute der Lust aus den Räumen darüber. In den Hurenhäusern herrschte schon reger Betrieb, obwohl die Morgenmesse zur Stuhlfeier Petri, die man heute beging, kaum vorüber war.

Adela blickte sich nochmals um. Von ihren Verfolgern war nichts mehr zu sehen. Sie atmete durch und lief weiter. Aber wohin? Sie war weggerannt, ohne ein Ziel zu haben, und die Furcht vor Enno und Gisbert wich einem unbehaglichen Gefühl, als sie in die Gesichter der zwielichtigen Gestalten um sie herum blickte.

Betrunkene torkelten an ihr vorbei, sich gegenseitig stützend, und in einer düsteren Seitengasse machten zwei zerlumpte Männer Geschäfte, tauschten unter dem Schutz ihrer zerschlissenen Mäntel irgendetwas aus und warfen ihr feindselige Blicke zu, als sie an ihnen vorbeihastete.

Adela blieb mit ihrem Schuh im Matsch stecken und musste mit beiden Händen zupacken, um ihn aus dem Dreck zu ziehen. Sie ging dicht an den Häusern entlang, wo der Boden nicht so aufgeweicht war wie in der Mitte der Straße. Wieder blickte sie sich um. Von Enno und Gisbert keine Spur, doch ihr war, als hätte sich in dem Augenblick, als sie sich umdrehte, jemand rasch hinter eine Stallmauer gedrückt. Folgte ihr noch jemand? Wer sollte das sein? Wer konnte wissen, dass sie hier war?

Adela blieb für einen Moment stehen, den Blick auf den Stall gerichtet, der sich neben ein schmutzigbraunes Fachwerkhaus duckte. Jemand kauerte dort, ein Schatten. Adela fröstelte, dann sah sie zwei Reiter in ihre Gasse einbiegen und lief schnell weiter. Ein Bettler, dem die Unterschenkel fehlten, schob sich auf einem kleinen Karren aus einer Seitengasse. An der schiefen Tür eines Hauses, von dem der Putz abgeplatzt war und wo allenthalben Stroh aus den Mauerritzen quoll, standen zwei bleiche, hohlwangige Huren in safrangelben Kleidern. Sie kauten auf einer Brotrinde herum und warfen ihr abschätzige Blicke zu. Adela hatte Angst. Auf einmal erschien die Idee, aus dem Kloster wegzulaufen, über alle Maßen töricht. Sie musste fort von hier, fort aus dieser Gegend. Sie fiel auf wie ein Pfau im Pferdestall.

»Hast dich wohl verlaufen, Schätzelein? Oder suchst du 'nen Freier? Du riechst da unten bestimmt nach Rosenwasser, oder?« Die eine Hure grinste sie mit einem lückenhaften Gebiss an, die andere spie vor Adela aus. Ihr linkes Auge war trüb, und an der Stirn hatte sie eine schorfige Wunde. »Hau bloß ab, wir brauchen hier keine Schlupfhuren!«

Adela biss sich auf die Lippen und senkte den Kopf.

»Herzogin? Adela!«

Die Dirnen blickten erstaunt auf. Der laute Ruf war aus weiter Entfernung zu ihr gedrungen.

Adela erkannte Ennos Stimme. Der Stallmeister hatte sie aufgespürt. Sie wusste, dass er nicht ruhen würde, bevor er sie nicht zurück zu seinem Herrn gebracht hätte. Enno würde schlimmen Ärger bekommen, wenn er sie nicht zurückbrachte. Genau wie sie schlimmen Ärger bekommen würde, wenn er es doch tat. Was würde sie sagen? Friedrich würde sie hart bestrafen für diese Flucht, die jeder gesehen hatte, die Flucht vor ihm. Welchen Grund würde sie Friedrich nennen können? Dass sie ihn mittlerweile hasste? Dass sie seine Drohung verstanden hatte, aber dass sie sich eher in den Rhein stürzen würde, als in ein Kloster zu gehen?

Adela schluckte. Vielleicht sollte sie sich Friedrichs Rache, seinen Schlägen und den Demütigungen doch auf eine einfache Weise entziehen. Vielleicht sollte sie selbst für sich entscheiden, bevor er sie in ein Kloster sperrte. Der Rhein. Ein schneller Sprung von der Uferböschung, und alles wäre vorbei.

Sie hörte die Pferde rasch näher kommen und spürte ihr Herz im Halse hämmern. Sie wollte nicht in den Rhein springen. Sie wollte leben, aber nicht so, wie er es für sie wollte.

Sie wollte, dass er sie in Ruhe ließ.

Adela rannte in die nächste Gasse, enger und düsterer noch als die vorige. Sie stieg über eine reglose Gestalt, die an eine Hauswand gelehnt mit ausgestreckten Beinen auf dem Boden saß, bog nach links ein und wäre um ein Haar von zwei quiekenden Ferkeln umgerannt worden. Adela wich aus und stolperte dabei in einen Minoritenmönch, der den Blick starr zum Himmel gerichtet hatte und entrückt ein Gebet sprach. Der Mann schien sie überhaupt nicht wahrzunehmen. Sie murmelte eine Entschuldigung und beschleunigte nochmals ihre Schritte.

»Adela! Herzogin!« Wieder Ennos Stimme.

Adela rannte nach rechts in eine Gasse und wusste nicht, wie sie jemals zum Hildebold-Dom zurückfinden sollte. Umgestürzte Fässer lagen im Schmutz zwischen Kohlstrünken und Rübenschalen, zwischen Stroh und Ascheresten, die auf die Gasse gekippt worden waren.

»Aus dem Weg, Pfaffe!«, hörte sie Enno rufen, und sie wusste, dass es dem Minoritenmönch gegolten haben musste. Enno und Gisbert waren dicht hinter ihr, sie musste verschwinden! Augenblicklich!

Adela entdeckte einen schmalen Steg über einen Graben mit einem dünnen Rinnsal, das nach Fäkalien und nach vermoderten Überresten von Färberwaid stank, aus dem die Blaufärber ihre Farbe gewannen. Sie raffte ihre Röcke und sprang beherzt in die Brühe, dann duckte sie sich und kroch unter den Steg. Einen Atemzug später donnerten Hufe über das Holz der kleinen Brücke.

»Herzogin? Wo seid Ihr? Kommt zurück, es ist nicht gut für Euch, hierzubleiben!« Enno zügelte sein Pferd jenseits der Brücke. Er schien auf eine Antwort zu warten, wendete sein Pferd, lauschte und sah sich um. Gleich darauf kam aus der entgegengesetzten Richtung ein weiteres Pferd herangeprescht.

Adela spähte durch die Ritzen zwischen den Brettern der Brücke. Sie sah die Flanken der Reittiere und roch ihren Schweiß.

»Ich hab sie nicht gesehen. Und du?«

Adela erkannte Gisberts Stimme. Sie hatten sich getrennt, um ihr den Weg abzuschneiden. Enno brummte etwas, und Gisbert spie aus. »Närrisches Weib. Friedrich wird uns einen Kopf kürzer machen, wenn wir sie nicht zurückbringen. Ich an seiner Stelle würde sie auch ins Kloster stecken. Er hätte sie nur gleich in einer Kammer einsperren sollen!«

Adela zuckte zusammen. Also war es schon beschlossene Sache? Wenn es sogar der Kommandant der Leibwache und der Stallmeister schon wussten? Sie hielt den Atem an.

»Was jetzt?«, fragte Enno.

»Wir machen die Pferde hier fest und durchsuchen die Häuser. Weit kann sie nicht sein, und ich habe keine Lust, mit leeren Händen zum Herzog zurückzukehren.«

Die Männer saßen ab und machten die Zügel am morschen Geländer der Brücke fest. Adela hätte nur die Hand auszustrecken brauchen, um Gisberts Stiefel zu berühren. Sie kauerte im Matsch des kleinen Färberbaches und versuchte ihren aufbegehrenden Magen zu beruhigen.

Enno und Gisbert traten an die Tür des ersten Hauses hinter dem Steg. Adela atmete langsam aus, als sie sah, wie die Männer, ohne anzuklopfen, die Tür aufstießen. Sie würde warten, bis Enno und Gisbert verschwunden waren, und dann zurück zum Domplatz gehen, auf dem Markt etwas kaufen, ein buntes Tuch vielleicht oder Schmuck. Dann würde sie zum Kloster zurückkehren und Friedrich ihre Mitbringsel zeigen. Mit einem Lächeln würde sie ihm sagen, sie habe nicht widerstehen können und habe erst einmal den Markt der großen Stadt in Augenschein nehmen wollen, bevor sie sich für die Nacht im Kloster einrichtete. Er würde sich wohl nicht täuschen lassen, aber für die anderen würde diese Ausrede glaubwürdig klingen. Und wenn Friedrich sie bis zum Abend in Ruhe ließ, hätte sie immer noch Zeit, darüber nachzudenken, was sie als Nächstes tun würde.

Adela reckte den Kopf ein wenig. Enno und Gisbert standen im Türstock. Ein dürrer Mann mit schlohweißem Haar und speckiger Lederschürze stellte sich ihnen entgegen. Er nahm die Wappenröcke der Männer wahr, aber das schien seine Feindseligkeit kaum zu mildern. »Was wollt ihr hier?«

»Hast du eine Frau gesehen? Schwarzes Haar, kostbares Kleid?«

»Wer will das wissen?«, schnauzte der Handwerker zurück.

»Mach Platz, Hundsfott!« Gisbert stieß den Mann grob zur Seite.

Adela wusste, dass ihre Gelegenheit gekommen war. Sie schlüpfte unter dem Steg hervor, behielt die Tür des Hauses im Auge und machte einen Schritt rückwärts. Die Stiefel ihrer Verfolger hämmerten auf einer Treppe in das obere Stockwerk der armseligen Hütte. Sie drehte sie sich um und rannte los. Dann prallte sie jäh zurück. Eine Hand packte sie am Hals, eine zweite schloss sich mit eisernem Griff um ihren Mund. Adela riss die Augen auf und blickte in zwei pechschwarze Pupillen, die von einem ungesunden gelben Glanz überzogen waren. Sie spürte ein Messer an der Kehle und wollte schreien.

»Wenn du schreist, schlitz ich dich auf! Verstanden, *Herzogin*?«

* * *

Ditho spürte die Blicke der beiden Männer, aber er kam nicht dagegen an, die Lippen zu bewegen, während er mühsam die blutroten Buchstaben entzifferte, die auf das herausgesägte Brett einer Wandvertäfelung geschrieben waren. »Mene ... mene tekel u... pa...«

Ditho stockte. Es konnte den anderen nicht entgangen sein, dass er des Lesens kaum mächtig war. Er hatte als Knappe nur kurze Zeit Unterricht im Lesen und Schreiben erhalten, und so brauchte er sehr lange, um selbst einen kurzen Brief zu entziffern.

Der Mann im Talar mit dem weichen blonden Haar und den leicht geröteten Wangen, der seit geraumer Zeit am Feuer stand und seine Hände gegeneinanderrieb, drehte sich um. »U-parsin.«

Ditho nickte. »Ja, ›u-parsin‹. Aber was soll das bedeuten? Das ergibt keinen Sinn. Welche Sprache ist das?«

»Aramäisch. Die Sprache der Israeliten.«

Sie standen in einer kargen Stube im ersten Obergeschoss des Klosters zu den heiligen Jungfrauen. Der Rotwangige löste sich von dem kleinen Kamin und trat neben Ditho vor den groben Holztisch, über den die Schwestern vorher rasch ein Leinentuch geworfen hatten. Auf einem Faltsessel dahinter thronte Barbarossa wie ein Schulmeister, der seine zwei Lieblingsschüler zu sich zitiert hatte. Er blickte zu Rainald von Dassel auf, dem Bruder der Äbtissin Gepa, Dompropst von Hildesheim und einer der wenigen Kleriker, dem der Herzog von Schwaben vertraute. »Und was bedeutet das, sagst du?«

Rainald blickte aus dem Fenster, verschränkte die Arme hinter dem Rücken und faltete die Hände auf eine merkwürdige Weise, so als würde er hinter seinem Rücken beten. »Es bedeutet ›gezählt, gewogen und geteilt‹; das ist aus der Bibel. Buch Daniel, Kapitel fünf. Darin wird vom Propheten Daniel erzählt, der als junger Mann aus Juda nach Babylon verschleppt wird und dort am Hof des mächtigen Königs Nebukadnezar aufwächst. Er wird erzogen wie ein Fürstensohn, lernt viel und fleißig und übt sich in der Kunst des Traumdeutens. Als Nebukadnezars Nachfolger Belschazzar Jahre später ein Festmahl gibt, wird der von den Babyloniern geraubte Jerusalemer Tempelschatz benutzt und durch Anbetung anderer Götter entweiht. Daraufhin erscheint plötzlich eine geisterhafte menschliche Hand an der Wand des Palastes und hinterlässt dort eine Inschrift: ›Mene mene tekel u-parsin‹, ›Gezählt, gewogen, geteilt‹. Die Hand verschwindet, die Inschrift bleibt. Belschazzar erschrickt bis ins Mark, lässt seine Schriftgelehrten rufen und sie die Worte an der Wand deuten. Doch sie versagen. Nur der von der Königin gerufene Daniel kann sie entschlüsseln. Er sagt, die geheimnisvolle Schrift an der Wand bedeutet: ›Gezählt hat Gott der Herr die Tage deiner Herrschaft und macht ihr ein Ende. Gewogen wurdest du auf der Waage und zu leicht befunden. Geteilt wird dein Reich und den Medern und Persern gegeben.‹«

Rainald wandte sich vom Fenster ab und blickte Ditho direkt in das gesunde Auge. »Noch in derselben Nacht wurde König Belschazzar ermordet.«

»Wie Konrad.«

Barbarossa nickte betroffen. »Ja. Genau wie Konrad. Das Sumpffieber kommt niemals mit solcher Wucht, und Konrad zeigte Zeichen einer Vergiftung mit Arsenik. Der Mörder des Königs hat uns ein Rätsel aufgegeben. Oder eine Warnung, wer weiß? Du kennst dich aus mit so etwas, Ditho. Was ist? Glaubst du, du kannst herausfinden, wer Konrads Mörder ist? Und verhindern, dass er mich ebenfalls ermordet?« Barbarossa sah Ditho herausfordernd an.

Der Mann mit der Augenklappe schwieg. Die Stille lastete drückend im Raum. An den blassen Pergamentstreifen vor den Fenstern hatten sich Eisblumen gebildet, und der Atem der Männer im Raum gefror trotz des Feuers im Kamin zu kleinen Wolken. Ditho schob das Fenster einen Spalt auf. Er sah Hasan und Jasmo ins Gespräch vertieft bei den Pferden stehen. Wobei es eher ein Streit zu sein schien als ein Gespräch.

Die Schwestern, die im Innenhof den Schnee fegten und den ankommenden Gästen mit ihrem Gepäck halfen, waren erschrocken zusammengezuckt und hatten sich rasch bekreuzigt, als vor kurzem ein Einäugiger, ein Zwerg und ein Sarazene in den Klosterhof eingeritten waren. Neugierig hatten sie beobachtet, wie wenig später der Herzog aus dem Portal des Klosters zu dem Einäugigen schritt und ihn davon abhielt, als dieser Anstalten machte, das Knie zu beugen. Stattdessen hatte er ihn umarmt.

»Mein Waffenbruder«, hatte der Fürst gesagt, und die Schwestern hatten sich staunend angesehen, bevor die Äbtissin sie angefahren hatte, sie sollten nicht Maulaffen feilhalten, sondern arbeiten.

Barbarossa hatte Ditho mitgenommen, während Hasan und Jasmo warten mussten und sich im Kalefaktorium aufwärmen durften. Ditho war dem Herzog über ausgetretene Steinstufen in den ersten Stock des Klosters gefolgt.

Niedrige schwarze Deckenbalken gaben den breiten Gängen eine drückende Wirkung, so als hinge ein dunkler Gewitterhimmel über den blank gescheuerten Dielenböden. Spärlich sickerte fahles Licht durch die Fenster vor dem Konventsgarten in den Gang. In der großen, aber kärglich eingerichteten Kammer, die sonst als Parlatorium des Konvents diente, bedeckten Binsenmatten den Steinfußboden, und Kerzen brannten in Messinghaltern.

Rainald von Dassel, den Ditho trotz seines angenehmen Äußeren nicht gerade vertrauenerweckend fand, hatte bereits auf sie gewartet. Rainald war schlau, das strahlten seine Augen und die ganze Haltung aus, er schien kaum älter zu sein als Barbarossa und hatte doch bereits eine beeindruckende Laufbahn als Kleriker hinter sich, was Ditho aus den wenigen Worten schloss, die Barbarossa über den Dompropst von Hildesheim äußerte.

Der Herzog von Schwaben hatte zum Ausdruck gebracht, dass sie im Moment die beiden einzigen Menschen seien, denen er vertraute, und dass er sie deswegen habe rufen lassen. Er hatte Ditho und Rainald erzählt, wie sie den König tot aufgefunden hatten, und auch wie er das Brett mit der Inschrift in der Wand entdeckt hatte, das nun eingeschlagen in ein grünes Tuch auf dem Tisch vor ihm lag. Dann war es an die Aufgabenverteilung gegangen.

Rainald sollte die Verhandlungen zur Königswahl mit den bald eintreffenden Fürsten leiten und als Vermittler auftreten. Ihm kam auch die Aufgabe zu, in Erfahrung zu bringen, welche Gerüchte über den Tod des Königs in Umlauf waren, und deren Verbreitung zu unterbinden. Für Ditho hatte Barbarossa eine nicht minder heikle Aufgabe, wie sich herausgestellt hatte.

Der Herzog legte den Kopf schräg, als keine Antwort auf seine Frage kam. »Was ist, Ditho? Hat's dir die Sprache verschlagen?«

Ditho trat ans Feuer und streckte seine eiskalten Finger nach den züngelnden Flammen aus. »Ich glaube, ich bin nicht der Richtige für diese Aufgabe, Herr.«

Rainald von Dassel hielt den Atem an, als würde er auf einen Zornesausbruch von Barbarossa warten, doch Barbarossa zog lediglich die Augenbrauen nach oben. »Ach ja? Und wirst du mir auch sagen, warum? Du hast damals in Byzanz einen Mörder gestellt und nach der Schlacht von Doryläum die Sache mit Erik von Tannheim herausgefunden. Ich kenne kaum jemanden, der sich mit dem Schwert und mit Fäusten so gut seiner Haut wehren kann wie du. Ganz abgesehen von der heiklen Mission, die du damals zu unser aller Wohl hinter den Mauern von Damaskus übernommen hast. Ich vertraue dir, und du wirst alle Unterstützung bekommen, die du brauchst. Wieso solltest du nicht der Richtige für diese Aufgabe sein, Ditho von Ravensburg? Es gibt keinen Richtigeren.« Er sagte es so ruhig und so überzeugt, als spräche er davon, dass auf den Winter der Frühling folgte.

Ditho schloss für einen Moment die Augen. Die heikle Mission hinter den Mauern von Damaskus. Die Finsternis, die aus seinem Innersten kam und sein Auge ergriffen hatte.

Der schwarze Fleck.

Barbarossa würde ihm vielleicht mehr darüber erzählen können.

Ditho atmete tief ein und stütze sich am Kaminsturz ab. »Ich bin nicht der Richtige. Ich bin nicht mehr der Mann, der ich vor fünf Jahren in Damaskus war. Ich habe genug vom Tod gesehen, ich will nichts mehr wissen von ihm und von denen, die ihn bringen. Versteht mich nicht falsch, Herzog, ich bin Euch dankbar, und ich bin Euch treu ergeben, aber ich habe Verantwortung für meine Leute. Ich muss eine abgebrannte Burg wieder aufbauen und hatte eigentlich gehofft, Ihr wolltet mich wegen meines Briefes sprechen.«

Auf Barbarossas Gesicht erschien ein feines Lächeln. »Ach ja, dein Brief ...« Er blickte auf den Schreibtisch, auf dem ein Bündel Schriftstücke lag und zuoberst ein Pergament mit einem erbrochenen Siegel. Es zeigte ein Wappen, einen Bären, der auf der Mauerkrone einer Burg tanzte. »Du willst Ministeriale werden? Ein Schreiberling und Verwalter auf einer hübschen kleinen Burg, wie?« Barbarossas Lächeln erstarb so schnell, wie es gekommen war. »Dann will ich dir etwas sagen, Ditho. Du kannst kaum lesen und schreiben, nach allem, was man in diesem Brief sehen und was man von deinen Lippen ablesen konnte, als du versucht hast, diese Inschrift zu entziffern. Das ist nicht schlimm, ich kann es ja auch kaum, aber ich ...«, Barbarossa machte eine bedeutungsschwangere Pause, »ich will schließlich auch nicht Schreiberling werden. Und nur ein Auge zu haben, macht diese Aufgabe nicht eben leichter.«

Ditho löste sich von der Feuerstelle und trat zum Tisch. »Und schon allein deshalb bin ich nicht der Richtige. Ihr habt es selbst gesehen. Der Dompropst hier hat nicht nur die Schrift entziffert, er weiß auch, was sie bedeutet. Ihr habt es mit einem Gegner zu tun, der Euch eine Botschaft aus der Bibel geschickt hat, und um das zu verstehen, ist ein Mann des Glaubens wie Rainald von Dassel die bessere Wahl.«

Barbarossa schüttelte ernst den Kopf, so als wäre Ditho ein begriffsstutziger Schüler. »Rainald ist nicht dumm, fürwahr. Er ist ein schlauer Fuchs. Ich aber brauche einen Wolf, Ditho. Einen wie dich, der jagt, der sich in etwas verbeißt und es dann erlegt, verstehst du? Und was deine Burg betrifft ...«, Barbarossa lehnte sich zurück und zwirbelte mit den Fingern die roten Bartspitzen, »so hat mir ein Vögelchen gesungen, dass du ein wenig unliebsamen Händel hast, dort unten, wo deine Burg steht. Oder vielmehr, wo sie stand. Es heißt, du hast eine Fehde angezettelt?«

Dithos Halsschlagader schwoll an. »Das ist nicht wahr, Herzog, ich habe nur –« Ditho verstummte unvermittelt, als er sah, wie das Lächeln wieder auf Barbarossas Gesicht erschien.

»Ich sage dir etwas, Ditho. Ich erledige das für dich. Ich maßregele Gernot von Wangen. Du bekommst dein Land zurück, das er während deiner Abwesenheit an sich gerissen haben wird. Und ich mache dich zum Ministerialen, ob du nun lesen kannst oder nicht. Und alles, was du tun musst, ist, dafür zu sorgen, dass ich lebend zu meiner Krönung komme und dass der Mann, der Konrad umgebracht hat, seiner gerechten Strafe zugeführt wird. Wirst du das für mich tun?« Barbarossa streckte Ditho die Hand entgegen, als es plötzlich an die Tür hämmerte.

Rainald löste sich vom Fenster, sichtlich verstimmt, dass jemand es wagte, sie zu stören. Als er die Tür öffnete, vernahm Ditho eine raue, kehlige Stimme, die zu ihm drang wie aus einem anderen Leben.

»Herr«, sprach der eintretende Ritter den Herzog an, »ich habe schlechte Nachrichten für Euch.«

Barbarossa winkte den anderen herbei. Der Ritter warf Ditho einen kurzen Blick zu, seine Miene tief beunruhigt. Er flüsterte dem Herzog etwas zu, das Ditho nicht verstehen konnte.

Ditho hielt den Atem an. Er erkannte das vernarbte Gesicht des Mannes mit den langen blonden Haaren, den tief liegenden Augen und dem hervorstehenden Adamsapfel. Ein Gesicht, das er nie vergessen würde. Er sah einen Falken vor seinem inneren Auge, der sich hoch über die Mauern der von Gott und von allen Engeln verfluchten Stadt Damaskus erhob. Und das Gesicht des Ritters, der ihn in der Bresche gerettet hatte. Jung, verunstaltet von zahlreichen frischen Wunden und alten Narben.

Gisbert von Papenheim.

Dithos Herz zog sich zusammen, als hätte man es mit einer eisernen Faust zusammengequetscht. Ein schwarzer Fleck, der sein Auge verdunkelte.

Der Herzog nickte zu den leisen Worten seines Leibwächters. »Wie es scheint …«, sagte er, unterbrach sich und blickte dann mit einem bitteren Zug um die Mundwinkel an Ditho vorbei aus dem Fenster. »Wie es scheint, musst du noch jemanden für mich finden, Ditho.«

* * *

Um sie war nichts als Dunkelheit. Der beißende Geruch von Urin und Schimmel stieg Adela in die Nase. Es war kalt, und die Nässe des Bodens drang durch den Rock in ihren ganzen Körper. Das Seil, mit dem ihre Hände hinter dem Rücken gefesselt waren, scheuerte an den Handgelenken.

Vorher, in der Gasse, hatte Adela das Gesicht des Mannes, der ihr das Messer an die Kehle drückte, nur einen Atemzug lang gesehen. Dann hatte er ihr einen Sack über den Kopf gezogen und sie mit sich geschleppt. Der Sack roch, als hätte man Steckrüben darin aufbewahrt, und Adela bekam kaum Luft, weil sie so heftig atmete und dachte, sie müsse gleich sterben. Die Angst hatte ihr die Kehle zugeschnürt; selbst wenn sie gewollt hätte, sie hätte nicht schreien können.

Nun hatte es keinen Sinn mehr zu schreien, denn wo immer sie auch war, sie war allein. Niemand hatte sie gehört, als sie sich die Kehle heiser gebrüllt hatte, also hatte Adela es bleiben lassen. Sie konzentrierte sich darauf, ruhig zu atmen, und dachte über ihre Möglichkeiten nach. Tatsache war: Es gab keine. Sie war die Gefangene eines Mannes, den sie nicht kannte, und sie wusste nicht, wo sie war oder was der Mann mit ihr vorhatte. Zunächst hatte sie ihn für einen Straßenräuber gehalten, der sie ausrauben und dann töten wollte. Doch der Unbekannte hatte ihr nicht einmal den Ring mit dem kostbaren Rubin abgenommen, und auch die silberne Spange, die ihren Mantel zusammenhielt, war noch da. Was also wollte er?

Nach ein paar Schritten hatte er sie auf einen Karren gestoßen, ein Tuch über sie geworfen und war ein Stück weit gefahren. Er hatte sie vom Karren gezerrt, eine Tür wurde geöffnet, er hatte sie ein paar Stufen hinabgeführt und dann hier hineingestoßen. Die Tür war ins Schloss gefallen, ein Riegel wurde vorgeschoben, und die Schritte des Mannes hatten sich entfernt.

Adela hatte geschrien und gedroht. Sie hatte ihren Namen genannt in der Hoffnung, der Entführer würde es mit der Angst zu tun bekommen und sie gehen lassen. Doch dann hatte sie von oben das Geräusch einer weiteren zufallenden Tür gehört. Seitdem hatte sich nichts mehr geregt.

Mit wankenden Beinen stand sie auf und versuchte, ihr Gefängnis zu erkunden. Vorsichtig machte sie einen Schritt nach vorn, dahin, wo sie die Treppe vermutete, dann einen zur Seite. Ihr Kopf stieß gegen einen Balken. Adela zuckte zurück und stöhnte auf. Sie musste etwas sehen und endlich diesen verdammten Sack vom Kopf bekommen!

Adela bückte sich und schüttelte kräftig den Kopf, doch der Sack rutschte nicht herunter. Sie presste ihre Schulter an die Wange in der Hoffnung, den Sack hochschieben zu können, aber auch das half nicht, und sie bekam einen Krampf im Nacken. Verdammt! Sie schrie vor Zorn über ihre eigene Dummheit. Warum war sie nur weggelaufen, sie wusste doch, dass es nichts half; nichts konnte helfen bei ihren Schwierigkeiten mit Friedrich und –

Adela hielt inne.

Friedrich? Was, wenn er dahintersteckte? Was, wenn er jemanden beauftragt hatte, sie zu entführen? War da vorher in der Gasse nicht jemand gewesen, der sie verfolgt und sich dann in den Schatten einer Stallmauer gedrückt hatte? War das ein gedungener Mörder? Wollte Friedrich sie auf so einfache Art und Weise loswerden? Doch woher hätte Friedrich wissen sollen, dass sie weglaufen würde?

Adela verwarf den Gedanken. Langsam tastete sie sich weiter, bis sie mit den Füßen an die unterste Stufe der Treppe stieß und stolperte. Sie fiel mit den Knien auf die Treppe und schrie auf vor Schmerz.

Von irgendwoher drangen durch den groben Sack dumpf die Geräusche der Straße zu ihr, wie sie erst jetzt bemerkte; Kinder lachten, Büttel riefen irgendetwas, und ein Esel schrie bockig dazwischen. Es gab vielleicht ein Fenster oder zumindest einen Lichtschacht. Wenn nur der verdammte Sack über ihrem Kopf nicht wäre! Adelas Finger tasteten über die groben Holzbretter der Stufe. Die Bretter waren zwar in der Mitte ausgetreten, an den Rändern aber waren sie rau und rissig, und sie zuckte zurück, als ein Holzsplitter in ihrem Finger stecken blieb. Ein Holzsplitter!

Adela beugte sich vor und rieb den Kopf mit dem Sack über die Stufe, ein Mal, fünf Mal, zehn Mal. Als sie vor Anstrengung kaum noch Luft bekam, blieb der Stoff endlich an einem Splitter hängen. Sie zog den Kopf aus dem Sack heraus und sog die feuchtmodrige Luft des Kellers ein, als wäre es reiner Rosenduft. Sie atmete tief durch und wartete, bis ihre Augen sich an das trübe Zwielicht gewöhnt hatten. Kisten und Säcke standen auf dem Boden, überall lagen Rattenköttel auf der gestampften Erde, und Spinnweben spannten sich über die grob behauenen Mauersteine. Das Tonnengewölbe wurde von quadratischen Pfeilern gestützt, es gab kein Fenster, aber durch die Ritzen der Tür am Ende der Treppe drang etwas Licht herein. Genug, um zu sehen, dass dort der einzige Ausgang war.

Adela stieg die Treppenstufen hinauf, spähte durch einen Spalt in den Brettern, aus denen die Tür gemacht war. Dahinter befand sich eine enge Stube, schemenhaft konnte sie einen Tisch und einen Schemel ausmachen, Stroh lag auf dem Boden. Sie lauschte, und als sie niemanden hörte, rüttelte Adela an der Tür. Sie war verschlossen, aber das Türblatt war alt, und zwischen Tür und Rahmen klaffte ein breiter Spalt. Adela ging die Stufen wieder hinunter und sah sich in dem Gerümpel zwischen den Kisten und den Säcken um. Eine Ratte verschwand quiekend unter einem Stoß Bretter. Bretter!

Wenn es ihr gelang, ein Brett in den Türspalt zu stecken, würde sie die Tür vielleicht aufhebeln können. Adela ging in die Hocke. Die Fesseln schnürten ihre Arme eng auf dem Rücken zusammen, doch als sie die Knie fest an die Brust presste, gelang es ihr, die Hände unter ihren Hintern zu schieben. Sie wand sich, sie stöhnte, der Schmerz fuhr ihr in die Schultern, aber dann zwängte sie die Hände unter dem Gesäß hindurch bis zu den Kniekehlen. Erleichtert seufzte sie auf und zog die gefesselten Hände unter den Füßen hindurch nach vorn. Sie versuchte, die Fesseln mit den Zähnen aufzuziehen, doch sie gab bald auf. Der Knoten war zu fest, und das Seil war solide gearbeitet. Egal, dachte sie, dann muss es so gehen.

Beherzt zog sie eine der Holzlatten von dem Stapel und stieg erneut die Stufen zur Tür hinauf. Sie zwängte die Latte unter Zuhilfenahme ihrer Füße in den Spalt zwischen Tür und Rahmen.

Adelas Herz schlug schneller, bald würde sie draußen sein! Sie presste sich mit ihrem ganzen Gewicht gegen die Latte. Der Türrahmen ächzte, und das Schloss knirschte. Das Brett bog sich bereits, Adela drückte stärker, und das Holz splitterte. Das Türblatt bekam einen Riss, der Riegel sprang beinahe aus dem Schloss, da hörte Adela Schritte und Stimmen vor der Außentür. Kalter Schweiß trat ihr auf die Stirn.

»… und du bist ganz sicher, Dumpfschädel?«

»Ja, wenn ich es dir doch sage! Ich hab sie hier drin, du kannst sie –«

»Halt's Maul! Und mach endlich die Tür auf!«

Adela hörte, wie ein Schlüssel ins Schloss glitt. Sie musste etwas tun! Schnell! Wenn die beiden Männer erst im Haus waren, wäre ihre Flucht vereitelt. Vielleicht gab es ein Fenster, irgendwo da draußen! Sie warf sich gegen das Brett, das Türblatt splitterte und der Riegel sprang aus dem Schloss. Die Tür war auf. Adela schob sich hinaus und blickte sich rasch um, als bereits die Haustür geöffnet wurde und sie in ein schmales frettchenhaftes Gesicht mit kurz geschorenen dunklen Haaren und gelben Augen blickte.

Hinter dem Mann, der die Tür aufgeschlossen hatte und in dem Adela sofort ihren Entführer erkannte, stand ein zweiter Mann, feist, ein Lederwams spannte sich über seinem mächtigen Bauch. Seine wenigen dunklen Haare hingen ihm in langen fettigen Strähnen auf die Schultern. Protzige Ringe steckten an den fleischigen Fingern, die er in seinen Gürtel gehakt hatte. Ihr Entführer riss die Augen auf. »Du!«

Weiter kam er nicht. Adela beugte sich zum Tisch, griff nach einem Krug und schleuderte ihn dem Mann entgegen. Ihr Entführer duckte sich, der Krug zerschellte an der Haustür, und der Dicke zuckte zurück. Sie rannte nach links, weg vom Eingang.

»Du Hure!«, schrie der Dürre und schnellte vor.

Adela bog um eine Ecke. Über ein paar Strohballen, auf denen ein fleckiges Laken hing, war ein Fenster. Ein Fenster! Sie riss den Riegel nach oben und stieß die Läden auf, griff mit den gefesselten Händen nach dem Fensterrahmen und zog sich hoch, da wurde sie von hinten an den Haaren gepackt und zurückgerissen. »Hiillff–«

Adela trat nach ihm, schrie, aber die sehnigen Finger des Dürren pressten ihr brutal die Kiefer zusammen. Sie spürte wieder das Messer an ihrer Kehle.

»Ich hab dir doch gesagt, was passiert, wenn du schreist, du Schlampe!«

Adela keuchte, der hagere Mann riss sie an den Haaren herum, schleifte sie hinter sich her, in Richtung Keller.

Der Dicke hatte inzwischen die Haustür geschlossen. Er ging an Adela und ihrem Entführer vorbei und warf nach einem kurzen prüfenden Blick die Fensterläden zu. »Hat niemand gehört«, grunzte er, dann trat er vor Adela und packte ihr Kinn mit seinen groben, schrundigen Händen und zwang sie, ihm in die Augen zu sehen. »Herzogin also, wie?« Er lachte laut auf. »Und rennt wie eine Schlupfhure über den Berlich! Vor wem bist du weggelaufen, Liebchen, hm?«

Adela zitterte. Das Wams des Dicken war mit Flecken übersät, und der Mann roch nach Stall, nach Erde und Kot. »Mein Mann wird dich hängen lassen«, zischte sie ihn an.

Der Dicke lachte wieder auf, und sein dürrer Begleiter fiel mit einem hässlichen Grunzen ein. »Siehst du, Kappes? Sie ist eine Herzogin! Hab ich doch gesagt, oder?«

Kappes beachtete den anderen nicht. Seine Stimme wurde zu einem spöttischen Singsang. »Dein Mann, Liebchen? Warum war er denn nicht bei dir, dein Mann? Wenn er sooo an dir hängt, hm?« Er lachte und sein ungeheuer dicker Bauch bebte dabei.

Der Dünne trat aufgeregt von einem Fuß auf den anderen. »Und? Kannst du sie brauchen? Für deinen Stall? Ich meine, nimmst du sie? Kaufst du sie mir ab?«

Der Dicke musterte Adela prüfend. Dann drehte er sich zu seinem Kumpan um. »Sie ist hübsch, Jupp. Aber ich kann sie nicht zu den anderen Huren packen. Sie fällt auf, sie wird versuchen wegzulaufen, sie macht nur Ärger.«

Jupp seufzte enttäuscht, und die nackte Panik kroch über Adelas Nacken, als ihr klar wurde, dass sie einen Zuhälter und einen kleinen Gauner vor sich hatte und welches Schicksal die Männer ihr zugedacht hatten.

Der dicke Kappes hob die Hand, als er Jupps Enttäuschung bemerkte. »Wir lassen sie hier. Bei dir im Keller. Wenn ich Kundschaft habe, die gut zahlt und die Klappe halten kann, bring ich sie her.«

Jupp grinste und nickte eifrig. »Ja, das ist gut, so machen wir das, das ist –«

Kappes' speckiger, beringter Zeigefinger schoss in die Luft und schnitt Jupp das Wort ab. Ein tückisches Grinsen erschien auf seinen fleischigen Lippen. »Aber zuerst … Zuerst werden wir sehen, ob man sie überhaupt ficken kann, die Herzogin!«

* * *

»Hier habt ihr sie aus den Augen verloren?« Ditho ließ den Blick über die verwahrloste Gasse schweifen. Noch immer trieben sich Huren an den Eingängen der Schenken herum, und zwielichtiges Gesindel ging seinen Geschäften auf dem Berlich nach, während einige Schweine im Unrat zwischen den Häusern nach Essbarem suchten. Es war Nachmittag geworden, die Sonne war eine trübe Scheibe, verdeckt von Wolken und einsetzendem Schneeregen.

Der fuchsgesichtige Gisbert von Papenheim zog seinen Mantel am Kragen enger und nickte. »Sie ist in die Gasse dort drüben gelaufen, dann war sie weg. Wie vom Erdboden verschluckt. Wir haben herumgefragt, angefangen, die Häuser zu durchsuchen. Alles umsonst. Sie ist über alle Berge oder liegt irgendwo aufgeschlitzt in einer Grube.«

»Was wir nicht hoffen wollen.« Enno, der Stallmeister Barbarossas, warf Gisbert einen missbilligenden Blick zu. Die blauen Augen des bärtigen, breitschultrigen Mannes sahen sich auf der Gasse nach einem vertrauenswürdigen Menschen um, dem man die Pferde in Obhut geben könnte, doch sie fanden niemanden, der ihnen vertrauenswürdig erschien.

»Ja«, knurrte Gisbert. »Was wir nicht hoffen wollen.« Er stieg ab und musterte Jasmo und Hasan, die ihre Pferde gerade an einem Brunnen anleinten.

Ditho sah die Geringschätzung in den Augen des Ritters. Er hatte Gisbert zwar zuvor in der Kammer herzlich begrüßt, Gisbert hatte ihm schließlich einst das Leben gerettet, aber das hieß nicht unbedingt, dass Ditho ihn mochte. Gisbert hielt mit seiner Meinung nicht hinterm Berg und stand für die Dinge ein, an die er glaubte, und das fand Ditho ehrenhaft. Aber der fuchsgesichtige Ritter glaubte nur an die bedingungslose Treue gegenüber seinem Herrn und verabscheute alles Fremde und Unbekannte. Und Ditho sah, dass das Hasan und Jasmo einschloss.

Nachdem Ditho von Adelas Verschwinden erfuhr, hatte er zwar nicht zugesagt, den Mörder Konrads aufzuspüren, aber er hatte sich sofort erboten, die Frau des Herzogs zu suchen. Im Stall des Klosters hatte er Hasan und Jasmo gefunden, und der Hofnarr hatte sich stöhnend von einem Strohballen erhoben und sich mit wundem Hintern auf sein Pony gehievt. Hasan konnte sich ein Grinsen nicht verkneifen, als sie auf den holprigen Gassen vom Kloster bis zum Berlich ritten und Jasmo bei jeder Unebenheit des Bodens das Gesicht schmerzhaft verzog.

Ditho machte gerade sein Pferd am Brunnen fest und strich ihm über die Mähne, als Gisbert mit dem Finger auf eine Kirche am Ende der Straße deutete. »Das ist Sankt Clara. Ich schlage vor, wir nehmen uns zuerst alle Häuser auf dieser Seite vor, dann drehen wir um und durchsuchen alles bis zum Neumarkt. Irgendwer muss sie ja gesehen haben.«

Ditho schüttelte den Kopf. »Nein.«

Enno hob erstaunt eine Braue, und Gisbert zog die Stirn in Falten. »Nein? Warum nicht?«

»Euch kennt sie. Vor euch ist sie weggelaufen. Uns hat sie noch nie gesehen. Wenn wir sie finden, wird sie nicht weglaufen.«

Gisbert zog geräuschvoll die Nase hoch. »Und wie wollt ihr sie erkennen, wenn ihr sie noch nie gesehen habt?«

»Sie wird hier kaum zu übersehen sein …« Ditho nickte zu den Huren hinüber, die, nur in ein paar gelbe Lumpen gehüllt, nach Kundschaft Ausschau hielten und den fünf Männern kokett zulächelten. »Und falls doch …« Er zog eine Kette aus seinem Mantel, die er sich vor dem Verlassen des Klosters von Barbarossa erbeten hatte. Daran hing eine silbergefasste Gemme, ein geschnittener Edelstein aus Karneol. Der weißbräunlich marmorierte Schmuck zeigte das Porträt einer jungen Frau mit langen Haaren. Adela.

Gisbert musterte das Schmuckstück, dann nickte er grimmig. »Nun gut. Wenn du meinst. Schick einen von denen …«, er deutete auf Hasan und Jasmo, »… wenn ihr sie seht. Ich schicke Enno, wenn wir sie finden.«

Mit einem kurzen Nicken verabschiedeten sich die Männer.

Jasmo wartete, bis Gisbert und Enno außer Hörweite waren, dann verschränkte er die Arme vor der Brust und sah Ditho tadelnd an. »Hab ich das vorhin richtig verstanden? Der Herzog hat dir angeboten, deine Burg wieder aufzubauen und Gernot in die Schranken zu weisen, und du hast *was*? Du hast abgelehnt? Bist du noch ganz bei Sinnen?«

Ditho schmunzelte, während er langsam an tief herabhängenden Ladenschildern vorüberschritt. Kesselflicker und Hausierer drängten sich an ihnen vorbei, und ein Kotzmenger schob eine überladene Schubkarre mit Lebern, Herzen und Kutteln in Richtung Markt. »Ich habe nicht abgelehnt. Ich habe nur noch nicht zugesagt.«

Jasmos Hände schnellten in die Luft. »Dann tu es, zum Henker, tu es, hörst du? Was hält dich überhaupt davon ab? Du hast uns auf der Reise erzählt, dass du ihn vom Kreuzzug her kennst. Gut. Aber was will er von dir? Und warum in Gottes Namen willst du es ihm nicht geben?«

»Was geht dich dem an, Jasmo? Ditho kann machen, was ihm will, ohne dich zum fragen, oder?«

Jasmo lief rot an, wollte gerade schon eine Antwort hervorspucken, als Ditho ihn sanft an der Schulter berührte. »Lass gut sein, Jasmo. Und du auch, Hasan. Jasmo hat ein Recht, zu fragen, nachdem man ihn in den letzten Tagen niedergeschlagen hat, er durch Aborterker kriechen musste, man auf ihn geschossen hat und er dann durch das halbe Reich geritten ist, bis ihm der Hintern in Fetzen hing.«

»Mein Hintern ist meine Sache, ich wollte nur –«

Ditho blieb stehen, und seine beiden Gefährten hielten ebenfalls inne. »Pass auf, Jasmo. Der Herzog bittet mich zu tun, was ich früher schon einmal für ihn getan habe. Ich habe einen Mörder für ihn gefunden. Auf dem Weg ins Heilige Land. Er will, dass ich das wieder tue.«

Jasmo fuhr zusammen, als eine Schar abgemagerter Kinder in zerschlissenen Lumpen an ihnen vorbeistürmte. Sie hielten Holzschwerter über dem Kopf und jagten ein quiekendes Ferkel durch die Gassen. »Duuu? Du hast einen Mörder gefasst? Warst du der Büttel des Herzogs? Ich dachte, du warst noch ein Knappe?«

»Sagen wir, ich war ein Knappe mit besonderen Aufgaben. Ich hab für ihn Aufträge erledigt, über die man nicht laut spricht. Einer dieser Aufträge war es, einen Mörder in den eigenen Reihen aufzuspüren.«

Jasmo wandte sich erstaunt an Hasan. »Hast du das gewusst, Heide … äh, Hasan?«

Hasan antwortete nicht, er lächelte nur.

Jasmo stand einen Augenblick lang schweigend da, dann blickte er zu Ditho hinauf. »Wie hast du das gemacht, Ditho? Ich meine, diesen Mörder zu finden. Und wen hat er umgebracht?«

»Kinder.«

»Kinder? Beim Kreuzzug?«

»Ja. Dem Ritterheer ist auf dem Weg ins Heilige Land ein großer Tross aus Fußvolk gefolgt. Landlose, Huren, Spielleute, Bettelmönche, Frauen und eben auch Kinder. Darunter viele Waisen, die nichts zu verlieren hatten. Alle dachten, sie würden im Heiligen Land ihr Glück finden, sie wollten auch etwas von den Reichtümern haben, die es angeblich zu holen gab. Und die Ritter hatten Geld und wollten nach einem anstrengenden Ritt nicht auf Unterhaltung und auf Frauen verzichten. Dann kam die Schlacht bei Doryläum, und danach haben wir eines Morgens einen toten Jungen gefunden. Eine Waise. Zehn, vielleicht zwölf Jahre alt. Schwarze Haare. Der Junge war geschändet und schrecklich zugerichtet worden. An der linken Hand fehlten zwei Finger, doch das war eine alte Verletzung. Der Mörder hat ihm den Bauch aufgeschlitzt und ihm mit einer Garotte den Hals umgedreht.«

Ditho hielt inne und blickte zu Boden, bevor er weitersprach. »Die Augen des Jungen waren aus dem Schädel gequollen, als könnte er nicht fassen, was da mit ihm geschehen war. Schnell wurde vom Teufel gesprochen: Die Leute im Tross sagten, wer immer das getan habe, müsse ein Tier sein, nicht menschlich, mit dem Teufel im Bunde oder der Widersacher selbst. Sie haben einen Säufer, der sich am Vortag mit dem Jungen unterhalten hat, gepackt und wollten ihn aufhängen. Aber Barbarossa hat einen kühlen Kopf bewahrt. Er hat die Leute gemaßregelt und den Säufer in Ketten legen lassen. Dann hat er mich beauftragt, herauszufinden, ob der Mann schuldig war. Und er war es nicht.«

»Wie hast du das herausgefunden?«

»Das war nicht schwer. Während der Säufer in Ketten lag, verschwand ein weiteres Kind. Ebenfalls ein Junge. Man fand ihn genauso schändlich zugerichtet wie den ersten. Die Menge tobte. Auch dieser Junge hatte schwarzes Haar, und wir fanden eine Krücke an dem Ort, wo der Mörder ihn tötete. Der Junge hatte nur einen Fuß. Als ich dem Säufer etwas Ordentliches zu trinken gegeben habe, hat er mir erzählt, dass ein Ritter ihn angesprochen und nach Waisenkindern im Tross gefragt hat. Nach solchen mit Verletzungen oder fehlenden Gliedmaßen. Und von denen gab es einige. Der Ritter hat dem Säufer Geld dafür gegeben, dass er ihm die Namen der Kinder nannte und ihm die Gesichter dazu zeigte. Er konnte sich aber nicht an den Ritter erinnern, nicht einmal an das Gesicht, hat er gesagt; er war zu betrunken.«

»Ein Ritter? Hast du ihm geglaubt?«

»Was blieb mir übrig? Es war die einzige Spur, die ich hatte, und der Tross war außer sich.«

»Was hast du dann gemacht?«

»Ich habe einen dunkelhaarigen Jungen gesucht und ihm seine rechte Hand am Oberarm festgebunden, sodass es aussah, als hätte er am Ellenbogen nur einen Stumpf. Dann hab ich ihn losgeschickt; er sollte zwischen den Zelten der Ritter betteln gehen, und ich bin ihm in einigem Abstand gefolgt. Wenig später wurde er angesprochen.«

»Von einem Ritter?«

»Von einem Mönch, der ein Kettenhemd trug. Dunkelhaarig. Dem Mann fehlte der rechte Arm.«

Ditho, Hasan und Jasmo gingen wieder weiter. Sie hielten auf den Hauseingang zu, wo die beiden Huren standen. Der fallende Schnee vermischte sich mit dem Dreck unter ihren Füßen zu einem zähen Matsch.

»Und dann?«

»Dann habe ich ihn und den Jungen im Gedränge zwischen den Zelten aus den Augen verloren.«

Jasmo riss die Augen auf. »Was?«

»Der Mönch, sein Name war Erik von Tannheim, lockte ihn weg von den Zelten zu einem Gebüsch zwischen den Felsen. Der Junge war zum Glück nicht dumm. Als der Mönch zudringlich wurde, hat er seinen hochgebundenen Arm aus der Schlinge gezogen und um sich geschlagen. Und er hat geschrien. So hab ich die beiden gefunden.«

»Und der Mönch? Was hast du mit ihm gemacht?«

Ditho drehte sich langsam zu Jasmo um und blickte Jasmo ausdruckslos an. Er zuckte mit den Schultern. »Er hatte ein

Messer und hat sich gewehrt. Ich hab ihn getötet. Was sollte ich sonst tun?«

Der kühle Ausdruck in Dithos Gesicht verschwand von einem Augenblick auf den anderen, als er sich zu den beiden rotgesichtigen Huren wandte und ein freundliches Lächeln aufsetzte. »Gott zum Gruße, die Damen. Ihr steht bestimmt schon lange in der Kälte, hm? Kennt eine von euch vielleicht eine anständige Schänke, wo wir zusammen einen Schluck trinken könnten?«

* * *

»Lass mich frei, du Widerling, du hässliche Ausgeburt der Hölle, du –«

Kappes versetzte ihr eine schallende Ohrfeige, und Adelas Kinn flog zur Seite. Nicht weinen, ermahnte sie sich, das will er doch nur!

Er beugte sich nah an ihr Gesicht, fuhr mit seiner fleischigen, beringten Hand sanft über ihre Wange. »Tststs, Herzogin«, flüsterte er, »das ist doch unser erstes Mal. Ihr wollt doch nicht den Zauber dieses besonderen Augenblicks zerstören …«

Jupp lachte meckernd, Kappes grinste schief, und Adela wurde bei dem Gestank, der aus dem Mund des feisten Zuhälters drang, von einer Welle der Übelkeit erfasst. Als Kappes sie in den Keller schleifte, hatte sie geschrien, um sich geschlagen und gebettelt, aber es hatte nichts geholfen. Kappes hatte ihr ein paar saftige Ohrfeigen verpasst, sodass Adela zu Boden ging. Dann hatten er und Jupp sie an einen der Pfeiler im Keller gefesselt. Ihre Hände hatten sie mit dem Seil hinter dem Pfeiler zusammengeschnürt und die Füße zu beiden Seiten des Pfeilers festgemacht, sodass sie mit vorgereckter Brust und gespreizten Beinen an den Pfeiler gepresst stand.

Das gefiel den Männern. Sie hatten gelacht.

Kappes schnüffelte an ihrem Hals. »Du riechst nach Rosenwasser, hm? Und wonach schmeckst du wohl? Wonach schmeckt eine Herzogin? Nach Zimt und Mandeln und Zucker, möchte ich glauben ...«

Kappes streckte die Zunge heraus und leckte ihr den Hals hinauf bis zur Wange. Dabei schob er seine Hand in ihr eng anliegendes Mieder und knetete ihre Brüste. Er lachte, und seine Worte waren zu einem honigsüßen Singsang geworden. »Oh, du schmeckst gut, Herzogin! Und ich fühle schon was! Doch, ich glaub, ich bin schon fast ein bisschen verliebt!« Er grinste, schob die Hüfte vor und sah sich beifallheischend nach Jupp um. Der nickte aufmunternd und setzte sich auf die Treppe, um das Schauspiel zu betrachten.

Als Kappes sich wieder zu Adela hinwandte, zog diese geräuschvoll den Speichel hoch und spuckte ihm ins Gesicht. »Du Schwein! Wag es nicht, mich anzurühren, ich –«

Wieder schlug Kappes ihr heftig ins Gesicht, diesmal mit dem Handrücken, und Adelas Kinn flog auf die andere Seite. Ihr Kopf dröhnte, und für einen kurzen Augenblick schwanden ihr die Sinne. War es das? War das vielleicht eine Lösung, diesem Grauen zu entkommen? Wenn sie ihn nur stark genug reizte, damit er sie ohnmächtig schlug? Sie blinzelte und sah, wie Jupp erschrocken aufsprang. »Nicht! Du machst sie noch ganz kaputt! Sie wird ohnmächtig, dann macht's keinen Spaß mehr!«

Adela wurde schlecht bei dem Gedanken, woher Jupp so etwas wusste. Kappes blickte zerknirscht von Jupp zu Adela. Er schien zu überlegen. Als er auf dem Boden vor der Treppe etwas entdeckte, überzog ein Grinsen sein Gesicht. Kappes bückte sich und nahm den Sack an sich, in dem Adelas Kopf gesteckt und dessen sie sich mühevoll entledigt hatte. Er schüttelte ihn kurz, dann zog er Adela das muffige Ding wieder über den Kopf, sodass sie nichts mehr sehen konnte. »Spuck, so viel du willst, Liebchen, aber jetzt bist du fällig.«

Adelas Herz krampfte sich zusammen. Das Blut schoss ihr in die Schläfen, als sie hörte, wie Kappes seinen Gürtel löste und seine Hose zu Boden rutschte. Sie hatte Angst, nackte Angst. Sie hörte, wie Jupp leise kicherte. »Na, Kappes? Was is'? Hast du Schwierigkeiten?«

Wieder hörte sie das Rascheln von Stoff. Kappes fingerte wohl an sich rum. Er grunzte. »Wart's ab, bin gleich so weit. Wirst sehen ... Na? Das ist doch was, oder? Da wird sich die Herzogin freuen!«

Adela schrie auf, als sie spürte, wie Kappes ihren Rock hochschob.

»Schrei nur, Liebchen, hier hört dich keiner. Und gleich wirst du einen Grund zum Schreien haben ...« Er legte seine Hand auf die Innenseite ihres Schenkels und drückte das Bein zur Seite, bis sie glaubte, es müsse aus der Hüfte springen.

Adela atmete keuchend, sie bekam kaum Luft unter dem Sack. Sie zog und zerrte an den Seilen, doch dann zuckte Kappes plötzlich zurück.

Es hatte geklopft, oder?

Adela glaubte ihren Ohren nicht zu trauen. Doch! Es klopfte! Jemand schlug gegen die Tür des Hauses. Bevor sie schreien konnte, hatte Kappes ihr schon die Hand auf den Mund gelegt. Sie hörte, wie Jupp aufsprang.

»Wer ist das denn jetzt?«, zischte Kappes, »Weiß jemand, dass sie hier ist? Hat dich jemand gesehen, Idiot?«

Jupp flüsterte ebenfalls. »Nein, zum Henker! Das ist irgendwer. Ein Nachbar. Oder ein Bettler. Der geht schon wieder, wenn niemand aufmacht!«

Sie lauschten kurz. Das Klopfen hatte aufgehört. Es war ruhig. Jupp schnaubte. »Was ist, Kappes? Kannst du nicht? Dann lass mich!«

»Schnauze!« Kappes hatte Adelas Bein losgelassen, jetzt schob er es wieder grob zu Seite, als es erneut klopfte. Lauter diesmal, heftige Schläge ließen die Tür oben erzittern. Kappes stöhnte auf. »So geht das nicht, ich kann das so nicht! Geh, und schau nach, wer das ist! Und nimm dein Messer mit. Los!«

Adela hörte, wie Jupp die Treppe nach oben stapfte. Wieder hämmerte es gegen die Bretter. Ihr Herz machte einen Sprung. War das Gisbert oder Enno?

»Jaja, ich komm ja schon!« Jupp schloss die Tür zum Keller, und seine Schritte entfernten sich.

Kappes beugte sich vor und schob Adelas Bruche zur Seite. »So, du kleine Hure, und jetzt zu uns!«

Adela hörte, wie er in seine Hand spuckte und sie nach unten führte. Die andere Hand lag noch immer auf ihrem Mund, und sie versuchte, ihn zu öffnen, um ihn zu beißen oder um zu schreien, doch dann kam von oben her ein Schrei. Ein erstickter Schrei. Und kurz darauf ein dumpfes Aufschlagen auf den Dielen, als sei etwas zu Boden gefallen.

Kappes fuhr herum und schrie. »Jupp? Jupp! Jetzt hab ich die Schnauze aber gestrichen voll!«

Adela hörte, wie er seine Hose hochzog und dann ein helles, hauchendes Geräusch. Sie wusste, dass er sein Messer gezogen hatte. Von oben drangen Schreie und Gepolter zu ihnen, Adela hatte Angst, aber sie wusste auch, dass sie sich bemerkbar machen musste. »Er hat ein Messer! Seht euch vor!«

»Halt die Fresse!« Er schlug blindlings auf den Sack ein, und diesmal knallte ihr Kopf nach hinten, an den Pfeiler. Adela wurde schwarz vor Augen, doch sie wollte nicht ohnmächtig werden. Sie spürte, wie Blut an ihrem Kopf hinunterrann, und stemmte sich gegen den beißenden Schmerz in ihren Schläfen.

Kappes stürmte die Treppe hinauf. Er kochte vor Zorn. »Wer bist du, dass du es wagst –« Weiter kam er nicht. Adela hörte, wie Kappes einen Schrei des Entsetzens ausstieß, als er die Kellertür geöffnet hatte. Dann hörte sie die Furcht in seiner Stimme. »W… Was hast du getan? Was hast du mit Jupp gemacht? Du … Du bist der Teufel!« Seine Stimme überschlug sich.

Adela hörte Schreie, Stöhnen, dumpfe Schläge und dann wie eine Klinge in Fleisch eindrang. Ein hässliches Knacken, ein Röcheln und dann einen dumpfen Aufprall. Doch wer war zu Boden gefallen? Kappes oder der Eindringling?

»Gisbert? Enno?« Sie rief laut, doch es kam keine Antwort. Adela nahm kaum mehr etwas wahr durch den dichten Schleier aus Angst und Schmerz, der sie umgab. Sie fröstelte, als sie schwere Schritte auf den Stufen hörte. Durch die haarfeinen Maschen des Sacks drang ein Lichtschein zu ihr, und sie erahnte verschwommen eine Gestalt, die langsam und schleppend die Treppe herunterkam. Stufe für Stufe. »Gisbert? Enno?« Es war nur mehr ein Flüstern.

Die Gestalt kam näher. Sie atmete heftig. Wer war das? Adelas Herz hämmerte gegen die Brust. Was, wenn er noch schlimmer war? Was, wenn sie einem Grauen entkommen war, nur um in das nächste zu geraten? Es roch metallisch nach Blut, als die Gestalt zu ihr trat.

Es schien ihr, als mustere er ihr Kleid. Dann roch er an ihr, und seiner Kehle entrang sich ein heiseres Röcheln. Ein beinahe tierischer Laut.

Durch den grob gewobenen Stoff des Sacks konnte sie eine verzerrte Fratze erkennen, in der die Haut wie in Fetzen hing. »Wer bist du?«, flüsterte Adela kaum hörbar.

* * *

Es war Abend geworden. Ditho stapfte durch den Schneematsch zwischen den stockfleckigen Häusern einer Gasse, die den Berlich mit der Langgasse verband, und suchte das Haus, das die Hure ihm beschrieben hatte. Als er sie auf der Straße ansprach, hatten die Hübschlerinnen ein gutes Geschäft gewittert, sich bei Ditho und Jasmo untergehakt und sie ins »Eckstein« geführt, eine düstere Kaschemme, deren in dunkle Lumpen gehüllte Gäste mit den fast schwarzen Tischen, Stühlen und dem ebenso dunklen Boden verschwammen.

Hasan war ihnen schweigend gefolgt. Der Türsturz der Kneipe war so niedrig, dass er den Kopf einziehen musste.

Das in einer Ecke schwach vor sich hin glimmende Feuer brachte etwas Wärme in die finstere Stube; die dicken Talgkerzen und die stinkenden Öllampen auf den Wandbrettern spendeten ein wenig Licht.

Der Wirt, der offensichtlich auch als Kuppler tätig war, setzte ein schmieriges Lächeln auf, als die Huren mit zwei Kunden in seine Kaschemme traten. Als er den hünenhaften Sarazenen hinter ihnen erblickte, war sein Lächeln gefroren, und er griff mit der Hand unter den Tresen.

Ditho bestellte rasch einen Wein, ausdrücklich »den besten und viel davon«, und das schmierige Lächeln des Wirts kehrte zurück. Als sie an einem der Tische in einem kleinen Alkoven Platz genommen hatten und mit ihren Weinkrügen anstießen – Hasan bekam einen Tee, den er nach kurzem Nippen angewidert wegschob –, hatte Ditho die Gemme mit Adelas Porträt hervorgezogen und sie den Huren gezeigt. Das aufgekratzte Lachen der Huren war augenblicklich erstorben.

Birthe, so hieß die ältere mit den dunklen Locken, wandte sich ab und spuckte auf den Boden, und Lisbeth, fast noch ein Kind, deren spitze Nase von unzähligen Sommersprossen gesprenkelt war, griff nach dem Becher, trank und schwieg.

Ditho warf zwei Münzen auf den Tisch, und das Geräusch wirkte Wunder. Die Hände der Huren schnellten vor und schlossen sich um das Geld.

»Ihr habt gute Augen ... wenn's um ein Geschäft geht«, sagte Ditho und ließ die Gemme vor ihren Gesichtern baumeln. »Das Geschäft könnte noch besser werden. Also: Habt ihr sie gesehen?«

Birthe räusperte sich, blickte kurz zum Wirt, dann sagte sie mit leiser Stimme. »Wer ist das? Is' sie wirklich 'ne Herzogin?«

»Ihr habt sie also gesehen?«

»Wir ham gedacht, sie is' 'ne Schlupfhure. Ihr wisst schon, so 'ne feine Dame, die sich was dazuverdienen möchte. Oder der's ihr Alter nicht besorgen kann. Gibt's öfter, als man glaubt.« Jetzt kicherte auch Lisbeth wieder.

Birthe stieß sie an, und das Mädchen verstummte. »Und sie versauen einem das Geschäft. Die ham hier nichts zu suchen, die ham doch alles, was se brauchen, sieht man doch sofort! Die sollen da bleiben, wo sie –«

»Wo habt ihr sie gesehen?«, unterbrach Ditho sie. Er zog eine weitere Münze aus der Tasche.

Birthes Augen leuchteten auf. »Da, wo wir Euch getroffen ham. Am Brunnen. Sie is' an uns vorbeigelaufen, hat sich ständig umgesehen. Die is' vor jemand weggelaufen, das haben wir dann auch kapiert, wie die zwei Männer hinter ihr hergeritten sind. Warum is' sie weggelaufen?«

»Wo ist sie hingelaufen? Habt ihr sie seitdem gesehen?«

»Nö. Die is' irgendwo zwischen den Häusern auf dem Berlich verschwunden. Keine Ahnung. Was is'? Gehen wir jetzt nach oben und haben ein bisschen Spaß? Oder sind wir Euch nicht fein genug, Herr Einauge, Herr Zwerg und Herr Heide?«

Ditho wollte gerade etwas erwidern, als er Jasmos hochroten Kopf wahrnahm. Der Hofnarr sprang auf die Bank und deutete auf die Männer neben sich. »Das hier, Frau Hure, ist Ditho von Ravensburg«, presste er mühsam beherrscht hervor. »Der hier heißt Hasan, und mich nennt Ihr Jasmo, verstanden?«

Birthe nickte ängstlich. Als Jasmo sich wieder setzte, räusperte sie sich. »Wir wissen nicht, wo sie is', in Ordnung? Und wenn ihr Schlupfhuren sucht, müsst ihr mit Wilfried Kappes reden, der hat seinen Stall in der Glockengasse.«

Ditho nickte. »Hat sie sonst noch jemand gesehen? Jemand, den wir fragen können?«

Birthe überlegte und schüttelte den Kopf. »Nö, da war niemand.«

Lisbeth pulte zwischen ihren Zähnen herum. Ihre Augen glommen schwach, wohl von der Wärme, die der Wein in ihren durchgefrorenen Körper brachte. »Doch«, murmelte sie, »da war jemand.«

»Wer?«

»Jupp. Saß hinter 'nem Hühnerstall und hat sie angeglotzt. Später is' er auch in ihre Richtung verschwunden.«

Ditho warf Hasan und Jasmo einen Blick zu, aber Birthe machte eine wegwerfende Handbewegung. »Pfff! Jupp! Der sieht doch nicht mal seinen Pimmel beim Pinkeln! Der is' doch doof für zwei und überhaupt hat er –«

»Wer ist Jupp?«

Birthe stockte, als Ditho sie unterbrach, und schielte zur Decke der Kaschemme, als könne man dort alles über die Bewohner des Berlich ablesen, wenn man nur lang genug hinsah. »Jupp. Keiner weiß, wie er weiter heißt. Auf dem Berlich geboren, und hier wird er auch sterben. Ein Strauchdieb, ein kleiner dürrer Gauner, stiehlt, spielt und wenn's nicht reicht, geht er vor dem Dom betteln. Hat seine eigene Schwester zum Anschaffen geschickt, bis sie weggelaufen is'. Spielt sich seitdem als Kuppler auf, aber hat nur 'ne große Klappe. Man sagt, seine Schwester is' nach Worringen gegangen und hat dort einen Schuster geheiratet, der ihr –«

»Wo finde ich diesen Jupp?«

Birthe sagte es ihm, und Ditho schob die Münze über den Tisch. Dann waren sie aufgebrochen. Jasmo sollte zu Kappes in die Glockengasse gehen, sich als Kunde ausgeben und sich nach Adela umschauen. Hasan sollte zu dem Brunnen zurückkehren, an dem die Pferde angeleint waren, um Enno zu treffen, falls dieser von Gisbert geschickt wurde.

Ditho zog den Kragen enger und biss die Zähne zusammen. Er bog in die Langgasse ein und wich zwei Katzenfängern aus, die auf der Suche nach billigem Pelz die Gassen durchstreiften. Die Sonne stand tief, brachte kaum noch Licht in die engen, verwinkelten Gassen, und der Wind pfiff unerbittlich zwischen den baufälligen Häusern hindurch. Er hielt Ausschau nach einem Haus mit abblätternder roter Farbe und einem Türstock, in den Weintrauben eingeschnitzt waren, wie die Hure es ihm beschrieben hatte. Abblätternde Farbe gab es überall, doch meist waren die Häuser von fahlem Gelb und verwaschenem Grau. Schließlich stand er vor drei windschiefen zweistöckigen Fachwerkhäusern, fast eher Ställe, deren lehmverputzte Wände überall Risse und Löcher aufwiesen.

Ditho musterte die Türstöcke, und beim letzten Haus der Reihe, das direkt an die Stadtmauer grenzte, erkannte er im Holz die kleinen Wölbungen, die vor langer Zeit einmal wie Weintrauben ausgesehen haben mochten. Verblichenes Grün klebte noch hier und da am verwitterten Holz. Die Fensterläden des Hauses waren verschlossen, teilweise mit Brettern grob zugenagelt. In der Gasse war kein Mensch zu sehen, ein Hund leckte sich eine schwärende Wunde am Bein, mitten im Dreck zwischen den Häusern.

Ditho legte das Ohr an das Türblatt und lauschte. Er meinte, das Knarren einer Diele vernommen zu haben. Sein Herz begann schneller zu schlagen. Was tun? Abwarten? Hineingehen? Da war das Geräusch wieder, erneut knarrte es hinter der Tür. Das Knarren kam näher. Da war jemand. Ditho meinte sogar den Atem des anderen zu hören. Langsam griff er nach dem Riegel an der Tür. Wenn er die Tür aufreißen und hineinstürmen würde, hätte er die Überraschung auf seiner Seite. Er verfluchte sich, dass er keine Waffe bei sich trug.

War der andere allein? War das dieser Jupp? Warum bewegte er sich nicht? Ditho legte die Finger um den Riegel und atmete tief durch. Auf drei, dachte er und begann stumm zu zählen. Eins … zwei …

Er hörte ein Splittern, und das Holz der Tür vor seinem Körper schien zu bersten. Eine krumme, blutgetränkte Klinge drang durch den Spalt zwischen zwei Türbrettern, keinen Finger breit von ihm entfernt. Ditho zuckte zurück, im gleichen Augenblick wurde die Tür aufgestoßen und traf ihn am Kopf. Er taumelte, blieb noch einen Augenblick stehen, da ließ der andere seinen Fuß mit ungeheurer Kraft gegen das Türblatt krachen, und Ditho wurde rückwärts in den

Dreck geschleudert. Eine in grüngelbe Lumpen gehüllte Gestalt kam mit einem metallischen Rasseln aus dem Haus gestürmt.

Ditho schnellte im Liegen vor und packte den Fuß des anderen. Die Gestalt schlug hin. Ein tiefes Stöhnen, fast ein Grunzen entrang sich ihrer Kehle. Ditho fasste blitzschnell nach, klammerte sich mit beiden Händen an einem Stiefel des Mannes fest, doch er bekam ihn nicht richtig zu fassen. Etwas Spitzes stach ihn in die Hand. Er konnte eine lange blonde Mähne verfilzter Haare ausmachen, dann traf ihn der Stiefel des anderen mit Wucht unter dem Kinn. Ditho hörte ein Knacken in seinem Genick, ihm wurde schwarz vor Augen, und der andere trat noch einmal zu. Ditho ließ das Bein los, die Gestalt rappelte sich auf und rannte zur Stadtmauer.

Zur Mauer?

Dithos Kopf fühlte sich an wie mit einem zähen Brei aus Schmerz gefüllt. Warum lief er zur Mauer und nicht die Gasse hinab? Ditho versuchte sich aufzurichten und die Verfolgung aufzunehmen, aber er war viel zu langsam. Die Gestalt sprang auf die Mauer, kletterte geschickt wie ein Salamander an den vorstehenden Steinen hinauf und schwang sich auf die Mauerkrone, um einen Lidschlag später hinter dem First des Hauses zu verschwinden.

Ditho schüttelte sich. Für einen kurzen Augenblick hatte sich der Angreifer auf der Mauer umgewandt. Zwischen den verfilzten Strähnen, die dem Mann wirr ins Gesicht hingen, hatte Ditho nichts gesehen, was an ein menschliches Gesicht erinnerte. Mehr an ein Tier.

Ditho stützte seine Arme keuchend auf die Oberschenkel und spuckte Blut in den Dreck zwischen seinen Füßen. Auch an seiner Hand war Blut. In seinem Daumen steckte ein Splitter, den er sich eingezogen hatte, als er den Stiefel des anderen gepackt hatte. Es war ein scharfes flaches Steinchen mit Rillen. War der Angreifer Jupp gewesen? Der schmächtige Kuppler, den die Huren ihm beschrieben hatten?

Nein, der Mann, der Ditho umgestoßen hatte, war kräftiger und schneller gewesen als die meisten Männer, die er kannte. Sinnlos, ihm hinterherzurennen. Und sein Auftrag war, die Herzogin zurückzubringen, ermahnte er sich.

Ditho griff nach dem Schwert, das der Angreifer hatte fallen lassen, bevor er sich aus dem Staub machte. Eine seltsame Klinge, ging es ihm durch den Kopf. Wie ein Langschwert, das auf die halbe Länge zusammengeschliffen worden war.

Er stieß die Tür auf und spähte in den Hausflur. Gestank schlug ihm entgegen, der Geruch von Moder, Fäulnis und Tod. Von Blut und Gedärm. Er hob den Arm vor die Nase und trat ein. Auf dem schmutzigen Boden lagen zwei Körper halb übereinander.

Ein kleiner schmächtiger und ein dicker Mann. Beide mit klaffenden Wunden vom Unterbauch bis knapp unter den Hals.

Auf dem Boden eine dunkelrote Lache.

Das Werk des Angreifers? Ditho stieg vorsichtig über die Leichen. Die Augen der Männer waren grotesk verdreht, die Augäpfel weit hervorgetreten. Er lauschte, spähte in das trübe Licht, das durch die Ritzen in den Fensterläden hereindrang. Die alten Balken des Hauses ächzten.

Hier war niemand.

Was hatten sie mit der Herzogin gemacht? Ditho sah, dass die Tür zum Keller offen stand, doch sie wurde vom Körper des Dicken versperrt. Er schob die Tür auf, so weit es ging, dann zwängte er sich durch den Spalt. Eine morsche Treppe führte nach unten.

Ditho hielt den Atem an, als sein Auge sich langsam an die Dunkelheit gewöhnt hatte. An einen der Stützpfeiler war eine Gestalt gefesselt. Eine Frau, so viel verriet das Kleid. Aber sie bewegte sich nicht, der Körper hing schlaff in den Fesseln, der Kopf, über den ein Sack gestülpt war, war auf die Brust gesunken. Dithos Auge schmerzte plötzlich. »Herzogin? Adela?«

Keine Antwort.

Unter dem Sack quoll schwarzes Haar hervor auf die schmalen Schultern. Ditho trat vorsichtig auf den reglosen Körper zu. Das Kleid war zerrissen. Hatte man sie geschändet und dann getötet? Auf dem Sack prangte der rote Abdruck einer Hand, als hätte jemand seine Finger in Blut getaucht und dann das Gesicht darunter ertastet.

»Herzogin?«

Sie rührte sich nicht. Ditho atmete flach und stoßweise.

Der schwarze Fleck.

Bilder zuckten wie Blitze vor seinem inneren Auge vorbei.

Ein Keller. Eine tote Frau. Ein Schwert. Die einschlagenden Katapultgeschosse, die Schreie, das Meckern der von Panik erfassten Ziegen.

Ihm schwindelte, zitternd streckte er die Hand nach dem Sack aus. Er schloss die Augen und zog den Stoff von ihrem Kopf. *»Al-'afwa«,* flüsterte er, »vergib mir.«

Er wagte es nicht, sein Auge zu öffnen.

Dann tat er es doch.

Ditho blinzelte.

Er sah, dass ihr Brustkorb sich hob und senkte, und die Erleichterung kroch ihm über den Nacken wie ein warmer Schauer. Sie lebte. Und sie war schön. Ditho staunte über das anmutige Antlitz vor ihm, das auch in der Ohnmacht gelöst und sanft wirkte. Die Gemme hatte ihm nur eine blasse Ahnung von ihrer Erscheinung gegeben. Ihre Haut schien wie aus flüssigen Perlen gegossen. Die feinen Nasenflügel der Frau weiteten sich. Dann blinzelte sie.

Ditho wusste sofort, wie er auf sie wirken musste, und hob abwehrend die Hand. »Schhh! Ruhig!«

Adela kam zu sich, riss die Augen auf und öffnete den Mund zu einem Schrei. Seine Hand schnellte vor und verschloss ihr die Lippen. »Ruhig«, sagte er mit sanfter Stimme, »er ist weg. Und die anderen sind tot. Aber ich weiß nicht, ob er noch irgendwo in der Nähe lauert, versteht Ihr?« Sein Daumen lag unter ihrem Kinn, und er spürte ihren wilden Herzschlag an der Halsader.

Ihre Augen waren noch immer weit aufgerissen, aber allmählich schien sie zu begreifen. Sie nickte, und Ditho löste die Hand von ihrem Mund. Die Frau starrte ihn an wie eine Erscheinung. Er nahm das Schwert und durchschnitt ihre Fesseln, während er die Treppe im Auge behielt. Würde der Angreifer zurückkehren?

Adelas Atem beruhigte sich. Sie rieb sich die Handgelenke, wo das Seil rote Striemen hinterlassen hatte, und blickte zu Boden. Ihre Augen füllten sich mit Tränen.

Ditho trat vor sie. Sanft hob er ihr Kinn. »Haben sie Euch … ich meine … etwas angetan?«

Adela schüttelte den Kopf, dann schlang sie plötzlich die Arme um Dithos Hals und vergrub ihren Kopf an seiner Schulter. Sie weinte hemmungslos, ersticktes Schluchzen drang an sein Ohr.

Ditho war erstaunt zurückgewichen, dann ließ er es einfach geschehen und legte ihr einen Arm auf den Rücken. »Schhh. Ist ja gut. Ist ja gut. Ist alles vorbei.«

Sie zitterte am ganzen Körper, und er spürte durch das Wams hindurch ihre Wärme, spürte, wie sich ihre Brust hob und senkte. Sie beruhigte sich tatsächlich. Smaragdgrüne Augen blickten ihn forschend an. »Danke, ich … danke Euch von ganzem Herzen, wer immer Ihr auch seid«, flüsterte sie. Sie löste sich nicht aus der Umarmung, als hätte sie Angst, das Geschehene sei noch nicht vorbei, als könne es zurückkehren, sobald sie ihn losließ.

Ditho war sprachlos. Ihre Augen waren von einer abgründigen Tiefe, strahlten wie das erste frische Grün des Frühlings nach einem endlosen Winter.

»Wer seid Ihr, Herr? Sagt mir Euren Namen.«

Er öffnete den Mund, aber die Antwort kam von der Treppe.

»Das ist Ditho von Ravensburg.«

Ditho und Adela fuhren herum, schnell lösten sie sich voneinander. Auf dem hellen Viereck, das der Türrahmen bildete, erschienen die Umrisse Gisberts. Dahinter tauchte Enno auf. Dem Stallmeister war das Entsetzen über das Blut und über die toten Männer deutlich anzusehen. Gisbert hingegen wirkte ruhig. Fast belustigt. Sein schiefes Grinsen jagte Adela einen kalten Schauer über den Nacken. »Und er wird Euch zu Eurem Herrn und Gemahl zurückbringen, Herzogin. Barbarossa wartet sicher schon sehnsüchtig auf Eure Rückkehr …«

* * *

»Guck, guck, Bruder Anselm! Guck, wie er sich dreht!« Der flachsblonde Junge trieb den Kreisel mit seiner kleinen Peitsche an und juchzte, bis der Holzkegel ins Trudeln kam und unter dem Bett verschwand. »Mist, verreckter!«

»Du sollst nicht fluchen, Friedrich, das gefällt Gott nicht!«

»Ich weiß. Verzeiht mir.«

»Nicht mich musst du um Verzeihung bitten, Friedrich. Gott musst du bitten!«

»Könnt Ihr das nicht für mich machen, Bruder Anselm? Gott ist so groß, und ich … und es ist Eure Aufgabe, für mich mit Gott zu sprechen, oder nicht?«

Der Junge sah ihn mit seinen großen braunen Augen an, und Anselm strich ihm über das Haar. »Sicher. So ist es. Sei ganz beruhigt, ich werde mit Gott sprechen. Aber du hörst auf zu fluchen, verstanden?«

Friedrich nickte eifrig, grinste, warf sich auf den Boden und angelte mit seiner Peitsche unter dem Bett nach dem Kreisel.

Als er das Schnauben von Pferden hörte, blickte der Hofkaplan durch das Fenster in den Innenhof des Klosters. Die Reiter kehrten zurück. Sie hatten die Herzogin gefunden. Das dumme junge Ding war weggelaufen, daran hegte Anselm von Wittlingen keinen Zweifel. Der Hofkaplan erkannte Enno und Gisbert, die Männer des Herzogs, aber die drei anderen hatte er noch nie gesehen. Ein Einäugiger, ein Sarazene und ein Zwerg. Was für eine seltsame Gesellschaft für eine Herzogin, durchfuhr es ihn.

Die Männer saßen ab, übergaben den Knechten die Zügel und geleiteten die Herzogin ins Kloster. Kaum war das Tor zur Stadt geschlossen, wurde es schon wieder geöffnet. Eine neue Abordnung eines Fürsten traf ein. Anselm meinte Berthold von Zähringen zwischen den Lanzenträgern und den Karren zu erkennen, doch er war sich nicht sicher.

Sie kamen alle.

Sie verteilen das Fell der Katze, kaum dass sie tot ist, ging es Anselm durch den Kopf. Er wird sie alle einwickeln und bestechen.

Tränen traten dem hageren Mann in die Augen, wie so oft in den letzten Tagen, wenn er an seinen König dachte. Konrad hatte das nicht gewollt, dessen war Anselm sich gewiss. Er hatte den König gekannt wie kaum ein anderer. Vielleicht sogar wie kein anderer. Anselm wusste, was Konrad gewollt hatte und was nicht. Der König war stets gut zu ihm gewesen. Und er hoffte, sein neuer Freund und Förderer würde es auch sein. Er dachte dabei nicht an Barbarossa. Dafür hatte Anselm zu viel gehört, in der Nacht, als Konrad starb und er an der Kemenate des Königs vorbeigegangen war, um erneut nach ihm zu sehen, nachdem er ihm zuvor die Beichte abgenommen hatte. Da waren Stimmen gewesen, aufgeregte Stimmen der beiden Männer, die bei dem aufgebahrten König knieten und nicht beteten, wie es geboten war.

Anselm war vor der Tür stehen geblieben und hatte ihr geflüstertes Gespräch belauscht, wie er sich eingestehen musste. Er war erschrocken. Erschrocken über so viel Niedertracht.

Ihm war klar geworden, dass es so nicht weitergehen konnte. Er fühlte sich schwach und überflüssig in diesem Kloster, wo niemand nach ihm fragte, wo niemand ihn brauchte, es sei denn als Aufpasser für den kleinen Friedrich, Konrads sechsjährigen Sohn. Und er wollte sich nicht länger schwach fühlen. Einem Mann mit seiner Erfahrung bei Hofe standen viele Türen offen. Er würde nur an eine anklopfen müssen. Anselm hatte diesen Schritt seit Tagen in seiner Brust abgewogen, doch das unablässige Eintreffen der Fürsten und ihrer Berater machten eine schnelle Entscheidung notwendig. Wenn er nicht bald handelte, wäre alles vorbei.

Anselm setzte sich an den groben Tisch, schob einen Zinnteller mit etwas Lamm und eingeweichtem Brot beiseite, den er für den Jungen in der Küche besorgt hatte. Er griff nach einem Stück Pergament und feuchtete seine Feder an.

»Bruder Anselm?«

»Ja, Friedrich?«

»Wenn ich König bin, darf ich dann trotzdem weiter mit dem Kreisel spielen?«

Anselm blickte von seinem Pergament auf. Er zögerte und kratzte einen Wachsflecken von seiner Kutte. Dann lächelte er den Jungen milde an. »Sicher, mein Prinz. Das darfst du. Der König darf alles machen, was er will.«

* * *

»Wie in Gottes Namen kann man sich so saudumm und kindisch aufführen?«

»Ich … Ich hab doch nur –«

»Ja, du hast doch nur dich und mich in eine unmögliche Situation gebracht! Nicht auszudenken, was hätte passieren können! Und warum? Warum zum Henker bist du überhaupt weggelaufen? Kannst du mir das erklären, du dumme Gans?«

Sie strich eine Falte an ihrem Umhang glatt und blinzelte die Tränen weg. Nein, sie würde nicht weinen. Sie hatte diesen Keller überlebt, dann würde sie das Donnerwetter, das folgen musste, auch überleben. Barbarossa hatte ihr lediglich die Zeit gegeben, ein neues Kleid anzuziehen. Mehr nicht. Dann hatte Gepa von Dassel, die Äbtissin, sie in den dunklen, kalten Raum geführt und die Tür hinter ihr geschlossen.

Es war früher Abend, und ein Feuer prasselte im Kamin, aber Adela fröstelte dennoch.

Wie ein Lamm auf dem Weg zur Schlachtbank, war es ihr durch den Kopf gegangen, als sie am Tisch Platz nahm und die drei Männer im Raum musterte, die sich zu ihr umgewandt hatten.

Barbarossa war es offensichtlich gleichgültig, dass die beiden anderen, Rainald von Dassel und dieser merkwürdige Ditho von Ravensburg, ihrer Demütigung beiwohnen konnten. »Hast du deine Zunge verschluckt, Weib? Kannst du mir vielleicht sagen –«

»Halt.«

Adela blickte erstaunt auf. Auch Barbarossa zog die Augenbrauen zusammen und wandte sich unwirsch um, während Rainald von Dassel zunächst überrascht und dann belustigt auf den Einwand des Einäugigen reagierte. Wer war der Mann, dass er so mit dem Herzog sprach?

Barbarossa trat zu dem dunkelhaarigen Ritter hin und stemmte angriffslustig die Fäuste in die Hüfte. »Was ist, Ditho? Willst du mir etwas sagen?«

»Nein. Ich habe nur Fragen an Eure Gemahlin. Fragen, die drängen, wenn wir wissen wollen, wer die Männer waren, die sie in diesem Keller eingesperrt haben. Wenn wir wissen wollen, wer diese beiden Männer umgebracht hat. Wenn wir diesen Mörder finden wollen und wenn wir wissen wollen, warum er Eure Gemahlin verschont hat, obwohl er die beiden anderen so grausam zugerichtet hat. Die Gründe, warum Eure Gemahlin in die Stadt lief, mögen für Euch interessant sein. Zur Klärung dieser Fragen tragen sie nicht bei. Aber wenn Ihr genügend Zeit habt, Herzog, dann bitte entschuldigt die Unterbrechung …« Ditho hob ergeben die Arme und drehte sich zu einem Faltsessel um, der neben dem Feuer stand.

Adela sah, wie Barbarossas Wangen sich röteten, als der Einäugige auf dem Sessel Platz nahm und scheinbar unbeteiligt in die Flammen blickte. Er würde den Ritter gewiss in der Luft zerreißen. Doch ihr Gemahl atmete lediglich schnaubend durch, dann ließ er die Hände sinken und nickte kurz. »Du hast recht. Wir dürfen keine Zeit verschwenden.« Er drehte sich zu Adela hin und fuhr sie an. »Los! Sag ihm alles, was er wissen will!«

Ihr stockte der Atem. Würde Barbarossa es tatsächlich dabei belassen? Der Einäugige stand auf und kam auf sie zu. Als er an Barbarossa vorbeischritt, fiel ihr die unterschwellige Ähnlichkeit der beiden Männer auf. Sie waren annähernd gleich groß, beide waren muskulös, hatten die gleichen edlen und entschlossenen Züge, eine markante Nase über weichen Lippen und ein kräftiges Kinn. Hätte Barbarossa die Haare länger getragen und wären sie dunkler gewesen, man hätte sie für Brüder halten können.

Ditho blieb vor dem Tisch stehen. »Wer hat Euch entführt? Habt Ihr den Mann gesehen? Wie hat er Euch in das Haus gebracht?«

»Er hieß Jupp. Das war der kleine Dürre. Er hat mir ein Messer an die Kehle gehalten und mich dann gefesselt und in seinen Karren gestoßen. Er hat mich unter ein paar Säcken versteckt. Ich … Ich wollte etwas kaufen, auf dem Markt, dann war ich plötzlich in einer Gasse und wusste nicht mehr, wie ich zum Kloster zurückkommen sollte …« Adela zögerte kurz, aber niemand unterbrach sie. »Er hat mich ins Haus geschleppt. In den Keller. Er hat meine Hände gefesselt und mir einen Sack über den Kopf gezogen. Dann hat er seinen Kumpanen geholt. Kappes, diesen ekelhaften Fettsack …«

»Woher wusstet Ihr, dass Jupp der Dünne war und Kappes der Dicke?«

»Wie?« Adela sah ihn forschend an. Seine Lippen waren voll, und das gesunde Auge strahlte in lebhaftem Blau. Aber um das Auge und um die Mundwinkel lag ein trauriger Zug. Was war dem Mann widerfahren? Wo kam er überhaupt her? Und warum konnte er es sich leisten, so mit Barbarossa zu reden?

Ditho deutete auf den Sack mit dem blutigen Handabdruck, der auf dem Tisch lag. »Ihr habt gesagt, ihr hattet das hier über dem Kopf. Wie konntet Ihr die Männer dann erkennen?«

Adela sah, wie Barbarossa und der schweigsame Rainald von Dassel einen anerkennenden Blick wechselten. Sie erzählte, wie es ihr gelungen war, den Sack abzustreifen, von ihrem Fluchtversuch und wie Jupp und Kappes sie wieder eingefangen hatten. Dann berichtete sie zögernd, wie sie ganz knapp der Schändung entgangen war, weil der unbekannte Mörder an die Tür geklopft und Jupp ihm geöffnet hatte.

»Und diesen Mann konntet Ihr nicht erkennen?«, fragte Ditho.

Adela schüttelte den Kopf. »Kappes hatte mir den Sack wieder über den Kopf gezogen, weil ich ihn angespuckt habe. Der andere Mann, der ... Mörder, er kam auf mich zu. Es war düster da unten, und durch die Maschen des Sacks ... und trotzdem ...«

»Und was? Na sag schon!«, meldete sich Barbarossa barsch zu Wort.

Adelas Blick ging ins Leere, als versuche sie, sich die Begegnung mit dem unheimlichen Mann wieder ins Gedächtnis zu rufen. »Er ... Er schien mir anders zu sein, ich kann es schlecht beschreiben ... irgendwie nicht menschlich. Mehr wie ein Tier, er hat nicht gesprochen, er hat ... gegrunzt, und sein Gesicht ...«

»Was war mit seinem Gesicht?« Ditho hatte sich auf die Tischkante gesetzt und beugte sich zu ihr. Er dachte an seine eigene Begegnung mit dem Mörder. Das Gesicht, das nicht menschlich war.

Adela schüttelte den Kopf. »Ich weiß es nicht. Es schien ... schien irgendwie nicht da zu sein, und ... dann wurde ich ohnmächtig.«

»Nicht da? Was redest du da für einen Unsinn, Weib? Du hast doch eben gesagt, du hattest den Sack über dem Kopf! Entweder du hast ihn gesehen oder eben nicht! Was denn nun?« Barbarossa trat an den Tisch und hieb mit der flachen Hand auf die Tischplatte.

Adela zuckte zusammen, und Ditho schloss für einen Moment die Augen. Er stand auf und wandte sich an den Herzog. »Das hilft nicht weiter, Herr. Sie sagt doch schon –«

»Sie sagt gar nichts! Sie kann uns nicht helfen! Sie denkt nur an sich, deswegen ist sie auch weggelaufen wie ein kopfloses Huhn, und weil sie immer nur an sich denkt, kann sie sich auch an nichts erinnern!« Barbarossas ausgestreckter Zeigefinger deutete auf Adela, als brauche man sie nur anzusehen, um den wahren Schuldigen der Bluttat zu entdecken.

Ditho schwieg und nickte. Dann stand er auf und griff nach dem Arm des Herzogs. »Auf ein Wort, Herr.«

Barbarossa stutzte und ließ sich widerstrebend von Ditho zum Kamin ziehen, wo Rainald von Dassel stand. Die Männer sprachen leise, aber der Zorn in Barbarossas Stimme war für Adela nicht zu überhören. »Was ist, Ditho? Was willst du? Verschwende ich wieder meine Zeit?«

»Ja. Eure und meine. Ihr wisst, wie die Menschen sind, Herr. Mit jeder Stunde, die verrinnt, wird die Erinnerung Eurer Gemahlin an ihre Gefangenschaft ein wenig verblassen. Wertvolle Einzelheiten, die uns weiterhelfen könnten, gehen verloren, und der Mörder, der wahrscheinlich auch mit dem Tod Konrads zu tun hat, bekommt einen uneinholbaren Vorsprung.«

Staunen machte sich in Barbarossas Zügen breit. Er blickte kurz zu Adela, die scheinbar abwesend mit den Fingern über ihren Rock strich, und dann wieder zu Ditho. »Ihr glaubt, der Mörder dieser Halunken hat etwas mit Konrads Tod zu tun? Warum?«

Rainald von Dassel fiel nickend in die Worte des Herzogs ein. »Ja, warum? Warum sollte dieser Mörder nicht ebenso ein Strauchdieb sein wie die anderen beiden? Ein Händel unter Zuhältern, eine Fehde, weil jemand jemand anderem ein paar Taler schuldet?«

Ditho nickte ebenfalls. »Ja. Denkbar. Aber wenn schon

ein paar Taler für den Mord an zwei Männern genügten, warum hat der Mörder Eurer Gemahlin dann nicht die wertvollen Ringe abgenommen? Warum nicht die silberne Spange an ihrem Mantel? Warum hat er sie nicht getötet? Sie hat alles mitangehört. Warum hat er sie nicht geschändet? Er hatte die Zeit und die Gelegenheit dazu. Und warum hat er einen blutigen Handabdruck auf dem Sack hinterlassen, der über ihr Gesicht gezogen war? Ich habe sein Schwert gefunden. Der Griff war nicht mit Blut verschmiert. Er hat seine Hand also absichtlich in das Blut seiner Opfer getunkt, um diesen Abdruck zu hinterlassen.«

Rainald von Dassel sah ihn verwirrt an. »Aber warum? Warum sollte er das tun?«

»Habt Ihr uns nicht erst kürzlich von einer Hand erzählt, Dompropst? Von einer menschlichen Hand, die eine Nachricht hinterlassen hat? Auf der Wand des Palastes von Belschazzar? Und hat der verstorbene König Konrad nicht auch eine mit Blut geschriebene Nachricht erhalten? Zwei Mal eine Hand. Zwei Mal Blut. Zwei Nachrichten. Der verstorbene König und die zukünftige Königin.«

Barbarossas Augen weiteten sich. »Du glaubst, sie ist vielleicht in Gefahr? Du denkst …?«

»Ich denke, ich kann Euch vielleicht helfen, Herr«, unterbrach Ditho ihn. »Ich kann diesen Mörder, der vor nichts zurückzuschrecken scheint, möglicherweise finden. Aber dann müsst Ihr mich meine Arbeit tun lassen und dürft mir nicht ins Gehege kommen und mir ständig ins Wort fallen.«

Die Wangen Rainalds von Dassel wurden dunkelrot. »Du wagst es, deinen Herrn –«

»Lass, Rainald, lass ihn.« Barbarossa hob beschwichtigend die Hand. Er hatte die Stimme nicht erhoben. Er blickte Ditho kühl an. »Also bist du dabei, Ditho? Du hilfst mir?«

Dithos Auge hielt dem strengen Blick des Fürsten stand. »Ihr baut meine Burg wieder auf, Herr? Ihr zieht Gernot von Wangen zur Rechenschaft? Ihr macht mich zum Ministerialen?«

Barbarossa lächelte. »Das willst du also tatsächlich, was? Du willst ein Schreiberling werden, obwohl du weder anständig lesen noch schreiben kannst?«

Ditho verzog keine Miene. »Und? Tut Ihr's?«

Barbarossas Zähne blitzten weiß, als das Lächeln sein Gesicht überzog. »Ich mache dich heute noch zum Ministerialen, Ditho, wenn es dir so viel bedeutet.«

Ditho nickte. »Das tut es. Und Ihr lasst mich meine Arbeit tun, wie ich sie für richtig halte, Herr?«

Aus dem Hof drang lautes Rufen zu ihnen und das Geräusch von Rädern, die den Schlamm zerfurchten. Adela trat ans Fenster und schob die Pergamentbespannung zur Seite. Zwei Kutschen und mehrere von Ochsen gezogene Fuhrwerke kamen im letzten Licht des Tages im Konventsgarten an.

Rainald von Dassel beugte sich zu Barbarossa. »Die Braunschweiger Welfen sind da, Herr. Ihr solltet sie empfangen.«

Barbarossa nickte stumm. Dann wandte er sich an Ditho und legte ihm eine Hand auf die Schulter. »Ich tue meine Arbeit, tue du die deine.« Er nickte in Richtung Adela. »Gib auf mein Weib acht, Gisbert ist offensichtlich zu dumm dazu. Finde heraus, was dieser Mörder vorhat, und dann bring mir diese Bestie, Ditho!« Barbarossa klopfte Ditho freundschaftlich auf die Schulter und wandte sich dann zur Tür.

Rainald folgte ihm. Als die beiden Männer schon fast aus dem Raum waren, drehte sich der Herzog noch einmal um und ließ ein grimmiges Lächeln sehen. »Es ist fast wie früher, Ditho, hm? Ich kümmere mich um die Politik, du kümmerst dich um Mörder und Gesindel! Fast wie in Byzanz! Wie in Damaskus! Es ist wie früher!« Mit einem lauten Lachen verschwand er aus der Kammer, und das Hämmern seiner schweren Stiefel auf den Steinplatten verhallte langsam zwischen den gekalkten Wänden des Klosters.

Stille senkte sich über den Raum. Adela wandte sich vom Fenster ab.

Ditho stand bei der Tür und sah Barbarossa nach. Er grübelte, etwas schien ihm schwer auf der Seele zu lasten. Adela betrachtete Dithos Züge, und wieder fiel ihr die Ähnlichkeit des einäugigen Ritters mit ihrem Gemahl auf.

Sie könnten Brüder sein.

Adela zuckte zusammen, als ihr plötzlich ein Gedanke durch den Kopf schoss. Ein unerhörter Gedanke. Ein tödlicher Gedanke. Und doch ... Und doch eine Möglichkeit, Barbarossas Nachstellungen ein für alle Mal zu entrinnen. Was, wenn er endlich bekam, was er wollte? Das Gesicht der alten Hexe Birga tauchte vor ihrem inneren Auge auf. *Vielleicht ist es aber auch dein Mann. Vielleicht kann er die Kinder nicht machen.* Was, wenn sie recht hatte? Friedrich hatte rote Haare, doch ihre Haare waren schwarz. Schwarz wie die Haare des Einäugigen. Es wäre ein unglaublicher Frevel, der sie auf den Scheiterhaufen bringen konnte. Und doch ...

Und doch war es wie eine Tür, die sie aus der Gefangenschaft dieses Klosters führen und ihr die Schläge und Schmerzen ersparen würde, die Friedrich ihr zufügte. Er würde sich Konkubinen nehmen, wenn er erst einen Sohn hatte. Adela schwindelte bei dem Gedanken, eine Lösung für all ihre Qualen und Ängste gefunden zu haben.

»Ist Euch nicht wohl, Herrin?«

Adela hatte sich an der Tischkante festgehalten und stützte sich ab. Ditho trat zu ihr hin, packte sie beim Arm und hielt sie fest. »Ist Euch nicht wohl?«, fragte er nochmals.

Sie schüttelte den Kopf, sah ihm in die Augen und lächelte. »Mir geht es sehr gut.«

* * *

»Beim Arsche des gehängten Judas! Du bist erstaunlich, Ditho, wahrhaft erstaunlich! Aber nur halb so erstaunlich wie ich, der es geschafft hat, in diesem Kloster voller frommer Weiber ein wahres Wunder zu vollbringen!« Jasmo schob die zugige Holztür mit dem Hintern ins Schloss und tappte grinsend die Treppe zu dem labyrinthartigen Keller des Klosters zur heiligen Ursula herunter. In seiner Linken schwenkte er einen Krug Wein, mit seiner Rechten umklammerte er eine Keule, von der das Fett auf die Stufen troff und von der sich herrliche Schwaden von Bratendunst zur Decke kräuselten. »Ich habe ein paar schlechte, abgedroschene Witzchen in Wein verwandelt und ein paar jonglierte Bälle in eine veritable Schweinshaxe! Versuch das mal nachzumachen, Schreiberling!«

Jasmo biss herzhaft in die Keule und stellte den Krug zwischen Ditho und Hasan ab, die neben dem Kamin auf ein paar Strohsäcken kauerten. Die Flammen von einem halben Dutzend Fackeln in Wandhalterungen leckten an den Sandsteinwänden und schickten rußige Wolken zur Gewölbedecke. Der Keller roch feucht und säuerlich nach den Ausdünstungen der Männer, die sich dort aufhielten. Für Ditho hätte es nach den jüngsten Entwicklungen auch eine bescheidene Kammer im Konvent gegeben, doch er hatte abgelehnt, um bei seinen Freunden zu sein.

In dem weitläufigen Keller waren ein Dutzend anderer Bediensteter und Fuhrknechte untergebracht, die sich zwischen Kisten und Fässern ein Lager bereitet hatten, die beisammenstanden, würfelten, aßen oder schliefen. Misstrauisch musterten sie den Ritter mit der Augenklappe und seine beiden seltsamen Begleiter.

Hasan rümpfte die Nase, als der Bratengeruch zu ihm drang, und deutete missmutig auf den Krug. »Fleisch von Schwein und Wein. Dem Prophet verbietet beidem. Was soll ich mit dem, Jasmo?«

Jasmos Lächeln gefror. »*Dem* Prophet, wie? Man muss allerdings kein Prophet sein, um deine Nörgelei vorauszusehen, wenn ich mal etwas vollbracht habe, oder, Hasan? Da fällt dir immer etwas ein, was dir nicht passt, stimmt's? Aber wie immer habe ich auch das bedacht und …«, Jasmo wühlte in seinem Mantel, dann zog er triumphierend eine kleine graubraune Stange hervor, »… habe auch dir altem Griesgram etwas mitgebracht!«

Hasan kniff die Augen zusammen und entnahm mit spitzen Fingern dem Hofnarren die krümelige Stange. »Was ist dem?«

»Muzemandeln.«

»Mu… Muezzinmandel?« Hassan starrte verwirrt von Jasmo zu Ditho, doch der zuckte mit den Schultern.

Jasmo grub seine Zähne in den Braten und deutete schmatzend auf das Gebäck. »Kannst ruhig probieren, Heide, ist kein Schwein und kein Wein drin, nur Zucker, Mandeln und ein Haufen Sachen, die ich vergessen habe. Schmeckt aber gar nicht mal so mies. Backen die hier im Frühjahr. Probier!«

Hasan knabberte vorsichtig an dem tropfenförmigen Teig und war offensichtlich angetan von dem, was er schmeckte. Ein feiner Mandelgeruch drang durch den Bratendampf hindurch in Dithos Nase und erinnerte ihn daran, wie die Herzogin dicht bei ihm gestanden hatte. So hatte sie gerochen. Nach Mandeln und schwach nach Rosenwasser. Der Duft hatte ihn fast betäubt, und er hatte den starken Drang verspürt, die Herzogin zu berühren, sie zu spüren, wie schon ein paar Stunden zuvor, als sie sich im Keller an ihn gepresst hatte. Aber er konnte diesen Wunsch zum Glück bezähmen. Etwas war in ihren Augen gewesen, oder bildete er sich das nur ein? Eine Mischung aus Neugier, Angst und Herausforderung, und er wusste nicht, wie das zu deuten war. Diese Augen. Wie das erste Grün nach einem langen Winter in einem weißen, schneebedeckten Garten.

Sie hatten miteinander gesprochen, Ditho hatte ihr Fragen zu ihrer Entführung und zu den Männern gestellt, doch er hatte wenig Neues erfahren. Außer dass ihre Geschichte mit dem Einkauf auf dem Markt eine Lüge war. Er konnte es sehen, an ihren Augen und an der Art, wie sie unbewusst den Mund verzog. Ditho vermutete, dass sie einfach weggerannt war, weggerannt vor dem Herzog, wie sein Zorn und seine verletzenden Worte vorhin nahelegten. Um Friedrichs Ehe stand es schlecht; um das zu erkennen brauchte man nicht mehr als ein Auge. Ditho fragte sich, warum. Die Herzogin war eine wunderschöne Frau. Und sie war alles andere als dumm; aus ihren Augen strahlten Klugheit und Wissbegierde. Sie hatte ihm ebenso viele Fragen gestellt wie er ihr, sie wollte alles wissen über ihn und den Mörder, den er für einen Augenblick zu Gesicht bekommen hatte. Und sie wollte ihn wiedersehen, hatte sie gesagt. Zum Schutz, hatte sie gesagt. Er sei doch zu ihrem Schutz abgestellt, hatte sie gefragt.

Ditho hatte genickt und versprochen wiederzukommen. Später. Und sie hatte gelächelt, als er das sagte. Mit einem Lächeln, das nicht herablassend war oder höflich, sondern aus dem echte Freude sprach.

»Du denkst an die Herzogin, hab ich recht?« Jasmo grinste frech, Fasern der Schweinekeule steckten zwischen seinen Zähnen.

Ditho lächelte ertappt. »Ja. Der Fürst hat mich zu ihrem Wachhund gemacht. Ich muss bald wieder hoch. Aber vorher habe ich noch etwas mit euch zu besprechen.« Er griff nach dem Weinkrug und führte ihn an die Lippen.

Jasmo wartete auf eine weitere Erklärung, aber Ditho schwieg. Hasan schob sich den letzten Rest des Gebäcks in den Mund und leckte seine Finger ab. »Und jetzt, Ditho? Was machen wir? Fangen dem Mörder, richtig?«

Ditho setzte den Krug ab und nickte. Er drehte sich um, achtete darauf, dass die anderen Männer im Keller sie nicht beobachteten. Dann griff er nach einem Bündel und legte es vor sie hin. Er zog den Knoten auf, schlug das Tuch zurück, und der Blick von Hasan und Jasmo fiel auf das Schwert, den Sack mit dem blutigen Handabdruck und auf das Brett mit der Menetekel-Inschrift aus der Kaiserpfalz in Bamberg. Das kleine Feuer im Kamin malte tanzende Schatten der Männer an die groben Steinwände.

Ditho sprach sehr leise, er flüsterte fast. »Das, was ich euch jetzt sage, muss unter allen Umständen unter uns bleiben, verstanden?«

Hasan und Jasmo nickten. Ditho musterte sie streng, überlegte und setzte hinzu: »Schwört, dass ihr schweigen werdet.«

Der Hüne und der Hofnarr tauschten einen verwirrten Blick, dann aber legten sie die Hand aufs Herz und murmelten einen Schwur.

Ditho nickte. »Gut. Also hört zu: Wir suchen den Mann, der heute die zwei Gauner umgebracht und damit vermutlich die Herzogin gerettet hat. Es ... Es gibt gute Gründe, anzunehmen, dass es derselbe Mörder ist, der unseren König Konrad vor einer Woche in Bamberg umgebracht hat.«

»Aber ...«

Jasmo ließ den Braten sinken und wollte mit vollem Mund widersprechen, doch Ditho unterbrach ihn. »Ich weiß, was man sagt. Aber Konrad war nicht krank. Nicht so schwer jedenfalls. Er wurde wahrscheinlich vergiftet. Sein Mörder hat diese Nachricht an der Wand der Kammer hinterlassen.« Ditho deutete auf das Brett und erzählte den Freunden die Geschichte von König Belschazzar und von Daniel, der die Inschrift der geisterhaften Hand gedeutet hatte. Dann erklärte er ihnen, wie er zu dem Schluss gelangt war, dass der Mörder aus dem Hause des Kupplers derselbe Mann war, der Konrad getötet hatte.

Jasmo zog die Augenbrauen zusammen und schüttelte sich. »Aber das ist doch seltsam, Ditho, das ergibt doch keinen rechten Sinn! Warum tötet er König Konrad, verschont aber die Herzogin, ja, rettet sie sogar? Ist er nun auf der Seite der Staufer oder nicht? Hat das etwas mit der anstehenden Wahl zu tun? Woher wusste er überhaupt, dass die Herzogin dort gefangen war? Dann musste er doch mit den Gaunern, die er getötet hat, unter einer Decke stecken, oder nicht? Und wenn er in Bamberg den König ermordet hat, dann muss er doch aus dem Umfeld des Königs sein, nicht wahr? Jemand anderes kommt doch nicht ohne Weiteres in die Pfalz hinein. Und wenn es jemand aus dem Umfeld des Königs ist, dann ist er auch aus Friedrichs Umfeld. Also muss er hier sein! In diesem Kloster, unter uns! Warum hast du ihn dann nicht erkannt, als er dir begegnet ist?«

Hasan starrte Jasmo mit offenem Mund an, dann deutete er mit von Zuckerkrümeln verklebten Fingern auf den Hofnarren. »Jasmo hat recht, Ditho. Dem Zwerg ist ja gar nicht dumm!«

Jasmos Gesicht nahm augenblicklich eine dunkelrote Färbung an, er ballte die Fäuste, öffnete den Mund und schwieg dann doch, nicht wissend, ob Hasans Einwurf ein Lob oder eine Beleidigung gewesen war.

Ditho nickte. »Ja, Hasan. Er hat recht. Und das alles habe ich mir auch überlegt, und ich verstehe es nicht oder nur zu einem geringen Teil. Aber der Mörder könnte tatsächlich unter uns sein. Hier, in diesem Kloster, als Teil von Friedrichs Hofstaat. Und er plant etwas, vielleicht einen weiteren Mord an Friedrich oder an Adela. Trotzdem glaube ich nicht, dass der Herzog in unmittelbarer Gefahr schwebt. Es ist …« Ditho stockte, suchte nach den richtigen Worten. »Es ist so ein Gefühl.«

»Ein Gefühl? Was denn für ein Gefühl, zum Henker?« Jasmo starrte Ditho über die Schweinekeule hinweg verwirrt an.

Ditho deutete auf das Brett mit der Inschrift und auf den Sack mit dem blutigen Handabdruck. »Das hier. Diese Inschrift. Der Mörder teilt uns etwas mit. Weil er es so will. Überleg doch mal: Er hätte nach dem Mord an König Konrad auch einfach verschwinden können, ohne das hier zu schreiben. Er hätte die Herzogin ohne Weiteres töten können, und wenn er Teil des Hofstaats ist, hätte er auch Gelegenheit gehabt, Friedrich zu töten, sofern er das vorhat. In Bamberg. Oder auf der Reise nach Köln. Oder eben hier. Genau das hat er aber nicht getan. Noch nicht. Er will also nicht einfach töten, sondern er verfolgt ein Ziel. Er will uns etwas sagen, er plant etwas, und erst wenn die Zeit reif ist, wird er wieder zuschlagen.«

»Aber wann ist dem Zeit reif?«

»Genau das müssen wir herausfinden. Wir müssen wissen, was er vorhat und wann er es vorhat. Und wir müssen es verhindern. Der Mörder hat zwei Kuppler und wahrscheinlich den König umgebracht. Er schreckt vor nichts zurück.«

»Und wie sollen wir das herausfinden, wenn ich fragen darf? Sollen wir Tag und Nacht Wache stehen und warten, bis er sich hier irgendwo zeigt?«

»Nein.« Ditho schüttelte den Kopf und deutete auf die drei Gegenstände, die vor ihm auf dem Tuch ausgebreitet lagen. »Wir müssen herausfinden, wer er ist, bevor er wieder zuschlagen kann. Wir müssen seine Botschaft an uns entschlüsseln. Wir haben diese Inschrift, wir haben sein Schwert, und wir haben seinen Handabdruck. Diese Dinge können uns viel über den Menschen verraten, der sie hinterlassen hat.«

»Aha. Und wie?« Jasmo kaute angestrengt auf einem Knorpel herum, dann erst schien ihm aufzufallen, dass er der Einzige war, der aß, und bot Ditho die Keule an. Doch der winkte ab und griff nach dem Schwert, das der Mörder in der Langgasse zurückgelassen hatte.

»Es ist ungewöhnlich. Ich habe so etwas noch nie gesehen. Es ist kein Schwert, wie wir es haben. Dafür ist es zu kurz.« Er hielt das Schwert näher ans Feuer. Die Klinge war kaum mehr als eine Elle lang. Das Blut an der Spitze war getrocknet, der Rest der Klinge fast schwarz. Der Knauf war mit einem speckigen Lederband umwickelt, die Parierstange kurz mit pilzförmigen Abschlüssen. Die Schneiden an beiden Seiten der Klinge waren grob geschliffen, und die Hohlkehle, die das Schwert leichter und stabiler machen sollte, endete nicht mit einer Rundung kurz vor der Spitze wie üblich, sondern lief zur Spitze der Klinge hin aus.

Hasan griff nach dem Schwert, spuckte auf die Klinge und rieb sie nahe der Parierstange sauber. Der Stahl begann zu glänzen, und eine feine Maserung erschien, wie die Linien im Holz eines geschliffenen Brettes. Hasan ließ seine Augen kurz über den Stahl schweifen, dann spuckte er neben sich aus. »Er hat kaputt gemacht.«

»Wer?«

»Dem Mörder. Hat Schwert kaputt gemacht.«

Ditho schüttelte den Kopf. »Wie kommst du darauf?«

Hasan deutete auf die Maserung. *»Damaschk.«*

Ditho nahm ihm das Schwert wieder ab und betrachtete die feinen Linien. »Eine Damaszener Klinge? Du glaubst, das ist ein Schwert aus dem Orient? Aber dort gibt es nur Krummschwerter, oder nicht? Wie deine eigenen.« Ditho wies auf Hasans Gürtel, der neben dem Sarazenen lag und an dem die beiden gebogenen Klingen in ihrer kunstvollen Scheide steckten.

Hasan zeigte auf die Hohlkehle, die vom groben Schliff abgeschnitten worden war. »Schwert war mal krumm. Er hat dem geschliffen, bis dem nur noch gerade ist.« Hasan kicherte glucksend. »Gerade, aber kurz wie dem Kinderschwert! He, Jasmo, wär dem gutes Schwert für dich!«

Hasan grinste, und Jasmo sprang auf. Er hob die Schweinekeule über seinen Kopf. »Erschlagen von unreinem Fleisch! Würde dir das gefallen, Muselmann? Was würde dein Prophet wohl dazu sagen, hm?«

Hasan musste noch mehr lachen, und die Bediensteten, Knappen und Fuhrknechte im Keller merkten auf und blickten sich nach den beiden Streithähnen um.

Ditho legte seine Hand besänftigend auf Jasmos Schulter und drückte kräftig nach unten. Die Knechte drehten sich wieder um, und Jasmo setzte sich, hielt Hasan aber weiter mit zornigem Blick fest.

Ditho legte die Klinge zurück auf das Tuch. »Es war also einmal ein *Saif*, das Schwert eines Sarazenen. Und der Mörder hat es zu einem Schwert geschliffen, wie er es kennt: mit gerader Klinge und mit Schneiden an beiden Seiten. Was sagt uns das?«

»Dass dem dumm ist.« Hasan seufzte betroffen, angesichts des in seinen Augen unsäglichen Umgangs mit einem *Saif*.

Ditho schüttelte den Kopf. »Nein. Es sagt uns vielmehr

zweierlei: Primo, dass er eine kurze Klinge haben *will*. Der Mann, den ich vor dem Haus in der Langgasse gesehen habe, trug nicht die Kleider eines Ritters, sondern die eines Bettlers. Ein zerschlissener Umhang in grüner Farbe, grobe Beinlinge, abgewetzte Stiefel. Mehr habe ich nicht gesehen, aber es sah zerlumpt aus. Eine kurze Klinge ist besser zu verbergen, wenn man, wie er, ein Bettler ist oder sich wie einer verkleidet.«

Hasan zog die Augenbrauen zusammen. »Verbergen?«

»Verstecken«, erklärte Ditho und fügte das arabische Wort *kafara* hinzu.

Die Verwirrung in Hasans Zügen blieb. »Warum soll er dem Schwert verstecken? So braucht er viel länger, bis er geholt hat, wenn er dem braucht.«

»Nicht jeder darf ein Schwert tragen, Hasan. Bauern nicht, Gaukler und Bettler schon gar nicht. Wenn er am Stadttor mit einem Schwert erwischt wird, verliert er seine Hand dafür.«

Hasan nickte. Jasmo fuhr sich mit dem Ärmel über den fettglänzenden Mund. »Er will also sein Schwert verstecken, weil er kein Ritter ist oder nicht als solcher erkannt werden möchte. Und secundo? Was sagt es uns noch?«

»Secundo sagt es uns, dass er wahrscheinlich im Orient war. Im Heiligen Land. Und die Klinge von dort mitgebracht hat.«

»Du glaubst, der Mörder war ein Kreuzritter?«

»Der Mann, mit dem ich gekämpft habe, hat ein Schwert bei sich gehabt, weil er damit umgehen kann. Er hatte keine Waffe des einfachen Volkes, keine Schleuder, keinen Dolch, keinen Knüppel. Nur ein Ritter verlässt sich auf sein Schwert. Nur Mönche und manche Edelleute können schreiben; denkt an die Inschrift auf dem Brett. Und nur ein Kreuzritter kommt an so eine Klinge.«

»Kann man so ein Schwert nicht kaufen?«

»Kaum. Wenn wir im Heiligen Land Waffen erbeutet haben, wurden sie sofort eingeschmolzen oder umgeschmiedet, um Nachschub für die eigenen Reihen zu haben. Eisen ist ein kostbares Gut dort unten. Die Klingen der Damaszener hat man jedoch nicht eingeschmolzen, sondern selber verwendet, weil sie von einzigartiger Härte und Geschmeidigkeit waren. Wer ein solches Schwert erbeuten konnte, hat es unter allen Umständen behalten.«

»Und doch hat dem Mörder dem kaputt gemacht.«

»Er ist Ritter, kein Schmied. Er wusste wahrscheinlich nicht, dass er dem Schwert damit die Härte nimmt.« Ditho griff nach dem Sack, der neben dem Brett mit der Inschrift lag. »Das hier ist der Abdruck seiner Hand.«

Er legte seine eigene Hand auf den Sack und stellte fest, dass sie leicht Platz hatte in dem blutigen Umriss. »Ein großer Mann, größer als ich. Wahrscheinlich so wie du, Hasan.«

Jasmo hob eine Augenbraue. »Du hast ihn doch gesehen.«

»Ja«, sagte Ditho, »aber alles ging sehr schnell, und die meiste Zeit lagen wir beide auf dem Boden. Ein großer Mann in schäbigen Kleidern. Langes blondes Haar. Verfilzt, wie es schien. Ich fürchte, dieser Abdruck kann uns auch nicht viel sagen, außer dass es mit der Inschrift auf dem Brett zusammenzuhängen scheint«

Jasmo fuhr mit den Fingern über den groben Stoff. »Doch, das kann er.«

»Ach ja?«

»Ja. Ich schätze, der Dreckskerl kämpft, arbeitet, isst und kratzt sich den Arsch gewöhnlich mit der linken Hand.«

Ditho und Hasan blickten den Hofnarren fragend an. »Wie kommst du darauf?«

»Weil der Abdruck mit der rechten Hand gemacht wurde. Und unser Mörder hat sein Schwert sicher nicht aus der Hand gelegt, als er den Abdruck gemacht hat. Er hat kurz zuvor zwei Männer getötet, und er konnte sich nicht sicher sein, ob nicht noch jemand im Keller war. Und gleich darauf kamst du, Ditho, und er hatte das Schwert noch immer in der Hand. Aber eben in der linken. Er hat das Schwert auch nicht von der einen in die andere Hand gewechselt, sonst wäre ja Blut am Knauf, oder nicht?«

Hasan starrte Jasmo fassungslos an. »Nicht dumm, echt gar nicht dumm, dem Jasmo!«

Der Hofnarr grinste geschmeichelt, und Ditho nickte anerkennend. »Sehr gut, Jasmo. Nun noch mal zu der Inschrift. Warum weist der Mörder auf eine Geschichte aus dem alten Testament hin?«

Jasmo straffte sich, bevor er voller Eifer fortfuhr. »Er ist ein tiefgläubiger Mann. Er spricht mit Worten der Bibel, weil er glaubt, dass seine Taten mit der Bibel in Einklang stehen.«

»Ja, vielleicht. Aber warum diese Geschichte von Belschazzar und Daniel?«

»Na ja, es kommt ein König darin vor, der in derselben Nacht ermordet wird. Genau wie Konrad.«

»Er sagt uns damit also, dass Konrad umgebracht wurde. Gut, aber so viel verrät schon das Vorhandensein einer blutigen Inschrift an sich. Und ermordete Könige gibt es in der Bibel wie Sand am Meer.«

»Vielleicht soll dem König Konrad dem Belschazzar sein?«

Ditho nickte bedächtig, das Kinn in die Hand gestützt. »Was meinst du damit, Hasan?«

»Vielleicht will dem Mörder sagen, dem Konrad ist genau wie dem Belschazzar: kein guter König. Und er hat dem getötet, weil kein guter König war.«

Ditho schwieg für einen Augenblick. Hasan hatte recht. Wenn es ein Meuchelmord aus politischen Gründen gewesen wäre, dann hätte der Mörder sich nicht solche Mühe mit der Inschrift gemacht. Das mit Blut geschriebene Menetekel wirkte vielmehr wie eine Klageschrift, so als hätte jemand das Urteil über Konrad an die Wand geschrieben, wie die geisterhafte Hand das Urteil über Belschazzar an die Wand geschrieben hatte. Aber war Konrad ein schlechter König gewesen? Ditho vermochte es nicht zu sagen.

»Was hat der arme Konrad denn Schlechtes getan?«, stellte Jasmo an seiner statt die Frage.

»Was weiß ich, Jasmo? Dem war euer König!«

Jasmo zuckte mit den Schultern und schnäuzte sich dann geräuschvoll in die Hand. Sie schwiegen.

Plötzlich wurde Ditho lebhaft, und fuchtelte mit dem ausgestreckten Zeigefinger. »Nein, nein, halt! Wir wissen nicht, was Konrad Schlechtes getan haben soll. Aber was hat Belschazzar Schlechtes getan? Das will uns der Mörder sagen!«

Jasmo erinnerte sich an die Geschichte, die Ditho ihnen vorher wortwörtlich so wiedergegeben hatte, wie er sie bei Rainald von Dassel gehört hatte. »Wie war das noch? Man hat ihn gezählt, gewogen und für zu leicht befunden. Zu leicht? Vielleicht hätte der gute Konrad mehr essen sollen!« Jasmo zeigte ein schiefes Grinsen.

Ditho winkte ab. »Sehr witzig. Nein, da war etwas davor, es war …«

Jasmo riss die Augen auf und gab gleichzeitig mit Ditho die Antwort. »Der Tempelschatz!«

Der Einäugige nickte energisch. »Der Tempelschatz, genau! Belschazzar gibt ein Festmahl und benutzt dabei den geraubten Jerusalemer Tempelschatz. Wahrscheinlich haben sie aus den liturgischen Gefäßen getrunken. Außerdem hieß es, der Tempelschatz wurde durch Anbetung anderer Götter entweiht. Und dann erscheint plötzlich eine geisterhafte Hand an der Wand und schreibt dieses Menetekel hin.«

Hasan hatte eines seiner Schwerter zur Hand genommen und schärfte es mit einem Schleifstein. Er blickte von der Klinge auf und schien auf seiner Backe zu kauen. »Es geht dem um … Wie sagt man? Frevel?«

»Vielleicht«, Ditho schüttelte nachdenklich den Kopf, »vielleicht auch um Diebstahl?«

»Du glaubst, der Mörder will uns sagen, dass Konrad von Staufen etwas gestohlen hat? Aber was soll das sein? Und von wem?«

»Genau das müssen wir herausfinden. Am besten fragen wir den Mörder selber. Er wird's uns sagen können.«

Jasmo zog die Nase hoch. »Ach ja? Und *wie* sollen wir ihn *fragen*, wenn *ich* fragen darf? Wir haben zwar eine ganz erstaunliche Menge über diesen Mistkerl herausgefunden, das muss ich zugeben, aber wo beim Schwanze des Gehörnten sollen wir ihn suchen?«

Ditho seufzte. Sie hatten tatsächlich einiges über den Mörder erfahren, allein anhand der drei Gegenstände, die vor ihnen lagen. Er verfluchte sich einmal mehr dafür, dass er kaum schreiben konnte; nichts hätte er sich sehnlicher gewünscht als eine Tafel oder ein Stück Pergament, um sich die verwirrende Vielzahl an Einzelheiten zu notieren, die sie schon jetzt kannten. Oder gut genug lesen zu können, um sich die Geschichte Belschazzars und Daniels in der Heiligen Schrift noch einmal anzuschauen. Beides vermochte er nicht.

Jasmo und Hasan sahen ihn fragend an, und Ditho zog seinen Lederbeutel aus dem Wams. Er fischte zwischen einer Handvoll Münzen einen kleinen, gelbweißlich schimmernden Splitter hervor, kaum halb so groß wie ein Fingernagel, und legte ihn auf seine flache Hand.

Der Sarazene und der Hofnarr beugten sich vor, um das seltsame Objekt im flackernden Licht der Feuerstelle zu betrachten. Feine Rillen, kaum mehr als ein Haar breit, zogen sich über den leicht gebogenen Splitter.

»Was ist dem, Ditho?«, fragte Hasan.

Jasmo deutete fachmännisch auf den Splitter und schüttelte die Hand abwägend in der Luft. »Das sieht man doch gleich, das ist … ein, na ja … Weißt du, ein … Was zum Henker ist das, Ditho?«

Ditho schmunzelte und deutete auf eine kleine Schnittwunde in seinem Daumen. »Das war da drin. In meinem Daumen. Nachdem ich den Kerl festhalten wollte. Es muss in der Sohle seines Stiefels gesteckt haben, und als ich ihn gepackt hab, hab ich mich damit in den Daumen gestochen, und es ist stecken geblieben.«

Jasmo pfiff durch die Zähne. »Aha! Das heißt also ... Das bedeutet, dass ... Was? Was ist das, Ditho, und wie bei allen Heiligen soll es uns bei der Suche nach dem Mörder helfen?«

»Dem ist von einer Muschel, stimmt, Ditho?«

Ditho nickte. »Stimmt. Es ist ein Splitter von einer Muschel. Und Muscheln gibt's am Ufer. Und ein Ufer ...«

»... gibt's am Hafen! Am Rhein!«, vollendete Jasmo mit aufgerissenen Augen und einem breiten Grinsen. »Wann willst du losgehen, Ditho? Haben wir noch Zeit für einen kleinen Nachschlag aus der Klosterküche?« Jasmo schwenkte die abgenagte Schweinekeule in die Richtung, in der er die Klosterküche vermutete. Als Ditho den Kopf schüttelte, machte sich Bestürzung in den Zügen des Hofnarren breit. »Nicht? Warum nicht?«

»Weil ihr jetzt sofort zum Hafen geht. Ohne Nachschlag aus der Küche und ohne mich. Seht euch um. Fragt die Männer, die dort Wache halten und arbeiten, nach einem großen Mann in zerschlissenen Kleidern mit langem blonden, verfilzten Haar. So alt wie ich, wahrscheinlich älter. Vielleicht hat er sich im Hafen herumgetrieben, vielleicht nach Arbeit gefragt, vielleicht sucht er dort einen Platz zum Verstecken, vielleicht einen zum Schlafen. Wenn man euch Schwierigkeiten macht, dann sagt, ihr sucht im Auftrag des Herzogs von Schwaben nach einem Dieb. Aber seht zu, dass ihr nicht in Schwierigkeiten geratet, und bringt euch nicht in Gefahr. Wir treffen uns um Mitternacht wieder hier.«

* * *

Der Matsch quoll unter seinen spitz zulaufenden Sohlen hervor, als er sich in den engen Gassen gegen den Schneeregen vorwärtsschob. Es war stockfinster, doch der Mann mit den kalten Augen hatte keine Laterne dabei. Er brauchte keine.

Sein Weg führte nach Osten, und der Geruch des Wassers war trotz der Exkremente am Straßenrand, dem Rauch aus unzähligen Kaminen der Stadt und gelegentlichen Bierschwaden aus den Gasthäusern unverkennbar. Klarer, frischer Geruch, der ihn an Wellen, an Muscheln und an Schiffe denken ließ. Und an ein anderes Leben in einer besseren Zeit.

Er konnte nicht umhin zu lächeln und dankte seinem Schicksal, das ihn an diesem Tag so wunderbar geleitet hatte. Der Himmel war seinem Vorhaben gewogen, dessen war er sich gewiss, auch wenn es zunächst so ausgesehen hatte, als wäre alles verloren. Als würden seine Pläne von höheren Mächten vereitelt werden.

Die beiden Kuppler hatten die Herzogin entführt, und der Mann mit den kalten Augen hatte schnell handeln müssen. Womöglich hätte das Lumpenpack Adela umgebracht und damit die Pläne des Herzogs und seine eigenen durchkreuzt. Doch er hatte sich darum gekümmert, er hatte die Schwierigkeiten beseitigt und die beiden Narren, die nicht wussten, was sie da angerichtet hatten, aus dem Weg geräumt.

Er lächelte und verbarg sich am Hildebold-Dom vor einem Nachtwächter, der seine Laterne an einem Stab hoch über sich trug, um nach Gesindel in den dunklen Ecken des Domplatzes zu spähen.

Er hatte sich darum gekümmert, doch dann schien es so, als würde der »neue Mann« des Herzogs, der »Freund des Herzogs«, wie man den zerlumpten Ritter mit der Augenklappe in Friedrichs Umfeld nannte, seine Pläne durchkreuzen. Doch der Ritter mit der Augenklappe war nicht schnell genug gewesen. Der »neue Mann« des Herzogs hatte sich überwältigen lassen und stand mit leeren Händen da. Er war wohl eher unbedarft. Man munkelte, er könne nicht recht lesen, und dass er nicht gut sehen konnte, war wiederum nicht zu übersehen. Kein ebenbürtiger Gegner, aber zur rechten Zeit würde er gewiss ein würdiges Opfer abgeben.

Die Budengasse führte den Mann mit den kalten Augen zum Marktplatz, und als zwei streunende Hunde auf dem verwaisten Geviert anschlugen, schob er sich schnell in die

Mühlengasse, die hinunter zum Rhein und zu den Anlegeplätzen der Frachtschiffe führte.

Der neue Mann des Herzogs.

Er zog die kalte Luft durch die Zähne und unterdrückte ein lautes Lachen. Der Mann war nicht neu. Er war ihm zwar nie zuvor begegnet, doch er wusste sehr wohl, wer dieser Ditho von Ravensburg war. Und als er ihn zum ersten Mal gesehen hatte, wurde ihm klar, was vor einigen Tagen in Bamberg gemeint war, als man ihm das Brett mit seiner eigenen Inschrift übergeben hatte und sagte, der Herzog wolle jemanden hinzuziehen, der sich mit so etwas auskannte. Sie hatten keinen Schriftgelehrten gemeint. Sondern den »Bluthund des Herzogs«, wie man ihn im Heiligen Land genannt hatte.

Ditho von Ravensburg.

Der Mann mit den kalten Augen dankte der göttlichen Fügung, die Ditho hierhergebracht hatte. Jetzt würde alles gut werden. Jetzt kam jedes Teil an seinen Platz, und den Mann durchströmte einmal mehr die Gewissheit, dass sein Vorhaben nicht nur gottgefällig, sondern auch gottgewollt war. Wie war es auch anders vorstellbar als durch Fügung, dass ausgerechnet Ditho von Ravensburg hier auftauchte? Der Allmächtige hatte es so eingerichtet, da war er sich sicher, und der heilige Johannes war sein Fürsprecher in dieser Sache gewesen. Nun wusste er, dass alles gut werden und die göttliche Ordnung bald wiederhergestellt sein würde.

Er zog den Handschuh über die verräterischen Stellen am Handrücken, raffte den Umhang zusammen und nahm die Stufen hinunter zum Strand. Muscheln und Sand knirschten leise unter seinen Sohlen. Die bauchigen Oberländer, die hier vor Anker lagen, um entladen zu werden, waren im Mondlicht nur als Schemen zu erkennen. Wie riesige schlafende Kühe lagen sie aneinandergeschmiegt, als er dicht an der Hafenmauer entlang, an gestapelten Fässern und Bauholz vorbei auf den offenen Strand zuschlich. Er war unterwegs zu dem Versteck, zu dem verborgenen Raum, den er, gleich nachdem er angekommen war, gesucht und hier im Hafen gefunden hatte. Ein Raum, in dem er sein Werkzeug verbergen konnte und die Dinge, die er für den krönenden Abschluss seiner Rache brauchte. Und ein Raum, um zu beten. Er würde weiterhin die Hilfe Gottes und des heiligen Johannes brauchen, wenn er sein Ziel erreichen wollte. Aber dass er es erreichen würde, daran zweifelte er jetzt nicht mehr.

Der neue Mann des Herzogs.

Er lief an einem Lagerfeuer vorbei. Knechte aus den Handelshäusern saßen nach dem Verladen der Kähne noch mit den Steuermännern und Matrosen der Oberländer zusammen, aßen, würfelten und zechten. Ein paar Huren standen lachend auf und versuchten ihr Glück an einem der anderen Lagerfeuer am Strand. Niemand nahm Notiz von ihm. Nach Sonnenuntergang kehrte im Hafen Ruhe ein, nur vereinzelt patrouillierten Büttel zwischen den Schiffen, um die Waren zu bewachen. Niemand störte sich an einem späten Wanderer, solange er sich von den Schiffen fernhielt.

Der Mann mit den kalten Augen lief an der Kaimauer entlang zu einem schwarzen Loch im Mauerwerk. Der beißende Gestank war schon zwanzig Schritte vor dem Abwasserkanal zu riechen. Ein dünnes Rinnsaal tropfte aus dem Schlund der alten römischen Kloake und mäanderte träge zum Rhein hinab. Der Gestank war der beste Schutz vor allzu neugierigen Augen. Niemand würde freiwillig in den knapp mannshohen Abwasserkanal gehen. Die wenigsten wussten überhaupt, wohin der Kanal führte, dass es Abzweigungen und unterirdische Räume, ja sogar Hallen gab, in die man gelangen konnte, und dass es in den meisten dieser Hallen nur dumpf und modrig roch, sie ansonsten aber trocken und frei von Fäkalien waren.

Als der Mann mit den kalten Augen sich umblickte, um sicherzugehen, dass niemand sah, wie er im Abwasserkanal verschwand, hielt er plötzlich inne. Er verengte die Augen zu schmalen Schlitzen, um besser durch die Dunkelheit spähen zu können. Die Huren, an denen er eben vorbeigegangen war, hatten sich zu einem anderen Feuer am Strand begeben. Und an diesem Feuer sah er zwei merkwürdige Gestalten. Einen baumlangen Mann mit dunkler Haut und seltsamem Gewand, der sich im Hintergrund hielt, und einen Zwerg in einem bunten Umhang, der mit den Knechten und Fuhrleuten am Feuer sprach. Der Kleine gestikulierte wild, schien den Zuhörern am Feuer etwas zu beschreiben und ließ dabei geschickt eine Münze durch die Finger gleiten, machte sie auftauchen und wieder verschwinden. Der große Fremde stand etwas abseits und ließ seinen Blick über die Schiffe und über den Strand schweifen.

Der Mann mit den kalten Augen sprang schnell in das Dunkel des Abwasserkanals, wo ihn der Hüne nicht sehen konnte, und spähte um die Ecke. Es gab keinen Zweifel. Das seltsame Gespann waren die Begleiter des einäugigen Ritters. Dithos Begleiter. Der Sarazene und der Hofnarr.

Und sie suchten etwas.

Nicht etwas.

Sie suchten ihn.

Die Erkenntnis durchzuckte ihn wie ein Blitz. Der Mann mit den kalten Augen atmete tief durch, um die schiere Wut und die Bitterkeit zu bändigen, die in ihm aufstiegen.

Sie suchten ihn!

Das hieß, dass er sich nicht blindlings auf die göttliche Fügung verlassen konnte. Das hieß, dass Ditho nicht so unbedarft war, wie es schien. Das hieß, dass er handeln musste.

Er drückte mit den Fingern gegen die Schläfen und biss die Zähne aufeinander, bis sein Atem sich beruhigt hatte. Dann wusste er mit einem Mal, was zu tun war. Er drehte sich um und verschmolz nach wenigen Schritten mit der Dunkelheit des Kanals.

* * *

»Wer ist er? Und wo kommt er her? Was macht er hier? Und warum hat er eine Augenklappe?«

»Du bist neugierig, Wiltrud, und ich werde dir keine deiner Fragen beantworten, weil du ein altes Klatschweib bist, das … Auuuu!! Du reißt mir ja die Haare aus!«

»Haltet still, Herrin, sonst tut es noch mehr weh!« Wiltrud hielt mit einer Hand die Strähne fest und fuhr mit dem Kamm wieder durch Adelas Haar.

Die Herzogin ließ die Prozedur über sich ergehen. Es war wichtig. Sie wollte schön sein. Wiltrud blieb stumm, sie schmollte, da war Adela sich sicher. Aber es stimmte nun einmal, ihre Zofe konnte nichts für sich behalten, und Adela genoss die Stille, die nun in der kleinen Kammer herrschte.

Nach den aufwühlenden Erlebnissen des Tages, den Schlägen und der Angst und der anschließenden Befragung durch Ditho und Barbarossa hätte sie erschöpft sein müssen, aber sie war es nicht. Die Aussicht auf eine Erlösung aus ihrer Pein hatte ihr neues Leben eingehaucht, und mit Heißhunger hatte sie etwas gebratenes Huhn hinuntergeschlungen. Sie wusste zwar nicht, ob ihr das Schlimmste nicht noch bevorstand, wenn sie mit Barbarossa allein war, aber es war ihr gleichgültig. Sie glaubte einen silbernen Schimmer am Horizont zu erkennen, einen Weg aus all dem Kummer. Sie würde ein Kind bekommen.

Ihr Mann würde irgendwo Krieg führen oder mit seinem Hofstaat umherreisen und herumhuren, aber das wäre ihr herzlich egal. Sie hätte ein Kind. Sie würde das Kind vor ihm schützen, das Kind würde sie vor ihm schützen. Doch dafür musste alles nach Plan gehen.

Nach dem Essen hatte Adela Wiltrud rufen lassen. Man hatte ihr einen Zuber mit heißem Wasser gebracht, und sie hatte sich gewaschen und geschrubbt, bis sich die Seife zwischen ihren Händen aufgelöst hatte. Sie blieb im Zuber, bis ihre Haut ganz aufgeweicht war, dann ließ sie sich von Wiltrud eine lange weiße Cotta geben, kunstvoll mit Glockenblumen und Veilchen bestickt, die sich über die Ärmel zur Brust und dann hinunter bis zum Saum des Gewandes zogen. Zum Schluss hatte sie ihre kostbare silberne Kette mit den schmalen Gliedern und den blauen Saphiren angelegt, weil sie fand, dass sie ihren Hals schön zur Geltung brachte, ohne ihn länger aussehen zu lassen, als er ihrer Meinung nach ohnehin war.

Schmuck und Schminke bedeuteten ihr nicht viel. Auf den ganzen Tand, den Klatsch, das Zeremoniell und die Intrigen, die das Leben bei Hofe mit sich brachte, konnte Adela gut verzichten. Sie sehnte sich zuweilen nach der Zeit zurück, in der sie mit ihrem Bruder Diepold und ihrer Schwester Euphemia im Hof der Vohburg herumgetollt hatte. Fast täglich hatten sie sich bei den wilden Verfolgungsjagden zu Fuß und zu Pferde schrundige Knie und fleckige oder zerissene Röcke geholt, niemand jedoch hatte sie je deswegen getadelt. Ihre Eltern hatten streng darüber gewacht, dass sie und ihre Geschwister ihre Pflichten erledigten und den Unterricht im Lesen, Schreiben, in Rechnen und Französisch aufmerksam verfolgten, aber darüber hinaus hatten sie ihnen Freiheiten gewährt. Und Adela das Gefühl gegeben, geliebt zu sein.

Wenn sie das in Friedrichs Augen zu einem Bauernweib machte, dann hatte sie nichts dagegen.

Geliebt zu werden.

Jetzt saß sie in ihrer Kammer am Fenster und blickte auf den Schein der Fackeln neben der Klosterpforte. Ritter aus ihrem Gefolge patrouillierten im Innenhof, und Adela sah auch, dass die Wachen am Eingang verstärkt worden waren. Barbarossa hatte Angst, oder er wollte kein Wagnis eingehen. Vermutlich saß er irgendwo in diesem Kloster und besprach sich mit den angereisten Fürsten der Welfen.

Wiltrud ließ den Kamm aus Elfenbein wieder durch ihr vom Bad noch feuchtes Haar gleiten, als es an der Tür klopfte.

»Tretet ein.«

Der einäugige Ritter betrat die Kammer. Er nickte grüßend, versuchte ein Lächeln und deutete unbestimmt mit der Hand in ihre Richtung, wo Wiltrud mit dem Kamm hantierte. »Wenn ich … also ungelegen komme … dann sagt es nur.«

Adela bemerkte belustigt, dass der Mann, der zuvor so selbstsicher gewirkt hatte, nun beim Anblick einer Dame und deren Zofe ins Stottern verfiel. Sie lächelte, schüttelte den Kopf, dann griff sie nach Wiltruds Hand und hielt sie fest. »Lass. Danke dir, Wiltrud. Ich komme allein zurecht. Du kannst gehen.«

Wiltrud nickte und verbeugte sich mit einem argwöhnischen Seitenblick auf Ditho. »Ich bin unten in der Küche, falls ihr mich braucht, Herrin.« Die Zofe öffnete die Tür zu einer angrenzenden Kammer, die noch kärglicher eingerichtet war als Adelas eigene, und verschwand darin.

Einen Augenblick lang sahen sich Ditho und Adela stumm und etwas verlegen an. Adela war ungeübt darin, einen Mann zu umschmeicheln, und obwohl sie wusste, dass sie ganz ansehnlich war, hoffte sie, dass er nicht Nein sagen würde. Auf einmal verließ sie der Mut. Wie sollte sie es anstellen? Was, wenn er doch Nein sagte? Wenn er zu viel Angst hatte? Wenn er sie an Friedrich verriet? Sie füllte zwei Becher mit etwas Wein, reichte ihm einen und deutete auf einen Faltsessel in der Ecke des Raumes. »Bitte setzt Euch. Ich … wollte Euch nochmals danken. Dafür, dass ihr mich gerettet habt.«

Ditho lächelte und deutete ein kleines Nicken an. »Gern. Aber wenn man es genau nimmt, dann hat Euch der andere gerettet.«

»Der Mann, von dem Ihr glaubt, dass er Friedrich töten will, nicht wahr?« Sie sah das Erstaunen in seinem Gesicht. Wie ihr Gemahl und wie Rainald von Dassel hatte Ditho wohl auch gedacht, sie höre nicht zu. Er hatte falsch gedacht. Adela nippte vorsichtig an ihrem Wein. Sie musste einen klaren Kopf bewahren. »Habt Ihr denn eine Spur? Wisst Ihr, was der Mörder vorhat?«

Ditho räusperte sich. »Ich habe eine Spur. Aber ob sie irgendwohin führt, wird sich noch zeigen. Darüber hinaus habe ich nur einen Haufen Fragen und ein paar lose Fäden, die ich nicht festhalten kann.«

»Lose Fäden?«

Ditho erzählte ihr in knappen Worten, was er mit Hasan und Jasmo besprochen hatte, seine Schlüsse bezüglich der Inschrift, dem Schwert und dem Sack mit dem blutigen Handabdruck. Dann zog er das kleine, weiß schimmernde Muschelstück aus seinem Beutel hervor. »Hasan und Jasmo schauen sich im Hafen um. Sie fragen nach dem Mann, der Euch gerettet hat und den ich nicht habe festhalten können.«

Sie griff nach seiner Hand und nahm ihm das Muschelstück ab. Dabei berührte sie seine Finger für einen Augenblick. Für einen Augenblick, der länger war, als eigentlich nötig gewesen wäre. Hatte sie das mit Absicht getan? Adela staunte über sich selber. Sie kam sich mit einem Mal billig vor, und der Mut verließ sie wieder. Hastig legte sie die Muschel zurück. Sie verfluchte sich selbst. *Komm schon, es muss sein!* Sie blickte zu ihm auf, es gab noch mehr, das sie wissen musste. »Was werdet Ihr tun, wenn Ihr den Mörder gefasst habt?«

Ditho legte die Stirn in Falten. »Was ich tun werde? Ich werde zurückreiten zu meiner Burg und sie wieder aufbauen.«

»Auch wenn Euch Friedrich bei sich behalten will?«

»Ich habe sein Wort darauf, dass ich gehen kann. Und nichts anderes habe ich vor.«

Gut, dachte sie. Das ist gut. Es würde keine weiteren Treffen geben, keine peinlichen Momente, keine Gefahr für ein Geheimnis. *Weiter!*, ermahnte Adela sich. »Eure Gemahlin sehnt sich sicher schon nach Euch. Ihr tut gut daran, nach Hause zurückzukehren.«

Ein feines Lächeln erschien auf seinem Gesicht. »Es gibt keine Gemahlin, die auf mich wartet. Leider. Ich … hatte bisher … keine Zeit.«

Sie nickte und verbiss sich ihrerseits ein Lächeln. Auch das war ihr lieber. »Erlaubt mir eine Frage.«

Ditho zuckte mit den Schultern. »Jede.«

Sie deutete auf seine Augenklappe. »Seid Ihr blind? Ich meine das Auge? Ist es eine Krankheit?«

Ditho verzog das Gesicht. »Nein. Keine Krankheit. Ich wurde verletzt.« Er deutete auf die blasse Narbe, die sich über Nase und Jochbein zog. »Ein Schwerthieb traf mich, und die Wange und die Stirn haben das meiste abbekommen. Doch das Auge wurde aufgeschlitzt. Es ist verheilt, aber seitdem habe ich das, was man einen Star nennt. Weiße Schlieren scheinen wie ein Wasserfall ständig vor meinem Auge zu hängen, und wenn ich die Klappe nicht trage, bekomme ich Kopfschmerzen. Es … Es macht einen wahnsinnig.«

»Ihr müsst einen großen Hass auf den Mann haben, der Euch das angetan hat!«

»Ich weiß nicht, wer mir das angetan hat, es war … Ich habe es vergessen.«

»Vergessen? Wie könnt Ihr so etwas vergessen?«

Ditho schüttelte traurig den Kopf. »Ich erinnere mich an alle Einzelheiten davor und danach. Ich war in Damaskus, im Auftrag Eures Gemahls. Dann weiß ich nichts mehr, ich erinnere mich nur daran, dass man mich in der Bresche der Stadtmauer gerettet hat.«

Sie nickte und stand auf. Keine Krankheit. Das war gut. Nichts, was erblich oder was ansteckend war. Dennoch musste sie sichergehen. »Darf ich es sehen?«

Diesmal war es an ihm, überrascht zu sein. Unweigerlich drückte er sich tiefer in den Faltsessel. »Nein! Ich … Ich meine, das ist bestimmt kein schöner Anblick für eine … für Euch.«

»Für eine Frau, wolltet Ihr sagen, oder nicht?«

Ihr Lächeln war zart, und Ditho spürte zu seinem Unbehagen, wie er rot wurde. Adela stand auf und ging zu ihm hinüber. Dicht vor ihm blieb sie stehen. »Darf ich?«

Als Ditho nichts erwiderte, griff sie nach seiner Augenklappe und schob sie hoch. Sie hörte, wie er den Atem anhielt und auf ihre Reaktion wartete. Das Auge hatte dieselbe eisblaue Farbe wie das gesunde, doch dort, wo normalerweise die schwarze Pupille war, schien ein trüber Schleier zu liegen, wie dichter Nebel über einem schwarzen Teich. »Gibt es eine Heilung dafür? Habt Ihr einen Medicus zurate gezogen?«

Ditho griff nach der Klappe und zog sie wieder über das Auge. Er seufzte. »Die Sarazenen beherrschen den Starstich sehr gut. Das Auge wird zwar nie mehr so, wie es vorher war, wenn sie die Trübung durch einen Stich ins Auge beseitigen, aber man sieht besser. Die Farben und Formen kehren zurück, sagt man. Auch hierzulande gibt es umherziehende Starstecher, aber sie hinterlassen ihre Kundschaft meist blind; manche überleben den Stich nicht. Ich bin noch nicht so verzweifelt, dass ich es ausprobieren will.«

Ditho lachte freudlos, und Adela spürte, wie Mitleid in ihr aufwallte. Was hatte sie da vor? Was für eine irrsinnige Idee war das? Warum sollte sie diesen freundlichen Mann, der ihr das Leben gerettet hatte, in so große Gefahr bringen? Vielleicht sollte sie doch lieber ins Kloster gehen, als sich selbst vor Gott so zu erniedrigen, nur um Friedrichs Gewalt zu entgehen.

»Ich bin mir sicher, eines Tages wird man Euch helfen können.« Sie legte ihre Hand für einen kurzen Augenblick tröstend auf seinen Arm und wollte sich gerade umdrehen, als er sie plötzlich bei der Hand nahm. Adelas Herz schlug schneller. Was machte er da?

Ditho hielt sie fest und deutete auf ihren Arm. »Haben Jupp und Kappes Euch das angetan? Sind das Stockschläge?« Der Ärmel ihres Kleides war etwas hochgerutscht, und über den Unterarm zogen sich blaue Flecken. Er deutete darauf.

Adela blickte auf die Flecken und zog den Ärmel hastig herunter. »Nein, das war …« Sie stockte, machte einen Schritt zurück und stotterte: »Ich … Ich bin gestolpert. Beim Aussteigen aus der Kutsche. Vor zwei Tagen.« Die Antwort kam hastig. Zu hastig. Sie sah ihm zu, dass er ihr nicht glaubte. Herrgott, in welche Situation hatte sie sich nur gebracht!

Adela setzte an zu sprechen: »Ich …«, und brach wieder ab. Sie drehte sich um, damit er nicht sah, wie sie die Tränen hinunterschluckte. Er sollte sie nicht so sehen. Was war nur los mit ihr? Was war aus der Entschlossenheit von vorhin geworden? Sie hatte als elegante Verführerin auftreten wollen, und nun das! Sie konnte das nicht. Sie war nicht so. Aber sie brauchte dennoch eine Lösung für ihre Not, und das bedeutete, dass sie auch eine Antwort von ihm haben musste. Adela atmete tief durch und traf einen Entschluss. Sie ging zu einem kargen Holztisch, auf dem eine Bibel aufgeschlagen lag. »Ihr habt mir eine besondere Frage gestellt, und darauf gibt es eine besondere Antwort.«

Ditho sah sie ratlos an.

Sie ließ ihren Finger über das Pergament gleiten. »›Antwort auf besondere Fragen‹«, schreibt der Apostel Paulus an die Korinther. »›Es ist für den Mann gut, eine Frau nicht anzurühren. Doch zur Vermeidung von Sünden der Unzucht habe ein jeder seine Frau und eine jede ihren Mann. Der Frau leiste der Mann die schuldige Pflicht und ebenso auch die Frau dem Manne. Die Frau verfügt nicht über den eigenen Leib, sondern der Mann …‹«

Sie drehte sich zu ihm um. »Ich leiste meine schuldige Pflicht. Aber ich verfüge nicht über meinen Leib. Mein Mann tut es.«

Dithos Augen weiteten sich. Er stand direkt vor ihr, und sie konnte seinen Geruch wahrnehmen, den Geruch nach Moos und Blättern. Ein guter Geruch.

Er blickte zu den blauen Flecken an ihrem Arm hinab, dann in ihre Augen. »Ihr seid nicht aus einer Kutsche gestürzt.« Er sagte es als Feststellung, nicht als Frage.

Sie schüttelte den Kopf. »Nein.«

»Friedrich hat Euch das angetan.«

»Ja.« Sie spürte, wie sich ihr Magen verkrampfte. Sie hatte

es gesagt! Sie hatte es endlich jemandem gesagt. Was würde er tun?

»Er schlägt Euch?« Ditho sprach streng, so als wäre das Verhör noch nicht beendet.

Ihre Augen wurden feucht. Hastig wischte sie sich eine herunterlaufende Träne von der Wange. Sie fühlte sich wie eine kleine Magd, die ein Stück Gebäck gestohlen hatte und in der Beichte saß, und so gar nicht wie eine Herzogin. »Ja. Er schlägt mich.«

»Warum?«

»Warum?« Sie hob hilflos die Arme und starrte ihn an. Dann brach es aus ihr heraus. »W… weil es ihm gefällt? Es gefällt ihm, mich zu schlagen, wenn wir …« Sie brach ab, wieder eine Träne, die sie wegwischte. Sie bemühte sich, ihrer Stimme einen festen Klang zu geben: »… wenn er bei mir liegt. Er … Er bestraft mich, weil ich ihm nicht zu Willen bin. Nicht so, wie er will. So … gemein? Und er hasst mich, weil ich ihm noch keinen Sohn geschenkt habe. Deswegen … schlägt er mich. Glaube ich.«

Ditho blickte zu Boden und schwieg, als hätte man ihn selbst geohrfeigt. Sein Gesicht sah aus wie eine geballte Faust.

Adela spürte die Frage kommen, noch bevor er sie stellte.

Ditho blickte auf. »Was wollt Ihr von mir, Herrin?«

Adela schloss die Augen. Sie atmete tief ein und biss sich auf die Lippen. »Ich brauche ein Kind.«

* * *

»Was willst du da drin, Jasmo? Dem riecht nach Hölle!«

Die Fackel, die der Hofnarr über seinen Kopf streckte, malte tanzende Schatten auf die verwitterte Innenmauer des Abwasserkanals. Hasan hielt sich den Ärmel seines Umhangs vor die Nase.

Jasmo zuckte mit den Schultern. Er war zwei Schritte in den Abwasserkanal getreten und lauschte hinein, als Hasan ihn unterbrochen hatte. »Weißt du, Hasan, wenn man wie ich durch einen Aborterker geklettert ist und in der Scheiße gebadet hat, dann schreckt einen das bisschen Gestank nicht mehr. Was meinst du? Glaubst du nicht, genau hier drin würde man sich verstecken, wenn man nicht gefunden werden will?«

Hasan zuckte mit den Schultern. »Ich würde dem Versteck suchen, was weniger stinkt. Und warum soll dem Mörder sich verstecken? Ditho hat gesagt, ihm ist bei Gefolge von Herzog, sonst kann nicht in Bamberg an König herankommen, um zu töten.«

»Ja, ja, ja, weiß ich doch! Aber Ditho hat auch gesagt, dass er das selbst nicht ganz versteht und dass wir im Hafen nach dem Kreuzritter mit dem abgeschliffenen Schwert fragen sollen. Und ich habe gefragt, während du nur rumgestanden bist, und die Zecher haben gesagt, so einen Großen mit verfilzten Haaren haben sie schon ein paarmal rumschleichen sehen und er hat sich hinter dem Bauholz beim Abwasserkanal rumgetrieben. Und jetzt sind wir hier. Also, Herr Heide: Sollen wir nun nachsehen, oder sollen wir wieder zum Kloster gehen, wo uns nichts erwartet außer vertrockneten Betschwestern und einem arschkalten Lager im Stroh?«

Hasan legte die Stirne in Falten. »Was ist dem *vertrocknete Betschwestern*?«

Jasmo stöhnte auf. »Na, die Nonnen, verstehst du? Betschwestern, weil sie nichts tun als beten, und vertrocknet, weil da schon seit Kaiser Karl keiner mehr unter den Rock geguckt hat!«

Hasans Falten auf der Stirn wurden noch tiefer. »Warum hat Kaiser Karl dem trockenen Frau beim Beten unter Rock geguckt? Versteh ich dem nicht!«

Jasmo seufzte ergeben. »Nicht der Kaiser hat unter den Rock geguckt, eben *niemand* hat denen unter … Ach, vergiss es einfach, das lernst du heute nicht mehr, Heide. Was ist jetzt? Gehen wir da rein, oder hast du Angst?«

Hasan schmatzte und starrte in das Dunkel, er schien zu

überlegen. »Ich hab dem keine Angst. Aber ich geh in dem Stinkloch nicht rein. Geh du. Wenn du was findest, dann rufst du mir. Dann komm ich. Sonst bleib ich lieber hier, wo riecht gut.«

Jasmo grinste hämisch. »Pfff. Und ob du Angst hast. Also bis später, Muselmann.«

Bevor Hasan etwas erwidern konnte, war Jasmo schon in den Kanal getreten und ging forschen Schrittes voran, als wisse er genau, wohin er wollte. Die Fackel erhellte kaum mehr als zwei Schritte vor und hinter ihm, und Jasmo gab acht, dass er nicht in die zähflüssige Brühe trat, die in der Mitte des Kanals träge nach draußen floss. Schon kurze Zeit später konnte er den Ausgang nicht mehr sehen. Der Tunnel machte eine Biegung, ein rostiger Ring hing an der Wand.

Jasmo tastete sich an den groben Mauersteinen entlang, die vor Hunderten von Jahren von den römischen Bauleuten hier eingepasst worden waren. Der Boden war glitschig, von der gewölbten Decke hingen Spinnweben, und Wurzelwerk zwängte sich durch die schmalen Fugen der Steine. Seine Schritte hallten durch das unterirdische Bauwerk, und Jasmo war längst nicht mehr so mutig wie eben noch, als er über Hasan gelacht hatte. Was, wenn der unbekannte Mörder tatsächlich hier unten war? Jasmo konnte sich das bei dem durchdringenden Gestank zwar kaum vorstellen; was aber, wenn doch?

Jasmos Herz schlug schneller. Er musste an seine Kiste denken. Die Kiste des Gauklers. Sein Vater hatte ihn an einen umherziehenden Spielmann verkauft, als Jasmo acht Jahre alt war. Der Gaukler hatte Jasmo in eine enge kleine Kiste gesperrt, wenn er den Jungen bestrafen wollte. Anfangs hatte Jasmo in der Kiste keine Luft bekommen, um sich geschlagen und geschrien. Aber dann hatte er gelernt, seinen Atem zu beruhigen, langsam Luft zu holen und dabei den Bauch aufzublähen. Dann die Luft anzuhalten und langsam wieder auszuatmen. Irgendwann hatte die Kiste keinen Schrecken mehr für ihn gehabt.

Jasmo atmete langsam ein und blähte dabei seinen Bauch. Als er an eine Gabelung kam, lauschte er in den Gang zu seiner Linken und zu seiner Rechten. Von irgendwoher drang ein stetiges Tropfen an sein Ohr. Waren da Schritte? Jasmo atmete erneut tief ein; sein Herz schlug dennoch schneller. Er entschied sich für den linken Gang und schlich vorsichtig weiter. Wieder kam er an eine Gabelung, einen kleinen Raum, von dem drei Kanäle abgingen. Er hob die Fackel und spähte in jeden Kanal. Diesmal entschied er sich für den rechten und nahm sich fest vor, sich jede Gabelung genauestens einzuprägen; nicht auszudenken, wenn er sich hier unten verirren würde und laut nach Hasan rufen müsste.

Nach wenigen Schritten hielt der Hofnarr inne. War dort vorn ein Lichtschein zu sehen? Oder täuschten ihn seine Augen? Er zog sein kurzes Schwert und schlich so geräuschlos wie möglich weiter. Etwa fünfzehn Schritte vor ihm drang ein Lichtschein aus einer Art Kammer, einer Kammer, in der er einen unförmigen Schatten auf dem Boden sah. Kniete dort jemand?

Kerzen standen auf dem Boden und in Mauernischen. Jasmo hielt den Atem an, als der Schatten sich zu bewegen schien. Oder war das nur das Flackern der Kerzen? Tonkrüge standen neben dem Schatten auf dem Boden, und Insekten krabbelten über die Steine.

Jasmo blieb stehen. Was sollte er tun? Weiterschleichen, dem Schatten den Schwertknauf über den Schädel ziehen und den Ruhm der Gefangennahme des Mörders für sich allein beanspruchen? Oder leise zurückgehen und Hasan zu Hilfe holen? Immerhin hatte der Mörder bei seiner Flucht aus dem Haus des Kupplers Ditho ganz schön schlecht aussehen lassen, und das wollte was heißen. Vielleicht war das ja auch gar nicht der Mörder, sondern es handelte sich nur um das Versteck eines Gauners? Jasmo starrte auf das flackernde Kerzenlicht, als er hinter sich ein Geräusch hörte. Schritte?

Er fuhr herum und ließ vor Schreck fast die Fackel fallen.

Da war etwas! Im Kanal hinter ihm bewegte sich ein Schatten. Als Jasmo sich wieder umdrehte, konnte er die Gestalt, die eben noch bei den Kerzen gekniet hatte, nicht mehr sehen. Wo war er hin? Er konnte sich doch nicht an ihm vorbeigeschlichen haben wie ein Geist! Wieder Schritte hinter ihm!

Jasmo griff fester nach dem Schwert, dann rannte er zu den Kerzen. Der Kniende war verschwunden, aber hinter ihm folgte jemand im Dunkeln. Er hörte ein Schnauben, ein Grunzen fast, nicht menschlich jedenfalls, so schien es ihm, dann stand er in der Kammer und sah einen weiteren Gang, der wieder hinausführte. Jasmo stürmte auf den Gang zu, ohne sich umzublicken, als ihn etwas Hartes an der Schläfe traf und er die Fackel fallen ließ und zu Boden ging. Er stürzte in eine stinkende Lache, schrie auf, wollte sich aufrappeln, doch er taumelte und griff nach der Wand. Wieder traf ihn ein Schlag, etwas ging zu Bruch, die Kerzen wurden umgestoßen und jemand trat seine Fackel aus.

Im verlöschenden Licht meinte Jasmo eine verzerrte Fratze auf sich zukommen zu sehen. Dunkelheit breitete sich aus. Er spürte, wie ihm das Blut von der Stirn über die Nase lief. Ihm war schlecht vor Angst und vor Schmerzen, und ihm schwanden die Sinne. Er keuchte, als er die unmittelbare Nähe des anderen in der Dunkelheit spürte. Jasmo sah noch, wie die dunkle Gestalt nach der verlöschenden Fackel griff. Einen Atemzug lang war alles still; es schien fast so, als wäre die Gestalt auch nicht mehr da. Jasmo glitt an der Wand nach unten. Dann wurde plötzlich alles hell, und ein Feuerball füllte den Raum.

Jasmo schrie, als die Flammen seinen Körper umhüllten.

* * *

»Aber … das ist Irrsinn! Und Ihr wisst es!« Ditho schüttelte den Kopf. Er hatte sich auf den Faltsessel in der Ecke des Raumes sinken lassen und starrte fassungslos die Frau an, die ihn gerade darum gebeten hatte, er solle mit ihr den Beischlaf vollziehen und Ehebruch begehen. Nicht gebeten. Angefleht.

»Das ist es nicht! Ich war bei einer Heilerin. Sie sagt, ich bin gesund. Sie sagt, er ist es, der keine Kinder zeugen kann.«

Beide flüsterten so leise, wie man eben flüstern konnte, wenn man eigentlich schreien wollte.

»Aber Ihr seid sein Weib, und er ist Euer Gemahl!«

»Er liebt mich nicht! Und ich liebe ihn nicht! Er kann mich noch so schlagen, es wird nichts ändern.«

Vor Dithos innerem Auge tauchten Bilder aus den Heerlagern vor Byzanz, vor Jerusalem und Damaskus auf. Huren aus dem Tross, die sich morgens weinend aus dem Zelt des Herzogs schlichen. Er hatte es in seiner Einfalt für Kummer gehalten, weil sie nicht bleiben durften. Dann fielen ihm die Schreie in der Nacht ein, die er für Wollust gehalten hatte. Er schüttelte sich. »Und dennoch. Ihr seid vor Gott verheiratet.«

»Ich war noch ein halbes Kind, als wir vermählt wurden. Wir können uns nicht scheiden lassen, das verbietet die Kirche. Aber er kann mich bis zum Ende meiner Tage in dieses Kloster einsperren! Und mich weiter schlagen, wenn es ihm beliebt. Ich bitte Euch! Habt Mitleid! Ihr helft auch Eurem Fürsten damit!«

Mitleid? Ditho schnaubte. Wäre die Situation nicht über alle Maßen absurd gewesen, man hätte lachen mögen. Er wusste, dass er eigentlich gehen musste, jetzt, sofort, bevor alles noch schlimmer wurde. Aber er blieb sitzen. »Warum ich? Warum … fragt ihr nicht … irgendjemand anderen?«

»Weil wir uns vermutlich nie wiedersehen. Weil man Euch nicht verdächtigen würde. Friedrich selbst hat Euch aufgetragen, in meiner Nähe zu sein. Weil ihr kein schwatzhafter Geck seid wie so viele in Friedrichs Umgebung. Und weil ihr ihm ähnlich seht. Man wird es niemals merken.«

Ditho stöhnte. Dass er Barbarossa ähnlich sah, war schon in Kreuzfahrertagen Anlass zu manchem Spott gewesen.

Adela trat näher. »Und letztlich, weil ich Euch vertraue.«

»Und er tut es auch! Ich kann ihn nicht hintergehen! Er ist in Gefahr, er macht mich zum Ministerialen, vertraut mir seine Frau an, und mir fällt nichts Besseres ein, als sie zu besteigen? Verlangt Ihr das von mir?« Er war laut geworden, ohne es zu wollen.

Sie schwieg. Ihre Augen füllten sich mit Tränen, und sie wandte sich ab. Es gab ihm einen Stich im Herzen, sie so zu sehen. Seine Gedanken schwirrten wie ein aufgestachelter Wespenschwarm. *Was ist schon dabei?*, raunte ihm eine Stimme in seinem Kopf zu. *Mach ihr das Kind, niemand wird es erfahren. Und sie ist alles andere als abstoßend … Sie ist schön …* Was machte sie mit ihm? Wieder schüttelte er den Kopf. »Es geht nicht, Herzogin. Es tut mir leid.«

Ditho blickte zu Boden, doch er fuhr erschrocken auf, als er das Geräusch von zerreißendem Stoff und zu Boden fallenden Knöpfen hörte. Sie hatte sich umgedreht und ihr Mieder aufgerissen, entblößte ihren schneeweißen Busen vor ihm. »Bin ich so hässlich?«, flüsterte sie. »Kann man mich nicht anfassen?«

Ditho schluckte schwer. Er sprang auf, packte ihre Hände, die den Kragen ihrer Cotta noch immer weit auseinanderzogen, und presste sie zusammen, damit ihre nackte Brust verhüllt wurde. »Seid Ihr von Sinnen? Wir kommen beide vor den Scharfrichter, wenn das jemand sieht!«, zischte er sie an. Er stand dicht vor ihr, atmete heftig. Er spürte, wie seine Kehle trocken wurde, als er ihren Geruch einsog.

Rosenblüten und Mandeln.

Ein Schauer lief ihm über den Rücken. Das letzte Mal hatte er kurz vor seiner Heimkehr zur Neuravensburg in Lindau bei einer Frau gelegen. Einer Hure. Und es hatte ihm weniger Freude als Erleichterung gebracht. Er spürte Adelas wogenden Busen an seinen Fäusten, die immer noch ihre Hände umklammert hielten. Er sprach leise und langsam. »Es geht nicht. Seht es ein.«

Sie nickte, zornig, schien es ihm, dann löste sie ihre Hände vom Kragen, und er ließ sie los. Mit einer schnellen Handbewegung riss sie sich die Kette vom Hals und hielt sie ihm hin. »Ihr müsst es nicht umsonst tun, Ditho. Nehmt die Kette! Damit könnt Ihr Eure Burg wieder aufbauen! Und ich kann Euch noch mehr Schmuck geben. Niemand wird es merken.«

Ditho starrte sie an und unterdrückte den gekränkten Stolz, den er eigentlich empfinden sollte. Dann legte er seine Hand auf ihre Hand, die die Kette noch immer umschloss. Langsam drückte er die Hand nach unten. »Es tut mir leid.«

»Bitte!« Ihre Verzweiflung war echt, das sah er.

Kraftlos schüttelte er den Kopf. »Ich werde jetzt gehen, und wir werden beide so tun, als wäre das hier niemals geschehen. Ihr werdet Euch etwas anderes anziehen, bevor Eure Zofe Euch so sieht. Ich werde morgen früh nach Euch sehen, da ich noch Fragen zum Hofstaat habe und wissen will, wer Euch in Bamberg begleitet hat und wer nach wie vor bei Euch ist.«

Sie sah ihn stumm an, ein Augenblick, der eine kleine Ewigkeit zu dauern schien, dann nickte sie und wischte eine Träne weg. »Gut. Ich … Es tut mir leid, Ditho. Ich wollte Euch nicht in Bedrängnis bringen. Ihr habt andere Sorgen, und ich habe Euch falsch eingeschätzt. Verzeiht mir. Das war dumm. Ihr werdet mich nicht verraten, oder?«

Ditho schüttelte den Kopf. »Ihr habt mein Wort, Herzogin«

Sie blickte zu Boden, beschämt.

Ditho verharrte immer noch dicht vor ihr. Er blinzelte. Staunend stellte er fest, dass in seinem Inneren ein schmaler Streifen Licht aufgegangen war, der die Dunkelheit in ihm zwar nicht vertrieb, der ihr jedoch klare Konturen verlieh. *Was tust du da?*, schalt er sich. *Geh jetzt!* Doch stattdessen nahm er ihr Kinn in die Hand und zog es sanft nach oben.

Bist du irre! Lass sie los! Die Stimme in seinem Kopf schrie ihn an, aber Ditho hörte sie kaum mehr.

Adelas Augen wurden größer, sie öffnete den Mund, vor Erstaunen oder vor Furcht, er konnte es nicht sagen, aber ihre vollen Lippen kamen näher. Weil seine Finger noch immer an ihrem Kinn lagen. Zog er sie? Kamen seine Lippen näher? Oder ihre?

Ihre Lippen verschmolzen zu einem Kuss. Über Dithos Nacken kroch eine Gänsehaut, als ihre beiden Münder sich verschlangen. *Bist du des Wahnsinns? Hör auf damit!* Er presste sich an sie, spürte ihre Brust an seiner, roch sie, schmeckte sie, verlor sich. Ihre Hände griffen in sein Haar, sie zog ihn fester an sich. Sein Kopf war taub, aus seiner Brust, so kam es ihm vor, strahlte es gleißend hell.

»Ditho!« Die kehlige Stimme hallte laut durch den Innenhof. Hasan! Ditho zuckte zusammen, nie zuvor hatte er in der Stimme seines Freundes so viel Furcht gehört. »Schnell! Wo bist du? Komm!«

Adela wich erschrocken zurück. Weitere laute Stimmen aus dem Hof mischten sich unter Hasans Rufe.

Ditho sprang zum Fenster und zog das Pergament zur Seite. Dann drehte er sich um und rannte zur Tür. Auf halbem Weg machte er nochmals kehrt, ging zurück zu Adela und packte sie an den Armen. »Ich … wir …« Er brach ab, seine Pupille sprang aufgeregt hin und her. Dann ließ er sie los und rannte aus der Kammer.

Adela blieb für einen Augenblick verwirrt stehen, dann ging auch sie zum Fenster. Im Hof wurden Fackeln angezündet, und hinter den dunklen Schatten in der Klostermauer erschienen erste Kerzenlichter. Sie sah Ditho über den Klosterhof auf das Tor zustürmen, wo Wachen dem aufgeregten Sarazenen den Einlass zu verwehren schienen.

Ditho packte die Männer und schob sie unsanft zur Seite. Der hünenhafte Sarazene hielt ein lebloses schwarzes Bündel auf den Armen. Er schien verzweifelt. War das ein Kind, das er da trug? Oder der Hofnarr? Adela versuchte ihre verwirrten Gefühle zu ordnen. Ditho hatte sie abgewiesen, aber dann hatte er sie geküsst. Wie sie noch nicht geküsst worden war.

Sie sah, wie Ditho den leblosen Körper vom Arm des Sarazenen nahm und ihn hineintrug. Bald wäre das ganze Kloster wach. Man würde auch ihr Bescheid geben, was geschehen war. Adela kniete sich hin und sammelte die goldenen Knöpfe auf, die von ihrer Cotta abgesprungen waren, als sie sich in ihrer Verzweiflung das Kleid aufgerissen hatte. Irgendwo hatte sie Nadel und Zwirn gesehen. Sie würde die Knöpfe wieder annähen. Das Kleid sollte wieder schön sein. Sie wollte wieder schön sein. Für ihn. Ob er ihr nun ein Kind machen würde oder nicht.

* * *

Wiltrud atmete tief durch, dann machte sie vorsichtig einen Schritt zurück von der Tür. Und dann noch einen. Das Holz unter ihr knarrte, aber nicht laut. Sie hatte ihre Pantinen abgelegt, um kein Geräusch auf den Dielen zu machen. Wiltrud lauschte, hörte die aufgebrachten Stimmen aus dem Hof und aus dem Treppenhaus des Klosters, aber niemand rief nach ihr. Es würde noch eine Weile dauern, vermutete sie.

Wiltrud sah noch einmal zu der Ritze in der Tür, durch die sie ihre Herrin und Ditho von Ravensburg belauscht hatte. Unfassbar, wovon sie eben Zeuge geworden war. Was, wenn dies ein Wink des Schicksals war? Wenn der gnädige Gott ein Einsehen mit ihr und ihrem Liebsten hatte? Wenn sie sich dieses Wissen zunutze machte?

Wiltrud ließ sich auf die karge Pritsche fallen, die neben einem Hocker und einer wurmstichigen Truhe das einzige Möbelstück dieser Kammer war, und blickte zur Decke. Vielleicht wäre das ja bald vorbei? Vielleicht würde sie ja schon bald in einem prächtigen Haus wohnen? Einem Haus mit Garten, das ihr und ihrem Liebsten gehörte?

Sie würde ihm erzählen, was sie gesehen und gehört hatte. Würde ihm sagen, dass ihre Herrin den künftigen König hintergehen wollte. Die Ehe brechen und sich dem dahergelaufenen Einäugigen hingeben. Das war zwar der schlimmste Verrat, den man begehen konnte, aber es ging schließlich um ihre Zukunft. Und ihre Zukunft würde golden sein.

Wiltrud konnte ihr Glück noch immer nicht fassen. Dann stand sie auf, strich ihr Kleid glatt und entzündete eine Kerze. Ihre Herrin würde mit dem Annähen der Knöpfe bald fertig sein und nach ihr rufen lassen.

Bis dahin würde Wiltrud ihrem Liebsten alles erzählt haben.

II. Teil

Dämmerung

Wir tappen nach der Wand wie die Blinden und tappen, wie die keine Augen haben. Wir stoßen uns im Mittag wie in der Dämmerung; wir sind im Düstern wie die Toten.

Jesaja 59, 10

25. Juli 1148, Damaskus

Es ist unerträglich heiß hier, es stinkt nach den Ausscheidungen der Ritter, des Fußvolks, nach Rauch und nach verwesenden Leichen. Wir werden von den Stechmücken bei lebendigem Leibe aufgefressen; die Damaszener bringen uns schwere Verluste bei, und unsere Position in den Obstgärten westlich der Stadt ist zwar keine Katastrophe, aber alles andere als optimal.

Unzählige Mauern aus Feldsteinen, Haine, Gruben und Brunnen machen die Obstgärten, in denen wir Stellung bezogen haben, zu einem Irrgarten, über dem ständig ein Rauchschleier aus ihren Feuern liegt und wo hinter jeder Mauerecke und in jeder Senke ein feindliches Schwert auf uns warten kann.

Ein Irrgarten, den sie kennen wie das Gesicht ihrer Mutter, der für uns jedoch fremd und unübersichtlich zwischen unserem Lager und den Mauern der Stadt liegt.

Und doch ist es besser, zu kämpfen, als Wochen und Monate tatenlos in Byzanz oder in Akkon zu liegen und zu warten, wie sich die hohen Herren entscheiden. Mein Glück ist, dass der Herzog mir vertraut. Friedrich, oder Barbarossa, wie die Italiener ihn zu seinem Leidwesen und zu seinem Zorn nennen, hat mich seit Byzanz beobachtet. Seine Mutter war aus welfischem Geschlecht, wie ich es bin, und sein Vater war Staufer, wie alle verhassten Staufer. Er ist beides, Welfe und Staufer, und das ist gut, weil er zwischen uns schlichten kann, was er bei unserer tränenreichen Fahrt ins Heilige Land auch oft genug muss.

Und nicht nur das ist gut an ihm. Er ist ehrlich, gerecht und stark. Ich vertraue ihm, und er vertraut mir. Obwohl ich jung und unbedeutend bin und er ein Herzog. Er hat gesehen, wie ich mich in Byzanz aus lauter Langeweile über die elende Warterei mit den Palastwachen in der Kunst des Pankration geübt habe, einer Kampftechnik ohne Schwert, älter als das Christentum und immer noch höchst wirkungsvoll. Ich habe sie beobachtet und sie dann gebeten, es mir zu zeigen. Auch der Herzog war nicht untätig geblieben, während König Konrad seine Krankheit am byzantinischen Kaiserhof auskurierte. Er hatte Fäden gesponnen, mit anderen Heerführern geheime Gespräche aufgenommen und umfangreiche Erkundigungen über das Heilige Land eingezogen.

Es schien ihm wohl, als könne er einen wie mich dabei brauchen: jung, zuverlässig, schlagkräftig und verschwiegen. Er hat mich zunächst mit kleinen Aufgaben betraut; ich sollte Nachrichten überbringen, ohne dass mich jemand sieht, Männer aus Konrads Gefolge bei Hofe belauschen und ihm davon berichten, ich sollte für ihn in Erfahrung bringen, wie es um die Stimmung im Ritterheer und im Tross bestellt war. Um die Aufwiegler unter den Rittern kümmerte er sich. Die im Tross übernahm ich.

»Erteile ihnen eine Lektion«, sagte er dann, »fordere sie heraus, sag ihnen, sie sollten lieber das Maul halten und ihre Pflicht tun, statt gegen den König zu stänkern. Sie werden dich unterschätzen, weil du jung und noch ein Knappe bist. Und dann zeigst du ihnen, was du von den Palastwachen gelernt hast.«

Er meinte damit das Pankration. Ich verstand ihn gut und tat, was er mir auftrug.

Er hat mich aus dem Dienst meines Ritters, des Herrn Matthias von Lauenburg, genommen, um frei über mich verfügen zu können, und obwohl das eigentlich nicht statthaft ist, konnte Matthias seinem Herzog diesen Wunsch schlecht abschlagen. Ihm tat es leid um mich, da ich meine Schwertleite, den Schlag zum Ritter, noch nicht erhalten hatte. Aber Friedrich versicherte mir, er habe nicht vor, mich lange im Stand eines Knappen zu belassen, wenn ich meine Aufgaben zu seiner

Zufriedenheit erledigen würde. Und ich erledigte meine Aufgaben zu seiner Zufriedenheit. In Byzanz. Bei der Überfahrt nach Akkon und danach.

Bis jetzt, wo ich in den Trümmern eines zerstörten Wachturms an den Außenmauern der Obstgärten stehe und auf die Ebene im Osten der Stadt hinabschaue, wo das riesige Stadttor von Damaskus liegt. Ich warte und erkunde für Friedrich das Gelände. Die Ebene vor dem Stadttor ist für einen Angriff gänzlich ungeeignet; kein Baum, kein Strauch, kein Fels, der einem Schutz bieten könnte, und kein Brunnen, um das Heer der vielen Tausend Kreuzritter und der Männer, Frauen und sogar Kinder des Trosses zu versorgen. Aber das ist auf den ersten Blick zu erkennen, deswegen warte ich nicht. Ich warte auf einen Sarazenen, den ich zu Friedrich und zum König bringen soll, auch wenn ich nicht weiß, warum.

Ich soll mich hier mit ihm treffen und ihn unbewaffnet in unser Lager bringen. Ich vermute, es ist ein Verräter, der uns helfen soll, die elende Lage endlich zu beenden, in der wir uns befinden. Aber ich weiß es nicht genau, also warte ich einfach ab.

Warten. Wie in Akkon, wo die Könige und Fürsten Wochen gebraucht hatten, um sich zu einigen. In Akkon war Friedrich außer sich, weil der König von Frankreich, der König von Jerusalem und unser eigener König beschlossen hatten, Damaskus anzugreifen. Ausgerechnet Damaskus!

Die einzige Stadt in den Händen der Sarazenen, die freundschaftliche Beziehungen zu den christlichen Fürsten im Heiligen Land unterhielt, ja sogar mit Jerusalem verbündet war! Friedrich tobte, als er von diesem Irrsinn erfuhr, er hat mit Engelszungen auf Konrad eingeredet, aber der wollte nicht hören. Die an Zengi, den Atabeg von Aleppo, gefallene Stadt und Grafschaft Edessa, wegen der man ursprünglich zum zweiten Kreuzzug aufgebrochen war, konnte nicht zurückerobert werden. Die Stadt gab es nicht mehr, sie war dem Erdboden gleichgemacht worden. Und Damaskus lag viel nä-

her, war sagenhaft reich, und Unur, ihr Kommandant schien schwach zu sein.

Wie man sich doch täuschen kann. Friedrich hatte es vorausgesehen, er wusste durch seine Erkundigungen in Byzanz inzwischen genug über das Heilige Land und die Sarazenen.

Die Könige achteten die Meinung des noch jungen Herzogs, aber jemanden achten und auf seinen Ratschlag hören sind zwei verschiedene Dinge. Ihre Entscheidung, Damaskus anzugreifen, stand fest, und Friedrich fügte sich widerstrebend ihrem Entschluss.

Er war seinem König zu Treue verpflichtet, und so energisch er zuvor gegen ihre Entscheidung aufgetreten war, so energisch kämpfte er nun dafür, den Feldzug gegen Damaskus zu einem erfolgreichen Ende zu bringen.

Zu Beginn lief es nicht schlecht, Gott war auf unserer Seite, und Friedrich war zufrieden. Wir hatten die von Wachtürmen gesäumte Außenmauer der Obstgärten durchbrochen und lagerten im Schutz der Bäume. Die Brunnen hielten genug Wasser für unser Heer bereit, aus dem Holz der Bäume wurden Geschütze und Belagerungstürme gebaut, und bis auf vereinzelte Sarazenen, die, den eigenen Tod in Kauf nehmend, sich in die Gärten schlichen und unsere Ritter angriffen, gab es kaum Gegenwehr.

Sie wurden schnell niedergemacht.

Balduin, der König von Jerusalem, bildete die Vorhut, und seine Katapulte rissen eine Bresche in die Außenmauer der Stadt, bevor sie im Hagel der brennenden Pfeile der Sarazenen Feuer fingen und in Flammen aufgingen. Es schien schon so, als wäre die Schlacht um Damaskus schnell entschieden, doch je näher die Unsrigen der Stadtmauer kamen, desto mehr Verteidiger stürmten in die Bresche. Sie kämpften ohne Furcht, und die Stadtwehr hielt die Mauer. Wir zogen uns zurück, sammelten uns und versuchten es erneut.

Aber es gelang nicht.

Wir haben eine Bresche in ihrer Mauer, aber wir können

den Vorteil nicht nutzen. Und sie schlagen zurück. Immer zahlreicher kommen die todesverachtenden Einzelkämpfer in die Obstgärten, überfallen blitzartig unser Lager, kriechen in Zelte, schlitzen Kehlen auf, legen Feuer und verschwinden so rasch und geräuschlos, wie sie gekommen sind. Wir verlieren jeden Tag Dutzende.

Sie zermürben uns. Es ist zum Verrücktwerden.

Wir treten auf der Stelle, wir können die Stadt nicht einnehmen, aber wir können auch nicht aus den Obstgärten verdrängt werden. So geht es seit Tagen. Etwas muss geschehen, und Friedrich ist kein Mann, der lange zusieht.

Deswegen hat er mich geschickt.

Ich höre den anderen, bevor ich ihn sehe, wende den Blick vom Fenster im Untergeschoss des Wachturms ab und drehe mich langsam um. Zwischen uns liegt die zerstörte Leiter, die nach oben geführt hatte; die Decke des Raumes ist nur noch ein großes Loch mit freiem Blick in den Himmel. Der Mann trägt ein halblanges weißes Gewand über einem braunen, das ihm bis zu den Knöcheln reicht. Ein Ledergürtel, an dem ein Schwert hängt, umschließt seine Hüften, darüber spannt sich ein Kettenhemd. Um den Kopf trägt er ein helles Tuch, seine Augen sind schwarz, seine Haut hat den Ton von nassem Holz. Er ist kaum älter als ich, hat die Hand am Knauf seines Schwertes, aber zieht es nicht.

Genauso wenig wie ich.

Mein Herz schlägt schneller, ich habe noch nie einem Sarazenen so dicht gegenübergestanden. Ist er überhaupt mein Mann? Oder ist er zufällig hier, einer der Selbstmörder, die sich in die Obstgärten schleichen, ihr Leben opfern, um unser Heer zu schwächen? Mir geht auf, dass ich ihn nicht einmal fragen kann, dass ich nicht weiß, wie ich mit ihm sprechen soll, wie ich ihm begreiflich machen kann, dass er sein Schwert ablegen muss, um mir zu folgen.

Er mustert mich, reckt das Kinn vor. »C'est vous, Ditho de Ravensbourg?«

Sein Französisch ist viel besser als meine paar Brocken, die ich auf unserer Fahrt ins Heilige Land aufgeschnappt habe. Ich nicke, deute auf sein Schwert. »Ça, c'est …«, und weiß nicht weiter.

Er lächelt, zieht das Schwert, und ich mache einen Schritt zurück, packe den Knauf meines Schwertes, bereit, es zu ziehen.

Sein Lächeln wird breiter, er legt sein Schwert vor sich auf den Boden, greift dann hinter sich in den Gürtel und zieht einen Dolch samt Scheide hervor. Er streckt den Arm aus und bietet ihn mir an. »Prenez!«

Ich greife nach dem Dolch, ziehe ihn aus der kunstvoll mit Silberplättchen und Kristallen verzierten Scheide, bewundere die fein gemaserte Klinge aus dem sagenhaften gefalteten Damaszener Stahl. Wie Jahresringe eines Baumes im polierten Holz ziehen sich haarfeine Linien über das Metall.

»Fatih ibn Ishaq al Mulk«, sagt er und streckt mir die Hand entgegen. Ich verstehe ihn nicht. Will er den Dolch zurück? Da tippt er sich an die Brust und wiederholt. »Fatih.«

Jetzt verstehe ich und muss trotz der Anspannung lächeln. Ich schiebe den Dolch zurück in die Scheide, um ihm die Hand zu reichen, als ich auf einmal jemanden hinter Fatih bemerke. Ein Sarazene mit Schwert steht in der Tür des Wachturms, sein Gesicht wird von einem schwarzen Tuch verhüllt, nur die weit aufgerissenen dunklen Augen blitzen hervor. Verwirrt betrachtet er, wie Fatih und ich uns die Hand geben. Was soll das? Was macht der Kerl da?

»Du solltest allein kommen!«, schreie ich Fatih an.

Der Sarazene in der Tür stößt einen Fluch in seiner kehligen Sprache aus und reißt das Schwert hoch. Ich begreife endlich, aber Fatih hat schon viel früher verstanden. In weniger als einem Wimpernschlag zieht er den Dolch, den ich immer noch in Händen halte, aus der Scheide, fährt herum und zieht die Klinge durch den Hals des anderen Sarazenen. Blut spritzt. Die Augen noch in Fassungslosigkeit aufgerissen, kippt der

Kopf des Sarazenen nach hinten und zieht den leblosen Körper mit sich. Mit dumpfem Schlag sackt er zu Boden.

»Allez!«, sagt Fatih, als wäre nichts geschehen, und schiebt den Dolch wieder zurück in die Scheide, die ich, ohne es zu merken, immer noch fest umklammere. Er streckt die geöffnete Handfläche mit einer einladenden Geste in Richtung der Tür, als würden dahinter nicht die rauchgeschwängerten, mit Leichen übersäten Obstgärten beginnen, sondern sein Haus in den Straßen von Damaskus, und ich wäre ein Gast, dem es geheiligte Gastfreundschaft zu erweisen gilt. Ich zittere ein wenig, aber nicht sehr, und es ist auch gleich vorbei. Der Herzog will diesen Mann sehen, und das ist jetzt meine Aufgabe.

Ich steige über den Leichnam des Sarazenen, der uns beinahe getötet hätte, und gehe voraus. Fatih folgt mir. Wir ducken uns im Schutz der Mauern in Richtung unseres Lagers. Die Rauchwolken nehmen mir die Sicht, und das Atmen fällt mir schwer. Ich ziehe Fatih hinter mir her und bringe ihn auf zahlreichen Umwegen ins Lager. Die Ritter zwischen den Zelten betrachten den Sarazenen mit Argwohn, manche ziehen ihr Schwert, stecken es aber zurück, als ich sie streng ansehe.

Herzog Friedrich und König Konrad sitzen zu Gericht, als ich mit dem Sarazenen ankomme. Ein Knappe und ein Hufschmied aus Mainz werden zum Tod durch den Strang verurteilt, weil sie Essen und Schmuck aus dem Zelt eines Grafen gestohlen haben; ein dicker Benediktiner wird nach Hause geschickt, weil man ihn mit einer Hure erwischt hat; ein Johanniter, der sich gegen den Angriff auf Damaskus ausspricht, weil seine Schwester und seine Mutter auf einer Pilgerreise entführt wurden und gegen Lösegeld in Damaskus festgehalten werden, wird abgewiesen. Ein knochendürrer Knappe wird zum Ritter geschlagen, dann erhalten Viehhändler aus Jerusalem ihre Bezahlung für eine Ziegenherde, die für die Kochtöpfe gekauft wird. All das geschieht in weniger Zeit, als man braucht, um einen Apfel zu essen.

Friedrich entdeckt mich und den Sarazenen in der Menge,

die dem Schauspiel beiwohnt. Er winkt uns herbei. Ich bringe den Sarazenen zu ihm und dem König, beuge das Knie vor Konrad und bedeute Fatih, es mir gleichzutun. Konrad und Friedrich nehmen Fatih mit in das prächtige Zelt des Königs, ich muss draußen warten. Der Johanniter schreit und wirft sich gegen die Wachen am Zelt, aber die stämmigen Männer lassen ihn nicht durch. Eine Faust trifft ihn an der Schläfe, er sackt zusammen, und man trägt ihn weg.

Ich trete vor und versuche durch den Schlitz in das Zelt des Königs zu spähen, dann trifft ein Lichtstrahl mein Gesicht, bohrt sich schmerzhaft in mein Auge, und ich zucke zusammen.

* * *

Er schrak aus dem Stroh hoch und keuchte. Dithos Auge gewöhnte sich nur langsam an das Dämmerlicht des Kellers, und die Konturen des Tonnengewölbes über ihm vermischten sich mit den Bildern eines verlöschenden Traumes. Jasmo!

Er sprang auf und wäre um ein Haar über Hasan gefallen, der neben ihm lag und noch friedlich schlummerte. Der Sarazene drehte sich grunzend von einer Seite auf die andere, als Ditho über ihn hinwegstieg. Mit wenigen Schritten war er oben an der Kellertreppe und stieß die Tür zum Klosterhof auf. Das Licht blendete ihn. Der Morgen war strahlend schön, keine Wolke verdeckte den eisblauen Himmel, und ganz allmählich, so schien es, trat der Winter den Rückzug an.

Laetare Jerusalem.

Der vierte Fastensonntag in zwei Wochen wurde auch Todsonntag genannt, weil der Winter an diesem Tag starb und der Sommer siegte. Ditho blieb einen kurzen Augenblick im Sonnenlicht stehen, um sich zurechtzufinden. Wohin hatten sie Jasmo gestern gebracht? Richtig, in den ersten Stock im rückwärtigen Teil des Klosters.

Jasmo.

Er hatte nicht mehr geatmet, und schon nach kurzer Zeit hatte der Raum nach verbranntem Fleisch gerochen. Der rotgesichtige, froschäugige Leibmedicus des Herzogs hatte Jasmo angesehen, betrübt den Kopf geschüttelt und dann doch noch einen Puls ertastet. Man hatte den verbrannten Leib so gut es ging von den Kleiderresten befreit und dann allerlei Salben auf die Brandwunden aufgetragen und den Körper mit Verbänden umwickelt. Dann war der Medicus gegangen und hatte dem Hofkaplan Anselm von Wittlingen Platz gemacht, einem hageren Mann mit Tonsur und einer wachsweißen, durchscheinenden Haut.

Ditho hatte eine blasse Erinnerung an den Hofkaplan und daran, wie er vor fünf Jahren im Heerlager vor Damaskus Schwerter und Lanzen gesegnet und verletzten Rittern das Sakrament der letzten Ölung gespendet hatte. Aus dem gleichen Grund hatte man den Priester zu Jasmo gerufen.

Anselm salbte Jasmos Stirn und Hände mit dem Oleum Infirmorum, seufzte und bemerkte: »Nur Gott der Herr kann ihm jetzt noch helfen.« Dann hatte er noch einen Segen gemurmelt und Ditho und Hasan allein in der Kammer zurückgelassen.

Ditho hatte die halbe Nacht am Bett seines Freundes gesessen, das Ohr an Jasmos Brust, und den schwachen Atemzügen gelauscht. Er verfluchte sich dafür, dass er die Freunde allein zum Hafen geschickt hatte, und Jasmo für dessen Leichtsinn, allein in den Kanal zu gehen.

Hasan hatte beschämt zu Boden geblickt, weil er den Hofnarren nicht gleich gefolgt war. Dann erzählte er Ditho, wie er Jasmos Schreie gehört hatte und in den Kanal gestürmt war. Hasan hatte sich durch das verlöschende Feuer vorwärtsgekämpft und Jasmo schließlich gefunden. Auf dessen Kutte züngelten noch die Flammen. Hasan war auf dem Weg in den Raum niemandem begegnet und hatte nichts mehr gehört. Den Raum hatte er kurz abgesucht, aber außer umgestürzten Tonkrügen nichts entdeckt. Zu seiner Überraschung lebte

Jasmo noch, und Hasan hatte ihn gepackt und im Laufschritt zurück ins Kloster getragen.

Ditho bestand darauf, dass Hasan ihn zu dem Ort führte, wo das geschehen war, zu dem unterirdischen Raum in den Abwasserkanälen. Doch es war mitten in der Nacht, und ihr Tag hatte begonnen, als sie bei Sonnenaufgang des vorigen Tages auf die Sankt Johannispforte in der Kölner Stadtmauer zugeritten waren. Hasan konnte ihn überzeugen, sich schlafen zu legen. In dem Raum war alles verbrannt und der Mörder vermutlich längst über alle Berge. Es hatte keine Eile, ihn nochmals zu durchsuchen.

Ditho hatte es eingesehen und der Schwere seiner Glieder nachgegeben. Dennoch wollte der Schlaf lange nicht kommen. Er hatte wach gelegen und an Jasmo gedacht. Und an *sie*. An sie und ihre unsägliche Bitte. Ihr unerhörtes Angebot. An den unglaublichen Kuss.

Ditho schob die mächtige Eichentür des Klosters auf, drängte sich an den emsig Akten schleppenden Hofbeamten, den Knechten und Nonnen vorbei. Das Kloster summte wie ein Bienenstock; ständig trafen Fürsten mit ihrem Gefolge ein, um sich mit Barbarossa zu besprechen und sich die Pfründe zu sichern, bevor das Geschäft gemacht war. Während Ditho die Treppe nach oben nahm, kam ihm der gestrige Abend wieder in den Sinn. Was hatte er nur getan? Wie hatte er sich dazu hinreißen lassen können? Oder war er gar die treibende Kraft dabei gewesen?

Die Gedanken an Adela entfachten eine süße Wehmut in ihm, ein Gefühl, das er unendlich lange nicht mehr verspürt hatte. War das Sehnsucht? Ditho schob den Gedanken rasch beiseite. Auf keinen Fall durfte er sich weiter auf diesen Irrsinn einlassen. Was sollte er tun, wenn er ihr das nächste Mal begegnete? Es graute Ditho bei dem Gedanken, sie auf dem Flur zu treffen. Er musste ihr aus dem Wege gehen. Es würde ihn Kopf und Kragen kosten, von seiner Burg und dem Titel als Ministeriale gar nicht zu reden. Er durfte keinen Fehler mehr machen, vor allem nicht angesichts eines Feindes, der vergangene Nacht beinahe seinen besten Freund getötet hatte.

Beinahe?

Ditho blieb vor der grob zusammengenagelten Tür der Kammer stehen, in der er Jasmo gestern zum letzten Mal lebend gesehen hatte, und atmete tief durch. Er wollte gerade anklopfen, als ihm klar wurde, dass Jasmo wohl schwerlich aufstehen und ihm die Tür öffnen würde. Er griff nach dem Riegel, hielt jedoch überrascht inne, als aus der Kammer fröhliches Gelächter zu ihm perlte. Das Gelächter von Frauen. Er stieß die Tür auf.

Ungläubig sah er, wie Jasmo, auf ein besticktes Kissen gestützt, im Bett saß und eine Bronzefibel in seiner Faust verschwinden und wieder auftauchen ließ. »Seht Ihr, Herrin? Das Ding macht, was es will, es ist nicht zu halten, mal geht es hierhin, mal dahin! Man weiß nie, was es als Nächstes ausheckt!«

Die Herzogin und Wiltrud saßen neben dem Hofnarren und lachten über seine Zauberkunststückchen. Als sie Ditho bemerkten, verebbte das Gelächter.

Ditho starrte den totgeglaubten Freund mit offenem Mund an. »Du bist … Jasmo!«

»Sicher bin ich das! Und erfreut bin ich dazu, dass es deine Zeit dir endlich erlaubt, nach dem Helden der Nacht zu sehen. Ich hatte den Mistkerl schon beinahe bei den Klöten … Verzeiht mir, Ihr Damen … Da spuckt der Bastard Feuer und verbrennt mich um ein Haar!« Der Zwerg sah scheußlich aus. In einer Hälfte des Gesichts hatte sich die Haut in Fetzen gelöst; die Wange, die Nase und ein Teil der Stirn waren mit schwarzen Wülsten überzogen. Brandblasen und offenes Fleisch, nässende Wunden.

Ditho wollte nicht wissen, wie der Rest des Körpers aussah. Jasmo biss auf die Zähne, Ditho erkannte die Anstrengung, die es kosten musste, die Schmerzen zu ertragen und ein fröhliches Gesicht dabei zu machen.

Adela stand auf. »Wir wollten nach ihm sehen und für ihn beten. Stellt Euch unsere Überraschung vor, Ditho, als er die Augen aufschlug und nach Suppe verlangte. Seit er etwas Hühnerbrühe gegessen hat, ist er nicht mehr zu halten.«

Ditho spürte, wie er rot anlief. »D... Das war sehr mitfühlend von Euch, Herrin. Ich ...« Die Worte ließen ihn im Stich. Was tat sie nur, dass er in ihrer Gegenwart stets vergaß, was er eigentlich tun oder sagen wollte?

»Ja, ich weiß«, sagte sie, »Ihr wolltet später noch zu mir kommen, weil Ihr Fragen wegen des Gefolges habt.«

Ditho blinzelte. Wollte er das?

Adela lächelte. »Die Männer, die in Bamberg schon bei uns waren, Ihr erinnert Euch?«

Ditho nickte. Verschwommen kamen ihm Bruchstücke seiner Sätze vor dem Kuss ins Gedächtnis. »Ach ... ja. Das Gefolge. Aber es kann dauern, ich muss ...« Wieder stockte er. Herr im Himmel, was war nur los mit ihm? Warum konnte er keinen Satz vollenden, wenn er in ihre Augen sah? *Mach keinen Fehler!*, ermahnte er sich. Ditho dachte an Barbarossa, um sich zu besinnen, spürte aber nur eine dumpfe Wut in sich aufsteigen.

Die blauen Flecke. Die Tränen. Die Schreie.

»Ihr habt viel zu tun. Ich weiß. Dennoch würde es mich freuen. Ich wollte Euch auch noch ein Buch zeigen, das ich in der Klosterbibliothek habe heraussuchen lassen.«

»Ein Buch?«

»Ihr verschwendet Eure Zeit, Herrin. Mein Herr Ditho kann nicht lesen, er –«

»Halt den Mund, Jasmo! Bitte! Auch wenn du halb verbrannt bist!«

Wiltrud kicherte, und Adela unterdrückte ein Lachen. »Von Avicenna, oder Ibn Sina, wie dieser Sarazene in seiner Heimat wohl genannt wird.«

»Ihr habt ein Buch von Ibn Sina hier?« Ditho hatte während seiner Genesung im Heiligen Land von dem berühmten

Medicus gehört. Kein Mensch, hieß es, sei so weise gewesen wie Ibn Sina, niemand je so tief eingedrungen in die Geheimnisse des menschlichen Körpers und Geistes.

Adela nickte. »›Der Kanon der Medizin‹. Die Äbtissin hat vergangenes Jahr eine Abschrift erstanden. Ich durfte es mir borgen. Ich dachte, vielleicht könnt Ihr mehr über Euer Augenleiden erfahren.«

»Das ist sehr … mitfühlend von Euch, Herrin.« Ditho wusste, dass er sich anhörte wie ein Narr, da er genau diesen Satz eben schon einmal benutzt hatte, doch Adela lächelte freundlich.

Sie legte ihm für einen kurzen Augenblick die Hand auf den Arm als Geste des Abschieds, dann wandte sie sich noch einmal an Jasmo. »Ich wünsche rasche Genesung, Jasmo. Ich werde Wiltrud gelegentlich schicken, damit sie nach dir sieht, wenn du erlaubst?«

Jasmo grinste über beide Wangen. »Ob ich erlaube, Herrin? Oh, ich bestehe sogar darauf! Aber Ihr müsst auf Eure Zofe gut achtgeben, ich kann für nichts garantieren, wenn sie mir noch einmal einen Teller von dieser Hühnerbrühe bringt!«

Adela grinste zurück, und Wiltrud kicherte verschämt, dann folgte sie ihrer Herrin aus dem Raum. Bevor Adela die Tür hinter sich schloss, sah Ditho, wie das Lächeln aus ihren Augen schwand, und er fing einen flehentlichen Blick auf und konnte ein stumm gesprochenes »Bitte« von ihren Lippen ablesen.

Ditho nickte unwillkürlich, ohne zu wissen, warum er das tat, und verfluchte sich im selben Moment. Jasmos schmerzhaftes Stöhnen riss ihn aus den Gedanken. »Jasmo? Was ist?«

»Sind sie weg? Die Weiber, meine ich?« Jasmo ließ sich von dem Kissen in die Laken zurücksinken. Er war kalkweiß geworden, und der Schweiß stand ihm auf der Stirn. »Ich wach auf, und da stehen die beiden an meinem Bett. Ich dacht schon, ich bin im Himmel, aber dann kamen die Schmerzen zurück, und ich wusste, dass ich immer noch in diesem kalten Hundearsch von einem Kloster feststecke.«

Ditho sah ihn kopfschüttelnd an, und Jasmo fuhr hastig fort. »Ich konnte die Frauen doch nicht erschrecken! Ich muss doch ohnehin zum Fürchten aussehen, oder? Da hab ich halt ein paar Kunststückchen zum Besten gegeben. Und diese Wiltrud findet mich toll, das sieht ja sogar ein Einäugiger, oder?« Jasmo stockte, wurde rot, nach allem, was man von seiner Gesichtshaut noch sehen konnte. »Ich ... ich mein es ... tut mir leid, ich ... weißt schon!«

Ditho lächelte, dann wies er auf Jasmos Wunden. »Du hast Schmerzen, oder? Ich werd dem Medicus Bescheid geben.«

Jasmo schüttelte den Kopf. »Das hat Zeit. Knöpf dir lieber den Dreckskerl vor, der mir das angetan hat. Der ... Der steckt mit dem Teufel im Bunde, kann Feuer speien und durch Wände gehen!«

»Durch Wände gehen?«

Ditho runzelte die Stirn, aber Jasmo nickte matt. »Ich seh den Bastard noch vor mir. Zehn, fünfzehn Schritte entfernt, dann hör ich was hinter mir. Dann guck ich wieder nach vorn, und er ist weg, und das ... Das Nächste, was ich mitbekomme, ist ein Schlag auf den Kopf ... und ... und dann brennt auf einmal alles! Wenn das nicht der Teufel war, wer dann, frag ich dich?«

Ditho war sich nicht sicher, ob der Schlag gegen Jasmos Kopf nicht doch mehr durcheinandergebracht hatte, als der Hofnarr ihn glauben machen wollte. Jasmo sah ihn aus seinen versengten Augenlidern fragend an.

»Du hast wahnsinniges Glück gehabt«, erwiderte Ditho. »Hasan hat erzählt, dein Umhang habe nach Fäkalien gestunken, als er dich gefunden hat. Wahrscheinlich bist du mitten in den Kanal gefallen, und der nasse Stoff hat dich vor Schlimmerem bewahrt.«

Jasmo riss die Augen auf. Dann flüsterte er: »Dass mich die Pisse mal retten würde, hätt ich nicht gedacht ...« Seine Augen verengten sich zu Schlitzen. »Der Heide hat mich allein da hineingehen lassen, Ditho. Frag ihn, warum.«

Die Frage hatte sich Ditho selber schon gestellt. Warum hatte Hasan Jasmo allein gehen lassen? Nur aus Ekel vor der Kloake? Er verscheuchte den Gedanken. »Hasan hat die halbe Nacht an deinem Bett gesessen. Und er hat dich gerettet, das solltest du nicht vergessen.«

Jasmo schwieg, und Ditho konnte sehen, dass er ihm etwas zu denken gegeben hatte. Auf dem Gesicht des Hofnarren erschien jedoch sogleich wieder ein durchtriebenes Lächeln. »So, jetzt kannst du den Medicus holen. Und sag ihm, er soll nachsehen, ob mein bestes Stück auch unversehrt ist. Diese Wiltrud, die ist ein Prachtweib, oder? Ich mein', die Herzogin natürlich auch, aber das darf man ja nicht laut sagen, wenn sie bald Königin ist, oder?« Jasmos bellendes Lachen füllte den Raum und ging dann in einen erstickten Husten über.

Ditho stützte den Freund und biss sich gleichzeitig auf die Zunge. Er durfte keinen Fehler mehr machen. Nicht bei der Herzogin und auch nicht bei der Jagd nach dem Mörder.

Fehler wären tödlich.

* * *

»Ich will Bayern zurückhaben, und das weißt du. Wenn du den Thron haben willst, mach mich zum Herzog, wie mein Vater es war. Ganz einfach.«

»Das geht nicht, Vetter. Heinrich Jasomirgott ist jetzt Herzog in Bayern, und ich benötige auch seine Unterstützung. Aber ich kann dir …«, Barbarossa beugte sich über das Stück Pergament, das Bischof Eberhard von Bamberg ihm hingeschoben hatte, »… ich kann dich mit dem Reichsgebiet Goslar belehnen.«

»Goslar, wie?« Heinrich der Löwe, ein dunkelhaariger, muskulöser Mann mit Bart, schmatzte und mahlte mit den Kiefern, als gelte es, das Angebot mit den Zähnen zu prüfen. Barbarossa seufzte innerlich.

Wie auf dem Schweinemarkt, nur nicht so lustig.

Der Ausspruch König Konrads, der dem zähen Handel mit den deutschen Fürsten gegolten hatte, ging ihm durch den Kopf. Immer wollten sie etwas haben, immer wollten sie etwas bekommen, wenn sie selbst etwas geben sollten. Das Sonnenlicht flutete flach durch die bunten Kirchenfenster herein und malte rote und grüne Quadrate an die Sandsteinwände des Gotteshauses.

Nach der Frühmesse hatte man Barbarossa den Kirchenraum für seine Verhandlungen mit den Fürsten überlassen und ihn mit Tischen, Bänken, mit Gebäck und Wein zu einem Besprechungsraum umgestaltet. Im Halbstundentakt kamen und gingen die Fürsten und ihre Berater. Angebote wurden gemacht, erwogen, abgelehnt oder angenommen. Die meisten wurden angenommen. Die meisten Fürsten kamen aber mehrmals, verhandelten nach oder machten Gegenangebote.

»Mach Jasomirgott doch zum Herzog von Österreich.«

»Von Österreich?« Barbarossa stutzte. »Es gibt kein Herzogtum Österreich, und das weißt du so gut wie ich, Vetter.«

»Na, dann schaffe doch eins! Wir trennen Österreich von Bayern ab, und es wird ein eigenes Herzogtum. So kann Jasomirgott das Gesicht wahren, und ich bekomme Bayern, das mir als Erbteil zusteht.«

Barbarossa nickte. Sein Vetter Heinrich der Löwe war nicht dumm. Und er war sein wichtigster Gesprächspartner, der mächtigste der Fürsten, die es zu überzeugen galt, und selbst ein aussichtsreicher Kandidat für den Thron. Heinrich hatte zu Beginn der Verhandlungen, am vorigen Abend, schon angedeutet, dass er zu kandidieren gedachte. Aber Barbarossa glaubte, dass es seinem Vetter nur darum ging, den Preis hochzutreiben. Den Preis für seine Stimme bei der Wahl in Frankfurt in der nächsten Woche. Es musste Heinrich klar sein, dass er gegen Barbarossas Kandidatur wenig Aussicht hatte. Barbarossa war das Kind einer Welfin und eines Staufers, er war der *lapis angularis*, der Eckstein, durch den das Reich endlich Frieden finden konnte. Und nach Frieden dürstete es alle, auch die Fürsten, da Frieden Wohlstand versprach. Heinrich der Löwe konnte diesen Frieden nicht bringen, das wusste dieser selbst.

Aber er konnte seine Stimme teuer verkaufen.

Das Kirchenportal wurde aufgestoßen, und Rainald von Dassel schob sich herein. Gisbert von Papenheim folgte ihm und stellte sich etwas abseits ans Taufbecken. Er bedeutete Barbarossa mit einem Nicken, dass er Nachrichten für ihn habe.

Rainald wischte sich Schneeflocken von der Schulter, trat zum Tisch, senkte den Kopf zwischen Eberhard von Bamberg und den Herzog von Schwaben und zog eine vergilbte Akte hervor. Er sprach so leise, dass Heinrich der Löwe und sein Begleiter ihn nicht hören konnten. »Ich habe nachgesehen, Herr. Ihr könnt noch den Titel eines Herzogs von Meranien drauflegen.«

Eberhard schüttelte unmerklich den Kopf, auch er flüsterte. »Den werden wir noch für Graf Konrad von Dachau brauchen. Wir haben Goslar angeboten, vielleicht reicht das. Geht zurück zum Notar, und findet raus, ob man Österreich als eigenständiges Herzogtum von Bayern abspalten könnte. Jetzt.«

Rainald senkte ergeben den Kopf und wandte sich zum Gehen. Dann setzte er noch hinzu: »Berthold von Zähringen ist eingetroffen. Er wartet im Refektorium darauf, dass Ihr ihn empfangt, Herr.«

Barbarossa antwortete, ohne den Blick von Heinrich dem Löwen zu wenden, der mit den Fingern Fleisch von einem Fasan abzupfte und mit etwas Wein hinunterspülte. »Gut. Versorg ihn und seine Leute mit Essen und Trinken. Berthold liebt Wachtelsuppe und gebratene Tauben über alles und Burgunder noch viel mehr. Finde raus, was er für seine Stimme haben will, und klär mit dem Notar, ob wir es ihm geben können. Und dann bereite die Reise nach Frankfurt vor.«

»Ja, Herr.«

»Ach und, Rainald?«

»Ja, Herr?«

»Hat sich in der Sache mit meiner Gemahlin schon etwas ergeben?«

»Nein, Herr. Aber ich bleibe dran.«

»Gut. Geh jetzt.«

Rainald nickte erneut ergeben und wandte sich zum Portal.

Er geht wie eine Katze, fast lautlos, ging es Barbarossa durch den Kopf, als die Stimme seines Gegenübers ihn aus seinen Gedanken holte.

»Und? Hast du es dir überlegt, Vetter? Ich habe noch Dinge in Köln zu erledigen, und die anderen Welfen wollen auch wissen, woran sie mit dir sind.« Heinrich der Löwe leckte sich die Finger ab und wischte sich mit einem bestickten Tuch über den Mund.

Barbarossa stöhnte innerlich. Er würde König werden, dessen war er sich gewiss. Doch im Moment war er ein Getriebener, ein Ochse, der am Nasenring über den Hof gezogen wurde. »Goslar bekommst du. Jetzt. Und Bayern bekommst du auch.«

Auf Heinrichs Gesicht erschien ein triumphierendes Lächeln.

Barbarossa hob die Hand. »Aber nicht jetzt. Erst später. Du musst mir vertrauen, Vetter. Ich kann den jetzigen Bayernherzog nicht absetzen, und ob das mit Österreich geht, muss erst geklärt werden. Aber ich gebe dir mein Wort darauf, dass du eines Tages Herzog von Bayern sein wirst, wenn ich König werde. Hier. Vor Zeugen.« Er stand auf und streckte dem Braunschweiger Löwen die Hand über die Tischplatte entgegen. »Hab ich deine Stimme?«

Heinrich atmete tief ein. Dann hob er bedauernd die Arme. »Und das wiederum muss ich erst mit den anderen besprechen, wie du sicherlich verstehst, lieber Vetter.« Er erhob sich und ergriff Barbarossas Hand. »Bis später, Friedrich.«

Er schüttelte die Hand des Schwabenherzogs und gab seinem Begleiter ein Zeichen. Schneeflocken wirbelten durch das Portal auf die großen Steinplatten, als der Herzog von Braunschweig die Kirche verließ. Irgendwo schlug laut krachend ein Fensterladen zu.

Barbarossa sank stöhnend auf seinen Stuhl zurück. »Dieser schlaue Bastard.«

»Er wird sich mit Welf VI. absprechen. Und wenn sie sich einig sind, verhandeln sie mit Heinrich von Mainz. Sie werden Euch das Fleisch von den Knochen ziehen, bevor sie Euch zum König machen, Herr.« Der Bischof ließ seine Feder über das Pergament kratzen, um die Ergebnisse der Verhandlungsrunde festzuhalten.

Barbarossa griff nach seinem Weinkelch, entschied sich dann jedoch für einen Becher Wasser. Der Tag würde noch lang werden. Sehr lang. »Wer sind die Nächsten auf unserer Liste, Bischof?«

Eberhard von Bamberg blickte auf seine Unterlagen. »Markward von Grumbach und Bischof Günther von Speyer.«

Gisbert räusperte sich, und Barbarossa winkte ihn herbei. Der Fuchsgesichtige hatte tiefe Augenringe, und sein Haar stand ungezähmt in alle Richtungen ab. Barbarossa vermutete, Gisbert hatte nicht viel Schlaf gefunden, vermutlich wegen des Aufruhrs an der Klosterpforte vergangene Nacht. »Und, Gisbert? Was ist mit diesem Zwerg? Wird er schon bestattet? Hat Ditho etwas über den Angriff herausgefunden?«

Gisbert schüttelte den Kopf. »Ich weiß es nicht, Herr, aber ich werde es in Erfahrung bringen. Ich musste mich um die andere Sache kümmern.«

»Die *andere* Sache?« Barbarossa legte die Stirn in Falten.

Gisbert zog aus seinem Umhang ein gefaltetes Stück Pergament hervor. Das Siegel war erbrochen. »Ich habe im Morgengrauen an der Pantaleonspforte einen Boten abgefangen. Unterwegs zu Erzbischof Heinrich von Mainz.«

Barbarossa legte den Brief zwischen sich und den Bischof

von Bamberg. Die Männer überflogen die Zeilen. Eberhard von Bamberg stöhnte auf, bekreuzigte sich und blickte beunruhigt zu Barbarossa. Der Herzog schwieg. Dann griff er nach dem Weinkelch und trank einen Schluck. »Das ist schlecht.« Er schüttelte den Kopf, verbesserte sich. »Das heißt: Es könnte schlecht werden, wenn wir es dazu kommen lassen. Was ist mit dem Boten?«

Gisbert zog höhnisch grinsend die Oberlippe hoch. »Der macht uns keine Schwierigkeiten mehr.«

»Gut gemacht, Gisbert.« Barbarossa nickte zufrieden.

Eberhard von Bamberg rieb seine Tränensäcke und blickte gehetzt zwischen dem Pergament, Barbarossa und Gisbert hin und her. »Aber … Aber was sollen wir tun? Das hier gefährdet alles! Wir können nicht einfach zusehen!«

Das Kirchenportal öffnete sich erneut, und zwei Männer traten ein. Einer klein, mit fliehender Stirn, im Ornat eines Bischofs, der andere, muskulös und mit pelzverbrämter Robe, ein Adeliger.

Barbarossa versuchte sich daran zu erinnern, was Markward von Grumbach und Bischof Günther von Speyer von ihm für ihre Stimmen gefordert hatten. Er spürte die ungeduldigen Blicke von Gisbert und von Eberhard von Bamberg auf sich ruhen. »Du kümmerst dich darum«, flüsterte Barbarossa Gisbert leise zu. »Schaff uns das Problem vom Hals.«

Gisbert nickte stumm und lächelte. Eberhard von Bamberg riss die Augen auf. »Aber ihr könnt doch nicht –«

»Beruhigt Euch, Bischof. Wir tun, was notwendig ist. Ihr steckt in dieser Sache genauso drin wie ich. Und ich denke nicht daran, mir in die Suppe spucken zu lassen.« Barbarossa stand auf und ging auf die beiden Männer zu, die an die Stirnseite des Tisches getreten waren, um sie zu begrüßen.

Der Schweinemarkt machte keine Pause.

* * *

»Was ist das, Ditho? Willst du was kochen?«

»Nein. Mach's wie ich, du wirst gleich sehen, warum.« Ditho zerrieb die Salbeiblätter, die er vorhin an einem Marktstand gekauft hatte, zwischen den Fingern und verteilte die grüne Paste unter der Nase. Der durchdringende Geruch trieb ihm fast die Tränen in die Augen, aber es war besser als der Gestank, den die trübe Brühe zu ihren Füßen verströmte.

Die Stimmen der Kaufleute und Flussschiffer drangen vom Ufer zu ihnen herüber, Heringsfässer, Stoffe aus Brabant, Wein, Gewürze und Metall wechselten den Besitzer. Flusskrebse wurden in Körben auf Karren abgeladen, wimmelnde Aale in brodelnde Kessel gekippt. Im Hafen herrschte reges Treiben, der Fluss war die Lebensader der Handelsstadt.

Ditho gab Hasan das verbliebene Büschel Salbei, dann ging er in den Abwasserkanal. Das Tageslicht erhellte nur die ersten zwanzig Schritte, dahinter herrschte Dunkelheit, und Ditho hob die Fackel, um nicht zu stolpern.

»Da vorn musst du links. Lass mich vor.« Hasan ging an Ditho vorbei und leuchtete ihnen den Weg. Die Flammen der Fackel leckten an den verwitterten Steinen über ihren Köpfen. Die Platten auf dem schmalen Absatz neben der Kloake zu ihren Füßen waren glitschig und mit Moos bewachsen. Ihre Schritte klangen dumpf in der Finsternis.

Hasan zog das Schwert, als sie an die Gabelung kamen, und erntete dafür einen fragenden Blick von Ditho. »Ich glaube nicht, dass er noch da ist, aber wir sollten trotzdem vorsichtig sein.«

Ditho nickte. Vorsichtig sein. Genau das hatte er vor. Wenn da nur nicht dieses bohrende Gefühl in seiner Brust wäre. Er sollte sich auf die Jagd nach dem Mörder konzentrieren, sich nichts entgehen lassen, stattdessen ertappte er sich dabei, wie er an *sie* dachte. »Hasan, was würdest du tun, wenn dich jemand um etwas bittet, was dumm, gefährlich und eine schwere Sünde ist, du aber weißt, wenn du es nicht tust, wird derjenige, der dich darum bittet, Schmerzen erleiden müssen? Und außerdem wäre es für dich … Na ja, es wäre schön, demjenigen zu helfen.«

Hasan blickte kurz über die Schulter, während er weiter ins Dunkel vordrang. »Wie kann etwas gleichzeitig dumm und eine schwere Sünde sein und gleichzeitig schön und barmherzig?«

Ditho biss sich auf die Lippen. Er wusste nicht, wie er es auf Arabisch besser erklären konnte, ohne allzu viele Einzelheiten preiszugeben. »Na ja, nimm an, wir reden über so etwas wie das Trinken von Wein, das ja für dich dumm und eine schwere Sünde ist. Und doch macht es auch Freude.«

»Du kennst also jemanden, der dich bittet, mit ihm Wein zu trinken, und du willst es nicht tun. Warum?«

»Nein, es geht nicht um Wein, sagen wir, es geht um … um ein … Geschenk! Ein Geschenk, das ich geben könnte, aber das uns beide in Gefahr bringt. Was würdest du tun?«

»Ich? Ich würde abwägen, ob es einen größere Sünde ist zu helfen oder nicht zu helfen.«

Ditho schwieg. Genau das war ja sein Zwiespalt.

Als er keine Antwort bekam, blieb Hasan stehen und drehte sich um. »Wem sollst du etwas schenken, Ditho, und warum ist es eine Sünde?«

Ditho sah seinem Freund in die Augen. Nach kurzem Schweigen sagte er: »Warum hast du Jasmo allein in den Kanal gehen lassen?«

Hasan sah ihn verdutzt an. »Er hat sich aufgespielt, und ich hab ihn allein gehen lassen, weil ich keine Lust hatte, mit dem Zwerg in diesem stinkenden Loch zu streiten. Sieh mich an: Ich bin einen Kopf größer als du und vier größer als Jasmo. Die Decke hier ist so niedrig, dass ich mit der Nase beinahe in der Scheiße stecke, weil ich mich so bücken muss!«

Ditho sagte nichts. Er schüttelte nur den Kopf.

Hasan seufzte. »Ich hab einfach nicht geglaubt, dass der Mörder hier zu finden ist. Ich hab mich geirrt, und ich war ein Esel. Es war falsch, Jasmo alleine gehen zu lassen. In Ordnung?«

Ditho nickte. »In Ordnung.« Er blickte sich in dem kleinen Raum mit den drei abzweigenden Kanälen um, in den sie eben gekommen waren. »Und hier? Links oder rechts?«

»Rechts. Wir sind gleich da.«

Hasan ging voraus, und jetzt konnte Ditho es trotz des Salbeis unter der Nase riechen. Ein ekelhafter Gestank, eine Mischung aus verbranntem Fleisch, kaltem Rauch und Fäkalien. Die Wände waren rußgeschwärzt, je näher sie dem Versteck des Mörders kamen. Irgendwo quiekten Ratten, und unablässig tropfte es von der Decke.

Ditho hielt den Atem an. Hatte er eben Schritte gehört? Oder war es nur das Echo seiner eigenen? Die Decke wurde höher. Ditho trat hinter Hasan in einen Raum, der etwa zehn auf zehn Schritte groß war.

Alles war schwarz.

Auf dem Boden lagen allerlei Scherben, und an der Stirnseite des Raumes befand sich ein aus drei Mauersteinen zusammengefügtes Tischchen, auf dem verkohlte Brotreste lagen. Kleine Wachspfützen verrieten, dass hier Kerzen gestanden haben mussten. Sonst war der Raum leer. Der Boden war eine Mischung aus Schlamm, Steinen und Pfützen, auf denen ein dünner Rußfilm schwamm; unmöglich, hier einzelne Fußspuren zu unterscheiden.

»Siehst du? Außer dem Tisch und den Krügen ist hier nichts. Dort in der Ecke hab ich Jasmo gefunden.« Hasan deutete auf ein Stück Mauer, das anders als die übrigen Wände nicht mit einer dünnen Rußschicht überzogen war.

Ditho kniete sich hin und hielt die Fackel hoch über seinen Kopf. Er versuchte seinen Geist auszurichten, alles auszublenden, was nicht mit diesem Raum und mit dem Fall zu tun hatte. Ganz langsam ließ er die Fackel über den Boden gleiten.

»Was machst du?«

»Ich suche, Hasan.«

»Und wonach suchst du?«

Ditho wandte sich um. Leicht gereizt meinte er: »Ich suche eine Spur, einen Hinweis, irgendetwas, das mir mehr über diesen Mann verrät, der versucht, den König umzubringen, und der es bei Jasmo fast geschafft hätte.«

Ditho sah sich die zersprungenen Krüge an, deren Scherben auf dem Boden verteilt waren. Eine schwarze, breiige Masse klebte an den Innenseiten. Er tunkte den Finger hinein, und eine schmierige Schicht blieb daran hängen. War es das gewesen, was hier gebrannt hatte? Er schnüffelte daran. »Harz. Harz und …«

Ditho schnippte suchend mit den Fingern, aber er kam nicht darauf. Der nächste Krug lag in einer bernsteinfarbenen Lache. Ditho tunkte auch hier den Finger hinein. Er roch daran, stutzte, dann leckte er den Finger ab. »Honig«, murmelte er und entdeckte im Schein der Fackel kleine schwarze Krümel neben einem weiteren Krug auf dem Boden. Vorsichtig hob er etwas auf, das aussah wie ein Faden, an dem ein kleiner Knäuel hing und von dem weitere Fäden abstanden.

»Was ist das?« Hasan kam näher.

»Vorsicht, du trittst darauf!« Ditho deutete auf Dutzende dieser kleinen Knäuel, die auf dem Boden verstreut lagen.

Hasan kniete sich ebenfalls hin und nahm eines der seltsamen Gebilde auf. »Spinnen? Käfer?«

Ditho hob ein anderes Knäuel auf und hielt es näher an die Fackel. Er erkannte einen kräftigen Insektenfuß. »Heuschrecken. Das ist eine verbrannte Heuschrecke!«

»Heuschrecken?« Hasan kniff verständnislos die Augen zusammen. »Im Winter? Wo hat er die her? Und was wollte er mit Heuschrecken?«

»Ich weiß es nicht. Noch nicht. Was ist das da drüben?« Ditho deutete an den Fuß der Mauer, die gleich neben dem Kanal verlief. Ein schwarz verkohlter Gegenstand lag neben weiteren Scherben.

Hasan ging hinüber, hob das Ding auf und gab es Ditho.

Eine kurze hölzerne Stange, keine Elle lang. Von dem einen Ende gingen zwei kurze Brettchen ab, und man konnte noch verkohlte Zahnräder erkennen.

»Es hat einen Griff, und hier …«, Ditho deutete auf die kurzen Brettchen, »war noch etwas befestigt.«

»Da war noch ein Stück Holz. Das ist eine Klapper.«

Ditho sah ihn fragend an.

»Eine Klapper, eine Ratsche. Kranke haben so etwas, sie drehen sie, und es macht laut Krr, Krr, Krr.«

Hasan ahmte das Geräusch nach, und Ditho sah staunend auf das Gerät in seiner Hand. Er schwang den Griff, und die Brettchen drehten sich um die kurze Stange. Wäre zwischen ihnen noch ein Stück Holz eingespannt gewesen, es wäre an den Zahnrädern aufgesessen und hätte ein klapperndes Geräusch gemacht. Hasan hatte recht.

»Pocken, Aussatz oder Lepra.« Ditho schwenkte die versengte Klapper, drehte sich um und ging durch den Raum. »Er ist in Bamberg. Am Hof. Er fällt nicht auf. Aber hier in Köln hat er ein Versteck. Die Herzogin sieht ihn durch die Maschen eines Sacks und nennt sein Gesicht nicht menschlich. Ich erblicke ihn ebenfalls für einen Wimpernschlag und sehe die verfilzten Haare und die zerschlissenen Kleider, die er trägt. Von den Lumpen haben auch die Fischer und die Knechte gesprochen, die ihr gestern am Lagerfeuer befragt habt. Verkleidet er sich? Als Lepröser? Damit niemand ihn anspricht? Damit niemand ihm zu nah kommt?«

Ditho entdeckte etwas an dem Teil der Mauer, der nicht versengt war, weil Jasmo davor gekauert hatte. Er trat näher und ging in die Hocke. Jemand hatte etwas von der Mauer abgeschabt, man konnte noch deutlich die Spuren eines Spatels oder eines Messers sehen, das über die Steine geglitten war. War das der Mörder gewesen? Etwas Weißes steckte in den Mauerritzen, dort, wo geschabt worden war. Ditho kratzte mit dem Fingernagel etwas von der weißen Masse heraus. Dünne Fäden, so schien es, wie Schimmel. Er roch daran und zuckte zurück. Feucht roch es, modrig und ein wenig säuerlich.

Ich muss das alles aufschreiben, durchfuhr es Ditho, sonst vergesse ich die Hälfte. Erneut verfluchte er sich, dass er in den wenigen Stunden Unterricht, die ihm als Knappe erteilt worden waren, nicht besser aufgepasst hatte.

»Ditho!« Hasan winkte ihn zu sich, er stand dicht an der Wand neben dem kleinen Tischchen mit den Wachsflecken. »Sieh dir das an!«

Ditho trat neben seinen Freund. In einen großen Mauerstein waren dünne Linien eingekratzt. Zeichen. Buchstaben. Ditho wischte mit der flachen Hand über die verrußte Fläche, um die Linien besser sehen zu können, doch sie verschwanden, statt sichtbar zu werden. »Verdammt!« Er griff nach der Trinkflasche an seinem Gürtel und goss etwas Wasser über den Stein. Der Ruß floss langsam nach unten. Ein Kreuz wurde sichtbar. Die Balken des Kreuzes endeten nicht stumpf. Sie teilten sich in je zwei spitze Enden. Ein Tatzenkreuz. Und darunter eine Inschrift.

Dithos Finger fuhren langsam die Buchstaben entlang. Mühsam entzifferte er die Inschrift. »A...ta...vis et Ar...mis.« Sein Finger wanderte eine Zeile tiefer. »1148« Er hielt den Atem an.

Hasan entging die Anspannung des Freundes nicht. »Was bedeutet das, Ditho? Was heißt das?«

Ditho deutete auf die Wachsreste. »Das heißt, dass das kein Tisch ist. Es ist ein Altar.«

»Und was bedeutet *Atavis et Armis*? Und diese Jahreszahl?«

»Dass wir jetzt wissen, wer unser Feind ist.«

* * *

»Ein Lazarettritter? Was ist das?«

»Das ist ein Ritter vom Orden des Heiligen Lazarus von Jerusalem. Ein Leprakranker.«

»Ein Leprakranker? Es gibt einen Ritterorden für Leprakranke?« Adela starrte Ditho ungläubig an.

Ditho nickte und wandte sich zum Fenster, während er weitersprach. »Ursprünglich sorgten sie für den Schutz der Pilger im Heiligen Land wie die anderen Orden auch. Sie unterhielten ein Lazarett für die Kranken in Jerusalem, kümmerten sich um die Armen und Schwachen, die Aussätzigen und Leprösen. Viele von ihnen erkrankten selber an der Lepra. Das hinderte sie aber nicht daran, als Ritter in die Schlacht zu ziehen, wenn es erforderlich war. Und sie waren tapfer. Sehr tapfer, sie hatten nichts mehr zu verlieren, versteht Ihr?«

Adela nickte. Sie tauchte ihre Feder in das Fass mit bläulich violetter Tinte und schrieb »Lazarett-Ritter« auf das breite Stück Pergament, das vor ihr lag. Sie war überrascht gewesen, als Ditho kurz zuvor an die Tür ihrer Kammer geklopft hatte. Sie hoffte, er sei wegen ihrer Begegnung am vergangenen Abend zu ihr gekommen, doch dann hatte sie den baumlangen Sarazenen hinter Ditho gesehen und versucht, ihre Enttäuschung zu verbergen. Sie hatte Wiltrud fortgeschickt, damit die nach Jasmo sah, und wenn Adela sich nicht täuschte, war ihre Zofe glücklich darüber, nicht mit dem Sarazenen in einem Raum sein zu müssen. Ditho hatte sie gefragt, ob sie ihm helfen wolle, und Adela hatte nicht gezögert. Dass er sie als Schreiber brauchte, leuchtete ihr ein – er traute den Notaren in Barbarossas Gefolge nicht, wollte seine Erkenntnisse geheim halten, und schreiben konnte er nicht. Insgeheim hoffte sie, es sei vielleicht auch nur ein Vorwand, um sie sehen zu können. Doch Dithos förmliche Haltung und sein strenger Ton beim Diktieren ließen wenig Raum für diese Hoffnung. In seinen Augen hatte Adela nach einem versteckten Hinweis gesucht, nach einem geheimen Zeichen des Einverständnisses, aber sie hatte nichts entdeckt.

»Die Lazarettritter waren tapfer, und sie waren einschüchternd. Der Gegner fürchtete sie, man nannte sie »reitende Leichen«, weil ihre Gesichter, ihre Hände, der ganze Körper von der Krankheit zerfressen waren und die Haut ihnen in Fetzen vom Leib hing. Sie schienen direkt aus der Hölle gekommen zu sein.«

»El-azar«, flüsterte Hasan ehrfürchtig den arabischen Namen von Lazarus.

Adela sah zu ihm hin, dann weiteten sich ihre Augen. »Sein Gesicht! Im Keller! Es sah nicht menschlich aus!«

Ditho nickte. »Genau. Man nennt sie auch löwengesichtig, weil die schuppige, entstellte Haut ihnen manchmal das Aussehen eines Tieres gibt.«

»Und *Atavis et Armis?* Was bedeutet das?«

»Das ist ihr Wahlspruch: ›Für die Ahnen und mit Waffen.‹«

»Und die Jahreszahl?«

»Dem Jahr von Kreuzzug. Dem Jahr von Damaskus.« Es war Hasan, der geantwortet hatte. Der Sarazene kaute auf einem Kanten Brot und rieb sich fortwährend unter der Nase, um den Salbeigeruch loszuwerden.

Adela schrieb »Atavis et Armis« auf das Papier und darunter »1148, Damaskus«. Auf Dithos Anweisung hin hatte sie mehrere Spalten auf das Pergament gezeichnet. Ganz links die Spalte mit der Überschrift: »Wer ist er?«, daneben die Spalten »Bamberg«, »Jupps Haus«, »Kanal«. »Atavis et Armis« und die Jahreszahl standen in der letzten Spalte.

Ditho trat neben Adela. »Schreib darunter: ›Krüge mit Honig‹, ›Krüge mit schwarzer Masse aus Harz und anderen Stoffen‹. ›Lepraklapper‹. ›Heuschrecken‹ …«

»Heuschrecken?«

»Ja. Dort auf dem Boden lagen Dutzende Heuschrecken. Er muss sie mitgebracht haben, wie sollten sie sonst dort hingekommen sein? Schreib auf, dass er etwas von der Wand gekratzt hat. Etwas Weißes, das dort wächst, wie Schimmel.« Ditho blickte ihr über die Schulter. »Was steht dort?« Er deutete auf die vierte Zeile.

Adela lehnte sich zurück und blickte zu ihm auf. Sie schmunzelte. »Lest doch selbst, Ritter. Ein Ministeriale muss schließlich irgendwann lesen lernen.«

Ditho schnaubte. »Ich will aber …«

Ihr Lächeln wurde breiter. Ditho blickte zu Hasan, aber der grinste ebenfalls und zuckte mit den Schultern. Ditho schluckte seine Bemerkung hinunter, dann ließ er seinen Finger über die Zeile gleiten. »Kr…üge m…it sch…schwarzer M…asse. Krüge mit schwarzer Masse! Schreibt dazu, dass es vermutlich ein Brandgemisch ist.«

Adela ließ die Feder über das Papier kratzen. »Brandgemisch. Gut. Sonst noch etwas?«

Ditho besah sich die anderen Zeilen und mühte sich, zu entziffern, was sie geschrieben hatte. Unter »Wer ist er?« standen die Einträge: Mann, groß, stark, langes blondes, verfilztes Haar, Lazarettritter, vermutlich leprakrank. Oder Verkleidung? Linkshänder.

Unter »Bamberg« war zu lesen: Inschrift: »Mene mene tekel u-parsin«. »Gezählt, gewogen, geteilt«. Geschrieben mit Blut. Belschazzar, Buch Daniel, Kapitel fünf.

Unter »Haus Jupp« stand: blutiger Handabdruck auf Sack. Damaszenerschwert.

Ditho nestelte an dem Band der Augenklappe herum.

Adela sah, dass er unzufrieden war. »Was ist? Ihr habt schon allerhand über den Mann herausgefunden, dafür, dass ihr ihn erst seit einem Tag sucht, Ditho.«

Ditho seufzte. »Das stimmt. Auch wenn ich mir auf manches keinen Reim machen kann. Die Heuschrecken zum Beispiel oder den Fakt, dass er etwas von den Wänden abgekratzt hat. Wenn er das überhaupt war. Und die ganzen anderen Hinweise ergeben wenig Sinn, wenn man bedenkt, dass dieser aussätzige, baumlange blonde Lazarus-Ritter sich wohl kaum unerkannt im Gefolge Konrads oder Friedrichs bewegen kann.«

»Dem muss sich verkleidet haben. Du hast dem doch schon aufgeschrieben.«

Ditho nickte. »Er verkleidet sich. Gut. Ich glaube trotzdem, dass die Sache mit dem Tatzenkreuz keine Tarnung ist.

Ich glaube, er war im Heiligen Land und hat dort gekämpft. Schon allein wegen des Schwerts.«

»Er ist ein Lazarus-Ritter, nicht?«

»Oder ein ehemaliger Templer oder Johanniter.«

Adela schüttelte verständnislos den Kopf, und Ditho ergänzte: »Wenn die Ritter dieser Orden an Lepra erkrankten, wechselten sie zum Lazarett-Orden. So konnten sie trotz ihrer Krankheit noch nützlich sein im Kampf gegen unsere Feinde.«

»Aber wie kann sein Gesicht von Lepra gezeichnet sein, und gleichzeitig erkennen wir ihn nicht? Wie kann er sein Gesicht verändern?«

»Ich weiß es nicht. Ich sage ja: Es ergibt keinen Sinn. Wir müssen die Sache einfach von zwei Seiten angehen.«

»Von zwei Seiten?«

»Wir suchen nicht nur einen Leprösen. Wir suchen auch einen Mann im Gefolge Konrads und Eures Mannes. Vermutlich einen, der eine Vergangenheit als Kreuzfahrer hat. Der in das Gemach des Königs in Bamberg eindringen konnte, ohne aufzufallen.«

»Fast jeder im Gefolge war bei den Kreuzzügen dabei, wie Ihr wisst.«

»Ja. Leider«, seufzte Ditho. »Also lasst uns methodisch vorgehen. Konrad war im Heiligen Land, Friedrich ebenso. Ich weiß, dass Gisbert von Papenheim dort war, und ich erinnere mich auch, Graf Ulrich von Lenzburg hier im Kloster gesehen zu haben, Friedrichs Freund und Berater für die italienischen Städte. Ein mutiger Kämpfer. Was ist mit diesem Stallmeister, diesem … Enno? Ist er schon lange bei Euch?«

»Enno von Bentheim? Nein. Er kam vor einem halben Jahr zu uns.«

»Ist er Kreuzritter gewesen?«

»Ja. Ich glaube schon.«

»Sieh an. Wie kommt es, dass er erst seit Kurzem bei Euch ist?«

»Lupold, der alte Stallmeister, ist gestorben. Enno wurde sein Nachfolger. Er kam wohl aus dem Norden mit einer Empfehlung Heinrichs des Löwen.«

Ditho nickte. »Wir werden ihn im Auge behalten müssen. Wen gibt es noch? Zählt sie alle auf!«

»Anselm von Wittlingen, den Hofkaplan. Er hat Konrad und Friedrich begleitet, Ihr müsstet ihn eigentlich kennen.«

Vor Ditho tauchte das hagere, freudlose Gesicht des Kaplans auf, der Jasmo das Sakrament der letzten Ölung gespendet hatte. »Ja, ich erinnere mich an ihn. Er war beim Kreuzzug dabei.«

»Und er war in Bamberg. Schließlich ist er der Hofkaplan.«

Ditho nickte. »Wer noch?«

»Welf VI. ist vorhin eingetroffen, er war beim Kreuzzug dabei, aber nicht in Bamberg. Der alte Abt Wibald von Corvey war in Bamberg dabei, aber er weilt noch in Regensburg, und er ist kein Kreuzritter. Kanzler Arnold von Selenhofen war in Bamberg, und er ist auch hier in Köln, aber auch er war nicht im Heiligen Land. Conradus Colbo, der Mundschenk, war ebenfalls nicht beim Kreuzzug dabei. Unser Notar, Albert von Sponheim, war in Bamberg dabei und auch auf dem Kreuzzug, soweit ich weiß. Er hat dort aber vermutlich nur mit Akten und Rechnungen gekämpft und nicht mit Sarazenen.«

»Notar?«, fragte Hasan, der das Wort nicht kannte.

»Kab-al-Achbar«, übersetzte Ditho und tippte auf das Pergament. »Schreibt eine neue Spalte: ›Verdächtige‹. Und setzt die Namen von Gisbert, Enno, Ulrich von Lenzburg, dem Hofkaplan und Albert von Sponheim dazu.«

Adela sah ihn fragend an. »Die Männer der Kirche auch?«

Ditho nickte grimmig. »Die auch. Mit denen hab ich so meine Erfahrungen.« Er dachte an Erik von Tannheim, den Mönch aus dem Tross des Kreuzzugs, den er des Kindsmordes überführt hatte.

Adela zog ein kleines Stück Pergament unter dem großen

mit ihren Aufzeichnungen hervor und ließ die Feder flink darübergleiten. Sie schob ihm das Stück Papier hin. »Das solltet ihr Euch ebenfalls einmal ansehen.«

Während Ditho die Buchstaben entzifferte, bemerkte er, wie sie vorsichtig zu Hasan hinblickte. Ditho schluckte, als er die Frage endlich gelesen hatte. Auf dem Blatt stand: »Habt Ihr es Euch überlegt?«

Er sah sie an und sagte nichts, dann warf er ebenfalls einen schnellen Blick auf Hasan und nahm ihr daraufhin die Feder aus der Hand. Ungelenk krakelte er zwei Buchstaben auf das Papier: »Ja.«

Adela nahm die Feder wieder an sich, da sie aus Dithos Miene nicht ablesen konnte, ob das eine gute oder eine schlechte Nachricht bedeutete. »Könnt Ihr mir helfen?«, schrieb sie daneben.

Ditho schloss für einen Moment die Augen, als er die Zeile entziffert hatte. Dann griff er wieder nach der Feder. Adelas Züge froren schon beim ersten der vier Buchstaben ein. »Nein.«

Ihre Augen wurden feucht, aber sie hielt die Tränen zurück, nickte nur.

Ditho legte die Feder weg und senkte den Blick, als eine Stimme beide herumfahren ließ. »Mit dem Schreiben machst du bereits Fortschritte, Ditho? Das sieht man gern! Worin übst du dich? Darf ich es sehen?«

Barbarossa stand in der Tür.

* * *

Der Herzog schob sich in einem prächtigen roten Gewand in die ärmliche Kammer, dicht gefolgt von Gisbert, der ihm nicht mehr von der Seite zu weichen schien.

Adela schob rasch das große Pergament mit ihren Aufzeichnungen über das kleinere Stück, und Ditho versperrte ihm breit lächelnd den Weg zum Tisch. »Sicher, Herzog.

Eure Gemahlin war so freundlich, mir bei der Niederschrift der bisherigen Erkenntnisse über den Mörder zu helfen. Wir konnten bereits einiges in Erfahrung bringen.«

Das Lächeln in Barbarossas Gesicht wurde schmal. Er warf einen ungnädigen Blick auf Adela und das Schriftstück, das vor ihr lag. »Meine Gemahlin, hm? Eigentlich wollte ich mit dir sprechen, Adela. Es gibt Neuigkeiten. Aber das hat Zeit. Deine ›Erkenntnisse‹, Ditho, interessieren mich offen gestanden mehr.«

Adela sah beunruhigt zu ihrem Mann auf, aber Barbarossa schien sich nicht näher erklären zu wollen.

»Du wirst uns entschuldigen, Adela. Ich muss bald wieder zurück zu den Verhandlungen.« Barbarossa nahm Ditho am Arm und zog ihn mit sich.

Ditho blieb kurz bei Hasan stehen und flüsterte ihm zu: »Nimm das Pergament an dich. Und dann sieh nach Jasmo.«

Der Sarazene nickte.

Auch Barbarossa drehte sich noch einmal um, wandte sich an Adela und richtete den Zeigefinger auf sie. »Du bleibst hier und hältst dich zu meiner Verfügung. Wir müssen sprechen.« Dann legte er seine Hand auf Dithos Schulter und führte ihn aus dem Raum.

Gisbert folgte ihnen. Der schlichte Flur mit den gekalkten Wänden und den Steinplatten auf dem Boden wurde von den flachen Strahlen der Nachmittagssonne in ein goldenes Licht getaucht. Zwei Nonnen, die Körbe mit Pastinaken trugen, senkten den Kopf, als die Männer an ihnen vorbeischritten.

Barbarossa hielt auf eine Tür zu, die zum hölzernen Arkadengang im ersten Stock des Klosters führte, der an drei Seiten den Innenhof umschloss. »Warte hier«, wies Barbarossa Gisbert an. »Lass niemanden zu uns.«

Gisbert nickte knapp, und Barbarossa und Ditho schritten durch die Tür. Draußen war es wärmer geworden; vom Dach des Klosters rannen Sturzbäche aus geschmolzenem Schnee. Die Bäume im Konventsgarten waren immer noch überwiegend grau und schwarz, doch erste Knospen kündigten sich hier und da an. Der Frühling würde kommen.

Der Winter starb allmählich. Todsonntag.

Barbarossa stützte sich auf das Geländer des Arkadenganges. »Ich weiß, du magst sie, dass kann ich an deinen Augen sehen!«

Ditho schüttelte den Kopf, als habe er den Herzog nicht recht verstanden. Der grinste. »Na, Adela! Tu nicht so. Sie ist genau die Art von Frau, die dir gefällt, Ditho, ich weiß das. Wir kennen uns schließlich nicht erst seit gestern.« Barbarossa ließ ein gutmütiges Lachen hören. »Ich kann dir jedoch versichern, dass sie nicht immer so ein Lämmchen ist, wie sie den Anschein erwecken will. Sie ist durchtrieben und kann richtig kratzbürstig sein, wenn du verstehst, was ich meine.«

Ditho nickte unbestimmt. Sie lässt sich nicht gern schlagen, ging es ihm durch den Kopf. Das meint er wohl mit »kratzbürstig«.

»Jedenfalls rate ich dir, sie nicht tiefer in diese Sache hineinzuziehen. Sie wird schnell hysterisch, weißt du? Sie bildet sich Sachen ein, erfindet Dinge, die nicht stimmen, nur um die Menschen um sie herum zu beeindrucken oder zu lenken.«

Ditho kratzte sich unter der Augenklappe. Das kranke Auge schmerzte. Sein Kopf schmerzte. Was, wenn Barbarossa recht hatte? Was, wenn sie die Schläge erfunden hatte? Wenn sie einfach nur nach Abwechslung vom Einerlei des Hofalltages lechzte? Dann sah er ihre blauen Flecken vor sich und dachte wieder an die Schreie und die Tränen der Huren, die aus Barbarossas Zelt gekommen waren. Wer wollte hier wen lenken?

Barbarossa schritt den Arkadengang entlang und verschränkte die Hände hinter dem Rücken. »Die Gespräche mit den Fürsten laufen gut. Ich werde zwar gerupft wie ein Huhn, aber es läuft gut. So Gott will und so die Bastarde sich an unsere Absprachen halten, wählen sie mich nächste Woche zum König. Zum König, verstehst du, Ditho? Wer hätte das gedacht, damals in Byzanz, als wir uns zum ersten Mal über den Weg gelaufen sind?«

Ditho lächelte bei dem Gedanken an ihre erste Begegnung vor mehr als fünf Jahren. Er selbst war damals noch nicht ganz erwachsen und der Herzog nur wenig älter.

»Es läuft gut, aber es ist noch nicht in trockenen Tüchern. Ich darf mir keinen Fehler und keine Schwäche leisten, und ein Anschlag auf mich oder auf jemanden im meinem Umfeld, ein Aufruhr oder Klatsch und Tratsch – so etwas muss unter allen Umständen vermieden werden. Ich kann mich doch auf dich verlassen?«

Ditho dachte an den Kuss am Vorabend, und es durchfuhr ihn heiß und kalt. »Sicher könnt Ihr das, Herzog.«

»Gut. Das wollte ich hören. Und nun erzähl mir von deinen Erkenntnissen.«

Ditho berichtete in knappen Worten, was er aus den Fundstücken von Jupps Haus und aus dem Raum im Abwasserkanal geschlossen hatte. Er ging auch auf die Männer aus dem Gefolge ein, die auf seiner Liste standen.

Barbarossa nickte zufrieden. »Gut. Das ist sehr gut, Ditho. Sagte ich nicht, dass du genau der Richtige für diese Aufgabe bist?«

Ditho lächelte dünn. »Die Hinweise deuten auf einen Kreuzritter. Einen Lazarett-Ritter, einen Johanniter oder Templer. Und wir haben die Zahl 1148, das Jahr, in dem wir vor Damaskus lagen. Jemand scheint aus diesen Tagen einen Groll gegen Euch zu hegen. Könnt Ihr mir sagen, warum? Fällt Euch da jemand ein?«

Barbarossa schnaubte und blickte wieder über den Klosterhof. »Sicher. Da wären Tausende von Sarazenen, die wir getötet haben, und Hunderte von unseren Männern, die auf dem Weg ins Heilige Land oder beim Kampf um Damaskus umgekommen sind. Wie du selbst weißt, haben Konrad und ich mit den Fürsten über das Ziel unseres Kreuzzugs gestritten; selbst Konrad und ich haben gestritten. Wir haben unterwegs Recht gesprochen gegen Diebe, Mörder und sonstiges Gesindel. Weiß Gott, wie viele Entscheidungen ich fällen musste, die diesem oder jenem nicht geschmeckt haben – und ohne zu wissen, ob er mir deswegen nicht den Tod wünscht. Ich könnte den Hildebold-Dom mit Feinden füllen, und die nicht mehr reinpassen, würden eine Schlange bis zum Rhein bilden.«

Ditho spürte den dunklen Fleck in seiner Brust. Er schloss für einen Moment die Augen. Dann stellte er die Frage: »Was habe ich in Damaskus gemacht, Herr? Warum war ich in der Stadt, bevor man mich auf der Bresche fand?«

Barbarossa blickte vom Hof zu Ditho. In seinem Gesicht breitete sich echtes Erstaunen aus. »Das weißt du nicht mehr? Du erinnerst dich nicht?«

Ditho schüttelte den Kopf. »Ich weiß, was davor war und was danach. Aber an den Auftrag erinnere ich mich nicht. Die Verletzung. Ich weiß nicht, was ich dort gemacht habe.«

Barbarossa lächelte. »Du hast uns ein Kästchen verschafft.«

Dithos Auge weitete sich. »Das Kästchen …« Ein kleines, hübsch gearbeitetes Kästchen aus Zedernholz, mit kunstvollen Eisenbeschlägen und goldenen Nägeln verziert, tauchte vor seinem inneren Auge auf.

Barbarossa nickte. »Ja. Das Kästchen. Nach unseren ersten Erfolgen gegen Unur, den Emir der Stadt, steckten wir fest, wie du weißt. Jeden Tag kamen diese Meuchelmörder aus dem Hinterhalt und töteten unsere Männer. Aber die Bresche war einfach nicht zu erstürmen, und Nur ad-Din war mit seinem Entsatzheer im Anmarsch. Also haben Konrad und ich nach anderen Möglichkeiten gesucht, in die Stadt zu kommen. Und zwar schnell. Am einfachsten, dachten wir, kommt man durch ein Tor in eine Stadt. Die Ritterorden waren schon Jahrzehnte im Heiligen Land, sie hatten gute Verbindungen zu den Sarazenen. Wenn du mich fragst, viel zu gute Verbindungen, aber das ist eine andere Geschichte. Wir haben jemanden in Damaskus gefunden, der bereit war, uns die Pläne der Stadt und die Schlüssel zu den Toren und den kleinen Pforten zu verkaufen. Ein Torwächter, noch dazu verwandt mit Unur, dem Statthalter. Es gab da wohl eine große Enttäuschung wegen einer Heirat, die Unur nicht erlaubt hatte. Der Mann war zornig, gierig, käuflich – ideal für unsere Zwecke. Du hast seinen Unterhändler damals in unser Lager geführt, erinnerst du dich?«

Ditho dachte an das Aufeinandertreffen mit dem Sarazenen in dem verfallenen Turm vor dem Stadttor. Wie sie sich begrüßt hatten und wie der andere, Fatih war sein Name, einen Sarazenen getötet hatte, der sie überrascht hatte. Er nickte.

Barbarossa kratzte sich mit dem Handrücken am Kinn. »Wir wurden handelseinig. Der Unterhändler bekam eine Anzahlung, dann hast du ihnen den Rest gebracht und dafür das Kästchen mit den Plänen und den Schlüsseln erhalten. In Damaskus. Das war ihre Bedingung.«

»Ich sollte das Kästchen in der Stadt abholen?«

»Und du hast es geschafft, damit wieder herauszukommen.«

»Ich war allein?«

»Ja.«

»Und warum haben wir Damaskus dann nicht gestürmt, als wir die Pläne und die Schlüssel hatten?«

»Weil wir zu langsam waren. Boten trafen ein, als du in der Bresche lagst. Nur ad-Din war schneller, als wir dachten. Hätten wir die Stadt gestürmt, hätten wir gegen unsere Feinde in der Stadt kämpfen müssen und wären gleichzeitig von außen belagert worden. Es war aussichtslos. Eine Katastrophe. Der ganze Kreuzzug war von Anfang an eine Katastrophe.«

Ditho dachte an all das Leid, das er während des Zuges gesehen hatte. Er sog die kalte Luft ein. Der dunkle Fleck in seiner Brust schien kleiner zu werden. Bilder dämmerten in ihm herauf.

Ein dunkler Keller. Ein dicker Sarazene im Kaftan, der ihm ein Kästchen reichte. Er selbst, wie er einen Beutel übergab.

Er sah Kinder, sie standen um den Mann herum, und eine Frau war auch da. Irgendjemand begann zu schreien.

Ditho kniff die Augen zusammen, der Schmerz pochte hinter der Augenklappe, als würde jemand einen schartigen Holzlöffel von innen gegen sein Auge drücken.

»Ist dir nicht gut, Ditho?«

Ditho hielt sich an der Balustrade fest. »Es geht schon. Es ist nur ... Was ist mit den Männern aus Eurem Gefolge? Hegt einer von ihnen einen Groll gegen Euch? Kennt Ihr sie alle so gut, wie Ihr glaubt?«

Barbarossa schüttelte den Kopf. »Ich kenne diese Männer alle schon eine halbe Ewigkeit. Gisbert ist mir treu ergeben wie ein Hund, Ulrich von Lenzburg ist mein ältester Freund; den kenne ich, seit wir Kinder waren. Anselm, der Hofkaplan, ist eine Memme und zu so etwas nicht fähig, und der Notar ist dick und beileibe kein Kämpfer und an nichts anderem interessiert als an seinen Akten.«

»Und Enno? Ihn kennt Ihr noch nicht so lange, nicht wahr? Und er war beim Kreuzzug dabei, wie ich hörte, obwohl ich mich nicht an ihn erinnern kann.«

»Das hat auch einen guten Grund, Ditho. Enno war beim Wendenkreuzzug, nicht bei unserem.«

Der Wendenkreuzzug. Ditho schnalzte enttäuscht mit der Zunge. Im gleichen Jahr, als der Zug ins Heilige Land begann, hatten die Fürsten im Norden des Reiches den Segen für einen Kreuzzug gegen die slawischen Völker im Osten erhalten. Tatsächlich ging es den Fürsten weniger um die Bekehrung der Heiden in diesem Gebiet, sondern vielmehr um die Eroberung neuer Länder. Doch der Heilige Stuhl hatte nichts dagegen einzuwenden. Beim Wendenkreuzzug gab es jedoch keine Lazarett-Ritter; der Orden fand sich nur im Heiligen Land. Und warum sollte ein Veteran des Wendenkreuzzugs einen Groll gegen Barbarossa hegen?

»Heinrich der Löwe hat ihn empfohlen. Du kannst ihn getrost von deiner Liste streichen.«

Ditho nickte. »Gut. Mit den anderen werde ich dennoch sprechen. Es muss eine Verbindung zum Gefolge geben. Alles andere ergibt keinen Sinn. Wenn Ihr mich entschuldigt?«

Ditho wandte sich zum Gehen, als die Stimme des Herzogs ihn aufhielt. »Nein.«

Ditho blieb stehen.

Ein Schatten war über Barbarossas Gesicht gefallen. »Es gibt noch etwas, das du wissen musst, Ditho.«

Ditho hob die Augenbrauen. »Und das wäre, Herzog?«

»Ich sagte ja bereits: Es läuft gut. Doch nachdem die Welfen sich großzügig bedienen lassen, stellen meine eigenen Leute auch Ansprüche. Mein Schwager Ludwig, der Landgraf von Thüringen, hat einen Bruder, der Streitigkeiten hat und meine Unterstützung sucht. Ich soll Hilfe gewähren, damit ich wiederum Ludwigs Unterstützung erhalte.«

»Und? Warum muss ich das wissen, Herzog?«

»Weil dieser Bruder Gernot von Wangen heißt. Sie wollen deine Burg und dein Land haben, Ditho. Dann bringt er meine Sache bei den Fürsten im Norden und im Osten voran, hat Ludwig ausrichten lassen.«

Ditho schnappte nach Luft. Er flüsterte fast. »Ihr werdet sie ihnen nicht geben. Ihr habt es versprochen. Es ist meine Burg.«

Barbarossas Blick wurde kühl. »Ich muss vernünftig sein, wenn ich König werden will, Ditho. Ich muss abwägen. Wie ich schon sagte: Es darf nichts mehr schiefgehen, nichts darf für Unruhe oder Gerede sorgen. Es wäre für dich und für mich sehr hilfreich, wenn du diesen Mörder bald findest. Dann kann ich mich auch angemessen für dich einsetzen.«

Ditho spürte, wie eine heiße Woge aus Zorn in ihm aufwallte. Zorn auf Gernot und Zorn auf Barbarossa, der ihn unter Druck setzte. Er ballte die Hand zur Faust, verspürte den heftigen Drang, irgendwohin zu schlagen.

Barbarossa blickte wieder über den Klosterhof, in seine Augen trat ein dunkler Glanz. »Dieser Mann … der Mörder.

Er hat sich aus seinem Versteck locken lassen, um Adela zu schützen, weiß Gott, warum. Vielleicht können wir uns diese Tatsache zunutze machen?«

Ditho blinzelte. Sein Zorn schlug um in Fassungslosigkeit. »Ihr wollt … was, Herr?«

»Du weißt, was ich meine, Ditho.«

»Ihr meint … ich soll ihm eine Falle stellen? Mit der Herzogin als Köder?«

Auf Barbarossas Gesicht erschien ein feines Lächeln. Er klopfte Ditho aufmunternd auf die Schulter und ließ ihn alleine auf dem Arkadengang zurück.

* * *

»Du steckst ständig in Schwierigkeiten, Ditho. Aus welchem Sumpf muss ich dich als Nächstes wieder ziehen?« Gisbert grinste schief und entblößte eine Reihe stumpfer Zähne.

Die beiden Männer standen im Stall des Klosters, und Gisbert striegelte seinen Gaul, während über ihnen Tauben flatterten und um einen Platz auf den Dachbalken stritten. Es roch nach den Pferden, nach Schweiß und nach Heu. Eine Nonne des Klosters sammelte die noch dampfenden Pferdeäpfel mit einem Korb ein.

»Aus deinem Sumpf, Gisbert. Ich stehe in Diensten des Herzogs, genau wie du.«

»Du suchst den Mann, der die Kuppler umgebracht hat, richtig?« Als Ditho unbestimmt mit den Schultern zuckte, grinste Gisbert und setzte hinzu: »Und es geht um Konrad, stimmt's? Das Brett in seiner Kammer, nicht wahr?«

Gisbert genoss die Überraschung in Dithos Zügen sichtlich und nickte. »Oh ja, ich weiß davon. Schätze, der halbe Hofstaat weiß davon. Der Zimmermann, der das Brett aus Konrads Kammer in Bamberg entfernt hat, war ein Schwätzer und ein Säufer dazu. Ich hab's erst aus ihm rausgelockt, dann hab ich ihn verdroschen, damit er's niemandem weitererzählt. Der ganze Tratsch bei Hof bringt Friedrich zur Raserei. Und du weißt, wie unangenehm der Herzog werden kann, wenn ihm etwas missfällt.«

Das weiß ich in der Tat, ging es Ditho durch den Kopf. Nach dem Gespräch mit Barbarossa auf dem Arkadengang hatten Ditho und Hasan bei Jasmo vorbeigeschaut. Doch der Hofnarr hatte geschlafen. Ditho hatte ihm das schweißverklebte und versengte Haar aus der Stirn gestrichen und anschließend den Medicus gebeten, später noch einmal nach Jasmo zu sehen. Dann hatten sie sich aufgemacht, um mit den Männern auf ihrer Liste zu sprechen.

Die Unterhaltung mit dem dicken Grafen Ulrich von Lenzburg war kurz und unergiebig gewesen. Der Graf mit dem borstigen Schnurrbart fädelte im Parlatorium des Klosters für Barbarossa Verhandlungen mit den Zähringern ein und ließ sich ungern dabei stören. Ditho wurde aus dem grobschlächtigen Schwaben nicht schlau; als er sich jedoch verabschiedet hatte, konnte er von Weitem beobachten, wie ein Notar zu Graf Ulrich trat und ihm ein Schriftstück überreichte. Ditho hatte gesehen, wie der Graf sich zunächst selbst mit dem Lesen abmühte und sich dann vom Notar vorlesen ließ, was da geschrieben stand. Wer immer das »Mene tekel« in Konrads Kammer geschrieben hatte, der Graf schien es nicht gewesen zu sein.

Und Gisbert? Konnte der schreiben? Dithos Blick schweifte von Hasan, der an der Stalltür Wache hielt, zu Barbarossas Leibwächter. Er musterte den sehnigen Mann mit dem flachsblonden Haar und dem hervorstehenden Adamsapfel und verglich ihn mit dem, was er von dem Angreifer bei Jupps Haus zu sehen bekommen hatte. Die Größe stimmte. Die Kraft hatte Gisbert auch. Und eine Perücke konnte viel verbergen.

»Oh ja, Barbarossa kann unangenehm werden. Aber du warst ja auch neugierig, Gisbert, oder nicht? Wolltest es ganz genau wissen von dem Zimmermann.«

Gisbert sah ihn feindselig an, dann lächelte er wieder. »Ich muss so etwas wissen. Ich muss mich um so etwas kümmern, um den Herzog zu schützen.«

Ditho nickte. Gisbert gab sich gern derb und einfach, aber er war das genaue Gegenteil. Das blitzte offensichtlich aus den kleinen grünen Augen hervor. »Kennst du einen Lazarus-Ritter? Im Gefolge des Herzogs?«

Ditho beobachtete Gisberts Reaktion genau. Aber Gisbert strich weiterhin scheinbar gleichgültig durch das Fell des braunen Hengstes. »Bist du von Sinnen? Wozu sollten wir wohl einen Leprösen im Gefolge brauchen? Wie kommst du darauf?«

»Sagen wir, ich habe Dinge gefunden, die auf jemanden hindeuten, der in Damaskus dabei war.«

»So wie ich.« Wieder grinste Gisbert. »Oder du, Ditho.«

»Genau. So wie wir. Jemand scheint eine Rechnung mit Barbarossa offen zu haben, jemand, der sich frei bei Hofe bewegen kann. Und ich will wissen, wer das ist.«

»Vielleicht will dich auch nur jemand glauben machen, dass es so ist.«

Ditho blickte zu Hasan und wieder zu Gisbert. Er schüttelte den Kopf. »Wie meinst du das?«

»Vielleicht macht ja auch nur jemand eine Riesensache aus alldem. Schreibt fromme Sprüche aus der Bibel an die Wand, hinterlässt blutige Abdrücke und Sarazenenschwerter, um uns alle und ganz besonders deinen schlauen Kopf zu beeindrucken. Vielleicht ist es ja viel einfacher!«

Ditho blinzelte. Woher wusste Gisbert von dem *Saif*? Hatte Barbarossa es ihm erzählt? Aber was, wenn er recht hatte? Was, wenn man ihn auf eine falsche Fährte locken wollte? »Und wie einfach ist es vielleicht, Gisbert?«

»Na ja, wenn du das ganze Abrakadabra weglässt, das du zusammengetragen hast, was bleibt dann übrig? Ein toter König und eine Drohung gegen den aussichtsreichsten Anwärter für die Nachfolge.«

Ditho kniff die Augen zusammen. Er verstand immer noch nicht, worauf Gisbert hinauswollte.

Gisbert seufzte. Er warf dem Pferd einen Sattel über und trat näher zu Ditho, damit Hasan ihn nicht hören konnte. »›*Is fecit cui prodest.*‹ Schon mal gehört? Das heißt: ›Der hat es getan, dem es nützt.‹ Nehmen wir an, ich will König werden, nachdem der jetzige König gestorben ist. Wohlgemerkt: gestorben, nicht umgebracht. Dann muss ich den Herzog, der schon so gut wie gewählt ist, einschüchtern. Wenn das nicht klappt, muss ich ihn eben aus dem Rennen um den Thron werfen, verstehst du?«

»Du glaubst, hier ist vielleicht einer von Friedrichs Mitanwärtern am Werk?«

»Sagen wir, ich glaube nicht an Abrakadabra. Ich weiß, dass sich die Welfen hier lammfromm geben, aber ein schwacher König würde ihnen mehr nützen als jemand, der so kraftvoll auftritt wie Friedrich.«

»Ein schwacher König? Wer soll das sein? Die anderen, die noch im Rennen sind, sind doch auch starke Fürsten. Heinrich der Löwe? Welf VI.? Berthold von Zähringen?«

»Wie du sagst, das sind auch alles starke Fürsten. Ein schwacher König wäre Friedrich, der sechsjährige Sohn des verstorbenen Konrad.«

Ditho erinnerte sich, im Kloster einen blonden Jungen gesehen zu haben, der seinen Kreisel über die Flure trieb. »Wie sollte der für all das verantwortlich sein? Du glaubst wohl kaum, dass der Junge die Inschrift auf dem Brett verfasst oder einen Mörder gedungen hat?«

»Der Junge nicht. Aber der Junge hat Helfer und mächtige Fürsprecher.«

»Und die wären?«

Gisbert grinste, schob sich an Hasan vorbei und führte das Pferd aus dem Stall. Ditho folgte ihm. Das helle Sonnenlicht blendete sein Auge, und seine Stiefel hinterließen braune Wolken aus Matsch in den Pfützen aus geschmolzenem Schnee.

Das nasse Klosterdach dampfte in der Wärme. Eine Nonne versuchte einen störrischen Esel zur Klosterpforte zu ziehen.

Gisbert schwang sich auf das Pferd. »Vielleicht findest du es selbst heraus. Ist doch schließlich deine Aufgabe, oder nicht?«

Gisbert wollte dem Gaul die Sporen geben, doch Ditho griff nach den Zügeln. »Was weißt du, Gisbert? Und wo willst du hin?«

»Das geht dich einen Scheißdreck an, Ditho. Ich arbeite für den Herzog, nicht für dich. Und pass gut auf dich auf; nicht, dass ich dich wieder halb tot aus irgendeiner Bresche ziehen muss.« Er riss Ditho die Zügel aus der Hand und preschte über den Hof. Die Nonne sprang ängstlich zur Seite, und der Esel schrie auf, als das Pferd an ihnen vorbeischoss und Gisbert hinter der Klostermauer verschwand.

»Sie hat dich um einen Gefallen gebeten, nicht?«

Ditho wandte den Blick von der Pforte ab und musterte Hasan. Der Sarazene schaute zum ersten Stock des Klosters hoch, wo die Wohnräume lagen.

»Wovon sprichst du?«

»Von der Herzogin. Sie hat dich um den Gefallen gebeten, von dem du nicht weißt, ob du ihn erfüllen sollst, hab ich recht? Und sie hat dir auf ein Pergament vorher eine Nachricht geschrieben. Sie sah traurig aus. Du hast abgelehnt, stimmt's?«

Dithos Auge wanderte in Hasans unbewegter Miene herum. Wie hatte er das nur so schnell herausgefunden? Er haderte mit sich, dann klopfte er seinem Freund auf die Schulter. »Komm, Hasan. Wir müssen einen Kaplan suchen.«

* * *

Die erste Ohrfeige traf sie gänzlich unvorbereitet, und ihr Kinn flog von der Wucht des Schlags zur Seite.

»Was mischst du dich da ein? Drängst dich auf, spielst dich in den Vordergrund. Meinst du nicht, du hast genug Unheil angerichtet?«

Adela sah langsam wieder nach vorn und auf seine Hände. Dem nächsten Schlag würde sie ausweichen. Ihre linke Gesichtshälfte brannte wie Feuer, aber sie wollte nicht weinen. Diesen Triumph wollte sie ihm nicht gönnen. Verdammte Tränen! Sie biss die Zähne zusammen und griff hinter ihrem Rücken nach einem schweren Kerzenleuchter aus Bronze, der auf dem Tisch in ihrer Kammer stand. »Ist es nicht egal, was ich tue, Friedrich? Schlägst du mich nicht trotzdem?«

Seine Hand schnellte vor. Er packte sie mit seiner Pranke am Hals. Der Kerzenleuchter entglitt Adela und fiel scheppernd zu Boden.

»Trotz, nichts als Trotz. Statt dass du dankbar bist. Statt dass du einmal begreifst, welch großartiges Blatt das Schicksal mir in die Hände gespielt hat und dass auch du davon einen Nutzen haben könntest, wenn du nicht so dumm wärst!«

Adela schnappte nach Luft. Sie lief rot an. Friedrich hatte eine ungeheure Kraft in den Händen.

»Aber nein, stattdessen läufst du weg und spielst dich dann noch als Opfer auf und machst dich bei meinen Dienstleuten wichtig, während ich mich hier Tag und Nacht abschinde, um die Zukunft zu bauen!«

Er lockerte den Griff um ihren Hals nicht, Adela musste würgen, sie fasste mit beiden Händen nach seinem Handgelenk, aber Friedrichs Finger hatten sich um ihren Hals gelegt wie eine Eisenklammer. Er schob sein Gesicht ganz nah an ihres heran, flüsterte. »Du … Du bist keine Königin! Und du wirst nie lernen, eine zu sein. Weil du es nicht willst! Weil du im Grunde immer noch ein Bauernmädchen aus Vohburg bist, das ich nur geheiratet habe, weil mein Onkel es wollte und weil es damals ratsam schien. Ich dachte ja eine Zeitlang, es würde sich alles fügen. Du würdest mir einen Knaben schenken und du würdest lernen, dich zu benehmen. Mein Gott, was hätten wir gemeinsam alles erreichen können. Aber du willst ja nicht …«

Adelas Augen traten hervor, Panik kroch langsam über ihren Rücken. Würde er sie ersticken lassen? Sie hämmerte mit den Fäusten gegen seine Brust, aber ihre Kraft ließ nach, und er drängte sie brutal gegen die Wand der Kammer. Adela versuchte um Hilfe zu schreien, aber sie bekam kein Wort heraus.

Friedrich sprach noch leiser. Fast sanft. »Aber ich habe eine Überraschung für dich. Du wirst mich nicht mehr lange ertragen müssen und ich dich nicht. Ich habe mit Rainald gesprochen, und er hat einen Weg gefunden, uns zu erlösen. Oh ja, Rainald ist ein schlauer Kopf. Er hat für mich in alten Akten und Urkunden gewühlt, und sieh mal, was er entdeckt hat …«

Friedrich zog aus seinem Umhang ein zusammengefaltetes Pergament hervor, ohne den Griff um den Hals seiner Frau zu lockern. Er schüttelte kräftig an einer Ecke des vergilbten Papiers, und das Schriftstück faltete sich auseinander.

Adela blickte auf eine Stammtafel. Zahlreiche Namen waren miteinander verbunden wie bei einem Baum, der sich nach oben weit verzweigte. Ganz oben las sie den Namen von Friedrich. Und ihren eigenen.

»Sieh mal in die Krone unseres Stammbaumes. Ja, *unseres* Stammbaumes. Denn wir sind verwandt, Adela. Die Mutter deiner Urgroßmutter war eine Schwester meines Urgroßvaters. Wir sind im sechsten Grad verwandt. Und obwohl die Heilige Kirche in ihrer Weisheit mir leider nicht gestattet, mich von meiner Gattin scheiden zu lassen, weil sie eine vertrocknete Ziege ist, die mir keine Kinder schenkt und sich fortwährend dumm und trotzig aufführt, so hat sie doch ein Einsehen, wenn die Eheleute zu nah verwandt sind. Verstehst du?«

»Lass … m… mich … l… los!« Adela war hochrot angelaufen, sie krächzte die Worte kaum hörbar hervor. Ihr wurde schwarz vor Augen, und sie meinte, sie müsse die Besinnung verlieren, als Friedrich endlich ihren Hals freigab. Adela rang nach Luft, ihre Knie gaben nach, und sie sank zu Boden.

»Du kannst es behalten. Ich hab noch eine Abschrift.« Friedrich ließ das Pergament vor ihr auf den Boden fallen.

Adela röchelte, ihre Hand am schmerzenden Hals. Sie kniff die Augen zusammen.

Nicht weinen! Er soll es nicht sehen!

»Du wirst die zwei Wochen bis zu meiner Krönung noch die liebende Gattin spielen. Dann kehrst du auf eigenen Wunsch in dieses Kloster zurück. Äbtissin Gepa weiß Bescheid, es ist schon alles besprochen. In einem Jahr sind wir geschiedene Leute.«

Er kniete zu ihr nieder, kam mit seinem Mund ganz nah an ihr Ohr. »Und gnade dir Gott, wenn du es wagst, bis zur Krönung noch mal für Aufruhr zu sorgen. Hast du verstanden?«

* * *

Die Hand mit den dünnen, spinnengleichen Fingern strich das Leinentuch glatt, das auf dem kalten Altarstein lag, und die Augen des Hofkaplans musterten unruhig das dunkle Gesicht des großen Mannes, der vor Kurzem mit seinem Begleiter die Kirche betreten hatte. »Ich bin mir nicht sicher, ob es recht ist, dass der Heide hier ist … Wenn ihr wisst, was ich meine.«

Ditho warf einen Blick über die Schulter zu Hasan, der am Kirchenportal stehen geblieben war und neugierig die Steinmetzarbeit am Rand des Taufbeckens zu studieren schien. Dann lächelte er Anselm von Wittlingen an. »Ich meine einmal gehört zu haben, der Herr freue sich über jeden, der sein Haus besucht. Täusche ich mich, Bruder Anselm?«

Der Hofkaplan nickte unbestimmt. Der hagere Mann mit dem dünnen Kranz grauer Haare und dem wachsbleichen, fast durchscheinenden Gesicht wirkte fahrig und ungelenk in seinen Bewegungen, mit denen er die Klosterkirche für den Gottesdienst vorbereitete.

Ditho ging nach vorn und setzte sich in die erste Bank. Die Luft roch nach Weihrauch und Kerzenwachs. Das Gotteshaus war innen überraschend hell, freundlich und bunt, was die grobe graue Fassade von außen nicht vermuten ließ. »Ihr bereitet einen Gottesdienst vor?«

»Ja. Der Herzog möchte sich für den guten Verlauf seiner Verhandlungen dankbar zeigen und den Herrn um Beistand bei der Wahl in Frankfurt bitten. Und vermutlich Abbitte leisten …«

Anselm hatte die letzten Worte in sich hineingemurmelt. Ditho legte den Kopf schräg. »Abbitte? Wofür? Gibt es etwas, für das er Buße tun müsste?«

Anselm stieß geräuschvoll Luft aus. »Vermutlich für die Zecherei und das Gelage, das er nach dem Gottesdienst mit den anderen Fürsten veranstalten wird … Nein. Vergesst, was ich gesagt habe. Ich bin heute etwas durcheinander. Man sagt, der Herzog will übermorgen Abend schon nach Frankfurt aufbrechen, und die Aussicht auf eine weitere Reise macht mich nicht eben glücklich, das gebe ich zu.«

Übermorgen schon? Ditho bezweifelte, dass Jasmo kräftig genug war, um eine solche Reise zu überstehen. Er musste unbedingt nach ihm sehen und mit dem Medicus sprechen. Und mit Enno, um Pferde und einen Karren für Jasmo zu bekommen. Sie würden Barbarossa nach Frankfurt begleiten müssen, wenn Ditho den Mörder nicht wider Erwarten schon vor der Abreise stellen könnte. Wenn er ihn überhaupt stellen könnte.

Mehr als ein paar lose Fäden und Andeutungen hatte er trotz seiner Fundstücke aus dem Haus des Kupplers und aus dem Abwasserkanal bisher nicht in der Hand. Und er wusste auch nicht mehr, ob er den Herzog wirklich beschützen wollte. Den Mann, der ihm wegen seiner Burg und wegen seiner Ehre jedoch keine andere Wahl ließ. Brauchte nicht eigentlich jemand anderes seinen Schutz viel dringender?

Ditho machte sich Sorgen, wie Adela seine Absage aufnehmen würde, und er redete sich ein, das einzig Vernünftige getan zu haben, als er vorhin sein »Nein« auf das Pergament gekritzelt hatte. Er musste die Gedanken an Adela verbannen und, so schnell es ging, diesen Mörder finden.

Ditho stand auf und ging auf den Kaplan zu, der Brot und Wein in den Tabernakel hinter dem Altar stellte. »Der junge Friedrich, der Sohn Konrads, ist Euer Zögling, nicht wahr?«

Anselm fuhr herum. Seine Augen wanderten unruhig im Kirchenschiff umher. »Warum interessiert Euch das, Ritter? Was wollt Ihr überhaupt von mir? Was wollt Ihr hier bei Hofe? Wir dachten alle, Ihr wäret im Heiligen Land geblieben und dort … sesshaft geworden.«

»*Gestorben* wolltet Ihr vielmehr sagen, ist es nicht so?«

Anselm schwieg. Ditho ging um den Altar herum und trat zu Anselm an den mit Gold verblendeten Tabernakel. »Ich bin hier, weil der Herzog mich gebeten hat, gewisse Vorkommnisse zu untersuchen. Ihr habt bestimmt von der Entführung der Herzogin gehört, oder nicht?«

Anselm nickte knapp. »Das habe ich. Aber es wundert mich, dass der Tod von zwei Kupplern den Herzog dermaßen beschäftigt. Habt Ihr denn eine Spur des Mörders?«

Ditho nickte. »Ja. Die habe ich.«

Anselm zuckte kurz und schwieg. Dann hob er fragend das Kinn. »Und? Wohin führt sie?«

»Sie führt nach Damaskus.«

»Nach Damaskus?« Anselm schüttelte den Kopf.

»Ja. Zu einem Veteranen des Kreuzzugs. Einem Lazaristen. Kennt Ihr einen Lazaristen aus dem Kreuzzug, Bruder Anselm? Ihr wart damals auch im Tross dabei, oder nicht?«

Anselm nickte. Sein Blick wurde düster. »Gott sei's geklagt. Ich habe hundertmal das Sakrament der letzten Ölung gespendet. Auch den Lazaristen. Aber an einen besonderen kann ich mich nicht erinnern. Wie kommt Ihr darauf, dass es sich bei diesem Mörder um einen Leprösen handelt?«

»Sagen wir, es gibt einige Anzeichen dafür.«

Ditho beobachtete Anselm aus den Augenwinkeln. Ein freudloses Lächeln glitt über Anselms Züge, und sein Blick wurde starr, als sehe er Bilder aus dem Heerlager vor sich aufziehen. Unwillkürlich griff er nach einem Rosenkranz, der an seinem speckigen Gürtel hing, und ließ die Holzkugeln durch seine Finger gleiten.

»Die Lazaristen waren die schlimmsten. Sie hatten nichts zu verlieren …«

»Ja. Und es scheint, als habe auch dieser hier nicht viel zu verlieren. Und auf der anderen Seite viel zu gewinnen.«

Anselm blickte auf. »Wie meint Ihr das?«

»Es geht um den Thron, Hofkaplan. Der Mörder scheint die Absicht zu hegen, Friedrich daran zu hindern, den Thron zu besteigen. Es scheint, als hielte er den Anspruch des Herzogs nicht für rechtmäßig.«

Ditho wusste, dass dies eine gewagte Behauptung darstellte, aber er wollte den Kaplan herausfordern.

In Anselms Augen glomm etwas Unheilvolles auf. »Es ist das gute Recht des Herzogs, den Thron anzustreben. Niemand kann ihm das verwehren.«

Anselm bemühte sich, gleichgültig zu klingen, aber Ditho bemerkte das Widerstreben in seiner Stimme.

»Niemand? Es gibt Fürsten, die sähen lieber den jungen Friedrich auf dem Thron, oder nicht, Bruder Anselm? Die sagen, Friedrich habe als Konrads Sohn weitaus mehr Anrecht auf die Nachfolge als der Neffe.«

Anselm trat näher. Sein Zorn war nun unverhohlen. »Was wollt Ihr von mir, Ditho? Seid Ihr ein Spion des Herzogs? Schickt er Euch, um mich auszuhorchen? Wo steht Ihr?«

»Ich stehe auf der Seite des Rechts, und ich frage mich, wer ein Interesse daran hat, dem Herzog sein gutes Recht zu verwehren. Mit einem Mord zu verwehren, Bruder Anselm. Und ich frage mich, wer daraus Nutzen zieht, wenn ein sechsjähriger Knabe den Thron besteigt. Könnt Ihr mir das sagen? Wer würde dieses Land regieren? Wohl kaum ein Knabe, oder?«

Anselm schnaubte. »Sicher kann ich Euch das sagen. Das ist kein Geheimnis. Das weiß jeder. Erzbischof Heinrich von

Mainz würde der Vormund des jungen Friedrich werden und als *procurator regni* de facto die Regierung übernehmen. Er ist kein Freund der Staufer, das weiß auch jeder.«

»Ich wusste das nicht. Und was ich auch nicht weiß, ist, wo Ihr steht. Seid Ihr denn kein Freund der Staufer, wo Ihr doch König Konrad so treu gedient habt?«

Anselms Augen wurden zu schmalen Schlitzen. »Ich diene zuallererst Gott, unserem Herrn, und der Mutter Kirche. Aber es stimmt. Ich war Konrad treu ergeben. Und die alles entscheidende Frage hierbei ist doch: Was wollte König Konrad? Wen wollte *er* als Nachfolger haben?«

Ditho legte den Kopf schräg. »Ich dachte, er habe den Herzog auf seinem Totenbett als Nachfolger bestimmt? Ihm die Reichsinsignien übergeben?«

Anselm lächelte dünn. »Ja. So sagen es zumindest der Herzog selbst und Bischof Eberhard von Bamberg.«

»Habt Ihr Grund, an der Aufrichtigkeit dieser Männer zu zweifeln?«

Anselm zuckte mit den Schultern. »*Omnia aequo animo ferre sapientis*, heißt es, oder nicht?«

Ditho spreizte die Finger. »Mein Latein ist nicht besonders gut.«

Der Hofkaplan lächelte herablassend, ging zum Tabernakel und verschloss ihn. Dann trat er wieder zu Ditho. »›Leid mit Gleichmut zu ertragen zeugt von Weisheit.‹ War es das, Ritter Ditho? Kann ich Euch sonst irgendwie zu Diensten sein? Nein? Dann entschuldigt mich.«

Anselm schickte sich an, an Ditho vorbei die Stufen zum Kirchenschiff hinunterzugehen, als er plötzlich zurückzuckte. Hasan war ihm in den Weg getreten. »Was soll das? Was will der Heide von mir?«

Anselm blickte verständnislos von Ditho zu Hasan, als der Sarazene mit kehliger Stimme in einer Sprache zu reden begann, die der Kaplan schon oft gehört hatte, gleichwohl aber nicht verstand. Ditho hörte zu und nickte dann.

»Hasan denkt, dass Ihr Euch als ein Mann Gottes mit dem Propheten Daniel auskennen müsstet.«

Verwirrung strich über Anselms Gesicht. »Der Prophet Daniel? Was hat der damit zu tun?«

»Er hat einen König gewarnt, eine Prophezeiung gedeutet, die dessen Tod voraussagte, nicht wahr?«

»Ja. Das Menetekel an der Wand bei Belschazzars Festmahl. Und?«

Anselms Verwirrung war echt, glaubte Ditho zu sehen. Der Blick des Hofkaplans zuckte zwischen dem Sarazenen und dem Einäugigen hin und her, als Hasan erneut Arabisch mit Ditho sprach. Ditho nickte wieder und übersetzte. »Der Prophet Daniel. Und ein Lazarist. Und Krüge mit Harz und mit Honig und jede Menge Heuschrecken. Fällt Euch dazu etwas ein, Hofkaplan?«

Anselm schüttelte den Kopf. »Was wollt Ihr von mir? Was ist das für eine sinnlose Aufzählung? Harz? Ich weiß, dass irgendwo in der Heiligen Schrift geschrieben steht, dass ein Prophet sich von Honig und von Heuschrecken ernährt, aber ich glaube nicht, dass es Daniel war. Matthäus schrieb darüber, aber sicher bin ich mir nicht. Und was hat ein Lazarist damit zu tun?«

»Wir dachten, Ihr sagt es uns, Bruder Anselm. Habt Ihr Euch aus dem Heiligen Land eigentlich ein Andenken mitgenommen? Ein Schwert vielleicht?«

Anselm ging langsam rückwärts, ohne den Blick von Ditho und Hasan zu wenden, die ihm Schritt für Schritt folgten. »Ihr seid von Sinnen, Ditho von Ravensburg. Und Ihr redet wirr! Ich brauche kein Andenken an diesen bluttriefenden Feldzug und schon gar kein Schwert. Lasst mich in Frieden!« Er drehte sich um, raffte seine Kutte zusammen und hastete im Laufschritt in die Sakristei. Anselm schlug die Tür laut hinter sich zu, sodass der Hall für einen Atemzug im Kirchenschiff nachklang.

Ditho und Hasan blieben stehen.

»Was denkst du?«, wandte sich Ditho an den Freund.

Hasans Blick war noch immer auf die Sakristeitür gerichtet. Er schob abwägend die Unterlippe vor. »Er lügt«, sagte er dann. »Er weiß was. Aber ich glaube nicht, dass er ein Mörder ist. Er ist ein …«, Hasan zögerte, dann stahl sich ein Lächeln in sein Gesicht, *»Hadim.«*

Auch Ditho musste grinsen. Ein Eunuch. »Wir müssen ihn dennoch im Auge behalten. Und wir brauchen eine Bibel, um …« Ditho biss die Zähne aufeinander, sein Körper verkrampfte sich, er griff sich an den Kopf und fiel auf die Knie.

Erschrocken riss Hasan die Augen auf. »Ditho! Was ist?«

Er stürzte zu seinem Freund, der völlig regungslos am Boden vor dem Altar kniete. Hasan sah, wie Dithos gesundes Auge sich nach oben richtete, sich immer weiter verdrehte, bis er fast nur noch das Weiße im Auge seines Freundes sehen konnte. »Ditho! Rede! Was ist mit dir?«

Ditho stöhnte, dann fiel sein Kopf nach vorn, und er zog keuchend Luft ein. Es war vorbei. Der Schmerz ließ nach. Dithos Atem beruhigte sich. Er kauerte auf dem Boden, wischte sich den Schweiß von den Schläfen.

»Es wird schlimmer«, sagte er leise. »Das Auge. Ich muss etwas tun.«

* * *

»Dem Ditho will nicht hören, Jasmo. Ist störrisch wie Maulesel. Sag du dem!«

Jasmo setzte die hölzerne Schüssel ab, aus der er geräuschvoll geschlürft hatte, dann faltete er die Hände vor dem Bauch und gab sich so väterlich und weise, wie es ihm angesichts seiner wirr abstehenden, versengten Haare und seiner sitzenden Haltung im Bett möglich war. »Hasan hat recht, sosehr es mich schmerzt, das zu sagen, Ditho. Aber du solltest tun, was er sagt.«

»Sag dem auch, er soll zu einem *El Hakim* gehen. Ich kann dem suchen, wenn du willst!«

Ditho schüttelte den Kopf. »Ich brauche keinen Medicus, Hasan. Noch nicht. Später vielleicht. Wir müssen erst mit Albert von Sponheim und mit Enno sprechen. Wir müssen herausfinden, ob Heinrich von Mainz seine Finger im Spiel hat. Und wir dürfen nicht vergessen, beim Evangelisten Matthäus nach Honig und Heuschrecken zu suchen. Außerdem brauchen wir einen Karren, um dich nach Frankfurt zu bringen, Jasmo.«

Hasan schüttelte aufgebracht den Kopf und wies mit der ausgestreckten Hand empört auf Ditho, während er den Hofnarren ansprach. »Siehst du dem, Jasmo? Er hört nicht! Er liegt in Kirche auf Boden und krumm von Schmerz, aber dem will nicht zu *El Hakim!*«

»Aber ich hab doch –«

»Er hat Angst. Er traut sich nicht.«

Jasmo hatte Ditho unterbrochen. Hasan nickte und winkte mit der Hand ab, als sei er ein ausgewiesener Fachmann, was Dithos Sturheit anging. »Dem stimmt. Soll ich dem betrunken machen, bis nicht mehr laufen kann und dann einfach zu *El Hakim* tragen?«

»Das ist natürlich eine Idee, wobei du –«

»Halt! Könnt ihr mal aufhören, so zu tun, als wäre ich nicht da?« Ditho war so laut geworden, dass seine Freunde verstummten.

Hinter dem Fenster versank langsam die Abendsonne über den Dächern der angrenzenden Häuser; der einsetzende Wind trieb Rauchschwaden aus den Kaminen vorbei. Als sie vor wenigen Augenblicken in Jasmos Kammer gekommen waren, hatte Ditho zunächst mit Staunen zur Kenntnis genommen, wie munter der Hofnarr wirkte und mit welchem Appetit er allerlei Dinge aus Schüsseln und von Tellern verspeiste, die Wiltrud ihm aus der Küche besorgt hatte. Mit ebenso großem Staunen, aber mit weit weniger Freude musste Ditho dann feststellen, wie sich seine beiden Freunde plötzlich gegen ihn verbündeten, nachdem er von den Erkenntnissen aus dem Versteck im Abwasserkanal und aus den Gesprächen mit Gisbert und Anselm von Wittlingen berichtet und Hasan noch die Episode mit Dithos Zusammenbruch in der Klosterkirche ergänzt hatte. Der Sarazene und der Hofnarr, die sonst nie einen Streit ausließen, erörterten plötzlich in größter Eintracht seinen gesundheitlichen Zustand.

Ditho verschränkte die Arme vor der Brust. »Es freut mich ja, dass ihr zwei euch so um mein Wohlergehen sorgt, aber ich habe ... Wir haben im Moment andere Schwierigkeiten.«

»Welche denn? Du meinst den Mörder?«

»Den auch.« Ditho erzählte ihnen in knappen Worten, wie Barbarossa ihn mit seiner Burg und dem Streit mit Gernot von Wangen unter Druck gesetzt hatte.

Hasan schwieg, und Jasmo starrte ihn entgeistert an. »Aber ... Aber ich dachte, er hilft dir?«

»Und das wird er auch tun, da bin ich mir sicher. Aber wenn es ihm dabei hilft, König zu werden, kann er mich genauso schnell wieder fallen lassen. Wir müssen den Mörder finden, damit er an sein Versprechen gebunden ist und er außerdem die Macht hat, mir zu helfen.«

Jasmo nahm sich einen verschrumpelten Apfel, der auf dem Tischchen neben ihm zwischen allerlei leeren Tellern und Bechern lag. »Während ihr euch einen schönen Tag gemacht habt, habe ich meine Zeit sinnvoll genutzt, ein paar Fragen gestellt und noch einmal im Besonderen über eine Sache nachgedacht. Und was soll ich euch sagen? Ich bin zu einem Ergebnis gekommen.«

»Mit wem hast du gesprochen? Und worüber hast du nachgedacht?«

Jasmo biss herzhaft in den Apfel und ließ sich viel Zeit mit seiner Antwort.

»Jasmo?«

»Gut. Gestern Abend haben wir darüber gesprochen, dass

der Mörder die Herzogin gerettet hat, weil ihre Entführung durch die Kuppler möglicherweise seine Pläne durchkreuzt hätte, richtig?«

»Richtig. Und?«

»Er wollte nicht, dass sie stirbt. Vielleicht will er gar nicht, dass sie stirbt. Vielleicht hat er aber auch einen ganz bestimmten Augenblick für ihren Tod oder ihren und des Herzogs Tod im Sinn. Kann doch sein, oder?«

»Kann sein. Und weiter?«

»Der Mörder schreibt Bibelsprüche an die Wand, er hinterlässt blutige Abdrücke und, nach dem, was ihr erzählt habt, Inschriften an der Wand des Abwasserkanals, wo er mich verbrennen wollte, statt mir einfach ein Schwert in die Rippen zu stoßen.«

»Ja und? Was heißt das?«

»Das heißt«, dozierte Jasmo, während er den Apfel verspeiste und sich an Dithos und Hasans Aufmerksamkeit weidete, »das heißt, dass er den großen Auftritt liebt. Es geht ihm nicht darum, seine Tat schnell und wirkungsvoll zu vollbringen. Er ist einer wie ich, wenn ihr so wollt. Ein Gaukler. Er hätte die Herzogin, mich und vermutlich auch den Herzog schon lange töten können, aber er will es nicht, weil es ihm den großen Auftritt verpatzen würde. Versteht ihr, was ich meine?«

Ditho schob die Unterlippe vor und nickte. Er staunte über Jasmos Scharfsinn. »Du glaubst, er sucht eine Bühne? Für seinen Auftritt?«

Jasmo nickte eifrig. »Genau. Ich glaube, der Herzog ist so lange sicher, wie er sich nicht mit der Herzogin zeigt. Ich habe mit dieser Wiltrud geredet. Das arme Ding ist übrigens ganz verrückt nach mir. Nicht, dass mir das zum ersten Mal passiert, aber –«

»Jasmo!«

»Na ja, jedenfalls hat sie mir erzählt, dass der Kammerherr sie über den Ablauf der Wahl und der Krönung unterrichtet hat, damit sie weiß, wann die Anwesenheit ihrer Herrin beim Zeremoniell erforderlich ist.«

»Und?«

»Sollte der Herzog aus der Wahl in Frankfurt als Sieger hervorgehen, wird er danach begleitet von den Fürsten und der Herzogin aus der Salvator-Basilika treten und sich dem Volk zeigen, um im Jubel der Menge zu baden. Dann werden sie nach Aachen reisen, wo er im Dom gekrönt wird. Ein Riesenspektakel mit noch mehr Fürsten des Reiches und allerlei Pfaffen, und wieder wird das Volk vor den Pforten warten, um dem neuen König zuzujubeln. Und die Herzogin wird natürlich mittendrin sein.«

»Beides große Auftritte.«

»Ideal, wenn man etwas nicht still, schnell und leise vollbringen will, sondern vor den Augen der ganzen Welt.«

Ditho zupfte nachdenklich an seiner Unterlippe. Jasmo hatte recht. Aber irgendetwas schmeckte ihm nicht, ein Gefühl im Bauch sagte ihm, dass er etwas nicht übersehen durfte.

Jasmo blickte zu Hasan, der ein Gähnen unterdrückte, und dann zu dem schweigenden Ditho. »Was ist? Hat dir mein Scharfsinn die Sprache verschlagen?«

Ditho blickte auf. »Nein. Deine Überlegungen sind richtig, Jasmo. Wahrscheinlich will er die Sache in Frankfurt oder in Aachen zu Ende bringen. Aber … Rede nicht zu viel mit dieser Zofe über diese Dinge, hörst du? Das Gefolge Friedrichs ist schwatzhaft, und wir können es uns nicht leisten, dass unser Wissen über den Mörder die Runde macht.«

Jasmos Gesicht nahm die vertraute rötliche Färbung an, was ihn zusammen mit den Brandwunden im Gesicht und den versengten Haaren aussehen ließ wie einen behaarten Hummer. »Ich soll … Sag mal, bist du neidisch, auf das, was ich herausgefunden habe? Das Mädchen ist süß und hat ein goldenes Herz, aber sie ist auch nicht die Allerhellste, und ich war äußerst vorsichtig, hab ganz allgemein gefragt und nichts von dem erzählt, was wir wissen. Glaubst du, ich bin ein Schwätzer?« Jasmo war laut geworden.

Ditho hob die Hand, aber seine Stimme blieb hart. »In Ordnung, ich sage nur –«

Es klopfte an der Tür, und die Männer sahen sich um. Wiltruds Kopf erschien im Türspalt. »Störe ich die Herren?« Wiltrud schien die aufgeheizte Stimmung im Raum nicht wahrzunehmen, sie lächelte breit.

Die Miene des Hofnarren hellte sich augenblicklich auf. »Kommt rein, Wiltrud. Wir sprachen gerade von Euch!«

»Von mir? Aber was … Hab ich etwas falsch gemacht?« Die Zofe betrat das Zimmer und lief rot an.

Jasmo lachte. »Ganz im Gegenteil. Ich habe gerade Eure Fürsorge und Euer Mitgefühl gepriesen. Was habt Ihr da in der Hand? Habt Ihr mir etwa wieder eine Leckerei mitgebracht? Die Äbtissin wird Euch noch mit dem Kirchenbann belegen!«

Er drohte spielerisch mit dem Finger, und Wiltrud lachte. Ihr Blick ging zu dem Gegenstand in ihren Händen, als entdecke sie ihn eben erst selbst. Es waren Pergamentseiten, zusammengerollt und in ein Stück Leder eingeschlagen. »Das? Nein, das ist … ausnahmsweise nicht für Euch, Jasmo.«

Sie wandte sich an Ditho, senkte die Stimme zu einem vertraulichen Tonfall. »Ich hatte gehofft, Euch hier zu treffen, Ritter Ditho. Ich soll Euch das von meiner Herrin geben. Sie ist zum Gebet gegangen und lässt Euch grüßen.«

Ditho nahm die Lederrolle mit den Seiten entgegen und knotete sie auf. Schwarze Lettern auf dem Deckblatt verrieten Ditho nach mehreren Versuchen, dass es sich um eine Abschrift aus Avicennas *Kanon der Medizin* handelte. In Latein. Er würde jemanden brauchen, der es ihm übersetzte. »Habt Dank, Wiltrud. Und sagt auch Eurer Herrin Dank.«

Wiltrud deutete eine Verbeugung an und lächelte verschwörerisch. Ditho fragte sich, wie viel sie von den Geheimnissen

Adelas wusste. Doch ihr Blick gab keine Antwort auf die unausgesprochene Frage.

Sie wandte sich zu Jasmo, setzte sich auf die Bettkante und begann das leere Geschirr auf dem Tisch daneben zusammenzustellen, während Jasmo aufgekratzt mit ihr plauderte.

Im Klosterhof krähte ein Hahn. Hasan trat ans Fenster, schob die Pergamentbespannung zur Seite und streckte sich, als wolle er seine Müdigkeit vertreiben.

Ditho blickte auf die Rolle mit den Pergamentblättern in seinen Händen. Avicennas *Kanon*. War darin etwas zu finden, das ihm mit dem Auge half? Gab es etwas, das der berühmte Gelehrte aus dem Morgenland geschrieben hatte und das Ditho einem hiesigen Medicus zeigen konnte? Er würde sich die Seiten Zeile für Zeile vornehmen müssen. Hasan und Jasmo hatten recht. Er musste etwas tun. Und zwar besser heute als morgen.

Ditho entdeckte ein loses Blatt, das unter dem Deckblatt steckte und knapp über die Lederrolle hinauslugte. Er zog es heraus und sah unwillkürlich zu Hasan. Der Blick seines Freundes ruhte auf ihm, und er hob ganz kurz die Augenbraue, als auch er das Blatt sah. Lächelte er? Ditho fühlte sich ertappt und wandte den Blick ab. Eine kurze Nachricht war mit dünnen Buchstaben auf den Streifen Pergament geschrieben.

Während Jasmo und Wiltrud lachten, ließ Ditho seinen Finger langsam über die Worte gleiten, und seine Lippen setzten stumm die Buchstaben zusammen.

Ich weiß, dass Euch das Lesen Mühe bereitet, aber ich hoffe, dass Ihr durch dieses Buch Heilung finden werdet. Verzeiht, dass ich Euch um Hilfe bat. Ich verstehe gut, dass Ihr sie mir nicht gewähren könnt. Grämt Euch nicht deswegen, ich werde Euch nicht weiter zur Last fallen. Ich wünschte von Herzen, wir hätten uns unter glücklicheren Umständen kennengelernt. A.

Ditho schloss für einen Moment die Augen. *Ich werde Euch nicht weiter zur Last fallen.* Ein Schauer lief ihm über den Rücken, als er das Papier zerknüllte. *Tu's nicht!* Eine Stimme in seinem Inneren schrie auf. *Lass es sein!* Oder schrie diese Stimme Adela an?

»Sie ist in der Kirche, sagt Ihr?« Seine Stimme war kaum mehr als ein Flüstern.

Wiltrud blickte auf. Fröhlich nickte sie. »Ja, sie wollte ein Gebet sprechen, solange es still ist. Bevor alle zur Messe gehen.«

Staunend sahen sie und die beiden Männer, wie Ditho hastig die Pergamentrolle auf das Bett warf, sich umwandte und zur Tür stürzte. Einen Lidschlag später war er aus der Kammer verschwunden, und seine Stiefel hämmerten laut über die Bodenplatten im Flur.

* * *

Die Aussicht war atemberaubend. Sie konnte über die unzähligen Dächer der Stadt blicken, über den Hildebold-Dom, dessen Kirchturm von einem Krähenschwarm umkreist wurde, über die im letzten Abendlicht feucht schimmernden Dächer der Patrizierhäuser und über den Rhein, hinter dem sich das Land unter schiefergrauen Wolken zum Horizont wölbte. Hunderte Rauchfahnen aus den Kaminen kräuselten sich zum Himmel und erzählten von Familien, die um das Feuer saßen, aßen, redeten und, wie Adela glauben wollte, miteinander lachten und sich im Arm hielten, weil ihre tägliche Mühsal und das Leid so besser zu ertragen waren.

Der Wind zerzauste ihr Haar, mit einer Hand hielt sie sich am Mauerwerk fest, einen Fuß hatte sie bereits auf den schmalen Sims des Fensters gesetzt, der gut fünfzehn Mannslängen über dem schlammigen Boden des Klosterhofes lag. Die schweren Glocken hinter ihr hatten eben geläutet, laut wie die Posaunen des Jüngsten Gerichts, und sie hatte sich die

Ohren zuhalten müssen, als sie die schmale Stiege zum Kirchturm hinaufgegangen war. Niemand hatte sie gesehen. Niemand würde sie hier suchen.

Adela spähte nach unten und sah die ersten Fürsten mit ihrem Gefolge die Kirche betreten. Sie glaubte nicht, dass man sie bei der Messe vermissen würde. Friedrich würde sie bestimmt nicht vermissen. Sie wollte warten, bis alle in der Kirche waren, und dann den einen Schritt machen.

Adela schämte sich für den Anblick, den sie abgeben musste, wenn sie später dort unten lag. Sie schämte sich für ihre Feigheit, dass sie Barbarossa nicht mutiger entgegengetreten war, und sie schämte sich dafür, dass sie Ditho nicht gesagt hatte, was sie für ihn empfand. Dass sie in ihrer Brust einen Schwarm kleiner weißer Vögel hatte aufsteigen fühlen, als sie sich am Morgen an Jasmos Krankenlager begegnet waren. Wer wusste, wie ihrer beider Leben verlaufen wäre, wenn seine Burg nicht so weit entfernt von ihrer gelegen hätte, wenn sie sich als Kinder begegnet wären. Wenn man sie nie gezwungen hätte, diesen Mistkerl zu heiraten.

Wenn. Hätte. Wäre.

Sie wischte die kindlichen Wünsche zusammen mit einer Träne weg und verfluchte sich für das ständige Geflenne. Das hasste sie an sich. Aber damit war nun Schluss. Adela setzte den zweiten Fuß auf den Fenstersims und blickte noch einmal kurz nach unten. Ihr wurde schwindlig, aber ihr Entschluss stand dennoch fest. Selbstmörder kamen nicht in den Himmel, das wusste jeder, das hatte man ihr seit frühester Kindheit vorgebetet. Aber das hielt sie nicht ab.

Es gab keine Hölle, glaubte sie. Zumindest konnte sie nicht schlimmer sein als das Leben mit Barbarossa. Und was hieß schon Sünde? Sie hatte tausendfach von der Sünde gehört und sie gesehen, am eigenen Leib verspürt. War es sündiger, zu schlagen oder sich den Schlägen zu entziehen? War es sündiger, zu erniedrigen und zu hassen oder dem Hass und der Erniedrigung ein Ende zu bereiten?

Sie hoffte, der Herr würde ihr gnädig sein, und sie war sich sicher, dass er ein Einsehen haben würde, weil er alles gesehen hatte, alles kannte, jeden blauen Fleck, jede Narbe, ob auf der Haut oder im Herzen.

Adela ließ die kalte Mauer los, an der sie sich festgehalten hatte, und faltete die Hände wie zum Gebet. Das Gemurmel der Menge, die in die Kirche strömte, drang gedämpft zu ihr herauf. Sie hörte, wie sich die große Kirchenpforte schloss. Das *Salve Regina* aus zahlreichen Mündern setzte ein. Alle waren im Gotteshaus.

Der Wind fuhr ihr in die Augen, und wieder kamen die Tränen.

Verdammte Tränen.

Adela schloss die Augen und setzte einen Fuß vor.

Herr, nimm mich zu Dir.

»Tut es nicht!«

Sie erschrak, ihr Fuß ruderte in der Luft, und sie griff nach der Mauer. Ditho schnellte vor, aber Adela fand das Gleichgewicht wieder; sie fuhr herum und streckte abwehrend die Hand aus. »Nicht. Kommt nicht näher. Ihr müsst gehen!«

Ditho hielt in der Bewegung inne. Er hatte Angst, sie konnte es an seinen Augen sehen, und sie hörte seine kurzen Atemzüge. Angst um sie?

»Tut es nicht. Gebt mir Eure Hand und kommt da runter.«

Adela schüttelte den Kopf, ihre Haare peitschten ihr ins Gesicht. Wieder die verfluchten Tränen. »Es hört nie auf, wenn ich es nicht beende. Niemand kann es ändern. Geht, und lasst mich allein!«

Ditho streckte die Hand aus und machte einen vorsichtigen Schritt vorwärts. »Es ist mir egal, was vorgefallen ist, und es kümmert mich nicht, was ab jetzt geschieht, aber du musst da herunterkommen, du wirst nicht springen, hörst du, Adela? Du wirst nicht springen!«

Adela? Du? Sie drehte sich wieder um, blickte nach unten. Sie durfte nicht zulassen, dass er näher kam. Ihr Herz machte

Sprünge, die sie nicht verstand, aber wenn sie jetzt nicht mutig wäre, hätte Friedrich gewonnen. »Es geht nicht, Ditho. Es ist Wahnsinn, du hast es selbst gesagt.«

»Springen ist Wahnsinn. Das darfst du nicht tun!« Ditho schrie gegen den aufkommenden Wind und gegen das Krächzen der Krähen an. »Ich helfe dir, ich weiß nicht, wie, aber ich werde dein Problem lösen. Du wirst kämpfen müssen, aber wir finden einen Weg, ich verspreche es. Aber dafür musst du da herunterkommen! Gib mir deine Hand!«

Sie zögerte, blickte über die Schulter zu ihm und dann wieder nach vorn. Es ging nicht. Sie hatte keine Kraft, ihm zu glauben, sie hatte keine Kraft, zu kämpfen. Sie ließ die Mauer los. Sie sprang.

Aber sie fiel nicht.

Seine Hand hatte sie am Kragen gepackt. Er hielt sie fest, zerrte sie schwankend zurück auf den Sims. Adela schrie auf, ihre Füße suchten nach Halt, Putz bröckelte vom Sims und fiel endlos lange, bis er im Klosterhof aufschlug.

»Nicht!« Ditho packte sie grob und zog sie vom Sims auf den Boden, sie fiel, und er wurde mitgezogen. Adela schlug um sich, weinte, aber er hielt sie fest, bis sie sich ergab, heftig atmend, das Gesicht gerötet, die Augen wütend aufgerissen.

»Bist du wahnsinnig?« Ditho keuchte. »Bist du vollkommen von Sinnen? Das darfst du doch nicht machen!«

Ditho sah sie erschrocken an, ihre Gesichter keine Handbreit voneinander entfernt. Er strich ihr das Haar aus dem Gesicht. Ihr Atem ging schneller, als er sich langsam vorbeugte und doch wieder zurückzuckte.

Was tat er da?

Er blinzelte mit seinem einen Auge, dann drückte er seine Lippen fest auf die ihren. Eine warme Welle überschwemmte Adela, bahnte sich den Weg von ihrem Kopf zum Herzen und in ihre Lenden. Sie griff in sein Haar, ihre Münder öffneten sich hungrig. Sie atmete ihn ein und verlor sich in einer Wärme, wie sie sie noch nicht gespürt hatte.

Bleib! Geh nicht! Geh nie wieder!

Adela nahm sein Gesicht in ihre Hände und schob ihn sanft zurück, ohne ihn loszulassen. »Und das? Dürfen wir das?«, flüsterte sie.

Er schwieg, sein Gesicht eine Mischung aus Furcht und Erstaunen über sich selbst. Dann senkte er langsam seine Lippen an ihr Ohr. »Wir fragen nicht …«, hauchte er und vergrub seinen Mund an ihrem Hals.

Ein Schauer durchfuhr Adela, ihre Nackenhaare stellten sich auf, und sie drückte ihn fest an sich. Seine Lippen wanderten ihren Hals hinab, dann ließ er die Hand langsam über ihr Kleid gleiten, über ihre Brust, ihren Bauch, kam auf ihrem Schoß zu ruhen und schien eine Wolke aus himmlischer Hitze mit sich zu führen.

»Wir fragen nicht …«, flüsterte er noch einmal.

Sie reckte sich ihm entgegen, drückte ihren Schoß in seine Hand. Ihr heißer Atem drang fordernd an sein Ohr, und seine Hände glitten unter ihren Rock.

Sanft strich er über die warme, weiche Haut an ihrem Schenkel und ergab sich bereitwillig dem Wahnsinn der Berührung, während unter ihnen das *Te Deum* aus hundert Kehlen dröhnend zum Kirchendach emporstrebte.

29. Februar 1152, Unterwegs nach Frankfurt

Das Rattern des Karrens neben ihm und das unablässige Klappern der Hufe von allen Seiten hatte ihn schläfrig gemacht, als plötzlich von vorn ein Schrei zu ihm drang. Ditho blickte auf. Ein Kundschafter kam zum Tross zurück. Zwei Bewaffnete an seiner Seite, erstattete er Gisbert Bericht über den Standort ihres nächsten Nachtlagers. Gisbert erteilte dem Reiter Anweisungen, dann zügelte er sein Pferd, ließ es wenden und zum Herzog aufschließen.

Eine Gruppe Aschenbrenner stand am Waldrand. Die Männer stocherten in einem schwelenden Haufen Waldasche, die sie für die Seifensieder herstellten, und bestaunten den Zug. Schwalben zogen ihre Bahnen knapp über dem Graubraun der brachliegenden Felder. Es wurde wärmer.

Ditho lockerte seinen Umhang und blickte in ein Heer aus bunten Fahnen, Wappen und Lanzen, das sich langsam auf den Horizont zuschob und von fahrendem Volk, Bettlern, Bauern, Kaufleuten und Huren begleitet wurde. Unzählige Karren, Esel und Pack- und Reitpferde bildeten zusammen mit Ziegen und Kühen einen vierhundert Schritt langen Wurm, der sich über die holprigen Straßen mit tiefen Schlaglöchern und Pfützen wälzte und dabei grunzte, blökte und schrie, alles abfraß, was links und rechts des Weges lag, und eine breite Schneise aus Schlamm und Kot hinterließ.

Dutzende Fürsten mit ihrem Gefolge waren vor zwei Tagen mit ihnen zum Zug nach Frankfurt aufgebrochen, Dutzende weitere schlossen sich während der Reise an, brachten ihre Ritter mit, ihre Frauen und ihre Pfaffen, ihre Köche, ihre Kinder, ihre Berater und Bediensteten. Die Fürsten hoch zu Pferde, die Kirchenfürsten zumeist in Wagen oder Sänften und von ebenso vielen bewaffneten Reitern begleitet wie die weltlichen Herrscher.

Das stete Rauschen des Rheins hatte sie bis Coblenz begleitet, seit sie in Köln über den Strom gesetzt hatten. Ab dort war es durch den kahlen Wald und die morastigen Felder gegangen. Sie hatten Coblenz am Morgen hinter sich gelassen und bewegten sich auf Mainz zu. Frankfurt lag noch zwei Tagesritte vor ihnen, und Ditho wusste nicht, ob es ihm bis dahin gelingen würde, den Mörder zu stellen, bevor dieser wieder zuschlug.

Jasmo hatte recht. Der Lazarus-Ritter suchte eine Bühne für seine Tat, und Frankfurt oder Aachen würde ihm eine bieten.

Ditho hatte sich immer wieder im Tross umgesehen, hatte sich zurückfallen lassen und war bis zur Spitze geritten, um die Männer, die mit ihnen ritten, genau zu beobachten. Er behielt Anselm von Wittlingen im Auge, Gisbert und Albert, den feisten Notar, mit dem er gestern ein kurzes, unergiebiges Gespräch geführt hatte. Ditho hatte gerade nach dessen Zeit bei den Kreuzzügen gefragt, als sich der Notar über den Rand des Wagens beugte und sich erbrach. Vom Schaukeln des Wagens, in dem er reiste und gleichzeitig Akten verfasste, war ihm übel geworden. Seitdem kauerte er mit grünem Gesicht in seinem Gefährt.

Ditho hatte auch nach großen Männern Ausschau gehalten, nach Veteranen des Kreuzzugs, nach blonden langen Haaren, nach Zeichen von Aussatz. Aber der Tross bestand aus mehr als vierhundert Menschen, und Ditho kam mehr und mehr zu der Überzeugung, dass der Mörder sich verkleidete. Vielleicht hatte Gisbert auch recht, und man wollte Ditho nur glauben machen, dass es einen Lazaristen gab.

Der Pfad durch den Wald führte abwärts, und Dithos Blick war auf den Wagen mit der blauen Tuchbespannung gerichtet, der schräg vor ihm dahinrollte und von vier schwarzen Hengsten gezogen wurde.

Sie saß darin.

Adela, die vor drei Nächten in seinen Armen gelegen und ihn an sich gepresst hatte, die sich ihm mit lustvollem Stöhnen entgegengedrängt hatte. Danach hatte sie nichts gesagt, sie hatte sich angezogen und war vom Glockenturm hinabgestiegen. Der Kaplan hatte der Gemeinde das *Ite missa est* zugerufen, und wie die Menschen um sie herum hatte sie mit *Deo gratias* geantwortet. Dann war sie mit all den anderen aus der Kirche geströmt, so, als hätte auch sie dem Gottesdienst beigewohnt.

Seit diesem Abend bestand dieses sonderbare Band zwischen ihnen, das alle anderen ausschloss und von dem Ditho nicht wusste, ob es sich nicht heute oder morgen oder übermorgen als Schlinge um seinen Hals legen würde.

Ditho lächelte grimmig. Es war ihm gleich. Es war wieder wie damals vor Damaskus. Man konnte nicht wissen, ob man den nächsten Tag noch erlebte, aber man fühlte sich lebendig, jetzt in diesem Augenblick.

Drei Tage zuvor, als das Band zwischen ihnen geknüpft wurde, hatte Ditho vom Kirchturm aus gesehen, wie die Menge aus der Kirche strömte. Wie Barbarossa die guten Wünsche und Schmeicheleien auf dem Klosterhof entgegennahm und wie Adela so höflich und galant, wie die zukünftige Königin es sein sollte, mit einigen Fürsten plauderte. Als hätte sie nicht eben bei einem verarmten Ritter mit einem Auge gelegen, als würde sein Geruch nicht noch an ihrer Haut haften, als trüge sie nicht seinen Samen im Schoß.

Dort oben war es Ditho klar geworden, dass er ihr nicht aus Mitleid geholfen hatte oder aus Ritterlichkeit. Dass er sie nicht deswegen vom Springen abgehalten hatte, weil das Aufruhr bedeutet hätte und weil es die Gefahr barg, dass Barbarossa es sich anders überlegte mit seiner Burg. Sondern weil er sich in sie verliebt hatte. Weil sie jede Hilfe wert war und weil er sich nicht mehr um die Gefahr scherte, die es mit sich brachte, wenn man die Frau des zukünftigen Königs liebte.

Ditho hatte versprochen, ihr zu helfen, auch wenn er nicht wusste, wie. Aber er wusste sehr wohl, dass er sie mit seinem Leben beschützen würde, falls der Lazarist vorhatte, ihr etwas anzutun.

Und auch falls Friedrich vorhatte, ihr etwas anzutun.

Seitdem hatten sie sich nur kurz und immer im Beisein anderer gesehen, weil die Vorbereitungen für die Reise nach Frankfurt beide in Anspruch nahmen. Aber da waren die Blicke, geheime Blicke, die von klopfendem Herzen und von Sehnsucht erzählten. Geflüsterte Sätze im Vorbeigehen, eine Berührung, unter dem Umhang verborgen, hastig hingekritzelte Notizen, die sogleich wieder zerknüllt wurden, gehauchte Küsse hinter einem Vorhang, die niemand gesehen hatte, und endlose Stunden des Sichsehnens, des Wartens, Hoffens und Bangens um den anderen. Ein Geheimnis, das seine Seele, seinen ganzen Körper mit einem Strom aus Glut und Leben erfüllt hatte, seit sie auf dem harten Boden des Kirchturms beieinandergelegen hatten.

Ditho sah zu der bewaldeten Kuppe am Horizont, auf die der Tross zuhielt. Dahinter lag die Burg Nassau, ihr Nachtlager. Die Burgherren waren wenig erbaut, wenn der Tross bei ihnen ankam, aber sie hatten keine Wahl. Niemand wollte es sich mit dem künftigen König verscherzen, und daran, dass Barbarossa zum König gewählt werden würde, zweifelte inzwischen niemand mehr.

Ditho rieb sich die Schläfen, er fühlte, wie die Kopfschmerzen zurückkamen. Vergangene Nacht hatte er im schwachen Schein eines kurzen Kerzenstummels die Seiten im *Kanon* von Avicenna durchgeblättert, Buchstabe für Buchstabe, Wort für Wort entziffert und versucht, sich einen Reim darauf zu machen, doch sein Latein war zu schlecht, als dass er aus Avicennas Anweisungen hätte schlau werden können.

Er hatte die Abbildungen studiert, die Augenklappe abgenommen und sich in der blank polierten Klinge eines Dolches die Spiegelung seines kranken Auges angesehen. Er würde jemanden brauchen, der ihm aus dem Buch vorlas und dessen Latein gut genug war, dass er eine glaubwürdige Übersetzung liefern konnte.

Ditho blickte zu dem Karren neben sich, den er Enno abgerungen hatte. Unter der schmutzigen Leinenbespannung lag Jasmo in einem Bett aus Stroh und stöhnte bei jeder Erschütterung auf. Ditho hatte ihm vorgeschlagen, er solle in Köln bleiben, bis er genesen wäre, doch Jasmo wollte nichts davon hören. Er hatte sein Bett im Kloster verlassen und sich schwankend auf den Weg zum Stall gemacht, um zu beweisen, dass er sehr wohl reiten könne. Noch auf der Treppe war er zusammengesackt, und nur Dithos schnelles Zupacken hatte den Hofnarren davor bewahrt, sich neben den Verbrennungen auch noch den Hals zu brechen.

Hasan saß auf dem Kutschbock, hielt in der einen Hand die Zügel, mit der anderen presste er sich seinen Umhang vor die Nase.

Ditho sprach ihn auf Arabisch an. »Was ist los, Hasan? Ist dir kalt?«

»Kalt? Der Zwerg riecht entsetzlich. Er stinkt wie ein totes Kamel. Seine Verbrennungen faulen, der ganze Kerl fault vor sich hin. Wir müssen bei der Burg unbedingt neue Kleider für ihn besorgen, die alten verbrennen und Jasmo dann in eine Wanne setzen.«

Ditho lachte auf. Aber Hasan hatte recht. Er konnte es bis hierher riechen.

»Glaubt bloß nicht, ich wüsste nicht, dass ihr über mich sprecht!«, drang es laut und wütend aus dem Karren. »Ich weiß sehr wohl, dass ihr über mich lästert, und sobald ich wieder gehen kann, werde ich euch dafür eine Abreibung verpassen, verlasst euch darauf!«

»Ist ja gut, Jasmo. Ruh dich lieber aus. Wir sind bald bei der Burg, dann rüttelt es nicht mehr, und du kannst dich waschen.«

»Waschen? Wozu bei den Klöten Luzifers sollte ich mich waschen? Es ist viel zu kalt dazu!«

»Du hast recht. Das habe ich Wiltrud auch gesagt.«

»Wiltrud?«, drang es aus dem Karren, »was hat die damit zu tun?«

Ditho blickte zu Hasan, grinste und zog eine Augenbraue hoch. »Nichts. Sie meinte nur vorher, wie sehr du sie dauern würdest, weil bei dem Feuer auch deine Nase in Mitleidenschaft gezogen wurde, und du könntest ja nichts dafür.«

»Wofür kann ich nichts?«

»Nichts. Vergiss es, du kennst ja Frauen und ihre empfindlichen Nasen.«

Aus dem Karren drang einen Augenblick lang nichts als Schweigen. Dann: »Das hat sie gesagt? Bist du sicher?«

»Frag sie selbst, wenn du willst.«

Ditho blickte wieder zu Hasan, der glucksend auf dem Kutschbock hin- und herwippte und seinen Umhang nun vor den Mund hielt, um nicht lachen zu müssen. Jasmos Stimme kam kleinlaut unter der Plane des Wagens hervor. »Vielleicht kann man das Wasser ja warm machen, hm? In einem Topf, über dem Feuer, oder?«

»Sicher kann man das, Jasmo. Ganz bestimmt.«

Hasans Körper bebte, als hätte er einen Bienenstock verschluckt, und Ditho biss sich auf die Lippen, um nicht laut loszuprusten. Der Weg wand sich den Hügel hinauf, und die Zinnen der Burg Nassau kamen über den Wipfeln in Sicht, als Ditho einen Reiter neben sich wahrnahm.

»Wie geht es Eurem Hofnarren, Ditho? Wird er die Reise überstehen?«

Ditho blickte in Ennos breites, offenes Gesicht, das von einem dunklen, sauber gestutzten Bart mit grauen Fäden umrahmt war. Er hatte den Stallmeister des Herzogs noch nicht von seiner Liste der Verdächtigen gestrichen, hatte für ein längeres Gespräch mit ihm aber noch keine Zeit gefunden. »Bestimmt. Die Frage ist vielmehr, ob wir *ihn* überstehen werden.«

Enno lächelte, und Ditho deutete auf den Karren. »Habt Dank dafür, dass Ihr uns das Ding verschafft habt, Enno. Ihr hattet wahrlich anderes zu tun.«

Enno nickte und wischte sich mit der Hand über den schweißüberströmten Nacken. »Das stimmt. Wir haben Kölns Pferdehändlern bei unserem Aufbruch einen denkwürdigen Tag beschert, das ist schon mal gewiss.« Das Lächeln wich langsam aus seinem Gesicht. Enno beugte sich ein wenig zu Ditho herüber. »Und Ihr, Herr? Ihr hattet auch anderes zu tun, wie man hört. Habt Ihr eine Spur des Mannes, den Ihr sucht?«

Ditho versuchte in Ennos Miene zu lesen, ob da mehr war als die verständliche Neugier eines treuen Stallmeisters in Sorge um seinen Herzog. Aber er konnte nichts finden. »Spuren habe ich viele. Aber sie weisen auch in ebenso viele Richtungen. Ich suche einen Veteranen des Kreuzzugs. Kennt Ihr einen Lazarett-Ritter im Umfeld des Herzogs?«

Enno sah ihn bestürzt an. »Einen Aussätzigen? Himmel, nein! Warum sollte man einen Leprösen in die Nähe des Herzogs lassen?«

Wieder diese Antwort, ging es Ditho durch den Sinn. Und es war die einzig richtige Antwort. Er trat auf der Stelle, das wurde ihm plötzlich bewusst. Er hatte keine Ahnung, wie er die Suche nach dem Mörder weiter vorantreiben sollte, wenn er nicht erst herausfand, ob man ihn mit den Spuren, die auf den Lazaristen wiesen, an der Nase herumführte.

»Ihr habt recht, Enno. Das wäre in der Tat abwegig. Ihr selber wart beim Wendenkreuzzug?«

Ennos Miene verfinsterte sich. »Ja. Kein Ruhmesblatt, wenn Ihr mich fragt. Sie haben gesagt, es sei gottgefällig, aber wir haben sie abgeschlachtet. Wehrlose Frauen und Kinder dazu. Das seien Heiden, sagten die Priester, es sei gleichgültig. Mir war es nicht gleichgültig. Man hat mir angeboten, Burgmann in den eroberten Gebieten zu werden, aber ich habe abgelehnt. Ich wollte da weg. Der Löwe von Braunschweig war so gütig, mich Herzog Friedrich zu empfehlen.«

Ditho nickte. Er bemerkte eine ledrige Narbe am Hals des Stallmeisters. »Ein Andenken an den Kreuzzug?«

»Das Feuer aus den Katapultgeschossen. Das Harz tropfte von den Brandsätzen. Wie Regen aus Flammen. Ich stand genau darunter.«

Harz? Ditho erinnerte sich an die Krüge im Abwasserkanal. »Ihr kennt Euch aus mit Brandsätzen?«

»Auskennen wäre ein zu großes Wort. Ich stand in der Schlacht immer bei den Katapulten, und ich konnte sehen, wie sie das Gemisch in Krüge füllten oder an den Stoff schmierten, der um die Falarika, den brennenden Pfeil, gewickelt war.«

»Was braucht man, um einen Brandsatz anzurühren?«

Enno sah Ditho argwöhnisch an. »Für einen Brandsatz? Pech, Schwefel und Harz, wenn ich mich nicht irre.«

Ditho nickte. Harz. Und der andere Geruch, den er wahrgenommen hatte, könnte Schwefel gewesen sein. Er dachte an die Kratzspuren an der Wand. Er konnte sich immer noch keinen Reim darauf machen, aber der Mörder hatte einen Brandsatz in seinem Versteck angerührt, dessen war er sich gewiss. Aber wozu? Um unliebsame Besucher wie Jasmo abzuschrecken?

»Wir sind da, Herr. Ich muss mich um das Quartier kümmern.« Enno gab seinem Pferd die Sporen und setzte sich an die Spitze des Zuges.

Die Burg Nassau ragte vor ihnen auf wie ein schwarzer Fels, und der Tross kam langsam zum Stehen. Der Burgherr erwartete Barbarossa und die anderen Fürsten zu Pferde auf der Zugbrücke, und die Karren und Wagen reihten sich auf, um in den Burghof gelassen zu werden oder einen Platz vor dem Graben zugewiesen zu bekommen.

Ditho erwirkte bei Enno, der die Zuteilung übernommen hatte, dass Jasmos Karren innerhalb der Burgmauern stehen durfte. Die Räder rumpelten über die Zugbrücke, und Hasan lenkte ihren Karren in den Halbkreis der Fuhrwerke, der sich im weitläufigen Burghof um den Ziehbrunnen gebildet hatte.

Ditho stieg vom Pferd, um nach Jasmo zu sehen, als der Wagen mit der blauen Bespannung an ihm vorbeiglitt und wenige Schritte entfernt stehen blieb. Ditho erhaschte einen Blick auf Adela. Auch sie hatte Ausschau nach ihm gehalten. Sein Herz schlug schneller.

Wiltrud öffnete den Schlag des Wagens und sprang herab, hinter ihr die Herzogin. Adelas Augen suchten den Innenhof der Burg ab, dann, als sie Barbarossa am Bergfried im Gespräch mit dem Burgherrn entdeckte, rief sie Ditho zu: »Wäret Ihr so freundlich, Ritter?«

Sie streckte ihm beide Hände hin, so als würde der große Schritt vom Wagen hinab zum aufgeweichten Boden ihr Mühe bereiten. Ditho trat zu ihr und nahm ihre Hände. Adelas Lippen bebten, als ihre Finger sich berührten, ihre Augen strahlten Unruhe und Besorgnis aus. Sie setzte die Füße auf den Boden und ließ Ditho los. Ihr Lächeln war höflich und für jeden Umstehenden, der sie beobachtete, musste es oberflächlich und unverbindlich wirken. »Habt Dank, Ritter.«

»Herrin.« Ditho deutete eine kleine Verbeugung an, als Adela schon an ihm vorbeischritt und auf ihren Gemahl zuhielt, der mit dem Burgherrn im hoch aufragenden Wohnturm verschwand.

Ditho blickte sich verstohlen um, dann faltete er das kleine Pergament auseinander, das Adela ihm bei der kurzen Berührung ihrer Hände übergeben hatte. Das Lesen ihrer Schrift gelang ihm allmählich besser. Im Gehen entzifferte er die eleganten Buchstaben.

Triff mich nach Sonnenuntergang in der Kapelle. Wir haben einen neuen Feind. A.

* * *

Wie eine stumpfe Silbermünze hing der Mond über den Zinnen der Burg, und der einsetzende Wind schob Wolkenfetzen vorüber. Zwischen den Zelten brannten Lagerfeuer, und aus dem Rittersaal der Burg drang Lautenspiel und Gelächter an sein Ohr. Sie feierten wieder.

Anselm von Wittlingen ermahnte sich, langsam zu gehen, schritt durch das Halbrund der Wagen und Karren im Burghof und hielt auf die Zugbrücke zu.

Geh langsam! Du rennst fast!

Aber er wollte sich nicht verspäten. Nicht heute, am Tag seines Triumphes. Seine Nachricht hatte Wirkung gezeigt, man hatte um ein Treffen gebeten. Er durfte sich nun keinen Fehler mehr erlauben.

Anselm lief an den Wachen am Burgtor vorbei, die auf kleinen Schemeln saßen und würfelten. Die Burg war innen und außen von mehr als zehn Dutzend schwerbewaffneten Rittern gesichert; niemand würde den Wachen Nachlässigkeit vorwerfen, weil sie ihn nicht aufgehalten hatten. Der Hofkaplan murmelte ein kurzes Gebet und war dankbar, dass keiner ihm Beachtung schenkte.

Am Horizont zuckten Blitze in einem fernen Gewitter. Anselm schlich durch die engen Gassen, die die Zelte und Karren vor der Burg bildeten. Hier war es merklich ruhiger, nur vereinzelt saßen Knechte und mitreisende Kaufleute um ein Feuer. Die meisten aus dem Tross waren nach dem kräftezehrenden Marsch in einen erschöpften Schlaf gesunken. Genau das würde Anselm auch tun, wenn das alles hier vorüber war: schlafen. Die Müdigkeit saß ihm schwer wie ein Mühlstein im Nacken.

Aber noch musste er durchhalten. Sein Spiel war gewagt, aber es war eben viel mehr als nur ein Spiel. Es ging um seine Zukunft, um die Zukunft des jungen Friedrich und auch um die Zukunft des Reiches. Opfer mussten gebracht werden. Ein Opfer war, dass er den Jungen für einige Zeit nicht mehr sehen würde. Aber der Junge würde das vermutlich besser verkraften als er selbst. Anselm mochte ihn.

Er mochte Kinder überhaupt, und er hätte gern selbst welche gehabt. Als fünfter Sohn eines verarmten Grafen hatte er allerdings kaum eine Wahl, und er musste beinahe dankbar sein, dass man ihn im Alter von sechs Jahren in eine Klosterschule gegeben hatte. In gewisser Weise habe auch ich als Sechsjähriger meine Eltern verloren, dachte er.

Anselm ließ die letzten Zelte hinter sich und ging an einer Brombeerhecke vorbei zu der eingezäunten Koppel im Schatten der Burgmauer, wo zahllose Pferde an der Tränke standen oder bereits schliefen. Im fahlen Mondlicht hielt er Ausschau nach Aaron, dem Rotfuchs, der ihn zuverlässig und ausdauernd von Köln bis hierher getragen hatte. Wenig später entdeckte er sein Pferd mit dem Maul im Heu. Anselm öffnete das Gatter und wurde vom leisen Wiehern der Pferde begrüßt.

Beeil dich! Bald wird eine Nachtwache hier vorbeisehen!

Anselm ging zu dem niedrigen strohgedeckten Stall mit den gekalkten Wänden und griff wahllos nach einem der hier an Stangen aufgehängten Sättel. Aaron rieb zur Begrüßung seine Schnauze gegen Anselms Schulter.

»Brav. Braver Aaron. Kannst leider noch nicht schlafen. Wir müssen heute noch weit reiten.«

Anselm warf ihm den Sattel über und führte ihn zwischen den anderen Pferden hindurch zum Gatter. Plötzlich schnaubten die Pferde und tänzelten unruhig auf der Stelle. Was war das? War da jemand am Zaun?

Anselm blieb wie angewurzelt stehen. Die Pferde beruhigten sich nicht, und einen Lidschlag lang konnte Anselm zwischen den Flanken der Tiere einen Schatten ausmachen. War er das? War er hierhergekommen? Das war so nicht ausgemacht. Sie hatten sich hinter der Burg an der Hangseite treffen wollen, wo die Schweineställe waren. Ein passender Ort für ein schmutziges Geschäft. Anselm spähte angestrengt in die Dunkelheit. Hatte er sich von seiner Angst täuschen lassen? War da nur irgendwo eine Kreuzotter im Gras und hatte die Pferde scheu gemacht? Behutsam griff er in seine Kutte und zog aus einem Futteral einen kurzen Dolch hervor. Er war Hofkaplan, ein Mann Gottes und nicht der Waffen, aber er hatte auf dem Weg nach Damaskus gelernt, sich seiner Haut zu wehren. Um sich selbst zu retten, hatte er einmal einen Heiden in die Hölle geschickt, und er würde es wieder tun, wenn es sein musste.

»Bist du das?«, rief er leise in die Dunkelheit. »Was willst du hier? Das war nicht ausgemacht!«

Anselm lauschte, aber außer dem gelegentlichen Schnauben der Pferde drang kein Laut an sein Ohr. Wahrscheinlich hatte er sich getäuscht. Die Pferde beruhigten sich langsam. Vorsichtig, Schritt vor Schritt setzend, führte er Aaron zum Gatter, als er plötzlich links neben sich wieder einen Schatten wahrnahm. Die Pferde stoben auseinander! Anselm fuhr herum, sah einen Holzprügel auf sein Gesicht zukommen und wich im letzten Moment aus.

»Nein!«

Er schrie auf, aber sein Schrei ging unter im aufgeregten Hufgetrappel und dem Wiehern der Pferde. Anselm ließ Aarons Zügel los, stieß gegen einen Schimmel, bekam einen Tritt mit einem Huf, spürte den Angreifer neben sich und hieb mit dem Dolch wahllos in die Dunkelheit. Ein pfeifendes Geräusch, dann sauste der Holzprügel auf seine Schulter nieder, und stöhnend ging Anselm zu Boden.

Der andere beugte sich über ihn und holte aus. Anselm konnte seinen Widersacher nicht sehen, der Mond war verhangen, und es schien, als trage der Mann eine Kapuze.

»Lass mich!«, schrie er. »Was willst du?«

Wieder sauste der Prügel auf ihn herab und zertrümmerte ihm den Wangenknochen. Anselm brüllte, aber niemand würde ihn hören. Blut lief ihm in die Augen, und hilflos stocherte er mit dem Dolch nach dem Schatten, der über ihm stand. Plötzlich fuhr der Schmerz wie ein glühendes Eisen in sein Handgelenk.

Der Angreifer hatte ihm den Dolch aus der Hand geschlagen. Die Pferde begruben die Waffe unter ihren Hufen, sie bildeten einen Kreis um die Kämpfenden.

Anselm stemmte sich vom Boden hoch, als der Prügel ihn in den Nacken traf. In einer Woge aus Schmerz stolperte der Hofkaplan nach vorn und stürzte kopfüber in den Matsch. Er krümmte sich auf dem Boden, doch weitere Schläge blieben aus. Anselm stöhnte, er war halb besinnungslos vor Angst und Schmerz, aber der Schatten machte keine Anstalten, sein Werk zu vollenden. Anselm griff nach den wenigen Grasbüscheln am Boden, zog sich langsam vorwärts.

Weg! Du musst weg!

Er spürte, wie jemand sich näherte, der Schatten kam ganz gemächlich hinter ihm her und stieß ihm schließlich einen Fuß in den Rücken, sodass Anselm nach vorn fiel. Er stöhnte, doch der Druck in seinem Kreuz wurde größer, der Angreifer kniete sich auf seinen Rücken. Anselm spuckte Blut, Tränen rannen ihm über das Gesicht. »Du bist der Teufel! Was willst du von mir?«

Der Angreifer lachte ein kehliges Lachen und beugte sich vor. Er griff nach Anselms Haar und zog seinen Kopf in den Nacken, bis die Knochen knackten. Anselm spürte den heißen Atem an seinem Ohr, als der Mann ihm zuflüsterte: »Ich will, dass du stirbst.«

Anselm spürte, wie sein Darm sich entleerte. Er füllte seine Lungen mit Luft, um mit einem lauten Schrei sein Leben vielleicht noch zu retten, aber als er schreien wollte, kam kein Laut über seine Lippen. Der andere hatte ihm blitzschnell einen Lederriemen um den Hals gelegt und zugezogen. Das letzte Geräusch, das der Hofkaplan hörte, war das eigene kraftlose Röcheln, das sich seiner Kehle entrang. Dann wurde die Welt zu einer schwarzen, zähflüssigen Masse.

* * *

Wo war er nur? Adela spähte durch den Türspalt der Hofkapelle, die sich neben dem Wohnturm bei der Hofschmiede an die Burgmauer lehnte. Der Schein ihrer Kerze reichte aus, um das kleine Gebäude zu erhellen. Drei Bankreihen links und rechts, ein schmuckloser Altar und kleine, schießschartenartige Fenster machten aus der Burgkapelle eine Art Festung. Oder ein Gefängnis. Fledermäuse flatterten über Adela im Gebälk. Adelas Atem ging schnell. Ditho war nicht zu sehen auf dem Burghof.

Ein paar Wachen drehten ihre Runde um den Kreis aus Karren und Wagen, zwei Mönche schienen ins Gebet versunken oder gar schon schlafend am Feuer zu sitzen. Aus dem Rittersaal drang immer noch Lautenspiel und Gelächter. Morgen werden die hohen Herren einen schweren Kopf haben, dachte Adela.

Sie hatte beim Bankett zu Ehren Friedrichs die höfliche Gattin gegeben, geplaudert und gelacht, später dann ein Gähnen vorgeschützt und sich vom Burgherrn den Schlüssel zur Kapelle unter dem Vorwand geliehen, sie wolle vor dem Schlafengehen noch beten. Allein.

Jetzt stand sie frierend neben der Tür und hoffte, dass Ditho bald kommen würde. Aus der Ferne hörte sie die Pferde aufgeregt wiehern. War ein Rudel Wölfe unterwegs zum Schweinestall hinter der Burg?

Sie hörte Schritte auf den Steinplatten hinter sich und schrak herum. »Ditho!«

Er legte ihr einen Finger auf die Lippen, drückte die Tür zu und schob den Riegel vor.

»Wie bist du hereingekommen?«

»Es gibt noch eine Tür zur Sakristei und von dort in die Burg. Jasmo hat mir einiges über Türschlösser beigebracht.« Er zeigte ihr einen verbogenen Draht, mit dem er im Schloss gestochert und es schließlich aufbekommen hatte.

Sie schwiegen einen Moment lang, dann fiel sie ihm um den Hals. Ditho drückte sie fest an sich, suchte ihre Lippen. Sie küssten sich, er sog ihren Geruch tief ein, dann löste er sich von ihr. Sein Auge glänzte wie ein feuchter schwarzer Stein.

»Was ist passiert? Wer ist unser Feind?«

Adela atmete tief durch, dann zog sie ein zusammengeknülltes Stück Pergament hervor und entfaltete es. Im Schein ihrer Kerze sah Ditho eine ungelenke Zeichnung. Ungelenk, aber doch ziemlich deutlich. Zwei Köpfe. Ein Mann, dessen eines Auge durch eine Klappe verdeckt war. Seine Lippen berührten den anderen Kopf, der mit langen dunklen Haaren und einer Art Krone gezeichnet war. Zwei Küssende. Das Blut schoss Ditho ins Gesicht. »Verflucht.«

Sie nickte. »Was sollen wir tun?«

»Wann und wo hast du das gefunden?«

»Heute morgen. Als wir in Coblenz aufbrachen, lag es bei meinen Sachen im Wagen.«

»War der Wagen bewacht?«

»Nein. Jeder im Tross hätte hinschleichen und das Blatt dort ablegen können. Ich hab niemanden gesehen. Ich hab auch auf Blicke geachtet, aber niemand hat mir zweideutig zugezwinkert, niemand verschlagen gelächelt.«

Ditho nickte stumm, und sie schmiegte sich an ihn. »Was soll das Bild bedeuten, Ditho? Was will man von uns?«

»Man will uns warnen. Wahrscheinlich will man uns erpressen. Ich schätze, bald wirst du ein Blatt mit einer Forderung finden. Man wird Geld oder eine Gefälligkeit verlangen oder beides.«

»Glaubst du … *er* hat das getan? Glaubst du, der Mörder steckt dahinter?«

Ditho verzog den Mund. »Ich weiß es nicht.«

»Aber wir … Wir waren doch vorsichtig! Wer weiß von uns, Ditho?« Sie klang verzweifelt.

Ditho schüttelte stumm den Kopf. Er dachte an Hasan, den Freund, vor dem er nichts verbergen konnte. Aber er wischte den Gedanken sogleich beiseite. Warum sollte Hasan ihn mit einer Zeichnung warnen, die er in Adelas Wagen legte? Hasan konnte doch einfach mit ihm sprechen. Oder nicht? »Ich weiß es nicht«, sagte er schließlich noch einmal.

Adela ließ den Kopf sinken, es schien, als betrachte sie den flackernden Widerschein der Kerze auf den Steinplatten. »Wir müssen es beenden, bevor etwas Schlimmes geschieht.« Sie blickte auf. »Es ist zu gefährlich. Für dich. Mich steckt man vielleicht nur in ein Kloster, aber dich wird man sicher hängen, wenn man es erfährt.«

Er küsste sie sanft und strich ihr durchs Haar. »Es ist mir egal. Ich habe gesagt, ich finde eine Lösung, und das werde ich auch. Wir müssen abwarten. Noch vorsichtiger sein.«

»Du kennst seinen Zorn nicht. Wenn Friedrich als gehörnter Ehemann dasteht, wird er uns töten!«

Ditho schwieg, umarmte sie, um ihr sein Gesicht nicht zu zeigen. Um sie nicht anlügen zu müssen, weil er wusste, dass sie recht hatte. Er flüsterte ihr ins Ohr: »Ich finde den Erpresser. Und ich finde eine Lösung. Für uns. Vertrau mir. Alles wird gut.«

Adela suchte seine Lippen. Ein wohliger Schauer durchfuhr sie. Warum konnte dieser Moment nicht bis in alle Ewigkeit andauern? Warum konnte Gott der Herr die Erde jetzt nicht stillstehen lassen? Warum konnte sie ihr Glück nicht festhalten? Seine Lippen wanderten ihren Hals hinab, sie vergrub ihr Gesicht in seinem Haar. »Es ist Irrsinn«, flüsterte sie und küsste ihn, als wuchtige Schläge gegen die Tür sie beide aufschrecken ließen.

»Ditho! Bist du hier, Ditho?«

Adelas Herz setzte für einen Schlag aus. Von irgendwoher drang ein Schrei zu ihnen, und das Lautenspiel im Rittersaal brach ab. Wieder klopfte es gegen die Kapellentür.

»Ditho? Wo steckst du? Bist du in der Kapelle?«

Adelas Augen zuckten erschrocken zu Ditho. Doch er schien ganz ruhig zu sein, drückte sich gegen die Wand neben der Tür.

»Mach auf«, flüsterte er. »Aber lass ihn nicht herein!«

Sie nickte, dann atmete sie tief durch und zog den Riegel zurück. »Was ist? Was wollt ihr?«

Gisberts Gesicht erschien in der Tür. »Verzeiht, Herrin, ich dachte … Ich suche Ditho von Ravensburg. Wisst Ihr, wo er ist?«

»Nein. Ich wollte beten … Ich … bin allein.«

Gisbert nickte gehetzt, spähte neugierig an Adela vorbei, doch ihre Hand hielt noch das verwitterte Türblatt, und sie machte keine Anstalten, ihn vorbeizulassen.

»Wenn Ihr ihn seht, dann sagt ihm, dass sein Fürst ihn braucht. Sofort! Er soll zur Koppel hinter der Burg kommen. Da wartet Arbeit auf ihn.« Gisbert ließ sie stehen, rannte über den Hof und bellte Befehle. Überall gingen Fackeln an, man hörte Schritte auf der Treppe vom Rittersaal; laute Stimmen hallten durch die Nacht.

Adela atmete tief durch, schloss die Tür und schob den Riegel wieder vor. »Sie suchen dich. Ich muss –«

Adela stockte. Der Platz neben der Tür, wo Ditho eben noch gestanden hatte, war leer. Sie war allein in der Kapelle.

* * *

Der Körper hing wie hinter einem dünnen Wasserfall. Regen hatte eingesetzt und strömte in Sturzbächen über das strohgedeckte Dach des Stalls. Die Pferde schnaubten, trabten kreuz und quer über die Koppel, Knechte machten sie fest, versuchten sie zu beruhigen.

Der Leichnam war durchbohrt von einer der Stangen, an denen sonst die Sättel hingen. Der Pfahl trat am Bauch aus, hatte Gedärm mitgerissen. Überall war Blut. Auch an der gekalkten Mauer des Stalls.

Anselms Arme waren ausgebreitet, die Hände auf zwei weiteren Stangen abgelegt. Wie ein Gekreuzigter stand er vor dem Stall, die Augen unnatürlich aus den Höhlen gequollen. Blaue Adern waren auf der Stirn hervorgetreten, wie Flüsse schlängelten sie sich über seine Schläfen. Dort, wo kein Blut war, schien seine wächsern weiße Haut noch durchscheinender geworden zu sein, wie Pergament, das man vor eine Kerze hielt.

Ditho trat durch den dünnen Wasserfall und an die Leiche heran. Der Geruch war entsetzlich. Anselm von Wittlingen hatte sich eingekotet, als er den Tod kommen sah. Sein Mund war wie zu einem stummen Schrei geöffnet, die Zunge stand grotesk heraus, so als versuche er, eine juckende Stelle am Kinn damit zu erreichen. Die Kutte war schlammverschmiert und an der Brust aufgerissen. Der Mörder hatte etwas in die Haut eingeritzt.

»Man muss vom Teufel besessen sein, um so etwas zu tun.« Gisbert war neben Ditho getreten und bekreuzigte sich. Er hielt ihm einen kurzen Dolch hin. »Das haben wir auf der Koppel, im Dreck zwischen den Hufen der Pferde, gefunden. Damit hat er es wohl getan.«

Ditho betrachtete den Dolch. Er hörte, wie Gisbert die Luft einsog, als er das Kinn der Leiche anhob und Anselms Hals betrachtete. Eine dünne rote Linie zog sich wie ein Band über den Adamsapfel. Ditho schüttelte den Kopf. »Nicht erstochen. Er wurde erwürgt. Mit einer Garotte.«

Er ließ Anselms Kinn sanft auf dessen Brust zurücksinken und deutete dann auf die hellen Holzspäne im Matsch zu ihren Füßen. »Der Mörder hat sein eigenes Werkzeug mitgebracht, um das hier zu tun. Er hat den Pfahl angespitzt und den Körper damit durchbohrt. Vermutlich war der Hofkaplan da schon tot. Ich nehme an, der Dolch gehörte Anselm.«

Gisbert betrachtete aufmerksam die Späne. »Was hatte er hier zu suchen? Was hat er mitten in der Nacht auf der Koppel gemacht?«

Dithos Blick ging zu den Pferden. Hasan schritt mit einer Fackel auf die Koppel zu, zwei Wachen der Burg begleiteten ihn. Man hatte versucht, das Ganze geheim zu halten, aber die Nachtwache, die nachgesehen hatte, warum die Pferde so unruhig waren, war wohl zu aufgeregt und zu redselig gewesen. Gisbert hatte alle Hände voll zu tun, mit einer Handvoll Männer die Neugierigen aus dem Tross von der Koppel fernzuhalten.

Ditho deutete auf ein Pferd, halb verdeckt zwischen den anderen, dessen Fell im Licht der Fackeln rostrot schimmerte. »Ist das sein Gaul? Der Rotfuchs da?«

»Kann sein. Ich glaube schon. Enno wird es uns sagen können. Soll ich ihn holen?«

»Nicht nötig. Es ist das einzige, das Zaumzeug trägt. Anselm wollte weg. Er hat sich mitten in der Nacht hierhergeschlichen, um den Tross des Herzogs zu verlassen. Für immer, vermutlich.«

Gisberts Augen weiteten sich. »Warum sollte er das tun? Was hatte er vor?«

Ditho antwortete nicht, er nickte Hasan zu, der neben ihn getreten war und scheinbar ungerührt die Leiche betrachtete. Ditho hob seine Fackel und ließ den Schein über die misshandelte Brust des Toten gleiten. Alles war voller Blut. Ditho sah sich um, nahm einen Lappen, der neben der Stalltür hing und hielt ihn ein paar Augenblicke lang in den Sturzbach, der über das Strohdach schoss. Dann wischte er damit das getrocknete Blut von Anselms Brust.

Die Männer hielten den Atem an. Ein Kreuz war dort zu erkennen. Ein Tatzenkreuz. Ditho wandte sich an Gisbert. »Abrakadabra, hm, Gisbert?«

Gisbert sagte nichts, blickte nur unverwandt auf das Kreuz. Ditho leuchtete mit seiner Fackel noch einmal auf die Späne, die zu ihren Füßen lagen. Der Boden war von unzähligen Schuhen und Hufen umgepflügt; unmöglich, hier den Fußabdruck des Mörders auszumachen. Dennoch bückte er sich noch einmal. Direkt unter der Stelle, wo der Pfahl aus Anselms Körper ausgetreten war, hatte sich eine Blutlache gebildet, und Ditho sah den schwachen Abdruck einer Hand in der Pfütze aus Schlamm und Blut.

»Er hat ein Zeichen hinterlassen. Sucht es.«

»Ein Zeichen?« Gisbert schüttelte den Kopf.

»Ditho!« Hasan war um die Ecke des Stalls gelaufen und stehen geblieben, den Blick auf die Wand gerichtet. Er hielt seine Fackel über den Kopf, seine Augen weiteten sich.

Ditho trat neben ihn und sah, auf was Hasan starrte. Unter einem blutigen Handabdruck war eine Inschrift. Drei kurze Zeilen.

Mit Blut geschrieben.

Ditho trat näher heran, streckte seine linke Hand aus und hielt sie zum Vergleich über den Abdruck. Dann versuchte er sich daran, die Buchstaben zu entziffern, doch er ließ es schnell wieder bleiben. Es war Latein.

Ibi, quo coeptum est,
finis esto.
Salvator veniet.

»Was bedeutet das, Gisbert?«

»Keine Ahnung. Kann keine Pfaffensprache.« Gisbert schüttelte den Kopf, drehte sich um und brüllte über die Koppel. »Bernwart!«

Ein junger, schlaksiger Soldat aus Gisberts Truppe, der an einem entlaubten Walnussbaum gelehnt hatte, kam angelaufen, das Gesicht blass und mit roten Flecken bedeckt. Angst stand in seinen Augen, und er bekreuzigte sich, als er an Anselms Leiche vorbei zu den drei Männern trat.

»Bernwart, was bedeutet das? Du kannst die Pfaffensprache doch lesen, oder?«

»Ja, aber Ihr –«

»Dann lies, was da steht, du Depp, bevor ich mich vergesse!«

Bernwart nickte eingeschüchtert. Hastig überflog der junge Soldat die drei kurzen Zeilen. Er bewegte die Lippen, ohne zu sprechen.

Gisbert beugte sich zu Ditho und flüsterte ihm ins Ohr. »Der Bankert eines Bischofs. Sein Vater hat ihn aus der Klosterschule genommen und zu mir geschickt, damit ich ihn schleife.«

Bernwart drehte sich um. Er blinzelte, seine Stimme war ein hohes Fisteln. »Ich glaube ... bin mir sicher, das heißt: ›Dort, wo es begann, soll es enden. Der Erlöser kommt.‹ Glaube ich jedenfalls.«

Ditho legte die Stirn in Falten und sah Hasan an, als könnte er in der Miene des Sarazenen die Antwort auf dieses Rätsel finden.

Gisbert wandte sich zum Gehen. »Jetzt weißt du jedenfalls, was es heißt, Ditho. *Abrakadabra*, sage ich. Jemand will Friedrich ans Leder, und ich werde mich jetzt überzeugen, dass ihm in seiner Kammer niemand auflauert. Ich schicke jemanden, um diese Sauerei aufzuräumen.«

Gisbert deutete auf Anselms Leiche und machte sich auf, über die Koppel in Richtung Burg zu verschwinden.

»Das müsst Ihr nicht.«

Ditho sprach leise, aber Gisbert hatte ihn dennoch genau gehört. Er blieb zwischen den Pferden stehen und wandte sich um. »Warum nicht? Er kann wohl kaum da hängen bleiben.«

»Das meine ich nicht, Gisbert. Ihr müsst Friedrichs Kammer nicht durchsuchen lassen. Ihm droht keine Gefahr. Noch nicht.«

Gisbert kam zurückgestapft. Vom Regen klebte ihm das Haar am Schädel. Alle vier Männer beim Stall waren bis auf die Knochen durchnässt.

»Was meinst du damit, Ditho? Warum droht keine Gefahr?«

»Weil er es erst in Frankfurt beenden will. Dort, wo alles begann. In der Basilika, wo Bernhard von Clairvaux 1146 zum Kreuzzug aufgerufen hat. In der Basilika, von wo aus er und Friedrich und ich und Ihr und Zehntausende mit uns ein

Jahr später zum Kreuzzug aufgebrochen sind. Dort, wo alles begann, soll es enden. In der Salvator-Basilika.«

Ditho machte einen Schritt zu der gekalkten Wand. Sein Finger deutete auf das vorletzte Wort der blutigen Inschrift:

Salvator.

1. März 1152, unterwegs nach Frankfurt

»Bist du von Sinnen, Ditho? Das kannst du nicht ernsthaft von mir verlangen!«

Speichel spritzte aus Barbarossas Mund, und er schlug mit der flachen Hand gegen die Tür der Kutsche. Seine Augen waren rot geädert, und tiefe Schatten lagen darunter. Der Herzog war übernächtigt, und Ditho war es ebenfalls. Ihre Reise glich mehr und mehr einer Flucht.

Barbarossa hatte sich noch in der Nacht von Gisbert Bericht erstatten lassen. Rainald von Dassel wurde hinzugezogen, ebenso Eberhard, der Bischof von Bamberg. Sie berieten in der Kemenate des Burgherrn, die Barbarossa bezogen hatte. Ditho wurde nicht vorgelassen.

Er hatte zusammen mit Arnold von Selenhofen, dem Kanzler, mit Enno und Ulrich von Lenzburg im Flur vor der Kemenate gesessen und gewartet. Der greise Burgherr, Ruprecht von Laurenburg, trippelte unruhig vor ihnen auf und ab. Selbst noch halb trunken vom Gelage am Abend, bot er den Wartenden saure Sülze vom Ferkel und Wein an; er schien bestürzt, dass der Besuch des bald mächtigsten Mannes der Welt auf seiner Burg von Unheil und Mord überschattet war.

Zwei Stunden hatte man erregte Stimmen aus Barbarossas Kemenate gehört, dann waren die Schmerzen wiedergekommen. Ditho hatte sich die Faust gegen die Schläfe gedrückt, aber als das Pochen hinter seinem kranken Auge nicht aufhörte, hatte er sich zu dem Karren geschleppt, in dem sie Jasmo transportierten, und sich in eine Decke gewickelt an das Lagerfeuer gelegt.

Er war in einen kurzen, unruhigen Schlaf gefallen und, wie ihm schien, sogleich wieder erwacht, als beim ersten Morgengrauen der Wagen des Herzogs flankiert von schwerbewaffneten Soldaten aus dem Hoftor und über die Zugbrücke preschte.

Ditho hatte Hasan und Jasmo geweckt, hatte gesehen, dass es Jasmo besser ging und dass er nach dem Bad am gestrigen Abend ganz offenbar besser roch, und war auf seinem Pferd dem Herzog hinterhergeeilt. Der restliche Tross setzte sich nur schwerfällig in Bewegung, Ditho ging davon aus, dass er Hasan und Jasmo erst in Frankfurt wieder treffen würde. Auf einer Lichtung im dichten Wald aus Kiefern und Eichen hatte er den Wagen eingeholt und den Herzog um eine Unterredung gebeten. Unter vier Augen.

Gisbert hatte widerstrebend seinen Platz neben dem König geräumt und war auf den Wagenbock gestiegen. Als Ditho ihm von der Inschrift erzählte, die mit Anselms Blut auf den Stall geschrieben worden war, und den Herzog aufforderte, den geplanten Auftritt vor dem Volk nach der Wahl in der Salvator-Basilika abzusagen, begann Barbarossa zu toben. »Schlag es dir aus dem Kopf, das werde ich nicht tun!«

»Ich bin nur um Eure Sicherheit und um die der Herzogin besorgt, Herr.«

»Ich weiß, und mein Ansehen und meine Ehre sind dir scheißegal! Es wird feige aussehen für die, die wissen, warum ich mich nicht zeige, und die, die es nicht wissen, werden es nicht verstehen und mich einen Idioten schelten.«

»Verzeiht, aber was kümmert Euch das Geschwätz der Leute, Herr? Wenn Ihr tot seid, wird Euch die Krone nichts nützen!«

»Ich werde nicht tot sein! Du wirst es verhindern, Ditho!« Barbarossa schrie noch immer.

»Ja, Herr, ich tue mein Bestes, aber wenn Ihr nicht –«

»Was, wenn ich nicht?«, schnitt ihm Barbarossa ungehalten das Wort ab. »Du hast hier keine Bedingungen zu stellen, Ditho! Ich hab doch schon klargemacht, dass es keinen Aufruhr, keine Zwischenfälle und kein Gerede geben darf, wenn das hier gelingen soll. Ich habe doch klargemacht, was für mich und auch für dich auf dem Spiel steht! Und was passiert? Der Mörder läuft frei herum und schlachtet ab, wie es ihm beliebt. Wie der Schnitter beim Jüngsten Gericht! Warum hast du das nicht verhindert, Ditho? Wo warst du überhaupt, als es passierte? Gisbert hat gesagt, er hat die ganze Burg nach dir abgesucht!«

Ditho verstummte. Die Kutsche roch muffig, die Luft war kalt und abgestanden. Sein Auge brannte immer noch, als hätte jemand Essig hineingeschüttet und mit einem schartigen Messer herumgeschabt. »Ich kann nicht überall sein, Herr. Ich habe eine Handvoll verdächtige Männer, ich habe Hinweise, denen ich nachgehen muss, und ich soll auf Euch und Eure Gattin achtgeben. Und genau das werde ich auch tun …«, zumindest das Letzte war nicht gelogen, durchfuhr es Ditho, »… aber ich brauche Eure Hilfe. Wenn Ihr vor der Basilika ein Ziel abgeben wollt, das auch ein Kind nicht verfehlen kann, dann wird es mir nicht gelingen, Euch zu schützen.«

»Du musst einfach schneller sein, Ditho. Du hast noch drei Tage. Du schaffst das, da bin ich ganz sicher.«

Barbarossa hatte sich beruhigt, er sprach beinahe sanft und lächelte zuversichtlich. Sein Arm ruhte auf einer eisenbeschlagenen und kostbar mit silbernen Intarsien verzierten Truhe neben ihm auf der Sitzbank. Er tätschelte sie sanft mit der flachen Hand. »Hier drin sind die Reichsinsignien, Ditho. Konrad hat sie mir auf dem Totenbett übergeben, weil er wollte, dass ich das Reich führe und es eine. Ich werde nach der Wahl vor die Basilika treten und den Umhang und das Schwert tragen. Dann werde ich nach Aachen reisen, mich salben und mir die Krone aufsetzen lassen. Gott wird mich schützen. Der Inhalt dieser Kiste wird mich schützen. Vertraue auf Gottes Fügung. Ich werde König sein, und du wirst diesen verfluchten Bastard aufhalten, nicht wahr, Ditho?«

Barbarossas Augen funkelten wie Edelsteine, es schien, als

sehe er durch Ditho hindurch. Sein Lächeln war breit, und angriffslustig reckte er das Kinn vor, keinen Widerspruch duldend.

Ditho versuchte Barbarossas Blick standzuhalten, doch die Schmerzen in seinem Auge ließen ihm keine andere Wahl, als den Kopf zu senken und die verschmutzten Bodenbretter des Wagens anzustarren. »Warum hat er Anselm umgebracht, Herr?«, fragte Ditho gepresst. »Er macht Konrad für etwas verantwortlich, und er scheint Pläne mit Euch und der Herzogin zu haben. Aber warum den Hofkaplan?«

Barbarossa zuckte mit den Schultern. »Ihr sagtet, er habe sein Pferd gesattelt und wollte abhauen. Vielleicht wusste Anselm etwas über den Mörder. Vielleicht hatte er Angst. Vielleicht hat er versucht, den Mörder zu erpressen. Wer weiß es schon?«

»Wusstet ihr, dass Anselm Euren Anspruch auf den Thron anzweifelte?«

Barbarossa riss die Augen auf. »Hat er das? Der Feigling! Er hat nicht gewagt, mir das ins Gesicht zu sagen.«

»Ich glaube, er hätte lieber den sechsjährigen Sohn Konrads auf dem Thron gesehen.«

»Mag sein, aber zum Glück ist die Thronfolge im Reich nicht von den Wünschen eines weinerlichen Hofkaplans abhängig.«

»Er sagte, Konrad wollte seinen Sohn als Nachfolger haben, nicht Euch.«

Barbarossas entspannte Züge wichen einem kalten Lächeln. »Und da irrte er. Konrad hat sich in der Politik wohl kaum mit einem unbedeutenden Pfaffen beraten, der die Kinder hütet und Messen für die Verstorbenen liest. Anselm wollte sich wichtigmachen, glaub mir, Ditho. Hier ...«, Barbarossa klopfte mit der Faust auf die Kiste neben sich, »... das ist es, was zählt! Konrad hat *mir* die Reichsinsignien gegeben. Er hat auf dem Sterbebett gesagt, *ich* solle ihm nachfolgen.«

»Aber das kann nur Eberhard von Bamberg bestätigen.«

Zornesröte stieg Barbarossa ins Gesicht. »Er kann es, oder er lässt es bleiben, es ist ganz gleich! Weil die Fürsten *mich* in Frankfurt wählen werden und nicht den kleinen Prinzen. Der steht nicht zur Wahl. Und *ich* bin es, der in Aachen gesalbt wird, das kann dem greisen Erzbischof von Mainz nun schmecken oder nicht! Was soll das, Ditho? Glaubst du, jemand will mich aus dem Weg schaffen, damit das Kind König werden kann?«

»Ich glaube gar nichts, Herr. Ich will wissen, wer ein Interesse an Eurem Tod haben könnte. ›Der hat es getan, dem es nützt‹, hat mir neulich jemand gesagt. Und ich frage mich, wem der Tod Konrads, der von Anselm und der Eure am meisten Nutzen bringt.« Ditho hatte die letzten Worte mühsam hervorgepresst. Die Schmerzen hinter der Augenklappe wurden stärker. *Sieh zu Boden! Bleib ruhig!*

Barbarossa betrachtete Ditho eine Weile lang schweigend und spielte mit einem Holzsplitter an der Tür des Wagens. Dann glitt sein Blick aus dem Fenster. Sie waren auf einer baumlosen Kuppe angelangt. Bewaldete Hügel zogen an ihnen vorbei, und am Horizont sah man eine dünne, silbern schimmernde Linie, die sich träge wie eine Schlange durch Wiesen und Wälder zu winden schien. »Der Main, Ditho. Dahinten liegt der Main, siehst du? Weißt du noch, wie er in der Sonne geglänzt hat? Als wir vor fünf Jahren übersetzten und mit all den Rittern und Knappen und Fürsten ins Heilige Land gezogen sind? Die Fahnen, der Jubel, die Frauen, die uns bunte Bänder zuwarfen. Was haben wir da unten eigentlich gewollt? Im Heiligen Land, meine ich?«

Barbarossas Augen bekamen einen dunklen Glanz, er beugte sich vor, bis sein Gesicht ganz dicht an dem von Ditho war, der immer noch zu Boden starrte. »Was hatten wir da unten eigentlich verloren, Ditho? Und was hat es uns gebracht außer Leid und Tod?«

»Ich weiß es nicht, Herr«, gab Ditho keuchend zurück. Er presste die Fäuste gegen die Schläfen. Das Pochen setzte wieder ein. Bald würde er langgestreckt im Wagen des Herzogs liegen, unfähig, sich zu bewegen.

»Dein Auge, hm, Ditho? Die Verwundung in Damaskus?«, sagte Barbarossa leise und mitfühlend.

»Ja, Herr.« Ditho wurde von einem Schwindel erfasst, er biss die Zähne aufeinander. Sein gesundes Auge begann zu tränen.

Barbarossas Stimme wurde noch leiser, nur ein Flüstern drang zu Ditho. »Wir haben damals alle etwas verloren in Damaskus, Ditho. Wir haben unsere Unschuld verloren.«

Dithos Lid zuckte, es gelang ihm nicht mehr, gegen die Schmerzen anzukämpfen. Ihm schien, als müsse er seinen Kopf festhalten, damit er nicht zerbarst.

Barbarossa betrachtete ihn eine Weile, dann nahm er Dithos Gesicht in die Hände, drückte es nach oben und zwang ihn, ihm in die Augen zu blicken. »Finde diesen Wahnsinnigen, Ditho. Sorge dafür, dass ich König werde, und ich werde dich belohnen. Findest du ihn nicht, werden wir zusammen untergehen.«

Ditho sah den Herzog aus seinem tränenden Auge an. Seine Umrisse verschwammen. Er wollte etwas sagen, bewegte den Kiefer, aber die Schmerzen lähmten seine Zunge. Mit sorgenvoller Miene schüttelte Barbarossa den Kopf, die Hände immer noch an Dithos Wangen. Ditho schluckte trocken, dann spürte er, wie der Herzog seinen Kopf sanft zur Seite drückte, seinen Körper stützte und ihn auf die Sitzbank der Kutsche bettete.

Ditho schloss die Augen und gab sich dem Schmerz hin.

26. Juli 1148, Damaskus

Wir sind würdig. Wir sind zu dritt. Severin und Diephold an meiner Seite, ich in der Mitte. Um uns herum etwa fünfzig Ritter mit ihren Knappen, dazu zahlreiche Fürsten, Mönche und die üblichen schaulustigen Kaufleute und Huren. Dahinter ragen die bunten Spitzen der Zelte und der aberhundert Wimpel auf. Wir knien schon geraume Zeit, und der Kaplan spricht Gebet um Gebet und findet kein Ende. Es macht mir nichts aus, auch wenn die Sonne unerbittlich auf uns niederbrennt, der Geruch von verwesendem Fleisch in der Luft hängt und die Steine, auf denen wir knien, mich ins Fleisch schneiden.

Ich bin stolz.

Ich bin genau da, wo ich sein will.

Die Ritter von Severin und Diephold treten aus der Menge vor und bringen ihnen die Schwerter. Sie hängen sie ihren Knappen am Gürtel um den Hals. Die Umstehenden murmeln anerkennend, doch sie verstummen ehrfurchtsvoll, als die Menge sich teilt und der Herzog zu mir schreitet und mir mein Schwert umlegt. Friedrich hält sein Versprechen. Er selbst schlägt mich zum Ritter. Nach der Unterredung mit Konrad und dem Sarazenen, den ich in ihr Zelt gebracht hatte, kam er zu mir und sagte nur: »Es ist so weit. Du bist so weit. Wasch dich. Zieh dich um.«

Und ich habe mich gewaschen und mich umgezogen, um die Schwertleite zu empfangen. Mein Hemd ist rot, um zu zeigen, dass ich Glaube und Ehre mit meinem Blut verteidigen werde. Die Strümpfe schwarz, damit ich den Tod bedenke. Der Gürtel ist weiß. Weiß wie die Keuschheit.

Die beiden anderen Ritter stehen hinter ihren Knappen, Friedrich steht hinter mir. Sie schlagen uns mit der flachen

Hand drei Mal auf den Nacken. »Du kniest vor Gott. Du dienst deinem Herrn. Du stehst auf als Ritter.«

Sie sagen es drei Mal. Bei jedem »Du« ein Schlag in den Nacken. Trotz der Hitze überläuft mich ein kalter Schauer. Der Kaplan stimmt leise einen liturgischen Gesang an, während Friedrich mich an den Schultern packt und nach oben zieht. Meine Beine geben nach dem langen Hinknien fast nach, aber vielleicht ist es auch die Erregung.

»Nimm dein Schwert. Zeig uns, was du kannst«, flüstert er mir ins Ohr, und ich sehe, dass auch Severin und Diephold nach ihrem Schwert greifen. Ihre Ritter haben ihnen das Gleiche gesagt. Wir ziehen es zum ersten Mal als Ritter aus der Scheide, schwingen es links und rechts an uns vorbei, machen einen Schritt vor und einen Ausfall mit dem Schwert, wie wir es Tausende Male geübt haben, zunächst mit einem Holzschwert, später mit einem richtigen, aber noch nie mit unserem eigenen. Noch nie als Ritter. Jubel brandet auf, und wieder läuft mir ein Schauer über den Rücken.

»Steck es ein«, höre ich seine Stimme hinter mir, und ich befolge die Anweisung, stecke genau wie Diephold und Severin das Schwert in die Scheide. Ein Bischof kommt, er segnet uns und drückt uns einen Friedenskuss auf die Wange.

»Du bist würdig. Du bist jetzt ein Ritter, Ditho von Ravensburg«, sagt der junge pausbäckige Mann im Bischofsornat mit den unnatürlich glatt rasierten Wangen. Er riecht nach Holz und Leder.

Ich bin würdig, denke ich, ich werde mich als würdig erweisen, auch wenn sie alle Knappen, die während des Kreuzzugs zum Ritter geschlagen werden, »die Würdigen« nennen.

Die Menge nimmt Severin und Diephold auf, Wein und Fleisch wird gereicht. Vor dem nächsten Angriff werden sie feiern. Ich nicht. Friedrich zieht mich gleich nach der Schwertleite zur Seite.

»Zieh die Sachen aus«, sagt er, »und besorge dir etwas, das wie die Kleidung der Sarazenen aussieht. Du hast schwarzes

Haar und bist braun gebrannt. Wenn nur deine Augen nicht so blau wären. Verhülle dein Gesicht. Du wirst nach Damaskus gehen und uns die Schlüssel zur Stadt besorgen. Auf dir ruht unsere Hoffnung, Ditho.«

Ich treffe Fatih nach Sonnenuntergang in dem Turm mit der eingestürzten Decke wieder. Der Sarazene, der uns hier beinahe überrascht hat, liegt noch immer in seinem getrockneten Blut. Fatih lacht, als er meinen Aufzug sieht, aber seinem Nicken entnehme ich, dass meine Verkleidung nicht schlecht ist. Ich habe einen Sack dabei. Einen Sack voll Gold. Von Friedrich. Ich soll ihn dem Mann geben, zu dem Fatih mich führen wird.

Dem Mann mit den Schlüsseln und den Plänen.

»Vite, vite!«, sagt Fatih und winkt mich aus dem Turm, damit ich ihm folge.

Wir sind schnell, sehr schnell. So heiß es am Tage ist, so rasch kühlt es ab, und ich bin dankbar dafür, mich bewegen zu können. Fatih kennt sich aus hier, ich habe Mühe, ihm zu folgen, ihn in dem Labyrinth aus niedrigen Mauern, Obstbäumen, Brunnen und zerstörten Türmen nicht zu verlieren.

Wir gehen in weitem Bogen um die Stadt herum, lassen das große Stadttor und die flankierenden Türme zu unserer Rechten, dann steigt das Gelände an. Es geht steil bergauf, und nur der Mond spendet etwas Licht. Wir sind jetzt hinter der Stadt, die Dächer glänzen silbrig, Hunderte spitze Türme recken sich in den Nachthimmel. Zahlreiche Feuer brennen auf der streng bewachten Stadtmauer, und weit hinter Damaskus, in den Obsthainen, kann man die Feuer der Unsrigen erkennen. Es sind Hunderte Feuer, und Tausende Männer müssen um diese Feuer sitzen, und doch sind wir nicht genug, um diese Stadt im offenen Kampf zu erobern. Uns rennt die Zeit davon, weil das Entsatzheer Nur ad-Dins von Osten her im Anmarsch ist. Wir werden uns einschleichen müssen, genau wie Fatih und ich uns jetzt einschleichen.

Ich höre das Plätschern des kleinen Baches, noch bevor ich ihn sehe. Hohes Schilfgras wächst an seinem Ufer. Fatih und ich verschwinden zwischen den Halmen, folgen dem Bachlauf, schleichen uns vorwärts zu einer morastigen Ebene, die bis an die Stadtmauer heranführt. Wir versinken bis zu den Knien im Schlamm. Ein zweiter Bach speist den Sumpf. Er plätschert unter einem engen Bogen direkt aus der Stadtmauer. Das Loch ist kaum breit genug für einen Mann, und ich bin nass bis auf die Haut, noch bevor das schwarze Loch mich ganz verschluckt hat. Das Letzte, was ich sehe, bevor die Finsternis mich umhüllt, ist ein Lichtschimmer am Horizont. Es dämmert.

Ich höre Fatihs Stiefel vor mir durch den moosbewachsenen Kanal schleifen. Er kann keine Armlänge entfernt sein, und doch sehe ich ihn nicht, so dunkel ist es. Ich lege den Kopf in den Nacken, damit ich in dem nur eine Handbreit hohen Rinnsaal nicht ertrinke, und stoße ihn mir dabei an. Nach einer Ewigkeit sehe ich vor mir ein Licht schimmern. Fackeln.

Die Decke hebt sich, und Fatih steht auf. Ein Raum mit Becken und Zisternen. Nasse Kleider sind an Leinen aufgehängt und über flache Steine zum Trocknen gebreitet. Fatih streckt mir seine Hand hin, um mir aufzuhelfen. Ich bin diesem Sarazenen, den ich nicht kenne, vollständig ausgeliefert. Wenn er mir hier, in diesem Waschraum, die Kehle durchschneiden will und mir den Sack voll Gold abnimmt, kann ich vermutlich wenig dagegen tun. Er ist unglaublich schnell, das habe ich schon gesehen, als er den anderen Sarazenen getötet hat.

Als ich vor ihm stehe und auf die Tür, den einzigen Ausgang in diesem Raum, zugehen will, packt er mich am Arm und hält mich fest. Ich zucke zurück, meine Hand geht zum Schwert, das ich unter meinem weiten Gewand verborgen habe. Aber Fatih lässt seine schneeweißen Zähne aufblitzen und deutet eine Verbeugung an. »Bienvenu, Ditho de Ravensbourg. Bienvenu à Dimaschq.«

Seine Hand vollführt eine ausladende Bewegung, und dann hält er mir die Tür auf. Die ersten Sonnenstrahlen fluten die staubigen Gassen der Stadt, und ich muss blinzeln, weil das Licht nach langer Dunkelheit in meinen Augen schmerzt.

Fatih blickt sich kurz um, dann zieht er mich am Ärmel. »Vite, vite!«, sagt er wieder und läuft los.

Ich trete aus dem Raum auf die Straße.

Ich bin da.

Ich bin in Damaskus.

* * *

Er öffnete die Augen und sah die Sterne. Die Luft war klar und kalt. Ein Gesicht beugte sich über ihn, anmutig und fein, es lächelte ihn an. Der Wind trug eine hübsche kleine Melodie zu ihm, die jemand auf einer Flöte spielte.

Für einen Augenblick dachte Ditho, er sei in Damaskus gestorben und aus welchem Grund auch immer im Himmel angekommen, denn Adela blickte sich verstohlen um, dann beugte sie sich hinunter und küsste sanft seine Lippen. Sie streichelte mit der Hand über seine Wange. »Gott sei's gedankt. Du bist wach, Ditho. Du hast lange geschlafen.«

Als Adela hörte, wie Schritte sich ihnen näherten, wich sie zurück und griff nach einem nassen Lappen, mit dem sie ihm über die Stirn fuhr. »Ihr müsst etwas essen, Ritter. Ihr seid bestimmt halb verhungert!«, bemerkte sie mit einer aufgeräumt fröhlichen Stimme.

»Ditho!« Hasan ließ das Bündel Feuerholz fallen und rannte zu ihm.

Aus dem Karren, der neben Ditho stand, blickte Jasmos Kopf mit wild abstehenden Haaren hervor, immer noch gezeichnet von den Verbrennungen, aber sichtlich erholt und mit jeder Menge schlechter Laune. »Was machtn ihr fürn Lärm? Könnt ihr nicht … Ditho! Herzogin!«

Der Hofnarr riss die Augen auf, schwang seine Beine aus

dem Karren und ließ sich neben Ditho am Lagerfeuer nieder. Ditho blinzelte, sah sich um, entdeckte die Wagen des Trosses, die in einem Rund aufgestellt waren, und blickte ratlos in die Augen der Freunde. »Wie … Was ist passiert?«

»Ihr hattet einen Anfall. Wegen des Auges. Friedrich hat Euch wohl eine Weile in seiner Kutsche mitgenommen, aber Ihr habt im Schlaf gesprochen und bei jeder Erschütterung aufgestöhnt. Er dachte, Ihr wärt fiebrig, und hat Euch mit einem Soldaten als Wache zurückgelassen. Als der Tross hier ankam und wir Euch fanden, war es schon Abend.«

Hasan grinste breit, als Adela geendet hatte. »Dem Herzog ist weiter nach Frankfurt. Aber Tross macht hier Nachtlager. Dem Herzogin hat sich um dich gekümmert. Hat aufgepasst und dich dem Schwitz von Stirn gewischt.«

»›Dem Schwitz‹, das ist gut!« Jasmo lachte.

Adelas Wangen wurden rot. »Das bin ich meinem Retter doch schuldig, oder? Das gebietet die Nächstenliebe, nicht wahr?« Fragend blickte sie zu Jasmo und Hasan, und die nickten großmütig. Adela wandte sich an Ditho. »Und Ihr habt nichts davon gemerkt?«

Ditho schüttelte den Kopf. »Nichts. Es ist … Friedrich und ich haben über Euren Schutz bei der Salvator-Basilika und über den Tod von Anselm gesprochen, aber ich weiß nicht, wie ich …« Er brach ab.

Hasan und Jasmo wechselten einen Blick, dann griff Hasan nach dem Kupferkessel, der über dem Lagerfeuer hing, und leerte etwas von der Flüssigkeit darin in eine Holzschüssel, die er Ditho reichte. »Iss dem. Und dann ruh dich wieder aus.«

Ditho setzte die Schüssel an, schlürfte etwas Suppe aus Graupen und Fleischstücken, während Jasmo eifrig nickte.

»Die Soldaten patrouillieren die ganze Nacht. Das Lager ist wie eine Festung. Und ich bin ja schließlich auch noch da, um aufzupassen.« Jasmo packte einen dicken Ast vom Feuerholz und ließ ihn in seine offene, mit Brandblasen überzogene Handfläche klatschen. Er zuckte zusammen, biss die Zähne aufeinander und lächelte gezwungen. »Wie dem auch sei: Hasan hat recht, Ditho, du musst dir keine Sorgen machen. Morgen früh fahren wir nach Frankfurt. Bis dahin passiert nichts.«

Ditho blickte zu Adela, die ebenfalls nickte. Er schwieg, dann griff er nach seinem Beutel, der neben ihm lag, und zog das Buch hervor. Avicennas *Kanon*. »Oh doch! Heute passiert noch jede Menge.«

* * *

»›Der Kranke sitze dem Medicus gegenüber. Ein Helfer trete hinter den Kranken und drücke dessen Kopf mit beiden Händen fest an seine Brust. Nun stütze der Starstecher seine linke Hand an der Stirn des Patienten ab, spreize mit Daumen und Zeigefinger die Augenlider des kranken Auges auseinander und halte gleichzeitig mit leichtem Druck den Augapfel fest. Mit der rechten Hand ergreife er die feine Starstichnadel. Er lecke die Nadel ab, um sie schlüpfriger zu machen, dann führe der Medicus die Nadel von außen an das Auge heran und steche seitlich der Regenbogenhaut in das Weiße des Augapfels ein. Die Nadel werde vorsichtig weiter vorgeschoben, bis sich ihre Spitze hinter der Pupille zeigt. Der Starstecher lege die Lippen an die Hohlnadel und sauge erst schwach, dann stärker am Mundstück, bis der Star aus dem Auge entfernt ist. Er muss während dieser Prozedur hin und wieder absetzen und die Pupille prüfen. Unmittelbar nach dem Eingriff werde ein Verband aus mit Branntwein getränkten Kompressen über beide Augen gelegt und mit einem Tuch festgebunden. Nach dem Stich soll der Kranke ruhen. Der Verband kann zwei Tage später abgenommen werden.‹«

Albert von Sponheim befeuchtete seine fleischigen Finger mit der Zunge und blätterte um. Er deutete auf die Zeichnungen. »Da ist nur noch ein Bild von der Nadel. Vielleicht könnt Ihr Euch eine solche vom Schmied des Herzogs anfertigen lassen.«

Ditho betrachtete die Zeichnung und holte tief Atem. Das Bild zeigte eine Nadel von der Länge einer Handspanne, die ein Auge durchstach.

»Der Medicus des Herzogs kann Euch sicherlich operieren. Immerhin stand er einmal in den Diensten des Königs.«

Ja, und er stinkt nach Branntwein wie der Fußboden einer Kaschemme, ging es Ditho durch den Kopf, aber er sagte nichts.

Albert von Sponheim legte die Seiten mit Avicennas *Kanon* auf einen kleinen Reiseschreibtisch, der neben dem Lagerfeuer vor seinem Wagen stand, und lockerte den Kragen seines blauen Umhangs. Selbst im warmen Widerschein des Feuers sah er ungesund und blass aus. Die fleckige Haut des noch jungen Mannes war teigig, und Schweißperlen standen auf seiner Stirn. Die Übersetzung des Starstichs war seiner Reisekrankheit offensichtlich nicht bekommen. »Kann ich sonst noch etwas für Euch tun, Ritter Ditho? Ich habe durch diese vermaledeite Reise und das ständige Erbrechen ärgerlich viel Zeit verloren, und Ihr glaubt nicht, was man mir dieser Tage aufbürdet.«

»Ihr seid ein vielbeschäftigter Mann, Albert. Das war schon im Heiligen Land so.«

Albert winkte ab und blies geräuschvoll Luft durch die Wangen. »Das war doch gar nichts gegen das hier. Die Ergebnisse der Verhandlungen mit den Fürsten müssen aufgeschrieben werden. Gleichzeitig muss ich in den Besitzurkunden nachprüfen, ob wir die Versprechungen, die Friedrich macht, auch einhalten können. Die Reise und die Übernachtungen seit Bamberg müssen noch abgerechnet werden, ich muss Briefe verfassen, die die Fürsten zur Krönung nach Aachen einladen, die Fleischer in Köln wollen nachverhandeln, weil wir mehr gegessen haben als ausgemacht, ebenso die Weinhändler. Bischof Eberhard von Bamberg bekommt noch eine Besitzurkunde für die Abtei Niederalteich, und Enno hat ein Dutzend mehr Pferde gekauft, als vereinbart war, aber vermutlich hat er recht, und wir brauchen sie. Aber mehr Pferde scheißen und pissen zum Glück auch mehr, und ich hoffe, wir können einen Teil der Kosten über die erhöhten Einträge der Salpetersieder und Goldgräber in den herzoglichen Ställen zurückbekommen.«

»Goldgräber?« Ditho zog die Stirne kraus.

Albert nickte eifrig und spielte mit den Holzringen eines Abakus, der auf seinem Reiseschreibtisch lag. »Ja, die Goldgräber! Sie sammeln den Kot ein. Von den Tieren und von uns Menschen. Die Kölner nennen sie auch ›Scheißefeger‹, aber ›Goldgräber‹ klingt doch viel netter, findet Ihr nicht?«

Ditho nickte unbestimmt. »Was sind Salpetersieder?«

»Die schaufeln den Boden der Ställe aus und kratzen die Salpeterblumen von den Wänden. Dort, wo viel gepisst wird, wächst das Zeug an der Wand, oder man kann es aus dem Boden herauskochen.«

Man kratzte es von den Wänden? In einem Abwasserkanal landete jede Menge Urin! Ditho ließ sich nicht anmerken, wie sehr diese Neuigkeit ihn fesselte. »Was macht man damit? Mit diesem Salpeter, meine ich?«

Albert wedelte mit der Hand durch die Luft. »Was weiß ich? Man macht eine Säure daraus, ich glaube, die Schmiede nutzen es, um Metall zu beizen. Alchemisten mischen damit herum, solche Sachen, Ihr wisst schon, und ich habe keine Ahnung, es ist mir auch gleich, Hauptsache, es bringt uns etwas ein.«

Ditho nickte. Er beobachtete den Notar dabei, wie er mit seinen fleischigen Fingern die Schreibfedern säuberlich auf seinem Reisetisch anordnete und die Bögen sauber geschnittenen Velinpapiers glattstrich, als sitze er in seiner Kanzlei. Ditho stutzte. Am Rande eines Pergaments mit Notizen entdeckte er kleine alberne Zeichnungen, hastig hingeworfene Kritzeleien von Menschen mit Vogelköpfen oder Schweinen, die Hüte trugen, wie es schien. Der Notar zeichnete, wenn auch mit wenig Begabung. War er der Urheber des Bildchens, das die Fürstin und den Einäugigen beim Kuss zeigte? Ditho konnte sich schwerlich vorstellen, dass der dicke Notar nachts im Mondschein einem Hofkaplan aufgelauert und ihn brutal ermordet hatte. Aber vielleicht erpresste er sie mit der Zeichnung? Einer plötzlichen Eingebung folgend, fragte er: »Habt Ihr eine Bibel bei Euch, Albert?«

Der Notar blinzelte. »Sicher habe ich das. Was glaubt Ihr, wie ich die letzten Tage nach einem Psalm gesucht habe, der mir Seelenfrieden bei der Kotzerei bringen kann?«

»Und? Seid Ihr fündig geworden?«

»Aber ja! Kapitel 41, das Gebet in Krankheit: ›Der Herr wird ihn erquicken auf seinem Siechbette; du hilfst ihm von aller Krankheit. Ich sprach: Herr, sei mir gnädig, heile meine Seele; denn ich habe an dir gesündigt.‹« Albrecht hielt einen seiner fleischigen Finger in die Luft und rezitierte mit geschlossenen Augen und einer aufgesetzt entrückten Stimme.

Ditho grinste. »Ich suche auch Linderung für meine Seele, Albert. Könnt Ihr mir vielleicht etwas aus der Bibel vorlesen? Bei Matthäus?«

Der Notar blinzelte ungläubig. »Etwas vorlesen? Ich verstehe nicht ganz, Ritter Ditho?«

Dithos Lächeln wurde breit. »Ich suche nach Heuschrecken, Albert. Und nach Honig.«

* * *

»Johannes der Täufer?«

»Ja, Matthäus, Kapitel drei, Vers eins. Es gibt keinen Zweifel.«

Hasans Blick ging von Jasmo zu Ditho. »Johannes der …?«

»Täufer. Du kennst ihn aus dem Koran als *Yahya*.«

»Ahh!«

Hasans Züge hellten sich auf. »Freund von dem Jesus. Macht Wasser von Jordanfluss auf dem Kopf von Leuten. Weiser Mann!« Er warf einen trockenen Ast in das ersterbende Lagerfeuer, während Ditho den Blick über die Wagen um sie herum schweifen ließ.

Der Tross war bis auf die auf und ab gehenden Wachsoldaten in einen unruhigen Schlaf gesunken. Ditho spähte zu dem Wagen mit der blauen Bespannung, der etwas abseits stand. Er hatte Adela noch ein bekritzeltes Stück Papier in die Hand gedrückt, bevor er zu seinen Freunden zurückgekehrt war. Als er sich zu ihnen ans Feuer gesetzt hatte, spielten Jasmo und Hasan Schach und aßen dabei Suppe. Nach Jasmos Zorn bei jedem guten Zug des Sarazenen zu urteilen, schien er bis auf die Brandnarben und seine Haare, die aussahen wie ein verkohltes Wäldchen, halbwegs wiederhergestellt.

Jasmo legte einen Löffel beiseite – mit der Höhlung nach unten, damit sich der Teufel nicht hineinsetzen konnte – und leckte glucksend den letzten Rest aus einer Schüssel mit Graupensuppe. »Wasser auf Kopf? Der ist gut!«

Ditho nickte. »Ja, Hasan. Der Täufer war ein Prophet. Hört zu!« Er legte den Finger auf das Papier und las stockend die Stellen vor, die er sich in der Bibel Albert von Sponheims angestrichen hatte. »›Zu der Zeit kam Johannes der Täufer und predigte in der Wüste von Judäa und sprach: Tut Buße, denn das Himmelreich ist nahe!‹ Und hier heißt es: ›Johannes hatte ein Gewand aus Kamelhaaren und einen ledernen Gürtel um seine Hüften; seine Speise aber war Heuschrecken und wilder Honig.‹«

»Heuschrecken und Honig! Wie im Kanal!«

»Warte, es geht noch weiter …« Dithos Lippen bewegten sich langsam, während er die nächsten Worte entzifferte. »›Da ging zu ihm hinaus die Stadt Jerusalem und das ganze jüdische Land und alle Länder an dem Jordan und ließen sich taufen von ihm im Jordan und bekannten ihre Sünden. Als er nun viele Pharisäer und Sadduzäer sah zu seiner Taufe kommen, sprach er zu ihnen: Ihr Otterngezüchte, wer hat denn euch gewiesen, dass ihr dem künftigen Zorn entrinnen werdet? Sehet zu, tut rechtschaffene Frucht der Buße!‹ Und hier sagt Johannes: ›Es ist schon die Axt den Bäumen an die Wurzel gelegt. Darum, welcher Baum nicht gute Frucht bringt, wird abgehauen und ins Feuer geworfen. Ich taufe euch mit Wasser zur Buße; der aber nach mir kommt, ist stärker denn ich, dem ich nicht genügsam bin, seine Schuhe zu tragen; der wird euch mit dem Heiligen Geist und mit Feuer taufen. Und er hat seine Wurfschaufel in der Hand: Er wird seine Tenne fegen und den Weizen in seine Scheune sammeln; aber die Spreu wird er verbrennen mit ewigem Feuer.‹«

Jasmo pfiff durch die Zähne. »Oha! Der gute Johannes hat aber schlechte Laune!«

»Wir müssen das auf unsere Liste schreiben.«

»Was zum Henker meinst du? Was willst du auf die Liste schreiben? Dass Jesus seine Tenne fegen wird? Hilft uns das?«

Jasmo bleckte feixend die Zähne, und Ditho seufzte. »Nein. Aber die Heuschrecken und der Honig deuten auf Johannes den Täufer hin. Auf einen Bußprediger, also jemanden, der mit den Leuten ein Hühnchen zu rupfen hat. Jemanden, der, wenn ich nicht irre, von König Herodes für seine Strafpredigten geköpft wurde.«

Hasan nickte und schob seinen Turm auf dem Schachbrett vorwärts. »Geschichte von Salome. Tochter von dem Herodes. Hat getanzt für ihren Vater und dafür Kopf von Yahya haben wollen. Er hat ihr dem Kopf gegeben.«

Jasmo schien nicht halb so bibelfest zu sein wie Hasan. Erstaunt riss er die Augen auf. »Einen Kopf? Sie wollte seinen Kopf haben? Warum beim Schweiße Goliaths nicht lieber ein Schloss oder einen Armreif oder wenigstens Brokatvorhänge?«

Ditho grinste. »Es ging um Macht, schätze ich. Darum, wie weit Herodes für sie gehen würde.«

»Und dann? Was hat sie mit dem Kopf gemacht? Ihn in eine Vitrine gestellt? Über ihr Bett gehängt?«

»Dem wurde gefunden und von Gläubigen anerbetet, aber dann ging er wieder verloren, sagt dem Geschichte von Muslime.«

Jasmo nickte ehrfürchtig. »Verstehe. Das sagen sie also. Und was sagt die Bibel, Ditho?«

»Laut Albert sagt die Bibel gar nichts darüber. Das ist vielleicht auch nicht so wichtig. Wichtig ist, dass es wieder um einen Propheten geht! Daniel hatte mit dem König Belschazzar zu tun. Einem schlechten König, der den Tempelschatz gestohlen hatte. Und Johannes der Täufer hatte mit Herodes zu tun, der ihn enthaupten ließ. Ebenfalls ein schlechter König.«

»Gut, jetzt sind wir aber genauso schlau wie zuvor. Was sagt uns das Neues?«

»Vielleicht, dass dem Mörder denkt, er ist Prophet?«

Ditho nickte eifrig. »Ja, vielleicht. Vielleicht hält er sich gar für Johannes den Täufer, wenn er sich von Honig und Heuschrecken ernährt?«

Jasmo klopfte sich gegen die Brust und ließ einen kleinen Rülpser hören. »Zuzutrauen wär's ihm. Wer 'nen Hofkaplan aufhängt und mit Feuer um sich schmeißt, hält sich vielleicht auch für die Wiedergeburt eines Propheten.«

»Moment mal!« Dithos Finger glitten wieder über die Zeilen. »Feuer …«, murmelte er.

»Was ist?«

»Hier steht's: ›Darum, welcher Baum nicht gute Frucht bringt, wird abgehauen und ins *Feuer* geworfen …‹ Und hier: ›Ich taufe euch mit Wasser zur Buße; der aber nach mir kommt … der wird euch mit dem Heiligen Geist und mit *Feuer* taufen.‹ Und hier noch einmal: ›Aber die Spreu wird er verbrennen mit ewigem *Feuer*.‹ Immer wieder Feuer!«

Ditho erzählte den Freunden, was er von Enno über die brennenden Wurfgeschosse erfahren und was ihm Albert über den Salpeter erzählt hatte. »Vielleicht hat der Salpeter etwas mit dem Harz und dem Schwefel zu tun. Jedenfalls hatte er einen Brandsatz in diesem Abwasserkanal, und den hat er bestimmt nicht ausgerechnet für Jasmo zusammengerührt. Vielleicht plant er einen Anschlag mit Feuer.«

Jasmo stöhnte auf und riss die Hände hoch. »Ja vielleicht!

Vielleicht ist er einfach auch nur hirnverbrannt und futtert Heuschrecken, weil ihm der Helm zu eng auf dem Kopf saß und …«

Plötzlich hielt er inne. Hasan legte den Kopf schräg und betrachtete Jasmo aufmerksam, dessen Hände wie festgefroren über seinen versengten Haaren verharrten. »Jasmo?«

Jasmo blinzelte, dann stieß er Ditho an die Schulter. »Hast du nicht gesagt, dass auch Johanniter zu den Lazarett-Rittern geschickt wurden, wenn sie an der Lepra erkrankten?«

»Ja. Und?«

Auf Jasmos Gesicht erschien ein breites, triumphierendes Lächeln. »Wenn ich mich nicht täusche, und das tu ich selten, wenn wir mal ehrlich sind, dann ist der heilige Johannes der Schutzpatron der Johanniter, oder nicht?«

In Ditho stieg eine Ahnung auf, worauf Jasmo anspielte. »Du meinst … Der Mann, den wir suchen, ist vielleicht kein Lazarett-Ritter? Zumindest war er nicht von Anfang an Lazarett-Ritter? Sondern –«

»Sondern ein Johanniter! Genau!« Jasmo grinste stolz, dann blickte er auf die Spielfiguren vor sich und stieß einen Fluch aus, weil er sah, dass Hasan ihn schachmatt gesetzt hatte.

Ditho suchte die Liste mit den Verdächtigen und den Spuren hervor und entnahm seinem Beutel eine Feder und Tinte. Mit krakeligen Buchstaben setzte er unter die Spalte mit der Überschrift »Kanal« noch *Salpeter?*, dazu und unter die Spalte mit der Überschrift »Wer ist er?« die Worte: *Hält sich für Johannes den Täufer?*.

Dann zog er eine neue Spalte ein: »Burg Nassau« und schrieb darunter *Warum Anselm von Wittlingen? Garotte, Handabdruck* und *Salvator-Basilika*. Etwas stimmte nicht, etwas rumorte in seiner Brust, aber Ditho kam nicht darauf, woher dieses Gefühl rühre. Er knetete seine Unterlippe mit Daumen und Zeigefinger. »Wir müssen uns umhören. Fragt nach, vielleicht gibt es im Tross einen Salpetersieder. Aber seid vorsichtig, falls ihr einen findet. Vielleicht ist es unser

Mann. Und der ist gefährlich. Wenn nicht, müssen wir uns in Frankfurt nach einem umsehen. Oder gleich nach einem Alchemisten. Und sprecht mit einem Geistlichen, einem Mönch, vielleicht mit Rainald von Dassel; wir müssen mehr über Johannes den Täufer erfahren.«

»Was ist mit Johannitern? Soll ich Wiltrud fragen, ob sie einen kennt?«

Vor Dithos Auge tauchte für einen kurzen Moment die Zeichnung auf, die Adela ihm gezeigt hatte. Der Einäugige, der die Fürstin küsst. Er zögerte, und auf Jasmos Stirn erschien eine tiefe Falte. »Was ist? Misstraust du ihr immer noch?«

»Nein, ich …«

»Was ist denn los, Ditho?«

Ditho wich seinem Blick aus. »Nichts, ich will nur nicht … Frag einfach jemand anderen, in Ordnung?«

Jasmos Hals schwoll an, er sprang auf. »Was soll das denn? Hast du nicht mitbekommen, dass Wiltrud ein goldenes Herz hat? Dass sie mich mag? Und ich sie übrigens auch? Hör auf, sie zu verdächtigen!«

»Warum du schimpfst mit dem Ditho? Ist dein Herr, Jasmo!«

Jasmos Kopf fuhr zu Hasan herum und nahm eine dunkelrote Färbung an. Der Hofnarr wurde laut. »Und du, Heide, halt dich gefälligst da raus, hörst du, ich habe keine Lust –«

»Halt!« Ditho packte Jasmo an der Schulter und zischte: »Wir hören auf damit! Alle! Sofort! Das können wir uns nicht leisten. Nicht jetzt!«

Jasmo sog tief den Atem ein und stieß ihn lautstark wieder aus. Ditho drückte weiter dessen Schulter, und Jasmo setzte sich schnaubend wieder hin.

»In Ordnung, Jasmo. Rede mit ihr. Aber lass es nicht nach einer absichtlichen Frage aussehen, verstehst du?«

»Ja-haa.« Übellaunig warf Jasmo einen trockenen Ast ins Feuer.

Ditho knotete die Lederrolle auf, in der sich die Pergamente mit Avicennas *Kanon* befanden. Er suchte eines der Blätter und gab es Jasmo. »Tu mir einen Gefallen, Jasmo. Frag sie auch nach einem guten Schmied.«

»Nach einem Schmied?« Jasmo schüttelte den Kopf. »Wozu?«

»Dazu. Ich brauche so eine.« Dithos Finger deutete auf die Zeichnung der langen Nadel, die in ein Auge eindrang.

Jasmo schluckte, er nickte und faltete das Blatt sorgsam zusammen. Ditho erhob sich und wandte sich um.

»Wo willst du hin, Ditho?« Hasan erhob sich ebenfalls, aber Ditho machte eine abwehrende Geste. »Bleibt hier. Wartet nicht auf mich. Ich muss mit den Soldaten über den Schutz der Salvator-Basilika reden. Wir können uns keinen Fehler mehr erlauben.« Er klopfte auf die Bibel in seiner Linken. »Und dann bringe dem Notar das hier zurück.«

Die Lüge ging ihm mühelos über die Lippen. Ditho wandte sich ab und verschwand zwischen den Wagen des Trosses.

* * *

»Zwei von letzter Woche, und du schuldest mir noch eine Münze für gestern Abend, und glaub bloß nicht, dass ich dir noch länger was stunde!«

»Du spielst falsch, Bernwart! Drei Sechsen! Zwei Mal an einem Abend! Kein Mensch kann so viel Glück haben wie du!«

Bernwart lachte mit einer hohen Stimme und stieß seinen Kumpan in die Seite.

Ditho sah ihre Stiefel durch die Speichen des Rades in die aufgeworfene Erde vor ihm treten. Wenn er den Arm ausstrecken würde, könnte er sie berühren, so nah waren sie. Die Wachsoldaten bemerkten ihn nicht, drehten weiter ihre Runde um den Tross, während sie sich über ihr Spiel unterhielten. Es war nicht leicht, an ihnen vorbei zum Wagen der Herzogin zu gelangen. Aber es war machbar.

Für ihn, aber vermutlich auch für einen Mörder.

Ditho wartete. Ein leichter Nieselregen setzte ein und drückte den Rauch der Lagerfeuer zu Boden. Das träge Blöken der mitgeführten Ziegenherde drang gedämpft an sein Ohr. Als die Soldaten weit genug weg waren, klopfte Ditho von unten drei Mal an den Wagen. Nach einer kurzen Pause kam die Antwort in Form von drei Schlägen von der anderen Seite. Ditho schob sich blitzschnell an der Deichsel vorbei, kletterte auf den Bock und schlüpfte durch die blaue Bespannung in den Wagen hinein. Es war stockfinster, aber er brauchte kein Licht. Er spürte sie, und das genügte.

»Ditho!« Ein Flüstern nur, ihre Arme schlangen sich um ihn. Seine Finger tasteten über ihr Gesicht, über ihre so feinen Züge, streichelten ihre Wange. Adelas Lippen waren wie ein frischer Quell nach einer tagelangen Wanderung. Wie gut sie roch. Er küsste sie auf die Nasenspitze. »Wo ist sie?«

»Wiltrud? Im Zelt. Sie schläft, ich kann ihre Atemzüge bis hierher hören.«

Aus Kissen und Decken war im Inneren des Wagens ein Lager bereitet. Adela fuhr mit den Fingern durch sein Haar, drückte seinen Kopf an ihre Brust. Wie von selbst fanden seine Hände unter ihr Hemd. Er strich über ihre Beine, sie atmete tief ein und küsste ihn auf die Stirn. Seine Hände waren überall auf ihrer Haut, und die Härchen auf ihrem Arm stellten sich auf. Doch dann spürte sie, wie er zögerte. Etwas war nicht in Ordnung. Lauschte er, ob jemand kam?

Adela hielt inne, dann nahm sie sein Gesicht in ihre Hände, zog ihn an sich. Wieder nur Flüstern. »Was ist?«

»Nichts, es … nichts.«

»Warum wolltest du mich treffen? Weißt du, wer uns erpresst?«

»Nein. Das weiß ich nicht. Ich weiß auch nicht, ob wir es je erfahren werden.«

»Was meinst du damit? Was sollen wir denn jetzt tun?«

Er schwieg, sie hörte seinen Atem, tiefe Züge, so als müsse er sich überwinden.

»Was ist? Wovor hast du Angst, Ditho?«

»Vor uns, ich …«

Wieder schwieg er. Sie strich ihm über die Wange. »Sag es. Ganz gleich, was es ist.«

Noch ein tiefer Atemzug. Dann: »Ich will, dass wir …«

Er brach ab, löste sich von ihr. »Vergiss es, es wäre Wahnsinn. In zwei Tagen bist du vielleicht tot. Vielleicht sind wir alle tot. Du, ich und Barbarossa.«

»Aber du hast doch eine Spur! Die Salvator-Basilika! Du wirst den Mörder doch fassen?«

»Vielleicht. Vielleicht auch nicht. Wenn ich ihn fasse, wird Barbarossa König. Aber er wird dich niemals gehen lassen. Er wird dich mir niemals geben.«

Adela schwieg, sie wusste, dass er recht hatte. Sie wollte ihn küssen, doch er hielt sie zurück.

»Sag mir, ob das hier echt ist«, flüsterte Ditho, seine Stimme klang mühsam beherrscht.

»Was meinst du? Was ist echt?«

»Das hier. Das mit uns. Ist es echt?«

»Wie kannst du das fragen? Ich hab doch …« Ihre Stimme wurde brüchig.

Ditho legte ihr den Finger auf die Lippen. »Schhhh. Es ist mein voller Ernst, Adela. Ich liebe dich. Das weiß ich. Aber ich muss wissen, ob du mich auch liebst. Oder ob du nur traurig und verwirrt bist und ich nur jemand bin, der diesen Zustand für dich leichter macht. Du musst mir die Wahrheit sagen.«

Sie schwieg. Eine Ewigkeit, wie es Ditho schien. Würde sie ihn ohrfeigen? Aus dem Wagen werfen und die Wachen rufen? Er hielt den Atem an, als endlich ihre Antwort kam.

»Ich liebe dich. Ich tue alles für dich. Was willst du?«

Ditho atmete tief ein. Erleichterung durchströmte ihn wie flüssige Glut. Er küsste sie ganz nah an ihrem Ohr und flüsterte hinein: »Wir gehen weg. Zusammen. Nur wir zwei. Wenn sie ihn in Frankfurt zum König wählen, wird Barbarossa, so schnell es geht, nach Aachen ziehen und uns nicht verfolgen. Vielleicht haben wir Glück. Wir müssen schnell sein. Wir brauchen Kleider, in denen man uns nicht erkennt. Und Pferde.«

Adela spürte ihr Herz heftig gegen den Brustkorb schlagen. War es Angst? Aufregung?

Ditho flüsterte weiter. »Ich kann dir nichts bieten. Ich habe keine Reichtümer, keine Macht. Meine Burg ist abgebrannt, und Friedrich wird dort als Erstes nach uns suchen. Wir müssten nach Byzanz oder ins Heilige Land. Dort kenne ich Menschen, die uns helfen, und bis dorthin reicht sein Zorn vielleicht nicht. Aber man kann es nicht wissen. Wir wären ständig auf der Flucht. Ein Leben lang. Willst du das wirklich?«

Adela zögerte, ihre Kehle war wie zugeschnürt, machte das Sprechen unmöglich, bis eine innere Stimme ihr schließlich klarmachte, welches Gefühl es war, dass ihr den Atem nahm.

Es war Freude.

Wieder wurden ihre Augen feucht. Aber diesmal waren es Tränen des Glücks. Statt zu antworten, küsste sie ihn auf den Hals, und so leise es möglich war, befreite sie sich und ihn von den störenden Kleidern, die ihre nackte Haut voneinander trennte.

3. März 1152, Frankfurt

Der Jubel erklang aus Tausenden von Kehlen. Frankfurt war in ein Meer aus Fahnen gehüllt, als der Tross sich langsam vorwärtswälzte und sich an der Palisadenmauer vorbei ins Innere der Pfalz ergoss. Unzählige Bauern, Gaukler, Mönche und Kinder säumten, nur in Lumpen gehüllt, den schlammigen Weg auf den Hügel oberhalb der Mainfurt, nicht wissend, dass der Mann, den sie für ihren künftigen König hielten, sich nicht im Tross, sondern bereits in den Mauern der Pfalz befand.

Die Händler hatten schon vor Tagen ihre Stände errichtet, priesen lautstark Stoffe, Fleisch, Gewürze und Tonwaren an, und ihr Geschrei drang über den Main hinweg zu den zahlreichen Zelten und Wagen, die am Fluss entlang aufgereiht waren, um das Heer der Schaulustigen zu beherbergen.

»Wie willst du hier einen Mörder finden, Ditho? Es sind einfach zu viele! Viel zu viele!« Jasmo lachte laut auf, ungläubig auf die Massen deutend, die ihren Einzug begleiteten.

Mägde und Zofen mit geflochtenen Kränzen im Haar streuten getrocknete Blüten, die der Wind durch den Tross fegte. Kinder rannten neben den Wagen und den Reitern her, schwangen Stöcke und balgten sich um die Münzen, die ein Kaufmann in pelzverbrämter Robe aus seinem Wagen warf, während von irgendwoher der Schall von Hörnern erklang.

Ditho blickte zu Hasan, der seine Hand hob und auf etwas hinter dem Palisadenwall deutete. »Das ist dem Kirche, oder, Ditho?«

Der Sarazene war schweigsam neben ihm hergeritten, seit sie am Morgen das Lager verlassen hatten. Ditho war spät in der Nacht zu ihnen ans Feuer zurückgekehrt und hatte Hasan noch wach vorgefunden. Der Hüne hatte ihn mit einem halb tadelnden, halb sorgenvollen Blick bedacht. Wusste er, wo Ditho tatsächlich gewesen war? Hatte er etwas von dem Duft nach Mandeln und Rosen an Dithos Kleidern bemerkt?

Sie ritten gemeinsam unter dem Tor hindurch, und nun sah Ditho, worauf Hasan gedeutet hatte: die Salvator-Basilika. Ein grauer, finsterer Bau, der halb von der neuen Reichsburg verdeckt wurde. Konrad hatte den Neubau der Pfalz nach seiner Rückkehr aus dem Heiligen Land in Auftrag gegeben. Allenthalben standen noch Kräne, die behauene Steinquader mit Zwingkeilen nach oben zogen, und Gerüste, auf denen Maurer, Windenknechte und Steinmetze arbeiteten, um dem prächtigen Fachwerkbau den letzten Schliff zu geben. Eine Handvoll Hütten und wenige strohgedeckte Häuser und Wirtschaftsgebäude umgaben die Pfalz und die dazugehörige Kirche. Der Hügel, auf dem die Gebäude standen, lag wie eine Insel zwischen dem Main im Süden und der Braubach im Norden. Zwei hohe Türme links und rechts des Kirchenportals überragten die dreischiffige Basilika, die nach dem Erlöser benannt war und in der morgen die Wahl stattfinden würde.

Ditho fragte sich, ob auch er bald Erlösung finden werden würde. Erlösung von der Ungewissheit, wer dieser Mörder war. Erlösung von der Angst um Adelas und seine Zukunft. Erlösung von den Schmerzen, die schon wieder in seinem kranken Auge pochten. Erlösung? Gab es so etwas? Heute war der dritte Fastensonntag, den man auch *Oculi* nannte, nach dem Losungswort für diesen Tag: »Meine Augen schauen stets auf den Herrn.«

Meine Augen schauen nicht auf den Herrn, dachte Ditho, als er einen violetten Stoff im Tross zwischen den Pferden und Wagen aufblitzen sah. Sie schauen auf *sie*. Er wandte sich an Hasan, der immer noch auf eine Antwort wartete. »Das ist die Kirche, Hasan. Such Gisbert bei der Pfalz, und bring ihn zu den Ställen. Wir müssen besprechen, wie die Basilika bewacht wird.«

Ditho gab seinem Pferd die Sporen und schloss zu Adela auf, die, in ein violettes Brokatgewand gekleidet, auf einer weißen Stute saß und lächelnd in die ihr zujubelnde Menge winkte.

»Ihr reitet gut, Herzogin. Wo habt Ihr das gelernt?« Er sprach absichtlich laut, und ihr Lächeln wurde breiter. Für die Reiter um sie herum musste es nach einem zwanglosen Gespräch aussehen, höflich und nichtssagend.

»Bei mir zu Hause im Egerland kann jedes Mädchen so reiten. Aber ich bin ein wenig aus der Übung, Ditho von Ravensburg ...« Sie lenkte ihr Pferd näher zu seinem und senkte die Stimme ein wenig. »Ich habe vor, bald eine längere Reise zu machen, müsst Ihr wissen. Ich hoffe, bis dahin auch wieder im Galoppreiten Übung zu haben.«

Ihr Lächeln war tadellos. Sie hob grüßend die Hand zur Menge, und Ditho tat es ihr nach. »Das wäre von Vorteil, Herzogin. Wir reiten bei Nacht und verstecken uns tagsüber. Ich habe heute Morgen von einem Händler im Tross Kleider erstanden. Wenn wir bei den Bauern Essen kaufen, werde ich zu einem blinden Bettler werden, was mir nicht schwerfallen sollte, und du zu einer barmherzigen Schwester, die mich in ein Siechenhaus bringt.«

»Oh. Ich habe schon immer ein goldenes Herz gehabt.« Adelas Lächeln war eisern. »Und golden ist auch der ganze Schmuck und Tand, den Friedrich mir bei jedem Fest hat umhängen lassen wie einem geschmückten Pfingstochsen. Ich denke, damit kommen wir gut bis nach Byzanz und weiter.«

Ditho nickte, ohne sie anzusehen. Die Zugtiere wurden langsamer, und die Reiter und die Wagen bildeten einen großen Halbkreis, der die Breite zwischen Basilika und Pfalz umspannte. Die Sonne erschien hinter grauen Regenwolken und spiegelte sich in den Pfützen.

»Gut. Bis dahin sollten wir uns nicht mehr sehen. Es sei denn, du bekommst eine weitere Nachricht von dem Erpresser zugesteckt.« Ditho warf aus dem Augenwinkel einen Blick auf Jasmo, der sich auf dem Karren in eine alberne Pose warf und dafür ein Lachen von Wiltrud erntete, die den Wagen ihrer Herrin durch das Gewühl der Menschen lenkte. Einer Eingebung folgend, deutete Ditho zu Wiltrud und fragte: »Kann sie es sein? Meinst du, sie erpresst uns?«

Adelas Augen weiteten sich, und ihr Lächeln verschwand für einen Augenblick aus ihren Zügen »Wiltrud? Wie kommst du auf sie?«

Ditho schüttelte den Kopf. »Es liegt nahe, oder nicht? Sie ist oft bei dir, hat jederzeit Zugang zu deinem Wagen. Ist dir irgendetwas Ungewöhnliches an ihrem Verhalten aufgefallen? Ist sie anders als sonst?«

Adela schüttelte den Kopf. »Nicht dass ich wüsste. Aber seit Wochen ist sie ungewohnt fröhlich, singt oft vor sich hin. Ich glaube fast, sie hat einen Freund, einen heimlichen Liebhaber, aber ich kann mich auch täuschen, so eifrig, wie sie sich gerade um Jasmo bemüht.«

Wiltrud lachte und winkte vom Wagen in die Menge.

Ditho entdeckte einen Verband an ihrer Hand. »Hat sie sich verletzt? An der Hand?«

»Sie hat sich heute Morgen beim Suppekochen verbrüht, hat sie gesagt.«

Ditho seufzte und dachte an die kleinen Zeichnungen des Notars, die er am Vorabend bemerkt hatte. Sein Blick wanderte zum Westflügel der Pfalz, wo sich die Stallungen an den roten Sandstein der Außenmauer lehnten. Hasan war abgesessen, stand bei Gisbert. Sie sprachen miteinander.

»Ich muss los. Halte dich bereit.«

Ditho wollte seinem Pferd die Sporen geben, aber Adelas Hand griff in seine Zügel. Ditho sah sie erstaunt an.

»Du hast mich gestern Nacht etwas gefragt, und ich habe dir im Grunde keine Antwort gegeben, weißt du noch?«

»Oh, und ich habe das, was du mir gegeben hast, doch tatsächlich für eine Antwort gehalten. Eine ohne Worte, versteht sich …« Auf Dithos Gesicht erschien ein schelmisches Lächeln, und es war ihm gleichgültig, ob die Umstehenden es sahen.

Adela wurde rot, sie lächelte ebenfalls und griff in eine Tasche, die über den Rücken des Pferdes hing. »Ihr musstet Euch gestern eine Bibel leihen, sagtet Ihr mir.« Adela sprach laut genug, dass die Umstehenden sie hören konnten. »Jedermann sollte eine eigene Bibel besitzen, vor allem, wenn er nach Antworten sucht, Ritter Ditho. Nehmt diese zum Dank für Eure bisherigen Dienste.«

Sie drückte ihm den dicken Band in die Hände. »Wer sucht, der findet. Heißt es nicht so?« Sie gab ihrer Stute die Sporen und ritt auf das Portal der Pfalz zu.

Dithos Blick folgte ihr und glitt über die wehrhafte Fassade des zweistöckigen Sandsteinbaus. Hinter einer verschwommenen Bleiglasscheibe glaubte er ein Gesicht zu erkennen. Ein rotblonder Bart umwölbte ein kantiges Kinn. Der Herzog beobachtete den Einzug des Trosses. Hatte er auch ihn und Adela beobachtet? Hatte er ihre Blicke gesehen?

Oculi. Meine Augen schauen stets auf den Herrn.

* * *

Lautlos wie eine Katze, dachte Barbarossa. Er hatte Rainald von Dassel nicht kommen hören, er hatte ihn erst bemerkt, als er Rainalds Atem in seinem Nacken spürte.

Der junge Dompropst trat neben ihn ans Fenster und blickte auf den Hof, wo die unzähligen Karren und Kutschen eintrafen und so etwas wie ein fahrendes Dorf auf dem schlammigen Boden der Pfalz errichteten. »Ist es Euch aufgefallen? Sie verbringen viel Zeit zusammen.«

Barbarossa wandte sich um. Sie standen allein im Rittersaal der Pfalz, nur einige Bedienstete räumten die Zinnkrüge und Teller von den Tischen ab. Über den geschrubbten Sandsteinplatten hingen Waffen, Gobelins und Wappenschilde an den Wänden. Er musterte den jungen Mann. Um Rainalds Mundwinkel spielte ein kleines Lächeln.

Eines Tages, so dachte Barbarossa, würde er Arnold von

Selenhofen, den jetzigen Kanzler, durch Rainald ersetzen. Aber er wusste nie, ob der Dompropst ihn trotz aller Hochachtung, trotz vollendeter Höflichkeit nicht doch verspottete und ob die Diplomatie nicht nur ein Spiel für ihn war. Rainald schien vor nichts und niemandem Angst zu haben, und das war gut für jemanden, der einmal die Reichsgeschäfte für ihn führen sollte. Aber Furchtlosigkeit konnte schnell in Kopflosigkeit umschlagen, und wer viel wagte, der konnte auch viel verlieren. »Was meinst du, Rainald? Oder besser: Wen meinst du?«

»Eure Gattin und Ditho von Ravensburg.«

Barbarossa zuckte unmerklich zusammen. Hatte Rainald seinen Blick auf Ditho und Adela bemerkt, als sie in den Hof der Pfalz eingeritten waren? War auch ihm die Veränderung bei Adela aufgefallen? Eine verträumte Geste hier, ein Lächeln, wo sonst die Lippen fest aufeinandergepresst waren. Als würde etwas sie aufrechter gehen lassen, als wäre da eine geheime Kraft, die ihre Augen zum Leuchten brachte, wo sie sonst stumpf und müde schienen. Er hatte zuerst nichts darauf gegeben, Adela war eine launische Kuh, vielleicht hatte sie sich auch abgefunden mit dem Gedanken, künftig im Kloster zu leben. Aber dennoch: Da war etwas, was er nicht kannte, was er noch nie an ihr gesehen hatte, und es beunruhigte ihn, wann immer er die Zeit fand, einen Gedanken an so etwas Unwichtiges wie seine Gattin zu verschwenden. Das hieß aber nicht, dass man Rainald Mutmaßungen darüber anstellen ließ. »Und? Das sollte Ditho auch besser tun. Ich habe ihm schließlich aufgetragen, sie zu bewachen, sofern es seine Suche nach dem Mörder erlaubt.«

»Der Mörder, ach ja, ich vergaß. Verzeiht mir mein Misstrauen. Ich bin sicher, Ditho von Ravensburg tut nur seine Pflicht. Wobei … Vielleicht ist er zu abgelenkt? Sonderlich erfolgreich ist seine Suche bisher nicht, oder?«

Wieder dieses Lächeln bei Rainald. Er deutete auf den Karren eines Bediensteten im Hof der Pfalz. Vier Soldaten waren dabei, eine lange, schwere Kiste von der Ladefläche zu wuchten, während ein Bauernjunge eine Gänseschar an ihnen vorübertrieb. Es war ein eilig zusammengezimmerter Sarg aus groben Brettern. »Der bedauernswerte Anselm von Wittlingen, nicht wahr? Gott schenke seiner Seele Frieden. Euer Kanzler und der Erzbischof von Mainz müssen untröstlich sein.«

Barbarossa zuckte mit den Achseln. »Warum sollten sie?«

»Ich hatte den Eindruck, der Hofkaplan war Arnold von Selenhofen und Heinrich von Mainz sehr zugetan. Aber ich kann mich täuschen.«

Rainald täuschte sich nicht. Der Hofkaplan war Vergangenheit. Aber sein gegenwärtiger Kanzler und dessen widerspenstiger Oberer, der Erzbischof, waren bittere Gegenwart. Arnold hatte Konrad als Kanzler zwar treu gedient, aber Barbarossa wusste nicht, wem Arnolds Ergebenheit jetzt galt. Heinrich von Mainz war kein Freund der Staufer, vor allem kein Freund Barbarossas.

Man erwartete den greisen Erzbischof von Mainz in den frühen Abendstunden. Aber Barbarossa würde Heinrich vor der Wahl aus dem Weg gehen. Bei ihren seltenen Begegnungen hatte der Erzbischof aus seiner Ablehnung keinen Hehl gemacht. Und der stechende Blick des Alten hatte Barbarossas selbstsichere Fassade stets mühelos durchdrungen.

Barbarossa seufzte. »Heinrich von Mainz. Ja. Wenn ich ihn morgen überlebe, macht mir auch dieser Mörder keine Angst mehr. Gib mir Bescheid, wenn er eintrifft. Frag Ditho, wie seine Ermittlungen vorankommen und was er plant, um die Basilika zu bewachen. Und schick Eberhard von Bamberg zu mir. Ich muss mit ihm reden.«

Rainald deutete eine Verbeugung an und wandte sich um. Barbarossa räusperte sich, und der Dompropst blieb noch einmal stehen. »Wolltet Ihr noch etwas anmerken, Herzog?«

»Rede mit Gisbert. Er soll ein Auge auf Ditho und Adela haben. Unauffällig, verstehst du?«

Rainald verneigte sich. »Das ist bereits geschehen, Herzog. Ich hoffe, Ihr verzeiht mir mein voreiliges Handeln. Aber ich will nicht untätig erscheinen. Ich will mich empfehlen. Ihr kennt meine Ambitionen, Arnold von Selenhofen als Kanzler abzulösen.«

Als Barbarossa das selbstgefällige Lächeln in Rainalds Gesicht sah, fühlte er eine Ader an seiner Stirn pochen. Er breitete die Arme aus und deutete unbestimmt in den leeren Saal. »Die kenne ich, Rainald. Und sieh dich um: Arnold ist nicht hier, oder?«

Rainald schüttelte den Kopf. Er grinste unverhohlen. »Nein, das ist er nicht. Bedeutet das auch, dass er nicht zurückkommen wird, mein Fürst?«

Barbarossa wandte sich zum Fenster und blickte auf den Hof. »Es bedeutet, dass ich ihm nicht vertraue. Mehr nicht. Und für mich regieren wird nur ein Mann, dem ich blind vertrauen kann, Rainald. Du wirst morgen nach Hildesheim zurückkehren. Gleichgültig, wie die Wahl ausgeht.«

Der Dompropst war für einen kurzen Moment sprachlos. Das Blut schoss in seine Wangen. Er öffnete den Mund, um zu antworten, aber Barbarossa schnitt ihm das Wort ab. »Ich werde dich wieder holen, wenn die Zeit dafür reif ist. Wenn du dafür reif bist. In der Zwischenzeit empfehle ich dir, deine Nase nicht zu tief in Dinge zu stecken, die dich nichts angehen. Es ist zu deinem Besten.«

Rainald von Dassel verneigte sich tief, wandte sich ab und verschwand aus dem Saal.

Lautlos wie eine Katze, dachte Barbarossa. Und schlau wie eine Schlange.

* * *

Hasan blies sich seinen warmen Atem in die Hände und verfluchte einmal mehr dieses finstere Land mit seinen nebligen Sümpfen, dem ewigen Schneefall und dem gefrorenen Boden.

Die Basilika war eisig kalt, trotz der zahlreichen Glutbecken. Er folgte Ditho und Gisbert und einer Handvoll Krieger aus Barbarossas Leibwache mit etwas Abstand durch das Gotteshaus.

Die Franken wurden immer unruhig, wenn ein Sarazene neben ihnen ging und nicht den ihren Vorstellungen entsprechenden Abstand einhielt. Hasan respektierte Dithos Wunsch, nicht unnötig zu provozieren, und hielt sich unauffällig im Hintergrund. Ihm selbst war das auch lieber. Die Franken rochen in der Regel schlecht. Sie kannten die Seife hier, aber sie nutzten sie kaum.

Hasan hatte geträumt in der vergangenen Nacht. Er war durch die Straßen seiner Heimatstadt Aleppo gelaufen, hatte den Geruch frischer Seife aus den *Maşbanas*, den Seifenfabriken, eingeatmet, die am Bab an-Nasr im Norden der Zitadelle lagen. Sie roch köstlich nach Ölivenöl und Lorbeer. Im Traum hatte er die Wärme der Sonne auf seinem Gesicht gespürt und war dann in das kleine Haus am Bab Qinnasrin im Südwesten der Altstadt gegangen, wo sie auf ihn wartete. Sie, zu der er zurückkehren würde, wenn das hier vorbei war. Die Frau war aufgestanden und zu ihm gekommen. Doch bevor er seine Arme um sie legen konnte, war er erwacht. Hier, wo es kalt war. Hier, wo sie die Seife kannten, aber kaum nutzten.

Er blickte zum Dachstuhl hinauf, der sich gut fünfzig Fuß über ihm wölbte und wo Generationen von Tauben die alten Holzbalken mit einer weißen Kotschicht gebeizt hatten. Groß, grau und trotz der bunten Wandmalereien dunkel, ging es ihm durch den Kopf, während er beobachtete, wie Ditho auf die Türen deutete und Gisbert Anweisungen gab, was er für den Schutz des Herzogs für nötig befand.

»Wenn niemand von uns während der Wahl drinnen sein darf, brauchen wir umso mehr Männer an den Türen. Am Portal natürlich, am Hintereingang der Sakristei, an den Seiteneingängen. Möglich ist aber auch, dass er ein Feuer vorbereitet. Noch heute muss alles durchsucht werden: die Sakristei, das Kirchenschiff, die Türme, die Krypta. Sucht nach Krügen mit einer schwarzen Masse, nach getränkten Hanfseilen, nach Stroh. Wenn ihr nichts findet, versiegelt die Türen. Auch heute Nacht muss die Basilika bewacht werden. Wer will unter welchem Vorwand Einlass in die Kirche haben? Was wird vor der Wahl in die Basilika gebracht und um die Basilika herum angeordnet? Überprüft die Bediensteten, die die Tische hineinbringen. Lasst die Speisen und den Wein unter allen Umständen vorkosten.«

Hasan bemerkte, wie Ditho stockte und zwei Finger gegen seine Schläfe presste. Das Auge peinigte ihn wieder. Gisbert schien das nicht aufzufallen. Er nickte beiläufig zu allem, was Ditho sagte, und gab seinen Soldaten Anweisungen.

Die Männer traten gemeinsam durch das mächtige Portal auf den schon jetzt überfüllten Platz vor der Basilika. Ditho deutete auf die Wagen des Trosses. »Hier draußen ist es fast unmöglich, ihn zu fassen. Er kann in der Menge untertauchen. Ich glaube, er wird es hier versuchen. Nach der Wahl. Sorgt dafür, dass die Wagen einen großen Abstand zur Basilika halten, damit der Mörder keine Deckung findet, falls er mit einer Armbrust hantiert.«

»Mit einer Armbrust? Ich dachte, du sagtest, er will es mit Feuer probieren? Du bist dir nicht sicher, Ditho, wie?« Gisbert musterte Ditho abschätzig. Offensichtlich passte es ihm nicht, vor seinen Männern als Befehlsempfänger des Einäugigen dazustehen.

Ditho überging den Vorwurf. »Niemand kann sich sicher sein, Gisbert. Auch du und deine Männer nicht. Wir brauchen sie in der Menge. Sie sollen sich als Bauern und Händler verkleiden und sich unter das Volk mischen. Wir müssen auf jeden achten, der etwas bei sich trägt, Taschen, weite Umhänge, alles, worin oder worunter man eine Waffe verbergen kann.«

Gisbert schnaubte höhnisch. »Eine Waffe? Hunderte von Rittern werden vor der Kirche ihr Schwert tragen, und du wirst es ihnen kaum verbieten.«

Ditho nickte. »Und deswegen werden du und ich dicht beim Herzog sein, wenn er durch dieses Portal tritt, und ihm nicht von der Seite weichen, bis dieses Schauspiel vorbei ist.«

Gisbert nickte grimmig. »Ich brauche mehr Männer, ich muss das alles in die Wege leiten. Hoffen wir, du hast unrecht. Und hoffen wir, du fasst den Mann noch vor morgen.«

Gisbert wandte sich grußlos ab, erteilte seinen Männern Befehle und schickte einen Rattenfänger in die Kirche, der mit seinem dressierten Frettchen nach Beute suchen sollte. Drei der Soldaten verschwanden wieder in der Basilika, Gisbert selbst schlug den Weg zur Pfalz ein.

Ditho drehte sich um und entdeckte Hasan, der etwas abseits stand. Der Sarazene ließ den Blick über die Wagen und die Marktstände schweifen, die allenthalben aufgebaut wurden. Schon jetzt summte der Platz wie ein Bienenstock.

»Ist er fertig? Hast du es bekommen?«

Hasan bemerkte die Anspannung in Dithos Stimme, und er konnte es ihm nicht verdenken. Er griff in seinen weiten Umhang und zog den länglichen Metallgegenstand hervor. »Er hat es gut gemacht. Ich habe ihn dabei beobachtet. Er versteht sein Handwerk.«

Ditho atmete tief ein, dann griff er nach der Nadel. Sie war kunstvoll gearbeitet, eine Handspanne lang, mit einem spitzen Ende. Auf der anderen Seite befand sich eine löffelartige Verdickung. Deutlich war das kleine Loch an der Nadelspitze zu sehen. Ditho steckte das löffelförmige Ende in den Mund und sog daran. Er bekam Luft, und ein zischendes Geräusch erklang. Die Nadel war hohl und sah genauso aus, wie in Avicennas Zeichnung. Ditho steckte sie ein. »Danke. Jetzt muss ich nur noch einen Medicus finden, der nicht erst nach einem halben Krug Wein eine sichere Hand hat.«

»Das wirst du, Ditho. Allah wird dich zu einem führen. Jasmo und ich haben uns umgehört. Im Tross war kein Salpetersieder dabei. Wir machen uns auf die Suche nach einem Alchemisten hier in der Pfalz.«

»Gut. Aber seid vorsichtig. Ich muss mit Rainald von Dassel wegen Johannes dem Täufer reden und dann Gisbert und seinen Leuten auf die Finger schauen. Was ist mit dem Johanniter? Habt ihr schon etwas erfahren? Wo steckt Jasmo?«

»Vielleicht in Wiltrud?«, antwortete Hasan glucksend.

Ditho grinste, dann wurde seine Miene streng. »Sieh nach ihm. Gib acht, dass er sich nicht bei ihr verplappert. Jasmo denkt gerade nicht mit seinem Kopf …« Ditho blickte vielsagend an sich hinab.

Hasan nickte verstehend. »Du hast recht, mein Freund. Wir alle sollten mit dem Kopf denken und nicht mit …« Dabei blickte auch Hasan an sich hinab und lächelte.

Dithos Auge weitete sich überrascht, er wollte etwas erwidern, aber Hasan klopfte ihm freundschaftlich auf die Schulter. »Gib auf dich acht, Ditho. Wir sehen uns später.«

Hasan ließ seinen Freund stehen und schlug den Weg zu ihrem Karren ein. Verstohlen blickte er zu den vier Fuhrwerken, die das persönliche Hab und Gut des Herzogs nach Frankfurt befördert hatten.

Die Kutschen wurden noch immer von Bediensteten entladen. Gelehrte und Schreiber in fleckigem Wappenrock schleppten Kisten mit Büchern und Pergamentrollen in die Pfalz. Hasan wusste, dass ihm langsam die Zeit davonlief. Er musste mehr wagen als in den letzten Tagen und Wochen. Im Gefolge des Herzogs hatte man sich an seinen Anblick gewöhnt, niemandem würde auffallen, wenn er allein durch die Burg der Pfalz gehen würde und sich umsähe. Würde jemand ihn aufhalten, könnte er sich dumm stellen oder auf einen Auftrag Dithos verweisen. Aber wenn er die Zeichen der letzten Tage richtig deutete, war Ditho dabei, eine große Dummheit zu begehen. Hasan fragte sich, wie lange ihm die Protektion durch den Einäugigen noch Schutz für seinen eigenen Auftrag bieten würde. Vermutlich konnte Ditho sich schon bald nicht einmal mehr selbst schützen. Aber das war Dithos Problem, nicht seines. Es durfte nicht zu seinem Problem werden. Er hatte einen Eid geleistet. Er musste unter allen Umständen Erfolg haben mit seiner heiligen Mission.

Hasan schob sich an Händlern vorbei, die körbeweise frischen Fisch vom Ufer des Mains zur Pfalz schleppten, drängte sich durch eine Ziegenherde und an einer Gruppe von Benediktinern vorbei. Er schüttelte grinsend den Kopf, als die Hübschlerinnen mit ihren Perücken und auffällig bunten Schürzen ihm ein aufmunterndes Lächeln zuwarfen. Der Wagen stand einsam und verlassen neben einem erloschenen Feuer, die Bespannung war herabgelassen. Wo steckte dieser vermaledeite Jasmo nur?

Als Hasan näher an den Wagen trat, hörte er die leise Stimme des Hofnarren und dazu das Kichern einer Frau.

»... natürlich ist das nicht ganz ungefährlich! Aber Ditho und ich haben schon ganz andere Gefahren überstanden. Damals, im Heiligen Land zum Beispiel, als ein Kindsmörder im Tross unterwegs war. Das hat uns ganz schön Kopfzerbrechen bereitet. Oder jetzt. Mit dem Lazarett-Ritter, der eigentlich ja ein Johanniter ist. Ganz schön vertrackt, dieses Rätsel, aber ich hab Ditho da schnell auf den rechten Weg gebracht.«

»Ehrlich?« In Wiltruds Stimme schwang Bewunderung, dann lachte sie aufgekratzt.

Hasan seufzte unhörbar. Dieser verfluchte Narr! Jasmo hielt Händchen mit der Zofe der Herzogin und plauderte genau das aus, was er geheim halten sollte. Hasan musste einschreiten. Er trat an den Wagen und schob mit einem Ruck die Bespannung zur Seite. »Jasmo! Musst du dem Wiltrud nicht –«

Hasan riss die Augen auf.

Wiltrud kreischte.

Jasmo lief hochrot an.

Der Hofnarr und die Zofe lagen nackt im Stroh, die Kleider um sie herum verstreut. Wiltrud raffte hastig ihr Kleid über ihren nackten Busen, und Jasmo fand die Sprache wieder, als er sich gehetzt nach etwas zum Werfen umblickte. »Hasan, du verdammter Heide! Kannst du nicht anklopfen? Habt ihr Muselmanen keinen Funken Anstand im Leib?« In Ermangelung schwerer Gegenstände raffte Jasmo eine Handvoll Stroh zusammen und schleuderte sie dem Sarazenen entgegen.

Hasan murmelte ein schnelles »Verzeiht!«, dann zog er die Bespannung des Wagens zurück und trat den Rückzug an, während er Jasmos und Wiltruds aufgebrachte Stimmen noch hinter sich hörte. Wäre die Situation nicht so angespannt gewesen, Hasan hätte sich halb totgelacht: der Hofnarr und die Zofe, er halb so groß wie sie!

Stattdessen fluchte Hasan und bahnte sich einen Weg durch den Tross. Die Zeit lief ihm davon, und Ditho und Jasmo machten es mit ihren Weibergeschichten nur noch schlimmer. Hasan atmete tief durch, schob sich an den Wachen vorbei und betrat das Innere der Pfalz.

Er konnte nicht mehr lange warten.

Seine Zeit war gekommen.

* * *

Ein dünner Strich an der Seite des Blattes bezeichnete die Stelle. Ditho hatte lange in der Bibel geblättert, um sie im »Hohelied« zu finden, und er brauchte noch einmal so lange, um sie zu entziffern: »Mein Geliebter spricht und redet zu mir: Auf, du, meine Freundin, meine Schönste, komm! Denn siehe, vorbei ist der Winter, der Regen verschwunden, vergangen.«

Weiter unten fand er noch eine Markierung: »Ich gehöre meinem Geliebten an, und nach mir hat er Verlangen. Komm, mein Geliebter, wir gehen aufs Land und nächtigen in den Dörfern. Dort will ich meine Liebe dir schenken!«

Dithos Finger wanderte weiter und entdeckte einen weiteren dünnen Strich: »Leg mich wie ein Siegel auf dein Herz, wie ein Siegel auf deinen Arm. Denn stark wie der Tod ist die Liebe. Große Wasser können die Liebe nicht löschen, und Ströme spülen sie nicht hinweg.«

Ein Lächeln erschien auf seinen Lippen. Das war eine Antwort auf seine Frage. Auch wenn sie ihm mit ihren Küssen und ihrem Körper schon eine gegeben hatte. Sie würde mit ihm gehen. Wohin er wollte. Er schloss das Auge, vergaß für einen Moment die Schmerzen und schwor sich, sie wie ein Siegel auf sein Herz zu legen.

»Ihr lest in der Heiligen Schrift, Ritter Ditho? Sehr löblich, aber nicht das, was ich erwartet hätte angesichts der drohenden Schrecken!«

Ditho klappte das Buch zu, er besann sich und lächelte dem Dompropst zu. »Schön, dass Ihr endlich Zeit für mich findet, Rainald.«

Ditho stand auf und ging auf Rainald von Dassel zu, der aus der Tür der Schreibstube getreten war. Die Sonne war fast untergegangen, Talgkerzen an den Wänden warfen einen schwachen Schimmer in den langen Flur der Pfalz, an dessen hinterem Ende die Schlafgemächer des Fürsten lagen. Es roch süßlich nach Bienenwachs, nach Pergament und nach Leder. Ditho hatte schon vor Stunden um eine Unterredung gebeten, und der Dompropst hatte ihn auf später vertröstet, da er im Augenblick für die Verhandlungen Friedrichs unabkömmlich zu sein schien.

In der Zwischenzeit hatte sich Ditho mit einem glatzköpfigen Alchemisten unterhalten, den er vor den Toren der Pfalz aufgetrieben hatte. Der drahtige kleine Mann mit einem Maulwurfspelz um die Schultern bot den angereisten Schaulustigen seine Dienste und Tinkturen an und wurde erst gesprächig, als Ditho eine Münze in seine verätzten Finger legte. Viel hatte Ditho jedoch nicht erfahren.

Der Alchemist handelte kaum mit Salpeter, gelegentlich verkaufte er etwas davon an Schmiede, die damit Klingen beizten oder Gold aus minderwertigem Gestein herauswuschen. Enttäuscht hatte Ditho den Rückweg zur Basilika angetreten und zufrieden zur Kenntnis genommen, dass die Eingänge bewacht wurden, wenn die Soldaten auch nicht sonderlich aufmerksam schienen und die Durchsuchung der Kirche nichts ergeben hatte.

Er war zu ihrem Karren gegangen und hatte einen seltsam schweigsamen Jasmo vorgefunden, der nichts über einen Johanniter im Gefolge hatte in Erfahrung bringen können und der keine Ahnung hatte, wo Hasan steckte, und offensichtlich auch nicht weiter nach ihm befragt werden wollte. Dann hatte sich Ditho zurück zur Schreibstube begeben und gewartet, bis Rainald von Dassel Zeit für ihn fand.

Der blonde Mann mit den roten Wangen sah müde aus. Entschuldigend hob er die Arme. »Zeit ist dieser Tage ein kostbares Gut. Ihr wisst ja, wie Friedrich uns alle in Atem hält. Was lest Ihr?« Rainald deutete mit von Tinte fleckigen Fingern auf die Bibel in Dithos Händen. »Seid Ihr immer noch am Propheten Daniel interessiert, oder übt Ihr Euch lediglich im Lesen für das Ministerialenamt?«

Ditho bemerkte die neugierigen Blicke der Schreiber und Notare, die in der Schreibstube saßen, Urkunden anfertigten und Kopien erstellten. Er griff nach Rainalds Arm und zog den Dompropst sanft ein wenig außer Hörweite den Flur hinunter. »Nein, nicht mehr am Propheten Daniel. Ich will etwas über Johannes den Täufer wissen. Und um meine Fähigkeiten mit der Schrift ist es nach wie vor nicht sonderlich gut bestellt. Ich hatte gehofft, Ihr könntet mir Zeit sparen und mir etwas über den Täufer erzählen, Rainald.«

Rainald von Dassel hob eine Augenbraue. »Johannes der Täufer? Warum interessiert Euch der?«

Ditho berichtete ihm knapp von den Funden im Abwasserkanal und wie er mithilfe des Notars auf Johannes den Täufer gestoßen war.

Rainald von Dassel nickte, dann zuckte er mit den Schultern. »Viel mehr kann ich Euch auch nicht sagen, Ditho. Die Bibel ist und bleibt die maßgebliche Quelle. Aber der römische Geschichtsschreiber Flavius Josephus hat ebenfalls über den heiligen Johannes berichtet. Er bestätigt das Geschehen wie in der Bibel beschrieben, ergänzt aber noch den politischen Hintergrund. König Herodes Antipas war mit der Tochter von Aretas, dem König der Nabatäer, verheiratet. Später nahm er sich jedoch noch eine zweite Frau, Herodias, die Frau seines Halbbruders Philippus und Mutter der Salome. Seine erste Frau floh daraufhin zu ihrem Vater Aretas. Die Beziehung zwischen Herodes Antipas und Aretas war bereits wegen Landstreitigkeiten belastet; die Heirat mit Herodias kränkte Aretas noch mehr. Ein Krieg schien unausweichlich.«

Rainald blieb stehen und kratzte sich hinter dem Ohr, bevor er fortfuhr. »Als Johannes der Täufer diese zweite Heirat öffentlich geißelte, nahm Herodes ihn gefangen. Die Anhängerschaft von Johannes war ihm zu gefährlich geworden, als es zum Streit mit Aretas kam. Herodes wollte einen Krieg an zwei Fronten vermeiden und ließ Johannes deswegen hinrichten. Die Geschichte mit Salomes Tanz und dem Haupt des Täufers kennt Ihr ja bereits. Herodes war ein Feigling und Wachs in den Händen seiner Tochter.«

Ein schlechter König, ging es Ditho durch den Kopf, während sie weiter den Flur hinabschritten. »Und wie ging der Streit zwischen Herodes und Aretas aus?«

»Schlecht für Herodes. Die Enthauptung hatte zur Folge, dass ein Teil der jüdischen Soldaten, Anhänger von Johannes, Herodes die Unterstützung im Krieg gegen Aretas versagte. Herodes verlor den Krieg, konnte sich aber mithilfe der Römer an der Macht halten. Allerdings musste er die Stadt und die Region Damaskus an Aretas abgeben. Ob das ein großer Verlust war, könnt Ihr besser beurteilen als ich, Ditho. Schließlich wart Ihr schon dort, oder nicht?«

Dithos Augen wanderten suchend über das Gesicht Rainalds von Dassel.

Damaskus.

Wieder fiel der Name dieser Stadt. Diesmal im Zusammenhang mit Johannes dem Täufer. Was sagte ihm das alles? Was war das für eine Botschaft, die der Mörder ihnen sandte, teils wissentlich, teils unfreiwillig durch die Fehler, die er machte? Und warum hatten sie bei Konrad und im Abwasserkanal Hinweise auf einen Propheten gefunden und bei der Hinrichtung des Hofkaplans nicht? Warum hatte der Mörder ihnen dort einen direkten Hinweis auf seinen nächsten Schritt gegeben?

Ditho wurde einfach nicht schlau daraus; die Teile dieses Rätsels lagen wie die Scherben eines zersprungenen Kruges vor ihm, und es gelang ihm nicht, sie zusammenzusetzen. Er fragte Rainald von Dassel noch, wie Johannes der Täufer die Taufe vollzogen hatte und wie die Wahl und die Krönung ablaufen würden.

Der Dompropst beantwortete geduldig Dithos Fragen, dann blickte er über Dithos Schulter zurück zu der Tür der Schreibstube. »Kann ich Euch sonst wie zu Diensten sein, Ditho? Ich will nicht unhöflich erscheinen, aber ich habe noch bis spät in die Nacht zu tun, da ich morgen nach der Wahl wegen dringender Geschäfte zurück nach Hildesheim muss.«

»Habt Dank, Rainald, ich –« Ditho brach ab. Vom Ende des Ganges her war ein dumpfes Geräusch zu ihnen gedrungen, als wäre jemand zu Boden gestürzt, und man vernahm einen unterdrückten Schrei. *Ihren* Schrei.

Am Ende des Korridors lagen die Schlafgemächer des Herzogs und der Herzogin. Dithos Herz begann schneller zu schlagen.

Die Schreie in der Nacht. Die Tränen, wenn sie aus dem Zelt des Herzogs kamen.

Ditho schritt rasch den Flur hinab. Eine Wache war dort vor einer Tür postiert und stützte sich schläfrig auf einen Speer.

Rainald von Dassel schien Dithos Aufregung zu bemerken, er schloss zu ihm auf und drängte sich vor Ditho. »Was ist? Was habt Ihr?«

»Habt Ihr das nicht gehört, Dompropst? Das war ein Schrei.«

»Das glaube ich nicht, Ditho, Ihr müsst Euch verhört haben.«

Ditho trat vor den Wachsoldaten, der sich straffte und seinen Speer mit festem Griff packte. *Beherrsche dich*, versuchte er sich zu beruhigen, *versau jetzt nicht alles!* Von drinnen war ein Schlag zu hören und wieder ein dumpfer Aufprall auf dem Boden. Ditho vernahm deutlich Adelas Stöhnen. Seine Beherrschung war wie weggewischt. »Lass mich durch!«, fuhr er den Wachsoldaten an, doch der grinste herablassend durch schlechte Zähne.

»Darf niemand rein. Befehl des Herzogs.«

»Lass mich vorbei, sag ich dir!«

»Ihr solltet nicht –« Rainald von Dassel versuchte sich zwischen Ditho und die Wache zu drängen, aber Ditho packte ihn an der Soutane und drückte ihn gegen die Wand.

»Kümmert Euch um Eure Bücher, Dompropst. Das hier ist meine Sache!«

Rainald Dassel lief rot an, er schluckte heftig. »Ihr wisst nicht, was Ihr tut!«, flüsterte er heiser. »Habt Ihr nicht gehört? Der Herzog will nicht gestört werden! Er und die Herzogin sind allein, es droht keine Gefahr!«

Wieder ein Schlag, ein Klatschen wie von einer Ohrfeige, und dann ein Stöhnen. Die blanke Wut kroch Ditho über den Nacken. »Keine Gefahr, hm?«

Ditho stieß den Dompropst den Flur hinab und wandte sich an die Wache. Der Mann streckte Ditho entschlossen seine Lanze entgegen, auf seiner Stirn standen Schweißperlen.

»Geh mir aus dem Weg!«, zischte Ditho ihn an. »Sofort!«

Bevor die Wache noch mit der Lanze zustechen konnte, hatte Ditho an der Spitze vorbei das Holz gepackt und sie ihm mit einer blitzschnellen Drehung des Körpers entwunden. Er versetzte dem Wächter einen Tritt gegen die Beine und schickte ihn so zu Boden. Stöhnend blieb der Mann liegen. Rainald von Dassel verfolgte das Schauspiel mit aufgerissenen Augen. Ditho sprang auf und drückte die Klinke hinunter. Es war verschlossen. Er hämmerte mit den Fäusten gegen die Tür. »Macht auf! Ihr sollt aufmachen! Herzog!«

Stille. Dann hörte man Schritte, und ein Riegel wurde mit Kraft aufgezogen. Barbarossas Gesicht erschien im Türrahmen, die Haut beinahe im selben roten Ton wie sein Bart. Zorn stand in seinen Augen, und in seinen Mundwinkeln klebte Speichel. »Ditho! Was soll das? Was zum Henker erlaubst du dir?«

Ditho spähte an Barbarossa vorbei in den Raum. Adela stützte sich heftig atmend auf einer Truhe ab. Ihr Haar war zerzaust, die Wangen gerötet, man erkannte noch den Abdruck einer Hand darauf. In ihrem Blick sah Ditho Furcht und die Dankbarkeit, die sie ihm mit ihren Augen schickte.

Barbarossa baute sich vor ihm auf, seine Nasenspitze keine Handbreit von Dithos eigener entfernt. »Was willst du? Was erdreistest du dich, mich zu stören und gegen die Tür zu hämmern wie besessen? Schlägst du jetzt meine Leute nieder, oder was?« Barbarossa deutete auf den Wachmann, der sich an der Wand abstützte und sich mühsam auf die Beine zog.

Ditho setzte eine undurchdringliche Miene auf und wies auf Rainald von Dassel, dem der Schrecken noch anzusehen war. »Ich war hier, um mich mit dem Dompropst zu besprechen. Plötzlich hörten wir Schläge und einen Schrei. Ich war nur um Eure Sicherheit besorgt, Herzog, und habe mir Einlass verschafft. Es freut mich zu sehen, dass Ihr und Eure Gemahlin wohlauf seid.«

Barbarossa hatte sich augenblicklich wieder im Griff. Das Blut wich aus seinen Zügen, und ein dünnes Lächeln erschien um seinen Mund. Er blickte kurz zu Rainald von Dassel, nickte unmerklich und wandte sich dann an Ditho. »Du bist besorgt um unser Wohlergehen? Das freut mich und wärmt mir das Herz, Ditho. Und was Adela betrifft …«

Barbarossa wandte sich kurz über die Schulter und musterte seine Frau. »Sie ist gestolpert und hat sich ein wenig den Kopf gestoßen, wie es scheint. Es geht ihr gut, aber ihr könntet so freundlich sein und den Medicus holen lassen. Nur für alle Fälle. Und was deine Sorgen angeht: Auch ich bin in Sorge. Um dich. Dein Anfall in meiner Kutsche gestern schien heftig zu sein. Ich hoffe, es geht dir besser?« Barbarossas Stimme war sanft, fast süßlich, und doch entging Ditho der drohende Unterton nicht.

»Viel besser, Herzog. Macht Euch um mich keine Sorgen.«

Barbarossa nickte und senkte die Stimme. »Vielleicht solltest du dir selbst welche machen. Ich warne dich, Ditho, komm mir nicht ins Gehege.«

Der Flur hatte sich inzwischen mit den Schreibern aus Rainald von Dassels Stube gefüllt. Die Männer beobachteten neugierig, wie sich der Herzog und der Einäugige gegenüberstanden. Weitere Wachen traten hinzu. Ditho sah aus dem Augenwinkel, wie auch Gisbert und Eberhard, der Bischof von Bamberg, die Treppe heraufkamen.

Der dickleibige Gottesmann musterte erschrocken die Ansammlung im Gang. »Ist etwas geschehen? Seid Ihr wohlauf, Herzog?«

»Ja, bei Gott! Was zum Henker schert sich alle Welt plötzlich um mein Wohlergehen? Habt Ihr nichts anderes zu tun?« Barbarossa schrie, und ängstlich drängten die Schreiber zurück in ihre Stube.

Bischof Eberhard warf Rainald einen fragenden Blick zu und trat dann zwischen Ditho und Barbarossa. Er sprach leise. »Heinrich von Mainz ist eingetroffen, Herr. Er hat eine Versammlung mit den Welfen einberufen. Ohne Euch. Ich dachte, Ihr solltet das wissen.«

Barbarossa schnaubte und sah mit einem Mal sehr müde aus. Er nickte. »Das war abzusehen. Man kann hier niemanden ohne Aufsicht lassen, sofort wird wieder ein Tollhaus daraus. Bringt mich zu ihnen.«

Bischof Eberhard machte auf der Stelle kehrt. Bevor er ihm folgte, winkte Barbarossa Gisbert zu sich und nickte mit dem Kinn hinter sich in die Kemenate und zu Adela. »Du bleibst hier und hältst Wache vor ihrer Tür, Gisbert. Nicht, dass sich jemand heimlich Zutritt verschafft. Wir wollen doch den guten Ditho nicht um seinen wohlverdienten Schlaf bringen, nicht wahr, Ditho?«

Der Fuchsgesichtige musterte Ditho abschätzig und grinste. Ditho durchlief es heiß und kalt, und er warf Adela einen kurzen Blick zu. Sie hatte alles mitangehört. In ihren Augen glomm Furcht. Es schien plötzlich, als wüssten alle von ihnen. Was wussten sie wirklich?

Ditho fuhr zusammen, als der Herzog ihm den Zeigerfinger auf die Brust setzte. »Und du fasst besser diesen Mörder, Ditho. Sonst ist es um deine Zukunft geschehen. Gute Nacht.«

* * *

Es war nicht schwer, an ihnen vorbeizukommen. Die Wachen waren müde und damit beschäftigt, den Schmutz von ihren Stiefeln zu schaben. Die Durchsuchung der Basilika hatte offensichtlich nichts ergeben. Wie auch? Er war ja noch nicht drin gewesen.

Auch der Kaplan hatte ihn nicht gesehen, als er sich in der Sakristei an ihm vorbeigeschlichen hatte. Der Mann mit den kalten Augen drückte sich an der Wand des menschenleeren Kirchenschiffs entlang in Richtung Portal. Er öffnete eine eisenbeschlagene Tür neben dem Taufbecken und erklomm die steilen, ausgetretenen Holzstufen zum Kirchturm der Basilika.

Die Bretter knarrten unter jedem seiner Schritte. Hier oben würde ihn zwar niemand hören, aber dennoch schien es ihm, als sollte er beten. Er hatte lange nicht mehr gebetet. Er brauchte Hilfe vom Allmächtigen und von seinem Fürsprecher, dem heiligen Johannes. Die Dinge liefen nicht so, wie er sich das vorgestellt hatte. Sie entwickelten sich gut, aber dann schien es wieder, als entglitten sie ihm.

Er war immer noch verwirrt wegen Anselm von Wittlingen, er verstand nicht, wie das hatte geschehen können. Er würde seine Rache niemals aufgeben, aber er würde sie anpassen müssen. Ditho war schlau. Zu schlau, schien es, und er würde seinen ursprünglichen Plan ändern und sich des Einäugigen schon vorher entledigen müssen.

Und auch sie musste er loswerden.

Wiltrud.

Er konnte ihr strohdummes Gefasel und ihre schwülstigen Liebesschwüre kaum ertragen. Und nun störte sie auch noch seine Pläne. Zwar war das Getratsche über Adela und ihre Tändelei mit Ditho interessant gewesen, und er hatte selbst darüber nachgedacht, wie er dies für seine Zwecke einsetzen könnte. Aber er hatte abwarten und nichts überstürzen wollen.

Wiltrud hatte sich jedoch zusammenfantasiert, wie sie durch eine Erpressung der künftigen Königin ihrer beider Zukunft sichern würde, und der Herzogin eigenmächtig einen Hinweis gegeben, dass jemand über ihr Geheimnis Bescheid wusste. Diese verblödete Kuh!

Der Mann mit den kalten Augen biss die Zähne zusammen und zog sich die letzten Treppenstufen zum Glockenstuhl hinauf. Immer noch überkam ihn die blanke Wut, wenn er daran dachte, dass Wiltrud ihm um ein Haar alles zunichtegemacht hätte. Sein Zorn war so groß gewesen, dass er sie sofort hatte aufschlitzen wollen, das Messer schon hinter dem Rücken verborgen, wie so oft. Doch er hatte es wieder weggesteckt.

Es ging nicht. Noch nicht.

Er brauchte sie noch.

Der heilige Johannes hatte ihm dabei geholfen.

Er hatte sie angelächelt, sie für ihre Klugheit gepriesen und ihr dann gesagt, was sie tun sollte. Sie hatte geschluckt, Tränen waren aufgewallt in ihren Augen, als sie hörte, was er von ihr verlangte, um alles über Ditho und seine Begleiter zu erfahren. Aber er konnte sie beruhigen. Natürlich liebte er sie noch. Natürlich tat es ihm in der Seele weh, wenn er zusehen musste, wie sie mit dem hässlichen Hofnarren schäkerte. Aber wenn die Erpressung gelingen sollte, wenn sie eine gemeinsame Zukunft haben wollten, dann musste er eben alles wissen, und sie musste alles tun, was dazu notwendig war.

Wiltrud hatte sich die Tränen von den Wangen gewischt, ihn umarmt und geküsst, und obwohl es ihm zuwider war, hatte er sie gewähren lassen und überzeugend den leidenschaftlichen Liebhaber gespielt.

Danach hatte sie ihm den Fleck auf ihrem Handrücken gezeigt. Auf ihrer Brust war ebenfalls ein Fleck.

Mit einem Fleck hatte es bei ihm auch begonnen.

Er drückte die Luke am Ende der Treppe auf. Als sie krachend umklappte, flogen die Tauben im Glockenstuhl kreischend auf. Der Mann mit den kalten Augen stand unter zwei mächtigen bronzenen Glocken, die Klöppel dick wie Oberarme. Der Holzboden war mit Taubendreck überzogen; die Tiere beruhigten sich und ließen sich wieder auf dem Joch der Glocke nieder.

Er ging zum linken der beiden schmalen, hohen Fenster und beugte sich weit vor. Wiltrud hatte nicht gewusst, was das für Flecken waren, aber in diesem Augenblick wurde ihm klar, dass ihre Zeit gekommen war. Sie hatte sich angesteckt, obwohl er immer Handschuhe getragen hatte. Auch wenn er in sie eingedrungen war, was sie belustigend fand. Wenn sie gewusst hätte, warum er das tat, hätte sie nicht gelacht.

Aber im Grunde war ihre Ansteckung unvermeidlich gewesen, und man würde es auch nicht mehr lange verheimlichen können. Er hatte Wiltrud beruhigt, hatte ihr etwas von einer Hautkrankheit vorgelogen und ihr gesagt, man müsse die Flecken nur ausbrennen, dann würden sie nicht wiederkommen. Wiltrud hatte ihm geglaubt, artig zu allem genickt. Tapfer war sie schon, das musste er zugeben. Und er gestand sich auch ein, dass es ihm Freude bereitet hatte, ihr mit dem glühenden Eisen die Hand und besonders die Brust zu verbrennen. Sie hatte nur gezuckt, auf ein Taschentuch gebissen und die Tränen hinuntergeschluckt. Der Mann mit den kalten Augen hatte sie »mein tapferes Mädchen« genannt und im gleichen Moment überlegt, wie er sie töten würde.

Er lehnte sich an den kühlen Sandstein am Fenster, sog die frische Luft tief ein und blickte nach unten. Im Hof der Pfalz standen die Wagen und Zelte. Von hier oben kamen sie ihm vor wie die Spielzeuge von Konrads Sohn, dem kleinen Friedrich. Schweine liefen quiekend zwischen den Holz herbeischaffenden Knechten herum, der Rauch von zwei Dutzend Feuern kräuselte sich zum wolkenverhangenen Himmel. Hundekotsammler boten Säcke mit ihrer stinkenden Ware den Gerbern an. Wachsoldaten standen auf dem Palisadenzaun, und unten am Main schrubbte ein Heer von Wäscherinnen die von der Reise schmutzigen Kleider. Zum Festmahl nach der Wahl wollten alle glänzen. Er schmunzelte, weil sie nicht wussten, was er wusste.

Er reckte sich noch ein Stückchen vor und blickte genau nach unten. Direkt unter dem Fenster, am Fuße des Turms, wuchs ein alter Rosenstock nach oben, noch unbelaubt, aber weithin sichtbar.

Das war gut. Es war ein guter Platz, um zu sterben. Und war ein großer Rosenstock nicht fast so etwas wie ein Baum? Wie sagte es der heilige Johannes? *Es ist schon die Axt den Bäumen an die Wurzel gelegt. Darum, welcher Baum nicht gute Frucht bringt, wird abgehauen und ins Feuer geworfen.* Die Axt. Diesmal würde er die Axt sein und erst dann wieder das Feuer. Er hatte seine Vorräte aufgefrischt, sein Werkzeug vorbereitet. Er war für alles gewappnet, und langsam kehrte auch die Zuversicht wieder zurück.

Der Mann mit den kalten Augen warf einen letzten Blick auf das mächtige Pfalzgebäude und den im Sonnenuntergang rötlich schimmernden Sandstein.

Rot wie der Bart des Mannes, den er so hasste.

Rot wie das Feuer, das er über ihn bringen würde.

4. März 1152, Frankfurt

Der Klang der Glocken verhallte, dann hörte man die Stiefel.

Die Ehrfurcht der Menge schien mit Händen greifbar.

Die Stille lag drückend über dem Hof, als die Männer aus der Reichsburg den kurzen Weg über das schadhafte Pflaster zur Salvator-Basilika schritten. Es war noch früher Morgen, die Sonne kaum mehr als ein blasses Schimmern hinter den Wolken am Horizont. Der böige Wind schnitt scharf in die Wangen und ließ ungeschützte Hände starr werden vor Kälte.

Der massige Kaplan der Pfalz schritt, ein goldenes Kreuz tragend und von Weihrauchfässern schwingenden Ministranten flankiert, der Fürstengruppe voran und sang mit hoher Fistelstimme einen Psalm. *»Levavi oculos meos in montes: unde veniet auxilium mihi. Auxilium meum a Domino: qui fecit caelum et terram.«*

Ditho erkannte den Psalm, den er als Kind oft gebetet hatte, und er wusste, was die Worte bedeuteten: »Ich hebe meine Augen auf zu den Bergen, von denen mir Hilfe kommt. Meine Hilfe kommt vom Herrn, der Himmel und Erde gemacht hat.«

Hilfe, dachte er, wir können an diesem Tag jede Hilfe gebrauchen.

Sein Auge zuckte unruhig von einem Gesicht zum nächsten. War der Mörder hier? Es waren zu viele, niemand konnte alle im Auge behalten. Viel zu viele Menschen.

Ganz Frankfurt und die Unzähligen, die mit dem Tross und aus allen Landesteilen angereist waren, bildeten eine Gasse für die Fürstengruppe. Sie wollten Zeugen werden, Zeugen des Einzugs der mächtigsten Männer des Reiches in die Basilika, um den nächsten König des Heiligen Römischen Reiches zu wählen. Die Größe des Augenblicks schüchterte ein, und die wenigen, die gejubelt hatten, als der Herzog im Beisein der Kurfürsten aus der Pfalz getreten war, verstummten schon bald.

Es war noch kalt, dennoch schwitzte Ditho, als er hinter dem halben Dutzend Männern herschritt und rastlos den Blick in die Menge links und rechts schweifen ließ und auf verdächtige Anzeichen achtete. Die Soldaten bildeten ein dichtes Spalier, durch das die Fürsten vom Volk getrennt wurden. Ditho hatte das angeordnet, auch wenn er wusste, dass ein zu allem entschlossener Mörder diesen Schutzschild durchbrechen konnte, wenn er bereit war, sein eigenes Leben für den Tod Barbarossas zu opfern.

Direkt neben Barbarossa schritt Heinrich der Löwe, hinter ihnen der Herzog von Bayern, Heinrich Jasomirgott, neben Welf VI. und Berthold von Zähringen. Die beiden Erzbischöfe Heinrich von Mainz und Arnold von Köln bildeten den Schluss des Zuges. Barbarossas Freund Ulrich von Lenzburg sowie Enno und Albert von Sponheim gingen auf gleicher Höhe mit der Fürstengruppe an der Menge vorbei, getrennt durch das Spalier, das Ritter und Soldaten bildeten.

Ditho fasste sich unwillkürlich an die Schläfe. Das Auge pochte inzwischen nicht mehr, dafür war die Nacht davor kurz und qualvoll gewesen. Ditho war nach der Begegnung mit Barbarossa zu ihrem Wagen zurückgekehrt, hatte zwar Hasan, aber nicht mehr Jasmo vorgefunden. Hasan reagierte schweigsam und abweisend auf Dithos Fragen, und Ditho vermutete einen neuerlichen Streit zwischen seinen Freunden. Er hatte einen Bissen gegessen und war dann in die Basilika gegangen, um die Vorbereitungen für die Wahl persönlich zu überwachen. Ditho hatte jeden einzelnen Stuhl und jede Bank, die für die Fürsten hineingetragen wurden, persönlich untersucht und nichts gefunden.

Er hatte sich die Speisen zeigen lassen, das Geschirr, die Krüge mit Wein, hatte jeden Bediensteten befragt, ob ihm etwas aufgefallen sei und ob er auf dem Weg von der Küche oder den Lagerräumen in die Kirche angesprochen worden war. Doch niemand war angesprochen worden, keiner hatte etwas Auffälliges bemerkt.

Enttäuscht war Ditho wieder zum Wagen gegangen und hatte im verlöschenden Licht des Feuers seine Liste mit den Verdächtigen, den Hinweisen und Fundstücken studiert, bis ihm das gesunde Auge brannte und die pochenden Schmerzen hinter dem kranken Auge wiederkamen. Wütend hatte er das Blatt zerknüllt und hätte es um ein Haar in die Flammen geworfen. Seine Hinweise ergaben keine brauchbare Spur. Die Bruchstücke des zersprungenen Kruges wollten sich einfach nicht zusammensetzen lassen. Mit den Gedanken an Adela war er schließlich in einen kurzen Schlaf gesunken und mit der Sorge um sie und mit brennendem Zorn gegen Barbarossa kurz darauf wieder erwacht.

Ditho wusste, dass etwas im Gange war. Er hatte in den Gesichtern von Barbarossa, Gisbert und auch Rainald von Dassel lesen können, dass sie etwas von ihm und Adela ahnten oder zumindest etwas zu ahnen glaubten. Er würde auf der Hut sein müssen.

Noch vor Sonnenaufgang war er in die Reichsburg geschlichen und hatte auf der Treppe stehend über den Gang gespäht. Doch Gisbert war keinen Zoll von Adelas Tür gewichen. An eine vorzeitige Flucht war nicht zu denken. Sie würden warten müssen, bis Barbarossa zum König gewählt war oder bis er als toter Mann vor der Basilika lag.

Mit einem Mal wusste Ditho nicht mehr, ob er den Herzog überhaupt noch schützen wollte. Was hatte er davon? Wäre es nicht besser, Barbarossa würde von der Hand des Mörders niedergestreckt, damit er seine eigene Hand nie wieder gegen Adela erheben konnte?

Ditho seufzte und verscheuchte den Gedanken. Er konnte es nicht. Bei allem Zorn gegen Barbarossa konnte er nicht zulassen, dass der Mörder weitertötete. Ditho spürte das bohrende Verlangen, zu wissen, wer dieser Mann war, der König

Konrad, zwei Kuppler und den Hofkaplan auf dem Gewissen hatte und um ein Haar auch Jasmo getötet hätte. Vielleicht war auch Adela noch in Gefahr.

Ditho würde bis zur Wahl auf Barbarossa achtgeben. Wenn das Gefolge, die Fürsten und der neue König heute Abend beim Festmahl waren, würde er mit Adela fliehen.

Die Pferde standen bereit.

Der Kaplan der Salvator-Basilika, der den Kurfürsten gemeinsam mit Gisbert vorangeschritten war, zog einen schweren Schlüssel aus dem Umhang und öffnete damit das Portal der Basilika. Die Menge raunte, irgendwo hörte man Krähen krächzen. Barbarossa betrat mit den Fürsten das Gotteshaus und blieb auf der Schwelle stehen. Er blickte sich noch einmal um zu der Menschenmenge vor der Kirche und entdeckte dabei Ditho. Der Herzog wirkte müde und angespannt. Ditho vermutete, dass er selbst nicht besser aussah. Sie nickten sich zu, als wären sie noch die Waffenbrüder von einst, und die zahlreichen bunten Zelte der von weit her angereisten Fürsten und Ritter verliehen dem Hof der Pfalz, zusammen mit dem Tross, eine unheilvolle Ähnlichkeit mit ihrem Heerlager, damals vor Damaskus.

Die Wachen traten neben die schweren Flügel der Eichentür.

Ein Schatten wanderte über Barbarossas Gesicht, als das Portal krachend ins Schloss fiel. Der Kaplan der Salvator-Basilika drehte den Schlüssel und verriegelte die Kirche für die Dauer der Wahl. Er hielt den Schlüssel empor und zeigte ihn der stumm verharrenden Menge, die daraufhin in Jubel ausbrach. Die Menschen liefen zu den Zelten und Buden, Fässer wurden angestochen, und Musikanten begannen zu spielen.

Die Fürsten waren in der Kirche, und nichts war geschehen.

Der erste Teil des Weges war geschafft.

Ditho atmete auf.

Er entdeckte Hasan und Jasmo in der Menge, sie hatten sich unter die Schaulustigen gemischt, hielten die Augen offen. Auf dem Wehrgang des Palisadenzauns sah Ditho Bogenschützen mit angelegten Pfeilen.

»Wir sind gut vorbereitet, falls er sich zeigt.« Gisbert, der seit dem Einzug der Fürsten in die Basilika ebenfalls neben dem Portal stand, grinste schief und stocherte mit einem Hölzchen zwischen seinen Zähnen herum. »Sei ganz unbesorgt, Ditho. Da drin wird dem Herzog nichts geschehen. Er wird als König wieder herauskommen.«

Ditho schwieg, nickte, und Gisbert wandte sich dem halben Dutzend Soldaten zu, die vor der Basilika Aufstellung nahmen. Ditho wünschte, er hätte Gisberts Zuversicht. Er ging um die Basilika herum und prüfte die Türen an den Türmen und an den Seitenschiffen. Sie waren verriegelt, vor jedem Eingang standen mindestens zwei Wachleute. Auch hinter der Basilika waren die Vorbereitungen für das Fest, das nach der Wahl stattfinden würde, in vollem Gange. Schweine und Hühner, ganze Ochsen wurden auf Eisenstangen gespießt, mit Bier und Honig bestrichen und über Glutwannen gebraten.

Durch die Tore der Pfalz strömten immer noch Menschen herbei, um sich das Ereignis und das damit verbundene Gelage auf Kosten des neuen Königs nicht entgehen zu lassen. Ein Reliquienhändler pries lautstark seine Ware an: Fingerknochen des heiligen Lando von Crespin und ein Splitter aus der Schulter des heiligen Narcissus.

Ditho war schon fast um die ganze Kirche herumgegangen, als ein kleines Mädchen in einem derben Umhang aus Sackleinen auf ihn zugelaufen kam. Der Rotz lief der Kleinen aus der Nase, ihr braunes Haar war zu zwei Zöpfen geflochten und um ihren Hals hing eine Kette aus Kirschkernen. Ditho schätzte sie auf sechs oder sieben Jahre.

Das Mädchen trat vor ihn hin. »Bist du der Einäugige?«

Ditho lächelte. Er ging vor dem Mädchen in die Hocke und klopfte gegen seine Augenklappe. »Nein. Ich habe zwei Augen, aber das eine hat eine goldene Farbe und macht die anderen neidisch, deswegen verstecke ich es.«

Ditho sah, wie sie zögerte, unsicher, ob er sie nicht zum Besten hielt. Er grinste. »Schon gut. Manche nennen mich den Einäugigen. Und wer bist du, und was willst du von mir, kleines Fräulein?«

»Ich bin Marie. Ich soll dir das geben. Von einer Frau. Sie ist sehr schön.« Das Mädchen lächelte, streckte die Hand aus und gab ihm ein zusammengefaltetes Stück Pergament.

Ditho runzelte die Stirn. Eine schöne Frau? Hatte Adela es irgendwie bewerkstelligt, ihm eine geheime Nachricht zukommen zu lassen? Er entfaltete das kleine Blatt und hielt den Atem an.

Das Bild des Einäugigen, der die Frau mit der Krone küsst.

Ditho blickte sich rasch in der Menge um. Niemand schien Notiz von ihm und dem Mädchen zu nehmen. »Von wem hast du das? Wer hat dir das gegeben? Wie hieß die Frau? Hat sie etwas gesagt?«

Ditho war laut geworden, und Marie schien Angst zu bekommen. Sie wollte weglaufen, doch Ditho hielt sie fest. »Warte, warte. Du musst keine Angst haben. Hat sie etwas gesagt? Die Frau?«

Das Mädchen nickte eingeschüchtert und schwieg. Ditho seufzte und setzte ein Lächeln auf. »Und verrätst du mir auch, was sie gesagt hat?«

»Du sollst sie am Rosenstock treffen, hat sie gesagt. Hinter der Kirche, hat sie gesagt. Und mehr nicht. Krieg ich jetzt meine Münze?«

* * *

»Konrad wollte seinen Sohn als Nachfolger sehen. Nicht Euch. Das hat er mir selbst gesagt.«

»Wann hat er Euch das gesagt, Erzbischof? Vor einem Jahr? Vor einem Monat, als er noch glaubte, er würde in Rom zum Kaiser gekrönt?«

Der alte Mann im Bischofsornat blieb scheinbar ruhig,

doch Barbarossa wusste, dass er genauso aufgewühlt war wie er selbst. In der Basilika herrschte Totenstille, als die beiden Männer sich finster musterten. Der Rauch aus den Glutbecken kräuselte träge zur Kirchendecke.

Heinrich von Mainz, groß gewachsen, mit fliehendem Kinn und einer spitzen Nase, zupfte an einem langen grauen Haar, das aus den Augenbrauen hervorstand. »Er hat es dem Kaplan auf dem Totenbett gesagt.«

»Das ist eine Lüge!« Barbarossa schlug sich mit der Faust auf die Brust. »Bei Gott! Ich war an Konrads Totenbett! Mir hat er die Führung des Reiches und die Reichsinsignien übergeben, und Bischof Eberhard hier kann es bezeugen.« Barbarossas ausgestreckte Hand wies auf den Bischof, der zusammengesunken neben ihm hockte und auf die Krümel auf seinem Teller starrte.

Eberhard von Bamberg nickte schwach.

Heinrich von Mainz blickte in die Runde der Fürsten, die auf taftgepolsterten Stühlen um den Altar saßen, und sprach mit leiser Stimme: »Und doch ist es wahr, und wenn der Kaplan noch unter uns wäre, könnte er es bezeugen.«

»Und selbst wenn er es bezeugen würde, es bliebe eine Lüge! Die Lüge im Auftrag eines Mannes, der gerne *procurator regni* anstelle des Jungen wäre und damit der eigentliche König des Reiches! Aber Ihr steht heute nicht zur Wahl, Bischof! Ich tue es! Und ich werde mein Recht und mein Reich mit dem Schwert verteidigen und nicht zulassen, dass ein Bischof sich den Thron des Heiligen Römischen Reiches erschleicht!«

Heinrich von Mainz sprang von seinem Stuhl auf, seine Stimme zitterte, und er streckte den beringten Zeigefinger auf Barbarossa. »Ihr seid ein Usurpator, Staufer! Ihr habt nicht das Recht –«

»Verdammt! Beruhigt Euch, Erzbischof!« Die lauten Worte Heinrichs des Löwen hallten in der Basilika wider. Bedächtig erhob er sich und legte dem Erzbischof besänftigend die Hand auf die Schulter.

Welf VI. zog die teure rote Samttunika um seine Schultern enger und grinste Berthold von Zähringen zu, als wisse er schon, was jetzt folgen würde. Heinrich Jasomirgott neben ihm vergrub den Kopf mit den blonden Locken in den Händen, als sei das Schauspiel unter seiner Würde, und der Kölner Erzbischof Arnold von Wied verfolgte das Geschehen schweigend, während er Brotstücke in eine Schüssel mit scharfer Fleischsuppe tunkte.

»Es scheint unangebracht, dass ich einen Bischof in einem Gotteshaus zur Ruhe mahnen muss«, sagte der Löwe, »aber Ihr solltet Euch mäßigen.«

»Mäßigen?« Heinrich von Mainz starrte den Welfenherzog ungläubig an. Er zog ihn am Ärmel einen Schritt beiseite und sprach so leise, dass nur Heinrich der Löwe ihn hören konnte. »Was in drei Gottes Namen ist in Euch gefahren, Herzog? Ich dachte, wir wären uns einig? Meine Unterhändler sagten mir, wir hätten eine Abmachung?«

Der Löwe lächelte nachsichtig und verschränkte die kräftigen Arme vor der Brust. Er sprach laut genug, dass alle ihn hören konnten. »Eure Unterhändler haben mich offensichtlich falsch verstanden, Erzbischof. Meine Stimme gehörte schon immer der Zukunft. Es geht hier nicht um einen kleinlichen Zwist zwischen Eurer Person und den Staufern. Es geht um viel mehr. Es geht um den Frieden im Reich und um eine starke Hand, die einigen kann und die nicht teilt.«

»Frieden? Ihr meint wohl eher die Pfründe, die Euch der da zugeschanzt hat, damit er Eure Stimme bekommt. Wie ein Freier der Dirne ihren Lohn!«

Die hinausgeschriene Empörung des Erzbischofs verhallte an der Kirchendecke. Die Fürsten warfen ihm feindselige Blicke zu.

Heinrich der Löwe fletschte die Zähne und trat noch einen Schritt näher. »Treibt es nicht zu weit, Erzbischof«, zischte er ihn an, »Ihr redet mit einem Fürsten, wie es sich geziemt, sonst werde ich Euch lehren müssen, was sich geziemt.«

Der ältere Mann wich erschrocken zurück. Der Löwe packte ihn an den Schultern und drückte ihn auf seinen Stuhl.

Heinrich von Mainz wehrte sich nicht. Fassungslos schüttelte er den Kopf und blickte hilfesuchend in die Runde. Die Männer wichen seinem Blick aus.

Heinrich der Löwe hieb mit der flachen Hand auf den Altar. »Die Zeit der Dispute und gelehrten Debatten ist vorbei. Wir sind hier, um zu wählen, nicht um zu streiten. Also wählen wir.«

Die Fürsten nickten und brummten ihre Zustimmung. Der Erzbischof von Mainz schwieg, griff nach seinem Zinnbecher, umschloss ihn mit zitternden Händen und führte ihn kraftlos zum faltigen Mund.

Procurator regni!

So erbärmlich sah kein König aus und noch nicht einmal sein Stellvertreter, ging es Barbarossa durch den Kopf. Plötzlich fühlte er eine große Ruhe über sich kommen. Als wären die Worte, die er sich nun zurechtlegte, schon immer in ihm gewesen, als hätten sie nur darauf gewartet, endlich ausgesprochen zu werden. Er lächelte und trat vor. »Ich, Friedrich, Herzog von Schwaben, stelle mich zur Wahl, um König des Heiligen Römischen Reiches zu werden. Wer für mich ist, hebe die Hand!«

* * *

Ditho stapfte durch den Schmutz. Er blinzelte in das gleißend helle Licht der Morgensonne, die über den Palisadenzaun lugte. Das Herz schlug ihm bis zum Hals. Über sich hörte er einen Falken auf der Jagd nach den Tauben im Kirchturm aufkreischen, dann verlor sich der Ruf des Vogels im Lärm der ausgelassenen Menschenmenge. Ditho hielt sich dicht bei der Kirchenmauer, drückte sich an Nischen und an den bewachten Eingängen vorbei. Er suchte eine Stelle, von der aus er die Frau, die er am Rosenstock treffen sollte, beobachten konnte, bevor sie ihn sah. Im Schatten einer verwitterten Petrus-Statue blieb er stehen und verbarg sich dort.

Der Kirchturm lag keine zwanzig Schritt von ihm entfernt. Der kahle Rosenstock reckte seine dornigen braunen Zweige an den groben Quadern hinauf zum Kirchturm. Niemand war dort zu sehen; die Menschen, die vorbeigingen, strebten entweder auf den Vorplatz der Kirche oder auf das Gelände hinter der Basilika zu.

Ditho versuchte in der Menge jemanden auszumachen, der nicht lief, sondern stand und den Rosenstock beobachtete, so wie er. Aber da war niemand.

Sie wartet, ging es ihm durch den Kopf, sie macht es genau wie ich. Sie wartet, bis ich da bin.

War es Wiltrud, die auf ihn wartete? Oder jemand, den der zeichnende Notar Albert von Sponheim geschickt hatte? Ditho straffte sich und trat aus dem Schatten der Statue. Der Dolch, den er in seinem Ärmel verborgen hatte, drückte gegen sein Handgelenk.

Ditho ging auf den Rosenstock zu, da entdeckte er plötzlich Jasmo in der Menge vor sich und wandte das Gesicht schnell zur Kirche. Er wollte nicht mit ihm sprechen und nicht von ihm gesehen werden. Nicht jetzt.

Als er wieder aufblickte, war Jasmo verschwunden. Ditho stellte sich direkt vor den Rosenstock und starrte angestrengt in die Menge. Hunderte Gesichter und Leiber schoben sich vorbei, bunte Tücher, Rüstungen, braune Stiefel und Pferdehufe, dazu der Lärm aus unzähligen Kehlen und die Musik der Gaukler und Troubadoure, und über allem das Flattern der Fahnen auf den Zelten der angereisten Fürsten. Sein Auge begann zu tränen, das Pochen hinter der Augenklappe brachte mit jedem Atemzug eine Welle aus Schmerz. Ditho schloss das gesunde Auge und griff sich an die Schläfe.

Was tust du da? Du setzt alles aufs Spiel für sie! Willst du wirklich jemanden töten für sie?

Ditho presste die Finger auf die Schläfe, dann hämmerte er mit der Faust dagegen, damit das Pochen aufhörte.

Es muss weggehen! Es muss! Jetzt! Weggehen!

»Schön, Euch hier zu treffen, Ritter Ditho. Ist Euch nicht wohl?«

Er öffnete das Auge. Wiltrud stand vor ihm. Sie war geschminkt und hatte ein prachtvolles rotes Kleid angezogen, wie es sich für einen Festtag gehörte.

Wiltrud lächelte so arglos, dass Ditho einen Lidschlag lang dachte, sie habe ihn aus Versehen angesprochen. Doch das Lächeln gefror in Wiltruds Gesicht, als er nicht gleich antwortete. »Euch ist nicht nach Plaudern zumute? Wie Ihr wünscht; reden wir über das Geschäft. Ihr wollt, dass Euer Geheimnis gehütet wird, nicht wahr, Ritter Ditho?«

Ditho atmete tief durch. *Beruhige dich! Versau es nicht!* »Was wollt Ihr von mir, Wiltrud? Warum habt Ihr mir dieses Bild bringen lassen? Was soll es darstellen?«

Wiltrud lachte gehässig auf. »Ich bitte Euch, Ditho. Spielt kein Spiel mit mir. Wir wissen beide, wovon ich rede. Ich rede von Euch und der Herzogin. Ich rede davon, dass Ihr dem künftigen König Hörner aufsetzt. Und was ich will? Ich will Geld. Genug, um nie wieder jemandem dienen zu müssen, auch keiner Königin.«

Wiltrud verschränkte trotzig die Arme vor der Brust, und Ditho nickte. »Ihr würdet Eurer Herrin mit dieser Lüge vermutlich schaden. Aber noch schwerer würde Euer eigener Schaden sein. Man wird Euch kein Wort glauben, Wiltrud, und Ihr könnt nichts beweisen. Wahrscheinlich wird man Euch hängen für diesen Frevel.«

Wiltrud lachte. »Ihr seid kein guter Lügner, mein Herr Ritter. Und allein, dass Ihr hierhergekommen seid, ist Beweis genug. Aber weil Ihr es seid …« Sie zog ein zerknülltes Blatt Pergament hervor und entfaltete es.

Ditho erkannte Adelas Schrift. »Triff mich nach Sonnenuntergang in der Kapelle. A.« Es war das Stück Papier, das er selber zerknüllt und weggeworfen hatte. Ditho verfluchte seine Dummheit, Wiltrud musste ihn bereits seit einigen Tagen beobachtet haben und ihm gefolgt sein.

Er sah sie schweigend an, griff heimlich nach dem Dolch in seinem Ärmel. Er wollte sie nicht töten, aber er konnte sie mit dem Dolch bedrohen, sie zum Wagen schaffen, knebeln, in einen Sack stecken und bis heute Abend ruhigstellen, wenn er mit Adela fliehen würde. »Gut. Wir reden. Aber nicht hier. Wir gehen zu unserem Wagen.«

Ditho packte sie am Arm, wollte sie mit sich ziehen, doch Wiltrud stieß ihn weg. Gehetzt sah sie sich um. »Nein. Wir sollen hierbleiben.«

Wir sollen? Ditho stutzte. »Warum hier? Warum gehen wir nicht irgendwohin, wo uns nicht alle Welt sieht?«

Trotzig verschränkte sie die Arme und schnaubte. »Hier ist so gut wie überall sonst. Also? Was könnt Ihr bieten, Ditho?«

Ditho antwortete nicht. Sie will hierbleiben, weil jemand es ihr gesagt hatte, durchfuhr es ihn. Sein Auge zuckte an ihr vorbei und überflog die Menge, die Soldaten auf dem Wehrgang des Palisadenzauns, die Händler an den Ständen, Dutzende, Hunderte Gesichter! Ditho packte Wiltrud bei den Armen. »Wer hat dir gesagt, dass wir uns hier treffen sollen? Wer?«

Ditho sah, dass er ins Schwarze getroffen hatte. In ihren Pupillen glomm die Furcht. Dithos Blick fiel auf den Verband an ihrer Hand.

»Ich … ich …«

»Wer?«

Ditho hielt sie weiter fest, sein Auge wanderte unruhig zwischen ihr und der Menge hin und her, das Portal mit den Wachen abschätzend, den Palisadenzaun überblickend, und wieder zurück zu ihr. Ein Bettelmönch. Ein Ablasshändler mit Pergamentrollen. Ein Junge, der weinte. Ein Gaukler, der jonglierte. War er das? War er hier?

Dann drang wieder der Schrei des Falken an sein Ohr, und darunter ein Knirschen, ein Kratzen.

Levari oculos meos.

Ditho blickte nach oben. »Grundgütiger.«

Seine Augen weiteten sich in Unglauben.

Eine Lawine aus Steinen brach vom Turm und raste atemberaubend schnell auf ihn und die Frau zu. »Weg hier!«

Wiltrud starrte Ditho an, schrie auf, als er sie wegriss und zur Seite stieß, ihr hinterhersprang, sodass sie übereinander in den Dreck stürzten, einen Lidschlag, bevor die Kaskade aus großen Steinen, Mörtel und Schutt genau an der Stelle krachend in den Boden schlug, an der sie soeben noch gestanden hatten.

Die Menge kreischte auf und stob auseinander. Dithos Fuß wurde von etwas Schwerem getroffen, er schnappte nach Luft. Alles schien urplötzlich in eine Wolke aus Staub und Stein gehüllt, die auf die Umstehenden niederprasselte. Wiltrud stöhnte, schien aber unverletzt.

Ditho warf sich auf den Rücken und blickte nach oben. Ein Schatten tauchte am Rande des gähnenden Lochs auf, dort, wo vor wenigen Augenblicken noch das oberste Fenster des linken Kirchturms gewesen war. »Da! Da ist er!«, schrie er auf. »Greift ihn!«

Ditho blickte zu Wiltrud, sie atmete keuchend, ihre Augen waren in Panik aufgerissen und starrten verständnislos zum Turm. Entsetzt schüttelte sie den Kopf, ihr Gesicht eine Grimasse aus Zorn und Schmerz. Ihre Augen füllten sich mit Tränen.

»Wer war das, Wiltrud?«

Sie antwortete ihm nicht, sprang auf und rannte los.

Kaum einen Atemzug später war sie in der Menge verschwunden.

* * *

Ditho hetzte ihr hinterher. Er konnte einen Fetzen ihres roten Kleides in der Menge ausmachen. Wiltrud duckte sich, rannte auf das südliche Ende der Reichsburg zu. Wollte sie zum Main? Zum Hafen? Oder in die Reichsburg hinein? Sie war schnell, und er hinkte, sein Fuß war von einem Stein getroffen worden und schmerzte höllisch.

Wir sollten gerade beide durch die Hand eines Dritten sterben, durchfuhr es Ditho, während er sich durch die ausgelassen feiernde Menge drängte. Ihr Verbündeter war ein Mörder, und wahrscheinlich war er *sein* Mörder.

Wer immer dieser Schatten ist, er kann die Kirche nicht verlassen, dachte Ditho, und wenn doch, dann kann Wiltrud mir zumindest sagen, wer er ist.

Der Saum des roten Kleides blitzte in der Menge auf, und dann entdeckte er ihren blonden Schopf. Gehetzt schaute Wiltrud sich nach ihm um.

»Ditho!« Jasmo lehnte, an einer Schweinekeule kauend, an einem Marktstand und rief zu ihm herüber.

Ich darf sie nicht aus den Augen verlieren, durchfuhr es Ditho, und er rannte einfach weiter, nahm aus dem Augenwinkel noch Jasmos verwirrten Blick wahr und erspähte Wiltrud weiter vorn zwischen den Köpfen der anderen. Ditho holte auf, sie änderte die Richtung und duckte sich tiefer in die Menge. Der Dolch glitt ihm aus dem Ärmel und fiel zu Boden, bevor er ihn festhalten konnte. Einen Augenblick lang war er verwirrt und blickte nach unten, aber dann rannte er weiter. Wohin?

»Verdammt!«

Sie war weg. Ditho blickte sich nach allen Seiten um, doch er entdeckte keine Spur von Wiltruds Schopf oder von ihrem Kleid. Fluchend blieb er stehen. Atmete durch.

Nicht den Kopf verlieren! Bleib ruhig!

Da! Ein roter Zipfel verschwand hinter der Stalltür bei der Reichsburg. Ditho drängte sich an einem Schuster vorbei, der Beinlinge und Trippen in die Höhe hielt und grölend anpries, schob einen Hundefänger beiseite, der versuchte, die kläffenden Köter in ihrem Käfig zu beruhigen, und rannte auf den Pferdestall zu. Der Holzbau war flach, aber weitläufig und verwinkelt, bot Platz für Dutzende Tiere. Ditho hatte sein eigenes Pferd dort untergestellt und wusste, dass es keinen zweiten Ausgang gab. Sie saß in der Falle. Er sprang über ein Lagerfeuer, wich einem vorbeifahrenden Karren aus und griff nach der Stalltür. Vorsichtig zog er sie ein Stück auf und spähte hinein.

Drinnen war es trüb, und Staub glitzerte im Licht, das schräg durch die Fenster fiel. Große Schmeißfliegen schwirrten um die Dunghaufen herum. Die Pferde standen ruhig da und schnaubten gelegentlich. Es war still. Niemand rannte, niemand kletterte aus einem Fenster.

Und doch hörte er ein Geräusch.

Ditho zog die Stalltür weiter auf und schob sich hinein. Seine Stiefel machten knisternde Geräusche auf dem Stroh. Niemand war zu sehen. Der Stall verlief um die Ecke der Reichsburg, machte auf halber Länge einen Knick nach rechts. Die Tiere blickten von den Trögen auf, als Ditho an ihnen vorbeischlich und dem Geräusch folgte, das hinter der Ecke hervordrang.

Ein Klatschen. Als würden Wäscherinnen nasse Wäsche auf einen Stein schwingen, um den Schmutz herauszulösen. Vorsichtig spähte er um die Ecke.

Sein Herz setzte einen Schlag aus.

Er sah ihn.

Den Lazarett-Ritter.

Ditho war sich ganz sicher, dass er den richtigen Mann vor sich hatte, auch wenn er sich nicht erklären konnte, wie der so schnell vom Kirchturm in den Stall gelangt war. Der Mann kniete am Ende des Stalls im Stroh eines Verschlages, in dem kein Pferd stand. Seine Haare waren lang, blond und verfilzt, sein Körper groß, kräftig und in Lumpen gehüllt. Was tat er da?

Immer wieder hob der Mann den linken Arm und hieb mit einer Axt auf etwas ein, wodurch das schmatzende Geräusch entstand. Dithos Magen verkrampfte sich. Ein rotes Stück Stoff. Blut spritzte an das ausgeblichene Holz des Verschlages.

Das war Wiltrud.

Sie rührte sich nicht mehr.

Vorsichtig griff Ditho nach einem Brandeisen für die Pferde, das neben einem erloschenen Glutbecken am bröckelnden Mauerwerk lehnte. Schritt für Schritt schob er sich vorwärts, der Lärm der Menschenmenge draußen schien plötzlich abgeebbt zu sein, das Knistern unter seinen Sohlen kam ihm entsetzlich laut vor. Doch der Mann hörte ihn nicht. Er hob die Axt und ließ sie niedersausen, hieb mit kräftigen Schlägen auf den leblosen Körper vor ihm ein. Er atmete schwer, seine Hand war mit schuppigen Blattern überzogen.

Lepra.

Ditho griff das Brandeisen fester und holte aus, schlich bis auf drei Schritte an den Mörder heran, dann schnellte er vor und ließ das Brandeisen auf den Rücken des Mannes niedersausen.

Der Mann fuhr herum, und Dithos Schlag ging ins Leere.

Ditho stolperte nach vorn und blickte auf Wiltruds im Tode verzerrtes Gesicht. Überall war Blut. Der Mann trat gegen das Brandeisen, es wurde Ditho aus den Händen gerissen und fiel scheppernd zu Boden. Ditho blickte auf und sah das Gesicht des Mörders. Oder das, was davon übrig war.

Eine Fratze, zerfressen vom Aussatz, aufgedunsen, gerötet und schuppig.

Er hatte diesen Mann noch nie gesehen.

»Du! Du bist es!«, grunzte der andere mit einem kehligen Röcheln.

Ditho fuhr zusammen, und der Mörder holte mit der Axt aus. Ditho ließ seine Faust gegen das Kinn des Mannes krachen, und der Kopf des Mörders wurde zur Seite gerissen. Doch er ging nicht zu Boden. Er stöhnte nur und wandte den Kopf wieder nach vorn. Ditho drehte sich um die eigene Achse und holte mit dem Bein aus. Der andere sah den Tritt kommen, wich aus und hieb mit der Axt in Dithos Oberschenkel. Ditho schrie auf, Blut tränkte sein Gewand, und er sank mit einem Aufschrei zu Boden. Der Mörder trat ihn in den Bauch, Ditho krümmte sich. Der Mann baute sich über ihm auf, und Ditho schob sich stöhnend rückwärts. »Wer bist du? Warum tust du das?«, zischte er den Leprösen an.

Ditho sah zerdrückte Heuschrecken, die auf dem aus Lumpen und Fell zusammengenähten Umhang des Mörders klebten. Schwarze Augen glommen in einem von der Lepra zerfetzten Gesicht, und ein kehliges Geräusch entrang sich seinem zerfressenen Mund. Es war ein Lachen. »Du kennst mich nicht? Aber ich kenne dich. Ich weiß, wer du bist. Du willst wissen, wer ich bin? Ich bin der Täufer. Ich bin der, der das Kommen des Herrn ankündigt!«

»Warum tust du das?«

»Weil Gott es so will. Die Könige lügen! Sie sind für die Toten in Damaskus verantwortlich! Sie lassen zu, dass man dem Orden die Niederlage anlastet! Sie haben den heiligen Johannes verraten!«

Ditho stieß mit dem Rücken an die Wand. Er war in einer Ecke gefangen, versuchte sich aufzurichten, aber es gelang ihm nicht. Sein Bein schmerzte unsäglich, und er wehrte sich gegen die Schwärze, die aus seiner Brust kam und von seinem Kopf Besitz ergriff. Hektisch wühlte er mit den Händen im Stroh. Kein Stein, kein Stock. Nichts!

»Ich taufe mit Wasser, aber nach mir kommt einer, der mit Feuer tauft«, flüsterte der andere. »Und ich werde dir das Haupt nehmen, wie mir das Haupt genommen wurde, denn es steht geschrieben: ›Das ist der Lohn unsrer Räuber und das Erbe derer, die uns das Unsre nehmen!‹« Der Mörder hob die Axt über sein Haupt, holte aus.

Ditho wollte sich zur Seite werfen, als er einen lauten Schrei hörte.

»Nein!«

Der Mörder hielt inne und wandte sich um.

Jasmo stand da. Er hatte einen Dolch in der Hand. Seine Augen blickten entsetzt von Wiltruds entstellter Leiche zu der furchtbaren Fratze des Leprösen.

»Du Schwein!«

Der Mörder schien einen Augenblick lang verwirrt über das Auftauchen des kleinen Mannes. Jasmo warf sich auf ihn, und gleichzeitig ließ Ditho seinen Fuß nach vorn schnellen und traf den anderen am Knie. Der Knochen splitterte, der Aussätzige erwischte im Fallen Jasmo noch mit der flachen Seite der Axt, und der Hofnarr ging mit ihm zu Boden.

Ditho richtete sich schwankend auf. Der Aussätzige schrie wie von Sinnen, suchte nach der Axt, die ihm im Fallen entglitten war. Jasmo wälzte sich stöhnend am Boden, und Ditho schnappte nach dem Brandeisen im Stroh. In diesem Moment kam Enno um die Ecke des Stalls, er führte einen Gaul am Zügel, erstarrte, als er den Kampf bemerkte, griff dann nach dem Schwert.

Der Lepröse versuchte auf die Beine zu kommen, Ditho trat ihm in die Seite, und der andere ging wieder zu Boden. Ditho packte ihn, drehte ihn auf den Rücken. Er hob das Brandeisen und schrie ihn an. »Wer bist du wirklich? Wie ist dein Name?«

Die schwarzen Augen des Leprösen zuckten. Er blinzelte, seine Hände kratzten über den Boden, tasteten nach seiner Axt. Jasmo kam stöhnend hoch und zückte seinen Dolch.

Ditho holte mit dem Brandeisen aus. »Dein Name!«

Die Hand des Leprösen fand den Griff der Axt und packte zu. Dann spritzte Blut in Dithos Gesicht. Er sah eine Klinge, die den Arm des Leprösen abtrennte. Die Hand mit der Axt darin erschlaffte.

Der Mörder brüllte vor Schmerz und vor Zorn. Die Klinge drang in den Hals des Mannes ein; mit einem zischenden Geräusch entwich die Luft, und ein Strom von Blut drang aus seiner Kehle. Er zuckte, das Glimmen in seinen Augen erlosch. Sein entstellter Kopf fiel kraftlos zur Seite.

Enno zog sein Schwert aus dem Hals des Mörders. Er atmete schwer, starrte den Toten entsetzt an. Jasmo ließ sich vor Wiltruds Körper auf die Knie fallen und heulte auf wie ein getroffenes Tier.

»Danke.« Ditho blickte keuchend zu Enno.

Der Stallmeister des Herzogs nickte, nahm eine Handvoll Stroh und wischte damit das Blut von seinem Schwert. Grimmig wies er auf die Leiche. »Dann hat es jetzt ein Ende, oder?«

Ditho schwieg. Er nickte.

* * *

Der große Schlüssel drehte sich kreischend im Schloss. Der Kaplan der Pfalz wandte sich um und stieg auf ein mit Kränzen geschmücktes Podest, das man eilig vor der Basilika errichtet hatte. In die angespannte Stille hinein ertönte der heisere Ruf des Priesters und drang bis in den letzten Winkel der Pfalz. »Öffnet die Tore für den neuen König! Öffnet die Tore für Friedrich von Schwaben!«

Der Jubel aus tausend Kehlen fegte über den Hof wie ein Sturm, als das Portal der Basilika aufgezogen wurde. Fahnen, Schwerter, Hände wurden in die Höhe gereckt, als die schweren Holzflügel aufschwangen und Barbarossa aus der Kirche trat. Er hob grüßend seine Rechte und nahm die Huldigung der Menge entgegen.

Die Fürsten, die hinter Barbarossa aus der Basilika traten, lachten und klopften sich auf die Schulter, während der Kaplan sie mit Weihwasser besprengte und einen Segen sprach, den nicht einmal er selbst hören konnte, weil das Geschrei der Schaulustigen jeden Laut übertönte. Gisbert lief zu seinem König, kniete vor ihm nieder, küsste seinen Ring, erhob sich und flüsterte Barbarossa dann etwas ins Ohr. Der neue König lächelte. Er winkte ihn mit einer Geste weg, dann trat er auf das Podest. Die Menschen sanken auf die Knie, bekreuzigten sich, sandten Gebete zum Himmel, jemand fiel in Ohnmacht, und eine Nonne stimmte mit einer Schar Kinder ein Lied an, das niemand hörte.

Barbarossa blickte mit sichtlicher Genugtuung über die Köpfe hinweg auf die Pfalz.

Seine Pfalz. Seine Köpfe.

Sein Reich.

Das Gefühl war berauschend, und zum ersten Mal seit Wochen gönnte er sich einen Augenblick der Zufriedenheit. Kränze wurden vor ihm niedergelegt, aus den Fenstern der Häuser und der Reichsburg bunte Stofffetzen gestreut. Ein endloser Zug von Fürsten, Geistlichen, Rittern und gemeinem Volk reihte sich auf, um vor dem König auf die Knie zu fallen, ihm die Hand zu küssen und sich segnen zu lassen. Aus den Augenwinkeln entdeckte Barbarossa jemanden, der sich seinen Weg durch die Menge zum Podest bahnte, und winkte ihn zu sich.

Ditho schob sich humpelnd an den Jubelnden vorbei, erklomm das Podest und trat hinter den neuen König. Barbarossa lächelte den Menschen, die sich zum Kniefall aufreihten, huldvoll zu und sagte, ohne Ditho anzusehen: »Adelas Zofe wurde ermordet?«

»Ja, Herr. Sie war seine Verbündete. Sie hat es teuer bezahlt.«

»Aber du hast ihn erwischt?«

»Er ist tot. Er kann Euch nicht mehr gefährlich werden.«

»Und ich habe auch erreicht, was ich wollte. Es ist ein guter Tag. Für uns beide, Ditho. Ich wusste, dass du es schaffst.«

Ditho deutete eine Verbeugung an und schwieg.

»Wer war es? Kennt man ihn?«, fragte Barbarossa schließlich.

»Nein Herr. Ich habe den Mann nie zuvor gesehen.«

Barbarossa nickte. »Es steht dir frei, uns morgen früh nach Aachen zur Krönung zu begleiten oder zu deiner Burg zurückzukehren. Die Urkunde, die dich zum Ministerialen macht, ist ausgestellt. Der Kämmerer wird dir genug geben, damit du deine Burg wieder aufbauen kannst.«

»Danke, mein König. Ihr seid sehr großzügig«, sagte Ditho zögernd.

Barbarossa musterte den Einäugigen prüfend. »Was ist, Ditho? Passt dir was nicht?«

»Nein, Herr, es ist nur … Manches fügt sich nicht, wie es sich fügen sollte.«

Barbarossa wandte sich um und hielt einem vor ihm Knienden seine Hand hin, damit der sie küsse. »Was meinst du damit, Ditho?«

»Der Mörder. Er war verwirrt, machte Euch und König Konrad für die Niederlage von Damaskus verantwortlich, und deswegen hat er getötet. Er war zweifelsfrei der Mann, den wir suchten. Und doch frage ich mich, wie er ungesehen in die Pfalz in Bamberg kommen konnte, und ich weiß nicht, warum er Anselm von Wittlingen getötet hat. Ich weiß auch nicht, wie er so schnell vom Kirchturm in den Stall gelangen konnte. Niemand hat ihn je gesehen, und doch war er so auffällig, dass man ihn nie vergessen könnte. Manches passt einfach nicht.«

Barbarossa drehte sich zu Ditho um und lächelte nachsichtig. »Du willst zu viel, Ditho. Der Jäger muss das Wild nur jagen, nicht verstehen. Er war krank und verwirrt, sagst du. Wer kann schon wissen, was in seinem Kopf vorging. Er war besessen, vielleicht war er sogar mit dem Teufel im Bunde. Ich bin gewählt und am Leben, und er ist tot. Nur das zählt. Geh nach Hause, und bau deine Burg wieder auf, oder komm mit nach Aachen zur Krönung. Aber länger wirst du beim König …«, Barbarossa machte eine Pause und verzog den Mund zu einem tückischen Lächeln, »… und bei der Königin nicht bleiben. Hast du verstanden, Ditho?«

»Ja, Herr.« Ditho senkte den Blick.

Er weiß es, dachte Ditho. Barbarossa wusste von ihm und Adela. Was wäre, wenn er einfach tat, was der König ihm gesagt hatte? Was, wenn er einfach nach Hause ginge und mit dem Geld des Königs seine Burg wieder aufbaute und Ministeriale wurde, wie er es einmal vorgehabt hatte?

Barbarossa streckte seine beringte Hand in Dithos Gesichtsfeld und unterbrach seine Gedanken. »Und jetzt darfst du mir huldigen, Ministeriale Ditho von Ravensburg.«

Ditho beugte das Knie, ergriff die Hand und drückte die Lippen auf den Ring seines Königs.

* * *

Er grub seine Zähne so fest in die Knöchel seiner rechten Hand, bis es knackte und er Blut auf der Zunge schmeckte. Dieser Schmerz! Er wollte irgendwo in seinem Körper Schmerzen spüren, die stärker waren als die in seinem Herzen.

Er war tot!

Sein Bruder war tot.

Roderich. Sein eigen Fleisch, sein eigen Blut. Das reine Herz, das nie gemordet hatte, immer nur denen Rache und Gerechtigkeit gebracht hatte, die es verdienten. Als sein Werkzeug, als sein Stellvertreter und als Stellvertreter des heiligen Johannes, als dessen Inkarnation er sich am Ende seiner langen Krankheit sah.

Der Mann mit den kalten Augen war aus der Pfalz hinausgerannt, als die Huldigung des neuen Königs begann und im Jubel niemand mehr auf ihn achtete. Er war zu den Schiffen am Main gelaufen, in das eiskalte Wasser hineingesprungen in der Hoffnung, er würde ertrinken und endlich mit Roderich und der Familie vereint sein. Der Strom hatte ihn mitgerissen und auf den Grund gezogen.

Aber er hatte ihn auch wieder ausgespuckt.

Er war nicht tot. Er musste leben.

Es war eine Strafe, dessen war der Mann mit den kalten Augen sich gewiss, eine Strafe, weil er nachlässig gewesen war. Weil er gezögert hatte beim Anblick der Frau dort unten. Empfand er doch etwas für sie? Er war schwach gewesen, und er hatte dafür gebüßt. Sein Bruder hatte dafür gebüßt, obwohl Roderich nur vollenden wollte, was er selber nicht vollenden konnte. Roderich hatte die Axt an die Wurzel des Baumes gelegt, wo er zu schwach gewesen war.

Der Mann mit den kalten Augen war ein paar Hundert Schritt unterhalb der Pfalz an Land gespült worden. Er hatte sich mehrmals übergeben, bis nur noch Galle kam und seine Kehle schmerzte. Dann vermengten sich die Tränen mit dem Wasser, das aus seiner Kleidung troff. Er hatte geschrien, aber kurz hinter der Pfalz begann die Wildnis, und niemand hatte ihn gehört. Stille, nur unterbrochen durch das Rauschen des Mains und den gelegentlichen Ruf eines fernen Vogels.

Er saß auf den Kieseln, und die Wärme seines Körpers ließ seine Kleider trocknen. Dann biss er sich noch einmal in die Hand und war erst zufrieden mit dem Schmerz, als seine Zähne durch das Fleisch aufeinandertrafen. Er spuckte aus.

Der Schmerz war gut. Er konnte nun klarer denken. Zwei Gedanken erfüllten ihn plötzlich mit einer ungeahnten Kraft: Er war am Leben, weil er bestraft werden musste. Er war am Leben, um zu bestrafen.

Der Tod seines Bruders durfte nicht sinnlos sein. Vielleicht hatten der Tod und die Art des Todes auch einen höheren Zweck, den er noch nicht durchschaute. Sicher war es so. Der heilige Johannes war auch enthauptet worden, obwohl der Heiland ihn durch ein Wunder hätte retten können. Aber Johannes der Täufer wurde nicht gerettet. Es war Teil der Vorsehung, dass er nicht gerettet wurde.

Es war Gottes Plan.

So ist es bei mir und Roderich auch, dachte der Mann mit den kalten Augen, und einen Atemzug lang erschienen die Bilder ihrer Kindheit auf der ärmlichen Burg vor seinem Inneren. Wie er mit seinem jüngeren Bruder und zwei Schwertern aus Holz den Pferch der Ferkel erobert hatte. Sie waren mutig gewesen, hatten sich von den großen Schweinen nicht vertreiben lassen. Als sie schließlich auf dem morschen Zaun standen, waren sie sich in die Arme gefallen und hatten geschworen, sich niemals im Stich zu lassen. Niemanden aus der Familie je im Stich zu lassen. Niemals.

Und dann war es dennoch geschehen. Viele Jahre später, als

sie zu Männern geworden und durch Ozeane und Berge getrennt waren. Als sie sich schließlich wiedersahen, war Roderich schon gezeichnet von der Krankheit und verwirrt durch ihren giftigen Einfluss auf sein Denken und Fühlen. Aber alles, was er ihm von dem Verrat und dem Verlust erzählte, war von großer Klarheit und Logik und ließ nur einen einzigen Schluss und einen einzigen Schwur zu.

Der Schluss war der Tod.

Der Schwur war die Rache.

Der Mann mit den kalten Augen hatte nichts getan, um Roderich aus seiner Welt zu holen, in der er die Wiedergeburt des heiligen Johannes war. Es passte alles zusammen, und wer vermochte zu sagen, ob er nicht wirklich vom Täufer gesandt war, um diese ihre Rache zu vollenden? Der Mann mit den kalten Augen hatte das Denken, das Planen und das Führen übernommen, und Roderich war zu seinem Werkzeug geworden und hatte das Leben des Täufers gelebt. Als er sich bei Roderich ansteckte, schien dies auch nur Teil der göttlichen Vorsehung zu sein. Sie waren diesen Weg gemeinsam gegangen, und er würde ihn nun allein zu Ende gehen müssen, wenn er ihrer beider Erlösung nicht verwirken wollte.

Atavis et Armis. Für die Ahnen und mit Waffen.

Er blinzelte in die Sonne. Sie stand dicht über den Kämmen der westlichen Hügel und ließ die Birken vor ihm lange Schatten auf die nassen Kiesel werfen.

Der Mann mit den kalten Augen wusch sich mit dem klaren Wasser des Mains das Blut von den Lippen. Er schlang ein Stück Stoff um seine blutende Hand und zog den Handschuh darüber.

Seine Kleider waren fast trocken.

In der Pfalz würde niemand etwas bemerken.

* * *

Ditho blickte hinab zur Reichsburg, wo durch die Bleiglasscheiben das Licht unzähliger Kerzen und Kaminfeuer erstrahlte und die Musik der Lautenspieler gedämpft erklang. Er ging über den Holzboden des Glockenstuhls und trat an die Mauer. Wo einst ein Fenster gewesen war, gähnte nun bis zum Fußboden ein Loch. Ein Loch zum Abgrund. Ditho hielt seine Kerze über das Mauerwerk.

Du hast keine Zeit! Du musst die Flucht vorbereiten!

Das Kerzenlicht beleuchtete die Fugen gleich neben dem Loch. Tiefe Kratzspuren verrieten ihm, dass jemand den Mörtel aus den Fugen unterhalb des Fensters gekratzt hatte, bis die Steine sich mit wenig Druck aus der Wand brechen ließen. Er führte die Kerze über den Holzboden. Staub, Mörtel und Taubenkot. Und ein Abdruck wie von einem Rücken. Der Mörder musste sich auf den Rücken gelegt und sich mit den Füßen gegen die losen Mauersteine oberhalb des Rosenstocks gestemmt haben.

Wen interessiert das noch? Mach, dass du wegkommst!

Ditho stand auf und stieg die steilen Stufen hinunter, die ihn ein Stockwerk tiefer führten. Die Verletzung an seinem Oberschenkel spannte sich unter dem Verband. Er trat an das Fenster, das nicht auf den Hof der Pfalz, sondern zum Dach der Basilika zeigte, und beugte sich hinaus. Zehn Fuß unter ihm lag schwer und schwarz das Kirchendach. Wenn man hinauskletterte, konnte man es wagen zu springen. Das Dach war flach, die Höhe und der zweite Kirchturm schützten vor Blicken von unten.

Im Licht der Dämmerung entdeckte Ditho einen zersprungenen Dachziegel genau unterhalb des Fensters. Unter der Wucht des Sprunges war er wohl zerbrochen. Von dort aus musste der Mann über den Dachfirst nach hinten geschlichen sein und sich irgendwo am Kapellenkranz des Chors vom Dach hinuntergelassen haben. Dort hinten gab es keine Türen, die während der Wahl zu bewachen waren. Dafür Büsche und Bäume, die einen Mann, der von einem Dach kletterte, vor neugierigen Blicken abschirmten. Im allgemeinen Aufruhr, nachdem ein Teil der Kirchturmmauer in den Hof gestürzt war, hatte ohnehin niemand auf ihn geachtet.

Geh jetzt endlich! Pack deine Sachen, und geh zu eurem Treffpunkt!

Als Ditho von der Öffnung zurücktrat, fiel ihm am Fenstersims etwas auf. An der scharfen Kante eines Mauersteins hingen Fasern. Er griff mit Daumen und Zeigefinger danach und hielt sie ins Kerzenlicht.

Es waren Fäden aus blauem Tuch. Der Mörder musste beim Hinausklettern hängen geblieben sein und hatte sich dabei die Fäden aus dem Gewand gerissen. Blaue Fäden.

Der Aussätzige hatte nichts Blaues getragen.

Ditho blickte wieder zum Fenster. Hinter der Basilika erhob sich der Palisadenzaun der Pfalz, und der kurze Abhang hinter dem Zaun führte hinab zum Main, den die Abendröte im Himmel darüber zu einem schimmernden Fluß aus Blut machte. Ditho drehte die Fasern in seinen Fingern zu einer kleinen Kugel.

Zwei Männer. Es waren zwei Männer, die diese Taten vollbracht hatten. Und einer von ihnen lebte noch, dessen war er sich gewiss.

Er pustete die Flamme aus und schlich im Licht der Dunkelheit aus der Kirche.

* * *

»Was machst du da?«, fragte Jasmo.

»Ich … Ich will sehen, ob man die alten Sachen an einen Lumpensammler verkaufen kann, und uns dann etwas Anständiges für die Krönung besorgen«, antwortete Ditho zögernd.

»Wir reisen nach Aachen?«

»Ja. Wenn du mitkommen willst.« Wieder eine Lüge für den Freund. Ditho hasste sich dafür, wie leicht sie ihm über die Lippen ging. Er stopfte einen Beutel mit ein paar Habseligkeiten voll und warf einen hastigen Seitenblick auf Jasmo. Der Hofnarr nickte schwach und vergrub den Kopf wieder in den Händen. Er saß am Lagerfeuer und stierte in die Flammen. Ditho konnte ihm nicht verdenken, dass er nicht an dem Festmahl im Rittersaal der Pfalz teilnehmen wollte. Er hatte es auch noch nicht über sich gebracht, Jasmo von Wiltruds Verrat und von ihrer Verbindung mit dem Mörder zu erzählen.

Zu *dem* Mörder? Zu *den* Mördern?

Was sollte ich ihm auch sagen?, dachte Ditho. Er wusste ja selbst so wenig. Vielleicht redete er sich auch nur etwas ein. Wie hatte Gisbert gesagt? Abrakadabra. Der Lazarett-Ritter war kein Abrakadabra gewesen, aber vielleicht war Dithos ungutes Gefühl nur ein fauler Zauber. Zudem war es gleichgültig. In einer Stunde würde er nicht mehr hier sein. Nur seine Freunde wären noch hier. Und die waren ihm nicht gleichgültig. »Weißt du, wo Hasan steckt?«

»Hab ihn seit heut Morgen nicht gesehen.«

Ditho dachte kurz an Hasans blauen Umhang, dann verwarf er den Gedanken und schloss die Schnalle seines Beutels. Er biss sich auf die Lippen und sah zu Jasmo, der sich über die geröteten Augen wischte. »Jasmo, ich … In der Schatulle im Wagen ist ein Säckchen mit Geld. Der Kämmerer des Königs hat es mir gegeben. Für unsere Mühe. Wenn mir etwas zustoßen sollte, dann nimm das Geld, und teile es mit Hasan. Es gehört uns allen.«

Jasmo blickte auf und blinzelte. »Was redest du da für einen Unsinn, Ditho? Wenn dir etwas zustoßen sollte? Was sollte dir denn jetzt noch zustoßen?«

Ditho schüttelte den Kopf. »Keine Ahnung. War nur so dahingesagt. In der Schatulle ist jedenfalls Geld, das auch du dir verdient hast. Bedien dich, wenn du etwas brauchst.«

Jasmo nickte abwesend und legte den Kopf wieder auf die Knie. Von der Basilika drang gedämpft die Stimme eines Ausrufers zu ihnen, der die Neuigkeiten des Tages bekanntmachte. Jasmo blickte noch einmal auf. »Ach ja: Hat er es dir gesagt?«

»Hat mir wer was gesagt?« Ditho warf sich den Beutel über die Schulter und wandte sich zum Gehen.

»Hasan. Das mit Gisbert.«

»Nein, er hat mir nichts gesagt. Was ist mit Gisbert?«

»Nun ja, Wiltrud hat mir erzählt ...« Jasmo schluckte. »Sie hat mir erzählt, es gibt keinen Johanniter im Umfeld des Herzo... des Königs. Aber Gisbert hat wohl seinen Bruder beim zweiten Kreuzzug verloren. Beim Rückzug von Damaskus. Und der war Johanniter. Aber das ist jetzt vermutlich egal.«

Ditho blieb stehen und blickte in die Flammen. Etwas tauchte vor seinem inneren Auge auf. Der Abdruck einer Hand. Etwas stimmte nicht, und dann hörte er eine Stimme, die sagte: *Is fecit, cui prodest.* Und auch da stimmte etwas nicht. Aber das ging ihn alles nichts mehr an.

Er blinzelte, als Jasmos Stimme durch seine Gedanken drang. »Bringst du mir was zu essen mit vom Festmahl, wenn du wiederkommst?«

Ditho nickte. *Wenn ich wiederkomme.*

* * *

Sie war eine Königin. Eine Königin für einen Abend. Den letzten Abend an seiner Seite.

Barbarossa lachte. Er hatte dem Wein fleißig zugesprochen, und Adela versuchte den Eindruck zu erwecken, sie hätte das Gleiche getan. Doch sie hatte sich vom Mundschenk nur verdünnten Wein reichen lassen und viel davon verschüttet. Im Saal wurde gegrölt, gelacht, gegessen und getanzt.

Barbarossas glasiger Blick war auf eine bunte Wandmalerei gerichtet, die Samson und Delilah zeigte. Delilah hatte ein Messer in der Hand, mit dem sie Samson die Haare abschnitt, während er schlief. Adela, die Barbarossas Blick gefolgt war, dachte daran, dass sie noch vor Kurzem beinahe auch zu einem Messer gegriffen hätte, als ihr Gemahl schlief. Aber nicht, um ihm die

Haare abzuschneiden. Doch das war vorbei. Für sie gab es eine Zukunft an der Seite eines anderen Mannes.

Inzwischen war es dunkel geworden. Ditho würde schon auf sie warten. Adela lachte auffällig laut, als ein Bärentreiber sein Tier am Ring in den Saal führte und dabei selbst zum Geführten wurde, weil der Bär durch den Lärm gereizt war und sich laut brummend bald hierhin, bald dorthin wandte. Absichtlich verschüttete sie beim Lachen Wein auf den Tisch und über ihr Kleid.

Barbarossa blickte belustigt auf. »Du amüsierst dich? Das ist gut. Amüsier dich, trink noch etwas auf den neuen König … und auf seine Königin!« Er hob den Becher.

Der Wein und seine erfolgreiche Wahl hatten ihn versöhnlich gestimmt. Oder machte er ihr nur etwas vor? Adela wurde nicht schlau aus ihm, nicht einmal jetzt, als sie ihn verlassen wollte. Lachend hielt sie sich die Hand vor den Mund. »Verzeiht, ich glaube, ich hatte schon zu viel. Ich denke, ich muss kurz mein Kleid wechseln. Vielleicht gehe ich auch gleich zu Bett.«

Barbarossa brummte seine Zustimmung und lachte dann laut auf, weil der Bär seinen Treiber durch den Saal schleifte und die Bischöfe erschrocken auf die Tische sprangen und einige Ritter das Schwert zogen. Er beachtete sie nicht mehr, und das war ihr nur recht. *Sieh mich nicht an.* Sie wandte sich zum Gehen.

»Adela!«

Sie hielt inne, setzte ein Lächeln auf und drehte sich um. »Mein König?«

»Du brauchst kein neues Kleid. Ich komme auch bald. Wir müssen früh aufbrechen morgen.« Er grinste und ließ sich Wein nachschenken.

Adelas Lächeln gefror. Sie verließ den Saal, schüttelte sich und atmete tief ein, als sie zügig über den Korridor schritt, wo kalte Nachtluft durch die Fensterritzen hereindrang. Sie musste einen klaren Kopf behalten.

Nicht rennen, ermahnte Adela sich und nickte den Wachen im Gang freundlich zu. Sie betrat ihre Kemenate, legte ihr Schapel und Gebende ab und warf sich ein engeres, schlichtes Kleid über, das sie beim Reiten nicht behindern würde. Dann nahm sie den Beutel mit Schmuck und mit ein paar Habseligkeiten und band ihn mit etwas Garn unter dem Kleid um ihren Oberschenkel. Neben dem fein geschnitzten Lavarium lag noch der Kamm. Adela hielt kurz inne. Wiltrud hatte sie immer gekämmt, obwohl Adela das nicht wollte; sie fand es albern, dass eine Zofe ihr so etwas abnehmen sollte. Doch Wiltrud hatte darauf bestanden.

Adela hatte den Schrecken noch nicht verwunden, dass der Mörder Wiltrud getötet hatte. War sie ein Opfer, oder war sie seine Verbündete gewesen? Ditho würde es wissen, und sie hatte keine Zeit, darüber nachzugrübeln.

Sie musste fort.

Adela steckte den Kamm in den Beutel unter ihrem Kleid und verließ das Zimmer. Die Wachen warfen ihr einen gleichgültigen Blick zu und widmeten sich dann wieder ihrem Wurfzabelspiel und dem Wein, den sie zur Feier des Tages bekommen hatten. Niemand achtete darauf, dass Adela nicht den Weg zurück zum Rittersaal einschlug, sondern die Treppe nach unten nahm und sich dann aus einer Seitenpforte schlich.

Im Hof der Pfalz war ein Gelage im Gange, mindestens so lautstark und so weinselig wie im Rittersaal. Man hatte Freibier und Fässer mit Wein für das Volk herbeigeschafft, und das Volk tat sich daran gütlich.

Adela warf sich einen grauen Umhang um und zog sich eine Kapuze über den Kopf.

Zwei betrunkene Mönche taumelten ihr entgegen; in einer Nische neben dem Kirchturm der Basilika sah sie Bauern in einer Schlange stehen, um bei zwei Dirnen an die Reihe zu kommen, die heute Nacht das Geschäft ihres Lebens machten. Im Gehen wischte sich Adela das Bleiweiß von den Wangen, das ihr die vornehme Blässe verlieh, die man von der Frau des

Königs bei einem Festmahl erwartete. Sie hielt nicht viel von Schminke, wollte aber niemandem Anlass zu Gerede geben.

Das Tor zum Main kam in Sicht. Auf dem Palisadenzaun waren nur zwei Soldaten zu sehen, der Rest vergnügte sich wohl genau wie das Volk.

Adelas Herz klopfte gegen ihr Brustbein. Aber das Herzklopfen war gut. Sie fühlte sich lebendig. Sie huschte an den Wachen am Tor vorbei, die ihr hinterherpfiffen, sie aber in Ruhe ließen.

Fackelträger kamen ihr entgegen. Vom Main drang ein abscheulicher Geruch zu ihr, der Fluss stank wie ein Abort, weil die Müllbarken Dreck und menschliche Abfälle in die Wellen kippten. Der Beutel unter ihrem Kleid schlug ihr gegen die Schenkel, als sie den kurzen Abhang zum Ufer hinunterlief. Auch hier hatten die Händler zahlreiche Buden aufgebaut, verkauften Teigkringel, Brot, Schweineschmalz und Ferkelfüße an ihre Kundschaft.

Adela hielt Ausschau nach dem Haus eines Küfers, das Ditho ihr beschrieben hatte. Es stand zwischen den Katen der Fischer und Bootsbauer am Mainufer bei der Furt. Sie entdeckte eine ärmliche, strohgedeckte Hütte, wo der Putz vom Flechtwerk platzte und vor der zahlreiche Fässer in allen Stadien der Fertigstellung aufgeschichtet waren. Von Ditho war nichts zu sehen. Adelas Mund wurde trocken. War er aufgehalten worden? Hatte er es sich anders überlegt? Sie stand vor der Kate und reckte den Hals, um über die vorbeiströmende Menge am Ufer entlangzublicken, als sich von hinten eine Hand auf ihre Schulter legte.

Adela fuhr zusammen.

»Psst.«

»Ditho! Du hast mich zu Tode erschreckt!«

Er war aus einer dunklen Gasse neben der Hütte des Küfers getreten. Sie schlang die Arme um ihn, und Ditho drückte sie fest an sich und küsste sie. Über seinen Schultern hingen Satteltaschen.

Adela sah, dass ihn etwas beunruhigte. Etwas, das nichts mit ihrer Flucht zu tun hatte. »Was ist?«

»Nichts. Wir müssen uns beeilen.« Er deutet auf die Menge. »Da hindurch und an der Mauer entlang zur Furt. Ein Pferdehändler hält unsere Tiere bereit.«

Ditho zog sie mit sich, ohne sie anzusehen, und schob einen betrunkenen Bauern grob beiseite. Er blickte sich fortwährend um. »Hat dich jemand gesehen? Hat er bemerkt, dass du das Fest verlassen hast?«

»Nein. Ich glaube nicht.«

»Wir müssen uns beeilen«, sagte Ditho noch einmal und zog sie so heftig mit sich, dass sie fast stolperte.

Adela überholte ihn und blieb vor ihm stehen, sodass er ebenfalls stehen bleiben musste. »Was ist los, Ditho? Hast du Angst?«

Die Menschenmassen strömten weiter an ihnen vorbei. Ditho hob erstaunt die Augenbrauen. »Natürlich hab ich Angst. Was wir tun, ist Irrsinn, und wenn du dich nicht beeilst, werden wir nicht den Vorsprung haben, den wir dringend brauchen.«

Er wollte sie weiterziehen, doch sie hielt ihn fest. »Aber da ist noch etwas, richtig?«

Ditho blickte zu Boden. Dann in ihre Augen. »Der Mörder ist tot. Aber ich glaube, es gibt noch einen.«

»Noch einen?«

»Ja, ich glaube, sie waren zu zweit. Und der noch lebt, wird sich rächen wollen. Ich habe Angst um Hasan und Jasmo. Und auch um den König.«

Adelas Mund öffnete sich ungläubig, doch bevor sie etwas sagen konnte, hob Ditho die Hand. »Um meinen König. Den König des Heiligen Römischen Reiches. Nicht um den Mann, der dich schlägt, wenn das irgendwie zu verstehen ist.«

Sie blinzelte und nickte. Adela hatte Angst vor ihrer nächsten Frage. »Und was willst du jetzt tun? Willst du bleiben und ihn fassen?«

Ditho schüttelte den Kopf. »Dann wäre ich nicht hier. Aber

ich hasse es, meine Freunde im Stich zu lassen. Deshalb lass uns so schnell wie möglich …« Er stockte.

Adela sah, dass er über ihre Schulter blickte und wandte sich um. Durch die Menge entdeckte sie einen massigen Mann mit einem Flaum grauer Haare in grober Kleidung und mit Lederschurz. Er hatte ein Pferdegeschirr in den Händen und stand neben einem Gatter, in dem vier Gäule den Kopf in einen Trog steckten. Neben ihm hatte sich Gisbert aufgebaut, begleitet von drei Soldaten. Er redete heftig auf den Pferdehändler ein, und der hob die Schultern und deutete in ihre Richtung.

»Verflucht«, flüsterte Ditho und zog Adela schnell in die entgegengesetzte Richtung.

»Haben sie etwas bemerkt?«

»Die suchen uns. Barbarossa weiß es.«

Sie liefen geduckt zwischen einer Gruppe von Steinmetzen hindurch und schlugen wieder den Weg zum Haus des Küfers ein.

»Wir tauchen in der Menge unter und gehen nach Westen. Der Wald ist nicht weit. Wir verstecken uns und besorgen uns morgen Pferde.«

»Ditho! Bleib stehen!« Gisberts Schrei gellte über die Köpfe der Menge hinweg.

Ditho stieß einen Händler mit Bauchladen aus dem Weg und schob Adela nach vorn. »Lauf! Schnell!«

»Wache!«

Ditho blickte über die Schulter. Vom Tor im Palisadenzaun machten sich fünf Soldaten auf und rannten den Hügel zum Main hinunter. Dithos Magen krampfte sich zusammen, und das Pochen im Auge setzte wieder ein.

»Platz! Macht Platz!« Gisbert hatte sein Schwert gezogen und stürmte durch die Menge.

Ditho blickte nach rechts, wo der Main als schwarze Masse vorbeizog. »Kannst du schwimmen?«

»Nein!«

Ditho blickte sich um, als er einen Schrei hinter sich hörte.

Ein Ochsenkarren, beladen mit Holzbrettern, war aus einer Gasse gefahren und in der Menge stecken geblieben. Jemand war gestolpert. Der Karren versperrte den Weg. Er sah, wie Gisbert mit zornrotem Gesicht den Fuhrknecht anschrie und versuchte, an dem Gefährt vorbeizukommen. Sie gewannen einen Vorsprung!

»Da! Pferde!« Adelas ausgestreckter Finger wies nach vorn, wo sich die auf die Pfalz zuströmende Menge allmählich verlief. Sie deutete auf einen Berittenen, der neben der schlammigen Uferstraße gerade sein Pferd bestieg, an dem ein zweites, mit Satteltaschen bepacktes Tier angebunden war. Offensichtlich wollte der Mann die Pfalz verlassen.

»He! Ihr da! Runter von dem Pferd!« Ditho zog seinen Dolch aus der Scheide. Er griff mit einer Hand nach dem Umhang des Mannes, als der hochgewachsene Reiter sich umdrehte.

Dithos Herz blieb stehen.

Der Berittene war Hasan.

Mit einem Blick erkannte Ditho die Überraschung und den Unmut seines Freundes darüber, entdeckt worden zu sein. Ditho schüttelte den Kopf, eine namenlose Schwärze breitete sich in seiner Brust aus. »Hasan, was …?«

Hasans Blick wurde trüb, beinahe traurig. Er sah zu Gisbert, der sich an dem Ochsenkarren vorbeigezwängt hatte und schnell näher kam.

Adela warf den Kopf herum, blickte von ihren Verfolgern zu Hasan, dann zu Ditho. »Ditho! Was ist?! Was sollen wir tun?«

Ditho war wie festgewachsen, er starrte Hasan ungläubig an, als der Hüne nach den Zügeln griff. Seine Augen wurden kalt und undurchdringlich. *»Al-'afwa«*, sagte er zu Ditho. »Vergib mir.« Dann gab er dem Pferd die Sporen und preschte mit dem hinterhergaloppierenden Packpferd den Uferweg entlang. Nach wenigen Atemzügen war Hasan zwischen den Bäumen verschwunden.

Ditho drehte sich um.

Adela und er waren von Schwertern und Lanzen umringt.

5. März 1152, Frankfurt

Das Loch war kalt und finster. Konrad III. hatte die Pfalz neu aufbauen lassen, aber das Verlies befand sich noch in den Fundamenten der uralten Burg, die einst hier gestanden hatte. Der Gestank nach Schweiß, Urin und Schimmel stieg Ditho in die Nase, als er zu sich kam und sich langsam von den kalten Steinplatten erhob.

»Willkommen in der Hölle.«

Erstaunt blickte Ditho in die Ecke des Kerkers, in der nasses Stroh aufgehäuft war.

»Jasmo! Was machst du –« Ditho zuckte vor Schmerz zusammen und griff sich an den Hinterkopf. Er fühlte eine Beule von der Größe eines Hühnereis. Als sie Adela und ihn festnahmen, hatte er um sich geschlagen, um sie vor den groben Händen der Wachen zu schützen. Er hatte zwei von ihnen niedergestreckt, bevor ihm ein dritter einen Knüppel über den Kopf gezogen hatte.

»Was ich hier mache? Das Gleiche wie du, schätze ich. Ich warte auf den Tod. Und ich befürchte, dieses Mal wird niemand durch die Scheiße klettern, um uns zu befreien.«

Jasmo saß da, an die Mauer gelehnt, und spähte durch das Halbdunkel des Kerkers. Durch das einzige Fenster, zehn Fuß über ihnen und vergittert, drang das fahle Licht der Morgendämmerung herein und warf einen viereckigen Fleck auf die gegenüberliegende Kerkerwand. Ditho ließ sich neben ihm ins Stroh fallen. »Warum hat man dich hierhergebracht? Was wirft man dir vor?«

»Verschwörung.«

»Verschwörung? Mit wem sollst du dich verschworen haben?«

»Mit dir. Ich soll dir und Adela geholfen haben, den König zu hintergehen.«

Ditho legte den Kopf auf die Knie.

Jasmos Stimme war brüchig, und seine Augen waren immer noch gerötet von den Tränen, die er um Wiltrud vergossen hatte. »Und? Hast du?«

»Hab ich was?«

»Hast du die Herzogin gevögelt? Bist wenigstens *du* zu Recht hier, oder ist das auch wieder so etwas, was ich nicht verstehe?«

Ditho zögerte. Dann sagte er: »Wir wollten fliehen.«

Sie schwiegen. Dann lachte Jasmo plötzlich los. Erst leise kichernd, dann meckernd, dann laut und hysterisch, bis er keinen Atem mehr bekam und husten musste. Er beruhigte sich langsam und schnappte nach Luft. »Scheiße, scheiße, scheiße! Das ist ja wohl das Dümmste, was ich je gehört habe, Ditho! Und ich hab immer gedacht, ich wär der Narr!«

Ditho musste schnauben. Jasmo hatte recht. »Weißt du, was sie mit ihr gemacht haben? Weißt du, wo Adela ist?«

Jasmo schüttelte den Kopf, und beide schwiegen.

»Es tut mir leid«, sagte Ditho schließlich. »Es tut mir leid, dass ich dich hier mit hineingezogen habe. Es tut mir leid, dass du für meine Dummheit büßen musst.«

Jasmo winkte ab. »Mitgefangen, mitgehangen. Ich hätte schon fast dran glauben müssen, als deine Burg brannte und Gernot mich an der Gurgel hatte. Und später, als er uns durch den Wald verfolgt und uns an der Argen beinahe erwischt hat. Und um ein Haar hätte ich in diesem Abwasserkanal ins Gras gebissen, als das Feuer kam. Also, was soll's? Vielleicht bin ich einfach überfällig.«

»Es tut mir trotzdem leid. Auch wegen dir und … Wiltrud.«

Jasmo nickte. Tränen schimmerten in seinen Augen. »Erzähl mir von ihr. Ich will wissen, was sie gemacht hat. Bei dem Leprösen im Stall. Und warum du ihr misstraut hast. Und wo steckt überhaupt Hasan, dieser nichtsnutzige Sarazene?«

Ditho überlegte. Die Finsternis in seiner Brust wurde größer, und er nahm seinen Kopf zwischen die Hände, wie um ihn vor der Dunkelheit zu beschützen. »Er ist weg. Er kommt nicht wieder.«

»Weg?« Jasmos Augen weiteten sich, und Ditho erzählte ihm, wie er Hasan das letzte Mal gesehen hatte, wie er und Adela von Wiltrud erpresst wurden, wie sie den Anschlag des Mörders vor dem Turm überlebt hatten und wie Wiltrud dennoch zu Tode gekommen war. Er erzählte ihm auch von den Schlüssen, die er gezogen hatte, als er im Turm die Fasern entdeckt hatte.

Jasmos Mund stand weit offen, er hatte Ditho nicht ein einziges Mal unterbrochen. »Zwei Mörder?«

»Ja. Nur so war der Mord an Konrad vorstellbar, Adelas Befreiung aus dem Haus des Kupplers und der Überfall auf dich im Kanal. Jemand aus dem Umfeld des Hofes und mit Wissen über den Hof. Und jemand, der sich frei außerhalb des Gefolges bewegen konnte. Zwei Männer. Du hast mir erzählt, Gisbert hatte einen Bruder, der Johanniter war und angeblich nach der Schlacht von Damaskus gestorben ist. Außerdem sagte Gisbert etwas sehr Merkwürdiges, als er die Inschrift auf dem Stall bemerkte.«

»Was denn?«

»Dass er keine Pfaffensprache spricht.«

»Und? Was ist daran merkwürdig?«

»Gisbert sagte, er kann kein Latein. Als ich aber ein paar Tage zuvor mit ihm sprach, hat er einen lateinischen Satz zitiert: *Is fecit cui prodest.* Und ihn mir übersetzt. Und der jungen Wache, die er dazu gerufen hatte, um uns den Satz an der Wand zu übersetzen, ist er über den Mund gefahren, als der Mann einwenden wollte, dass Gisbert doch auch Latein spricht.«

»Gisbert?«

»Ja. Er hat selber gesagt, das ganze wäre nur fauler Zauber. Aber ich weiß nicht, warum er die Morde begangen hat, falls er sie überhaupt begangen hat. Und warum er Adela im Keller gerettet hat. Und ob er Barbarossa töten will oder ob der über alles im Bilde ist. Und ich weiß auch nicht, warum Hasan uns hintergangen hat. Das passt einfach alles nicht zusammen, und ich habe keine Ahnung, warum ich mir immer noch den Kopf darüber zerbreche. Ich hab jetzt weiß Gott andere Sorgen.«

»Die hast du in der Tat.«

Es war nicht Jasmo, der gesprochen hatte. Die Stimme war von jenseits des Gitters gekommen, das ihre Kerkerzelle vom Gang des Verlieses trennte. Ein Mann trat aus dem Schatten und an das Gitter.

Ein Mann mit einer Krone auf dem Haupt.

* * *

»Wie findest du sie, Ditho? Ich dachte, ich probier sie schon einmal an, nicht dass sie zu klein ist oder zu groß und ich bei der Krönung ein lächerliches Bild abgebe.« Er nahm die Krone ab und drehte sie in den Händen, um das Funkeln der Edelsteine im trüben Licht der Fackeln zu betrachten.

Ditho sprang auf und klammerte sich an die Gitterstäbe. »Was habt Ihr mit Adela gemacht? Wo ist sie?«

Barbarossa trat einen Schritt zurück und lächelte. Nachsichtig schüttelte er den Kopf. »Ditho, Ditho. Du kannst es nicht lassen, den edlen Ritter zu spielen, oder? Ein Weib heult dir etwas vor, und du glaubst sofort, du musst sie vor dem bösen Mann beschützen, hm?«

»Nur ein Feigling schlägt seine Frau.« Ditho hatte die Worte ausgespien. Er spürte, wie das Pochen hinter seinem Auge wieder einsetzte.

Barbarossas belustigte Fassade bekam einen Riss. »Mein Gott, bist du dumm. Du hättest als der Held des Königs aus dieser Sache herausgehen können, als reicher Mann, als Ministeriale, der seine Burg prächtiger aufbaut als je zuvor. Und nun sieh dich an.«

»Wo. Ist. Adela?«

Barbarossa schob die Unterlippe vor und zuckte mit den Schultern. »Sie ist bei ihrem König, wie es sich geziemt. Unsere Sachen werden eben auf das Schiff verladen, das nach Aachen ablegt, sobald ich zum Hafen komme. Sie kommt mit zur Krönung. Sie wird dabei sein und brav lächeln, wie sich das gehört. Und dann, wenn wir alle ein schönes Fest hatten und jedermann wieder nach Hause geht, wird sich herausstellen, dass sie ihrem Gemahl Hörner aufgesetzt hat. Dann werden sie und der Bastard, mit dem sie das getan hat, gehängt.«

»Lasst sie gehen! Zwischen uns ist nichts geschehen, sie hat nichts damit zu tun! Ich wollte sie entführen, als Eure Männer kamen und uns aufhielten!«

Barbarossa lachte auf und schnalzte mit der Zunge. »Du kannst es einfach nicht lassen, edler Ditho, wie?«

Er wischte versonnen mit seinem Ärmel über die Krone. »Ich hätte dich gern in Aachen dabeigehabt. Der alten Zeiten wegen.«

»Ihr werdet es nicht erleben. Ihr werdet die Krönung nicht überleben. Es ist noch nicht vorbei.«

Barbarossa legte die Stirne in Falten. »Willst du mir Angst machen? Willst du mir sagen, ich brauche dich noch?«

»Gisbert hat –«

»Ach das!« Barbarossa unterbrach ihn mit einer abwinkenden Geste. »Dein Gefasel von eben? Erspar mir das, Ditho. Gisbert tut nichts, was ich ihm nicht ausdrücklich befohlen habe. Aber genug davon. In vier Tagen werde ich König sein, und Adela und du baumelt von einem Strick. Wobei …« Barbarossa hob die Hand zum Abschied und wandte sich ab. »Wobei es bei dir vielleicht schon schneller geht. Du bekommst Besuch von einem alten Freund. Gehab dich wohl, Ditho!« Barbarossa verschwand im Dunkel des Ganges.

Besuch von einem alten Freund? Ditho wollte sich gegen die Gitterstäbe des Kerkers werfen und ihn anschreien, aber die Schmerzen in seinem Kopf kamen mit aller Macht zurück und nahmen ihm den Atem. Eine andere Tür im Gang öffnete sich, und drei Männer waren als Umrisse vor dem Fackellicht zu erkennen.

Ditho fasste sich an die Augenklappe und drückte gegen das kranke Auge. Aber es half nichts, es wurde nur schlimmer. Die Männer kamen näher. Mit verschwommenem Blick erkannte Ditho Gisbert und den jungen Soldaten Bernwart. Doch wer war der Mann in der Mitte?

Ditho sah einen Hünen mit kahlgeschorenen Haaren. Sein massiger Kopf saß wie ein Findling auf den Schultern. Ditho blinzelte.

Jasmo trat neben ihn. Er sog Luft durch die zusammengebissenen Zähne. »Beim Arsche des gehängten Judas.«

Ditho erkannte das grimmige Gesicht eines Mannes, den er fast vergessen hatte. Das konnte nur ein Traum sein. Ein böser Traum.

Das kann nicht sein, das ist unmöglich!

Die drei Männer blieben stehen. Vor ihm stand Gernot von Wangen und grinste gefährlich. »Ditho! Was für ein unerwartetes Vergnügen, dich hier zu sehen.«

Der Schmerz in Dithos Kopf ließ ihn die Zähne zusammenbeißen, bis er ein Knacken hörte. Um ihn drehte sich alles. Er glitt an den kalten Gitterstäben herab und ging auf die Knie. Dann wurde die Kerkertür aufgestoßen, und Gisbert stieß Gernot in die Zelle hinein.

Der große Mann stolperte und fiel zu Boden. Seine Hände waren gefesselt, und er hatte eine Platzwunde an der Stirn. Dithos Kopf schien in Flammen zu stehen. Gisbert lächelte ihn an. »Jetzt steckst du richtig in der Scheiße, was, Ditho?«

Er warf die Zellentür zu und verschwand.

* * *

Gernot fuhr herum. Mit einer einzigen flüssigen Bewegung schnellte er auf Ditho zu, legte die gefesselten Hände um dessen Hals und presste sie zusammen. »Das hab ich dir zu verdanken, du Bastard! Und jetzt wirst du dafür büßen!«

Ditho rang nach Luft. Er stemmte die Hände gegen Gernots Brust, aber der Schmerz in seiner Schläfe nahm ihm die Kraft. Gernots Fesseln lösten sich von den Händen.

»Lass ihn los, du fettes Schwein!« Jasmo war auf Gernots Rücken gesprungen und hämmerte mit den Fäusten auf den Fleischberg ein, aber Gernot schlug nur kurz hinter sich und wischte Jasmo von seinem Rücken wie ein lästiges Insekt. Der Hofnarr ging zu Boden und stöhnte auf.

Ditho gelang es, Gernot am Hals zu packen. Er drückte zu, so fest er konnte, doch Gernot nahm ihm die Luft zu atmen. »Was … machst du … hier?«, presste Ditho hervor.

»Ich schlag einem welf'schen Bastard die Zähne ein, bis er mir erklärt, warum der neue König einem staufischen Vogt seine Burg entzieht!«

»Barbarossa hat … was?«

Gernots Augen waren weit aufgerissen, er spannte die kräftigen Halsmuskeln an und nickte trotz Dithos Umklammerung. »Ganz recht, du Schwächling! Der König hat mir die Burg weggenommen, und was immer dir blühen mag, da auch du in diesem Loch hier sitzt, es ist nichts im Vergleich zu dem, was ich dir jetzt antun werde!«

Gernot holte zu einem Schlag aus, aber Ditho war schneller. Er riss die Hände nach oben und rammte Gernot die Faust ins Gesicht. Der Bulle zuckte zurück, und Ditho schlug mit der Handkante gegen Gernots Hals. Ächzend kippte der Fleischberg zur Seite. Ditho setzte nach, sprang auf ihn, kniete sich auf die Oberarme des Vogtes und packte ihn wieder am Hals. »Warum hat er das gemacht?«

»Weil du ihm das … gesagt hast, du Bastard!«

Ditho schüttelte den Kopf und drückte fester zu. Gernots Gesicht nahm eine bläuliche Färbung an. »Warum?«

»Weil … ich eine Fehde gegen dich angezettelt … habe, sagt er. Weil … ich deine Burg niedergebrannt habe.«

»Was?«

Ditho lockerte den Griff um Gernots Hals ein wenig. Hinter sich hörte er, wie Jasmo auf die Beine kam. Gernots heisere Stimme kam gepresst. »Er hat mich zur Wahl und zur Krönung eingeladen und mich dann vor den Toren Frankfurts verhaften lassen, der Hundsfott! Er nimmt mir die Burg und will mich hinrichten lassen!«

Ditho nickte. Die Schmerzen hämmerten in seinem Kopf und machten es ihm unmöglich, einen klaren Gedanken zu fassen. »Er musste den Fürsten die Krone teuer bezahlen. Jetzt nimmt er dir und mir, was uns gehört, um sein verbliebenes Hausgut zu vergrößern.«

Gernots Mund zuckte. »Aber warum dir? Ich dachte … Ich dachte, du stehst in seiner Gunst, du Bastard eines welf'schen Bastards!«

Ditho antwortete nicht. Jasmo trat näher und rammte Gernot mit voller Wucht den Fuß in die Seite. »Rede nicht so von Ditho und seinem Vater, du Schwein!«

Der Vogt krümmte sich und schrie auf. »Bastarde seid ihr Ravensburger, und Bastarde werdet ihr bleiben!«

Ditho erhöhte den Druck auf Gernots Gurgel, er beugte sich hinunter und zischte in Gernots Ohr: »Halt's Maul, Gernot. Und dann erzählst du mir, wie du meinen Vater umgebracht hast, bevor ich dich umbringe.«

Auf Gernots Stirn brach der Schweiß aus. Er hatte Angst, Ditho konnte es förmlich riechen. Der Vogt zitterte. »Ich war das nicht. Ich schwör's! Ich hätte es mit Freuden getan, aber der andere war schneller!«

Dithos Augen wurden zu schmalen Schlitzen. »Der andere?«

Gernot schüttelte den Kopf, seine Stimme überschlug sich. »Irgendein Bettler. Ein Aussätziger. Mein Wildhüter hat gesehen, wie der Aussätzige mit einer Armbrust durch den Wald geschlichen ist, und dann hat er deinen toten Vater gefunden. Mit dem Pfeil einer Armbrust im Rücken.«

Ditho schnappte nach Luft. Er drückte noch fester zu und keuchte die Worte hervor. »Ein … Aussätziger?«

»Er kam … aus dem Süden, sagt man. Am Tag … davor hat er auf dem Markt in Wangen nach deiner Burg gefragt. Er war verrückt, hat … Honig gekauft und gesagt, er ist der heilige Johannes … Wir haben ihn weggejagt.«

Um Ditho drehte sich alles. Er ließ Gernots Hals los und fiel auf die Steinplatten. Gernot rang hustend nach Luft. Ditho würgte. Die Schwärze aus seiner Brust vermischte sich mit dem Schmerz in seinem Schädel.

Jasmo kniete neben ihm nieder. »Ditho? Ditho, was hat das zu bedeuten?«

Ditho bedeckte sein Gesicht mit den Händen. Er hatte Angst, dass sein Kopf zersprang, er wartete darauf, dass ihn die Ohnmacht endlich von seinen Schmerzen und von diesem Albtraum der Unwissenheit erlöste. Aber sie kam nicht. Der Schmerz blieb.

Jasmo legte ihm die Hand auf die Schulter, doch Ditho schlug sie zornig weg. »Lass mich!«, schrie er. Seine Augen füllten sich mit Tränen, und die Scham kroch ihm über den Nacken. Scham worüber? *Was habe ich nur verbrochen?* Sein ganzer Körper bebte. Er atmete stoßweise.

Ich bin blind! Ich bin ein blinder Mann! Ich sehe nicht, was vor mir liegt!

Ein spitzer Gegenstand in seinem Gewand stach ihn in die Seite. Jasmo und Gernot beobachteten ihn stumm. Langsam beruhigte Ditho sich. Der Schmerz war nicht abgeklungen, aber Ditho wusste nun, wie der Schmerz zu seinem Freund werden würde. Er griff nach dem Gegenstand in seinem Gewand und zog auch ein paar zerknüllte Blätter hervor. »Ich muss sehen«, sagte er und gab Jasmo die Nadel für den Starstich, die Hasan beim Schmied hatte anfertigen lassen. Gernot drückte er die Seiten aus Avicennas *Kanon* in die Hand. »Man braucht zwei Männer dafür. Ihr seid zwei. Du liest ihm das vor und hältst mich fest, Gernot. Und du …«, er wandte sich an Jasmo, »… du tust, was man tun muss.«

* * *

Die Sonne stand an ihrem höchsten Punkt, und Ditho saß in dem gleißend hellen Viereck, das sie an die Mauer malte. Der Vogt kniete hinter ihm, und Dithos Kopf steckte zwischen seinen Händen wie in einer Eisenklammer.

»Bist du ganz sicher?« Jasmos Stimme zitterte, als er die Nadel von der Seite an Dithos Auge führte. Er schluckte. Furcht glomm in seinen Augen.

»Reiß dich zusammen, und mach!«, kam die Antwort zurück.

Jasmo setzte die Nadel an. Das Auge gab erst leicht nach, dann erhöhte Jasmo den Druck und die Spitze bohrte sich tief in die weiße Masse hinein.

Dithos Schrei hallte durch die Gänge des Kerkers und bis hinauf zu den Räumen der verlassenen Reichsburg. Aber er zuckte nicht, bäumte sich nicht auf. Ditho verfluchte Gott und alle Heiligen, aber er hielt still und wartete.

Jasmo setzte die Lippen an die Hohlnadel und sog daran.

Ditho atmete ein. Er atmete aus.

Der Schmerz aus dem Auge verbreitete sich über den ganzen Körper wie eine warme Woge der Erlösung. Er sah einen Falken vor sich, der sich den Weg aus seiner Brust bahnte, durch das Fenster flog und sich mit seinem schlanken Körper über die Mauern des Gefängnisses erhob.

Dann sackte er in eine bleierne Dunkelheit, und die gnädige Ohnmacht umfing ihn.

III. Teil

Licht

»Und nun siehe, die Hand des Herrn kommt über dich und du sollst blind sein und die Sonne eine Zeit lang nicht sehen! Und von Stund an fiel auf ihn Dunkelheit und Finsternis und er ging umher und suchte …«

Apostel 13,11

6. März 1152, auf dem Rhein

Adela blickte durch den fingerbreiten Schlitz in der Bordwand nach draußen und sog die frische Luft ein, um den Geruch nach modrigem Holz, nach Fisch und Schweiß, der in der Kajüte hing, aus der Nase zu bekommen.

Die gurgelnden schwarzen Wasser, die Strudel und die tanzenden Schaumkronen des Rheins schienen sie hineinziehen zu wollen und ihr zuzurufen.

Komm, worauf wartest du?

Adela musste sich von dem Anblick losreißen, um sich nicht darin zu verlieren. Sie schüttelte sich, beschirmte die Augen gegen die Sonne, die durch den Schlitz hereindrang, und blickte zum Ufer in ein Dickicht aus Eiben, Wacholder und Schwarzfichten.

Manchmal hatte sie das Gefühl, als sähe sie einen Reiter an den Uferpfaden, der zwischen den Bäumen aufblitzte und wieder verschwand. Der seit gestern ihrem Schiff folgte. Aber das konnte auch ein Streich sein, den ihre Sinne ihr spielten. Der Hofstaat und alle, die wichtig waren, befanden sich auf den drei Schiffen, die auf dem Rhein nach Norden fuhren. In Sinzig würden sie auf Pferde umsteigen, hieß es, und die restliche Strecke nach Aachen reiten.

Über ihr, vom Heck her, gellte ein Schrei des Kapitäns. Die Ruder des Oberländers waren eingeholt worden, und man ließ das Schiff treiben. Das schwere Senkruder am Heck und der »Lappen«, der vorn am Bug herausragte und von mehreren Knechten bedient werden musste, hielten das Schiff in der Strömung.

Sie hörte Schritte auf der steilen Leiter, die in den Bauch des Oberländers führte. Dann drehte sich der Schlüssel im

Schloss, und ein Gesicht mit wässrigen Augen und schwarzgrauem Bart erschien in der Tür.

»Enno!«

»Herrin.« Enno deutete eine Verbeugung an, reichte ihr einen Kanten Brot und einen Becher Suppe, den sie dankbar entgegennahm, während er behutsam die Tür hinter sich schloss.

Sie stellte die Sachen auf den groben Brettern ab, die tagsüber als Tisch, nachts als Bett dienten, und griff an ihre Rockschöße. »Dann bleibt es bei unserer Abmachung?«

Als sie den Rock hochraffte und keine Antwort hörte, sah Adela auf und bemerkte Ennos eingeschüchterten Blick. Sie konnte nicht umhin, zu lächeln. »Keine Angst, Stallmeister. Ich habe nicht vor, Euch zu verführen … zumindest nicht so.«

Sie schnürte den Beutel auf, der noch um ihren Schenkel gebunden war, und entnahm ihm eine kostbare Kette, die aus goldenen Ringgliedern geschmiedet war. Adela hielt Enno das Schmuckstück hin. »Die Kette jetzt. Den Rest in Aachen, wie ausgemacht. Habt Ihr erreicht, worum ich Euch gebeten habe?«

Enno griff widerstrebend nach der Kette, dann legte er sie doch wieder auf den Tisch.

Adela sah ihn fragend an. »Was ist? So hatten wir es doch vereinbart?«

»Es ist nicht recht, dass ich das nehme. Ich will nicht bezahlt werden, wie ein … ein Verräter.« Enno wich ihrem Blick aus.

Adela seufzte, dann griff sie beschwichtigend mit ihrer Hand nach seinem Arm. »Ihr seid kein Verräter, Enno. Ihr dient treu. Ihr wisst nur sehr genau, wann Euer Herr recht tut und wann er unrecht tut.«

Enno nickte. »Er …«, sein Blick ging nach oben, »er tut Ditho unrecht, egal, was zwischen Euch und ihm vorgefallen ist. Der Einäugige hat ihm das Leben gerettet. Ich war dabei … Ich habe die Bestie gesehen.«

»Und habt Ihr …?«

Enno nickte. »Ja. Ich habe getan, worum Ihr mich gebeten habt. Ein paar Hände mussten gefüllt werden, ein paar Augen zugedrückt, damit es gelingt. Aber ich glaube, es wird gelingen.«

Adela atmete tief durch, dann griff sie nach der Kette und streckte sie Enno noch einmal entgegen. »Hände mussten gefüllt werden, sagt Ihr. Die füllen sich aber nicht von allein.«

Enno betrachtete die Kette in seiner Hand, seine Zähne mahlten aufeinander. Schließlich schloss er die Finger darum. »Gut. Ich muss jetzt wieder hinauf. Sonst wird es Gerede geben.«

Adela nickte, aber als er sich umdrehte und sich zur Tür wandte, hielt sie ihn fest. »Warte. Da ist noch etwas, worum ich Euch bitten muss.«

Enno zog die Augenbrauen nach oben. »Herrin?«

Adela blickte nach oben, wo sie schwere Stiefel auf den Planken hörte. Seine Stiefel. Sie würde Barbarossas schlurfende Schritte, wie er sie stets machte, wenn er über etwas grübelte, unter Tausenden erkennen. »Ich brauche einen Dolch. In Aachen. Ich werde Euch gut dafür entlohnen, Enno.«

Ennos Blick folgte dem ihren zur Decke der Kajüte, dann starrte er sie erschrocken an. »Ihr wollt den König …?«

Adela schüttelte energisch den Kopf. »Nicht für ihn«, sagte sie. »Aber vielleicht für mich.«

6. März 1152, Frankfurt

Jasmo wickelte die letzte Bahn des schmutzigen Lappens von Dithos Kopf. Er hatte die Binde zwar aus einem Tuch gerissen, das er normalerweise dazu benutzte, sich die Nase zu säubern, aber zumindest beim Anlegen des Verbandes am Morgen zuvor darauf geachtet, die verschmutzten Stellen nicht direkt auf die Wunde aufzubringen.

Ditho versuchte, die Augen zu öffnen, doch es gelang ihm nicht. Seine Lider waren verkrustet.

Jasmo hielt ihm eine Schüssel hin und tauchte die Hand des Ritters hinein. »Hier. Mach es weg, dann geht es.«

Ditho spritzte sich etwas Wasser ins Gesicht und wischte sich über die Augen. Er blinzelte. Nach einem Tag in vollkommener Dunkelheit blendete ihn selbst das trübe Licht im Kerker. Mühsam öffnete er die Lider. Und erkannte etwas. Unscharf, verschwommen blickten Jasmo und Gernot ihn an. Ditho spürte ihr Erschrecken mehr, als dass er es sah.

»Ach du Scheiße.«

»Was ist?«

»Dein Auge. Das kranke. Es ist geschwollen, und alles, was normalerweise weiß ist, ist rot. Du siehst aus, als wenn du in eine Schlägerei geraten wärst.«

»Na, da hab ich ja noch mal Glück gehabt.«

»Und? Kannst du etwas sehen?«

»Ja, leider. Im Dunkeln habt ihr mir besser gefallen.«

Gernot lachte meckernd, und Jasmo versetzte Ditho einen Stoß gegen die Schulter. »Haha! Mal im Ernst: Wie hab ich meinen ersten Starstich gemacht? Kannst du etwas sehen?«

Ditho legte die Hand über sein gesundes Auge und spähte in die Dunkelheit. Er sah verschwommen, trüb und unscharf.

Die herabstürzenden Schlieren, der Wasserfall war verschwunden. Aber er sah keinen Deut besser als zuvor. Statt Jasmo eine Antwort zu geben, seufzte Ditho.

Jasmo blickte betrübt zu Boden und klopfte dem Freund aufmunternd auf die Schulter. »In ein paar Tagen ist es vielleicht besser.«

»Ja, dann kannst du den Scharfrichter richtig gut sehen, bevor er dich aufknüpft«, schnaubte Gernot und wandte sich zu der Mauer, in die zehn Fuß über ihnen das vergitterte Fenster eingelassen war.

Ditho nestelte an seiner Gürteltasche, zog seine Augenklappe daraus hervor und legte sie an. »Du hast recht, Gernot. Es war ohnehin für die Katz. Wir werden aufgeknüpft, und der König geht in Flammen auf.«

Jasmo kratzte sich am Kopf. Die Läuse im Stroh hatten offensichtlich ein neues Zuhause gefunden. »Was macht dich so sicher, dass der Mörder, sofern es überhaupt einen zweiten gibt, es in Aachen versuchen will? Und warum glaubst du, er will ihn verbrennen?«

»Ein Tag in der Dunkelheit kann mitunter ganz erhellend sein.«

»Warum?«

»Ich habe nachgedacht. Er hält sich für Johannes den Täufer. Zumindest tat der Aussätzige das. Bevor er im Pferdestall starb, hat er gesagt: ›Ich taufe mit Wasser, aber nach mir kommt einer, der mit Feuer tauft.‹ Feuer, Krönung, Tod und Taufe. Es hängt alles zusammen.«

»Und wie?«

»Ich habe mit Rainald von Dassel über die Taufe gesprochen. Bei der Taufe wird der Täufling gemäß der Lehre des Apostels Paulus in Christi Tod getauft und mit Christus ›begraben in den Tod‹. Das Wasser der Taufe ›tötet‹ quasi das alte Leben; das dreimalige Untertauchen des Täuflings symbolisiert die drei Tage Christi im Grab.«

»Und was hat das mit der Krönung zu tun?«

»Bei der Taufe wird der Täufling auch gesalbt. Genau wie Könige bei der Krönung. Es ist das wichtigste Ritual der Zeremonie, es wird noch vor dem Aufsetzen der Krone, dem Anlegen des Gewandes und der Übergabe der Insignien vollzogen. Nur ein gesalbter König ist würdig, die Krone zu tragen. Und gesalbt wird er vom Erzbischof mit Öl. Ich schätze, der Mörder will seine eigene Salbung vornehmen.«

»Die Pampe aus dem Abwasserkanal!«

»Genau. Die Krüge mit Harz, Schwefel und Salpeter. Ich weiß nicht, was es ist. Aber es ist ganz sicher ein Brandgemisch. Und der Mörder wird Barbarossa mit diesem Öl salben.«

Gernot lachte meckernd auf. »Du willst wissen, was für ein Gemisch das ist? Das willst du wissen und kommst mit deinem schlauen Kopf doch nicht drauf, was, Welfenbalg?«

Jasmo lief rot an und stemmte die Füße in den Boden. »Was ist so lustig daran, Gernot? Kannst du mir das erklären?«

»Was so lustig daran ist?« Gernot konnte kaum an sich halten, sein Körper bebte vor Lachen. »Daran ist so lustig, dass Ditho, als er in meiner Burg im Kerker saß, einfach hätte fragen müssen, dann wäre er jetzt nicht so dumm!«

Ditho schüttelte den Kopf. »Wie meinst du das?«

»Na, der Säufer, der mit dir in der Zelle war! Das war ein Alchemist, wenn auch ein ziemlich versoffener! Er kam zu meiner Burg und bot seine Dienste an, sprach davon, dass er beim Kreuzzug dabei gewesen sei und sich in Byzanz das Geheimnis des ›griechischen Feuers‹ erschlichen habe. Ein sagenhaftes Öl, ein teuflisches Gemisch, das wohl besser brennt als sonst irgendetwas. Ich hab dem alten Säufer zuerst nicht geglaubt, aber er hat mir zum Beweis einen kleinen Krug gegeben, und den habe ich bei deiner Burg mit, sagen wir einmal … ganz erstaunlichem Erfolg eingesetzt, wie ihr beide wohl mitbekommen habt!«

»Du Dreckskerl!« Jasmos Augen glommen in der Dunkelheit.

Ditho legte dem Hofnarren beschwichtigend die Hand auf die Schulter. »Griechisches Feuer? Ich habe davon gehört.«

»Das ist ein Teufelszeug, es frisst sich in jede Ritze, brennt lichterloh und heiß wie die Hölle. Die Byzantiner haben es wohl auch bei Seeschlachten eingesetzt, sagte der Alchemist. Sie hatten Pumpen, mit denen sie das Zeug verspritzt haben, sodass sie ihre Feinde über weite Entfernung verbrennen konnten. Nachdem das Öl bei deiner Burg wahre Wunder gewirkt hat, habe ich den alten Säufer bezahlt und ihn angewiesen, mir mehr davon zu machen, und der hat seinen Lohn erst einmal in Branntwein umgesetzt und ist dann in den Kerker gegangen, um den Salpeter von der Wand zu kratzen. Dabei ist er wohl eingeschlafen. Als wir dich in den Kerker geworfen haben, Ditho, gab es keinen Grund, den Mann seinen Rausch nicht ausschlafen zu lassen.«

Ditho schüttelte den Kopf. Er sah den Beutel des Alchemisten mit dem weißlich schimmelnden Pulver noch vor sich. »Griechisches Feuer«, murmelte er.

Gernot nickte. »Ja. Aber was hilft dir das? Du kannst es den Toten im Himmel erzählen, wenn du dort ankommst. Die Hölle erscheint mir aber wahrscheinlicher für uns drei. Was ist eigentlich aus eurem Heiden geworden?«

»Er heißt Hasan«, brummte Jasmo, »und er hat uns verraten.«

»Er hat euch verraten? Ein Sarazene? Na, das ist ja eine Überraschung!« Gernot lachte bellend und krümmte sich an der Mauer, bis Jasmo die Holzschüssel mit dem Wasser nach ihm warf.

Ditho war froh, den vergangenen Tag in Ohnmacht und in unruhigem Schlaf verbracht zu haben.

Der Vogt von Wangen und der Hofnarr schrien sich an, bis sie merkten, dass Ditho ihnen keine Aufmerksamkeit schenkte. Staunend sahen sie zu, wie er die Handflächen zum Himmel hob, sich verbeugte, sich dann wieder aufrichtete, auf die Knie ging, die Stirn zum Boden führte und sich wieder aufrichtete, während er dazu Worte in einer unbekannten, kehligen Sprache murmelte.

»Was beim Arsche des Judas machst du da, Ditho?«

»Ich bete«, antwortete Ditho, ohne sein Gebet zu unterbrechen.

»Und zu wem und wofür, wenn man fragen darf?«

»Zu Gott, zu wem sonst? Und für Adela.«

Gernot lachte wieder meckernd. Dann hielt er inne und deutete zu den Gitterstäben. »Du bekommst Gesellschaft, Ditho. Zu zweit betet sich's doch viel besser, oder nicht?«

Zwei Wachen mit Lanzen erschienen und führten einen Mann in ihrer Mitte. Es war der Hofkaplan, der vor einigen Tagen der Prozession der Fürsten in die Salvator-Basilika vorangeschritten war. Der Kaplan ließ sich von den Wachen das Gitter aufschließen und betrat die Zelle. Die Wachen ließen sich auf Schemeln im Gang nieder und behielten den Kerker im Auge.

»Ich bin Helmfried, Hofkaplan der Pfalz. Ich komme, um Euch die Beichte abzunehmen und Euch das Sakrament der letzten Ölung zu spenden, bevor Ihr morgen Eurem Schöpfer gegenübertretet.«

Gernot lachte auf, als er die hohe Fistelstimme des dicken Priesters hörte. »Ölung? Da seid Ihr bei uns genau richtig, Mönchlein!«

Der Kaplan blinzelte empört, dann nahm er die anderen Insassen des Kerkers in Augenschein. Sein Blick blieb auf dem Mann mit der Augenklappe haften. »Ihr müsst Ditho von Ravensburg sein.«

Ditho nickte. Der Hofkaplan streckte die Hände aus und umschloss damit die von Ditho. »Ihr besitzt eine Bibel, habe ich mir sagen lassen, in der Ihr schon so manche Antwort fandet, ist es nicht so?«

Ditho nickte überrascht. Der Hofkaplan lächelte, ohne Dithos Hände freizugeben. »Heißt es denn nicht in der Heiligen Schrift bei Matthäus: ›Und ich will dir des Himmelsreichs

Schlüssel geben: Alles, was du auf Erden binden wirst, soll auch im Himmel gebunden sein, und alles, was du auf Erden lösen wirst, soll auch im Himmel los sein?‹«

»Wenn Ihr das sagt, guter Mann.« Ditho starrte den Kaplan verwirrt an, dann spürte er, wie der andere einen kleinen Gegenstand in seine Hände gleiten ließ.

»Und heißt es nicht bei Jesaja: ›Ich, der Herr, habe dich bei deiner Hand gefasst und habe dich zum Bund unter das Volk gegeben, zum Licht der Heiden. Dass du sollst öffnen die Augen der Blinden und die Gefangenen aus dem Gefängnis führen, und die da sitzen in der Finsternis, aus dem Kerker?‹« Der Hofkaplan lächelte Ditho verschwörerisch an.

Ditho faltete die Hände und warf dabei einen kurzen Blick in seine Handflächen.

Ein Schlüssel.

Der Schlüssel zum Himmelreich.

Ditho nickte ergeben und murmelte: »Amen.«

* * *

»Warum nehmen wir ihn mit? Kannst du mir das erklären? Er hat deine Burg niedergebrannt, und wir haben weiß Gott schlechte Erfahrungen mit unserer Reisebegleitung gemacht. Also: Warum?«

»Er kommt mit! Und sieh zu, dass das Seil nicht so schaukelt!«

»Ich versteh einfach nicht, wa-ahh …!« Jasmo glitt ab, die Außenmauer der Reichsburg war aus glatten Steinen gebaut, die Füße fanden kaum Halt.

Ditho zog sich eine Armlänge nach oben und stützte den Fuß des Hofnarren, bis der wieder festen Halt fand.

Der Schlüssel des Hofkaplans hatte ihnen das Gitter des Kerkers geöffnet, als die Wachen gemeinsam mit dem Gottesmann verschwunden waren. Die Treppen nach oben in die Reichsburg waren bewacht; unten, im Keller, fanden sich keine Waffen, dafür Vorratskammern mit Kisten voller Pergamentbündel; Fässer, Körbe mit Kohle und Seilen, alles bedeckt von einer dicken Schicht Fledermauskot. Sie hatten sich in der einsetzenden Dunkelheit aus der Vorratskammer abgeseilt, Ditho zuerst, dann Jasmo und dahinter der Vogt von Wangen.

Gernot fluchte, weil das Handgelenk, das Ditho ihm Wochen zuvor gebrochen hatte, immer noch schmerzte.

Ditho stemmte sich gegen die Mauer und rutschte weiter nach unten. Das Seil war zu Ende, aber er ließ sich ein kleines Stück fallen und stand auf den Holzbohlen des Baugerüsts, das die Reichsburg umgab. Die Pfalz und das sie umgebende Gelände waren fast menschenleer, nachdem das Gefolge des Königs aufgebrochen war. Weit und breit waren keine Wachen zu sehen. Zwanzig Fuß unter ihnen lag der Main. Der blassrote Streifen am Horizont spiegelte sich im träge dahinfließenden Wasser. Nur wenige Schiffe lagen im Hafen, vor allem kleine Fischerboote und Treidelkähne.

Als sie vor wenigen Augenblicken das Seil durch das Fenster geworfen hatten, behauptete Jasmo zwar, er könne segeln, aber er klang nicht sonderlich überzeugt. Ditho spürte Jasmos Schuh auf der Schulter, griff nach oben und streckte ihm die Hand hin.

»Lass mich los, ich bin keine alte Frau! Du hast nur das Seil zu kurz ausgesucht!« Geschickt sprang Jasmo von Dithos Schultern auf die Bretter. »Sagst du mir jetzt, warum wir ihn mitnehmen?«, zischte er.

Ditho beugte sich zu ihm hinab. »Gern, Jasmo, aber nur wenn du mir versprichst, dann endgültig die Klappe zu halten!«

Jasmo stutzte, dann verschränkte er die Arme vor der Brust. »Na gut. Fang an!«

»Wo soll er denn sonst hin? Zu seiner Burg? Zu meiner Burg? Zu deiner Burg?«

Jasmo blinzelte, wollte gerade widersprechen, als Ditho ihn

erneut unterbrach. »Vielleicht kann er uns nützlich sein, also sei jetzt still! Wir können das alles auch später klären, erst einmal müssen wir –«

»Pass auf!« Jasmo zog Ditho zur Seite, als er Gernots Aufschrei hörte und der stiernackige Vogt mit einem lauten Krachen auf den Bohlen landete, genau dort, wo sie eben noch gestanden hatten.

»Scheiße!«

Mühsam kam Gernot auf die Beine, aber sein Schrei hatte die Wachen aufgeschreckt. Man hörte Schritte. Fackeln wurden über den Wehrgang der Pfalz gehoben, Ditho sah, wie Soldaten vom Tor hinunter zum Main rannten.

»Nützlich, wie?«, spie Jasmo aus und grinste schief.

»Weg hier!« Ditho zog Gernot hoch, und sie rannten die schrägen Planken hinab, die zur nächsttieferen Ebene des Baugerüsts führten. Schreie gellten über ihnen, dann zischten Pfeile an ihnen vorbei und blieben im Holz stecken.

Die Wachen vom Tor kamen näher, und Ditho sprang direkt von der ersten Ebene des Baugerüsts auf den Boden, neben einen Haufen mit Werkzeugen und Baumaterial. Er griff nach einer Schaufel und deutete zu der kleinen Koppel des Perdehändlers, bei der er vor zwei Tagen schon einmal gewesen war. »Da! Holt euch drei Pferde! Bezahlt ist schon!«

Jasmo und Gernot rannten an ihm vorbei. Ditho stellte sich den Wachen in den Weg, während um ihn herum Pfeile im Boden einschlugen. Die Soldaten teilten sich auf, sodass er sie nicht gleichzeitig im Blick haben konnte. Ditho schleuderte dem einen die Schaufel ins Gesicht. Der Soldat ließ sein Schwert fallen und taumelte zurück. Ditho griff in eine Holzkiste mit weißem Pulver, die nachlässig mit einem Tuch abgedeckt war. Die andere Wache hieb mit dem Schwert nach ihm. Ditho ging in die Hocke, spürte den Luftzug der Klinge in seinem Haar. Er schloss die Augen und warf den Ätzkalk aus der Kiste in Richtung seines Gegners, während er sich abrollte und nach dem Schwert des

Wachmannes griff, der die Schaufel ins Gesicht bekommen hatte. Der Mann bedeckte sein blutüberströmtes Gesicht mit den Händen, der andere schrie auf und versuchte, sich das weiße Pulver aus den Augen zu reiben, wodurch er alles nur schlimmer machte. Ditho sprang auf, weitere Wachen rannten vom Tor her auf ihn zu. Er hörte die Pferde wiehern und schnellte herum.

Jasmo hatte sich auf ein Pferd geschwungen und führte zwei weitere am Zügel, während Gernot seine kahle Stirn gegen die Nase des Pferdehändlers stieß. Der Mann taumelte und hielt sich am Gatter fest. Gernot stemmte die Fäuste in die Hüfte und wartete, ob noch Widerstand kam.

»Gernot! Schnell!« Ditho fuhr herum. Der erste Wächter war schon fast bei ihm.

Ein alter Soldat, grau, faltig und gegerbt von zahlreichen Schlachten, schrie ihn an. »Bleib stehen, du Bastard!«

Ditho packte das Schwert, holte aus und schleuderte es auf den Soldaten. Das Schwert zischte durch die Luft und drang tief in den Oberschenkel des Soldaten ein. Der Mann brüllte auf. Hinter ihm war inzwischen die halbe Besatzung der Pfalz auf den Beinen und rannte zum Mainufer.

»Ditho!«

Jasmo wartete, Gernot preschte mit seinem sandbraunen Falben bereits den Uferweg entlang. Die Pferde sahen gut aus, Jasmo hatte die besten des Händlers ausgesucht.

Ditho schwang sich auf den Rücken eines schwarzen Hengstes und gab dem Tier die Sporen. »Hüa!«

Das Pferd galoppierte los, Ditho folgte Gernot und Jasmo, die schon im Dickicht verschwanden, doch die Bogenschützen erreichten das Ufer und schnitten Ditho den Weg ab. Die Männer legten auf ihn an, ihr Anführer schrie: »Ergebt Euch, oder Ihr seid ein toter Mann!«

Ditho zügelte das Pferd, und es bäumte sich auf. Er strich ihm über die Mähne. Es war genau das Pferd, das er Adela vor zwei Tagen für die Flucht zugedacht hatte.

Adela.

Ditho drückte seine Fersen in die Flanken des Pferdes und galoppierte auf die Bogenschützen zu.

Die Pfeile schwirrten von den Sehnen.

8. März 1152, Aachen

»Edle Damen, furchtlose Herren, hochverehrte Herrschaften! Voll Stolz und voll abgrundtiefem Abscheu präsentieren wir Euch den Schrecken des Abendlandes, die Geißel der Kreuzzüge, den Stachel im Fleisch der christlichen Könige und Kaiser!«

Die Damen fächelten sich mit bunt bestickten Tüchern Luft zu, während die Herren sie stützten und dabei besorgt auf die Bühne starrten. Es war warm, und die Luft roch verheißungsvoll nach Frühling. Die bunte Menschenmenge vor dem Karren des Gauklers folgte ängstlich jeder Bewegung des angeketteten Sarazenen.

Der Mann neben ihm, in buntem Kostüm und mit einem Hut mit Federn auf dem Kopf, ließ seine Stimme über den Platz vor dem Dom erschallen. »Dieser furchtbare Sarazene, Ali ben Ali ben Hasan al Hamid, ein Prinz aus dem Morgenland, hat das Leben von Armeen gefallener Ritter auf dem Gewissen, sofern ein Heide überhaupt ein Gewissen haben kann! Seht seine Muskeln, seht seine schiere Größe, seht seine unbändige Kraft!«

Der Gaukler, Witold mit Namen, nickte Hasan auffordernd zu, und der zog an den Ketten, die ihn an den Karren banden, und fletschte die Zähne, wie man es von ihm erwartete, während er wilde arabische Flüche ausstieß.

Die Menge zuckte zusammen und zischte eingeschüchtert. Das Schauspiel, dessen Hauptdarsteller er war, belustigte Hasan. Er hatte erwogen, seinen Teil der Abmachung nicht einzuhalten, nachdem der Gaukler ihn durch das Tor im Palisadenwall nach Aachen gebracht hatte, aber sich dann doch anders entschieden. Wenn er schon als Attraktion eines Gauklers angepriesen war, wollte er auch eine Attraktion sein, und ihm blieb noch Zeit: Der Tross des Königs war noch nicht eingetroffen.

Allah, die Fügung oder auch reines Glück hatten ihn am Morgen vor den Toren der Pfalz in die Arme Witolds getrieben, der dort mit seiner Gauklertruppe kampierte und auf zahlendes Publikum am Rande der Krönungsfeierlichkeiten hoffte. Hasan wusste nicht, wie er in die Stadt gelangen sollte, falls die Wachen Sarazenen nicht hineinlassen würden, und da er ohnehin auffiel wie ein Zirkusbär am Nasenring, dachte er, es sei das Beste, diese Tatsache zu nutzen. Der Gaukler witterte ein gutes Geschäft und war sofort einverstanden.

»Seht seine ölige Haut, sie schimmert wie nasse Rotbuche im letzten Abendlicht, seht seinen fremdartigen Umhang mit den heidnischen Symbolen und Stickereien, allesamt Flüche und Verwünschungen auf die christlichen Ritter; diese Zauber sollen die teuflischen Sarazenen schützen im Kampfe gegen die Unsrigen, unsere tapferen Helden! Neun der stärksten Männer waren nötig, um den Heiden zu Boden zu ringen und zu fesseln, neun andere hatte er davor mit seinen bloßen Händen erwürgt!«

Die Menge stöhnte auf.

Hasan unterdrückte ein Lachen, fassungslos, dass sie den unerträglichen Blödsinn Witolds ohne Weiteres schluckten. Sie waren dumm, die Franken, fast ohne Ausnahme ungebildet und einfältig, und genau das machte sie so gefährlich. Während er für die Einfältigen die Zähne fletschte, ließ er den Blick über die Pfalz schweifen. Witold, der schon öfter in Aachen gewesen war, das von den Schreibern mit dem lateinischen Namen *Aquisgranum* genannt wurde, hatte ihm bei ihrem Einzug durch das Tor die Gebäude und deren Funktion erklärt.

Die Pfalz lag eingebettet zwischen Hügeln, das Gelände war kaum größer als in Frankfurt, doch die Bauten waren ungleich prachtvoller. Das rot verputzte Marienmünster mit dem vorgelagerten Säulenhof im Süden und die Königshalle mit dem Granusturm im Norden waren durch ein schmales zweigeschossiges Gebäude von mehr als hundert Doppelschritten Länge miteinander verbunden. In der Mitte des Verbindungsgebäudes befand sich das Torhaus mit dem Gerichtssaal, aus dessen Fenstern bunte Fahnen und Wimpel hingen, um den neuen Herrscher willkommen zu heißen.

Westlich und östlich der Königshalle schlossen sich die Wirtschaftsgebäude, die Schlafhäuser der Bediensteten und die Wohnhäuser für Familienangehörige des Königs und ranghohe Gefolgsleute an.

Hinter dem Marienmünster, wo die Krönung stattfinden würde, befand sich das Badehaus mit den seit Menschengedenken berühmten warmen Heilquellen.

Ein paar ärmliche Lehmhütten und neu errichtete Häuser im Schatten des Palisadenwalls standen um die weitläufige Anlage herum. Wie in Frankfurt strömten auch in Aachen zahlreiche Händler, Bauern und Mönche in die Pfalz, um der Krönung beizuwohnen oder um zumindest ihren Teil vom Freibier zu erhalten. Aus den Zelten hörte man das Klappern der Töpfe, laute Schläge von Zapfhähnen, die in Fässer getrieben wurden, und das Geschrei der Händler mit Bauchläden, die versuchten, Wurst, Gebäck, bunte Bänder und sonstigen Tand zu verhökern.

Witolds Karren, der mit wenigen Handgriffen zu einer kleinen Bühne wurde, stand westlich des Torhauses. Bis auf das Badehaus hatte Hasan von hier aus die gesamte Pfalz im Überblick.

»Witolds fröhlicher Haufen hat Mühen nicht, nicht Kosten gescheut, Euch, hochverehrtes Publikum, diese rasende Bestie zu präsentieren. Unerschrockene Damen dürfen vortreten und die Muskeln des Sarazenen berühren, wenn ihre Herren dies gestatten und der Schneid von beiden dazu taugt!«

Die Menge stöhnte auf, die Damen fächelten sich wieder Luft zu, und die ersten streckten mutig die Hände hoch. Der

Hof der Pfalz füllte sich mit immer mehr Schaulustigen. Witold schrie sich in einen Rausch. »Doch ich warne Euch! Seid auf der Hut! Schaut dem wilden Sarazenen niemals direkt in die Augen, sein Blick kann das Fleisch zum Schmelzen bringen!«

Der Blick in die Augen. Hasan dachte an Ditho und fragte sich, wo der Mann, den er über ein Jahr begleitet hatte und der ihn für einen arglosen Freund gehalten hatte, sich jetzt wohl befand. Im Kerker des Königs? Baumelte er bereits am Strick? Oder war es ihm gelungen, den Hals aus der Schlinge zu ziehen? Hasan verscheuchte den Gedanken und sein schlechtes Gewissen. Es gab ein Wort für das, was er tat: *Taqiyya*. Die Notlüge, mit der Feinden oder Ungläubigen etwas verschleiert wird, dessen Aufdeckung das eigene Leben in äußerste Gefahr bringen würde.

Er hatte einen Schwur getan, einen Eid abgelegt vor vielen Monden in seiner Heimat, und Ditho war das Mittel gewesen, das ihn seinem Ziel näher brachte, dieses Gelübde zu halten.

Taqiyya.

Als die erste mutige Dame, eine zierliche Marktfrau mit verschmierter Schürze, gestützt von ihrem Gemahl vorsichtig auf den Karren stieg, um Hasans Muskeln zu berühren, ging plötzlich ein Raunen durch die Menge. Die Köpfe wandten sich um, nach Westen, wo eine Gruppe Berittener in bunten Wappenmänteln durch das Tor hereinsprengte. Kriegshelme schwangen an den Sattelhörnern, Knappen und Pagen folgten den Rittern mit Schilden und Lanzen. Hasan erkannte die Fahnen und Banner, die ihn schon von Köln nach Frankfurt begleitet hatten.

Der neue König traf in seiner Pfalz ein, und die Menge stürmte jubelnd von Witolds Karren weg, um den neuen Herrscher zu begrüßen. Hasan blieb mit einem mürrischen Witold, der überraschten Marktfrau und deren Mann auf dem Karren zurück, der Platz vor ihnen lag verwaist.

Barbarossa ritt auf einem Schimmel und hob huldvoll die Hand, als die Menge ihn umringte und seiner Leibgarde nur widerstrebend Platz machte. Hasan lächelte grimmig. Gisbert hatte alle Hände voll zu tun, den König vor seinem Volk zu schützen.

Hinter den Reitern trafen die ersten Wagen ein, und Hasan erspähte die Kutsche des Königs. Es war Zeit, zu gehen. Er musste wissen, wohin sie die Truhe brachten. Seine Suche in der Pfalz von Frankfurt hatte wenig ergeben, außer der Erkenntnis, dass die Truhe stets von mindestens zwei Mann bewacht wurde.

Hasan zog die Holzzapfen aus den Eisenringen um seine Handgelenke und ließ die Ketten zu Boden fallen. Die Marktfrau und ihr Mann starrten ihn an, in ihren Augen stand nackte Angst, als der Sarazene auf sie zukam. Dicht vor ihnen blieb er stehen. Hasan lächelte und deutete eine höfliche Verbeugung an. »Ihr Entschuldigt mich, edle Dame?«

Die Angesprochene sackte ohnmächtig in die Arme ihres Mannes.

Hasan sprang vom Karren und verschwand in der Menge.

* * *

»Laudamus te. Benedicimus te. Adoramus te. Glorificamus te. Gratias agimus tibi propter magnam gloriam tuam!« Der Benediktiner schlug unablässig das Kreuz über ihr und murmelte seit Stunden Gebete, die ihre Seele retten sollten.

Adela hörte ihn schon lange nicht mehr. Sie kniete in einem Büßergewand im Oktogon der Pfalzkapelle, der prächtigsten Kirche des Reiches. Adela spürte ihre Knie nicht mehr, ihr war kalt, und ihr Magen war so leer, dass ihr mehrmals schwarz vor Augen geworden war und sie auf die Steinplatten sank. Der Benediktiner hatte sein Gemurmel unterbrochen, ihr einen Schluck Wasser eingeflößt und dann weitergemacht.

Der Geruch von Weihrauch hing schwer in der Luft. Um sie herum schwirrte ein Heer von Akoluthen und Messdienern, angeführt von Arnold von Köln in einem mit Goldfäden durchwirkten Messgewand, um die Krönungsmesse und die Kirche nach seinen Vorstellungen vorzubereiten. Sie war dem Erzbischof schon bei früheren Gelegenheiten und auch in Köln begegnet. Nun machte er einen weiten Bogen um die Frau im Büßergewand, die auf dem Boden der Pfalzkapelle kniete.

Ihr Anblick musste furchterregend sein.

Kein Wunder, nach vier Tagen Gefangenschaft im Bauch eines Schiffes und in einem Wagen. Adela hörte, wie die beiden Wachen, die an einer Säule lehnten, leise miteinander sprachen. Also waren sie noch da.

Gisbert hatte sie dort postiert. Seit sie in Sinzig von Bord des Schiffes gegangen war, hatte man sie nicht aus den Augen gelassen. Nicht im Wagen, nicht, wenn sie aß oder schlief, und auch nicht, wenn sie zum Abort ging. Die Wachen waren wenigstens so taktvoll gewesen, sich umzudrehen.

Adela hob den Blick zu der Kuppel des hundert Fuß hohen achteckigen Kirchenraumes. Prachtvolle Marmorsäulen in grünen, grauen und roten Tönen trugen die zwei Stockwerke, die über dem Achteck thronten, und trennten den Raum ab von dem sechzehnseitigen Umgang mit niedrigen Kreuzgratgewölben, der sich dahinter befand.

Der Hauptaltar und der Königsthron lagen ein Stockwerk über ihr. Ganz oben in der Kuppel ließ die flach hereinströmende Abendsonne Millionen von bunten Steinchen schimmern. Das Mosaik zeigte Christus als triumphierenden Weltenherrscher. Er war umgeben von den Symbolen der vier Evangelisten, und die vierundzwanzig Ältesten aus der Apokalypse des Johannes brachten ihm ihre Kronen dar.

Adela bedauerte, dass sie die Kapelle niemals bei Tag sehen würde, und schickte ein Stoßgebet zur Kuppel. Wenn der Herr dort oben Gnade mit ihr hatte, wäre sie weit weg von der Pfalz, wenn die Krönung begann.

Sie hörte Schritte hinter sich und wandte den Kopf. Barbarossa kam mit Gisbert und Enno und ein paar Wachen in die

Kirche. Adela spitzte die Ohren und hörte, wie Barbarossa den Erzbischof von Köln begrüßte. Und wie sich Arnold von Köln über ihre offensichtliche Demütigung vor aller Augen beschwerte. »Sie ist immer noch Eure Gemahlin. Eine Herzogin, fast Königin, Herr.«

»Und ›fast Königin‹ wird sie bleiben, Erzbischof. Das hier ist meine Pfalz und meine Kirche, und ich bestimme, wer darin ist und wer für seine Sünden betet.«

»Aber ihr –«

»Ich habe zu tun, genau wie Ihr, Erzbischof«, unterbrach ihn Barbarossa. »Ihr entschuldigt mich.«

»Selbstverständlich, mein König.«

Barbarossa kam zu ihr herüber, Gisbert blieb bei den Wachen, und Enno hielt etwas Abstand.

Barbarossas Männer lassen ihren König genauso wenig aus den Augen wie mich, ging es Adela durch den Kopf. Fürchtete Barbarossa den zweiten Mann? Den Mörder, von dem Ditho gesprochen hatte?

Adela suchte Ennos Blick und fand ihn für die Dauer eines Lidschlags. Seit ihrem Gespräch auf dem Schiff hatte sie mehrmals mit Enno geredet, und schließlich hatte er eingelenkt. Wie es schien, hatten seine Eltern eine Burg im Sachsenland, die verfiel, und Enno hatte durchaus Verwendung für den Schmuck, den sie ihm anbot. Adela hatte sich den Weg aus ihrem Gefängnis teuer erkauft, aber noch war sie nicht draußen.

Barbarossa trat zu ihr hin und winkte den Benediktiner mit einem Nicken fort. Der Mann beugte sein Haupt tief und verschwand.

»Steht dir gut. Das Gewand, meine ich.« Barbarossa lächelte, doch Adela kam es so vor, als sei das nur eine Fassade.

»Hast du Angst?«

»Wovor? Vor der Krönung?« Er lachte und senkte die Stimme. »Oder davor, dich Ditho in die Hölle hinterherzuschicken?«

»In die Hölle? Ich denke, in die Hölle kommt man für das Schlagen Unschuldiger, für Zügellosigkeit und Rachsucht. Und für das Töten eines ungeborenen Kindes.«

Barbarossa kniff die Augen zusammen. »Wann soll ich das verbrochen haben?«

»Oh, du wirst es erst tun. Wenn du mich hängen lässt.«

Der König stockte und beugte sich zu ihr hinab. Sie roch seinen weingeschwängerten Atem. »Was willst du mir damit sagen, Weib?«

»Dass ich keine … wie sagtest du immer, ›vertrocknete Ziege‹ bin. Vielleicht hast du ja auch ein Problem? Vielleicht solltest du zu einem Medicus gehen, damit er dir hilft?«

»Du bist schwanger?« Barbarossa hatte die Worte geflüstert, unwillkürlich griff er sich an den Hals.

Adela nickte. »Ja. Meine Blutung ist zehn Tage überfällig. Und ich denke, es ist von Ditho. Aber wer weiß? Vielleicht ist es ja auch von deiner letzten Schändung? Wenn du nicht ein Problem hast. Da unten, meine ich.«

Barbarossa presste die Lippen zusammen, bis alles Blut daraus gewichen war. Er reckte sich und holte mit der flachen Hand weit aus. Adela duckte sich in Erwartung des Schlages.

»Herr! Nicht!«

Barbarossa hielt inne und starrte wütend zu der Person, die es gewagt hatte, die Stimme zu erheben.

»Es ist immer noch das Haus Gottes!«, fügte Enno etwas leiser hinzu.

Barbarossa erstarrte. Gisbert, die Wachen, der Erzbischof und die Messdiener blickten erschrocken zu ihm hinüber. Barbarossa zögerte und ließ dann die Hand sinken. Er zischte Adela an, sodass die anderen es nicht hören konnten: »Der Strick ist zu gut für dich. Du wirst brennen.«

Dann wandte er sich ab und ging zum Portal. »Legt ihr morgen früh ein anständiges Kleid an, dann bringt sie zu Krönung.«

»Ja, Herr. Aber –« Enno stellte sich ihm in den Weg.

Barbarossa blieb stehen und bellte ihn an. »Was denn jetzt noch, Enno? Was ist?«

Enno nickte zu Adela. »Sie sollte baden, Herr. Sie sieht schrecklich aus. Und sie riecht. Das wird sich nicht gut machen.«

Barbarossa blickte sich zu Adela um und reckte das Kinn, fast schien es, als würde er aus der Distanz schnuppern. Er verzog den Mund. »Bringt sie vor der Krönung ins Badehaus. Aber lasst sie nicht aus den Augen.«

Barbarossa verließ eilig die Kirche. Adela fing Ennos Blick und nickte unmerklich. Sie war noch nicht draußen.

Aber sie konnte die Tür schon sehen.

9. März 1152, Aachen

Leichter Nieselregen fiel auf das Dach des schmalen zweistöckigen Gebäudes, das die Königshalle und die mächtige Pfalzkapelle miteinander verband. Der einsetzende Wind trieb verblichene Blätter vom letzten Herbst über den Hof. Kein angemessenes Wetter für eine Krönung, fand Adela, aber bei ihrer Flucht würden die trübe Sicht und der Bodennebel helfen.

Sie ging vor Gisbert den Arkadengang im zweiten Stock entlang und ließ den Blick über den Innenhof der Pfalz schweifen. Die Menschen hatten unter Planen und in ihren Wagen Schutz vor dem Regen gesucht. Die Rauchfahnen der Feuer wurden zu Boden gedrückt, das Gras war zu einem schlammigen Morast geworden. Die ersten Fürsten strömten mit ihrem Gefolge in die Pfalzkapelle, und die edlen Damen hielten ihre reichbestickten Seidenhauben fest, damit der Wind sie nicht davontrug.

»Beeilt Euch. Wir haben nicht viel Zeit.« Gisbert stieß ihr die Hand in den Rücken und schubste sie vorwärts. Er, Enno und zwei Wachen Gisberts begleiteten sie ins Badehaus.

Adela konnte das Gebäude zwischen den Stützbalken des Arkadengangs und hinter dem Marienmünster aufblitzen sehen. Einmal war sie schon hier gewesen, in Aachen, im Badehaus, und hatte die wohltuende Wirkung der warmen Quellen genossen. Damals war Sommer, und die Sonne hatte auf der Wasseroberfläche geglitzert wie tausend kleine Sterne, die ins Becken gefallen waren. Das Badehaus war ein Viereck, in dessen offenem Innenhof sich das große Becken befand. Kleinere Becken, Wannen, Liegen und Schwitzkammern waren in dem überdachten Geviert untergebracht, das den Innenhof umgab.

Adela dachte an die wohltuende Wärme, die die Fußbodenheizung, ein Überbleibsel aus der Römerzeit, ihren nackten Füßen gespendet hatte. Jetzt waren ihre Füße eiskalt. Die Männer hatten ihr nicht gestattet, das dünne Büßergewand abzulegen; ihr kostbares Kleid für die Krönung trug sie unter dem Arm.

Enno ging an ihr vorbei, öffnete die Tür zum Torhaus, in dem der Gerichtssaal der Pfalz lag. Sie nahmen die Treppe nach unten und traten durch eine weitere Tür zu ihrer Linken ins Freie. Adela und die Männer bahnten sich einen Weg durch die kampierenden Schaulustigen. Die Händler rollten die Planen vor ihren Ständen nach oben, Feuerholz wurde von Handkarren abgeladen und landete mit einem Schmatzen im Schlamm. Von irgendwoher hörte man das ängstliche Quieken der Säue, die für das Festmahl geschlachtet wurden. Eine Dame führte ein zahmes Wiesel an der Leine und beäugte Adela und ihre Begleiter neugierig.

»Da entlang!«, sagte Gisbert und deutete auf das Badehaus.

Adela schielte unauffällig zu dem Palisadenzaun, der sich direkt hinter dem Gebäude erhob. Eine Leiter führte zum Wehrgang hinauf, und Adela registrierte zufrieden, dass die Wachen nicht darauf patrouillierten, sondern sich in die hölzernen Türme an den Ecken des Walls und an den Toren zurückgezogen hatten. Wie hoch war der Zaun aus angespitzten Baumstämmen wohl? Zwei Mannslängen? Wenn sie darüberkletterte und sich an der Spitze eines Stammes festhielt, würde sie springen können. Hinter dem Palisadenzaun lagen etwa hundert Schritt freies Feld, das lediglich durch niedrige Zäune sowie einige Steinmauern und Hecken in rechteckige Parzellen unterteilt war. Die musste sie überwinden. Dahinter begann der Wald. Sie würde es schaffen. Vielleicht würde man sie auf dem Palisadenzaun gar nicht bemerken.

Enno hielt ihr die bronzebeschlagene Tür zum Badehaus auf, und Gisbert wies seine Männer an, vor dem Gebäude zu warten und niemanden einzulassen. Dann betrat er hinter Enno und Adela das Gebäude. Der Marmor auf dem Boden und an den Wänden gab dem Badehaus zusammen mit den Säulen eine Anmutung von vergangener Größe, von den Zeiten der Römer, wie Adela sie sich vorstellte. Zu beiden Seiten der kleinen Vorhalle zweigten Gänge ab, die zu den Schwitzräumen und Badezubern führten.

Adela trat durch den Durchlass gegenüber der Eingangstür und stand im Innenhof. Die warme Feuchtigkeit des Wasserbeckens benetzte ihre Haut mit einem Schleier, und Adela schloss für einen Moment die Augen, um das Gefühl zu genießen.

»Was ist? Wird's bald?« Gisbert verschränkte die Arme und blieb unter dem Arkadengang an eine Säule gelehnt stehen. Enno trat hinter ihn.

Adela spürte die Blicke der Männer im Rücken, wusste, dass sie warteten. Darauf, dass sie sich auszog.

Sie ließ ihr kostbares Kleid auf die Marmorplatten fallen, trat an das Becken und löste das graue Band am Kragen des Büßergewandes. Der Stoff glitt an ihrem Körper hinab zu Boden. Sie war nackt darunter.

Adela hörte, wie Gisbert schmatzte, und konnte nicht umhin, zu lächeln. Sie drehte sich um und hob die Arme, wie um sich zu präsentieren. »Ist es das, was Ihr sehen wollt? Eine nackte Frau? Die nackte Frau Eures Herrn?«

Gisbert zuckte, und Enno senkte den Blick. Dann straffte Gisbert sich, musterte sie von oben bis unten und lächelte schief. »Ihr seid die längste Zeit seine Frau gewesen. Ihr habt bis zum ersten Glockenschlag Zeit, dann hole ich Euch wieder ab.« Gisbert wandte sich an Enno. »Du bleibst bei ihr. Ich muss den König holen und in die Kapelle bringen.«

Der Stallmeister nickte und grinste vieldeutig. »Ihr könnt Euch Zeit lassen, Gisbert.«

Gisbert lachte und schlug Enno auf die Schulter. »Tu, was du nicht lassen kannst. Hauptsache, sie kann noch gehen.« Er trat durch den Durchlass zum Tor des Badehauses und verschwand.

Enno wartete einen Lidschlag lang, dann schlich er hinter ihm her und legte sein Ohr an die bronzebeschlagene Tür. Er lauschte, machte einen Schritt zur Seite und spähte durch ein schmales Fenster neben dem Eingang. Dann drehte er sich um und ging zu Adela, die rasch in ihr Kleid schlüpfte. Enno schwitzte und atmete stoßweise. »Er ist gegangen, aber die Wachen hat er dagelassen.« Enno deutete über das Wasserbecken hinweg. »Dort ist eine Tür. Sie führt zum Ofen für die Bodenheizung. Neben dem Ofen ist der Hinterausgang. Er ist von innen verriegelt, aber Ihr müsst den Riegel nur hochschieben. Dann steht Ihr im Hinterhof, wo das Brennholz gelagert wird. Öffnet das Gatter. Dort findet Ihr die Leiter zum Palisadenzaun. Gott sei mit Euch, Herrin.«

Sie schloss die Tassel an ihrem Umhang und drückte Enno einen kurzen Kuss auf die Wange. Erstaunt hob er den Blick. »Danke«, sagte Adela. »Für alles.«

Sie wollte gehen, doch Enno hielt sie fest. Erschrocken wandte sie sich um. Enno hielt einen Dolch in den Händen. Adela fuhr zusammen.

»Hier«, sagte Enno. »Den wolltet Ihr doch.«

Adela nickte stumm und steckte den Dolch ein. Doch Enno ließ sie immer noch nicht los. »Ihr müsst noch etwas tun.«

Adela blinzelte. »Was denn?«

Enno lief zu einem erloschenen Kohlebecken an der Wand und griff nach einem Schürhaken. »Ihr müsst mich niederschlagen. Es muss so aussehen, als hättet Ihr mich überwältigt.«

Adela schluckte, als er ihr das schwere Eisen in die Hand drückte. »Ich soll Euch …? Das kann ich nicht, Enno.«

Enno legte seine Hand um die ihre und schloss sie fest um den Schürhaken. »Es geht ganz leicht. Hebt den Haken einfach an, und schlagt mit voller Wucht zu. Ihr müsst es tun, Herrin, sonst wird man mich hängen. Vielleicht hängt man mich so oder so. Ihr kennt seinen Zorn.«

»Oh ja, den kennen wir alle«, kam es vom Durchlass.

Adela und Enno fuhren herum. Gisbert stand dort und lehnte mit verschränkten Armen lässig an der Wand. Hinter ihm betraten die beiden Wachen das Badehaus. »Sein Zorn bin ich, und ich werde über Euch kommen.«

* * *

»Das schmeckt mir nicht! Wo bleiben die so lange? Warum kommen sie nicht mehr heraus?«

Ditho antwortete nicht. Sein Blick blieb weiter auf das Badehaus geheftet, in dem Adela vor Kurzem verschwunden war. Wenig später war Gisbert herausgekommen, hatte mit den Soldaten gesprochen, dann war er um das Gebäude herumgegangen und schließlich zusammen mit den Soldaten wieder hineingegangen. Warum? Und was sollte er nun tun? Hineingehen oder lieber abwarten? Die Glocke des Marienmünsters läutete, die Krönung würde bald beginnen.

Ditho blies sich seinen warmen Atem in die Hände. Er und Gernot lagen bäuchlings auf dem Dach des Atriums, einem Säulenvorhof, der dem Münster vorgebaut war. Die Ziegel drückten gegen Dithos Brust, unter Gernots schwerem Körper knirschten sie bei jeder Bewegung. Als sie heute im Morgengrauen hierhergekommen waren und hinaufkletterten, schien ihr Beobachtungsposten ideal zu sein. Gernot hatte gestöhnt, als Ditho ihn durch den Säulenvorbau hinter sich hergezogen hatte und sie dann über eine steile Leiter in den Dachstuhl und von dort aus auf den First klettern mussten. Sein geschundener Körper war nach dem Gewaltritt von Frankfurt bis Aachen total erschöpft. Aber Gernot hatte nach wie vor darauf bestanden, Ditho zu begleiten.

»Wenn Barbarossa uns die alte Feindschaft nimmt, soll er eine neue dafür bekommen«, hatte Gernot aus gefletschten Zähnen hervorgepresst, als sie nach ihrer Flucht aus dem Kerker in Frankfurt zum ersten Mal anhielten, um zu rasten.

Ditho vermutete zwar, dass der ehemalige Vogt von Wangen ihn vielmehr aus Mangel an Alternativen begleitete, als um sich an Barbarossa zu rächen, aber er hatte dem kahlköpfigen Bullen auf die Schulter geklopft und sich bedankt.

Auch Ditho hatte seine Beine nicht mehr gespürt, als sie nach drei Tagen zu Pferde und nur ein oder zwei Stunden Rast jede Nacht, im Schutze einer Baumgruppe vor den Toren Aachens abgesessen waren. Zu zweit, ohne Jasmo. Der Hofnarr hatte nach einem Tag auf einem großen Pferd eingesehen, dass er seinen Freund eher aufhielt, als dass er ihm half. Er wollte nachkommen.

Ditho hatte ihn zum Abschied an sich gedrückt und »Auf bald« gesagt, nicht wissend, ob er Jasmo jemals wiedersehen würde.

Der Ochsenkarren eines Tuchmachers hatte Ditho und Gernot in die Pfalz gebracht. Die Tore waren bewacht, zahlreiche Händler warteten auf Einlass, um ihre Waren während der Krönungsfeier feilzubieten. Ditho und Gernot waren unter den Karren gekrochen und hatten sich von unten an den Brettern der Ladefläche festgehalten. Die Soldaten am Tor warfen einen kurzen Blick auf die Waren und hatten den Tuchhändler dann hineingewunken.

Ditho nahm an, dass ihnen nur wenige Stunden blieben, bis Boten aus Frankfurt eintrafen, die von seiner Flucht berichten würden. Bis dahin musste er Adela gefunden haben.

Gernot kratzte sich am Gesäß und zog dann seinen Umhang enger um den Hals. »Saukalt hier. Was machen wir denn jetzt, Welfchen?«

Ditho schwieg beharrlich. Inzwischen waren auch das Badehaus und das Münster von einer Menschenmenge umgeben, überall wurden neue Zelte aufgebaut und Karren entladen. Kinder liefen lärmend zwischen angebundenen Kälbern und zwischen Bettlern umher, Schaulustige umringten zwei Beutelschneider, die an Schandpfählen festgebunden waren, eine Gauklertruppe führte auf ihrem Wagen Kunststückchen vor, und zwischen all dem hing der Nebel wie ein grauer Schleier. Unmöglich zu sagen, ob Adela und die anderen, allein oder zusammen, aus einer Seitentür des Badehauses gekommen waren.

»Welfchen? Sprichst du nicht mehr mit mir, oder sind deine Lippen taub gefroren?«

»Ich habe nachgedacht, Gernot.«

»Und zu welchem Schluss, oh du Einäugiger unter uns Blinden, bist du gekommen?«

Ditho ertappte sich dabei, wie er über seinen alten Feind schmunzelte. Gernot hatte ein Herz, auch wenn er das bisher gut verborgen hatte. »Du wirst zu den Schlafhäusern der Bediensteten gehen, das sind die flachen Lehmhütten dort drüben. Such etwas Brennholz oder besser Lumpen und Stroh und schichte es an einer Außenwand auf, so als wolltest du dir ein regengeschütztes Lager unter dem Dach errichten. Dann geh, und besorg dir etwas Branntwein.«

»Dann lass ich mich aus Kummer volllaufen und leg mich schlafen, richtig Welfchen?« Gernot grinste, was ihm ein furchterregendes Aussehen verlieh.

»Falsch. Ich gehe in das Badehaus. Wenn alles gutgeht, bringe ich Adela mit. Dann gießt du den Branntwein über die Lumpen und das Stroh und zündest es an. Das Feuer wird auf das Haus übergreifen, aber da ist gerade sowieso niemand drin. Die Wachen am Tor werden abgelenkt sein und zum Feuer eilen, und in dem Trubel verschwinden wir.«

Gernot nickte. »Und was, wenn es nicht gutgeht? Was, wenn du nicht kommst?«

»Dann hau ab, und bete für uns.«

Gernot nickte grimmig. Er zog einen alten Kanten Brot aus der Tasche, brach ihn und gab Ditho die Hälfte. »Lass dich nicht erwischen, Welfchen.« Er rutschte zur Dachluke, kletterte hinein und verschwand aus Dithos Blickfeld.

Ditho wollte einen Moment warten und ihm dann folgen, als er sah, wie zahlreiche Wachen das Gebäude betraten. Was ging da vor?

Er spähte über die Dachkante zur Königshalle. Barbarossa verließ die Halle und trat, begleitet von Soldaten, in den Verbindungsbau zum Marienmünster. Der Nieselregen focht den neuen König nicht an, er konnte trockenen Fußes in seine Kirche gehen. Fürsten und Gefolge strömten von allen Seiten zum Münster.

Die Krönung begann.

Ditho fragte sich, wo Gisbert steckte, dessen Aufgabe es war, den König zu schützen. Die Menge im Hof jubelte Barbarossa zu, als sie ihn zwischen den Säulen des Verbindungsbaus entdeckte. Vermutlich waren die Wachen zum Schutz des Königs in das Atrium getreten, auf dessen Dach Ditho lag. Er fluchte, weil er nicht auf demselben Weg aus dem Gebäude kommen würde wie Gernot. Vorsichtig kroch er über die nassen Ziegel am First entlang. Dann richtete er sich auf. Mit einem beherzten Sprung überwand er die Kluft zwischen dem Säulenbau und dem Vordach des Münsters. Er kletterte auf einen schmalen Steg unterhalb des Daches und ging in vierzig Fuß Höhe um die Kirche herum. Die Dachziegel schepperten unter seinen Füßen. Durch die bunten Fenster konnte er sehen, wie sich das Oktogon füllte. Eine Heerschar von Messdienern und Klerikern aller Hierarchien zog mit einer Prozession in den Kirchenraum, während ein Choral erklang und Weihrauchfässer geschwungen wurden.

Ditho ließ sich auf das Dach einer niedrigeren Seitenkapelle hinab, rutschte über die nassen Ziegel hinunter, hielt sich an Statuen und Simsen fest und sprang von einem Mauervorsprung nach unten. Er duckte sich zwischen zwei Karren und schlich an einer Gruppe Büttel, die die Gewichte der Fleischwaagen an einem Stand prüften, vorbei zum Badehaus.

Das Gebäude schien verlassen, anscheinend gedachte heute niemand, um diese Zeit ein Bad zu nehmen. Ditho ging um das Gebäude herum, stemmte sich an einem Stapel Brennholz hoch, der an der Außenmauer aufgeschichtet war, und spähte durch ein Fenster. Ruhig lag das Wasserbecken im fahlen Sonnenlicht, Dunstwolken stiegen von der Oberfläche träge zum Himmel. Niemand war im Badehaus zu sehen.

Plötzlich hörte er Schritte hinter sich.

Ditho duckte sich auf dem Brennholzstapel und wartete, bis eine Gruppe Köhler mit ihren Säcken auf dem Rücken an ihm vorbeigegangen war. Dann packte er einen knorrigen Ast vom Holzstapel, kletterte durch das Fenster und ließ sich geräuschlos auf die Marmorplatten im Inneren des Badehauses hinab. Wasser plätscherte aus einem Brunnen an der Wand, ansonsten war alles still. Fast zu still. Ditho trat einen Schritt vor und lauschte.

Da war noch etwas.

Ein Stöhnen.

Ditho ging hinter einer Säule in Deckung. Keine zehn Schritt entfernt, hinter einer weiteren Säule, lag etwas. Auf dem Boden war Blut. Es rann in einer langen dünnen Spur zum Becken und tropfte ins Wasser.

Ditho hielt den Atem an. »Adela?«

Er schoss vorwärts und kniete sich neben den leblosen Körper.

Es war nicht Adela.

Es war ein Soldat, sein Hals eine einzige klaffende Wunde, der Schnitt hatte den Kopf fast vom Rumpf getrennt. Wenige Schritt entfernt lag ein zweiter toter Soldat.

Dithos Magen krampfte sich zusammen. Was war geschehen? Wo war Adela? Wieder das Stöhnen. Ditho fuhr herum und sah ihn in einer Ecke zwischen einer Bank und einem Regal eingeklemmt.

Gisbert.

Er hatte die Hände auf den Bauch gepresst, und zwischen seinen Fingern quoll es blutig hervor. Gisbert versuchte, seine Eingeweide in die tiefe Bauchwunde zurückzudrücken. An seinen Mundwinkeln liefen dünne Fäden Blut hinab über das Kinn bis zum Hals.

Ditho sprang auf und rannte hinüber. Gisbert war kaum noch bei sich, sein Blick war glasig, er schien in die andere Welt hinüberzugleiten. Ditho schüttelte ihn sanft. »Gisbert! Wo ist sie? Was ist geschehen?«

Gisbert hob mühsam die Lider, der Mund war verzogen, als würde er grinsen. »Ditho«, keuchte er. »Steckst ... wieder in Schwierigkeiten, hm? Steckst ... immer in Schwierigkeiten.«

»Wo ist sie? Wo ist Adela, und wer hat das getan?«

Gisbert starrte auf die Eingeweide in seinen Händen. »Ich hab nur ... meine Pflicht getan, Ditho ... Friedrich ... Friedrich sollte doch König werden, nicht? Und der ... Pfaffe ...« Gisbert hustete Blut auf seinen Umhang.

Ditho strich ihm die verschwitzten Haare aus dem Gesicht. »Sprichst du von Anselm?«

»Er ... wollte ... alles vermasseln ... aber wir hatten doch schon unseren Pfaffen ...« Gisberts Gesicht verzerrte sich im Schmerz, sein Körper krampfte sich zusammen.

Ditho stützte ihn. »Wo ist Adela, Gisbert? Sag es mir!«

Gisbert keuchte, dann blieb er mit weit aufgerissenen Augen reglos sitzen.

Er war tot.

»Gisbert!«

»Er kann es dir nicht mehr sagen, Ditho. Das kann nur ich.«

Ditho fuhr herum. Vor ihm stand Enno.

Er hatte eine Armbrust in der Hand und richtete sie auf Ditho.

* * *

Langsam stand Ditho auf. Enno folgte jeder seiner Bewegungen mit der Armbrust. Seine Augen schimmerten eisblau. Wo Ditho sonst eine tiefe Wärme zu sehen geglaubt hatte, war jetzt nur Kälte. Eiseskälte.

Enno war der Mann, den er seit drei Wochen suchte.

»Du.«

»Ja, ich.« Enno lächelte selbstgefällig. »Ich hatte schon nicht mehr mit dir gerechnet.« Enno begann ihn zu umkreisen, die Armbrust auf Dithos Kopf gerichtet, seine Handschuhe waren mit Blut beschmiert.

Ditho schwieg.

»Du wirkst überrascht? Dabei hatte ich dich für überaus aufgeweckt gehalten, Ditho. Das mit dem Lazarett-Ritter hat mich beeindruckt. In Köln bist du uns schon sehr nahe gekommen.«

»Wer war dieser Mann?«

»Roderich? Er war mein Bruder.«

»Du hast deinen eigenen Bruder getötet?«

Ennos Lächeln gefror. »Nein. Das warst du, Ditho. Du hast mich dazu gezwungen. Die Krankheit hatte ihn verwirrt. Er hätte geredet.«

»Sie ist zu dir gelaufen. Wiltrud. Als sie in den Stall rannte. Weil man den Stallmeister fast immer dort findet. Sie wollte eine Erklärung von dir, wollte wissen, warum du versucht hast, sie umzubringen.«

»Ja, das arme dumme Ding. Sie hat gedacht, dass ich sie liebe. Sie hat nicht einmal verstanden, dass sie sich mit Aussatz angesteckt hatte.« Enno blickte kurz zu Boden und lächelte verlegen, wie ein Junge, den man beim Naschen ertappt hatte. Als Ditho einen Schritt nach vorn wagte, hob Enno blitzschnell die Hand mit der Armbrust. »So gern ich es täte, Ditho, aber wir haben keine Zeit zum Plaudern. Wir haben eine Aufgabe.«

»Wir? Wo ist Adela?«

»Du willst Adela?«

»Was glaubst du, warum ich hier bin, du kranker Bastard?«

Enno schüttelte in gespielter Entrüstung den Kopf und schnalzte mit der Zunge. »Ich glaube, du bist hier, weil ich das so eingefädelt habe. Ich glaube, du bist hier, weil der Pfaffe dir den Schlüssel zu deinem Gefängnis gegeben hat. Ich glaube, du bist hier, weil Roderich tot ist und ich einen zweiten Mann brauche.«

»Wo ist sie, Enno?« Ditho trat Schritt für Schritt näher, obwohl Enno die Armbrust auf ihn richtete.

»Sie wird sterben, Ditho, wenn du nicht tust, was ich dir sage. Sie wird nicht durch meine Hand sterben. Ich habe sie an einem Ort versteckt, an dem sie sterben wird, wenn ich *nichts* dagegen tue. Sie wird sterben, wenn ich nicht eingreife, und ihr Mörder weiß noch nicht einmal, dass er sie tötet.«

Ditho schwieg, aber er blieb stehen. Enno nickte. »Wir haben eine Aufgabe. Wir müssen Barbarossa töten. Und dazu brauche ich dich.«

»Das griechische Feuer? Wie bei Jasmo?«

Enno wirkte für einen Lidschlag überrumpelt, dann fing er sich wieder und lächelte dünn. »Ja. Wie bei Jasmo. Und auch wie in Damaskus.«

»Damaskus?«

»Du wirst mir etwas besorgen, Ditho. Wie du Barbarossa etwas besorgt hast. Du wirst mir das Kästchen bringen.«

Dithos Hals schnürte sich zu, und die Dunkelheit in seiner Brust schien seinen Körper so plötzlich zu füllen wie ein umgekipptes Tintenfass, das auf einem Pergament verlief. »Was ist in dem Kästchen? Warum weißt du davon? Ich dachte, du warst beim Wendenkreuzzug.«

»Roderich hat den Heiden viel bezahlt, um die Wahrheit zu erfahren. Aber du hast keine Ahnung, nicht wahr? Du weißt gar nichts. Du hast auf deine kleine tragische Art und Weise genauso den Kopf verloren wie Roderich.«

»Was willst du von mir, Enno?«

Ditho brüllte ihn an, aber Enno lachte nur. »Du wirst mein Werkzeug sein, Ditho. So, wie du ihr Werkzeug warst. Bevor dies alles begann, dachte ich, ich lasse nur deinen Vater töten, um dich zu bestrafen für das, was du getan hast. Aber dann hat Barbarossa dich hineingezogen, und der heilige Johannes hat alles gefügt, wie es sich fügen muss.«

»Was? Was hab ich denn getan?«

Enno lächelte traurig. Er ließ die Armbrust ein wenig sinken und trat zu Ditho hin. »Ich muss jetzt gehen, Ditho. Der König erwartet mich, und ich habe Dinge vorzubereiten. Du wirst das Kästchen holen und es mir bringen. Es ist in der Truhe mit den Reichsinsignien. Du kennst sie.«

»Die Truhe ...« Vor Dithos Augen tauchte die mit silbernen Intarsien verzierte Truhe auf, die Barbarossa stets mit sich führte.

Enno schien Dithos in sich gekehrten Blick zu bemerken. »Genau. Sie steht im nördlichen Anbau in der Sakristei. Dort wird die Truhe bewacht, bis der Erzbischof von Köln kommt, um das Reichsschwert, die Krone und den Mantel daraus hervorzuholen und den König damit einzukleiden. Der Plunder interessiert mich nicht. Ich will nur das Kästchen, Ditho. Genau wie Barbarossa. Bring das Kästchen zum Thron in die Pfalzkapelle, und Adela wird leben. Sonst ist sie nach der Krönung tot.«

Enno streckte die Armbrust aus und drückte sie gegen Dithos Augenklappe. »Oder liebst du sie etwa nicht, Ritter Einauge?«

* * *

»Wo in Gottes Namen steckt ihr? Wo ist Gisbert, wo ist Adela?«

»Er ist bei ihr, er bewacht sie, Herr. Ditho ist aufgetaucht.«

»Was?« Barbarossa blieb stehen.

Arnold, der Erzbischof von Köln, der die feierliche Prozession in das Marienmünster anführte, bemerkte erst, dass etwas nicht stimmte, als er das Gemurmel der Umstehenden hörte und sich umdrehte. Enno war erst kurz vor dem Portal neben Barbarossa getreten und begleitete dessen Einzug in die Pfalzkapelle zusammen mit den zahlreichen Priestern und den ranghöchsten Fürsten.

Der Choral, den zwei Dutzend Benediktiner anstimmten, hallte durch das Oktogon und brach sich an der mit bunten Mosaiken verzierten Kuppel. Barbarossa nickte Arnold von Köln zu, und die Prozession schob sich weiter auf den Altar zu.

»Ditho?«, zischte Barbarossa über die Schulter. »Wie zum Henker kommt er hierher?«

»Wir wissen es nicht, Herr. Noch nicht. Wachen haben ihn vor der Pfalz entdeckt, aber nicht fassen können. Doch es schien ratsam, dass Gisbert die Fürstin bewacht. Vielleicht erwischen wir ihn so.«

Barbarossa presste die Lippen aufeinander. Ditho. Er ließ sich durch nichts aufhalten, wie es schien. War er tatsächlich so dumm und nahm die Gefahr nur wegen Adela auf sich? Oder glaubte er immer noch, dass es einen zweiten Mörder gab? Wollte er ihn, Barbarossa, schützen? Nach allem, was geschehen war? Barbarossa blickte zur Kuppel, wo Christus als Weltherrscher thronte und die Kronen der Ältesten aus der Apokalypse dargebracht bekam.

Die Krone.

War sie das alles wert? Den ganzen Hass? Die ganze Furcht? Denn Furcht war es, nichts sonst, die Barbarossa wie ein kalter Atem in den Nacken blies und ihn erschaudern machte. Was, wenn es stimmte? Wenn es noch einen Mörder gab, der ihn strafen wollte, wie Ditho gesagt hatte? Strafen für das, was in Damaskus geschehen war. Was als Kuhhandel begonnen hatte, um einer unausweichlichen Niederlage noch etwas abzugewinnen und der drohenden Blöße den bitteren Beigeschmack zu nehmen. Waren er und Konrad zu weit gegangen, hatten sie einen Frevel, eine Sünde begangen? Aber wer konnte davon wissen? Ditho schien ahnungslos zu sein. Aber was war mit seinem Freund, dem Sarazenen, den Barbarossa vor Tagen am Ufer des Rheins gesehen zu haben glaubte?

Der König ließ den Blick über Granit, Marmor und Gold schweifen, bis er auf dem schlichten Steinquader des Altars zu ruhen kam, wo die Reliquien des Münsters für den Festtag aufgebahrt waren. Das Lendentuch Christi, das Kleid der Gottesmutter Maria und das Enthauptungstuch von Johannes dem Täufer.

Barbarossa hatte sich die Übergabe des Kästchens an die Pfalzkapelle als einen Triumph vorgestellt. Konrad wollte es bei seiner Krönung zum Kaiser dem Papst in Rom übergeben, doch nach Konrads Tod war Barbarossa klar geworden, dass es hierher, nach Aachen, gehörte. Jetzt war er sich nicht mehr so sicher.

Die aberhundert Augen der Menschen beim Krönungsgottesdienst glühten vor Bewunderung, vor Ehrfurcht, vielleicht auch vor Neid, aber der König des Heiligen Römischen Reiches Deutscher Nation fühlte sich in diesem Moment schwach und schutzlos. Das Kästchen, das seinen Triumph hätte bedeuten sollen, kam ihm vor wie eine Phiole mit Gift, die ihn am Tag seiner Krönung das Leben kosten konnte.

Die Prozession vor ihm teilte sich, die Fürsten und Kleriker schritten links und rechts des Mittelganges zu ihren Plätzen, während Arnold von Köln hinter den Altar trat und Barbarossa davor stehen blieb. Gleich würde er niederknien müssen. Enno stand immer noch hinter ihm. Barbarossa sprach über die Schulter. »Sieh dich um, und dann geh nach oben und bewach den Thron. Ich will keine Überraschungen erleben, verstehst du?«

Enno senkte das Haupt und nickte ergeben.

* * *

Die beiden Wachen standen in der Sakristei, einem zweigeschossigen Anbau an das Oktogon im Mittelpunkt des Marienmünsters. Der liturgische Gesang des Erzbischofs drang durch die schwere Holztür zu ihnen.

Einhard, ein schlanker junger Mann mit hoher Stirn und schütterem blonden Haar trat an den Tisch in der Mitte des

Raumes und legte die Hände auf die Truhe, die sie bewachen sollten. Silberne Bänder umspannten die Bretter der Kiste von allen Seiten, lagen wie ein Gitter über dem fast schwarzen Holz. Der Schlüssel steckte im kunstvollen Schloss. Einhards Hand legte sich um den Schlüssel.

»Nimm die Finger von der Truhe! Keiner darf die Krone berühren, außer dem Erzbischof und dem König!«

»Ist ja gut, Winrich, beruhige dich!« Einhard hob abwehrend die Hände und trat einen Schritt zurück.

Winrich drehte sich wieder zur Tür, die die Sakristei vom Oktogon trennte. Er spähte durch eine Ritze, durch die er zumindest einen kleinen Teil der Krönungszeremonie verfolgen konnte. Barbarossa kniete vor dem Altar, und der Erzbischof von Köln trat von hinten an ihn heran. »Es geht los! Sie nehmen dem König den Umhang ab. Bald steht er nur noch im Hemd vor der Gemeinde. Was meinst du, Einhard, wie sieht wohl das Hemd eines Königs aus?«

Einhard antwortete nicht.

Winrich hörte ein Rascheln und drehte sich um. »Einhard?«

Der Raum war leer, der Platz an der Truhe, wo Einhard eben noch gestanden hatte, verwaist.

»Einhard, wo bist du? Was soll das? Wird das ein Versteckspiel?« Winrich ging auf den Tisch zu. Er konnte den ganzen Raum überblicken, aber von Einhard war nichts zu sehen. Winrichs Herz schlug schneller. Was ging hier vor? Sein Blick wanderte nach oben. Eines der Fenster, weit über ihm, stand offen.

Winrich blickte wieder nach unten. Auf den Steinplatten entdeckte er eine Schleifspur, die zu dem bis zum Boden reichenden Tischtuch führte. Er hielt den Atem an und zog, so leise es ihm möglich war, sein Schwert aus der Scheide. Dann ging er in die Hocke und stieß mit voller Kraft sein Schwert durch das Tischtuch unter den Tisch. Die Klinge hieb ins Leere. Der Riss im Tischtuch gab den Blick auf den reglos daliegenden Einhard frei. Sonst war dort niemand. Winrich sprang auf und wollte zur Tür rennen, doch der Mann stand direkt vor ihm.

Der Ritter mit der Augenklappe.

Winrich wollte schreien, doch Dithos Handkante schnellte vor und versetzte ihm einen kurzen, kräftigen Schlag gegen den Kehlkopf. Winrichs Schrei wurde zu einem tonlosen Röcheln. Er holte mit seinem Schwert aus, aber der Einäugige drehte sich blitzschnell um die eigene Achse, packte Winrichs Schwerthand, bog ihm das Handgelenk um, und Winrich spürte den stechenden Schmerz, noch bevor er das Knacken hörte.

Ditho ging in die Hocke, fing das Schwert auf, ehe es zu Boden fiel, versetzte Winrich mit dem Ellenbogen einen Schlag gegen die Kniescheibe, stand wieder auf und versetzte ihm noch einen Schlag mit dem Ellenbogen gegen die Schläfe. Winrich sackte zusammen, und Ditho fing ihn auf und ließ ihn sanft zu Boden gleiten. Dann schob er Winrich zu seinem Kumpan unter den Tisch, richtete sich auf und trat an die Truhe.

Dithos Herz schlug wie der Hammer eines Schmieds, der ein glühendes Eisen nicht kalt werden lassen will. Aber nicht vor Anstrengung. Zitternd streckte er die Hand aus und drehte den Schlüssel im Schloss.

… um dich zu bestrafen für das, was du getan hast!

Aber was? Was hab ich getan? Ditho fühlte, wie die Schwärze seinen Geist überflutete, als er den schweren Deckel der Truhe aufklappte. Darin sah er das Schwert. Das Reichsschwert. Die Inschrift CHRISTVS · VINCIT · CHRISTVS · REIGNAT · CHRISTVS · INPERAT leuchtete auf der Klinge im von oben einfallenden Sonnenlicht auf.

Ditho verspürte einen Schmerz in der Brust, als er das Kästchen neben dem Reichsmantel und der Krone entdeckte. Ein perfekter Würfel mit der Seitenlänge einer Handspanne und mit Hunderten goldenen Nägeln beschlagen.

Wenn Christus herrscht, wie die Inschrift es sagt, dann soll er mir jetzt helfen, zur Hölle!

Er nahm das Kästchen aus der Truhe heraus. Seine Hände zitterten so heftig, dass er kaum den fingerlangen Riegel aus dem Verschluss des Kästchens bekam.

Er holte tief Atem.

Er klappte den Deckel auf.

Und sah alles wieder vor sich.

27. Juli 1148, Damaskus

Es staubt. Fatih zieht mich hinter sich her durch die Gassen von Damaskus. Trotz der frühen Morgenstunden stehen überall Wachen, und Soldaten patrouillieren in den Straßen. Man schenkt uns wenig Beachtung, und das ist mir gerade recht.

Am Straßenrand liegen zahlreiche Verwundete, Gliedmaßen fehlen, Gesichter sind von Verbänden umhüllt, Blut sickert in den trockenen Boden. Ziegen laufen wild blökend durch den Staub, und es riecht nach menschlichen Ausscheidungen und nach verbranntem Fleisch, wie bei uns im Lager.

Fatih drückt mich in eine Seitenstraße, ich sehe eine riesige Moschee, wir überqueren einen Platz und tauchen in ein Gewirr kleiner Gassen ein. Es wird wieder warm, und ich bin erschöpft von unserem Weg, der uns die halbe Nacht gekostet hat. Ich kann in diesem Labyrinth unmöglich zurückfinden, denke ich, doch dann sehe ich die Mauer und die Bresche, die unsere Katapulte hineingeschlagen haben, und wieder zieht Fatih mich in eine Gasse hinein. Wir laufen hastig eine Treppe hinab, biegen um eine Ecke, dann geht es noch einmal zwanzig Stufen hinunter.

Fatih klopft an eine verwitterte Holztür. Stille, dann hören wir Schritte. In der Mitte der Tür geht eine kleine Klappe auf, und ein schwarzes Auge mustert uns, besonders mich mustert es. Ein Schlüssel dreht sich kreischend im Schloss, ein Riegel wird zurückgezogen, die Tür geht auf, dann erscheint ein Mann, ein Soldat, das Gesicht von einem Tuch verhüllt. Er macht einen Schritt zur Seite, und Fatih schiebt mich hinein.

Meine Augen gewöhnen sich nur langsam an das Zwielicht des Kellers. Es ist kühl hier unten, der Raum ist riesig. Ein Lagerkeller, bis zur Decke angefüllt mit Fässern, Körben und

Krügen. Und angefüllt mit Menschen. Ich höre das Wimmern, bevor ich sie sehe. Kinder. Kaum älter als sechs, sieben Jahre. Viele jünger. Sicher zwei Dutzend und ein Dutzend Frauen dabei, an deren Gewänder sich die Kinder ängstlich schmiegen, als sie mich sehen.

Und Soldaten, drei oder vier. Sie haben das Schwert gezückt.

Ein dicker Mann in einem rot und gelb glänzenden Umhang tritt auf mich zu, er ist nicht verhüllt, er ist alt und hat einen Bart, und er scheint hier der Befehlshaber zu sein. Ich bin mir sicher, dass er mein Mann ist, weil er ein Kästchen hat. Das Kästchen mit den Schlüsseln zu den Stadttoren und den Plänen der Stadt und ihren geheimen Eingängen. Dann sehe ich noch jemanden, und es verwirrt mich.

Zwei weiße Frauen sind da, blondes Haar, blaue Augen, so wie ich.

Die eine ist jung und sehr schön, die andere älter, verhärmt, aber mit edlen Zügen, ihre Mutter vermutlich. Sie tragen Gewänder wie sarazenische Frauen, ihre Augen sind verweint, ihre Gesichter haben Schrammen. Ich muss an den Johanniter denken, der im Lager gegen die Erstürmung von Damaskus aufbegehrt hat, weil seine Mutter und seine Schwester hier gefangen gehalten werden.

Als ich das Tuch vor meinem Gesicht ablege und sie meine Augen sehen, reißt sich die Mutter von ihrem Bewacher los und stürmt auf mich zu. »Helft uns! Sie haben uns entführt! Holt uns hier heraus, Ihr müsst –«

Aber da hat der eine Soldat sie schon an den Haaren gepackt und zurückgerissen. Ein paar Kinder fangen an zu weinen.

Ohne zu überlegen, gehe ich dem Soldaten nach und will der Frau helfen, doch ein anderer Sarazene stellt sich mir in den Weg und drückt mir die Hand gegen die Brust.

Ich greife nach meinem Schwert, jemand schreit, doch dann hebt der ältere Mann die Hand, und es wird wieder ruhig.

Der Soldat, der sich mir in den Weg gestellt hat, tritt zurück, ich nehme die Hand vom Schwertknauf.

Der dicke Alte macht einen Schritt auf mich zu.

Er streckt mir das Kästchen hin und hält gleichzeitig die andere Hand auf. »Was immer auch passiert, du musst uns das Kästchen bringen, Ditho!«, höre ich Friedrichs Stimme in meinem Kopf. Ich greife nach dem Beutel mit dem Gold an meinem Gürtel. »Was ist, wenn sie uns betrügen?«, hatte ich Friedrich gefragt. »Was, wenn es falsche Schlüssel sind, falsche Karten?«

Ich greife nach dem Kästchen.

»Das werden sie nicht, und es muss dich auch nicht kümmern. Wir haben alles vereinbart. Schaff einfach nur das Kästchen heraus. Das ist deine Aufgabe.«

Ich will dem Alten den Beutel in die Hand drücken, aber dann überlege ich es mir anders. Ich deute auf die beiden Frauen.

»Sie gehören nicht hierher. Ihr habt sie entführt. Ihr Bruder ist in unserem Lager. Ich will sie dazu.«

Ich warte, während Fatih übersetzt. Der dicke Alte hört zu, dann zuckt ein freudloses Lächeln über seinen Mund, und er schnaubt. Er schüttelt den Kopf. Ich habe eine Hand auf dem Kästchen, er hält es ebenfalls fest, seine andere Hand ist an dem Beutel mit Gold, den ich noch umklammert halte. »Gebt mir die Frauen mit, und Ihr bekommt Euer Gold!«

Ich habe keine Ahnung, wie ich die Frauen hier herausbekommen soll, und es ist auch nicht meine Aufgabe, aber das ist mir egal. Der Dicke wird jedoch laut, die Schwertträger umringen mich, die Kinder weinen. Fatih schreit mich an. »Ce n'est pas l'arrangement! Ce n'est pas l'arrangement!«

Ich lasse den Beutel nicht los, die Soldaten kommen mit gezücktem Schwert auf mich zu, der Alte schreit, ich schreie, die Kinder weinen, alles geht schief, als plötzlich auch von draußen ein Schrei zu hören ist und dann ein ohrenbetäubendes Tosen und ein Geräusch, als würden tausend Knochen auf einmal brechen. Katapulte! Die Stadt wird mit Katapulten be-

schossen, große Felsbrocken schlagen dicht bei uns ein. Und einen Lidschlag lang herrscht atemlose Stille im Keller. In meinem Kopf dreht sich alles. Warum greifen sie an? Warum warten sie nicht auf die Schlüssel?

Dann reißt mir der Alte den Beutel mit Gold aus der Hand und brüllt seinen Soldaten einen Befehl zu.

Man will mich töten.

Ich spanne die Muskeln an, packe das Kästchen mit der Linken, während ich mit der rechten Hand das Schwert ziehe und im letzten Moment einen Schlag parieren kann. Ich bin würdig, denke ich, jetzt kann ich es zeigen.

Einen Sarazenen erwische ich an der Schulter, sein Schwert fällt mitsamt dem Arm zu Boden. Ich sehe, wie die beiden Frauen sich auf ihren Bewacher stürzen wollen, aber der dreht sich um und stößt der Mutter den Säbel in die Seite. Die Tochter schreit auf. Ich muss das Kästchen zu Friedrich bringen! Warum greifen sie schon an? Ich strecke den zweiten Soldaten nieder, ein dritter erwischt mich an der Schulter, und ich spüre, wie das Schwert durch meinen Umhang schneidet und an der Rüstung darunter abprallt. Ich bin würdig! Ich kämpfe mich zur Treppe durch.

Aus dem Augenwinkel sehe ich, wie die Tochter das Schwert eines toten Soldaten vom Boden nimmt und sich damit auf den dicken Alten stürzt. Es ist ein Blutbad. Ich haue wild um mich, erwische eine Frau, die ihren Jungen umklammert hält und mich verzweifelt anschreit, bevor sie zu Boden sackt, alle rennen durcheinander, ich schiebe mich zur Treppe.

Die junge Frau hat es tatsächlich geschafft, den Alten in seinen fetten Wanst zu stechen, aber dann schlägt ihr ein anderer Soldat einfach den Kopf ab, und der Körper ohne Kopf taumelt und macht noch ein paar Schritte, bevor er zusammensackt.

Zwischen mir und der Tür steht nur noch Fatih, er hat sein Schwert gezückt, und ich schlage mit meinem nach ihm, aber verfehle ihn um Haaresbreite. Er holt aus, ich sehe seinen Hieb nicht kommen, ich spüre nur, wie sich über mein Gesicht eine

Welle aus Schmerz ausbreitet. Blut spritzt in Fatihs Gesicht, mein Blut, und er zuckt zurück, was mir die Zeit verschafft, ihm das Schwert mit einem Ausfall in den Hals zu rammen.

Fatih geht auf die Knie, ein Schwall Blut schießt mir entgegen, als ich das Schwert wieder herausziehe. Schreie sind hinter mir, der Weg zur Treppe ist frei. Ich stürme die Stufen hinauf, reiße die Tür auf, und das Licht blendet mich. Mein Auge! Ich sehe nichts mehr auf dem einen Auge, alles ist voller Blut, ich bin voller Blut. Ich habe eine Frau getötet, schießt es durch meinen Kopf, und ich habe zwei andere Frauen nicht gerettet.

Ich renne die Treppen hinauf, das Kästchen umklammert, um mich dreht sich alles, ich muss das Kästchen zu Friedrich bringen. Dann stolpere ich auf der Treppe, ich schlage hin und das Kästchen entgleitet mir. Es fällt auf die Stufen.

Der Deckel klappt auf.

Und ich sehe ihn.

Den Schädel.

Mein Kopf droht zu bersten. Keine Schlüssel, keine Karten. Der Totenschädel eines Menschen ist in dem Kästchen. Strahlend weiß, wie blank poliert. Der Knochen über und über mit kunstvollen Goldranken verziert. Hat man uns betrogen? Oder nur mich? Hat Friedrich mir das Gold gegeben, um einen Schädel zu erkaufen? Was ist das für ein Schädel?

Ein schwarzer Fleck breitet sich ganz langsam aus in meiner Brust, dringt in meinen Kopf und ergreift Besitz von meinem ganzen Körper. Ich sehe fast nichts mehr. Die Schmerzen pressen meinen Leib zusammen. Hinter mir sind Schreie. Sie kommen mir nach.

Was mache ich hier?

Sterben?

Ich muss das Kästchen zu Friedrich bringen, durchzuckt es mich. Egal, was darin ist. Das hat er gesagt. Das ist meine Aufgabe.

* * *

»Leg ihn zurück. In das Kästchen.«

Ditho blickte von dem Schädel in seiner Hand auf und sah Hasan. Er stand unter dem Fenster, die Spitze seines Krummsäbels war auf Dithos Herz gerichtet. Ditho hatte ihn ebenso wenig kommen hören wie die Wachen vorher ihn. Wie betäubt legte er den Schädel vorsichtig in das Kästchen zurück.

»Gut. Und jetzt gib es mir. Ganz langsam.« Hasan streckte seine linke Hand aus.

Ditho schüttelte den Kopf. Er blinzelte Tränen weg, von denen er nicht wusste, woher sie kamen. »Der Keller … Warum waren keine Schlüssel in dem Kästchen? Was ist das? Wessen Schädel ist das?«

Hasan blickte Ditho traurig an. »Das weißt du nicht? Sie haben es dir nie gesagt, oder? Du glaubtest tatsächlich, du holst die Schlüssel zur Stadt, als du mit Fatih mitgegangen bist, hm?«

»Hasan! Bei Gott und allen Heiligen: Wer ist das?« Dithos Stimme war kaum mehr als ein Flüstern, als er auf den Schädel deutete.

»Das ist das Haupt des *Yahya.*«

»Johannes der Täufer?«

Hasan nickte. »Dein alter und dein neuer König haben sich bestechen lassen. Sie haben gedacht, wenn sie schon wie geprügelte Hunde abziehen müssen, dann wenigstens mit einer Beute, die nicht gleich beim nächsten Gelage verzecht ist. Und Unur, der Feigling, wollte seine Stadt retten, bevor mein Herr Nur ad-Din zu Hilfe kommen und die Stadt einnehmen würde. Unur hat die Franken für ihren Abzug bezahlt. Mit dem Kostbarsten, was es in Damaskus gab und was seit Jahrhunderten in der Umayyaden-Moschee lag, die einst als Johannis-Kathedrale errichtet wurde, bevor der wahre Glauben in Damaskus Einzug hielt. Eine Kathedrale für das Haupt des Täufers.«

Ditho blickte zum Fenster hinauf. Die Strahlen der Sonne trafen auf sein Gesicht und wärmten seine Haut. Es schien ihm, als fiele ein Umhang aus Blei von ihm ab. Das Haupt des Heiligen Johannes. Der Schatz aus dem Tempel, den Belschazzar geraubt und entweiht hatte. Plötzlich ergab alles einen Sinn.

»Gib mir das Kästchen, Ditho. Sie werden gleich kommen und uns entdecken.«

»War alles eine Lüge? Unsere Freundschaft?«

Hasan lächelte. *Taqiyya.* »Nein. Das war keine Lüge. Du bist mein Freund. Aber ich habe einen Eid geleistet, dass ich das Haupt zurückbringe. Ich tue für Nur ad-Din, was du für Barbarossa getan hast. Ich bin sein Mann für diese Art von Aufgaben. Auch wenn sie manchmal Jahre dauern. Gib mir jetzt das Kästchen, Ditho, sonst werde ich es mir nehmen, egal, was mit dir passiert.«

»Ich brauche das Kästchen. Enno hat Adela in seiner Gewalt, er tötet sie, wenn ich ihm das Kästchen nicht gebe. Er hat vor, Barbarossa umzubringen.«

Hasan nickte kühl. »Enno also? Aber das ändert nichts für mich, Ditho. Das ist *dein* Mörder, so wie es *dein* König ist und *deine* Frau.«

»Hilf mir, Hasan! Ich schwöre dir, du bekommst das Kästchen, aber ich muss zuerst Adela retten.«

»Nein. Er wird dich und sie umbringen, sobald er bekommen hat, was er wollte. Gib mir das Kästchen!«

Ditho wollte nach dem Kästchen greifen, als plötzlich eine Hand unter dem Tisch hervorschnellte und seinen Fuß packte. Ditho taumelte zurück, im Fallen trat nach der Hand, warf sich nach vorn und schlug mit der Faust gegen das Tischtuch, dort, wo er den Kopf Winrichs vermutete. Man hörte Knochen brechen und ein Stöhnen, gefolgt von einem dumpfen Schlag, als der Körper zu Boden sackte.

Als Ditho aufblickte, war das Kästchen nicht mehr auf dem Tisch. Hasan stemmte sich über ein Regal nach oben und griff bereits nach dem Fenstersims. Ditho sprang auf den Tisch und nahm Anlauf.

In diesem Augenblick öffnete sich die Tür, und Arnold von Köln betrat mit zwei Messdienern die Sakristei.

Der Erzbischof blinzelte verwirrt. Die Truhe mit den Reichsinsignien stand offen auf dem Tisch. Ansonsten war der Raum leer.

* * *

Ditho zog sich auf den schmalen Sockel, der oberhalb der Fenster das Dach des Kapellenanbaus umgab. Er hörte über sich die Dachziegel klappern und erhaschte noch einen Blick auf Hasan, der hinter dem First verschwand. Ditho hetzte hinterher, doch die Ziegel waren rutschig vom Nieselregen, er stolperte, bevor er den First erreichte, und schlug hin. Ditho rutschte auf die Dachkante zu, die Ziegel ratterten unter ihm, verzweifelt griffen seine Hände ins Leere. Seine Füße fanden auf dem Umlauf Halt, der Schwung riss seinen Körper nach oben. Einen Atemzug lang stand er mit beiden Füßen auf dem Umlauf. Er ruderte mit den Armen und kippte nach hinten.

Nach unten.

Sein Fuß rutschte vom Sockel ab und fand doch wieder Halt. Er warf den Körper nach vorn und schlug flach auf den Dachziegeln hin. Ditho keuchte, stemmte sich hoch und kroch auf allen vieren zum First. Er war zu langsam. Viel zu langsam.

Als er auf dem First angelangt war, hatte sich Hasan bereits auf der anderen Seite des Daches hinuntergleiten lassen, war über Simse und Säulen nach unten geklettert. Ditho fluchte, als er entdeckte, wie Hasan in der Menge vor dem Münster verschwand.

Er würde ihn niemals einholen.

Es war vorbei.

Das Kästchen war verloren.

Ditho atmete keuchend, und sein Blick fiel auf das Badehaus. Wohin hatte Enno sie gebracht? Er hatte gesagt, Adela würde sterben, wenn er es nicht verhindern würde. Was für eine tödliche Falle hatte Enno ersonnen, die auch ohne ihn zuschnappte? Es blieb nur eine Möglichkeit, das zu erfahren.

Dithos Blick ging zum Oktogon. Eine Kluft von zehn Fuß trennte den Anbau, auf dem er stand, von der eigentlichen Kirche; tief unten verlief der Gang, der beide Gebäude verband. Ditho sandte ein Stoßgebet für Adela zum Himmel, dann nahm er Anlauf und rannte auf dem Dachfirst entlang. Er sprang ab, ruderte mit den Armen in der Luft und landete auf der Überdachung der Kapelle. Die Ziegel barsten unter ihm, rutschten über die Dachkante und zerschellten am Boden. Ditho hielt sich fest. Über ihm lag die Kuppel des Oktogons, vom eigentlichen Dach durch einen zylinderförmigen Umlauf abgesetzt. Von den Fenstern des Umlaufs aus konnte er sich vielleicht in den oberen Umgang der Pfalzkapelle hinablassen, wo sich der Thron befand und wo er Enno vermutete.

Ditho lief geduckt über die Ziegel auf das Fenster vor ihm zu. Der böige Wind fuhr ihm durch das Haar. Er spähte durch das Fenster und stieß einen Fluch aus. Von hier aus würde er niemals in die Basilika hineingelangen; unter dem Fenster ging es gut hundert Fuß in die Tiefe. Weit unter ihm im Oktogon stand Barbarossa im bodenlangen Hemd vor dem Altar. Die Arme ausgebreitet, vor ihm die Reichsinsignien. Der Erzbischof von Köln nahm eine Schale mit Öl vom Altar und sprach einen Segen.

Die Salbung des Königs stand kurz bevor.

Die Salbung, so wie man bei der Taufe gesalbt wurde.

Ich taufe mit Wasser, aber nach mir kommt einer, der mit Feuer tauft.

Ditho fluchte noch einmal.

* * *

Die Worte des Erzbischofs, die der Salbung vorangingen, drangen von unten an Ennos Ohr. Die Zeit war reif. Die Menge im Marienmünster lauschte andächtig. Arnold von

Köln trat zu Barbarossa und begann ihm die Arme zu salben. Dann würde das Haupt folgen.

Das Haupt.

Niemand war in seiner Nähe, er hatte die Wachen angewiesen, niemanden nach oben zu lassen. Enno trat von der Balustrade im oberen Umlauf zurück und wandte sich zu dem schlichten Thron, der auf vier steinernen Pfeilern ruhte, die einst aus der Grabeskirche in Jerusalem nach Aachen verbracht worden waren.

Sechs Stufen in der stumpfen Farbe von ausgeblichenen Knochen führten hinauf zum verwitterten Sitz, der aus vier Marmorplatten bestand, die mit bronzenen Klammern zusammengehalten wurden. Er ging neben dem Thron auf die Knie, als wolle er nach alter Sitte unter dem Thron des Herrschers hindurchkriechen, um seine Demut vor dem Herrscher zu bezeugen.

Enno ging es nicht um Demut.

Er kroch unter den Thron und zog die Konstruktion hervor, an der er monatelang gearbeitet hatte. Beim Wendenkrieg hatte er Zeichnungen davon in die Hand bekommen und später Versuche mit Tierhäuten und Röhren aus mit Zinn verlöteter Bronze angestellt, bis das Ergebnis ihn zufriedenstellte.

Enno nahm den Blasebalg und legte sich den ledernen Gurt über die Schulter. Mit dem nach vorn herausstehenden Bronzerohr sah die Konstruktion aus wie eine übergroße Sackpfeife. Und das war auch in seinem Sinne. Hieß es doch im Buch Daniel: »Euch wird befohlen, ihr Völker, Nationen und Sprachen: Sobald ihr den Klang des Horns, der Rohrpfeife, der Zither, der Harfe, der Laute, des Dudelsacks und alle Arten von Musik hört, sollt ihr niederfallen und euch vor dem goldenen Bild niederwerfen, das der König Nebukadnezar aufgestellt hat. Wer aber nicht niederfällt und anbetet, der soll sofort in den brennenden Feuerofen geworfen werden.«

Niederfallen würden sie, wenn er begann, auf seiner Pfeife

zu spielen. Und in den brennenden Feuerofen würde man sie werfen.

Enno füllte den zähflüssigen Inhalt der drei Krüge unter dem Thron in den Sack aus Tierhaut, dann entzündete er den Docht, der an einem Haken vor dem Rohr hing. Er schloss das Ventil und erhöhte den Druck im Blasebalg, indem er den Sack mehrmals kräftig zwischen seinem Arm und seiner Seite zusammenpresste.

Die Glocken begannen zu läuten. Das hieß, dass nun das Haupt des neuen Herrschers gesalbt wurde. Und es hieß auch, dass der Knecht, den er angewiesen hatte, seine Aufgabe erfüllen würde, ohne zu wissen, dass er damit die Fürstin tötete.

Wo war Ditho? Würde er ihm das Haupt des Täufers bringen? Letztlich war es gleichgültig. In der Verwirrung und in dem Chaos nach Barbarossas Verbrennung würde es ihm auch selbst gelingen, das Haupt des Täufers in der Sakristei an sich zu nehmen.

Enno trat an die Balustrade und wählte eine Stelle, wo die Menge ihn nicht sehen konnte, er aber freie Sicht auf den König und den Erzbischof hatte. Er presste den Blasebalg noch einmal zusammen, bis der Sack sich straff zwischen seinem Arm und dem Körper aufblähte.

Die kleine Flamme vor dem Rohr tanzte züngelnd.

Dann öffnete er das Ventil.

Er presste den Sack mit aller Kraft zusammen und die Flammen schossen fauchend nach unten wie der Feuerstrahl eines mächtigen Drachen.

* * *

Die Tür der Sakristei wurde aufgerissen, und ein Mann in einem zerschlissenen Umhang und mit einer Augenklappe stürmte heraus. Er rannte auf den König zu.

Barbarossa erstarrte, die Fürsten sprangen von ihren Sitzen

auf, Damen schrien, der Erzbischof ließ die Schüssel mit dem Salböl fallen.

Ditho riss Barbarossa zu Boden, bevor die alles verzehrende Flamme ihn erreichte. Der Feuerball hüllte den Altarraum in eine Wolke aus Glut und schwarzem Rauch. Ditho spürte, wie seine Nackenhaare angesengt wurden. Die Hitzewelle brachte die Kerzen auf dem Altar zum Schmelzen. Der Erzbischof warf sich über die Reliquien, und seine Tunika fing Feuer. Einige Fürsten hasteten hinzu.

Ditho lag schützend über Barbarossa, der fassungslos von Ditho zum Feuer und dann zur Balustrade hinaufblickte, wo Enno hektisch seinen Arm immer wieder gegen die Seite presste und mit einem Rohr, aus dem noch Flammen züngelten, in seine Richtung zielte.

»Enno«, flüsterte Barbarossa und sah Ditho mit angstgeweiteten Augen an.

»Weg hier!«, schrie Ditho ihn an, zog ihn hoch und stieß ihn unter die Balustrade und damit aus der Reichweite von Ennos tödlicher Waffe. Ditho rannte durch die entsetzte Menge zur Treppe, die in das obere Stockwerk führte.

Die Soldaten, die die Treppen bewachten, blickten fassungslos auf das Inferno und erkannten nicht, dass das Unheil aus dem Stockwerk über ihnen gekommen war. Ditho schubste sie beiseite und rannte die Stufen hinauf, als er das fauchende Geräusch des griechischen Feuers zum zweiten Mal hörte. Barbarossa brüllte Befehle, Schwerter fuhren aus den Scheiden, der Erzbischof wurde in Sicherheit gebracht.

Keuchend erreichte Ditho das obere Stockwerk und sah, halb von einer Säule verborgen, wie Enno seine Stellung änderte, um einen weiteren Feuerstoß auf die Menge unter der Balustrade abgeben zu können. Ditho rannte auf ihn zu, doch Enno fuhr herum, eher er bei ihm war. Er richtete das Rohr auf Ditho und drückte gegen den Blasebalg. Die Flammen schossen hervor. Ditho sprang hinter eine mannsdicke Säule und schützte seinen Kopf mit den Armen. Das Feuer züngelte um die Säule und verbrannte ihm die Haut an den Händen. Überall auf dem Boden leckten die Flammen aus schwarzen Lachen. Ditho hustete, aber dann war der Flammenstoß vorbei.

Er spähte um die Säule und sah, wie Enno den Blasebalg wieder aufpumpte. Ditho schnellte vor. Der Stallmeister blickte auf, er öffnete das Ventil, doch nichts geschah, sein Vorrat schien erschöpft zu sein. Als Ditho fast bei ihm war, riss Enno sich die Apparatur vom Leib und schleuderte sie auf ihn. Ditho wich aus, und Enno rannte los. Er stürmte auf eines der Fenster zu, riss die Arme vor das Gesicht und sprang.

Das bunte Glas zerbarst in tausend Scherben.

Ditho bremste ab und konnte sich gerade noch am Fensterrahmen festhalten. Sie waren in gut zwanzig Fuß Höhe. Niemand konnte einen Sprung aus dieser Höhe überstehen, ohne sich alle Knochen zu brechen. Ditho beugte sich vor, blickte aus dem Fenster und sah Enno unten im Hof der Pfalz liegen. War er tot?

Mit einem Mal bewegte sich der Körper, Enno stemmte sich hoch und schleppte sich in Richtung Badehaus.

Adela!

Ditho hörte hinter sich Schritte die Treppe heraufstürmen. Er trat ein Stück zurück, dann rannte er los und sprang durch die geborstene Scheibe.

* * *

Sie erwachte von ihrem eigenen Husten. Um sie herum war alles dunkel. So dunkel, als hätte sie die Augen noch geschlossen. Es war stickig.

Und es war eng.

Adela stieß mit dem Kopf und mit dem Rücken schmerzhaft an, als sie versuchte, sich aufzurichten. Sie lag auf einem steinernen Boden. Platten, wie ihr die ertasteten Fugen verrieten. Ein Gang? Ein Kanal? Ein Tunnel?

Adela versuchte sich zu bewegen, aber es gelang ihr nicht. Ihre Hände waren auf dem Rücken gefesselt, das Seil schnitt ihr in die Handgelenke. Auch ihr Versuch, sich mit den Füßen voranzuschieben, scheiterte, weil nicht genug Platz dafür war. Sie konnte sich winden wie eine Schlange, sie kam einfach nicht von der Stelle. Die Angst schnürte ihr die Kehle zu.

Dann kam der Rauch. Und gleich darauf die Hitze.

Adela begann zu schreien.

* * *

Ditho richtete sich auf. Sein Fuß schmerzte, als hätte man einen Spaltkeil hineingetrieben, der Knöchel stand unnatürlich weit hervor. Etwas war gebrochen, kein Zweifel. Ditho biss die Zähne zusammen und humpelte, so schnell es ging, zum Badehaus.

Die Menge versperrte ihm den Blick, doch er sah noch, wie Enno hinter dem Portal verschwand. Aus dem Kamin hinter dem Badehaus stieg Rauch zum Himmel. Ditho stieß einen Badstuber mit einem Arm voll Brennholz aus dem Weg, nahm die drei breiten Stufen zum Eingang und zog die Tür auf.

Niemand war zu sehen, ruhig lag das Becken im Sonnenlicht, die Dunstschwaden schwebten über dem Wasser wie Nebel. Hinter einer Säule schauten die Füße eines toten Soldaten hervor.

Bis auf die plätschernden Brunnen war es still.

Ditho machte einen vorsichtigen Schritt in das Badehaus, als ein Schürhaken auf ihn niederging. Er drehte sich blitzschnell weg, und der Schlag, der seinem Kopf gegolten hatte, traf die Schulter. Ditho fiel auf die Knie, und Enno holte erneut aus. Ditho rollte sich zur Seite, der Schürhaken sauste herab und schlug keine Handbreit neben seinem Kopf ein. Marmor splitterte.

Ditho trat seinem Feind in die Kniekehle. Enno krümmte

sich, und Ditho setzte nach. Er stieß Enno den Fuß in den Bauch und schob sich dann rückwärts von ihm weg in Richtung des Beckens. Enno richtete sich wieder auf und kam mit erhobenem Schürhaken langsam auf Ditho zu. »Du wirst sie niemals finden! Du wirst sterben!«

Schwerfällig stand Ditho auf. Sein Schädel dröhnte, die Schmerzen im Fuß und in der Schulter raubten ihm fast die Sinne. Ditho glaubte einen Schrei zu hören. *Adela!* »Wo ist sie, Enno?«

Enno lachte auf. Die Männer umkreisten sich.

»Du wirst jetzt büßen Ditho, du wirst bezahlen für deine Schuld!«

»Ich habe sie nicht umgebracht! Deine Mutter nicht und nicht deine Schwester. Auch wenn du mich und Adela tötest: Es bringt sie dir nicht zurück!«

Enno schien für einen kurzen Moment verwirrt, doch dann straffte er sich. Seine Stimme wurde zu einem schrillen Kreischen. »Aber du hättest sie retten können! Du! Und jetzt taufe ich dich!«

Enno warf sich nach vorn und riss Ditho um. Sie fielen nach hinten und stürzten ins Wasser. Die Männer tauchten im Becken unter, Enno packte Ditho an der Kehle. Jeder Laut wurde erstickt.

Wasser drang in Dithos Mund und Nase, er hustete, würgte. Die vollgesogenen Kleider zogen die Männer zum Grund des Beckens. Ditho strampelte und drückte Enno von sich weg, doch die Hände des Mörders saßen um seinen Hals wie eine Eisenklammer, und seine Schläge schienen wirkungslos.

Ditho wurde schwarz vor Augen, seine Arme verloren an Kraft, sein Strampeln erlahmte. Er blickte an Enno vorbei und glaubte einen Falken über dem Becken kreisen zu sehen, glaubte zu sehen, wie er sich höher und höher erhob über die Türme und Dächer von Aachen und langsam zum Himmel schwebte.

Er schloss die Augen und wartete auf die Schwärze, die aus

seiner Brust strömen würde. Doch sie kam nicht. Etwas stach ihn stattdessen in die Brust und verhinderte, dass er hinüberglitt in die Schwärze und in das Nichts.

Ditho griff in seine Innentasche und seine Finger schlossen sich um die Hohlnadel, mit der Jasmo ihm den Star gestochen hatte.

Levavi oculos meos in montes. Ich hebe meine Augen auf zu den Bergen, von denen mir Hilfe kommt. Meine Hilfe kommt vom Herrn, der Himmel und Erde gemacht hat.

Sein Stoß war kurz und kraftvoll.

Enno zuckte zusammen, als Ditho ihm die Nadel in den Bauch rammte, aber sein Griff lockerte sich nicht.

Ditho zog die Nadel heraus und stieß wieder zu, höher diesmal, da, wo das Herz war. Er stieß immer wieder zu, bis Enno in einer Wolke von roten Schlieren zu schweben schien. Der Stallmeister starrte ihn mit aufgerissenen Augen an. Er blinzelte, und die Finger um Dithos Hals lockerten sich.

Ditho stieß sich vom Grund des Beckens ab, durchbrach die Wasseroberfläche und sog keuchend Luft in seine schmerzenden Lungen, so tief wie noch nie zuvor. Er griff unter sich und zog Enno an den Haaren nach oben. Der Körper des Mörders war schlaff und schwer. Ditho stemmte sich am Beckenrand hoch, stieg aus dem Wasser und zerrte Enno mit letzter Kraft heraus. Dann sank er zu Boden, keuchte und hustete. Wieder hörte er die gedämpften Schreie, die von irgendwoher und von nirgendwo zu kommen schienen. Er wälzte sich auf Enno und packte dessen Kopf. »Wo? Wo ist sie?!«

Ennos Augen starrten leer an Ditho vorbei zum Himmel, und sein Mund schien zu einer grinsenden Grimasse erstarrt.

Enno war tot.

Die gedämpften Schreie wurden schwächer.

Ditho sprang auf. Er rannte zu den Nebenräumen, riss die Türen auf, fand leere Badezuber und verwaiste Kammern. Nichts. Niemand. »Adeeelaaa!«

Ditho stolperte und schlug hin, sein Kinn knallte auf den

Boden, Blut schoss aus der Platzwunde. Er versuchte sich aufzurichten. Dann fühlte er die Wärme an seinen Händen.

Die Wärme auf den Steinplatten.

Unter den Steinplatten.

Das Hypokaustum. Die Bodenheizung! Enno hatte gesagt, sie würde auch ohne sein Zutun sterben. Der Badstuber mit dem Brennholz auf dem Arm!

Sie sollte brennen!

Ditho rannte ans andere Ende des Beckens, er riss eine Tür auf und stürmte in den Hinterhof des Badehauses, wo der Ofen für die Bodenheizung stand. Dichter Rauch quoll aus dem Kamin.

Ditho riss die Klappe des mannshohen Ofens auf und zuckte zurück, als er sich die Finger an dem glühenden Eisen verbrannte. Er schnappte seinen Umhang und schob das brennende Holz zur Seite. Hinter der Glut gähnte ein schwarzes Loch.

Ditho bückte sich und kroch in den Ofen, den nassen Mantel wie einen Schutzschild vor dem Gesicht. Die Flammen leckten an seiner Haut. Seine Haare fingen Feuer, die Hitze drang durch die nassen Kleider in jede Faser seines Körpers. Ditho stieß mit den Fingern gegen eine Wand, aber dann war da eine Öffnung, ein Schacht, durch den die Gluthitze unter das Badehaus strömte. Er schob sich auf allen vieren weiter, der Rauch drang in seine Lungen, und es wurde schwarz um ihn, kein Lichtschein drang bis hier herein. »Adeelaaaa!«

War da ein schwaches Husten? Dithos Kehle schnürte sich zu, nahm ihm die Luft zum Atmen. Seine Hände berührten etwas Weiches. Haare. Ihre Haare. Er ertastete ihren Kopf, schob sich zu ihr hin. »Adela!«

Sie antwortete nicht. Ihr Gesicht lag leblos in seinen Händen. Dithos Herzschlag setzte aus. Er schüttelte sie. »Adela, bitte!«

Sie gab keinen Laut von sich. Ditho rang nach Luft; die Hitze schien ihn bei lebendigem Leib zu kochen. Er schrie auf, packte sie bei den Schultern und wollte sie hinter sich her aus dem Ofen ziehen.

Aber es gelang ihm nicht. Sie steckte fest.

Der Gang verjüngte sich nach hinten, Adela war eingeklemmt. Ditho zog und zerrte, bis er erschöpft auf die Platten sank. Er hustete, hob ermattet den Kopf und drückte seine Lippen auf die ihren.

Wie weich sie waren.

Seine Sinne schwanden, Tränen liefen Ditho über die Wangen, er verfluchte Gott und alle Heiligen. Auf einmal kamen ihm Worte in den Sinn. Zeilen aus einem Buch, die sie ihm vor Tagen angestrichen hatte. »Leg mich wie ein Siegel auf dein Herz. Denn stark wie der Tod ist die Liebe. Große Wasser können die Liebe nicht löschen, und Ströme spülen sie nicht hinweg. Wie schön du bist, meine Frau.«

Ditho löste seine Lippen von den ihren und flüsterte in Adelas Ohr: »Leg mich wie ein Siegel auf dein Herz.« Dann strich er ihr die Haare aus dem Gesicht, und sein Kopf sank zu Boden. Er fühlte das Ende kommen. Seine Hand ruhte auf ihrer Wange.

Das dumpfe Geräusch der Schritte über ihm drang kaum noch an sein Ohr. Auch die Rufe hörte er nur mehr gedämpft.

Als die mächtigen Schläge die Steinplatten über ihm erzittern ließen, blinzelte er schwach. Die Platten brachen, Marmorbrocken prasselten auf sein Gesicht. Das eindringende Sonnenlicht brannte in seinem Auge, und wie ein dunkler Engel stand der Mann über ihm, seine Haut wie nasses Ebenholz.

Der Sarazene hob ihn aus dem Grab, als wäre er so leicht wie ein neugeborenes Kind.

Leg mich wie ein Siegel auf dein Herz, dachte Ditho, bevor die Dunkelheit ihn umfing. Denn stark wie der Tod ist die Liebe.

10. März 1152, Aachen

Durch die zugezogenen Läden drang kaum Licht. Der Mann am Fenster war fast nicht zu sehen. Doch er schien schon lange dort zu stehen und zu warten. Als Ditho erwachte und sich im Bett aufzurichten versuchte, wandte der Mann sich nicht um. Er lehnte am Rahmen und beobachtete durch die Schlitze des Fensterladens das Treiben auf dem Hof. »Enno also.«

Ditho schüttelte sich. Die Bilder des vergangenen Tages hatten ihn verfolgt bis in seine Träume. War Barbarossa an seinem Krankenbett? Stand er am Fenster, oder war er nur Teil eines Traumes, und Dithos Körper lag schon lange tot und verscharrt in einem der Äcker um Aachen? »Ja … Enno«, sagte er und setzte sich vorsichtig auf. Die Schmerzen in seiner Schulter und in seinem Knöchel ließen keinen Zweifel: Es war kein Traum.

Er war am Leben.

Was war mit Adela?

»Wo ist …«, fing er an.

Barbarossa vollendete den Satz, ohne sich umzudrehen. »Adela? In einem anderen Raum. Sie lebt. Ich denke, das ist es, was du wissen willst?«

»Ja, das will ich.«

»Ihr habt Glück gehabt. Jemand hat euch gerettet. Man fand euch auf dem Boden des Badehauses.«

Ditho lächelte in sich hinein. Hasan. Er erhob sich aus den seidenen Kissen, stützte sich am Baldachin des Bettes ab und humpelte zum Fenster. »Ihr habt auch Glück gehabt, mein König. Etwas später, und Enno hätte Euch verbrannt.«

»Mit Glück hatte das nichts zu tun. Du hast mich gerettet.

Aber ich verstehe nicht alles. Du sagtest, ein Kreuzzügler, ein Johanniter, will sich rächen. Aber Enno war kein Kreuzzügler und auch kein Johanniter. Und wofür wollte er sich rächen?«

»Für den Tod seiner Mutter und seiner Schwester, die auf Pilgerreise im Heiligen Land waren und von Unur entführt wurden. Ihr habt den aussätzigen Lazaristen, der einst ein Johanniter war, im Lager vor Damaskus abgewiesen, als er Euch um Hilfe bat. Das war Ennos Bruder Roderich. Er hat auf eigene Faust versucht, seine Mutter und seine Schwester freizubekommen. Dabei hat er wohl erfahren, dass die beiden Frauen schon tot waren. Sie starben, als ein Ritter kam, der bei Unur für Euch und für Konrad ein Kästchen holen sollte. Ein Kästchen, in dem Schlüssel sein sollten, in dem sich aber eine Reliquie befand.«

Barbarossa senkte den Blick.

Ditho öffnete den Fensterladen. Das Licht flutete in den Raum und blendete ihn. »Ihr habt Euch von Unur dafür bezahlen lassen, dass Ihr die Belagerung von Damaskus abgebrochen habt. Und Roderich hat das herausgefunden. Konrad und die anderen Könige haben den Ritterorden im Heiligen Land später die Schuld an der Niederlage gegeben. Und dann war da ein Ritter, der seine Schwester und seine Mutter verloren hatte und der in seinem Dienst für die scheinbar so gerechte Sache am Aussatz erkrankte. Er glaubte, dass jemand für all das büßen musste. Und dieser Jemand wart Ihr und Konrad. Und ich.«

Ditho wandte sich von Barbarossa ab und blickte in den Hof. Der Wind fuhr ihm sacht durch das Haar, als er weitersprach. »Roderich ging zurück in seine Heimat, was fast so lange dauerte wie bei mir. Er hat seinem Bruder, der in den Diensten von Heinrich dem Löwen stand, alles erzählt, und die Brüder haben gemeinsam Rache geschworen. Aber es sollte nicht nur eine Strafe sein, es sollte eine beispiellose Vergeltung werden, die niemand je vergessen würde. Enno hat Roderich zu meiner Burg geschickt, um meinen Vater zu ermorden. Währenddessen hat er die teuflische Konstruktion entworfen, die Ihr gestern zu sehen und spüren bekamt. Er hat erreicht, dass Heinrich sich für ihn verwendet und ihn Euch empfiehlt. Und dann hat er mit dem Morden begonnen.«

»Dieser Irrsinn! Dieser ganze Hass! Konrad, die Kuppler, Anselm, Wiltrud und schließlich Gisbert und seine Männer. Alles nur, weil wir Roderich abgewiesen haben?«

»Ja. Und nein, mein König. Mit Anselm hatte er nichts zu tun. Das wart Ihr. Das war Gisbert.«

Barbarossa trat neben Ditho ans Fenster. Seine Augen flackerten unruhig. Ditho sah, wie Barbarossas Gesicht rot und fleckig wurde, wie immer, wenn er erzürnt war. »Was unterstellst du da? Glaubst du, ich mache mir die Finger schmutzig und lasse diesen unbedeutenden Hofkaplan umbringen?«

»Genau das glaube ich. Bevor Gisbert starb, hat er etwas angedeutet: ›Friedrich sollte König werden, und der Pfaffe wollte alles vermasseln. Aber wir hatten schon unseren Pfaffen …‹ Gisbert war nicht mehr bei Sinnen, aber im Grunde war er doch deutlich genug. Anselm hatte Konrad vor dessen Tod die Beichte abgenommen und ihm das Sakrament der letzten Ölung gespendet. Dabei hat ihm Konrad gesagt, dass er in Lorch begraben werden will und, viel wichtiger, dass er sich seinen kleinen Sohn Friedrich als Nachfolger auf dem Thron wünscht. Doch wer hört schon auf einen unbedeutenden Kaplan? Vor allem, wenn der Herzog von Schwaben und der Bischof von Bamberg das Gegenteil behaupten? ›Wir hatten schon unseren Pfaffen‹, hat Gisbert gesagt. ›Euer Pfaffe‹ Eberhard von Bamberg bekommt die Abtei Niederaltaich für sein falsches Zeugnis, wenn ich das Gerede des Notars richtig gedeutet habe, und der Bischof darf den verstorbenen König in seiner Kirche in Bamberg begraben, was ihn ebenfalls aufwertet. Und Ihr bekommt den Thron. Nur dumm, dass der Hofkaplan Euch droht und schließlich sogar an Heinrich von Mainz schreibt, der mithilfe dieser Aussage den kleinen Friedrich in seine Obhut nehmen und dadurch *procurator regni* werden könnte. Der Hofkaplan musste verschwinden, und Gisbert hat ihn getötet und anschließend Spuren gelegt, die auf den Lazaristen deuteten. War es nicht so?«

Barbarossa machte einen Schritt vor und streckte seinen beringten Zeigefinger aus. Er schüttelte ihn gegen Ditho, und es schien so, als würde er ihn gleich beschimpfen. Doch dann fing er an zu lachen. »Das ... Das ist gut, Ditho! Doch, sehr hübsch. Doch leider kannst du nichts davon beweisen, und selbst wenn du es könntest, würde dir niemand glauben und schon gar nicht etwas gegen den König unternehmen. Ich stehe über dem Gesetz, und du ... unterstehst mir.«

»Das ist wahr.« Ditho nickte. »Lasst uns hoffen, dass Hasan und sein Fürst Nur ad-Din mit dem Haupt des Täufers zufrieden sind und diese Reliquie nicht politisch benutzen. Lasst uns hoffen, dass sie die Fürsten des Heiligen Landes nicht gegen Euch aufhetzen. Die Sarazenen und die Christen, weil ihr Euch in Damaskus habt bestechen lassen. Lasst uns hoffen, dass der Papst nie erfährt, dass Ihr das Haupt des Täufers hattet, es aber nicht der Kirche gegeben habt. Dass Ihr es wieder an die Heiden verloren habt. Und lasst uns hoffen, dass Gernot von Wangen lange genug in seinem Versteck auf mich wartet und dem Erzbischof von Mainz nicht den Brief übergibt, mit dem ich ihn losgeschickt habe, falls mir oder Adela etwas geschieht.«

Barbarossa hatte aufmerksam zugehört. Nun legte er den Kopf schräg. »Einen Brief?«

»Ja. Ich will Ministeriale werden. Ich habe geübt. Inzwischen kann ich ganz ordentlich schreiben.«

Barbarossa blickte Ditho an, als versuche er, in dessen Miene zu lesen, dann wandte er sich zum Fenster, stützte die Arme auf den Sims und blickte über den Hof der Pfalz.

Ditho beobachtete ihn aus den Augenwinkeln. Der König schien die Lüge mit dem Brief zu glauben. Dann lächelte Barbarossa plötzlich. Ditho folgte seinem Blick und sah in einem

Fenster der Wohnhäuser neben der Königshalle eine Frau stehen. Sie blickte über den Hof zu ihnen, schien die frische Luft tief einzuatmen. Ihr langes dunkles Haar wurde vom Wind sanft über ihr weißes Gewand geweht.

»Sie ist schön«, sagte Barbarossa, mehr zu sich selbst. »Und bei Gott, sie ist mutig. Sie wäre eine große Königin.« Barbarossa blickte zu Ditho. »Sie sagt, sie ist schwanger.«

Dithos Mund öffnete sich, er wollte etwas erwidern, aber die Worte kamen einfach nicht.

Barbarossa schaute wieder über den Hof zu Adela. »Einen Thronfolger. Ich brauche bald einen Thronfolger, damit es mir nicht so ergeht wie Konrad.« Betroffen blickte der König zu Boden. »Ich habe sie gefragt, ob sie bei mir bleibt. Ich habe ihr gesagt, dass ich mich ändern könnte. Dass ich möglicherweise ungerecht war, dass ich vermutlich falsch gehandelt habe. Ich habe sie gefragt, ob sie Königin werden will. Vielleicht sogar Kaiserin. Eines Tages.«

Ditho fand seine Stimme wieder. »Was hat sie gesagt?«

Barbarossa blickte ihn an. Der König wirkte müde und traurig. Er legte Ditho die Hand auf die Schulter und drückte sie.

* * *

Die Sonne erschien hinter der Kuppel des Marienmünsters und tauchte die Fassade in goldenes Licht. Adela schloss ihre Augen und vergrub ihr Gesicht an seinem Hals. Niemals würde sie ihn loslassen. Nicht in diesem Leben, nicht in einem anderen. Und doch würden sie sich noch einmal für kurze Zeit trennen müssen.

Adela konnte noch nicht reiten, selbst eine Reise im Wagen wäre eine Qual. Und Ditho wollte zumindest ein Dach über dem Kopf vorbereitet haben, wenn sie kam. Adela löste sich von ihm und strich ihm über das Haar.

Die Kuppel des Oktogons warf einen langen Schatten auf

den Hof. Sie standen in einer Nische des Marienmünsters und gaben acht, dass niemand sie sah.

Immer noch Heimlichkeiten, dachte sie, zumindest so lange, bis der neue König zum ersten Umritt durch sein Land aufgebrochen war. Und bis sie und Ditho weit von ihm entfernt wären. »Vertraust du ihm? Glaubst du, er hält sich an sein Wort?«, fragte sie.

Ditho zuckte mit den Schultern. »Er hat Angst. Vor uns, vor Heinrich von Mainz, vor den Fürsten im Heiligen Land. Am meisten vielleicht um seine Seele.« Ditho blickte zu Boden. Abschied war nie seine Sache gewesen. Er holte Luft, wollte etwas sagen, doch sie verschloss ihm den Mund mit einem Kuss.

Ihre Augen wurden feucht. Verfluchte Tränen, dachte Adela und wischte sie weg, auch wenn es Freudentränen waren. Zu ihren Füßen blühten Krokusse und Schneeglöckchen neben Märzenbechern. Der Anblick ließ sie lächeln. »Leg mich wie ein Siegel auf dein Herz«, sagte sie. Sie wandte sich rasch ab und ging zurück zum Wohnhaus.

Ditho blickte ihr nach, dann schwang er sich auf sein Pferd und ritt unter dem Tor der Palisadenmauer hindurch. Auf der Wiese vor der Pfalz brachen die letzten Krämer, Bauern und Mönche, die der Krönung beigewohnt hatten, ihre Zelte ab.

Neben dem Tor wartete ein kleiner Mann auf einem großen Pferd auf ihn. »Na endlich! Mein Arsch ist schon platt gesessen, bevor wir eine Meile geritten sind! Wird's denn gehen, oder muss ich den ganzen Weg nach Hause auf dich warten?«

Ditho lächelte. Der Wind wehte den Gesang aus dem Marienmünster zu ihm. Es war *Laetare*, der Todsonntag. Todsonntag, weil der Winter starb und der Sommer siegte. Ditho sog die Luft tief ein und nahm den Hauch von neuem Gras, neuen Blumen und austreibenden Blättern darin wahr. Es wurde Frühling. Er hörte, wie sie das *Ego vir videns* sangen, und konnte sich den kurzen Satz übersetzen: »Ich bin der, der sieht.«

Ditho zögerte, schloss die Augen und griff nach dem Lederband der Augenklappe. Er zog sie vom Kopf.

Langsam öffnete er die Lider.

Er konnte sehen. Mit beiden Augen.

Farben. Formen. Nicht ganz scharf, aber auch nicht ganz verschwommen.

Keine herabstürzenden Schlieren. Kein schwarzer Fleck.

Er blinzelte, als er in die Sonne blickte, spürte die Wärme der Strahlen auf seiner Haut. Es fühlte sich gut an.

»Können wir endlich?«, drängte Jasmo ungeduldig.

Ditho wandte den Blick von der Sonne und richtete beide Augen auf den Pfad, der vor ihnen lag. »Ja. Wir können.«

Er gab seinem Pferd die Sporen.

Nachwort

Vorsicht: Das Nachwort verrät Wendungen des Romans!

Warum haben sich Adela von Vohburg und Friedrich Barbarossa scheiden lassen? Warum blieb ihre Ehe kinderlos, obwohl beide später Kinder bekamen? Und warum hat Adela schon kurz nach dieser Scheidung den in der Hierarchie weit unter ihr rangierenden Ministerialen Ditho von Ravensburg geheiratet?

Spannende Fragen – allesamt ungelöst und für mich der Anlass, aus diesem Stoff einen Roman zu machen. Wenn die Erklärungsversuche und Spekulationen der Historiker bei diesen Fragen schon ins Kraut schießen, warum nicht meine eigene Version der Geschichte erzählen?

Die Epoche und ihre Persönlichkeiten sind gründlich erforscht, dennoch weiß man sehr wenig über die erste Ehefrau des späteren Kaisers Friedrich I. Adela von Vohburg war die Tochter des Markgrafen Diepold III. von Vohburg und dessen zweiter Frau Adelheid von Polen. 1147, kurz vor dem Aufbruch der Männer ins Heilige Land, verheiratete König Konrad Adela mit Barbarossa. Dadurch kam Barbarossa in den Besitz des Egerlandes, das Adela als Mitgift in die Verbindung einbrachte – für den damaligen Schwabenherzog eine beachtliche Machterweiterung bis in den ostfränkischen Raum. Doch die Ehe verlief offenbar unglücklich: Friedrich trat mit Adela so gut wie nie öffentlich auf, und selbst seiner Krönung zum deutschen König 1152 blieb sie fern.

Im März 1153 wurde die Ehe schließlich nach sechs Jahren geschieden. Offizieller Grund war, wie vom kommenden König im Roman angegeben, der Grad der Verwandtschaft zwischen ihm und Adela. Doch die enge Verwandtschaft war bei Adelshochzeiten in dieser Epoche weit verbreitet und nie ein zwingender Grund für eine Scheidung.

Historiker vermuten heute eine Unfruchtbarkeit Adelas als wahre Ursache oder auch einen Ehebruch der Königin. Zur Jahreswende 1153/1154 heiratete sie nämlich erneut, und dazu noch weit unter ihrem Stand: Ditho von Ravensburg, einen welfischen Ministerialen, über den man noch weniger weiß als über Adela. Außer seinem ungefähren Geburts- und Todesjahr und einer zerfallenen Ruine, der »Neuravensburg« im Süden von Wangen, ist fast nichts überliefert. Man findet seinen Namen lediglich auf einigen Schriftstücken.

Unfruchtbarkeit? Die Ehe von Adela und Ditho, zumindest so viel ist sicher, war mit zahlreichen Kindern gesegnet, ebenso wie die von Barbarossa und seiner zweiten Frau Beatrix von Burgund.

Wenn es aber tatsächlich Ehebruch war, so stellt sich natürlich die Frage, warum Barbarossa Adela nicht ins Kloster steckte oder gar hinrichten ließ – in jener Zeit die weitaus üblichere Strafe für dieses Vergehen. Warum hat er Adela und Ditho gewähren lassen? Hatten sie etwas gegen Barbarossa in der Hand? Was wussten sie? Gab es ein Geheimnis aus Kreuzfahrertagen?

Der zweite Kreuzzug war ein totales Fiasko. Damaskus war das falsche Ziel, und die Kreuzfahrerheere aus Europa und ihre Verbündeten, die Fürsten des Heiligen Landes, waren heillos zerstritten. Die Schuld an der Niederlage schoben die christlichen Herrscher sich später gegenseitig und vor allem den Ritterorden im Heiligen Land in die Schuhe, denen man zu große Nähe zu den Sarazenen unterstellte. Gerüchte kamen auf, dass sich wahlweise die Könige oder die Ritterorden hatten bestechen lassen, um von Damaskus abzuziehen.

Bestechen? Was hätte Unur, der Statthalter von Damaskus, den christlichen Fürsten bieten können?

Es gibt mehrere Orte, die beanspruchen, das Haupt Johannes des Täufers als Reliquie zu besitzen. Die Kirche San Silvestro in Capite in Rom ist einer davon, die Kathedrale von Amiens ein anderer. Seit Jahrhunderten wird der Heilige jedoch auch in der Umayyaden-Moschee von Damaskus verehrt, die in vorislamischer Zeit als Johannis-Kathedrale erbaut wurde. In der weitläufigen Gebetshalle mit der hohen Al-Nissr-Kuppel befindet sich ein Schrein, zu dem jedes Jahr Zigtausend Muslime und Christen pilgern, weil er das Haupt Johannes des Täufers bergen soll.

Bei Ausgrabungen im Jahr 2010 wurde auf der Schwarzmeerinsel Sweti Iwan im Altar eines ehemaligen Klosters ein Reliquiar mit der Inschrift *Johannes der Täufer* gefunden. In der Urne entdeckte man Zähne, Hand-, Fuß- und Kieferknochen. Bulgarische Archäologen wollen die Reliquien, die im 4. Jahrhundert n. Chr. von Konstantinopel nach Sosopol gelangten, Johannes dem Täufer zuordnen. Aber liegen sie damit richtig?

Wo sich das Haupt des Heiligen tatsächlich befindet, wird wohl weiterhin eine Sache des Glaubens bleiben.

Glaubensfragen bleiben auch der plötzliche Tod König Konrads und die Umstände von Barbarossas Königswahl. Die Historiker schreiben Konrads Tod einem heftigen Schub der Malaria zu, mit der sich der König während des Kreuzzugs infiziert haben soll. Er verstarb, kurz bevor er nach Rom aufbrach, wo er sich zum Kaiser krönen lassen wollte.

Barbarossa war keine drei Wochen später bereits zum König gewählt und wurde wenige Tage darauf in Aachen gekrönt – ein atemberaubendes Tempo für die damalige Zeit und vor allem für damalige Straßenverhältnisse.

Heute erklärt man sich diesen ungewöhnlich schnellen Ablauf damit, dass die Termine bereits von Konrad III. im Vorfeld seines Italienzuges zur Kaiserkrönung in Rom geplant waren, allerdings in der Absicht, seinen eigenen Sohn als

Nachfolger wählen und krönen zu lassen. Warum also hat er kurz vor seinem Tod seine Meinung geändert und Barbarossa als Nachfolger empfohlen? Und warum wurde er in Bamberg begraben und nicht in Lorch, wie es sein ausdrücklicher Wunsch war?

Umstritten ist zudem Barbarossas Aussage, er habe die Reichsinsignien von Konrad III. auf dem Sterbebett erhalten. Die einzige Quelle für diese Darstellung war Barbarossa selbst.

Doch warum wurde er trotzdem gewählt? Warum wurde die Erbfolge übergangen und der Neffe dem Sohn des Königs vorgezogen?

Historiker vermuten, dass Friedrich von Schwaben es mit diplomatischem Geschick verstanden hat, während der Thronvakanz zwischen den an der Wahl beteiligten und zum Teil verfeindeten Fürsten einen Interessenausgleich herzustellen, und dass er so deren Unterstützung erhielt.

Zum diplomatischen Geschick kamen ganz handfeste Versprechungen: Heinrich der Löwe beispielsweise erhielt 1156 als Lohn für seine Unterstützung das von ihm beanspruchte Herzogtum Bayern, Heinrich II. Jasomirgott wurde für den Verlust des Herzogtums Bayern durch die Abtrennung und Erhebung seiner Markgrafschaft Österreich zum eigenständigen Herzogtum entschädigt. Eberhard von Bamberg erhielt für seine »treuen Dienste« bei der Wahl die Abtei Niederalteich zugesprochen und durfte den verstorbenen König Konrad im Bamberger Dom begraben. Treue Dienste? Man kann nur spekulieren, was darunter zu verstehen ist, aber Sie, verehrter Leser, wissen es jetzt ja besser …

Auch der Ablauf des eigentlichen Wahlaktes in Frankfurt ist umstritten. Während einige Quellen von einer einhelligen Wahl sprechen, berichten andere, dass sich Barbarossa die Stimmen der Kurfürsten ergaunert und sie mit einem Trick dazu gebracht habe, ihm ihr Stimmrecht zu übertragen.

Festzustehen scheint zumindest, dass die Fürsten in Barbarossa einen Kandidaten sahen, der durch seine Verwandtschaft mit beiden Häusern den Konflikt zwischen Staufern und Welfen beilegen konnte. Sie betrachteten ihn offensichtlich als Eckstein, *lapis angularis*, der das Reich einigen und führen konnte, wie er es auch bis zu seinem Tod im Juni 1190 tat.

Als er im Fluss Saleph in der Sichtweite der Stadt Seleucia ertrank, war Kaiser Friedrich I. zu einem weiteren Kreuzzug aufgebrochen – mehr als vierzig Jahre nach seinem ersten Zug ins Heilige Land. Was waren seine Beweggründe dafür? Warum tat der greise Kaiser sich das an? Plagte ihn das schlechte Gewissen? Gab es eine unerledigte Rechnung?

Wir werden es nie erfahren.

Enno und Gisbert, Gernot, Hasan und Jasmo und der Raub des »Kästchens« sind meine Erfindung. Auch den Hofkaplan Anselm hat es nie gegeben, und dass Ditho von Ravensburg ein Veteran des Kreuzzugs und heimlicher Ermittler in Diensten Barbarossas war, ist meiner Fantasie entsprungen.

Die historischen Fehler oder »Anpassungen« möge man mir verzeihen. Die »Anpassungen« waren aus dramaturgischer Sicht notwendig; die Fehler, sofern vorhanden, gehen allein auf meine Kappe.

Stuttgart im Januar 2011, Simon X. Rost

Glossar

Ahl al-kitab	»Die Leute des Buchs«, Bezeichnung für Juden und Christen
Akoluth	(aus dem Griechischen. *akolyth* = Begleiter) Inhaber eines der niederen Weihegrade. Er diente dem Bischof bei der Messfeier.
Beinlinge	derbe, einfache Hose
Bergfried	Wach- und Wehrturm einer Burg
Büttel	städtische Polizei
Bruche	mittelalterlicher Vorläufer unserer heutigen Unterhose
Dhimmi	»Schutzbefohlener«. Bezeichnung für »Leute der Schrift«, Juden und Christen, die unter besonderem Schutz der islamischen Gesetze stehen, da sie in Bibel und Thora einen Teil der Offenbarung mit den Muslimen teilen
Elle	altes Längenmaß. Es wurde ursprünglich von der Länge eines Unterarmes abgeleitet, misst aber meist mehr als der Abstand zwischen Ellenbogen und Mittelfingerspitze, also über einen halben Meter.
Fürspan	Brosche, die den keilförmigen Halsausschnitt des Schlupfkleides schloss. Nachfolger der Fibel
Gebende	Kopfbedeckung für Frauen, ein Band aus Leinen, das um Ohren und Kinn geschlungen wurde, ergänzt um ein Stirn-

band, das häufig mit einer Borte verziert war

Îsâ	Name Jesu im Koran.
Kammerherr	Inhaber eines Hofamtes. Zu seinen Diensten gehörten Handreichungen beim An- und Auskleiden, Sekretärsdienste wie die Organisation von Privataudienzen oder die Entgegennahme von Bittschriften sowie die Bedienung des Fürsten beim Essen an der Tafel.
Kalefaktorium	Wärmstube im Kloster
Kemenate	beheizbarer Raum, meist der einzige warme Platz in einer Burg; Wohn- und Schlafraum
Lavarium	Waschgefäß
Maryam	Name Marias im Koran
Ministerialen	Dienstleute, »Beamte« des Mittelalters. Erfüllten Verwaltungsaufgaben für Adel und Klerus
Palas	Wohngebäude der Burg, meist mehrere Stockwerke hoch. Der Eingang lag oft im ersten Stock, um bei einem Angriff die Treppe abzubrennen und so geschützt zu sein.
Parlatorium	Klosterraum, in dem gesprochen werden durfte
Pfalz	von lat. *palatium*, einer der sieben Hügel Roms, auf dem der Kaiser residierte. Residenz eines Königs oder Kaisers. Da diese Herrscher gezwungen waren, im Reich umherzureisen, um Präsenz zu zeigen und damit ihr Reich zusammenzuhalten, benötigten sie repräsentative Regierungssitze an strategisch wichtigen Orten.
Pileolus	Scheitelkäppchen aus Seide

Refektorium	Speisesaal im Kloster
Ruuh-ul-Qudus	»Der heilige Geist«, Bezeichnung des Erzengels Gabriel im Koran
Schapel	Kopfschmuck, kranzförmig, der sowohl von Frauen als auch von Männern getragen wurde
Scriptorium	Schreibstube im Kloster
Schirk	»Beigesellung«, Infragestellung der Einzigkeit und Einheit Gottes
Söller	offene, auf Stützen oder Mauern ruhende Plattform im Obergeschoss eines Gebäudes
Tasselmantel	Mantel aus Wolle oder Seide, im Winter mit Pelz gefüttert. Häufig durch Verknotung der beiden auf der Brustseite befindlichen Quasten, den *Tasseln*, geschlossen
Te Deum	Gebet in der Messe
Tonsur	kreisförmige Rasur auf dem Scheitel
Trippen	hölzerne Unterschuhe
Truchsess	königliches Hofamt. Zuständiger für Speisen, Getränke, Tischordnung
Vogt	abgeleitet vom lateinischen *(ad)vocatus*, (der Hinzu-/Herbeigerufene). Bezeichnet einen herrschaftlichen Beamten, der in einem bestimmten Gebiet im Namen des Landesherrn regiert. Er hat den Vorsitz im Landgericht, und er muss die Landesverteidigung organisieren.
Wurfzabel	mittelalterliches Spiel. Vorläufer des heutigen Backgammon

Handelnde Figuren

Die mit einem * gekennzeichneten Personen haben tatsächlich gelebt.

Barbarossa*	Friedrich III., Herzog von Schwaben. Als König des Heiligen Römischen Reiches Deutscher Nation nannte man ihn später Friedrich I. Nachfolger Konrads III.
Konrad III.*	König des Heiligen Römischen Reiches Deutscher Nation
Ditho von Ravensburg*	Ritter und Veteran des zweiten Kreuzzugs
Adela von Vohburg*	Gattin Barbarossas
Wiltrud	Adelas Zofe
Hasan	Sarazene, Freund Dithos
Jasmo	Hofnarr, Freund Dithos
Gernot von Wangen	Vogt der staufischen Schutzvogtei in Wangen
Eberhard von Bamberg*	Bischof von Bamberg, Berater Barbarossas
Arnold von Selenhofen*	Kanzler Konrads III. und später Barbarossas
Rainald von Dassel*	Dompropst von Hildesheim, später Berater und Kanzler Barbarossas als Nachfolger von Arnold von Selenhofen
Heinrich der Löwe*	Welfe, Herzog von Sachsen, später auch von Bayern. Vetter Barbarossas

Anselm von Wittlingen	Hofkaplan Konrads III.
Gisbert von Papenheim	Leibgardist Barbarossas
Heinrich von Mainz*	Erzbischof von Mainz und erklärter Gegner der Staufer
Enno von Bentheim	Stallmeister Barbarossas
Albert von Sponheim*	Notar Barbarossas

Dank

Dieses Buch wäre ohne die Mithilfe zahlreicher Menschen nicht entstanden.

»Geburtshelfer« der ersten Stunde waren Joachim Jessen, der mich als Agent betreut und mich mit erfahrenem Blick beraten hat, und meine Lektorin Stefanie Heinen, die bei diesem Roman geduldig mit mir sein musste. Beiden sei herzlich gedankt. Großen Dank auch an Monika Hofko, ohne deren wachsame Augen und sicheren Stil sich ganz vieles ganz sicher ganz furchtbar lesen würde … Auch all den anderen freundlichen Menschen bei Lübbe ein herzliches Dankeschön dafür, dass sie aus einem Manuskript ein fertiges Buch entstehen lassen.

Ich möchte Manuela Obermaier dafür danken, dass sie mich in historischen Fragen beraten hat, und meiner Schwester Veronika Bäuerle für ihr theologisches Fachwissen, mit dem sie stets großzügig ist.

Mein Dank gilt auch den Verfassern der vielen Fachbücher und Nachschlagewerke zu den historischen, religiösen und wissenschaftlichen Aspekten des Romans, den kundigen Forenmitgliedern im Internet, den Freunden und Helfern, die ich mit meinen zahllosen Fragen behelligen durfte.

Danke euch, Sandra, Emil, Johannes, dass ihr meine Launen während der Arbeit an diesem Buch ertragen habt – was soll ich sagen?

Das Mittelalter kann manchmal ganz schön finster sein …